EDIÇÕES BESTBOLSO

Whitney, meu amor

Com mais de 15 romances publicados, Judith McNaught vem acumulando prêmios e elogios de jornais de prestígio como o *New York Times* e o *USA Today*. Antes de iniciar a carreira de escritora, trabalhou com comunicação e finanças, tornando-se a primeira mulher a assumir o cargo de produtora executiva da rádio CBS no estado do Texas. *Whitney, meu amor*, seu primeiro romance, foi publicado pela primeira vez em 1985 e logo se tornou um clássico. A autora também publicou *Agora e sempre* (1987), *Em busca do paraíso* (1991), *Até você chegar* (1994), *Sussurros na noite* (1998), *Todo ar que respiras* (2005), entre outros. Uma das escritoras mais amadas dos Estados Unidos, McNaught nasceu no Missouri e vive no Texas.

Judith
McNaught

WHITNEY, MEU AMOR

Tradução de
VERA MARIA MARQUES MARTINS
e MARIANA MENEZES NEUMANN

3ª edição

EDIÇÕES
BestBolso
RIO DE JANEIRO – 2016

CIP-BRASIL. CATALOGAÇÃO-NA-FONTE
SINDICATO NACIONAL DOS EDITORES DE LIVROS, RJ

M429w 3ª ed.

McNaught, Judith, 1944-
Whitney, meu amor / Judith McNaught; tradução de Vera Maria Marques Martins e Mariana Menezes Neumann. - 3ª ed. - Rio de Janeiro: BestBolso, 2016.

Tradução de: Whitney, my Love
ISBN 978-85-7799-246-1

1. Romance norte-americano. I. Martins, Vera Maria Marques. II. Título.

11-7456

CDD: 813
CDU: 821.111(73)-3

Whitney, meu amor, de autoria de Judith McNaught.
Título número 292 das Edições BestBolso.
Terceira edição impressa em agosto de 2016.
Texto revisado conforme o Acordo Ortográfico da Língua Portuguesa.

Título original norte-americano:
WHITNEY, MY LOVE

www.edicoesbestbolso.com.br

Design de capa: Simone Villas-Boas sobre imagem Fotolia.

Impresso no Brasil

ISBN 978-85-7799-246-1

Em memória de Michael, meu amigo,
meu marido, meu amor

Inglaterra
1816

1

Na elegante carruagem, que sacolejava ao longo da acidentada estrada campestre, lady Anne Gilbert pousou a cabeça no ombro do marido e deixou escapar um longo suspiro.

– Ainda falta uma hora para chegarmos, e esse suspense está me deixando nervosa – reclamou. – Como estará Whitney, agora que já se tornou uma mocinha?

Calou-se e olhou distraidamente pela janela, para os campos ondulantes, cobertos de flores silvestres amarelas e cor-de-rosa, enquanto tentava imaginar a aparência da sobrinha que vira pela última vez 11 anos antes.

– Ela deve estar bonita, como era a mãe dela. Com certeza tem o mesmo sorriso, a mesma gentileza, o mesmo temperamento doce...

Lorde Edward Gilbert lançou um olhar cético para a esposa.

– Temperamento doce? – repetiu com divertida incredulidade. – Não foi o que o pai dela disse na carta que nos enviou.

Como diplomata ligado ao consulado britânico em Paris, lorde Gilbert era mestre na arte das insinuações, dos comentários evasivos, das reticências e dos segredos. Mas, na vida particular, preferia a refrescante alternativa da verdade nua e crua.

– Deixe-me refrescar sua memória – disse, tirando do bolso a carta que recebera do pai de Whitney.

Colocou os óculos e, ignorando o trejeito aborrecido da esposa, começou a leitura:

> Os modos de Whitney são ultrajantes, sua conduta deixa muito a desejar. Ela é estouvada e voluntariosa, para desespero de todos os que a conhecem e para meu profundo constrangi-

mento. Imploro-lhes que a levem a Paris e espero que tenham o sucesso que não tive, na tentativa de educar tão teimosa criatura.

– Mostre-me onde ele diz que Whitney tem "temperamento doce". – brincou Edward.

A esposa olhou-o, contrariada.

– Martin Stone é um homem frio e insensível que não reconheceria gentileza e bondade nem que Whitney fosse a imagem dessas coisas. Você se lembra de como ele gritou com ela e mandou-a para o quarto logo após o enterro de minha irmã?

Edward reconheceu certa teimosia no modo como a esposa ergueu o queixo, e passou o braço pelos ombros dela num gesto conciliador.

– Gosto tão pouco daquele homem quanto você, mas temos de admitir que foi muito embaraçoso, para Martin, logo após haver perdido prematuramente a esposa, ouvir a filha acusá-lo, diante de cinquenta pessoas, de haver trancado a mãe dela no caixão para que não fugisse.

– Mas Whitney não tinha nem 5 anos! – Anne protestou com veemência.

– Concordo, mas Martin estava sofrendo. Além disso, se não me falha a memória, não foi por essa ofensa que ele mandou Whitney para o quarto. Foi pela explosão que ela teve, depois de nos reunirmos na sala de visitas, quando, batendo os pés no chão, ameaçou nos denunciar a Deus se não tirássemos sua mãe da "caixa" imediatamente.

Anne sorriu.

– A menina tinha personalidade forte. Quando fez aquilo, estava tão zangada que pensei que as sardas fossem pular para fora do nariz. Confesse, você também a achou encantadora.

– Bem... achei – o marido admitiu. – Com certeza.

Enquanto a carruagem dos Gilbert percorria a estrada, já na propriedade de Martin Stone, um pequeno grupo de jovens encontrava-se reunido no gramado do lado sul, olhando com impaciência para o estábulo que se erguia a 100 metros de distância. Uma garota loura alisou os babados da saia do vestido cor-de-rosa e suspirou, o que fez surgir uma covinha encantadora em seu rosto.

– O que você acha que Whitney vai fazer? – perguntou ao bonito homem de cabelos claros a seu lado.

Paul Sevarin, fitando os grandes olhos azuis de Elizabeth Ashton, sorriu.

– Tenha paciência, Elizabeth – recomendou.

– Nenhum de nós faz a mínima ideia do que Whitney tem em mente – comentou Margaret Merryton com azedume. – Mas podem ter certeza de que será algo tolo e vergonhoso.

– Margaret, não se esqueça de que estamos aqui como convidados de Whitney – Paul repreendeu.

– Não sei por que você a defende tanto! – Margaret replicou com despeito. – Whitney causa escândalo, correndo atrás de você, e não diga que não sabe disso!

– Margaret! Pare com isso! – Paul ordenou, zangado. Respirando fundo, franziu a testa, baixando o olhar para as botas brilhantes.

De fato, no ano anterior, Whitney começara a dar verdadeiros espetáculos, perseguindo-o, e as pessoas comentavam isso num raio de 20 quilômetros. A princípio, achara engraçado ser alvo dos olhares lânguidos e sorrisos enlevados de uma garota de 15 anos, mas, depois, Whitney começara a persegui-lo com a determinação e as táticas brilhantes de um Napoleão Bonaparte de saias.

Quando saía de sua propriedade a cavalo, Paul podia garantir que a encontraria em algum ponto do percurso. Era como se ela se colocasse em um posto de observação, de onde seguia todos os seus movimentos, e isso o fizera deixar de considerar inofensiva e divertida aquela paixão infantil.

Três semanas antes, ela o seguira até uma hospedaria local. Enquanto ele conversava com a filha do hospedeiro, que o convidava aos sussurros a encontrar-se com ela mais tarde, no celeiro, Paul viu um conhecido par de olhos verdes espiando-o pela janela. Batendo com a caneca de cerveja na mesa, ele marchou para fora, agarrou Whitney e, sem nenhuma cerimônia, colocou-a sobre o cavalo, lembrando-a, asperamente, que o pai sairia a sua procura se ela não estivesse em casa ao anoitecer.

Voltou para dentro da hospedaria e pediu mais cerveja, mas, quando a filha do hospedeiro, ao encher-lhe a caneca, roçou os seios sugestivamente em seu braço, e Paul visualizou-se abraçado ao corpo nu da jovem, viu um par de olhos verdes que os observava através de outra janela. Ele jogou algumas moedas sobre a mesa rústica de madeira para acalmar os sentimentos feridos da espantada moça e foi embora, só para descobrir que Whitney Stone aguardava-o para percorrerem juntos o caminho de volta.

Começava a sentir-se um homem caçado, com os passos vigiados, e sua paciência acabaria por esgotar-se. No entanto, lá estava ele, de pé sob o sol de abril, tentando, por alguma razão obscura, proteger Whitney das bem merecidas críticas. Isso o deixava irritado consigo mesmo.

– Vou ver por que Whitney está demorando tanto – anunciou Emily Williams, uma bela moça, vários anos mais nova do que os outros membros do grupo. Correu pelo gramado e ao longo da cerca que se estendia desde o estábulo, abrindo a enorme porta dupla e olhando para o corredor largo e sombrio, com baias alinhadas nos dois lados. – Onde está a Srta. Whitney? – perguntou ao cavalariço, que escovava um cavalo alazão.

– Lá dentro, senhorita.

Mesmo na luz fraca, Emily viu que o rosto do cavalariço corava ao apontar para uma porta fechada ao lado do depósito de arreios.

Com um olhar intrigado para o rapaz, Emily foi até a porta, bateu e entrou. Parou subitamente, chocada com o que viu. Whitney Allison Stone, de costas para ela, usava uma calça de montaria marrom, que se colava a seus quadris esbeltos, presa na cintura por um pedaço de corda. O traje era completado com uma peça íntima, um corpete de tecido fino.

– Você não vai sair desse jeito, vai? – Emily perguntou, espantada.

Whitney virou-se, olhando de modo travesso para a amiga escandalizada.

– Claro que não. Vou vestir uma camisa.

– Ma-mas... por quê? – gaguejou Emily.

– Porque não seria decente aparecer só de corpete, bobinha – respondeu Whitney, tirando de um gancho uma camisa limpa do cavalariço e começando a vesti-la.

– De-decente? Não é nada decente usar calça de homem, e você sabe disso.

– Sei, mas não posso montar aquele cavalo sem sela, arriscando-me a ficar com as saias enroladas no pescoço, posso? – argumentou Whitney sem se abalar, prendendo os cabelos rebeldes num coque, que fixou na nuca com alguns grampos.

– Montar sem sela? Está querendo dizer que vai montar como homem, escarranchada no lombo do cavalo? Seu pai vai *deserdá-la*, se fizer isso de novo.

– Não, não vou montar escarranchada. – Whitney deu uma risadinha. – Mas não entendo por que os homens podem fazer isso, enquanto nós, mulheres, consideradas o sexo frágil, temos de montar de lado, equilibradas na sela, rezando por nossas vidas.

– Então, o que vai fazer? – indagou Emily.

– Não tinha percebido que era tão curiosa, Srta. Williams – respondeu Whitney. – Mas, respondendo a sua pergunta, vou ficar em pé no lombo do cavalo. Vi fazerem isso na feira, e tenho treinado. Então, quando Paul me vir...

– Pensará que você ficou louca! – exclamou Emily. – Achará que não tem um pingo de decência, que fará qualquer coisa para chamar a atenção dele.

Fez uma pausa, mas, vendo a expressão teimosa no rosto de Whitney, decidiu usar outra tática.

– Por favor, pense em seu pai – implorou. – O que ele dirá se souber?

Whitney hesitou, sentindo o olhar frio do pai como se o enfrentasse naquele momento. Respirou fundo e expeliu o ar lentamente. olhando pela pequena janela, para o grupo de amigos à espera no gramado.

– Meu pai dirá que o desapontei mais uma vez – disse baixinho. – Que sou uma vergonha para ele e para a memória de minha mãe, que está feliz por ela não ter vivido para ver o que me tornei. Depois, passará meia hora dizendo que Elizabeth Ashton é uma perfeita dama, e que eu devia seguir o exemplo dela.

– Bem, se você quisesse de fato impressionar Paul, tentaria ao menos isso.

Whitney apertou as mãos, frustrada.

– Mas eu *tento* ser igual a Elizabeth. Uso aqueles vestidos horríveis, cheios de babados, que me fazem parecer uma montanha, fico horas sem dizer uma palavra, bato os cílios até as pálpebras ficarem moles!

Emily mordeu o lábio para não rir da descrição nada lisonjeira que Whitney fizera de Elizabeth.

– Vou dizer aos outros que você sairá logo.

A aparição de Whitney, que, puxando o cavalo, aproximava-se do grupo, provocou exclamações escandalizadas e risadinhas zombeteiras.

– Ela vai cair se montar sem sela! – disse uma das meninas. – Se Deus não a matar antes, por ela estar usando calças!

Reprimindo o impulso de dar-lhe uma resposta mordaz, Whitney ergueu a cabeça num gesto altivo de desdém, então lançou um olhar para Paul. O rosto bonito do rapaz mostrava dura reprovação enquanto ele a examinava, olhando-a desde os pés descalços até a cabeça. No íntimo, ela hesitou diante do claro aborrecimento do jovem, mas saltou resolutamente para o lombo do animal.

O alazão moveu-se a trote largo, e Whitney começou a se erguer, primeiro agachando-se, com os braços estendidos para manter o equilíbrio, então pondo-se de pé. O cavalo deu voltas e mais voltas, conforme Whitney o treinara, e, embora ela estivesse aterrorizada com a ideia de cair e fazer papel de tola, conseguiu mostrar-se competente e graciosa.

Completando a quarta volta, permitiu-se olhar para os rostos a sua esquerda, notando-lhes a expressão de escárnio ou de apreensão, procurando o único que realmente lhe interessava.

Paul refugiara-se à sombra de uma árvore, com Elizabeth agarrada a seu braço, mas nos lábios dele havia um sorriso relutante. Uma sensação de triunfo desfraldou-se no coração de Whitney como um estandarte. Quando ela passou de novo por Paul, ele sorriu-lhe amplamente. E ela sentiu que, todas as semanas de treino, a dor nos músculos e as contusões tinham valido a pena.

Da janela da sala do segundo andar, que voltava-se para o gramado do lado sul, Martin Stone assistia à proeza da filha. O mordomo entrou e anunciou a chegada de lorde Gilbert e sua esposa. Furioso demais com a filha para poder falar, Martin recebeu os dois com os lábios apertados e um breve gesto de cabeça.

– Como... como é bom ver você novamente, depois de tantos anos, Martin – disse lady Anne educadamente. Ele permaneceu friamente calado, então ela perguntou: – Onde está Whitney? Estamos ansiosos por vê-la.

Por fim, Martin recobrou a voz.

– Querem vê-la? – indagou em tom irado. – Basta que olhem pela janela.

Intrigada, Anne fez o que ele sugerira. Lá embaixo, no gramado, um grupo de jovens observava um rapaz esguio, que se equilibrava graciosamente sobre um cavalo a trote largo.

– Que moço habilidoso! – comentou ela, sorrindo.

A simples observação tirou Martin de sua imobilidade furiosa. Ele deu meia-volta e marchou para a porta.

– Se desejam ver sua sobrinha, venham comigo, ou posso poupá-los da humilhação, trazendo-a aqui.

Com um olhar exasperado para as costas do cunhado, Anne passou o braço pelo do marido, e os dois seguiram Martin para fora da casa.

Quando se aproximaram do grupo de jovens, Anne ouviu murmúrios e risos, que julgou maliciosos, mas estava ocupada demais examinando os rostos das mocinhas e procurando Whitney para dar atenção ao barulho. Descartou duas louras e uma ruiva, observou uma morena baixinha, de olhos azuis, e então, confusa, olhou para o jovem mais próximo dela.

– Com licença, sou lady Gilbert, tia de Whitney. Pode me dizer onde ela está?

Paul Sevarin sorriu para ela, entre apiedado e divertido.

– Sua sobrinha está em cima do cavalo, senhora.

– Em cima do... – começou lorde Gilbert, interrompendo-se, perdendo a fôlego.

De onde estava Whitney viu o pai aproximar-se com passadas longas e rápidas.

– Por favor, não faça uma cena, papai – implorou quando achou que ele poderia ouvi-la.

– Eu? Fazer uma cena? – berrou ele furiosamente.

Segurando o cavalo pelo cabresto, Martin puxou-o bruscamente para o lado. Sem apoio, Whitney caiu de pé, mas perdeu o equilíbrio e estatelou-se no chão. Quando se levantou, o pai pegou-a pelo braço rudemente e empurrou-a na direção dos espectadores.

– Esta.. esta *coisa*... – rosnou ele, pondo-a na frente dos tios. – Sinto-me mortificado por ter de dizer que esta é a sobrinha de vocês.

Whitney ouviu os risos abafados dos amigos que debandavam e sentiu o rosto corar de vergonha.

– Como vai, tia Gilbert? Tio Gilbert? – murmurou, olhando rapidamente para Paul, que se retirava.

De forma mecânica, tencionou segurar a saia inexistente; então, lembrando-se de que estava de calças, fez uma cômica reverência. Vendo o rosto carrancudo da tia, ergueu o queixo desafiadoramente.

– Prometo, meus tios, que, durante a semana que ficarão aqui, não voltarei a me comportar de maneira tão excêntrica.

– Durante a semana que ficaremos aqui? – repetiu lady Gilbert, atônita.

Mas Whitney estava observando Paul ajudar Elizabeth a entrar no coche e não captou o tom de surpresa na voz da tia.

– Até logo, Paul! – gritou, acenando freneticamente. Ele se virou e ergueu a mão numa despedida silenciosa.

Ela ainda ouvia os risos quando os coches começaram a se afastar pela alameda de entrada, levando os amigos para um piquenique ou outra diversão qualquer, atividades para as quais Whitney nunca era convidada, por ser jovem demais.

Seguindo a sobrinha na direção da casa, Anne viu-se dominada por emoções conflitantes. Estava constrangida por Whitney, furiosa com Martin Stone por ter humilhado a menina diante dos amigos, ainda chocada pela visão da sobrinha de pé num cavalo usando roupas masculinas, e profundamente surpresa, porque Whitney, cuja mãe fora apenas bonita, prometia transformar-se numa mulher deslumbrante.

Era magra demais, mas, ainda que estivesse envergonhada, a mocinha mantinha os ombros erguidos, andava com graça e de modo levemente provocante. Anne sorriu para si mesma, observando os quadris suavemente arredondados que a calça marrom delineava de modo quase imoral, a cintura fina e os olhos magníficos, que, emoldurados por cílios fartos e longos, pareciam variar de tom, indo do verde-mar ao mais profundo jade. E os cabelos, abundantes, cor de mogno! Precisavam apenas de um belo corte e de serem escovados até brilhar.

Anne sentiu os dedos coçarem, ansiosos por executarem essa tarefa. Já imaginava um penteado que valorizasse os olhos esplêndidos e o rosto de malares bem-definidos. Os cabelos deveriam ser presos no alto da cabeça, deixando o rosto descoberto, com pequenas mechas caindo sobre as orelhas, ou puxados para trás, tombando soltos pelas costas.

Assim que entraram em casa, Whitney pediu licença e refugiou-se em seu quarto, onde, largando-se numa poltrona, pensou na cena humilhante que Paul testemunhara. O pai a derrubara do cavalo, gritara com ela! Com certeza, os tios haviam ficado tão horrorizados com seu comportamento quanto ele. Envergonhada, ela sentiu o rosto queimar, imaginando como deviam desprezá-la.

– Whitney? – murmurou Emily, entrando no quarto silenciosamente e fechando a porta atrás de si. – Subi pela escada dos fundos. Seu pai está muito zangado?

– Ele está uma fera – respondeu Whitney, olhando para a calça que vestia. – Estraguei tudo, não foi? Paul viu como zombaram de mim. Agora que Elizabeth completou 17 anos, é possível que a peça em casamento, antes mesmo de ter a chance de descobrir que é a *mim* que ele ama.

– Paul ama você? – ecoou Emily, perplexa. – Whitney Stone, ele foge de você como de uma praga! E quem poderia culpá-lo, depois de todos os aborrecimentos que você lhe causou no ano passado?

– Não foram tantos assim – Whitney protestou, remexendo-se na poltrona.

– Não? O que me diz da peça que lhe pregou, no Dia de Todos os Santos, saltando na frente da carruagem dele, gritando como uma bruxa e assustando os cavalos?

Whitney corou.

– Ele não ficou *muito* zangado. A carruagem tombou, mas o dano não foi tão grande. Só um varal quebrou-se.

– E a perna de Paul – Emily lembrou-lhe.

– Mas sarou perfeitamente – Whitney argumentou, afastando a lembrança de travessuras passadas e já considerando futuras possibilidades. Levantou-se, começando a andar de um lado para o outro. – Tem que haver uma maneira. Não posso raptá-lo, mas... – Um sorriso iluminou o rostinho sujo de pó quando ela se virou tão abruptamente que Emily encolheu-se na poltrona. – Uma coisa é clara: Paul ainda não sabe que me ama. Certo?

– Eu diria que ele nem *gosta* de você – Emily declarou.

– Sendo assim, podemos dizer que ele não me pedirá em casamento sem algum tipo de incentivo, não é?

– Paul não a pediria nem que houvesse uma arma apontada para a cabeça dele. Sem falar que você não tem idade suficiente para ficar noiva, então...

– Sob que circunstâncias um cavalheiro é obrigado a pedir uma moça em casamento? – Whitney interrompeu-a em tom triunfante.

– Não sei. A menos que, claro, ele a tenha comprometido... Não! De jeito nenhum! Seja lá o que for que esteja planejando, desta vez eu não vou ajudá-la!

Com um suspiro, Whitney jogou-se na poltrona, estendendo as pernas a sua frente. Uma risada irreverente escapou-lhe quando ela pensou na incrível audácia de sua mais nova ideia.

– Se eu conseguisse arrancar uma roda da carruagem de Paul... Sabe, se eu a afrouxasse, para que caísse algum tempo depois, e pedisse a ele para me levar a algum lugar. Bem, voltaríamos para casa a pé, e seria muito tarde da noite quando chegássemos. Paul, então, teria de me pedir em casamento. – Fez uma pausa, ignorando a expressão chocada no rosto de Emily. – Não seria uma maravilhosa variação sobre um velho tema? – continuou. – *Moça* rapta *cavalheiro*, arruinando-lhe a reputação, e é forçada a casar-se com ele para reparar o dano! Que novela isso daria!

– Vou embora – disse Emily. Marchou para a porta, hesitou, então virou-se e olhou para Whitney. – Seus tios viram tudo. O que vai dizer a eles sobre estar usando roupas de homem, cavalgando em pé?

– Não vou dizer nada. De que adiantaria? Mas, enquanto eles estiverem aqui, serei a jovem mais encantadora, refinada e delicada que você já viu. – Notando o ar duvidoso de Emily, acrescentou: – Pretendo aparecer apenas nas refeições. Acredito que eu consiga me comportar como Elizabeth, pelo menos três horas por dia.

WHITNEY FOI FIEL a seu propósito. Naquela noite, ao jantar, lorde Edward Gilbert contou uma história de arrepiar os cabelos sobre a vida dele e da esposa em Beirute, junto ao consulado britânico.

– Muito instrutivo, tio – ela murmurou, apenas.

Mas estava ardendo em curiosidade, desejando fazer uma porção de perguntas. Ao final da descrição que lady Anne Gilbert fez de Paris e de sua alegre vida social, Whitney, contendo-se, repetiu o mesmo comentário lacônico. Assim que a refeição terminou, pediu licença para retirar-se e desapareceu.

No fim de três dias, continuava bem-sucedida em sua tentativa de mostrar-se "encantadora, refinada e delicada". Tanto que a tia começava a se perguntar se Whitney possuía mesmo a vivacidade de espírito que demonstrara no primeiro dia, ou se nutria aversão por ela e Edward.

No quarto dia, Whitney tomou o café da manhã antes de os outros se levantarem e sumiu. Anne, então, decidiu descobrir a verdade. Procurou pela casa toda, mas não encontrou a sobrinha, que também não estava no jardim, nem saíra para cavalgar, pois não tirara nenhum cavalo do estábulo, de acordo com um cavalariço. No gramado, apertando os olhos para protegê-los do sol, Anne olhou em volta, tentando adivinhar onde uma garota passaria tantas horas.

Então, viu uma mancha amarela no topo de uma colina.

– Ah, lá está ela – murmurou, abrindo a sombrinha e começando a atravessar o gramado.

Whitney só viu a tia aproximando-se quando era tarde demais para fugir. Desejando ter procurado um lugar melhor para esconder-se, tentou pensar em algum assunto inócuo sobre o qual pudesse conversar. Roupas? Não entendia nada de moda, algo com que não poderia importar-se menos. Parecia um caso perdido, vestisse o que vestisse. Afinal, como um vestido poderia melhorar a aparência de alguém com olhos de gato, cabelos cor-de-barro e sardas no nariz? Além disso, ela era alta e magra demais e, se o Senhor pretendia dar-lhe seios, estava bem atrasado.

Com as pernas bambas e respirando pesadamente, Anne chegou ao topo da colina e largou-se, sem cerimônia, no cobertor sobre o qual Whitney estava sentada.

– Quis... dar um... passeio – mentiu, ofegante. Quando recuperou o fôlego, notou um livro com capa de couro, pousado no cobertor, e perguntou: – Um romance?

– Não, tia – respondeu Whitney em tom educado, pondo a mão sobre o título, para que Anne não o visse.

– Sei que mocinhas adoram ler romances – a tia tentou novamente.

– É verdade, tia – Whitney concordou.

– Li um, uma vez, mas não gostei – Anne contou, imaginando que assunto poderia deixar Whitney interessada. – Descobri que não suportaria heroínas que vivessem desmaiando.

Whitney ficou tão atônita ao descobrir que não era a única inglesa que não devorava aquelas histórias insípidas que esqueceu sua resolução de falar o mínimo possível.

– E quando a heroína não está desmaiando, está levando frascos de sais às narinas, chorando e lamentando-se por um cavalheiro indeciso que não se resolve a pedi-la em casamento ou que foi prometido a outra inútil – comentou, rindo. – Eu jamais conseguiria ficar parada se o homem a quem amasse estivesse apaixonado por uma pessoa que não o merecesse.

Parou de falar por um momento e lançou um olhar para a tia, para ver se ela ficara chocada, mas Anne fitava-a com um inexplicável esboço de sorriso.

– Tia, a senhora amaria um homem que caísse de joelhos a sua frente e choramingasse: "Oh, Clarabel, seus lábios são pétalas de uma rosa vermelha, e seus olhos parecem duas estrelas"? Isso sim me faria agarrar o vidro de sais!

– Eu também – afirmou Anne, rindo. – O que lê, então, se não gosta desses romances atrozes? – Tirou o livro de sob a mão espalmada de Whitney e leu o título gravado a ouro, exclamando, incrédula: – A *Ilíada*, em grego?! Você sabe grego?

Whitney moveu a cabeça num gesto afirmativo, corando, mortificada. Agora, a tia a consideraria erudita, outro rótulo indesejável.

– Também sei latim, italiano, francês e um pouco de alemão – confessou.

– Meu bom Deus – suspirou Anne. – E como aprendeu tudo isso?

– A despeito do que papai possa pensar, não sou burra, e infernizei-o tanto que ele acabou por permitir que eu tivesse professores particulares de línguas e história.

Calou-se, lembrando-se de que pensara que, se fosse bastante aplicada nos estudos, se conseguisse ser quase um filho, em vez de filha, seu pai talvez a amasse mais.

– Parece envergonhar-se de seu talento, quando deveria orgulhar-se – a tia observou.

Whitney olhou para a casa aninhada no vale.

– A senhora com certeza sabe que todo mundo acha que é perda de tempo dar esse tipo de instrução a uma mulher. E não sou nada boa no que se refere a prendas femininas. Não dou um ponto sem que pareça que costurei com os olhos vendados e, quando canto, os cachorros começam a uivar, lá no estábulo. O Sr. Twittsworthy, meu professor de música, disse a meu pai que fica com urticária quando me ouve tocar piano. Não sei fazer nada das coisas que as moças *devem* saber fazer e, o que é pior, eu as detesto.

Ficou certa de que, depois disso, a tia a desprezaria completamente, como todas as outras pessoas, mas era melhor assim, pois, esclarecendo tudo de uma vez, poderia parar de temer a descoberta inevitável. Olhou para a tia.

– Papai deve ter lhe contado tudo a meu respeito – murmurou. – Eu o decepcionei, porque ele queria que eu fosse recatada como Elizabeth Ashton. Tento ser, mas não consigo.

O coração de Anne enterneceu-se pela criança adorável, inteligente e confusa, filha de sua irmã.

– Seu pai queria uma menina que fosse delicada e apagada como um camafeu, mas ela é um diamante, cheio de vida e de brilho, e isso o confunde. Em vez de apreciar o valor e a raridade de sua joia, polindo-a, para que ela brilhe mais, ele persiste em tentar transformá-la num camafeu comum.

Whitney estava mais inclinada a ver-se como um pedaço de carvão, mas, para não desiludir a tia, não disse nada.

Depois que Anne foi embora, tentou ler um pouco, mas sua mente vagueou, perdendo-se em devaneios sobre Paul.

Naquela noite, quando desceu para o jantar, notou que a atmosfera na sala estava carregada. Ninguém a viu aproximar-se da mesa.

– Quando pretende dizer a Whitney que ela vai para a França conosco, Martin? – o tio indagou em tom irado. – Ou tem a intenção de esperar até o dia de nossa partida e então simplesmente atirar a menina para dentro da carruagem?

O mundo pareceu inclinar-se, enlouquecido, e, por um momento, Whitney pensou que ia vomitar. Estacou, tentando conter o tremor das pernas, e engoliu o doloroso nó em sua garganta.

– Vou a algum lugar, pai? – perguntou, esforçando-se para falar com indiferença.

Os três adultos viraram-se para ela, e as feições do pai endureceram-se em uma expressão de impaciência e aborrecimento.

– Vai, sim. Para a França, morar com seus tios, que vão tentar transformá-la em uma dama – Martin respondeu.

Evitando olhar para os parentes por temer perder a compostura, Whitney deslizou para uma cadeira.

– Avisou meus tios do risco que estão correndo? – quis saber, procurando esconder do pai a dor que ele lhe causara. Então, olhando para Anne e Martin, acrescentou, constrangida. – Meu pai pode ter se esquecido de dizer que poderão se sentir envergonhados por receberem-me em sua casa. Como ele diz, não tenho modos, meu gênio é péssimo, não sei conversar educadamente.

A tia observava-a com evidente compaixão, mas o rosto do pai parecia de pedra.

– Oh, papai, o senhor me despreza tanto assim? – Whitney murmurou com voz entrecortada. – Odeia-me tanto que quer me mandar para longe, para não ser obrigado a me ver? – Com os olhos inundados de lágrimas, levantou-se. – Se... me derem licença... Não estou com fome.

– Como teve coragem?! – Anne exclamou quando ela saiu. Ergueu-se da cadeira, fulminando Martin com um olhar furioso. – Você é a pessoa mais sem coração, mais insensível que conheci. Será um prazer tirar essa criança de suas garras. Ela sobreviveu, e isso prova que tem espírito forte. Eu, com certeza, não teria suportado.

– Deixa-se enganar com muita facilidade, senhora – replicou Martin com frieza. – Asseguro-lhe que não foi a ideia de separar-se de mim que deixou Whitney tão perturbada. Acontece que acabei com os planos dela de continuar a fazer papel de idiota, correndo atrás de Paul Sevarin.

2

A notícia de que a filha de Martin Stone estava sendo despachada para a França correu pelas redondezas como fogo em capim seco. Na pacata região rural, onde as pessoas eram geralmente altivas e reservadas, Whitney mais uma vez presenteava as vizinhas com um delicioso mexerico.

Nas ruas e casas da vila, ricas ou pobres, as mulheres reuniam-se para conversar sobre a mais recente fofoca. Com grande animação, incansavelmente, relembravam cada escândalo já causado por Whitney, começando pelo sapo que ela soltara na igreja, um domingo, quando tinha apenas 8 anos, sem esquecer a queda que ela sofrera, no verão anterior, quando despencara de uma árvore, de onde espionava Paul Sevarin, que se sentara à sombra com uma moça.

Só depois de discutir todos os acontecimentos passados, em todos os detalhes, permitiam-se conjecturar a respeito do motivo que fizera Martin Stone mandar a filha para a França.

De modo geral, achavam que ela finalmente esgotara a paciência do pobre pai ao aparecer usando roupas masculinas. Mas, como Whitney tinha muitos defeitos, havia certa divergência sobre o que fizera Martin tomar a súbita decisão. Num ponto, todas as mexeriqueiras concordavam: Paul Sevarin ficaria profundamente aliviado por livrar-se dela.

Durante três dias, os vizinhos de Martin Stone foram à casa dele aos bandos para conversar com os Gilbert e despedir-se de Whitney. Na véspera da partida para a França. Anne recebeu a visita de três senhoras e de suas filhas e, conversando com elas no salão, mantinha no rosto um sorriso mais formal do que amigável. As mulheres aparentavam boa intenção, mas não conseguiam esconder um mórbido prazer ao contar-lhe as muitas transgressões de Whitney. Fingindo carinhosa preocupação, deixaram claro que, em sua opinião, Whitney causaria vergonha aos Gilbert, abalaria a sanidade mental de Anne e seria até capaz de arruinar a carreira diplomática de Edward.

Quando, por fim, elas decidiram ir embora, Anne despediu-se secamente; então, ao ficar sozinha, afundou numa poltrona, tomada de furiosa determinação. De tanto criticar a filha na frente dos outros, Martin transformara-a em alvo de zombaria e maledicência para toda a vila. Anne levaria Whitney para longe daquela gente maldosa e de mentalidade estreita e a deixaria florescer em Paris, onde a atmosfera social não era tão sufocante.

Aparecendo na porta do salão, o mordomo pigarreou para chamar-lhe a atenção.

– O Sr. Sevarin está aqui, senhora.

– Diga-lhe que entre, por favor – Anne disse, escondendo a surpresa e o prazer pelo fato de o objeto da adoração infantil de Whitney ter ido despedir-se dela.

Mas seu prazer desapareceu quando o Sr. Sevarin entrou, acompanhado por uma linda moça loura. Como todas as pessoas da vizinhança pareciam conhecer o fato de Whitney ser apaixonada por ele, Anne deduziu que o jovem também devia saber e achou de muito mau gosto ele aparecer na companhia de uma moça quando ia despedir-se de uma garota que o adorava.

Observou-o atravessar o salão em sua direção, procurando em sua aparência algo que pudesse criticar, mas não encontrou nada. Paul Sevarin era alto e bonito, tinha o charme natural de um cavalheiro rico e bem-educado.

– Boa noite, Sr. Sevarin – ela cumprimentou-o com fria formalidade. – Whitney está no jardim.

Como se adivinhasse o motivo da reserva de Anne, Paul sorriu, retribuindo o cumprimento.

– Eu sei, mas pensei que a senhora pudesse ficar conversando com Elizabeth, enquanto me despeço de Whitney.

Anne foi obrigada a abrandar-se.

– Será um prazer.

WHITNEY FITAVA AS roseiras mergulhadas na sombra, pensativa. A tia estava no salão, sem dúvida alguma ouvindo mais histórias a respeito de seu passado e venenosas predições sobre seu futuro. Emily fora para Londres, com os pais, e Paul...

Paul nem se dera o trabalho de ir despedir-se dela. Não que ela esperasse isso, pois ele devia estar com os amigos, erguendo brindes a sua partida.

Como se seus pensamentos o chamassem, a voz profunda e máscula soou atrás dela.

– Olá, moça bonita.

Whitney virou-se num movimento brusco. Ele estava a menos de meio metro de distância, encostado numa árvore. À luz da lua, a camisa branca e a gravata de laço brilhavam, contra a quase invisível negridão do casaco.

– Soube que vai nos deixar – comentou ele.

Ela moveu a cabeça afirmativamente, sem nada dizer. Tentava memorizar o tom exato dos cabelos loiros, todos os traços do rosto bonito, iluminado pelo luar.

– Sentirá minha falta? – perguntou ela por fim.

– Naturalmente – afirmou ele com um risinho – As coisas vão ficar muito monótonas sem você.

– Posso imaginar – Whitney murmurou, baixando os olhos. – Ninguém mais vai cair de árvores, estragar seus piqueniques, nem quebrar sua perna, ou..

– Ninguém – Paul repetiu, interrompendo o fio de autorrecriminações.

Ela ergueu os olhos ingênuos para os dele.

– Vai esperar por mim?

– Estarei aqui quando você voltar, se é isso o que quer dizer.

– Sabe que não é! – exclamou, desesperada. – Não se casará com ninguém, até que eu...

Calou-se, constrangida. Por que sempre agia daquela forma com Paul? Por que não podia flertar com ele, mas ser reservada, como as moças mais velhas?

– Whitney, você irá embora e esquecerá que eu existo – ele observou com firmeza. – Um dia, irá perguntar por que pediu que eu a esperasse.

– Já estou me perguntando – declarou ela, sentindo-se infeliz.

Suspirando, entre irritado e compadecido, Paul ergueu-lhe o queixo, obrigando-a a encará-lo.

– Estarei aqui, esperando impacientemente para ver como você ficou depois de crescida – afirmou com um sorriso relutante.

Enfeitiçada, ela ficou olhando para o belo rosto, então cometeu o erro final. Num movimento impulsivo, colocou-se na ponta dos pés, atirou os braços ao redor do pescoço dele e plantou-lhe um beijo no canto da boca. Blasfemando baixinho, ele se livrou do abraço e empurrou-a. Os olhos de Whitney encheram-se de lágrimas.

– Paul, desculpe. Eu não devia ter feito isso – disse ela num murmúrio.

– Não, não devia – ele concordou. Tirando uma caixinha do bolso, colocou-a na mão dela bruscamente. – Comprei-lhe um presente de despedida – explicou.

– Comprou? – Ela ergueu a tampa com dedos trêmulos e olhou, maravilhada, para o camafeu preso a uma fina corrente de ouro. – Oh, Paul, é lindo, esplêndido! Eu o guardarei para sempre.

– Uma lembrança, nada mais – ele disse, cautelosamente.

Whitney mal o ouviu, tocando o camafeu com reverência.

– Você mesmo escolheu?

Paul franziu a testa, indeciso. Pela manhã, fora à vila com a intenção de comprar uma joia para Elizabeth. Então, o dono da joalheria comentara, rindo, que, como a Srta. Whitney Stone ia mudar-se para a França, ele devia estar querendo comemorar sua liberdade. De fato, Paul estava. Num impulso, pedira ao homem que escolhesse algo apropriado para uma menina que ainda não completara 16 anos.

Até um momento antes, quando Whitney abrira a caixinha, ele não fizera ideia do que havia dentro. Mas por que dizer isso a ela? Se tivessem sorte, os Gilbert encontrariam alguém que se casasse com a sobrinha, de preferência um homem dócil, que não reclamaria quando Whitney lhe criasse problemas. Por puro reflexo, ele quase tocou-a, pretendendo dizer-lhe que tirasse o máximo de proveito de todas as oportunidades que encontrasse na França. Mas conteve-se.

– Fui eu que escolhi, sim – afirmou. – Um presente de *amigo*.

– Não quero que seja apenas meu amigo – Whitney deixou escapar, então acrescentou: – Mas me contento com isso... por enquanto.

– Então, se somos amigos, acho que podemos trocar um beijo de despedida – ele disse com ar divertido.

Com um sorriso radiante, Whitney fechou os olhos e juntou os lábios num biquinho, mas Paul beijou-a de leve no rosto. Quando ela abriu os olhos, ele já estava se afastando.

– Paul Sevarin, eu mudarei completamente, vivendo na França, e, quando voltar, me casarei com você – Whitney murmurou com firme determinação.

ENQUANTO O NAVIO oscilava, cruzando as águas turbulentas do Canal da Mancha, Whitney, de pé junto à amurada, mantinha os olhos fixos na já distante costa inglesa. O vento arrancou-lhe o chapéu, que ficou pendurado no pescoço pelas fitas, e os cabelos esvoaçaram, batendo-lhe nas faces. Ela olhava sua terra natal, tentando imaginar-se voltando para lá. Claro que a notícia de seu retorno sairia nos jornais:

"A Srta. Whitney Stone, a bela de Paris, retorna esta semana para sua pátria." Um sorriso flutuou-lhe nos lábios. "A bela de Paris..."

Afastando os cabelos do rosto, juntou-os sob a copa do chapéu e resolutamente deu as costas para a Inglaterra.

O Canal da Mancha parecia mais tranquilo quando ela atravessou o convés para olhar na direção da França. E de seu futuro.

França

1816-1820

3

A casa parisiense de lorde e lady Gilbert erguia-se imponente, sem ser austera, atrás de grades de ferro trabalhado. Enormes janelas em arco deixavam entrar bastante luz nos espaçosos aposentos, e os tons pastel davam um ar de ensolarada elegância a tudo, desde as salas do primeiro andar até os quartos, no segundo.

– E este é seu quarto, querida – Anne informou, abrindo a porta de uma suíte com carpete azul-claro.

Whitney ficou parada na soleira, atônita, o olhar demorando-se na cama, onde estendia-se uma magnífica colcha de cetim com flores em tons lilás, rosa e azul sobre fundo branco. Um elegante sofazinho fora forrado com o mesmo tecido, e havia uma profusão de flores em vasos de porcelana.

Constrangida, Whitney olhou para a tia.

– Eu me sentiria muito melhor se a senhora me desse outro quarto – disse. – Um que não fosse... tão... frágil. Qualquer um que tenha morado comigo poderia dizer-lhe que não passo perto de um objeto delicado sem fazê-lo em cacos.

Anne virou-se para o criado que esperava atrás delas, sustentando no ombro o pesado baú de Whitney.

– Ponha ali – orientou com firmeza, fazendo um gesto de cabeça na direção do quarto.

– Não diga que não foi avisada – murmurou Whitney com um suspiro, entrando no aposento.

Tirou o chapéu e sentou-se desajeitadamente no sofá florido. Sua estada em Paris, ela decidiu, seria divina.

O DESFILE DE VISITANTES começou exatamente às 11h30, três dias depois, liderado pela costureira de Anne, que chegou acompanhada por três sorridentes ajudantes. Elas tiraram e tornaram a tirar as medidas de Whitney, falando o tempo todo, sem parar, sobre modelos e tecidos.

Meia hora após a partida das quatro, Whitney viu-se andando de um lado para o outro com um livro na cabeça, diante do olhar crítico de uma mulher gorducha e de cabelos brancos, a quem Anne confiara a tarefa de ensinar à sobrinha o que chamava de "maneiras sociais".

– Sou terrivelmente desajeitada, madame Froussard – Whitney avisou, corando, quando o livro caiu no chão pela terceira vez.

– Não, não é! – a mulher a contradisse. – *Mademoiselle* Stone tem graça natural e excelente postura. Mas precisa aprender a andar sem dar a impressão de que está participando de uma corrida.

O professor de dança chegou assim que madame Froussard foi embora e fez Whitney girar pela sala ao som de uma valsa imaginária.

– Aprenderá se praticar – afirmou.

E o professor de francês, que apareceu na hora do chá, disse a Anne que Whitney poderia dar aulas a *ele*.

DURANTE ALGUNS MESES, madame Froussard deu aulas a Whitney, cinco dias por semana, duas horas por dia. Sob sua implacável orientação, Whitney trabalhava diligentemente para aprender qualquer coisa que pudesse, um dia, torná-la interessante aos olhos de Paul.

– O que madame Froussard está lhe ensinando, exatamente? – perguntou Edward uma noite enquanto jantavam. Whitney olhou-o com ar humilde.

– Está me ensinando a *andar* em vez de *galopar.*

Esperou que o tio dissesse que aquilo era uma grande perda de tempo e surpreendeu-se quando ele sorriu de modo aprovador. Sorriu também, imensamente feliz.

– Sabe, tio, eu achava que, para andar, uma pessoa só precisasse de pernas saudáveis – brincou.

Daquela noite em diante, os engraçados relatos que Whitney fazia de suas tarefas diárias tornaram-se uma diversão habitual à hora do jantar.

– Já percebeu, tio, a arte que existe no movimento de girar, usando um vestido de cauda? – ela perguntou uma noite.

– *Minhas* roupas nunca me causaram problemas – brincou ele.

– Se uma mulher se virar de modo incorreto, poderá enredar-se na cauda do vestido, que lhe apertará as pernas como um torniquete – Whitney explicou, com zombeteira solenidade.

Um mês mais tarde, na hora do jantar, ela se acomodou em sua cadeira e olhou para o tio por cima de um leque de seda que abrira diante do rosto.

– Está com calor, querida? – ele perguntou, já pronto para divertir-se.

– Um leque não serve apenas para aliviar o calor – Whitney respondeu, batendo os cílios tão exageradamente que Anne começou a rir. – Usamos um leque para flertar. E para que as mãos fiquem graciosamente ocupadas. Podemos usá-lo também para bater no braço de um cavalheiro mais atrevido.

A expressão de riso desapareceu do rosto de Edward.

– Quem foi atrevido com você? – ele perguntou, contrariado.

– Oh, ninguém. Ainda não conheço nenhum cavalheiro – Whitney respondeu.

Anne observou os dois, sorrindo. Whitney já ocupava, no coração dela e de Edward, o lugar que pertenceria a uma filha.

CERTA NOITE, em maio, um mês antes da apresentação oficial de Whitney à sociedade, Edward apareceu com três entradas para a ópera. Colocando-as com estudada displicência diante de Whitney, sugeriu que ela fosse com ele e Anne ao teatro, onde ocupariam o camarote da embaixada.

Um ano antes, Whitney teria dançado de alegria, espalhafatosamente, mas mudara muito, de modo que apenas sorriu calorosamente para ele e disse:

– Não há nada de que eu pudesse gostar mais, tio Edward.

No quarto, ficou sentada em silêncio enquanto Clarissa a penteava, escovando e erguendo os cabelos para o alto da cabeça, formando uma coroa de cachos. Clarissa tornara-se sua dama de companhia depois de ter sido criada de quarto da mãe dela, Susan Stone.

A mulher ajudou-a a vestir o novo vestido branco, com fitas de veludo de um azul bem claro na cintura e babado na barra. Um manto de cetim no mesmo tom de azul complementava o traje. Whitney postou-se diante do espelho, examinando-se com olhos brilhantes de excitação. Então, fez uma profunda reverência, inclinando a cabeça num ângulo perfeito.

– Apresento-lhes Whitney Stone – murmurou solenemente. – A bela de Paris.

Uma garoa fina e gelada caía, deixando as ruas cintilantes. Whitney agasalhou-se nas dobras de seu manto de cetim, apreciando o contato macio, enquanto olhava para fora da carruagem e observava as pessoas apressadas que transitavam pelos bulevares molhados.

Diante do teatro, uma multidão agitava-se em alegre desafio à umidade e ao frio. Bonitos cavalheiros, usando capas de cetim e calças grudadas no corpo, inclinavam-se para senhoras cobertas de joias. Descendo da carruagem, Whitney olhou maravilhada para as mulheres incrivelmente lindas, que conversavam, de maneira fácil e elegante, com seus acompanhantes. Ela decidiu que aquelas mulheres deviam ser as mais bonitas do mundo, e desistiu da esperança de tornar-se "a bela de Paris". Mas fez isso sem muita tristeza, pois sentia-se exultante só pelo fato de estar lá, entre elas.

Os três entraram no teatro, e apenas Anne notou que os cavalheiros mais jovens, depois de olhar distraidamente para Whitney, viravam-se para lançar-lhe um olhar mais demorado. A beleza de Whitney ainda estava desabrochando, as feições bem-delineadas, assim como a cor dos olhos, da pele e dos cabelos, prometiam muito mais. Havia uma aura radiante ao redor dela, que vinha de seu espírito vivaz, de seu amor pela vida, de seu ar confiante e altivo, resultado das muitas adversidades que enfrentara.

No camarote da embaixada, Whitney ajeitou o lindo vestido a sua volta e, para ocupar as mãos, abriu o leque de marfim, usando-o como madame Froussard lhe ensinara. Quase riu, pensando no tempo que perdera estudando línguas, história e matemática na tentativa de agradar a Paul e a seu pai, quando poderia ter aprendido coisas tão mais simples. O leque em sua mão era muito mais útil do que o grego!

Um mar de cabeças agitava-se para onde quer que ela olhasse, plumas oscilantes enfeitavam penteados elaborados. Whitney quase não podia conter a alegria que tudo aquilo lhe proporcionava. Viu uma moça bater com o leque no cavalheiro que a acompanhava e experimentou uma sensação de afinidade com todas as mulheres enquanto imaginava que comentário impróprio o homem murmurara para a linda dama, que parecia mais lisonjeada que ofendida.

A ópera começou, e Whitney esqueceu tudo o que a cercava, perdida na música envolvente. A experiência estava além de seus sonhos mais ousados. Quando as cortinas desceram para que o cenário fosse trocado, ela teve dificuldade em voltar à realidade. Amigos dos tios haviam ido ao camarote, e as vozes e os risos do grupo misturaram-se ao incrível burburinho de todo o teatro.

– Whitney – a tia chamou-a, tocando-a no braço. – Vire-se, para que eu possa apresentá-la a alguns amigos queridos.

Erguendo-se, Whitney virou-se e foi apresentada ao senhor Du Ville, sua esposa e a filha. O casal cumprimentou-a calorosamente, mas a filha, Therèse, uma loura encantadora, mais ou menos da idade de Whitney, apenas olhou-a com franca curiosidade. Sob o olhar penetrante da garota, Whitney percebeu que um pouco de sua autoconfiança evaporava-se. Nunca soubera conversar com pessoas de sua idade e, pela primeira vez desde que saíra da Inglaterra, sentiu-se pouco à vontade.

– Está gostando da ópera? – perguntou por fim.

– Não – Therèse respondeu, sorrindo. – Não entendo as palavras.

– Whitney entende – disse lorde Edward com orgulho. – Ela sabe italiano, grego, latim e até um pouco de alemão.

Com vontade de enterrar-se no chão, Whitney refletiu que os Du Ville provavelmente a julgariam uma erudita tediosa. Precisou obrigar-se a fitar os olhos espantados de Therèse.

– Imagino que também toque piano e cante – comentou a loirinha, fazendo um muchocho encantador.

– Oh, não! – Whitney respondeu apressadamente. – Não toco, nem canto.

– Ótimo! – declarou Therèse com um largo sorriso, acomodando-se numa poltrona ao lado da de Whitney, que voltou a sentar. – Essas são as únicas coisas que faço bem. Está ansiosa por sua apresentação oficial à sociedade?

– Não muito – Whitney admitiu com sinceridade.

– Eu estou, embora, para mim, seja mera formalidade. Meu casamento foi arranjado três anos atrás, e isso é ótimo, porque posso me devotar ao trabalho de ajudar você a arrumar um marido. Eu lhe direi quais cavalheiros são bons partidos e quais são apenas bonitos, sem dinheiro e sem esperança de vir a tê-lo. Então, quando você encontrar seu par, irei a seu casamento e direi a todos que fui a responsável – Therèse tagarelou, sempre sorrindo.

Whitney sorria também, embora um pouco surpresa com aquela franca oferta de amizade.

– Minhas irmãs casaram-se muito bem – a loirinha prosseguiu, encorajada. – Só eu ainda não me casei. E meu irmão Nicolas, naturalmente.

Reprimindo o desejo travesso de perguntar se Nicolas era um "bom partido", ou "apenas bonito", Whitney continuou a sorrir.

– Nicolas não é um bom partido, de jeito nenhum – declarou Therèse, respondendo à pergunta não formulada. – Isto é, não está disponível, o que é uma grande pena, o desespero de minha família, pois é o único herdeiro do sexo masculino e o mais velho de nós cinco.

A despeito de sua ávida curiosidade, Whitney conseguiu dizer apenas, educadamente, que esperava que Nicolas Du Ville não sofresse de alguma doença grave.

– Não! – exclamou Therèse com uma risadinha musical. – A menos que sua insuportável arrogância e o tédio excessivo sejam considerados doenças. Claro, Nicolas tem razão de ser arrogante e entediado, sendo, como é, perseguido por tantas moças. Mamãe diz que, se fosse costume as mulheres pedirem os homens em casamento, Nicolas receberia mais propostas do que suas quatro filhas juntas.

A fachada de educado interesse que Whitney mantinha desintegrou-se.

– Não entendo por quê – declarou, rindo. – Ele me parece simplesmente odioso.

– Nicolas tem charme – Therèse explicou em tom sério. Depois de um breve momento de reflexão, acrescentou: – É uma pena que Nicki seja uma pessoa tão difícil, porque se fosse à nossa festa de debutantes e lhe desse especial atenção, você faria sucesso instantaneamente. Mas nada no mundo o convenceria a ir. Ele diz que um baile de debutantes é o programa mais entediante que existe. De toda maneira, falarei com ele sobre você. Talvez ele concorde em ajudá-la.

Foi apenas a cortesia que impediu Whitney de dizer que esperava *nunca* encontrar Nicolas Du Ville.

4

No dia anterior à apresentação oficial de Whitney à sociedade, ela recebeu uma carta de Emily Williams, e o que leu deixou-a trêmula de alívio. Paul comprara terras nas ilhas Bahamas e pretendia ficar lá por um ano. Como Whitney não conseguia imaginá-lo apaixonando-se por uma colona, considerou que tinha um ano inteiro para aperfeiçoar-se, antes de voltar para casa. Um ano inteiro sem preocupar-se com a possibilidade de Paul se casar.

Pensar no baile do dia seguinte causava-lhe ansiedade, e, para acalmar-se, ela se aninhou num sofá cor-de-rosa no salão para ler todas as cartas de Emily, que guardava dentro de um livro de etiqueta. Ficou tão absorta na leitura que não percebeu que alguém a observava.

Nicolas Du Ville estava parado no vão da porta, segurando o bilhete que sua irmã, Therèse, insistira para que ele entregasse *pessoalmente* à Srta. Whitney Stone e a ninguém mais. Como Therèse tentara dezenas de ardis para colocar a Srta. Stone em seu caminho, Nicki não tinha dúvida de que as duas moças haviam conspirado contra ele, inventando aquela tola tarefa. Não era a primeira vez que a irmã tentava fazer com que ele se interessasse por uma de suas jovens amigas, e Nicki sabia que a melhor maneira de cortar pela raiz os românticos planos da Srta. Stone era confundi-la e intimidá-la tanto que ela ficaria aliviada quando ele fosse embora.

Seu olhar frio observou a cena encantadora, que certamente a Srta. Stone planejara com antecedência, para despertar sua admiração. A luz do sol entrava pela janela a sua direita, iluminando a brilhante massa de cabelos castanhos, e ela enrolava no dedo uma das mechas enquanto fingia estar mergulhada na leitura. Sentara-se sobre as pernas, e a saia do vestido amarelo, arranjada a sua volta em dobras graciosas, escondia-lhe os pés. Tinha um perfil sereno, em que os longos cílios sobressaíam, e um esboço de sorriso brincava nos lábios generosos. Impaciente com aquela pequena farsa, Nicolas entrou no salão.

– Um quadro encantador, *mademoiselle*. Meus cumprimentos – ele disse em tom insolente.

Erguendo a cabeça, sobressaltada, Whitney fechou o livro de etiqueta que continha as cartas de Emily e colocou-o de lado. Então levantou-se, olhando o homem que aparentava quase 30 anos e a fitava com ar frio. Era inegavelmente bonito, com seus cabelos pretos e olhos castanho-claros.

– O exame foi satisfatório, *mademoiselle*? – ele perguntou asperamente.

Percebendo que o encarava, Whitney olhou para o bilhete na mão dele.

– Veio falar com minha tia?

Para sua surpresa, ele se aproximou e entregou-lhe o bilhete.

– Sou Nicolas Du Ville, e seu mordomo disse que a senhorita estava a minha espera. Sendo assim, acredito que possa dispensar o fingimento.

Ela ficou imóvel, atônita, enquanto o homem submetia-a a um lento exame, o olhar fixando-se em seu rosto, então descendo por todo seu corpo rígido. Detivera-se um pouco nos seios, ou fora sua imaginação? Quando ele terminou de inspecioná-la pela frente, rodeou-a e observou-a de todos os ângulos, como se ela fosse um cavalo que pretendesse comprar.

– Não se dê o trabalho – recomendou quando Whitney, nervosamente, dispôs-se a abrir o bilhete. – Therèse diz que acha que perdeu uma pulseira aqui, em sua casa, mas você sabe que é apenas uma desculpa para que nós dois nos conheçamos.

Whitney estava confusa, constrangida e sentia-se insultada, tudo ao mesmo tempo. Therèse dissera que o irmão era arrogante, mas ele era simplesmente horroroso.

– Na verdade, você não é nada do que eu esperava – Nicolas disse, voltando a parar na frente dela, e havia um tom de relutante aprovação em sua voz.

– Nicolas! – exclamou Anne, entrando no salão, livrando Whitney de ter de dar uma resposta. – Que bom vê-lo! Estava a sua espera. Uma das criadas encontrou a pulseira de Therèse embaixo de uma almofada do sofá. O fecho estava quebrado. Vou buscar.

Saiu apressadamente, e o olhar perplexo de Nicki voltou-se para Whitney. Ela sorriu um tanto tremulamente, erguendo as sobrancelhas finas com ar divertido, e era óbvio que estava adorando vê-lo constrangido.

Devido à rudeza anterior, ele achou que precisava dizer algo educado. Inclinou-se, pegou o livro de etiqueta, leu o título, então olhou para Whitney.

– Está aprendendo boas maneiras, *mademoiselle*?

– Estou – ela respondeu, contendo a vontade de rir. – Gostaria que eu lhe emprestasse o livro?

Sua tirada espirituosa fez Nicki sorrir amplamente, com ar de admiração.

– Vejo que preciso compensá-la por meu comportamento de há pouco, *mademoiselle* – ele comentou. – Daria-me o prazer de uma dança, amanhã à noite?

Whitney hesitou, surpresa com o sorriso encantador e a franca admiração que havia nos olhos dele.

Confundindo seu silêncio com coquetismo, Nicolas deu de ombros, e seu sorriso caloroso desapareceu.

– Por sua hesitação, entendo que não tem mais nenhuma dança livre – comentou com zombaria. – Quem sabe, uma outra vez.

Ela compreendeu que Nicolas estava retirando o convite e refletiu que ele não só era arrogante como também perverso.

– Todas as minhas danças estão livres – informou francamente. – O senhor é o primeiro *cavalheiro* que conheço em Paris. – A deliberada ênfase na palavra "cavalheiro" não escapou a Nicki, que, de repente, atirou a cabeça para trás e rompeu numa gargalhada.

– Aqui está a pulseira – disse Anne, entrando no salão. – Por favor, Nicolas, não se esqueça de dizer a Therèse que o fecho quebrou.

Nicki pegou a pulseira, despediu-se e saiu. Entrou na carruagem, mandou o cocheiro levá-lo de volta para a casa dos pais e então relaxou, recostando-se nas almofadas de couro. Passaram por um parque, cujas tortuosas veredas eram ladeadas por uma profusão de flores coloridas. Duas belas jovens, conhecidas de Nicki, ergueram as mãos enluvadas, saudando-o, mas ele mal percebeu que a cena assemelhava-se a um quadro de Gainsborough. Seus pensamentos estavam voltados para a mocinha inglesa que acabara de conhecer.

Por mais que tentasse, não conseguia entender como Whitney Stone e sua irmã tagarela haviam se tornado amigas, pois eram tão diferentes quanto um rico vinho francês e uma singela limonada.

Therèse era bonita, agradável como limonada, mas não tinha profundezas escondidas que pudessem desafiar a curiosidade de um homem. Whitney, entretanto, era um tesouro de contrastes, cintilante como borgonha tinto, prometendo experiências estimulantes. Tão jovem ainda, suportara sua zombaria desdenhosa com notável compostura. Dentro de alguns anos, ela seria simplesmente fascinante.

Nicki riu baixinho, lembrando-se da maneira como ela se vingara da observação dele a respeito do livro de etiqueta, oferecendo-se para emprestá-lo.

Seria uma pena se uma joia rara como Whitney fosse relegada à obscuridade no concorrido baile de debutantes da noite seguinte, simplesmente pelo fato de ser uma estranha.

UMA DAS PAREDES do gigantesco salão de baile ostentava tapeçarias esplêndidas enquanto a oposta, toda espelhada, refletia a luz das dezenas de velas acesas nos lustres de cristal que pendiam do teto. Captando sua imagem num dos espelhos, Whitney nervosamente observou-se. O vestido branco de seda tinha na saia recortes curvos e franzidos, arrematados por rosinhas do mesmo tecido, mas cor-de-rosa, iguais às entrelaçadas nos pesados cachos presos no alto da cabeça. Ela refletiu que parecia muito mais calma do que realmente estava.

– Vai ser maravilhoso, você vai ver – a tia animou-a.

Mas Whitney não concordava. Sabia que não poderia competir com as magníficas louras e ruivas, com as encantadoras morenas, que riam e conversavam com rapazes em trajes pretos, cuja austeridade era aliviada por coletes coloridos, de seda ou de cetim. Ela disse a si mesma que não se importava nem um pouco com algo tão tolo quanto um baile, mas admitiu que isso não era verdade. Importava-se, sim, e muito.

Therèse e a mãe chegaram pouco antes de a orquestra começar a tocar a primeira música.

– Tenho notícias maravilhosas! – a moça cochichou para Whitney. Parecia um doce, em seu vestido branco de renda, as faces coradas e os cabelos loiros erguidos. – O criado de meu irmão é primo de minha criada e disse a ela que Nicki virá ao baile com três amigos. Apostou nos dados com os rapazes quinhentos francos contra duas horas do tempo deles esta noite. Ganhou, de maneira que os três terão de vir e dançar com você. Não...

Interrompeu-se, pedindo desculpas com um gesto, quando um jovem foi convidá-la para dançar.

Whitney ainda lutava contra o embaraço causado pelo que ouvira quando a música começou e todas as moças foram levadas ao centro do salão por seus pares. Nem todas. Sentindo-se corar, Whitney olhou para Anne, desamparada. Já sabia que não seria convidada para dançar, mas não esperava sentir-se tão horrivelmente exposta, ali de pé, entre a tia e madame Du Ville. O sentimento era dolorosamente familiar – parecia que ela estava de volta à Inglaterra, onde os convites para participar dos eventos na vizinhança eram raros e, caso fosse, ela era sempre tratada com escárnio ou ignorada.

Therèse dançou também a segunda e a terceira músicas, mas ninguém convidou Whitney, cuja humilhação era quase insuportável. A quarta música começou, e Whitney perguntou a Anne se podia sair para tomar um pouco de ar, mas, percebendo uma agitação entre as pessoas, que viravam-se para a entrada do salão, também olhou para lá.

Nicolas Du Ville e três outros cavalheiros estavam parados na larga porta em arco. À vontade em seus trajes escuros, serenamente indiferentes à atenção que estavam recebendo, examinaram a multidão. Por fim, o olhar de Nicolas pousou sobre Whitney, e ele inclinou a cabeça, cumprimentando-a. Então, os quatro entraram, caminhando na direção dela.

Whitney pressionou-se contra a parede, contendo o impulso infantil de esconder-se atrás da tia. Não desejava confrontar-se novamente com Nicolas. No dia anterior, ficara tão espantada com a arrogância dele que não se sentira intimidada. Mas, agora, o orgulho e a autoconfiança que pudesse ter estavam em farrapos. Para aumentar seu desconforto, ela estava plenamente consciente de como Nicolas parecia refinado e bonito, envergando o traje a rigor.

Observou os homens abrindo caminho entre a multidão que vigiava os movimentos deles. Mesmo em seu estado de apreensão, ela notou como Nicolas e seus companheiros contrastavam com o restante dos cavalheiros presentes. Não eram apenas vários anos mais velhos do que os outros rapazes, que cortejavam meninas ainda mais jovens, como também havia uma aura de sofisticação ao redor deles que os fazia sobressair claramente.

Madame Du Ville riu, deliciada, quando o filho cumprimentou-a.

– Nicki, eu não ficaria mais surpresa se o próprio diabo entrasse por aquela porta! – exclamou.

– Oh, obrigado, mamãe – ele agradeceu secamente, curvando-se rapidamente diante dela.

Então, virou-se para Whitney e, apertando a mão gelada que ela lhe estendeu mecanicamente, sorriu.

– Pare de se mostrar tão atônita por ver-se objeto de minha atenção, *mademoiselle* – disse com uma risadinha irritante, beijando-lhe os dedos. – Faça de conta que já esperava por isso.

Whitney fitou-o, abrindo muito os olhos, sem saber se deveria considerar-se insultada ou se agradecia o conselho não solicitado. Ele soltou-lhe a mão e ergueu uma sobrancelha, irônico, como se soubesse o que ela estava pensando, então apresentou-lhe os três companheiros.

Uma nova música começou, e, sem pedir, Nicolas simplesmente tomou Whitney pela mão e levou-a para o centro do salão. Guiou-a suavemente pelos giros da valsa, e ela concentrou-se em acompanhar-lhe os passos, como aprendera com o professor de dança.

– *Mademoiselle*, se olhar para mim, verá que a estou fitando de um modo que as pessoas que nos observam devem estar considerando caloroso e cheio de admiração – ele disse em tom divertido. – No entanto, se continuar a contar as dobras de minha gravata, vou deixar de me mostrar encantado e parecer entediado. Então, em vez de ser aceita pela sociedade, você ficará sem dançar em todos os bailes a que comparecer. Por isso, olhe para mim e sorria.

– Ora! – ela exclamou, erguendo os olhos para os dele. Viu uma expressão bem-humorada no rosto bonito, e sua indignação desapareceu. – Estou acanhada. Todos no salão parecem estar nos observando e...

– Não estão observando a nós, mas a *mim* – ele corrigiu com uma risadinha benevolente. – E conjecturando se foi *você* quem me atraiu a esta festa de virtuosos inocentes.

– Tirando-o de seu caminho habitual de vícios e depravação? – brincou ela, exibindo um sorriso.

– Exatamente – Nicki concordou, sorrindo também.

– Nesse caso, esta valsa não arruinará minha reputação antes mesmo de eu ter ganhado uma? – ela indagou com riso na voz.

– Não, mas arruinará a minha. – Nicki viu-lhe a expressão chocada, então explicou. – Não costumo comparecer a bailes de debutantes, *mademoiselle*. E nunca ninguém me viu assim, divertindo-me de verdade, dançando com uma moça de tão tenra idade.

Whitney desviou o olhar do rosto de feições masculamente cinzeladas e olhou em volta, para os jovens elegantes em seus ternos escuros e coletes de cores vibrantes. Eles olhavam para Nicki com evidente irritação, e não era para menos. O impecável traje azul-escuro de Nicolas Du Ville e sua elegância faziam com que os outros parecessem imaturos e vestidos com um pouco de exagero.

– Ainda estão olhando? – perguntou Nicki, em tom de provocação.

Whitney mordeu o lábio para engolir o riso, ao fitar novamente o rosto dele.

– Estão, mas não se pode culpá-los. Você parece um falcão entre canários.

Ele sorriu.

– E sou – afirmou baixinho. Então, acrescentou: – Tem um sorriso lindo, *chérie.*

Ela estava pensando que era *ele* que tinha um sorriso lindo quando a expressão de Nicki tornou-se carrancuda, de repente.

– O que foi? – perguntou Whitney.

– Não deixe que um homem que não seja seu noivo chamá-la de *chérie.*

– Tudo bem. Eu o colocarei em seu devido lugar com apenas um olhar – prometeu ela.

– Ótimo... *chérie* – ele aprovou, murmurando a última palavra em tom ousado.

Quando a valsa terminou, ele levou Whitney de volta para a tia. E ficou lá, à espera, olhando-a, enquanto ela dançava mais três músicas, cada vez com um de seus companheiros.

Whitney sentia-se um pouco zonza, mas à vontade e maravilhosamente bem. Já havia um bom número de cavalheiros pedindo para serem apresentados a ela. Aquilo devia-se, naturalmente, à atenção especial que vinha recebendo de Nicolas Du Ville e de seus amigos, mas Whitney estava aliviada e grata demais para importar-se com isso.

Claude Delacroix, um jovem bonito, de cabelos loiros, do grupo de Nicolas, descobriu que ela adorava cavalos, e os dois entraram em amigável desacordo sobre as melhores raças. Ele até perguntou se ela gostaria de cavalgar em sua companhia, um dia, e com certeza o convite não fora a pedido de Nicolas. Whitney, contente e lisonjeada, sorria amplamente quando voltou para junto da tia.

Nicki, entretanto, não parecia contente e não sorria quando convidou-a para dançar outra vez.

– Claude Delacroix pertence a uma família respeitada e tradicional – informou, tomando-a nos braços. – É um exímio cavaleiro, excelente jogador e bom amigo, mas não uma boa companhia para você. Não pense nele como um pretendente. Claude é perito em assuntos do coração, mas perde o interesse pelas namoradas rapidamente e...

– É um destruidor de corações? – Whitney interrompeu-o com ar solene.

– Exatamente.

Whitney refletiu que seu coração pertencia a Paul, de modo que não corria perigo.

– Vou proteger meu coração com muito cuidado – assegurou com um sorriso.

O olhar de Nicki pousou por um momento nos lábios convidativos, então nos olhos verdes como jade.

– Talvez eu deva alertar Claude para proteger o coração *dele* – comentou com um sorriso enigmático, que Whitney não decifrou. – Se fosse mais velha, *mademoiselle*, eu protegeria o meu.

Quando voltaram para junto dos outros, havia mais de dez cavalheiros esperando para convidar Whitney para dançar. Nicki, segurando-a pela mão, fez um gesto na direção do último rapaz da fila.

– André Rousseau daria um excelente marido para você – informou, e Whitney lançou-lhe um olhar entre exasperado e divertido.

– Não devia me dizer coisas desse tipo – repreendeu.

– Eu sei – ele concordou, sorrindo. – E então, estou perdoado pela minha rudeza de ontem?

– Está, sim – afirmou Whitney, sorridente. – Eu diria que minha estreia foi tão linda quanto a de um navio inglês.

Nicki sorriu-lhe de modo caloroso e levou a mão dela aos lábios.

– Boa viagem, *chérie* – disse.

Então, foi embora.

WHITNEY AINDA PENSAVA no baile quando desceu para o primeiro andar na manhã seguinte, sorrindo para si mesma e com a intenção de sair para cavalgar com a fogosa égua do tio. Vozes masculinas ecoavam no corredor, vindas da sala de visitas, e Whitney já estava saindo quando Anne apareceu na porta com um sorriso nos lábios.

– Eu já ia subir para chamá-la – a tia comentou. – Três cavalheiros vieram visitá-la.

– Me visitar? – repetiu Whitney, assustada. Uma coisa era conversar amigavelmente com rapazes, num baile. Outra, completamente diferente, era deixá-los tão interessados que eles se dispusessem a ir vê-la logo pela manhã.

– O que vou dizer a eles? O que devo fazer?

– O que deve fazer? – Anne sorriu, passando um braço pela cintura dela. – Ora, seja você mesma, querida.

Relutante, Whitney entrou na sala.

– Eu ia sair para cavalgar no parque – disse aos visitantes, três jovens cavalheiros com quem dançara na noite anterior. Eles ergueram-se rapidamente, cada um estendendo um buquê de flores em sua direção. Ela relanceou o olhar pelos ramalhetes, então sorriu de leve, maliciosamente. – Mas parece que vocês três estão vindo de lá – comentou.

Eles pestanejaram, confusos, então entenderam que Whitney brincava com eles, insinuando que haviam colhido as flores nos canteiros do parque. Então sorriram, começando a discutir de modo bem-humorado, para decidir quem teria a honra de acompanhá-la no passeio.

Para resolver a questão, Whitney, alegremente, permitiu que os três fossem com ela.

NAQUELE ANO, a Srta. Whitney Stone foi proclamada "uma jovem original". Num tempo em que as moças eram modelos de fragilidade e coquetismo, ela se mostrava impulsiva e alegre. Enquanto as jovens de sua idade falavam de maneira comedida, Whitney era sempre direta e perspicaz, nunca escondendo o que pensava.

Durante todo o ano seguinte, Anne observou a natureza fazer sua parte, e o rosto bonito de Whitney cumpriu a promessa de tornar-se notavelmente lindo. O corpo continuava esguio, mas amadurecera, mostrando curvas tentadoras. Então, no ano seguinte, ela foi proclamada "uma jovem incomparável".

Os homens diziam-lhe que era "devastadoramente bela" e "extremamente encantadora", declarando que sua beleza perseguia-os até em sonhos. Whitney ouvia os elogios e declarações apaixonadas com um sorriso meio divertido, em que havia também genuína gratidão por tanta gentileza.

Para Anne, seu comportamento lembrava o de uma ave tropical surpresa e deliciada com o próprio encanto, que pousava cautelosamente e então, quando alguém tentava capturá-la, alçava voo e fugia.

Whitney não era apenas linda. Os rapazes deixavam a companhia de moças igualmente belas para aglomerar-se ao redor dela, atraídos por sua alegria e pela espontaneidade de suas maneiras.

No início do terceiro ano de Whitney na sociedade, ela se tornou um desafio para homens mais vividos e sofisticados, que tentavam conquistá-la apenas para provar que haviam vencido quando tantos outros haviam falhado. Então, inesperadamente, apaixonavam-se por ela, que não tinha a mínima intenção de retribuir seu amor.

Todos sabiam que ela logo teria de se casar. Afinal, já estava com quase 19 anos. Até Edward Gilbert começava a preocupar-se, mas, quando comentava com a esposa que Whitney estava sendo exigente demais, Anne apenas sorria, porque tinha a impressão de que a sobrinha, ultimamente, vinha mostrando preferência por Nicolas Du Ville.

5

Pela terceira vez em dez minutos, Whitney percebeu que tornara a perder o fio da conversa. Olhou com ar contrito para as moças que haviam ido visitá-la naquela manhã, mas elas estavam tão empolgadas ouvindo Therèse falar de sua vida de mulher recém-casada que não pareciam notar sua distração.

Com gestos nervosos, manuseou a carta de Emily, que acabara de receber, imaginando, como sempre acontecia, se aquela traria a temida notícia de que Paul escolhera uma jovem para ser sua esposa. Com o coração disparado e incapaz de suportar por mais tempo a tensão causada pela dúvida, abriu a carta e começou a ler.

> Querida Whitney, de agora em diante, espero que você se dirija a mim como lady Emily, baronesa Archibald, a mulher mais feliz do mundo. Por favor, curve-se diante de mim quando nos encontrarmos, trate-me com cerimônia e faça uma porção de rapapés, para que eu acredite que de fato estou casada e tenho um título.

Nas duas páginas seguintes, Emily só elogiava o marido e contava detalhes do casamento, para o qual fora necessário tirar licença especial.

O que você conta da França também acontece aqui na Inglaterra. Um homem feio, até mesmo grotesco, será considerado um grande partido se tiver um título. Mas juro que meu marido seria maravilhoso, mesmo que não fosse barão.

Whitney sorriu, sabendo que a amiga jamais se casaria com alguém a quem não amasse.

Chega de falar de mim. Preciso contar uma coisa que esqueci de mencionar na última carta. Eu e mais cinco pessoas daqui de nossa vila fomos a uma festa em Londres. A anfitriã nos apresentou um cavalheiro francês alto e bonito chamado Nicolas Du Ville, que imediatamente alvoroçou todas as mulheres. Certa de que se tratava do mesmo homem de quem você me falou em suas cartas, fui falar com ele e perguntei-lhe se a conhecia. *Mousieur* Du Ville respondeu que sim, e, no mesmo instante, Margaret Merryton e as outras meninas rodearam-no para falar mal de você. Foi muito engraçado, e você teria morrido de rir, porque, depois de lançar-lhes um olhar que poderia tê-las transformado em pedra, ele as arrasou, contando que você faz grande sucesso em Paris e informando que é enorme o número de seus pretendentes. Chegou a insinuar que ele próprio estava interessado em você, o que deixou as garotas verdes de inveja. Tudo isso é verdade? Por que não me contou que tem Paris a seus pés?

Whitney tornou a sorrir. Embora Nicki houvesse dito que estivera com Emily em Londres, não dissera que também conhecera Margaret Merryton, a arqui-inimiga de Whitney, e as outras moças. O prazer de saber que ele a defendera desvaneceu-se quando ela refletiu que talvez Nicki realmente desejasse algo mais do que amizade. Por quase três anos, ele aparecera diversas vezes sem aviso, para convidá-la para dançar ou provocá-la a respeito de um de seus muitos admiradores. Então, desaparecia com alguma mulher deslumbrante, agarrada possessivamente em seu braço.

Alguns meses antes, porém, isso mudara repentinamente. Os dois haviam se encontrado no teatro, e Nicki, para surpresa de Whitney, convidara-a para assistir a uma ópera com ele, uma outra noite. A partir daí, passara a acompanhá-la a todos os lugares, bailes, festas, teatros. De todos os homens que Whitney conhecia, era de Nicolas Du Ville que ela gostava mais, mas achava insuportável pensar que ele pudesse ter intenções mais sérias a seu respeito.

Pensativa, ficou olhando para a carta, os olhos nublados de tristeza. Se Nicki a pedisse em casamento e ela recusasse, o que certamente faria, sua amizade com Therèse ficaria abalada, assim como a dos tios com os pais dele. Sem falar em sua amizade com Nicki, que significava muito para ela.

Voltando a atenção para a carta de Emily, continuou a ler, e foi só no fim que teve notícias de Paul.

> Elizabeth está passando uma temporada em Londres, e quando voltar, todos esperam que Paul a peça em casamento, porque, com a idade que tem, ela já devia estar casada.

Whitney achou que começaria a chorar e nunca mais pararia. Depois de tanto esforço e preparo, sentia-se pronta para conquistar o amor de Paul, mas o pai insistia em mantê-la na França, ignorando suas súplicas para voltar à Inglaterra.

Assim que as amigas foram embora, ela subiu ao quarto para escrever ao pai. Daquela vez, porém, escreveria uma carta que ele não poderia ignorar, como fizera com as outras. Queria ir para casa, precisava ir, e imediatamente.

Pensou bastante, então optou por apelar para a dignidade de Martin, que ela ferira tantas vezes, contando que desejava voltar e provar que só lhe daria orgulho. Terminou a carta dizendo que sentia muita saudade dele. Então, escreveu para Emily.

Quando desceu com as cartas para mandar que fossem enviadas, foi informada por um criado de que *monsieur* Du Ville encontrava-se no escritório e desejava vê-la *imediatamente*. Intrigada com o tom urgente do recado, foi ao encontro do amigo.

– Olá, Nicki. O dia está lindo, não? – ela comentou, entrando no aposento.

– Está? – ele replicou em tom seco, e havia tensão em seu rosto.

– Muito. Ensolarado, quente...

– Pode me dizer o que deu em você? Onde estava com a cabeça, quando participou de uma corrida de cavalos, em público? – ele indagou com irritação.

– Não foi em público – ela se defendeu, surpresa com a veemência dele.

– Não? Então, por que a notícia saiu no jornal de hoje?

– Não sei. – Ela suspirou. – Imagino que alguém disse a alguém, que disse a alguém. É assim que as notícias correm, não é? O que interessa é que venci. Derrotei o barão Von Ault!

– Não permitirei que faça coisas desse tipo! – Nicki declarou, autoritário. Ela encarou-o com raiva e espanto, e ele respirou fundo, prosseguindo em tom mais calmo – Desculpe ter falado com você desse jeito, *chérie*. Nós nos veremos no baile de máscaras dos Armand hoje à noite, a menos que você mude de ideia e me permita vir buscá-la.

Whitney sorriu, aceitando o pedido de desculpas.

– Acho melhor eu ir com meus tios e encontrar você lá – disse. – As outras moças já estão muito ressentidas comigo, achando que monopolizo sua atenção.

Nicki refletiu que ela se tornara uma obsessão para ele e amaldiçoou-se por ter deixado que isso acontecesse. Durante três anos, mantivera distância, seguindo um instinto que lhe aconselhava ter cautela. Então, havia quatro meses, tudo mudara. Depois de um encontro extremamente desagradável com uma dama que em outros tempos o divertira muito, mas que passara a aborrecê-lo com seu jeito possessivo, ele se encontrara com Whitney no teatro e, obedecendo a um impulso repentino, convidara-a para assistir a uma ópera com ele.

Na noite em que a levara à ópera, percebera que ela o cativara completamente. Whitney, além de linda e espirituosa, era brilhante e possuía um desarmante bom-senso. E era esquiva como o diabo!

Ele a encarou. A boca sensual curvava-se num sorriso afetuoso, daqueles que uma jovem dirige a um irmão querido, não a um futuro marido, e isso deixou-o exasperado.

Antes que Whitney pudesse adivinhar sua intenção, ele pegou-a pelos braços e puxou-a contra o corpo, a boca procurando os lábios dela.

– Nicki, não! Eu...

O protesto de Whitney foi interrompido pelo beijo sensual, ávido e exigente. Até então, apenas admiradores inexperientes e desajeitados haviam tentado beijá-la, e ela os repelira sem dificuldade, mas o beijo excitante de Nicki estava despertando algo novo em seu íntimo, que a surpreendia e alarmava. Conseguindo ficar imóvel e controlar o impulso de retribuir à carícia, ela recuou rapidamente, assim que ele a soltou.

– Acho que eu devia esbofeteá-lo por isso – disse, aparentando uma calma que não sentia.

Mostrava-se tão fria que Nicki, abalado pelo contato da boca macia e úmida e dos seios pressionados contra seu peito, ficou furioso.

– Quer me esbofetear? Por quê? – perguntou com sarcasmo. – Não acredito que eu tenha sido o primeiro homem a roubar um beijo seu, nem mesmo o centésimo.

– É mesmo? – Whitney replicou, magoada com a insinuação de que ela era fácil. – Bem, é óbvio que tive a honra de ser a primeira mulher que você beijou.

Mal acabara de falar quando percebeu, pela expressão irada de Nicki, que cometera um grave erro, insultando sua masculinidade.

– Não... – murmurou em tom de advertência, recuando.

Nicki avançou para ela, que se refugiou atrás da escrivaninha, encarando-o. E ali ficaram, dois combatentes separados pelo móvel, cada um esperando que o outro fizesse um movimento. De repente, a absurda infantilidade da situação atingiu Whitney, que desatou a rir.

– Nicki, o que faria se me pegasse?

Ele sabia muito bem o quê, mas também captou o ridículo da cena. Endireitou-se, e sua expressão de raiva desapareceu.

– Saia de trás dessa escrivaninha – pediu, rindo. – Dou-lhe minha palavra de que me comportarei como um cavalheiro. – Observando-o detidamente, Whitney assegurou-se de que podia confiar nele. Saiu de seu refúgio e, passando o braço pelo dele, guiou-o para a porta.

– Nós nos veremos no baile de máscaras – prometeu.

6

Lorde Edward Gilbert parou diante do espelho da sala de visitas e observou, com susto e repugnância, sua fantasia de crocodilo, um traje de seda coberto de escamas verdes que Anne comprara para ele.

Examinou-se, do topo da cabeça grotesca, onde as mandíbulas escancaradas pareciam prontas para fechar-se numa feroz mordida, até as patas, então virou-se de lado para olhar a cauda grossa que se arrastava no chão. Exatamente no centro do corpo do crocodilo, a barriga de Edward provocava uma majestosa elevação. Virando-se de costas para o espelho, ele olhou por cima do ombro e mexeu os quadris, vendo, fascinado, a cauda ondular.

– Simplesmente obsceno! – murmurou com desgosto.

Anne e Whitney entraram na sala naquele instante, e Edward virou-se para a esposa.

– Pelo amor de Deus! – ele explodiu, tirando da cabeça a parte superior da fantasia e sacudindo-a na frente da mulher. – Quer me dizer como vou poder fumar um charuto usando esta coisa?

Lady Anne sorriu tranquilamente, examinando a fantasia que comprara sem consultá-lo.

– Não encontrei a que você queria, de Henrique VIII, e sabia que não gostaria de vestir-se de elefante, de modo que...

– Fantasia de elefante?! – ele exclamou, olhando-a, zangado. – Estou surpreso que não a tenha comprado! Sei que gostaria de me ver andando de quatro, balançando a tromba e batendo no traseiro das pessoas com as presas! Senhora, tenho uma reputação a zelar, tenho dignidade...

– Quieto, querido – ela repreendeu-o carinhosamente. – O que Whitney pensará?

– Eu lhe digo o que ela pensará: que sou um asno! *Todos* pensarão isso. – Edward virou-se para Whitney. – Vamos, querida, diga a sua tia que me acha um asno completo!

Ela olhou-o com afeto, sorrindo.

– Não, tio, não acho, e sua fantasia é muito original – afirmou diplomaticamente, e então decidiu distraí-lo, mencionando um rival de muitos anos. – Mas ouvi dizer que Herbert Granville irá fantasiado de cavalo.

– Não! Verdade? – Edward riu, divertido. – Que parte do cavalo? A da frente, ou a de trás?

– Não perguntei – Whitney respondeu, rindo também. Sorrindo, ele olhou para a fantasia dela.

– Deixe-me adivinhar quem é.

Whitney girou, para que o tio a inspecionasse melhor. A túnica em estilo grego, de fina seda branca, prendia-se ao ombro esquerdo por um broche de ametista, deixando o outro ombro tentadoramente exposto. O traje colava-se de modo provocante aos seios redondos, à cintura esbelta, então descia em pregas soltas até o chão. Violetas e botões-de-ouro adornavam as mechas fartas dos cabelos brilhantes.

– Vênus – Edward decidiu.

– Não – disse ela, abanando a cabeça. – Vou lhe dar uma pista.

Abriu um manto de cetim púrpura e colocou-o nos ombros, olhando para o tio, à espera.

– Vênus – ele declarou novamente, de modo enfático.

– Não. – Whitney beijou-o no rosto. – Na verdade, a costureira deturpou a mitologia. Sou Perséfone, mas ela é sempre representada usando um traje mais simples, mais próprio de uma mocinha.

– Quem? – o tio perguntou, confuso.

– Perséfone, a deusa da primavera – Whitney explicou. – Não se lembra? Sempre a pintam com botões-de-ouro e violetas nos cabelos e um manto igual a este. Plutão a quis como esposa, raptou-a e levou-a para seu reino, o Inferno.

– Que coisa horrível – Edward comentou. – Mas gostei de sua fantasia. Todos ficarão tão ocupados tentando adivinhar quem é você que não terão tempo para conjecturar sobre a identidade do crocodilo.

Então ofereceu um braço a Whitney e o outro a Anne, que estava vestida como uma rainha medieval, com chapéu cônico, de cuja ponta pendia um véu e tudo o mais.

Ondas de riso espalhavam-se pelo superlotado salão dos Armand, anulando os esforços dos músicos, e então refluíam, deixando para trás o persistente marulho das conversas. No congestionado salão de dança, convidados fantasiados dos modos mais extravagantes lutavam por espaço para dançar ao som da música que mal ouviam.

De pé numa das laterais, cercada por sua costumeira comitiva de admiradores, Whitney sorria serenamente. Viu Nicki chegar, cumprimentar a mãe com um gesto de cabeça, então caminhar em sua direção, obviamente reconhecendo-a, apesar da meia-máscara de cetim branco que ela usava. Ele estava vindo de outra festa e não estava fantasiado. Ela observou-o com um sorriso, refletindo que admirava tudo nele, desde o jeito displicente como usava as roupas elegantes até seu charme sofisticado. Arrepiou-se quando, por um rápido instante, a lembrança do beijo flutuou-lhe na mente.

Quando se aproximou, Nicki lançou um olhar impassível para os homens ao redor dela, e eles afastaram-se um pouco para dar-lhe lugar, como se houvessem recebido uma ordem. Sorrindo de modo lisonjeiro, ele examinou a túnica grega, o manto púrpura, as flores entrelaçadas nos cabelos castanhos. Então, tomou a mão dela, levando-a aos lábios.

– Está deslumbrante, Vênus – disse, falando alto para fazer-se ouvir acima do barulho.

– Também acho – concordou uma enorme “banana” que tentava passar pelo grupo, abrindo caminho entre as pessoas.

– Devastadora! – declarou um cavaleiro de armadura, erguendo a viseira e fixando Whitney com um olhar de franca admiração.

Nicki olhou de modo frio para os dois, e ela, recatadamente, ergueu o leque aberto diante do rosto. Mas, por trás das lâminas de marfim e seda, sorria, satisfeita. Aquele era seu mundo agora, e uma sensação de segurança aqueceu-a. Na França, quando ela dizia alguma coisa diferente, não ouvia cochichos de desaprovação, nem exclamações escandalizadas. Em vez disso, as pessoas a achavam espirituosa e viva e mais tarde chegavam a repetir suas tiradas. Quando voltasse para a Inglaterra, certamente seria tratada da mesma forma, pois não era mais uma menina. Cometera grandes erros anos antes, mas aprendera muita coisa e não passaria vergonha novamente.

Notou que Nicki continuava a olhá-la, examinando o vestido insinuante, mas não se deu o trabalho de esclarecer que não estava fantasiada de Vênus. Ninguém, naquela multidão, parecia saber que existiam outras figuras femininas na mitologia, além da deusa do amor e da beleza. O manto púrpura, os botões-de-ouro e as violetas nos cabelos não lhes diziam nada.

Ela tentava decidir a quem daria a honra de buscar-lhe mais ponche quando André Rousseau, um de seus admiradores mais pacientes e constantes, notou que seu copo estava vazio.

– Isso não pode acontecer, *mademoiselle*! – exclamou em tom dramático. – Não havia percebido que tinha acabado de tomar seu ponche. Posso? – pediu, estendendo a mão para o copo.

Whitney concordou com um gesto gracioso de cabeça.

– É uma honra – ele afirmou, corando.

Pegou o copo, fez uma reverência e, lançando um olhar vitorioso para os outros cavalheiros, dirigiu-se à gigantesca fonte de cristal de onde o ponche jorrava incessantemente.

Será que Paul consideraria uma honra fazer alguma coisa por mim?, Whitney pensou, sonhadora. A ideia de vê-lo corando de satisfação pela oportunidade de servi-la era tão ridícula que ela quase riu. Ah, mas se ele pudesse vê-la, cercada de pretendentes, cortejada...

Acordou do devaneio bruscamente quando percebeu que, distraída com seus pensamentos, estivera olhando para um homem todo vestido de preto, no outro lado do salão. Abaixo da meia-máscara negra, os lábios do homem exibiram um lento sorriso divertido, e ele curvou-se ligeiramente.

Sentindo-se corar de embaraço por ter sido apanhada encarando-o, Whitney virou-se tão depressa que quase derrubou o copo que André lhe estendia.

– Seu ponche, *mademoiselle* – ele murmurou, entregando o copo como se estivesse oferecendo um punhado de diamantes. Whitney agradeceu, e o rapaz olhou para o colete de cor ameixa, agora com manchas úmidas de ponche.

Whitney perguntou como aquilo acontecera, e o jovem explicou que tivera muita dificuldade para conseguir trazer-lhe a bebida.

– Não imagina os perigos que tive de enfrentar – ele comentou. – Fui atropelado por um leão, empurrado pela banana que passou por nós, e tropecei na cauda de um crocodilo, que ainda por cima me insultou.

– Des-desculpe, André – Whitney gaguejou, sufocando a vontade de rir ao pensar no crocodilo. – Deve ter sido horrível.

– Ah, não foi nada – ele assegurou, dando, porém, a impressão de que realizara uma verdadeira proeza. – Eu faria qualquer coisa pela senhorita. Não acharia nenhuma tarefa difícil. Atravessaria o Canal da Mancha numa jangada, arrancaria o coração do peito...

– Faria outra viagem à fonte de ponche? – Whitney provocou.

Com ar solene, André jurou que faria até mesmo isso.

Nicki olhava para o jovem com um misto de piedade, divertimento e desagrado. Colocando a mão de Whitney na curva de seu braço, guiou-a na direção das portas que se abriam para o pátio.

– *Chérie*, ou você se casa com o pobre André, ou acaba logo com as esperanças dele – aconselhou. – Do contrário, ele acabará fazendo algo muito perigoso por você, como, por exemplo, atravessar a rua.

– Acho que *devo* me casar com ele – Whitney respondeu com um sorriso audacioso – Afinal, você mesmo disse que André daria um excelente marido, lembra?

Nicki não disse nada até saírem para o pátio.

– Seria um erro – declarou então. – A família de André e a minha são amigas, e essa amizade ficaria totalmente arruinada se eu tivesse de matar o único filho dos Rousseau só para transformar você em uma viúva.

Whitney ficou atônita com as palavras ameaçadoras, mas, quando ergueu a cabeça para olhar para Nicki, ele estava sorrindo.

– Que coisa feia, Nicolas Du Ville! – ela ralhou. – Gosto de André e gosto de você. Somos todos amigos.

– Amigos? – ele ecoou. – Eu e você somos mais do que isso, não acha?

– Bons amigos, então – Whitney teimou, sentindo-se nervosa.

Os dois ficaram no pátio, conversando com conhecidos que passavam por eles enquanto Whitney pensava no que poderia fazer para que Nicki não tentasse transformar seu relacionamento em algo mais que amizade.

– Qual a idade apropriada para uma moça inglesa se casar? – ele perguntou de súbito, assustando-a.

– Trinta e cinco – ela respondeu prontamente.

– Pare com isso. Estou falando sério.

– Muito bem. Vinte e cinco, no máximo – ela informou sorrindo, tentando manter o tom de brincadeira.

– Penso que está na hora de *você* começar a pensar no assunto – Nicki observou.

– Prefiro pensar em dançar.

Ele pareceu disposto a argumentar, mas apenas ofereceu-lhe o braço.

– Então, vamos – convidou em tom seco.

Mas até nisso ele ia ser contrariado.

– Infelizmente, *monsieur*, a Srta. Stone me prometeu esta valsa – anunciou uma voz profunda atrás deles.

Whitney virou-se, surpresa, e viu um homem todo de preto sair das sombras com a capa esvoaçando a sua volta. Reconheceu-o pelo sorriso zombeteiro. Era o cavalheiro que lhe sorrira do outro lado do salão.

– Prometeu-me esta dança, senhorita – "Satã" repetiu.

Whitney não fazia ideia de quem ele era e hesitou, apesar de estar ansiosa por livrar-se de Nicki e de sua conversa sobre casamento.

– Não me lembro de ter prometido uma dança a alguém – comentou.

– Prometeu, sim, meses atrás – o homem informou, pegando-a pelo cotovelo e exercendo suficiente pressão para forçá-la a andar na direção de uma das portas do salão.

Contendo o sorriso provocado pela audácia do estranho, Whitney olhou por cima do ombro e pediu desculpas a Nicki, que a observava com um olhar gélido.

Esqueceu-o, porém, no momento em que o homem tomou-a nos braços e deslizou com ela ao ritmo inebriante da música, dançando com a graça e a leveza de alguém que já dançara mil valsas. Os dois flutuaram, girando e girando em silêncio, até que Whitney não pôde mais conter a curiosidade.

– Prometi, mesmo, que dançaria com o senhor esta noite? – ela perguntou.

– Não.

A resposta lacônica e franca a fez rir.

– Quem é o senhor?

Ele exibiu um sorriso preguiçoso.

– Um amigo.

Whitney, porém, não conhecia aquela voz.

– Talvez já nos tenhamos visto, mas certamente não somos amigos – disse.

– Vou ter de remediar isso – o homem declarou, seguro de si.

Ela sentiu o desejo perverso de abalar um pouco aquela autoconfiança arrogante.

– Receio que seja impossível. Já tenho tantos amigos que não sei o que fazer com eles, e todos juraram que me seriam leais até a morte. Não há lugar para mais nenhum.

– Nesse caso, um deles terá de sofrer um acidente – o estranho comentou, com um brilho divertido nos olhos cinzentos.

Whitney não conseguiu reprimir um sorriso. Sabia que o que ele dissera não era uma ameaça. O estranho estava jogando um xadrez verbal com ela, e era delicioso contra-atacar suas investidas.

– Seria cruel de sua parte apressar o desaparecimento de um de meus amigos. Eles são infames e certamente acabariam em um lugar onde o clima não é nada bom.

– Quente demais, talvez – ele sugeriu.

Com um suspiro de fingida mágoa, Whitney concordou, movendo a cabeça.

– Receio que sim.

Ele riu, e seu riso era profundo e contagiante. Os olhos cinzentos adquiriram uma expressão indagadora, que Whitney achou inquietante. Desviando o olhar, ela imaginou quem poderia ser aquele homem. Lá fora, no pátio, ele falara em perfeito francês, no entanto, dançando com ela, passara a usar o inglês, com a mesma perfeição, sem um traço de sotaque. A parte do rosto não coberta pela máscara era bronzeada, e ele não poderia ganhar aquela cor na França, no início da primavera. Tampouco na Inglaterra.

A tarefa de tentar identificá-lo, entre as centenas de homens a quem fora apresentada desde que chegara a Paris, parecia impossível, mas Whitney não desistiu. Pensava em todos os conhecidos, descartando um após o outro. O estranho devia ter quase 1,90 metro de altura, e essa era uma característica marcante. E olhos cinzentos como aqueles não eram comuns. Não, ela não o conhecia. No entanto, *ele* parecia conhecê-la bem, pois descobrira sua identidade, apesar da máscara.

Quando a valsa terminou, Whitney começou a afastar-se, pretendendo voltar para junto de Nicki, mas o estranho pegou-a pela mão e levou-a na direção das portas do outro lado, que abriam-se para o jardim.

Já estavam do lado de fora quando Whitney começou a achar que era imprudência ficar a sós com um homem que não conhecia. Ia recusar-se a dar outro passo quando notou que havia muitas pessoas caminhando pelas alamedas iluminadas por lanternas e que certamente nenhuma hesitaria em socorrê-la se o estranho deixasse de se comportar como um cavalheiro. Não que ela duvidasse da boa conduta dele, pois os Armand eram extremamente meticulosos na escolha de seus convidados.

Caminhando ao lado do enigmático "Satã", ela desamarrou os cordões da máscara, tirando-a. Com a pequena peça de cetim na mão, aspirou, deliciada, o perfumado ar de primavera. Chegaram a um conjunto de mesa e cadeiras brancas de ferro, num local não muito longe da casa, e o homem puxou uma cadeira para ela.

– Não, obrigada. Prefiro ficar em pé – Whitney disse, admirando a beleza da noite enluarada.

– Bem, Perséfone, como poderá haver amizade entre nós se nenhum de seus atuais amigos me fará o favor de morrer prematuramente?

Whitney sorriu, satisfeita pelo fato de uma pessoa, ao menos, ter percebido que ela não se vestira de Vênus.

– Como soube quem sou? – ela perguntou, referindo-se à fantasia de Perséfone.

– Nicolas Du Ville está sem máscara – ele respondeu, entendendo mal a pergunta. – E como me disseram que vocês dois são inseparáveis, não foi difícil deduzir.

Saber que falavam dela e de Nicki como "inseparáveis" deixou Whitney aborrecida, e ela franziu a testa.

– Vejo que minha resposta a desagradou – o estranho comentou. – Eu deveria ter sido honesto e dito que certos atributos seus levaram-me a adivinhar sua identidade, mesmo antes de Du Ville chegar.

Deus! Ele de fato deixara o olhar vaguear por seu corpo enquanto falava ou fora impressão?, pensou Whitney. Viu-o sentar-se na borda da mesa, sinal de que não tinha pressa de voltar para dentro, o que a inquietou.

– Quem é o senhor? – perguntou.

– Um amigo.

– Não, não é! Nenhum de meus conhecidos tem a sua altura ou olhos iguais aos seus, muito menos essa ousadia, tão pouco própria de um inglês. – Whitney fez uma pausa, examinando-o, incerta. – O senhor é inglês, não é?

Ele deu uma risadinha.

– Que falta a minha! Devo ter usado alguma expressão bem inglesa durante nossa conversa, para que a senhorita tenha tanta certeza da minha nacionalidade.

O bom humor dele era tão contagiante que ela não pôde deixar de sorrir.

– Muito, bem, senhor, agora que admitiu ser inglês, diga-me quem é.

– Quem você gostaria que eu fosse, *beautiful lady*? – ele perguntou. – As mulheres adoram títulos de nobreza. Ficaria contente se eu dissesse que sou um duque?

Whitney desatou a rir.

– Pode ser salteador ou até pirata, mas duque? Então eu sou rainha – replicou.

O sorriso dele desapareceu, dando lugar a uma expressão confusa.

– Posso saber por que acha tão impossível que eu seja um duque?

Pensando no único duque que conhecera em toda sua vida, Whitney olhou-o da cabeça aos pés.

– Em primeiro lugar, se fosse duque, usaria um monóculo – argumentou.

– Como eu poderia usar um monóculo se estou de máscara?

– Duques não usam monóculos para ver melhor, mas por pura afetação – ela declarou. – É através deles que examinam as mulheres reunidas num baile. Mas essa não é a única razão pela qual o senhor não pode ser um duque. Não usa bengala, não ofega, não torce a boca com descaso e, desculpe a honestidade, não me parece que sofra de gota.

– Gota!? – ele exclamou, dando uma gargalhada.

– Gota – ela confirmou. – Sem todas essas características, nunca convencerá ninguém de que é duque. Não poderia escolher outro título, mais baixo? Talvez passasse por conde se pestanejasse por causa de um tique nervoso ou tivesse um pé torto.

Ele tornou a rir gostosamente. Então, olhou-a de modo pensativo e quase terno.

– Srta. Stone, nunca lhe ensinaram que não se deve zombar de títulos de nobreza, mas sim respeitá-los? – perguntou, com fingida gravidade.

– Tentaram me ensinar – ela respondeu, rindo.

– Mas...

– Como pode ver, não conseguiram.

Por um longo momento, ele observou a perfeição do rosto dela, então fitou-a nos olhos.

– A primeira pista que teve, para decidir que não sou duque, foi a falta do monóculo? – indagou.

Ela brincou com as tiras da máscara e sorriu, assentindo.

– Se fosse, estaria com um monóculo o tempo todo.

– Mesmo cavalgando numa caçada? – ele persistiu.

Ela deu de ombros.

– Se fosse duque, seria gordo demais para cavalgar.

Ele se aproximou e, num gesto rápido, pegou-a pelos pulsos, puxando-a, e seus corpos tocaram-se.

– Acha que duques usam seus monóculos até na cama?

Whitney, que ficara sem ação, de tanta surpresa, livrou-se das mãos dele e recuou, fitando-o gelidamente, pronta para repreendê-lo com aspereza.

– Quer que eu vá buscar champanhe? – ele ofereceu, antes que ela dissesse uma palavra.

– Quero que vá direto para o... – Whitney calou-se de repente, engolindo a ofensa. Então, murmurou:

– Quero, sim, obrigada.

O estranho continuou parado por um instante, observando-a, então virou-se e começou a andar na direção da casa. No instante em que ele desapareceu, entrando por uma das portas em arco, ela deixou escapar um longo suspiro de alívio. Então, correndo, atravessou o gramado e entrou no salão pelo lado oposto.

Dali por diante, a noite deixou de ser divertida. Whitney estava tensa, temendo que o homem, a quem ela sempre chamaria de Satã, a abordasse novamente. Ele, porém, permaneceu distante, conversando e rindo com um grupo de pessoas.

Mas, enquanto esperava em companhia dos tios para despedir-se dos anfitriões, ela ficou observando-o e notou que ele ouvia com atenção o que uma sorridente loura lhe dizia. Então, ao vê-lo rir de alguma coisa que a moça dissera, Whitney corou, lembrando-se do modo como ele rira com ela, no jardim. Irritada, perguntou-se quem seria a loura. Amante dele, decidiu com desprezo, pois era óbvio que aquele homem nunca perderia tempo com uma mulher que não quisesse desempenhar esse papel, nem que fosse por uma noite!

Então, ele se virou de repente, e, pela segunda vez, Whitney foi apanhada olhando-o fixamente. Ela ergueu o queixo com altivez, sustentando o olhar dele. Satã sorriu e fez um gesto de cabeça em sua direção. Era um arrogante, um convencido, ela pensou, procurando nomes mais ofensivos para dar-lhe.

– O que há com você, querida? – perguntou a tia, num murmúrio.

Whitney fez um gesto cauteloso na direção da porta, onde Satã colocava uma capa nos ombros da loura.

– Sabe quem são aquele homem e aquela mulher, tia?

Anne observou os dois.

– Não... – Calou-se abruptamente, no momento em que a loura tirou a meia-máscara. Em seguida, informou: – Aquela é Marie St. Allermain, a famosa cantora.

Fez uma pausa, examinando atentamente o homem moreno.

– Se ele está com Marie St. Allermain, então deve ser... Oh, meu Deus, é!

Continuando a seguir Satã com os olhos, Whitney viu-o passar um braço pelos ombros da mulher e conduzi-la para fora do salão.

– Por que perguntou? – Anne quis saber.

A última coisa que Whitney desejava era confessar que fora para o jardim com um homem que nunca vira antes.

– Eu... pensei que fosse um conhecido, mas vejo que não é – respondeu.

Ficou enormemente aliviada quando a tia não deu prosseguimento ao assunto.

Anne suspirou, aliviando a tensão causada pelo momentâneo interesse de Whitney por aquele homem fascinante. Planejava dar um futuro brilhante à sobrinha, sonhava com isso, e não suportaria vê-la como mais uma conquista do duque de Claymore. Ele era amante de Marie St. Allermain havia quase um ano, e diziam que chegara a acompanhá-la à Espanha, onde ela cantara para o rei e a rainha, dois meses antes.

De acordo com os rumores, o homem envolvera-se com todas as mulheres bonitas e de boa linhagem da Europa, mas casamento não parecia fazer parte de seus planos. Por onde o belo duque passava, deixava atrás de si um cortejo de jovens desiludidas. Era o último homem, em todo o continente, por quem Anne desejava que Whitney se interessasse.

O último homem em todo o mundo!

7

Exatamente quatro semanas após o baile de máscaras dos Armand Matthew Bennett saiu de seu escritório e entrou no magnífico coche laqueado que ostentava na porta o dourado brasão ducal dos Westmoreland. Acomodou-se e colocou a seu lado a maleta de couro que continha os relatórios sobre a Srta. Whitney Allison Stone. Então estendeu as longas pernas, pondo-se à vontade.

Fazia mais de um século que a família Westmoreland confiava seus assuntos particulares aos Bennett. O atual duque, Clayton, passava a maior parte de seu tempo na Inglaterra, de modo que o pai de Matthew, responsável pelo escritório da firma em Londres, se relacionava com ele. Até o momento, Matthew comunicara-se com o duque apenas por cartas, e portanto estava ansioso por causar boa impressão naquele primeiro encontro.

O coche correu por uma estrada de curvas suaves entre colinas ondulantes e floridas, quando, finalmente, após uma longa subida, a residência francesa do duque apareceu, deixando Matthew maravilhado. Erguida no topo de um pequeno monte, a extensa casa de dois andares, toda de pedras, era rodeada por terraços em degraus, com vista panorâmica.

Entrando por uma alameda, o coche parou diante da mansão. Matthew pegou a maleta e desembarcou, começando a subir os largos degraus em direção à porta principal. Foi atendido por um mordomo de libré, entregou-lhe seu cartão e foi levado a uma espaçosa biblioteca, cujas estantes, embutidas nas paredes, exibiam uma infinidade de livros.

Ficando sozinho, Matthew observou, admirado, os objetos de arte dispostos sobre mesas de sequoia. Havia um magnífico Rembrandt acima da lareira de mármore e uma esplêndida coleção de gravuras do mesmo artista cobria parte de outra parede. Enormes portas de vidro abriam-se para um terraço, de onde a vista era de tirar o fôlego, e, no lado oposto, perto das janelas, ficava uma imensa mesa de carvalho, cujos entalhes representavam trepadeiras cheias de folhas. Matthew reconheceu a mesa como uma peça do final do século XVI, e, a julgar pelo maravilhoso trabalho artesanal, o móvel provavelmente já pertencera a um palácio real. Cruzando o aposento, cujo piso era coberto por um gigantesco e espesso tapete persa, ele sentou-se numa das cadeiras de espaldar alto viradas para a mesa, depositando a maleta a seu lado, no chão.

Pouco tempo depois, a porta da biblioteca abriu-se e alguém entrou. Matthew pôs-se rapidamente de pé, olhando de modo avaliador para o homem moreno, de quem dependia seu futuro profissional. Clayton Westmoreland tinha pouco mais de 30 anos, era muito alto e decididamente bonito. Havia uma vigorosa determinação em suas passadas largas e rápidas, que deixavam adivinhar uma vida ativa, diferente da existência indolente que Matthew normalmente atribuía a cavalheiros nobres e ricos. Uma inconfundível aura de poder e eficiência emanava dele.

Um par de penetrantes olhos cinzentos fixaram-se em Matthew, que engoliu em seco nervosamente. O duque acomodou-se na poltrona atrás da mesa e fez um gesto, convidando-o a voltar a sentar-se.

– Podemos começar, Sr. Bennett? – perguntou, em tom de calma autoridade, depois que Matthew sentou-se.

– Certamente, senhor. De acordo com suas instruções, investigamos a vida e a família da jovem em questão. A Srta. Stone é filha de Susan Stone, que morreu quando a menina tinha 5 anos, e de Martin Stone, que ainda vive. Nasceu no dia 30 de junho de 1800, na casa da família, perto da vila de Morsham, distante de Londres aproximadamente sete horas.

Matthew fez uma pausa, pigarreando.

– A propriedade é pequena, mas produtiva – continuou. – Martin Stone leva a vida costumeira dos proprietários de terras. Quatro anos atrás, sua situação financeira sofreu um sério abalo, por causa das chuvas prolongadas que caíram sobre aquela região. As propriedades que não tinham um sistema adequado de drenagem foram muito prejudicadas, e a de Stone mais que todas, porque ele se dedicara apenas à lavoura e não tinha fontes alternativas de renda, como rebanhos, por exemplo.

Parando de falar por um momento, tornou a pigarrear.

– Nossos relatórios mostram que Stone, então, fez investimentos muito grandes e imprudentes numa série de negócios arriscados, que fracassaram. Fez novos investimentos da mesma natureza, talvez na esperança de recuperar o que perdera. Mais uma vez, foram desastrosos, e dois anos atrás ele hipotecou a propriedade para conseguir capital para seu último e maior investimento, numa empresa de navegação em uma de nossas colônias. Infelizmente, isso também não deu certo. No momento, ele está com a propriedade sob pesada hipoteca e afundado em dívidas.

Inclinou-se e tirou um maço de papéis da maleta.

– Esta é a lista de credores de Martin Stone – informou. – Acreditamos que ainda haja outros, que não descobrimos em função do curto período em que efetuamos a investigação.

Colocou os papéis sobre a mesa, então esperou que o duque os examinasse e desse seu parecer.

Clayton Westmoreland pegou-os e reclinou-se na poltrona, lendo a lista com expressão impassível.

– Qual o total da dívida? – perguntou, ao chegar ao fim da última página.

– Cerca de cem mil libras, senhor.

A enormidade da quantia pareceu não afetar o duque, que devolveu os papéis a Matthew.

– O que descobriram sobre a moça? – perguntou.

Tirando da maleta uma pasta de papelão marcada com o nome Whitney Stone, Matthew refletiu que era natural que o duque quisesse saber tudo sobre a jovem. Clayton Westmoreland não dissera isso, mas era óbvio que pretendia tomar a moça como amante, dando-lhe em troca uma casa confortável e uma fonte de renda. Com certeza, seu interesse na família dela devia-se ao fato de ele querer descobrir que tipo de oposição enfrentaria, se houvesse alguma.

Para Matthew, sempre preocupado com o aspecto legal das coisas, a horrível situação financeira de Martin Stone já decidira o desfecho da questão. O homem não hesitaria em passar para o conde a responsabilidade de sustentar a jovem. Que outra opção tinha? Não poderia continuar a vesti-la e mantê-la na alta sociedade por muito tempo. Podia estar preocupado com a reputação da filha, mas com certeza reconhecia que sua própria reputação corria um risco muito maior. Os credores, a qualquer momento, descobririam que ele estava arruinado e o colocariam na prisão.

Corando ao perceber que se perdera em pensamentos, Matthew olhou para a pasta em suas mãos e abriu-a rapidamente.

– Embora tenha sido difícil investigar a vida da jovem sem levantar suspeitas indesejáveis, descobrimos que a Srta. Stone foi uma criança difícil, de comportamento imprevisível. Ela é instruída, teve vários professores particulares, fala francês e grego fluentemente, o que lhe permite servir de intérprete para o tio em reuniões sociais em que estejam presentes diplomatas. Lê livros em italiano, latim e alemão e talvez até fale essas línguas, mas não temos certeza.

Matthew hesitou, sentindo-se um tolo ao dizer a lorde Westmoreland o que ele já devia saber.

– Continue – o duque pediu, encorajando-o.

– Muitas das pessoas com quem entramos em contato disseram que a moça e o pai viviam em grande discórdia – Matthew prosseguiu. – Algumas culpam Martin Stone por essa situação, mas a maioria considera-o um infeliz por ter uma filha rebelde, indomável. Com 14 anos, a Srta. Stone desenvolveu uma... bem... uma paixão violenta por um cavalheiro de nome Paul Sevarin, dez anos mais velho que ela, que se aborrecia muito com seu assédio. Por causa disso, e por não poder controlá-la, o pai decidiu mandá-la para a França, sob a tutela dos tios, quando ela estava com 16 anos. Foi apresentada oficialmente à sociedade parisiense aos 17, a idade costumeira, e desde então vem gozando de enorme popularidade entre os jovens cavalheiros. Claro que isso logo acabará quando descobrirem que o pai está falido e ela não tem dote.

Embaraçou-se ao perceber que acabava de fazer um comentário pessoal e lançou um olhar de desculpas para o duque.

– A Srta. Stone desencoraja todos os pretendentes assim que percebe que eles tencionam pedi-la em casamento – continuou. – Os que persistem e vão falar com o tio dela, lorde Edward Gilbert, são rejeitados por ele, aparentemente em nome de Martin Stone. A moça tem maneiras perfeitamente aceitáveis, embora um tanto peculiares, e...

Deixando o procurador com seus próprias pensamentos, o duque irrompeu numa risada, confundindo Matthew, que se calou abruptamente.

– Suas informações são bastante acuradas – afirmou, pensando em Whitney e no modo como ela zombara dos títulos de nobreza. – Há mais alguma coisa, Sr. Bennett?

– Lorde Edward Gilbert, como o senhor deve saber, é adido da embaixada britânica aqui na França e sua reputação é imaculada. A Srta. Stone relaciona-se muito bem com ele e com a tia, lady Anne

Gilbert. Atualmente, a opinião geral é de que Nicolas Du Ville está prestes a pedir a mão da jovem, e que o tio dela concordará com o casamento. A família Du Ville é uma das mais importantes da França, e Nicolas é seu herdeiro, por ser o único filho do sexo masculino.

Matthew fechou a pasta, olhando para Clayton Westmoreland.

– Foi tudo o que pudemos descobrir durante o tempo que o senhor nos concedeu – finalizou.

O duque levantou-se e foi até uma das janelas com vista para as colinas. Cruzando os braços, ficou olhando para fora enquanto revisava pela última vez o plano que pretendia executar.

Sempre que ia à França e via Whitney, sentia-se atraído por ela. E não podia deixar de rir ao saber de alguma artimanha que ela usara para afastar um pretendente mais persistente. Os dois haviam sido apresentados duas vezes, mas na primeira Whitney era jovem demais para que Clayton tivesse intenções a seu respeito, e, na segunda, estava rodeada de tantos admiradores que apenas olhara-o de modo distraído e obviamente nem ouvira seu nome.

Depois disso, ele evitara novos contatos, sentindo que Whitney precisaria ser cortejada durante muito tempo antes de cair em seus braços. Tempo, porém, era o que Clayton não tinha. E ele nunca precisara cortejar mulheres. Eram *elas* que o cortejavam!

Então, havia quatro semanas, ficara a sós com Whitney, no jardim dos Armand. Pudera observá-la à vontade, lutando contra o desejo insano de sufocar seu riso delicioso com beijos, erguê-la nos braços, levá-la para um canto distante e possuí-la completamente.

Whitney era uma tentação, uma feiticeira nata, uma sedutora com sorriso de anjo, tinha o corpo esguio e perfeito de uma deusa, um encanto puro que o fazia sorrir quando pensava nela. Além disso, possuía senso de humor e um jeito irreverente de descobrir o ridículo que existia por trás de certas coisas tidas como sérias. Nisso, os dois eram muito parecidos.

Clayton desistira de compreender as razões que o haviam levado a tomar aquela decisão drástica. Desejava Whitney, e essa era uma razão mais do que suficiente. Ela era cheia de vida, espirituosa, inquieta como uma borboleta. Nunca se tornaria tediosa como as outras mulheres, disso ele tinha certeza, pois aprendera muito nos longos anos de experiência com o sexo oposto.

Com passadas decididas, voltou para sua poltrona atrás da mesa.

– Vocês terão de preparar alguns documentos e providenciar a transferência de uma grande soma quando Stone aceitar minha oferta – informou.

– *Se* aceitar – Matthew corrigiu-o automaticamente. Clayton ergueu as sobrancelhas sardonicamente.

– Aceitará.

Matthew era um respeitado consultor jurídico, e sua autodisciplina não lhe permitia exibir nenhuma emoção diante de um cliente. No entanto, ergueu a cabeça e fitou o duque com expressão atônita quando ele começou a ditar as condições que Martin Stone deveria aceitar para receber uma espantosa quantia.

De pé à janela, Clayton observou a partida do coche que levava Matthew Bennett de volta a Paris. Já estava impaciente para ver toda a transação concluída. Desejava Whitney como nunca desejara outra mulher, mas de modo algum a cortejaria na França, engrossando as fileiras de seus admiradores e portando-se como um idiota. Isso ele não faria por ninguém, nem mesmo por ela. Além disso, já estivera fora da Inglaterra por tempo demais. Precisava voltar para cuidar de seus interesses mais de perto.

Como a propriedade de Stone ficava a apenas sete horas de Londres, ele se estabeleceria ali perto, de modo que pudesse fazer a corte a Whitney sem negligenciar seus negócios. Uma solução perfeita. Clayton decidiu que, assim que Stone assinasse o contrato e recebesse o dinheiro, ele chamaria Whitney de volta para casa.

Nem por um momento ocorreu-lhe a hipótese de Martin Stone recusar sua oferta e, quanto a Whitney, ele não tinha a menor dúvida de que a conquistaria.

Havia, porém, algo que o preocupava: a desavença entre pai e filha. Existia pouca possibilidade de Whitney vir a saber do arranjo antes do tempo oportuno, mas, se isso acontecesse, ela poderia rebelar-se apenas para desafiar Martin Stone. Os instintos de Clayton alertavam-no que, se Whitney decidisse fazer-lhe oposição, seria uma adversária bastante determinada. E ele não queria lutar contra ela, queria possuí-la.

Além disso, havia a complicação de ele ser quem era, e da notoriedade que isso acarretava. Clayton estava gostando da ideia de um namoro à moda camponesa, mas isso não seria possível se todos lhe fizessem reverências e se mantivessem respeitosamente a distância. No instante em que os jornais descobrissem que ele estava morando numa região rural, começariam a conjecturar o motivo e causariam enorme furor. Os habitantes da vila, então, passariam a vigiar seus movimentos com fanática curiosidade, principalmente quando notassem seu interesse por Whitney.

Como a opinião dela a respeito da nobreza, e dos duques em particular, não era das melhores, Clayton refletiu que seria melhor manter em segredo não só o trato com Martin Stone, como também sua identidade, até que Whitney se apaixonasse por ele.

UMA SEMANA DEPOIS, Matthew voltou à propriedade francesa de Clayton Westmoreland e foi levado a uma espaçosa varanda. O duque, sentado a uma mesa de ferro trabalhado, examinava alguns papéis.

– Tomaria um conhaque comigo, Matthew? – convidou.

– Naturalmente, senhor. Obrigado – respondeu o visitante, encantado por ser chamado pelo nome de batismo e pela oferta amigável de tomar um conhaque.

O duque de Claymore olhou para o criado que se mantinha à espera, junto da balaustrada, e o homem se afastou e voltou pouco depois com uma garrafa de conhaque e dois copos numa bandeja.

Alguns minutos depois, o duque empurrou os papéis para o lado e olhou para Matthew, que ocupara uma cadeira a sua frente. Da mesma forma que o criado, Matthew reagiu ao comando silencioso, tirando alguns documentos da maleta.

– De acordo com suas instruções, incluí a cláusula que diz que o senhor se tornará financeiramente responsável pela Srta. Stone, custeando todas as despesas dela. Gostaria de estipular uma quantia máxima? – perguntou, entregando os papéis ao duque.

– Não. Assumirei a responsabilidade total – respondeu Clayton, correndo os olhos pela primeira página.

Continuou a ler e, instantes depois, pousou os papéis na mesa, sorrindo para Matthew.

– Bem, o que acha? – perguntou.

– Gostaria de saber o que a *Srta. Stone* acha – Matthew respondeu, retribuindo o sorriso.

– Ela não acha nada, por enquanto, porque ainda não sabe da proposta. Para ser mais claro, não sabe nem de mim.

Matthew disfarçou o espanto, tomando um gole generoso de conhaque.

– Nesse caso, senhor, desejo que tenha sorte, não só com o pai, como também com a filha.

O duque fez um gesto displicente com a mão, insinuando que não precisava de sorte, e reclinou-se na cadeira.

– Vou para a Inglaterra ainda esta semana falar com Martin Stone – informou. – Se entrarmos num acordo, precisarei de um lugar para morar perto da propriedade dele. Por favor, envie uma mensagem a seu pai, pedindo-lhe para encontrar uma casa confortável naquelas redondezas. Confortável, mas modesta.

Fez uma pausa, ignorando a expressão atônita de Matthew.

– Se possível, uma que fique a meia hora de viagem, no máximo, da propriedade de Stone. Preciso resolver o assunto com a Srta. Stone rapidamente e não pretendo perder tempo viajando longas distâncias para vê-la.

– Uma casa modesta, mas confortável, a meia hora de viagem da residência dos Stone – repetiu Matthew, parecendo meio zonzo.

Clayton sorriu, notando sua perplexidade.

– Correto. O contrato de aluguel deverá ser feito em nome de Westland, não Westmoreland. Assim que eu e minha criadagem estivermos instalados, viveremos o mais discretamente possível. Serei apenas um novo vizinho, chamado Clayton Westland.

– Certamente, não para a Srta. Stone.

– *Especialmente* para a Srta Stone.

8

Um mês mais tarde, Wilson, o distinto mordomo dos Gilbert, entrou no escritório de lorde Edward e entregou-lhe a correspondência. A carta no topo da pilha viera da Inglaterra.

Cinco minutos depois, Edward abria impetuosamente a porta do escritório e aparecia no corredor, onde o mordomo aguardava ordens.

– Wilson! – berrou sem necessidade. – Peça para lady Gilbert vir aqui, já! Não seja mole, homem! Depressa!

O homem afastou-se correndo, as abas da casaca agitando-se atrás dele.

– O que foi, Edward? – perguntou Anne, entrando no escritório instantes depois.

– Veja isto! – respondeu o marido, passando-lhe a carta de Martin Stone. Anne olhou do rosto dele para a assinatura no final da única página.

– Ele quer que Whitney volte para casa? – perguntou com voz atormentada, adivinhando a verdade.

– Exatamente. Diz que me reembolsará por todas as despesas que tive com ela nos últimos quatro anos, bastando que eu mande a conta – explicou Edward, furioso. – E mandou uma verdadeira fortuna junto com a carta, para que Whitney compre roupas e acessórios antes de voltar para a Inglaterra. Quem, por todos os demônios, ele pensa que é? Miserável! Não mandarei conta nenhuma, e pagarei por tudo o que ela comprar para levar. Martin pode pegar o dinheiro dele e...

– Whitney vai embora – murmurou Anne com voz entrecortada, deixando-se cair numa cadeira. – Eu me iludi, pensando que ele a esquecera. – Fez uma pausa, e então seu rosto iluminou-se. – Já sei o que vamos fazer! Escreva a Martin e conte que existe a possibilidade de Whitney casar-se com Nicolas Du Ville. Ganharemos tempo.

– Leia a carta. Ele diz que Whitney terá de partir dentro de um mês, a contar do dia em que recebêssemos a carta, e que não admitirá atraso, sob pretexto algum.

Anne leu, sentindo-se entorpecida.

– Martin diz que Whitney deverá usar esse tempo para despedir-se dos amigos e comprar roupas de suas modistas favoritas – comentou, tentando animar-se. – Acho que ele mudou, nos últimos quatro anos. Do contrário, nunca pensaria em aconselhar Whitney a comprar roupas em Paris, onde a moda é tão avançada. Edward, você acha que aquele rapaz por quem Whitney era apaixonada quando mais nova pediu a mão dela em casamento?

– Não acredito. Martin, aquele miserável, se vangloriaria disso se fosse o caso. Diria que foi bem-sucedido na missão em que até agora falhamos – lorde Gilbert olhou para a esposa. – É melhor ir contar a Whitney e acabar logo com isso. Também vou falar com ela daqui a pouco.

Whitney ficou imóvel, tentando assimilar a notícia que esperara tão ansiosamente.

– Estou... estou contente por poder voltar para casa, tia Anne – conseguiu dizer por fim. – Mas é que...

A voz morreu-lhe na garganta. Contente? Estava aterrorizada. Agora que tinha a chance pela qual tanto esperara, temia falhar na tentativa de conquistar Paul. Uma coisa era estar em Paris, rodeada por homens que a adoravam; outra, muito diferente, era fazer Paul vê-la da mesma maneira que seus admiradores a viam. Além disso, ela teria de lidar com o pai, com Margaret Merryton e com as mães da vizinhança, que sempre a haviam feito sentir-se menor do que uma lesma. Ali, na França, estava com os tios que a amavam, que riam com ela, que lhe ofereciam carinho e uma vida feliz.

Anne tinha o rosto voltado para a janela, mas Whitney teve tempo de ver uma lágrima rolar de seus olhos. Se a tia estava apreensiva a respeito de sua volta para casa, era porque não era ainda o momento de partir. E Whitney não se sentia pronta para enfrentar o que a esperava em casa.

Voltou-se para o espelho, procurando encontrar consolo na própria aparência. Em Paris, diziam que ela era linda. Paul diria o mesmo? O espelho anulou essa ideia. Já estava acontecendo, ela pensou em pânico. Nem partira e já sentia a máscara esfacelar-se. O que via era uma moça sem graça, desajeitada, alta demais, que movia as mãos nervosamente. Whitney examinou o nariz e julgou ver traços das sardas que tanto odiava.

"Mas que diabo!", pensou, repentinamente irritada consigo mesma. "Sardas não voltam de um momento para o outro, e não preciso ficar movendo as mãos desse jeito, como fazia quando era uma menina boba."

Não, não ia ficar pondo defeitos em si mesma. O estômago, que estivera agitando-se em espasmos nervosos, acalmou-se. Na alma, algo começou a brotar: esperança. Um sorriso iluminou-lhe o rosto.

"Vou voltar para casa", ela pensou. "Vou voltar para Paul e mostrar a ele e a todos os outros como mudei."

Ir para casa, porém, significava também deixar seus adorados tios.

Saindo da frente do espelho, olhou para Anne e notou que ela chorava em silêncio, pois seus ombros tremiam.

– Parece que estão tirando um pedaço de mim – a tia murmurou com um soluço abafado.

– Eu te amo, tia – Whitney falou baixinho, lágrimas quentes tombando-lhe dos olhos. – Amo muito, muito.

Anne abriu os braços, e ela refugiou-se neles, tentando consolar e ser consolada.

Parando na porta do quarto por um momento, Edward endireitou os ombros e forçou um sorriso para disfarçar a própria tristeza. Cruzando as mãos nas costas, entrou.

– Estão se divertindo, senhoras? – arriscou brincar, olhando de uma mulher em prantos para a outra.

Elas o olharam, atônitas, os rostos molhados e angustiados.

– Divertindo?! – repetiu Anne, em tom incrédulo.

Olhou para Whitney, que a fitou. De repente, as duas começaram a rir.

– Bem... ótimo – Edward resmungou, meio confuso com aquela inesperada reação. Pigarreou e prosseguiu: – Sentiremos muita saudade, menina. Você tem sido uma bênção e uma alegria para nós.

Whitney parou de rir, e novas lágrimas rolaram por seu rosto.

– Oh, tio Edward... – murmurou. – Nunca amarei homem algum como amo o senhor.

Para seu próprio espanto, lorde Gilbert sentiu os olhos umedecerem-se. Abriu os braços para Whitney, que correu para ele, e os dois ficaram abraçados por um longo momento.

– A Inglaterra não fica no fim do mundo, não é? – o tio comentou, quando a tempestade de emoções abrandou-se.

– Também não fica ali na esquina – Whitney observou, enxugando os olhos com o lencinho.

– Você tem amigos lá – o tio continuou. – E, claro, há aquele jovem de quem você tanto gostava. O loiro, que não teve inteligência bastante para reconhecer a joia que estava bem embaixo de seu nariz. Como é mesmo o nome dele?

– Paul – respondeu Whitney, com um sorriso trêmulo.

– Um tolo – declarou Edward. – Devia ter escolhido você há muito tempo. – Fez uma pausa, olhando-a atentamente. – Espero que o faça agora.

– Também espero – ela afirmou com fervor.

– Eu já sabia disso, criança – afirmou o tio, lançando a Anne um olhar de bem-que-eu-lhe-disse. – Na verdade, sempre suspeitei que você não aceitou nenhum de seus admiradores porque queria voltar para a Inglaterra e agarrar aquele moço. É o que vai fazer, não é?

– É o que pretendo – admitiu Whitney, intrigada com o jeito do tio, que parecia um menino peralta.

– Nesse caso, desejo que vocês dois fiquem noivos antes do inverno – ele declarou.

– Farei o que puder – ela assegurou com um sorriso animado. Pondo as mãos nos bolsos da calça, Edward pareceu considerar uma ideia que tivera.

– Acho que, nessas circunstâncias, seria bom você ter a companhia de uma mulher que pudesse aconselhá-la. Deve ser preciso lançar mão de muitas artimanhas para segurar um jovem que reluta em casar, como esse... aha...

– Paul – Whitney murmurou baixinho.

– Paul – o tio repetiu, olhando-a por cima dos óculos. – Sabe, querida, tive uma ideia. Não gostaria que sua tia fosse com você?

– Adoraria! – ela exclamou, rindo. – Adoraria!

Edward abraçou-a, olhando para a esposa, que sorria, radiante.

– Tenho adiado minha viagem à Espanha – comentou. – Assim, quando vocês partirem, irei para lá, cuidar dos negócios do reino naquele país. No retorno, passarei pela Inglaterra, para dar meus parabéns ao jovem, que, então, será seu noivo, depois voltarei com sua tia para a França.

Satisfeito com a ideia de aborrecer Martin Stone mandando Anne junto com Whitney para ajudá-la a enfrentar os primeiros tempos em casa, Edward mudou de opinião a respeito de não usar a quantia exorbitante que ele mandara. Assim, as duas mulheres saíram para fazer compras e voltaram apenas à noitinha, com tempo apenas suficiente para trocarem-se para o jantar.

Os pais de Nicolas Du Ville ofereceram a Whitney uma magnífica festa de despedida na noite anterior ao dia em que ela e a tia partiriam para a Inglaterra. O tempo todo, Whitney ficou preocupada com o momento em que se despediria de Nicki. Mas, quando isso aconteceu, ele tornou tudo relativamente fácil.

Os dois haviam se retirado para uma das salas da espaçosa casa dos Du Ville, e ele encostou-se na lareira, onde ficou olhando para o copo que tinha na mão.

– Sentirei sua falta, Nicki – Whitney murmurou, incapaz de suportar o silêncio.

Ele ergueu o olhar para ela com uma expressão irônica.

– Verdade, *chérie*? – Sem esperar resposta, acrescentou: – Não sentirei a sua por muito tempo.

Os lábios de Whitney tremeram, e ela deu uma risadinha nervosa.

– Não está sendo cavalheiro, Nicki.

– Cavalheirismo é para jovenzinhos tolos e para velhos – ele observou em tom de brincadeira. – De fato, não sentirei sua falta por muito tempo, porque pretendo ir à Inglaterra dentro de alguns meses.

Whitney balançou a cabeça, sentindo-se desesperar.

– Nicki, tenho de lhe dizer uma coisa. Há outra pessoa. Pelo menos, acho que há. O nome dele é Paul e... – Calou-se, confusa, ao ver que o amigo sorria.

– Ele veio à França alguma vez para ver você, *chérie*?

– Não, ele nem pensaria em fazer isso. Eu era uma pessoa muito diferente, na Inglaterra. Infantil, entende? Paul só se lembra de mim como uma garota deselegante, rebelde e travessa, que... Por que está sorrindo desse jeito?

– Porque estou contente em saber, depois de passar semanas tentando descobrir quem era meu rival, que se trata de um inglês idiota, que não a vê há quatro anos e que foi bastante burro para não adivinhar naquela menina a mulher em que você se transformaria.

Nicki riu, pousou o copo no aparador da lareira e abraçou Whitney, puxando-a contra si.

– Vá para casa, *chérie*. Logo descobrirá que, em assuntos do coração, as lembranças são muito melhores do que a realidade. Então, daqui a alguns meses irei vê-la, e você ouvirá o que tenho para lhe dizer.

Whitney sabia que ele pretendia pedi-la em casamento, assim como sabia que, no momento, seria inútil discutir. Suas lembranças nunca poderiam ser melhores do que a realidade, pois não havia lembrança boa alguma. Mas não queria explicar a Nicki como seu passado fora turbulento, nem por que Paul jamais poderia imaginar que ela se transformaria numa mulher tão requintada.

De qualquer modo, Nicki não a ouviria, pois já apossara-se de seus lábios, beijando-a com uma intensidade que beirava a violência.

Inglaterra
1820

9

Ao crepúsculo de um esplendoroso dia de setembro, Whitney olhou pela janela de seu coche, observando a paisagem tão conhecida. Estava a poucos quilômetros de casa.

Edward insistira para que ela e a tia viajassem em grande estilo, de modo que, além do coche em que estavam, havia outros dois repletos de baús e valises, e outro ainda, levando a camareira de Anne e Clarissa, a criada de Whitney. Além de quatro cocheiros e quatro criados, havia seis batedores, três liderando o comboio e três cavalgando atrás. Era uma cena espetacular, e Whitney desejou que Paul a visse retornando para casa daquela maneira suntuosa.

O coche por fim virou à esquerda, entrando na estradinha particular que levava à propriedade de Martin Stone. As mãos de Whitney tremiam quando ela calçou as luvas lilás, desejando estar com aparência perfeita para o reencontro com o pai.

– Nervosa? – perguntou Anne com um sorriso.

– Bastante. Como eu estou?

Anne olhou-a, examinando-a do alto da cabeça, onde uma fivela de filigrana de prata prendia a massa de cabelos cor de mogno, até os pés, passando pelo rosto excitado e pelo traje de viagem lilás.

– Está linda – afirmou.

Calçou as luvas, sentindo-se quase tão nervosa quanto a sobrinha. A fim de eliminar a possibilidade de Martin fazer objeções a sua presença, Edward julgara que seria melhor não avisarem que ela acompanharia Whitney, o que deixaria o cunhado sem alternativa a não ser recebê-la. Anne achara a resolução do marido muito boa, mas, à medida que se aproximava o momento de defrontar-se com Martin, começava a sentir-se muito desconfortável com a ideia de ser uma hóspede indesejada.

Os coches pararam enfileirados diante da larga escadaria na frente da casa. Um dos criados abriu a porta do carro em que as duas mulheres viajavam e baixou uma escadinha enquanto elas observavam Martin caminhando solenemente em sua direção. Whitney juntou as pontas das saias para poder descer, lançando um olhar sorridente para a tia.

De dentro do coche, Anne viu Martin parar diante da linda e elegante filha, que lhe sorria amplamente.

– Menina, você ficou ainda mais alta – ele comentou com voz neutra.

– Ou isso, papai, ou o senhor encolheu – Whitney replicou, séria.

A risada abafada de Anne denunciou sua presença, e ela desceu do coche. Não esperara ser recebida com efusiva cordialidade, pois Martin raramente mostrava-se efusivo ou cordial, mas também não esperara que ele a olhasse daquela maneira, primeiro parecendo atônito, depois profundamente irritado.

– Foi bom ter acompanhado Whitney – ele conseguiu dizer finalmente. – Quando pretende voltar para sua casa?

– Tia Anne vai ficar comigo por dois ou três meses, até que eu me adapte – Whitney intrometeu-se rapidamente. – Não é muita gentileza?

– Muita – o pai concordou, parecendo decididamente aborrecido. – O que vocês duas acham de descansar um pouco antes do jantar? Não poderei fazer-lhes companhia, porque preciso escrever um bilhete para uma pessoa.

Então, virou-se e caminhou na direção da casa.

Whitney sentia-se dividida entre a mortificação causada pelo tratamento que o pai dera a Anne e a alegria nostálgica de estar novamente em casa.

Pouco depois, enquanto as duas subiam a escada para o segundo andar, ela observou a parede familiar, revestida de painéis de madeira, com os quadros que representavam paisagens inglesas e retratos de seus ancestrais. Seu quadro favorito, uma linda cena de caça, continuava no lugar de honra, acima de duas arandelas Chippendale, na parede do patamar virada para a escada.

Tudo estava igual, mas de alguma maneira diferente. O número de criados devia ser três vezes maior do que em qualquer outra época, porque tudo na casa cintilava de limpeza. O assoalho, as portas e os painéis de madeira das paredes, cuidadosamente encerados, brilhavam. Os tapetes eram novos, e os candelabros altos de bronze, que sustentavam velas ao longo do corredor, haviam sido polidos até refletirem a luz.

Depois de levar a tia a um dos quartos de hóspedes, Whitney foi para seus antigos aposentos. Parou bruscamente na porta, quase perdendo o fôlego de tanta surpresa, ao ver que tudo fora redecorado. Sorriu com prazer ao ver a cama. O cetim do dossel era o mesmo da colcha, branco, com fios dourados entremeados. Cortinas combinando protegiam as janelas.

– Clarissa, é maravilhoso! – Whitney exclamou, virando-se para a criada.

Mas a mulher gorducha e de cabelos grisalhos estava muito ocupada, dando ordens aos criados, que carregavam a bagagem para dentro do quarto.

Excitada demais para descansar, Whitney ajudou Clarissa e uma das criadas da casa, que não conhecia, a desfazer as malas.

Então, tomou banho, vestiu-se e, na hora do jantar, foi ao quarto da tia. A suíte de hóspedes não recebera nova decoração e parecia muito sem graça. Whitney pediu desculpas a Anne por isso e pelos modos rudes com que o pai a recebera.

– Não tem importância, querida – a tia tranquilizou-a. Pouco depois, as duas desciam a escada de braços dados. Martin esperava-as na sala de jantar, e Whitney notou vagamente que as cadeiras haviam recebido um novo estofamento, de veludo cor-de-rosa, combinando com as cortinas, que estavam puxadas para os lados, seguras por presilhas arrematadas por pesadas borlas de seda. Dois criados, vestindo uniformes imaculados, estavam a postos junto do aparador, e um terceiro entrou, empurrando um carrinho, cheio de travessas e tigelas cobertas.

– Parece que a criadagem aumentou bastante – Whitney comentou com o pai, que educadamente ajudava Anne a sentar-se.

– Eu precisava de mais criados – Martin observou secamente. – A casa estava começando a parecer abandonada.

Fazia quatro anos que ninguém falava com ela naquele tom, e Whitney encarou-o, surpresa. Então, à luz das dezenas de velas que ardiam no lustre acima deles, ela percebeu que os cabelos do pai, antes pretos, estavam prateados nas têmporas, e que rugas marcavam a testa, a região ao redor dos olhos e a boca. Martin parecia ter envelhecido uma década naqueles quatro anos, pensou ela com um aperto no coração.

– Por que está me olhando desse jeito? – ele indagou, áspero.

Com tristeza, Whitney lembrou-se de que o pai sempre falara com ela daquele modo, mas, honesta como sempre, refletiu que ele tivera seus motivos. Agora, porém, estando novamente em casa, não queria que o velho padrão de hostilidade se repetisse.

– Notei que seus cabelos estão ficando grisalhos – respondeu suavemente.

– Isso é tão surpreendente assim? – ele perguntou, mas seu tom era mais brando.

Whitney sorriu para ele e, nesse momento, ocorreu-lhe que não se lembrava de ter feito isso antes.

– Fiquei surpresa, sim – afirmou. – Se eu não o deixei de cabelos brancos quando era menina, como foi que a passagem de alguns poucos anos fez isso?

O pai olhou-a, perplexo com o bem-humorado comentário.

– Suponho que já saiba que sua amiga Emily se casou – disse em tom quase normal.

– Sei, sim.

– Emily passou fora três temporadas de verão, e o pai começava a perder a esperança de vê-la adequadamente casada. E agora, ela e o marido são o assunto de todos aqui nas redondezas – Martin contou.

Então, lançou um olhar severo para Anne, como repreendendo-a por não ter casado Whitney.

– E o senhor? Perdeu a esperança de me ver adequadamente casada? – Whitney perguntou depressa, vendo a tia ficar tensa.

– Na verdade, perdi.

Por orgulho, Whitney queria contar que dezenas de rapazes haviam ido falar com Edward, pedindo a mão dela em casamento, mas achou melhor calar-se, pois o pai poderia enfurecer-se ao descobrir que ninguém o consultara a respeito. E ficaria mais furioso ainda quando soubesse que ela, com a cumplicidade dos tios, rejeitara a todos. Oh, por que não podia falar livremente com o próprio pai? Será que, algum dia, o abismo que os separava poderia ser transposto?

Em dado momento, durante a refeição, Whitney pousou o copo e olhou para ele, sorrindo.

– Não se sinta mortificado pelo fato de ter uma filha que continua solteira após passar *quatro* temporadas de verão fora daqui, papai. Tia Anne e eu podemos dizer a todos os vizinhos que recusei o pedido de dois baronetes, um conde, um duque e um príncipe!

– Isso é verdade, senhora? – Martin perguntou a Anne. – Por que não fui informado?

– Claro que não é verdade! – exclamou Whitney, tentando manter o sorriso. – Só conheci dois duques. Um era verdadeiro, e o outro, um impostor. Detestei os dois. Conheci também um príncipe russo, mas ele já estava comprometido com uma princesa, e duvido que ela renunciaria ao noivo só para que eu pudesse superar Emily.

Por um momento, o pai apenas olhou-a, carrancudo.

– Amanhã, vou oferecer uma festa para comemorar sua volta – anunciou.

Whitney foi inundada por uma onda quente de emoção, que não refluiu nem mesmo quando Martin prosseguiu, irritado:

– Na verdade, não será uma festa, mas um maldito circo, com a presença de todos os Tom, Dick e Harry das redondezas. Contratei uma orquestra, haverá baile e aquelas bobagens todas.

– Será maravilhoso – Whitney murmurou.

– Emily veio de Londres com o marido – Martin continuou em tom de raiva. – O *mundo inteiro* estará aqui!

As mudanças de humor de seu pai eram tão bruscas que Whitney desistiu de conversar com ele, e o jantar transcorreu em pesado silêncio. A sobremesa já fora servida quando Martin voltou a falar.

– Temos um novo vizinho – informou, tão alto que Whitney sobressaltou-se. Então, pigarreou e acrescentou de modo mais natural: – Ele também virá à festa para conhecer você. Tem boa aparência e é solteiro. Excelente cavaleiro. Eu o vi cavalgando, outro dia.

Compreendendo as intenções do pai, Whitney desatou a rir.

– Oh, papai, não precisa começar a fazer papel de casamenteiro! Ainda não estou tão velha assim.

A julgar pela expressão de Martin, ele não achara graça em seu comentário, de modo que ela ficou séria e perguntou o nome do vizinho.

– Clayton Westmor... Clayton Westland.

Anne deixou cair a colher, que bateu no prato e pousou na mesa. Olhou para o cunhado estreitando os olhos, e ele a encarou, o rosto muito vermelho.

Whitney, notando que o pai, por alguma razão, estava prestes a explodir e descarregar seu mau humor em cima de Anne, levantou-se.

– Se nos der licença, papai, tia Anne e eu vamos nos recolher. Estamos cansadas da longa viagem.

Para sua surpresa, a tia moveu a cabeça, negando.

– Vá você, querida. Eu gostaria de conversar um pouco com seu pai.

– Pode ir dormir, Whitney – Martin disse. – Sua tia e eu teremos uma pequena conversa de amigos.

Assim que ela se foi, ele dispensou os criados e olhou para Anne com ar cauteloso e aborrecido.

– Reagiu de modo muito estranho ao ouvir o nome de meu novo vizinho, senhora.

Lady Anne inclinou-se para a frente, observando-lhe o rosto atentamente.

– Minha reação será ainda mais estranha se o nome desse homem for Clayton Westmoreland, e não Clayton Westland. E saberei a verdade, porque reconhecerei Westmoreland no instante em que o vir, apesar de nunca termos sido apresentados.

– É Clayton Westmoreland, sim – Martin retrucou. – E a explicação para a presença dele aqui é muito simples: está descansando, recuperando-se de uma doença que de vez em quando o ataca.

Aquilo pareceu-lhe tão ridículo que Anne ficou boquiaberta.

– Você só pode estar brincando!

– Diabos! – Martin exclamou. – Não, não estou!

– Acreditou mesmo nessa história? – Anne insistiu. – O duque de Claymore poderia ir descansar em muitos outros lugares. Por que viria para cá, às vésperas do inverno?

– Só posso lhe dizer o que ele me contou. O duque decidiu fugir um pouco das pressões e escolheu esta região. Só você e eu sabemos quem ele realmente é, e espero poder contar com sua discrição. Não quero que ele perca o sossego, e isso acontecerá se descobrirem sua verdadeira identidade.

Pouco depois, na solidão de seus aposentos, Anne tentava acalmar o tumulto em sua mente. Pensava no baile de máscaras na casa dos Armand, quando Whitney perguntara-lhe o nome do homem alto e de olhos cinzentos que fora à festa com Marie St. Allermain. Ela estava certa de que se tratava do duque de Claymore, que, todos sabiam, tomara a cantora como amante. Também não era segredo que o relacionamento não o impedia de sair com outras mulheres quando Marie estava em turnê pela Europa.

Bem, os fatos eram esses: o duque estivera no baile dos Armand, e Whitney mostrara interesse nele. Mas certamente os dois não haviam conversado, do contrário Whitney saberia seu nome. Outra ideia que atormentava Anne, apesar de achá-la absurda, era que Claymore mudara-se para aquela região para ficar perto de Whitney. Não. Como ele poderia saber que ela voltaria para a casa do pai? No entanto, tudo aquilo não deixava de ser muito estranho.

Anne sentou-se numa poltrona, um pouco mais calma. Mas a sensação de tranquilidade durou pouco. Na noite seguinte, Clayton Westmoreland e Whitney seriam apresentados, e ele se sentiria atraído por ela, sem a menor dúvida, podendo até decidir cortejá-la. Novamente agitada, Anne levantou-se, estremecendo. Mas tomara uma resolução. Não desejava ganhar a inimizade do poderoso duque de Claymore, revelando sua identidade, mas, se percebesse que Whitney poderia ser mais uma vítima de sua beleza máscula e de seu charme lendário, contaria tudo a ela. Não só diria quem na verdade era aquele novo vizinho, como também faria um relato completo de sua carreira de conquistador incorrigível.

Nem por um momento se permitia ter a esperança de que o mulherengo se apaixonasse verdadeiramente por Whitney. Sua sobrinha não era rica, pelos padrões de Clayton Westmoreland, nem de linhagem aristocrática, de modo que o duque jamais pensaria em lhe propor casamento. Conhecera muitas mães amarguradas, que haviam visto as filhas com o coração partido por terem um dia acreditado poder conquistá-lo.

Anne finalmente foi para a cama, mas não conseguiu conciliar o sono durante horas, pois não parava de se perguntar o motivo de Clayton Westmoreland estar morando naquele distrito.

Whitney também demorou muito a adormecer, excitada com a ideia da festa. Paul estaria presente e a veria pela primeira vez em quatro anos, já adulta, elegantemente vestida e se portando maravilhosamente bem.

A cinco quilômetros dali, os objetos dos pensamentos das duas mulheres tomavam conhaque juntos, na residência temporária de Clayton, depois de um jogo de cartas. Estendendo as pernas na direção do fogo, Paul saboreou um gole do líquido ambarino.

– Pretende ir à festa na casa de Martin Stone, amanhã à noite? – perguntou.

– Pretendo, sim – respondeu Clayton com expressão neutra.

– Eu não perderia por nada – disse Paul com uma risadinha. – A menos que Whitney tenha passado por uma transformação completa, a noite vai ser muito divertida.

– Whitney não é um nome comum – comentou Clayton demonstrando uma curiosidade moderada, mas capaz de incentivar o companheiro a falar.

– É o nome dado aos homens daquela família. O pai dela queria um menino, pelo que sei, e batizou-a assim, apesar de Whitney ser mulher. Ele quase teve o que queria, porque a filha fazia tudo o que um garoto costuma fazer: nadava como um peixe, subia em árvores como um macaco e cavalgava com uma habilidade nada feminina. Um dia, apareceu usando calças, subiu numa jangada e disse que ia para a América, em busca de aventuras.

– E o que aconteceu?

– Remou até o fim do lago – Paul contou, sorrindo. – Mas, verdade seja dita, a menina tinha olhos magníficos, verdes, de um tom que eu nunca vi. Quando foi para a França, quatro anos atrás, pediu-me que a esperasse. Foi a primeira proposta de casamento que recebi.

Clayton ergueu as sobrancelhas, curioso.

– E você aceitou?

– Não, claro. Ela era apenas uma menina, uma moleca de cabelos alvoroçados. Nunca obedeceu a regra alguma de boas maneiras em toda sua vida.

Paul ficou em silêncio, recordando a partida de Whitney para a França, quando ele lhe comprara uma corrente com um camafeu. "Mas não quero que seja apenas meu amigo", ela se queixara, suplicante.

– Pelo bem do pai dela, espero que Whitney tenha mudado – disse por fim.

Depois que Paul se foi, Clayton relaxou na poltrona, olhando pensativamente para a bebida em seu copo. Aquela sua farsa era arriscada, e o perigo de ser desmascarado aumentava na proporção do número de pessoas com quem entrava em contato.

No dia anterior, sobressaltara-se ao saber que Emily Archibald, de quem todos nas redondezas falavam tanto, era casada com um conhecido seu. Resolvera o problema tendo uma breve conversa com Michael Archibald. Claro que o barão não acreditara quando ele alegara estar precisando de repouso, mas era um cavalheiro e não fizera perguntas indiscretas. E com certeza manteria em segredo a verdadeira identidade de Clayton.

Outra complicação não prevista fora o fato de lady Anne Gilbert ter acompanhado Whitney em seu retorno para casa, mas, de acordo com a mensagem enviada por Martin Stone, ela aceitara a explicação de que Clayton escolhera aquela região para um período de repouso.

Bem, não havia motivo para tanta preocupação, decidiu Clayton, levantando-se da poltrona. Se sua identidade fosse revelada, ele seria privado do prazer de cortejar Whitney como um cavalheiro comum, mas o acordo legal já fora firmado. Martin recebera o dinheiro e já o estava gastando o mais depressa que podia. Dessa maneira, o objetivo principal de Clayton seria alcançado, não importando o que acontecesse.

10

Whitney abriu todas as janelas, aspirando o ar deliciosamente fresco do campo. Então, enquanto Clarissa ajudava-a a vestir um traje de montaria azul-turquesa muito elegante, ficou analisando a ideia de fazer uma visita a Paul. Acabou por decidir-se contra, optando por ir visitar Emily.

O estábulo, no fim de uma alameda que saía do jardim e virava para a esquerda, ficava atrás de uma cerca-viva formada por buxos altos. Vinte baias, com portões que se abriam para dentro e para fora do espaçoso galpão, alinhavam-se ao longo de um largo corredor interno, dez de cada lado, e o teto, com beirais largos, fornecia sombra e proteção aos animais.

Indo naquela direção, Whitney parou por um instante para olhar a adorável e tão conhecida vista. Partindo da parede lateral do estábulo, uma cerca branca alongava-se, limitando a enorme pista oval que seu avô costumava usar para testar a velocidade dos cavalos antes de decidir quais levaria às corridas. Além da pista, elevavam-se as colinas, suaves a princípio, pontilhadas de carvalhos e sicômoros, então tornavam-se mais íngremes e densamente arborizadas.

Whitney andou ao longo do estábulo, pelo lado de fora, e viu, surpresa, que todas as baias estavam ocupadas. Em cada portão havia uma placa de latão com o nome do animal. Ela parou diante da última baia e olhou a placa.

– Fantasia Passageira – leu em voz alta. – Que lindo nome você tem.

– Vejo que ainda fala com cavalos – alguém atrás dela disse, rindo. Reconhecendo a voz, Whitney virou-se, já sorrindo, e viu Thomas, o cavalariço-chefe. O homem fora seu confidente, na infância, testemunha de seus momentos de infelicidade e dos mais vergonhosos ataques de raiva.

– O estábulo está cheio! Nem posso acreditar – ela comentou, depois que se cumprimentaram. – O que vamos fazer com tantos cavalos?

– Treiná-los, é claro. Mas não fique aí parada. Quero lhe mostrar uma coisa.

Whitney deliciou-se com o cheiro de couro e óleo quando entrou no estábulo fresco, apertando os olhos para adaptá-los à luz fraca do interior. No fim do corredor, dois homens procuravam acalmar um magnífico garanhão preto enquanto um terceiro tentava aparar-lhe um casco. O animal agitava-se, sacudindo a cabeça, recuando até onde permitiam as cordas que o prendiam.

– Aquele é Cruzamento Perigoso – anunciou Thomas com orgulho. – Um nome bem adequado para ele.

Imaginando como seria cavalgar aquele soberbo animal, Whitney perguntou:

– É dócil?

– Nem sempre. – O homem riu. – Na maioria das vezes, quer domar o cavaleiro. O animal mais imprevisível do mundo. Num dia, obedece e comporta-se bem; no outro, tenta apertar contra a cerca a perna de quem o monta. Se cisma com alguma coisa, ataca, como se tivesse sangue de touro nas veias.

Thomas ergueu o chicote para apontar para uma das baias, e o animal triplicou os esforços para libertar-se.

– Opa! Calma, rapaz! – exclamou, ofegante, um dos jovens cavalariços que o seguravam. – Mestre Thomas, poderia esconder o chicote, por favor?

Pondo o chicote atrás das costas, o chefe lançou ao moço um olhar de quem pedia desculpas.

– Cruzamento Perigoso tem ódio de chicotes – explicou a Whitney. – George, aquele cavalariço, usou um para ameaçá-lo, tentando afastá-lo de uma cerca, e quase acabou indo ao encontro do Pai Eterno. Mas esqueça o garanhão. Quero que veja outra coisa.

Virou Whitney na direção oposta, onde outro jovem guiava, ou melhor, era guiado por um esplêndido cavalo castanho com as quatro patas brancas como neve, já arreado.

– Khan? – ela murmurou.

Antes que Thomas pudesse responder, o animal aproximou-se de Whitney e cheirou-lhe o quadril, à procura do bolso em que ela costumava levar-lhe guloseimas quando ele era um potro.

– Continua mendigando! – Whitney exclamou, rindo, então olhou para Thomas – É um bom cavalo? Ainda era muito pequeno para ser montado, quando parti.

– Por que não descobre por si mesma?

Whitney não precisou de mais incentivo. Segurando o chicotinho entre os dentes, apertou o nó da fita que prendia os cabelos na nuca, preparando-se para montar. No mesmo instante, Cruzamento Perigoso causou verdadeiro furor, empinando o quanto lhe permitiam as cordas e pateando no ar.

– Esconda o chicote! – Thomas ordenou, e ela obedeceu prontamente.

Khan trotava entusiasmado quando o levaram para o cercado de testes. O cavalariço-chefe flexionou uma perna, oferecendo-a a Whitney, que usou-a como degrau e sentou-se, graciosamente, na sela própria para mulheres.

– Estou um tanto sem prática – ela comentou, levando o cavalo na direção do portão aberto. – Se Khan voltar sozinho, estarei em algum lugar entre minha casa e a do pai de lady Emily Archibald.

Não muito tempo depois, chegava diante da antiga residência de Emily. Viu que alguém puxava a cortina de umas janelas para olhar o lado de fora, quase em seguida, Emily saiu correndo de casa ao encontro dela, que já desmontara.

– Whitney! – gritou cheia de alegria, e as duas abraçaram-se efusivamente. – Deixe-me olhar para você! – exclamou quando se separaram. – Está absolutamente linda!

– Você é que está maravilhosa – disse Whitney com sinceridade, admirando os cabelos castanho-claros da amiga, cortados na altura dos ombros, como mandava a moda, e enfeitados por uma fita azul.

– É porque estou feliz. Nunca fui bonita como você.

De braços dados, as duas entraram e se encaminharam para a sala de visitas. Um homem esbelto, de cabelos loiros e olhos cor de avelã, aparentando quase 30 anos, levantou-se, sorridente.

– Whitney, quero lhe apresentar meu marido...

– Michael Archibald – o homem completou, antes que a esposa anunciasse seu título de nobreza.

Foi uma atitude amigável, simples, sem nenhuma afetação, que Whitney apreciou muito.

Pouco depois, ele pediu licença e saiu da sala, deixando as amigas à vontade para conversar, o que elas fizeram animadamente durante duas horas.

– Paul esteve aqui de manhã, bem cedo – Emily contou quando, relutante, Whitney levantou-se para ir embora. – Veio falar com meu pai a respeito de um negócio, e conversei um pouco com ele. – Um sorriso de culpa desenhou-se nos lábios dela. – Acho... acho que não fiz mal em contar a Paul que o Sr. Du Ville falou sobre você, do sucesso que fez em Paris. No entanto, não sei se o Sr. Du Ville fez bem, falando daquele jeito diante de Margaret Merryton. Ele a deixou furiosa, contando de seus admiradores, e agora ela odeia você mais do que nunca.

– Por quê? – perguntou Whitney, saindo da sala, acompanhada pela amiga.

– Por que acha que aquela invejosa sempre a detestou? Você era a mais rica de todas nós. No entanto, agora que ela está ocupada tentando chamar a atenção do novo vizinho, talvez a deteste menos.

– Novo vizinho?

– O Sr. Westland – Emily explicou. – Mora perto de vocês. Pelo que Elizabeth me contou, Margaret já se julga dona do homem.

– Como está Elizabeth? – perguntou Whitney, esquecendo Margaret completamente à menção do nome de sua rival.

– Bonita e meiga como sempre. E acho que você precisa saber que Paul está sempre com ela, em todos os lugares.

Whitney pensava naquilo enquanto cortava caminho, cavalgando através de um campo não cultivado da propriedade do pai de Emily. Elizabeth Ashton sempre fora o que ela quisera ser: moderada, loura, miúda e doce, uma dama.

O vento afrouxara o laço da fita de veludo, e mechas de cabelos escaparam, esvoaçando loucamente ao redor do rosto dela. Khan, flexionando graciosamente os músculos poderosos, galopava pelo campo a uma velocidade espantosa. Whitney puxou as rédeas, fazendo-o continuar a passo, quando entraram no bosque que cobria a colina, para ir pela trilha que agora só existia nas lembranças. Pelo mato rasteiro, coelhos e esquilos corriam e saltavam de árvore em árvore, abrindo caminho entre a densa folhagem.

Minutos depois, chegaram ao topo da colina, e Whitney guiou o cavalo cuidadosamente pelo forte declive até a campina lá embaixo, ao longo da qual corria o riacho que fazia a divisa entre as terras de Martin Stone e as do pai de Emily.

Desceu do cavalo e amarrou-o no tronco de um frondoso carvalho, afagou-lhe o pescoço e começou a atravessar a campina na direção do riacho. De vez em quando parava para olhar em volta saudosamente, aspirando o perfume das flores de fim de verão e do trevo fresco. Mas não olhou para trás, para o alto da colina, onde um cavaleiro solitário, montado num enorme garanhão que mantinha parado, observava todos os seus movimentos.

Clayton sorriu ao vê-la tirar o casaco turquesa e colocá-lo no ombro. Livre de todas as restrições da sociedade parisiense, ela cruzava a campina com um andar desinibido, ondulando os quadris, ao mesmo tempo cheia de vida e sensualidade, os cabelos abundantes balançando-se ao ritmo dos passos.

Chegando à descida que levava ao riacho, Whitney sentou-se à sombra de um sicômoro, tirou as botinas e as meias e colocou-as de lado.

Clayton tentava decidir se aproximava-se ou não da "caça", e seu cavalo movia-se impaciente. Quando Whitney ergueu a saia e entrou na água, ele riu, tomando uma decisão. Virando o cavalo, o fez entrar novamente no bosque e começou a descer a encosta em direção à campina.

Andar de um lado para o outro na correnteza, Whitney descobriu, não era mais tão divertido quanto fora anos antes; para começar, a água estava gelada e, além disso, as pedras sob seus pés eram pontiagudas e escorregadias. Voltou cautelosamente para a margem, onde deitou-se na grama, apoiada num cotovelo. Os cabelos, tombando para o lado, flutuaram na superfície da água cristalina.

Mudando de posição, ela se pôs de bruços, cotovelos no chão, queixo apoiado nas mãos, flexionando as pernas e começando a balançá-las para a frente e para trás, deixando que a brisa as secasse.

Observou os peixinhos nadando na água rasa enquanto tentava imaginar o momento em que Paul a veria, na festa daquela noite. De repente, um movimento perto do sicômoro ao lado chamou-lhe a atenção. Pelo canto dos olhos, viu um par de botas marrons, que brilhavam, bem-engraxadas. Assustada, rolou sobre si mesma e sentou-se, puxando os joelhos contra o peito e juntando a saia de modo a esconder os pés nus.

O homem apoiara um ombro no tronco da árvore e, de braços cruzados, observava-a.

– Pescando? – perguntou, com o olhar descendo pelo corpo dela, demorando-se um pouco nos dedos dos pés, que apareciam sob a barra molhada da saia de montar.

O olhar curioso subiu numa lenta inspeção dos atributos femininos, e Whitney sentiu como se o homem a estivesse despindo.

– Espionando? – retrucou friamente.

Ele não se dignou a responder, encarando-a com ar de maldisfarçado divertimento. Whitney ergueu o queixo, sustentando-lhe o olhar altivamente. O estranho era muito alto e tinha um físico esplêndido. Feições firmes, nobres, masculamente cinzeladas, e os fartos cabelos, alvoroçados pela brisa, com a cor escura do café. Os olhos cinzentos persistiam em sua observação minuciosa. Era muito bonito, Whitney teve de admitir, mas a virilidade agressiva em seu olhar, a aura de autoridade e arrogância que o rodeava não a agradaram nem um pouco.

– Ia nadar? – ele indagou, sorrindo.

– Não. Estava querendo ficar sozinha, senhor...

– Westland – o homem informou, olhando para os seios dela, comprimidos contra os joelhos.

Whitney cruzou os braços no peito, e o sorriso dele ampliou-se maliciosamente.

– Sr. Westland! – ela exclamou, zangada. – Seu senso de direção deve ser tão ruim quanto suas maneiras!

Aquilo pareceu apenas aumentar o divertimento dele.

– É mesmo? Por quê, minha senhora?

– Porque invadiu propriedade alheia – Whitney esclareceu.

Como ele não desse mostras de ficar abalado com a informação e muito menos de querer afastar-se, ela percebeu que só lhe restava ir embora. Apertando os dentes, furiosa, olhou para as botinas e as meias sob a árvore.

Westland endireitou-se e deu dois passos em sua direção, oferecendo-lhe a mão.

– Posso ajudá-la?

– Com certeza – respondeu Whitney com um sorriso deliberadamente frio e descortês. – Pegue seu cavalo e vá embora.

Algo como irritação brilhou nos olhos cinzentos, mas ele manteve o sorriso, a mão ainda estendida.

– Vamos, só quero ajudá-la a levantar-se.

Ignorando a oferta, ela se levantou sozinha. Como seria impossível calçar as meias sem mostrar as pernas para o homem arrogante, que voltara a encostar-se na árvore e ainda a observava, Whitney colocou-as no bolso do casaco e calçou as botinas.

Andando rapidamente para o lugar onde deixara Khan, tirou o chicotinho de seu suporte e, subindo num tronco caído, alçou-se para a sela. O cavalo do homem, um musculoso e lindo alazão, estava amarrado ao lado, de modo que ela precisou que Khan fizesse um círculo apertado para tomar a trilha que acompanhava a orla do bosque. Então, incitou-o a sair a galope.

– Foi um prazer vê-la de novo, Srta. Stone – murmurou Clayton, rindo. Então, acrescentou – Gata selvagem.

Assim que estava longe o bastante, Whitney permitiu que o cavalo andasse a trote largo. Não estava acreditando que fosse àquele Sr. Westland que o pai parecia devotar tão alta estima. Fez uma careta, lembrando-se de que ele fora convidado para a festa daquela noite. Oh, o homem era rude, insuportavelmente arrogante e exibia um atrevimento ultrajante! Como seu pai podia gostar dele?

Ainda pensava sobre aquilo bem depois, quando entrou na sala de costura e sentou-se ao lado da tia.

– A senhora não adivinha quem eu encontrei na...

Interrompeu-se, quando Sewell, o velho mordomo da família, pigarreou da porta para chamar a atenção das duas.

– Lady Amelia Eubank pede para falar com a Srta. Stone – o criado anunciou.

Whitney sentiu-se empalidecer.

– Comigo?! – exclamou. – Santo Deus! Por quê?

– Leve lady Eubank para o salão rosa, Sewell – respondeu Anne, observando Whitney, que olhava em volta, como se quisesse encontrar um lugar para esconder-se. – Por que está tão assustada, querida?

– A senhora não sabe quem é aquela mulher, tia. Quando eu era pequena, ela vivia gritando comigo, mandando-me parar de roer as unhas.

– Bem, pelo menos, ela se importava bastante com você para tentar corrigi-la, o que é mais do que posso dizer de todas as pessoas por aqui.

– Mas ela gritava comigo até na *igreja*, tia! – Whitney argumentou, nervosa. O sorriso de Anne foi solidário, mas firme.

– Lady Eubank é um pouco surda e muito autoritária, mas quatro anos atrás, quando todas aquelas vizinhas de vocês vieram me visitar, ela foi a única que disse algo gentil a seu respeito. Disse que você tinha coragem. Achei bom, porque essa mulher exerce muita influência sobre as outras.

– Porque todas morrem de medo da língua dela – replicou Whitney, suspirando.

Quando ela e lady Anne entraram no salão de visitas, a viúva Eubank estava examinando um faisão de porcelana. Com ar de desgosto, devolveu o enfeite ao aparador da lareira e olhou para Whitney.

– Essa atrocidade deve ser bem ao gosto de seu pai – comentou. – Sua mãe não aceitaria isso em casa.

Whitney abriu a boca para falar, mas descobriu que não tinha nenhuma réplica para dar. Lady Eubank ergueu o monóculo preso por uma fita preta, levou-o a um olho e observou-a, olhando-a da cabeça à ponta dos pés.

Então, moça, o que tem para me dizer? – indagou, baixando o monóculo.

– Estou feliz em revê-la depois de tantos anos, minha senhora – Whitney afirmou, vencendo o impulso infantil de retorcer as mãos.

– Bobagem – a mulher declarou. – Ainda rói as unhas?

Whitney quase ergueu os olhos para o teto, enfadada, mas conteve-se.

– Não, senhora, não faço mais isso.

– Ótimo. Você tem corpo e rosto bonitos. Agora, vamos ao que me trouxe aqui. Ainda está interessada em agarrar Paul Sevarin?

– Eu, o quê?!

– Moça, a surda aqui sou eu, segundo dizem. Quer ou não quer ficar com Paul Sevarin?

Nervosa, Whitney considerou e descartou várias respostas. Olhou suplicante para a tia, que lançou-lhe um olhar indefeso e divertido. Por fim, cruzou as mãos nas costas e encarou sua torturadora.

– Não sei se posso, mas quero – respondeu.

– Ah! Foi o que pensei – disse a viúva, animada, então estreitou os olhos. – Você não costuma corar, nem exibir sorrisos afetados, não é? Porque, se for o caso, é melhor voltar para a França. Elizabeth Ashton vem usando essa tática há anos, e ainda não conseguiu nada com Paul. Ouça meu conselho: faça aquele jovem competir por você. Ele sempre foi muito seguro de si, no que diz respeito a mulheres.

Fez uma pausa, virando-se para lady Anne.

– Minha senhora, durante quinze anos, ouvi as vizinhas prevendo um futuro triste para sua sobrinha – comentou. – Mas sempre acreditei que ela não era um caso perdido. – Sorriu com ar complacente. – Agora, vou morrer de rir, vendo essa menina conquistar Paul bem embaixo do nariz de todas elas. – Tornou a levar o monóculo ao olho, passando Whitney por uma última inspeção. – Não me decepcione, moça.

Incrédula, Whitney ficou muda, olhando-a sair do salão.

– Acho que ela é meio louca – murmurou.

– Não. Essa mulher é esperta como uma raposa – disse a tia com um leve sorriso. – e eu acho que você seria sensata se seguisse seu conselho.

SENTADA À PENTEADEIRA, Whitney observava Clarissa arrumar-lhe os cabelos em cachos entremeados por um cordão de brilhantes, a última e mais extravagante compra que fizera em Paris com o dinheiro que o pai mandara. Enquanto a criada ajeitava pequenas mechas encaracoladas sobre suas orelhas, a brisa que entrava pelas janelas abertas fez Whitney arrepiar-se. A noite, estranhamente fria para a época, era-lhe favorável, pois ela pretendia usar um vestido de veludo.

Mais tarde, no momento em que Clarissa acabava de ajudá-la a vestir-se, Whitney ouviu o ruído de carruagens que se aproximavam pela alameda de entrada e risos distantes, trazidos pela brisa. Estariam rindo dela, relembrando suas antigas peripécias? Margaret Merryton estaria entre aquelas pessoas? Estaria comentando com alguém o modo vergonhoso como Whitney Stone costumava comportar-se?

Mal notou quando Clarissa terminou seu trabalho e saiu do quarto. Sentia-se gelada, com medo e insegura como nunca antes. Fora com aquela noite que ela sonhara durante os anos que vivera em Paris. Fora para aquela noite que se preparara, burilando-se incansavelmente.

Caminhou até uma das janelas, pensando tolamente no que Elizabeth usaria para a festa. Algo em tom pastel, sem dúvida, a deixaria decentemente atraente. Abrindo a cortina, olhou para baixo, assistindo à chegada de várias carruagens. Uma após outra, iam parando diante da escadaria. O pai devia ter convidado metade dos habitantes da região, ela pensou nervosamente. E, claro, ninguém recusara o convite. Provavelmente todos estariam ansiosos para vê-la e julgá-la, procurando defeitos buscando os sinais da menina rebelde que ela fora.

Entrando no quarto da sobrinha, lady Anne parou abruptamente, um sorriso de prazer e admiração desenhando-se em seu rosto. De perfil, as feições finamente cinzeladas de Whitney pareciam lindas demais para serem reais. Anne observou tudo, os longos cílios espessos, que contrastavam com a pele de marfim sem mácula, os brilhantes cintilando entre os cachos cor de mogno, o corpo sedutor, envolto pelo vestido de veludo verde-esmeralda, de cintura alta, corpete justo e decote quadrado que deixava à mostra as curvas arredondadas dos seios. Como para compensar aquela ousadia, as mangas iam até os pulsos. A parte de trás do vestido, tão elegante em sua simplicidade, descia em dobras suaves.

Mais uma carruagem parou lá embaixo, e Whitney viu um homem alto e loiro descer, então oferecer a mão a uma jovem também loura. Paul chegara. Com Elizabeth. Afastando-se bruscamente da janela, ela se sobressaltou ao ver a tia.

– Você está simplesmente deslumbrante! – lady Anne murmurou.

– Gostou mesmo do vestido? – Whitney perguntou, a voz tensa.

– Se gostei? Querida, o vestido é você! Ousado, mas elegante. – A tia estendeu a mão, mostrando um colar cujo pingente era uma esmeralda magnífica. – Seu pai me pediu para dar-lhe isto. Vai combinar com seu vestido. Era de sua mãe.

Whitney ficou olhando para a joia. A esmeralda quadrada tinha mais ou menos dois centímetros de largura e era rodeada por uma fileira de brilhantes. Ela muitas vezes acariciara todos os pequenos tesouros na caixa de joias da mãe e nunca vira o colar ou o pingente. Mas estava nervosa demais para discutir. A tia já punha-lhe a joia ao redor do pescoço.

– Perfeito! – exclamou Anne, recuando para admirar o efeito da esmeralda cintilante pousada no início do vão entre os seios fartos. Então, aproximou-se e pegou Whitney pelo braço. – Vamos, meu bem. Chegou o momento de sua segunda apresentação oficial.

Whitney desejou ardentemente que Nicolas Du Ville estivesse lá para ajudá-la em mais aquela situação difícil.

Martin Stone, impaciente, andava de um lado para o outro ao pé da escadaria, esperando Whitney para conduzi-la ao salão de baile. Quando a viu descendo os degraus, parou abruptamente e olhou-a com tão franca admiração que ela se sentiu mais confiante.

Stone acompanhou as duas mulheres até a porta em arco do salão e fez um gesto para os músicos, que pararam de tocar no mesmo instante. Whitney notou que todos os olhares voltavam-se para ela e que as conversas morriam, deixando o amplo recinto em um terrível silêncio. Seu pai fez-lhe sinal para que entrasse. Respirando fundo, ela focou o olhar um pouco acima das cabeças das pessoas e desceu os três degraus baixos, deixando que o pai a conduzisse ao centro do salão.

Sua entrada encheu o salão de silêncio e curiosidade e, no mesmo instante em que passou pela porta, teve vontade de fugir correndo. Para controlar-se, manteve o pensamento em Nicolas Du Ville, em sua elegância orgulhosa, em como ele a acompanhava em todos os lugares. Ele teria se inclinado para ela e murmurado: "Não passam de provincianos, *chérie*. Erga a cabeça e vá em frente."

Um jovem ruivo saiu do meio das pessoas, abrindo caminho com determinação. Era Peter Redfern, que provocara impiedosamente Whitney, na infância, mas que fora um de seus poucos amigos verdadeiros. Com 25 anos, já começava a perder os cabelos, mas o ar travesso, tão seu, continuava lá, iluminando-lhe o rosto.

– Bom Deus! – exclamou com uma admiração indisfarçada, quando parou diante dela. – É mesmo você, sua desordeira? O que fez com as sardas?

Whitney engoliu uma risada ao ouvir tão indigna saudação, apertando a mão que ele lhe oferecia.

– E você? O que fez com seus cabelos, Peter? – replicou, sorrindo.

O jovem deu uma gargalhada, e o feitiço do silêncio foi desfeito. Todos começaram a falar ao mesmo tempo, rodeando Whitney para cumprimentá-la.

Ela sentiu a tensão diminuir, mas conteve o impulso de procurar Paul com os olhos. Enquanto os minutos passavam, os cumprimentos e perguntas se intensificavam, levando-a a dar sempre as mesmas respostas, repetidamente. Sim, gostara de Paris. Sim, tio Edward estava bem. Sim, gostaria de comparecer à festa. Sim, adoraria ir ao jantar.

Peter continuava a seu lado quinze minutos depois, quando ela conversava com a esposa do farmacêutico. De onde estavam todas as moças com seus acompanhantes, veio a risada maliciosa de Margaret Merryton, o que chamou a atenção de Whitney.

– Eu soube que Whitney foi motivo de escândalo em Paris, e quase foi repudiada por aquela refinada sociedade – Margareth, invejosa, contava aos companheiros.

Peter também ouviu e sorriu para Whitney.

– Está na hora de enfrentar a Srta. Merryton – opinou. – Não pode adiar eternamente. Além disso, ela está com alguém que você ainda não conhece.

Relutante, Whitney virou-se para encarar sua rival. Margaret estava de pé, a mão apoiada possessivamente no braço de Clayton Westland. Pela manhã, ela juraria que nada poderia fazê-la detestar mais aquele homem, mas, ao vê-lo com Margaret, que fazia comentários tão venenosos a seu respeito, percebeu que o antagonismo transformava-se em pura raiva.

– Ficamos desapontados em saber que não arrumou um marido na França, Whitney – disse Margaret, com sedosa malícia.

Whitney olhou-a com frio desdém.

– Sempre que você abre a boca, fico esperando ouvir o guizo de uma cascavel – desferiu.

Então, segurando as saias, fez menção de virar-se para ir ao encontro de Emily, mas Peter pegou-a pelo cotovelo.

– Espere, Whitney. Quero apresentá-la ao Sr. Westland. Ele acabou de chegar da França e alugou a casa dos Hodge.

Ainda furiosa com os comentários cruéis de Margaret, ela suspeitou que, se aquele homem antipático viera da França havia pouco tempo, havia sido ele quem contara à moça a deslavada mentira de que ela quase fora banida da sociedade parisiense.

– Está gostando do campo, Sr. Westland? – perguntou com indiferença.

– A maioria das pessoas tem sido muito gentil – ele respondeu sugestivamente.

– Estou certa de que sim – ela afirmou, lembrando-se do modo como ele a despira com os olhos, no riacho. – Talvez alguma delas seja bastante gentil para mostrar-lhe os limites da propriedade que alugou, de modo que o senhor não invada mais as terras alheias, como fez hoje.

Um silêncio atônito caiu sobre o grupo, e o ar divertido desapareceu do rosto de Clayton Westland.

– Srta. Stone, parece que começamos com o pé esquerdo – ele comentou em tom de forçada paciência. – Mas, talvez, se a senhorita me concedesse a honra de uma dança...

Whitney sequer ouviu o resto, porque atrás dela uma voz dolorosamente familiar disse baixinho:

– Desculpe, disseram-me que Whitney Stone estaria aqui, mas não a reconheci. – Paul pegou-a pelo cotovelo, e ela, com a pulsação descontrolada, girou para encará-lo.

Ergueu os olhos para fitar os dele, os mais azuis de toda a terra. Num gesto inconsciente, estendeu as duas mãos, e Paul as segurou, apertando-as entre as suas.

Durante quatro anos, Whitney ensaiara uma porção de frases inteligentes para dizer quando aquele momento chegasse, mas não conseguiu lembrar-se de nenhuma.

– Oi, Paul – foi tudo que conseguiu dizer.

Ele sorriu, colocando uma das mãos dela na curva de seu braço.

– Venha dançar comigo – convidou.

Tremendo por dentro, ela sentiu-o abraçá-la pela cintura e puxá-la um pouco mais para perto. Pousou a mão no peito dele, desejando poder correr os dedos pela bonita casaca azul-escura, numa longa carícia. Sabia que aquele era o momento de mostrar-se elegante e alegre, como fora em Paris, mas seus pensamentos turbilhonavam, confusos, como se ela tivesse novamente 15 anos. Tudo o que queria dizer era: "Eu te amo, sempre amei. Agora você me quer? Mudei o suficiente para que me queira?"

– Sentiu saudade de mim? – Paul indagou.

Sinos de alarme soaram na mente de Whitney quando ela percebeu o tom confidencial da voz profunda. Por instinto, exibiu um sorriso provocante.

– *Desesperadamente* – respondeu, enfatizando bastante a palavra para insinuar que se tratava de um exagero.

– Quão "desesperadamente"? – ele persistiu, ampliando o sorriso.

– Caí numa desolação profunda – Whitney brincou, sabendo que Emily falara-lhe de sua grande popularidade em Paris. – Na verdade, quase morri de tanta saudade.

– Mentirosa – ele murmurou, apertando-lhe a cintura possessivamente. – Não foi o que ouvi hoje de manhã. Você disse ou não a um nobre francês que aceitaria sua oferta, se estivesse tão impressionada por seu título quanto por sua presunção?

Whitney riu.

– Eu disse, sim.

– Posso saber qual foi a proposta que ele lhe fez?

– Não, não pode.

– Devo desafiá-lo para um duelo?

Ela sentiu-se leve como o ar. Paul estava flertando com ela!

– Como está Elizabeth? – perguntou, e, mal pronunciara as palavras, amaldiçoou-se, tanto em inglês como em francês.

E quando viu o sorriso satisfeito no rosto de Paul, teve vontade de gritar de raiva.

– Vamos procurar Elizabeth, para que você veja por si mesma como ela está – ele disse, sorrindo, no momento que a música acabou.

Ainda tentando recuperar-se da raiva que sentia pela bobagem que acabara de fazer, Whitney notou que Paul guiava-a na direção do grupo de Clayton Westland. Até aquele momento, ela não tinha se dado conta de que virara as costas para o homem, que a convidaria para dançar, afastando-se com Paul.

– Receio ter-lhe roubado a Srta. Stone no momento em que você ia convidá-la para dançar, Clayton – Paul comentou.

Levando em conta sua rudeza anterior, Whitney viu que não poderia recusar-se a dançar com o detestável vizinho. Esperou que ele a convidasse novamente, mas Clayton não o fez. Deixou-a lá parada, sob os olhares dos outros, até que ela corou de raiva e embaraço. Só então, ele lhe ofereceu o braço.

– Srta. Stone? – murmurou sem entusiasmo.

– Não, obrigada – ela respondeu friamente. – Não faço questão de dançar, Sr. Westland.

Virou-se e caminhou na direção do outro lado do salão, pondo o maior espaço possível entre ela e o arrogante homem. Juntou-se a um grupo do qual Anne fazia parte e estava ali havia apenas cinco minutos quando o pai apareceu a seu lado.

– Venha. Quero que conheça uma pessoa – ele disse em tom áspero de comando.

A despeito disso, era óbvio que Martin estava muito orgulhoso dela naquela noite, e Whitney seguiu-o de boa vontade... até descobrir para onde estava sendo levada. Logo à frente, Clayton Westland conversava com Emily e o marido dela, e Margaret ainda pendurava-se em seu braço.

– Papai, por favor! – ela pediu, parando. – Não gosto daquele homem!

– Não diga coisas absurdas! – ele retrucou, irritado, puxando-a até o grupo. – Aqui está ela – anunciou a Clayton, em tom jovial. Virou-se para Whitney e disse como se a filha fosse uma criança de 9 anos: – Faça uma reverência e diga "como vai" ao nosso amigo e vizinho, o Sr. Westland.

– Já fomos apresentados – Clayton informou em tom seco.

– Já fomos, sim – ecoou Whitney.

Sentiu as faces queimarem, mas sustentou o olhar zombeteiro de Clayton. Se ele fizesse ou dissesse alguma coisa para deixá-la envergonhada diante do pai, ela o mataria. Pela primeira vez na vida, Martin a enxergava como um ser humano aceitável, uma pessoa capaz de despertar admiração, e sentia *orgulho* dela.

– Muito bem, então – ele disse, olhando com ar de expectativa para Clayton. – Por que não vão dançar? Foi para que todos dançassem que contratei a orquestra.

Whitney sabia, pela expressão de Clayton, que ele não tornaria a convidá-la, mesmo sob a mira de uma arma. Sentindo-se mais desprezível do que um inseto, ela se obrigou a fitá-lo com ar suplicante e depois olhar para o salão, num convite inconfundível.

Clayton apenas ergueu as sobrancelhas ironicamente. Por um instante, ela achou que ele fosse ignorar seu gesto. Então, viu-o dar de ombros e caminhar para o centro do salão sem oferecer-lhe o braço, deixando-a escolher entre segui-lo ou permanecer onde estava.

Whitney seguiu-o odiando cada passo que dava, lançando olhares furiosos para as costas da casaca cor de vinho. Só percebeu que Clayton ria quando ele virou para tomá-la nos braços. Estava divertindo-se com sua mortificação!

Ela deu um passo para aproximar-se, então seguiu em frente, pretendendo deixá-lo plantado no meio dos pares que dançavam. Clayton impediu-a, segurando-a pelo braço.

– Não se atreva – avisou, rindo.

– Foi de uma enorme gentileza convidar-me para dançar – ela observou com sarcasmo, deixando que ele a tomasse nos braços.

– Não era o que queria que eu fizesse? – Clayton perguntou com fingida inocência, guiando-a nos primeiros passos da valsa, e, antes que ela pudesse responder, acrescentou: – Mas, se soubesse que você prefere convidar em vez de ser convidada, não teria desperdiçado energia.

– De todos os convencidos e mal-educados... – Captando o olhar do pai, ela se interrompeu, enviando-lhe um sorriso radiante para mostrar que estava se divertindo. Quando, enfim, viu que o olhar de Martin desviara-se, fitou Clayton como se quisesse matá-lo e continuou:

– De todos os homens insuportáveis.

Ele riu, o que quase a fez sufocar de raiva.

– Continue – incentivou-a com um largo sorriso. – Não me divirto tanto desde que era menino. Onde parou? Sou insuportável...

– E tem uma ousadia ultrajante – Whitney acusou. – Suas maneiras não são as de um cavalheiro!

– Isso me coloca numa situação bastante difícil – ele disse, em tom de zombaria. – Não me resta alternativa a não ser me defender, dizendo que seu comportamento em relação a mim não foi o de uma dama.

– Sorria, por favor. Meu pai está nos observando – ela avisou, forçando uma expressão de agrado.

Clayton sorriu, fitando os lábios dela. Whitney percebeu e enrijeceu-se, aborrecida.

– Sr. Westland, acho que este desagradável contato já se prolongou demais. – Ela tentou livrar-se dos braços dele, mas Clayton segurou-a com força.

– Não tenho a mínima intenção de dar um espetáculo, menina – ele alertou.

Sem outra opção a não ser segui-lo nos passos da dança, ela deu de ombros e desviou o olhar para um ponto distante.

– Uma noite adorável, não é? – ele comentou. Então, num cochicho teatral, avisou: – Seu pai está nos observando outra vez.

– A noite *estava* adorável – ela replicou.

Esperou que ele dissesse alguma coisa, mas, após alguns segundos de silêncio, olhou-o, confusa. Viu que Clayton fitava-a atentamente, mas sem rancor, parecendo não ter sido afetado por sua resposta azeda. De súbito, sentiu-se uma tola, uma menina mal-humorada. Claro, ele fora grosseiro no encontro junto ao riacho, mas, considerando as coisas que ela fizera e dissera a ele, ali no baile, era necessário reconhecer que não se comportara melhor. Mais uma vez olhou-o, um sorriso iluminando-lhe os olhos verdes.

– Acho que agora é sua vez de ser rude comigo, não? – observou.

Ele sorriu com evidente aprovação diante daquela mudança de atitude.

– Eu diria que estamos quites – disse baixinho.

Whitney franziu a testa de leve, intrigada. Algo na voz profunda, nos olhos cinzentos, na leveza com que ele executava os passos da valsa, remexera as cinzas de uma vaga lembrança.

– Sr. Westland, nunca nos encontramos antes de hoje?

– Se nos encontramos, odeio pensar que a senhorita tenha esquecido.

– É verdade, eu me lembraria – ela afirmou educadamente e esqueceu o assunto. Quando a valsa terminou e os dois deixaram o centro do salão, Whitney viu que Paul levara Elizabeth para o grupo do qual Clayton fazia parte. Comentou consigo mesma que a jovem continuava linda, com a mesma aparência frágil de boneca de porcelana. Elizabeth usava um vestido de cetim azul-gelo, uma cor que acentuava o rosado das faces e o dourado dos cabelos cacheados.

– Oh, Whitney, mal pude acreditar que era mesmo você! – disse, em tom de admiração.

A implicação era óbvia, pensou Whitney. Comportara-se tão mal no passado, fora tão desajeitada, tão pouco apresentável, que a mudança parecia absurda. Mas, observando a moça ir para o centro do salão com Clayton, concluiu que ela não falara aquilo por mal.

Ficou esperando que Paul a convidasse para dançar, mas, em vez disso, ele a olhou carrancudo, evidentemente aborrecido.

– Diga-me, Whitney, é um dos costumes de Paris um homem e uma mulher que mal se conhecem dançarem olhando-se nos olhos?

Ela encarou-o, surpresa.

– Eu... eu não estava olhando o Sr. Westland nos olhos – defendeu-se. – É que achei que havíamos nos encontrado antes. Mas foi só impressão. Isso já aconteceu com você?

– Aconteceu, hoje mesmo – ele respondeu secamente. – Achei que *você* fosse alguém que eu conhecia. Agora não tenho mais certeza.

Virou-se e afastou-se, deixando Whitney perplexa. Em outros tempos, ela correria atrás de Paul para afirmar que não queria ninguém, a não ser ele, que Clayton Westland não significava nada. Mas ela mudara, tornara-se mais sábia, de modo que apenas sorriu para si mesma e tomou a direção oposta.

Embora ele não tenha mais se aproximado dela, Whitney não ficou triste, ao contrário, divertiu-se muito, dançando com todos os rapazes da vizinhança. Entre o Paul superconfiante e o Paul amuado e ciumento, ela sem dúvida preferia o último. Lady Eubank estava certa. Ele precisava enfrentar alguma competição.

ERA QUASE MEIO-DIA quando Whitney acordou na manhã seguinte. Atirou as cobertas longe e pulou da cama, certa de que Paul iria visitá-la.

Ele não apareceu, mas vários jovens foram vê-la, e ela teve uma tarde ocupada, tentando ser charmosa e alegre, embora seu coração se apertasse mais à medida que as horas passavam. Ao deitar-se, naquela noite, disse a si mesma que Paul iria procurá-la no dia seguinte.

Mas não aconteceu. Quando tornaram a se ver, foi por puro acaso. Whitney fora com Emily à vila, a cavalo, e na volta ouvia a tagarelice da amiga, meio distraída.

– Sabia que o Sr. Westland foi chamado a Londres no dia seguinte ao de sua festa? – perguntou Emily.

– Meu pai comentou – Whitney respondeu, pensando em Paul. – Parece que vai retornar amanhã. Por quê?

– Porque a mãe de Margaret disse à minha que a filha está contando as horas que faltam para ele voltar. Acho que Margaret está apaixonada... – Emily parou de falar e apertou os olhos, fixando-os na estrada à frente. – A menos que eu não esteja enxergando bem, vamos nos encontrar com sua presa.

Olhando na direção indicada pela amiga, Whitney viu uma elegante carruagem aberta que se aproximava rapidamente. Mal teve tempo de alisar a saia de seu traje de montaria quando o veículo parou ao lado delas, que também pararam.

Paul cumprimentou Whitney com cortesia, então dedicou toda sua atenção a Emily, lisonjeando-a com gracejos galantes, até que a moça, rindo, mandou-o desistir, porque estava falando com uma mulher casada.

Khan demonstrara aversão instantânea pelo vistoso cavalo preto que puxava a carruagem, e Whitney tentava, com dificuldade, controlá-lo.

– Vai à reunião de lady Eubank, amanhã à noite? – Paul perguntou. Preocupada em conter o impaciente animal, Whitney ficou esperando pela resposta de Emily, a quem certamente a pergunta fora dirigida. Quando o silêncio prolongou-se, ela ergueu os olhos e viu que Paul a fitava.

– Vai à reunião de lady Eubank, amanhã à noite? – ele repetiu.

– Vou, sim – ela respondeu, sentindo o coração bater mais depressa

– Então, nos veremos lá.

Sem mais uma palavra, Paul sacudiu as rédeas, e a carruagem afastou-se depressa.

– Nunca vi nada mais estranho – Emily comentou quando as duas já seguiam novamente pela estrada poeirenta. – Paul Sevarin fez de tudo para ignorar você completamente. Não achou a atitude dele muito esquisita? – perguntou, com um sorriso sugestivo.

– Não. Você sabe que Paul *sempre* me ignorou.

– É, eu sei – concordou a amiga com uma risadinha. – Mas antes ele não ficava olhando para você o tempo todo. E agora, enquanto falava comigo, não conseguia parar de olhá-la. E fez o mesmo na festa.

Whitney puxou as rédeas, fazendo Khan parar.

– Ele ficou olhando para mim? – perguntou, ansiosa. – Tem certeza?

– Claro que tenho, bobinha. Eu fiquei observando Paul observar você.

– Oh, Emily! – Whitney riu, emocionada. – Eu gostaria que você não tivesse de voltar para Londres na semana que vem. Quando não estiver aqui, quem me dirá as coisas que desejo ouvir?

11

Na noite da reunião de lady Eubank, Whitney escolheu um vestido de chiffon azul-noite com pequenos detalhes prateados. Em seu pescoço, brilhavam diamantes, assim como nas orelhas e entre os cachos presos em estilo grego. Embora estivesse animada, sentia-se também tensa, tomada por pensamentos perturbadores.

– Tia, a senhora acha que Paul ama Elizabeth? – perguntou Whitney quando a carruagem que as levava entrou na alameda da enorme mansão de lady Eubank.

– Se amasse, já teria se casado com ela há muito tempo – respondeu Anne, calçando as luvas. – E Emily está absolutamente certa. Paul não para de olhar para você. Notei isso durante a festa.

– Então, *por que* ele está demorando tanto para demonstrar que se interessa por mim?

– Querida, pense na situação constrangedora desse rapaz. Todos os vizinhos sabem que Paul não tolerava suas demonstrações de afeto há quatro anos. Vão achar muito estranho se ele agora começar a cortejá-la abertamente. – Anne sorriu ao ver a expressão triste de Whitney. – Se quer apressar as coisas, ouça o conselho de lady Eubank e comece a forçar Paul a competir por sua atenção.

Três horas mais tarde, Whitney começava a concordar. Ela tornara-se a moça mais requisitada da festa, cercada por todos os jovens disponíveis... exceto o único que lhe interessava.

Do outro lado do salão, rodeado de moças, Clayton ouvia o que Margaret Merryton lhe dizia, sorrindo para disfarçar o aborrecimen to que a incessante tagarelice da jovem lhe causava.

Estivera em Londres para cuidar de negócios urgentes e voltara naquele mesmo dia, o que lhe deixara tempo suficiente apenas para arrumar-se para a reunião oferecida por Amelia Eubank. E aquela bruxa velha tivera o desplante de ir a seu encontro no vestíbulo e pedir-lhe que desse especial atenção a Whitney Stone, só para despertar ciúme em Paul Sevarin! Como resultado, seu humor não era dos melhores.

Virando as costas para a mulher com quem conversava de forma horrivelmente pouco educada, lady Eubank ajeitou o monóculo e examinou os convidados, até que seu olhar recaiu sobre o duque de Claymore. Ele era alvo da atenção de várias moças, mas as tratava com divertida tolerância, parecendo interessado na única mulher da sala que se mostrava imune a seu magnetismo: Whitney Stone.

Amelia Eubank deixou cair o monóculo, que ficou pendurado na fita presa ao busto amplo. Por causa de um remoto parentesco do falecido marido com os Westmoreland, ela podia alegar certa ligação com eles. Assim, quando Clayton fora procurá-la, semanas antes, anunciando sua decisão de morar a cerca de oito quilômetros de distância da casa dela, usando o sobrenome Westland, "a fim de poder descansar", ela assegurara que seria absolutamente discreta.

Agora, observando o modo como o duque olhava para a Srta. Stone, teve uma ideia ousada. Refletiu que o que pensara não era muito honesto, mas hesitou apenas um instante. Então, com um sorrisinho satisfeito, reclinou-se na poltrona e ordenou a um criado que fosse buscar a Srta. Stone imediatamente e depois pedisse ao Sr. Westland para juntar-se a elas.

Whitney dançava com o marido de Emily quando um criado apareceu a seu lado e disse que lady Eubank desejava falar-lhe *imediatamente*. Pedindo licença a lorde Archibald, ela foi ao encontro da dona da casa, apreensiva.

Sua apreensão transformou-se em alarme quando a mulher, ao vê-la, levantou-se da poltrona com ar de irritação.

– Eu lhe disse que Paul Sevarin precisa de *competição*, e isso não vai acontecer se você ficar dançando com o marido de sua melhor amiga! – lady Eubank despejou. – Quero que chame a atenção do Sr. Westland. Bata os cílios, olhe-o por cima do leque, faça qualquer coisa que as moças de hoje costumam fazer para atrair um homem.

– Não posso, lady Eubank. Sinceramente, prefiro...

– Moça, quero que saiba que estou dando esta festa só para ajudá-la a agarrar Paul Sevarin. Como você me pareceu tola demais para saber agir, não me restou alternativa a não ser me intrometer. Clayton Westland é o único homem aqui que Paul poderia considerar um rival, e já mandei um criado chamá-lo.

Whitney empalideceu, querendo protestar, mas lady Eubank olhou-a de modo aterrador.

– Bem, quando o Sr. Westland se aproximar, você pode olhá-lo do jeito que está me olhando agora, e provavelmente ele se oferecerá para levá-la a um médico, ou pode sorrir, de modo que ele a convide para acompanhá-lo à sacada.

– Não quero ir para a sacada com aquele homem! – Whitney exclamou, desesperada

– Mas irá – a mulher disse, apontando para o lado. – Quando olhar naquela direção e vir que Elizabeth está se dirigindo para lá, pelo braço de Paul.

Whitney olhou e viu que, de fato, os dois caminhavam na direção de uma das portas largas que se abriam para a sacada. Desanimada, reconheceu que o que a velha senhora propunha fazia sentido, mas ainda relutava em aderir ao plano. Não que sua relutância fosse fazer alguma diferença, pois lady Eubank assumira o comando da situação.

– Mandou me chamar, senhora? – perguntou Clayton, aproximando-se delas.

– A Srta. Stone estava queixando-se de calor e disse que gostaria de caminhar um pouco pela sacada – a ardilosa dama mentiu.

Ele olhou na direção das portas, e seu rosto, até então sorridente, endureceu-se numa máscara de ironia.

– Tenho certeza de que ela gostaria muito – resmungou com sarcasmo.

Pegou Whitney pelo braço, não muito gentilmente, e convidou:

– Vamos, Srta. Stone?

Whitney permitiu que ele a conduzisse através das pessoas, tão perdida em pensamentos que demorou para notar que Clayton a levava na direção de uma porta que se abria para a frente da casa, enquanto Paul e Elizabeth haviam saído por uma lateral. Se saíssem por lá, de que adiantaria o sacrifício?

– Aonde vamos? – perguntou, parando.

– Como pode ver, estamos indo em direção à sacada – Clayton respondeu friamente. – Vamos.

Saíram, e, retirando a mão do braço de Whitney, ele caminhou até a mureta. Virou-se e encarou-a em silêncio.

Ela ficou parada, sentindo-se infeliz pelo miserável fracasso do plano de lady Eubank. Mas ainda estava determinada a fazê-lo funcionar.

– Não podíamos andar, ir até o fim do outro lado e voltar? – sugeriu.

– Podíamos, mas não vamos – Clayton declarou, quase áspero.

Continuou a olhá-la, sabendo que sua intenção era usá-lo para enciumar Paul Sevarin e ficou mais irritado. Whitney era uma tentação, parada ali a sua frente, o vestido azul-noite agitando-se suavemente ao sopro da brisa, os detalhes prateados brilhando à luz da lua. Era uma tentação, sim, e lhe pertencia! Até o vestido que estava usando fora pago por ele.

De súbito, Clayton teve uma ideia. Inclinando-se para o lado, olhou para o lugar onde deviam estar Paul Sevarin e Elizabeth Ashton. Certificando-se da presença deles, voltou sua atenção para a jovem adorável que brincava nervosamente com uma dobra do vestido.

– E agora, Srta. Stone? – perguntou em tom bastante alto para ser ouvido além da sacada.

Whitney sobressaltou-se.

– Agora, o quê? – replicou, começando a andar, na esperança de poder olhar para a sacada lateral e ver o que Paul e Elizabeth estavam fazendo.

Seu desejo foi frustrado, pois Clayton moveu-se rapidamente, bloqueando-lhe a visão.

– Agora, o quê? – ela repetiu, recuando automaticamente para aumentar o espaço entre eles.

Quando deu por si, viu que entrara na sombra da porta.

– Quero saber o que deseja que eu faça, agora que conseguiu me obrigar a trazê-la aqui para fora.

– O que desejo que você faça? – Whitney exclamou, confusa.

– Ouviu o que eu disse. Quero saber ao certo que papel desempenho na pequena peça que estamos encenando. Quer que eu a beije, para que Sevarin fique com ciúme? É isso?

– Eu não deixaria que me tocasse nem que estivesse morrendo afogada – ela declarou, furiosa por ter sido humilhada.

– Não me importo de beijá-la se esse for meu papel, mas eu gostaria de ter certeza se vou gostar – ele informou, ignorando o que ela dissera. – Vou beijar uma iniciante, ou já beijou tantos homens que sabe o que fazer? Quantas vezes já foi beijada, Srta. Stone?

– Aposto como seu maior medo é ser confundido com um cavalheiro! – ela agrediu, tentando disfarçar a apreensão que lhe crescia no íntimo.

Clayton pegou-a pelos braços e começou a puxá-la para si. Desistindo da luta inútil para se livrar, ela encarou-o, furiosa com o brilho malicioso nos olhos cinzentos.

– Tire as mãos de cima de mim!

Já foi beijada tantas vezes que perdeu a conta? Ou foram beijos tão sem significado que os esqueceu?

Whitney achou que ia explodir.

– Já me beijaram o suficiente para que eu não precise aprender com alguém como você!

Ele riu, tomando-a nos braços.

– Então, já houve muitos beijos, minha pequena?

Ela ficou olhando para o peito dele, rígida. Não podia gritar, pedindo ajuda. Se alguém a visse em situação tão comprometedora, sua reputação ficaria arruinada. Whitney não podia acreditar que aquilo estava acontecendo. Não, não podia.

– Se acha que já disse o suficiente para me assustar e humilhar, por favor, solte-me – pediu o mais calmamente que pôde, dividida entre o desejo de romper em lágrimas e o de esbofeteá-lo.

– Só a soltarei depois de descobrir o que aprendeu com tantas lições – Clayton murmurou.

Whitney ergueu a cabeça, pronta para retrucar, mas suas palavras foram sufocadas pelos lábios dele. Gelou sob o choque inicial do contato, então forçou-se a ficar imóvel, indiferente à pressão da boca sobre a sua. Embora tivesse pouca experiência em beijar, tinha muita em esquivar-se, e sabia que, ficando inerte, uma mulher podia reduzir um homem ardoroso a um estado de total arrependimento e vergonha.

Quando, porém, Clayton interrompeu o beijo, não parecia arrependido nem envergonhado. Ao contrário, fitou-a com um sorriso.

– Ou teve péssimos professores, senhorita, ou está precisando de mais aulas, com urgência.

Soltou-a, e Whitney recuou. Virando-se, ela começou a afastar-se.

– Pelo menos, não tive aulas num bordel! – disse por cima do ombro, não resistindo ao desejo de atirar-lhe mais uma ofensa.

Aconteceu tão depressa que ela não teve tempo de reagir. Clayton agarrou-a pelo pulso e puxou-a de volta para as sombras e para seus braços.

– Acho que seu problema foi ter maus professores.

Apossou-se dos lábios dela com fúria, magoando-os sem piedade, forçando-os a se abrirem, então a língua invadiu a boca macia, violentando-a.

Whitney debateu-se furiosamente, mas os braços que a prendiam pareciam feitos de ferro, e lágrimas de raiva impotente rolaram por seu rosto. Quanto mais lutava, mais a boca insolente tornava-se cruel, e finalmente ela ficou quieta, derrotada e trêmula.

Clayton, então, ergueu a cabeça, tomando o rosto molhado de lágrimas entre as mãos.

– Essa foi a primeira aula, menina. Nunca faça joguinhos comigo. Conheço todos, não pode me vencer. E agora, a segunda aula – murmurou, aproximando a boca outra vez.

Ela respirou fundo e fez menção de gritar, mas seu grito morreu na garganta, sufocado por outro beijo, e transformou-se num soluço histérico. Daquela vez, Clayton beijou-a com tanta gentileza que ela, de tão atônita, sequer lutou para livrar-se.

Com uma das mãos, ele segurou-a pela nuca, os dedos acariciando, consolando, enquanto a outra descia pelas costas, num movimento lento e sensual, puxando-a de encontro ao corpo musculoso. A boca exigente continuava a mover-se sobre a dela, ávida, mas terna.

A ponta da língua exercia pressão contra os lábios que Whitney mantinha cerrados, torturando-os, seduzindo-os, até que eles se abriram, e então deslizou para dentro. Ela sentiu-se invadida por uma onda de excitação que a deixou fraca. Ergueu os braços e enlaçou Clayton pelo pescoço, em busca de apoio. Ele apertou-a contra o peito num gesto protetor e deixou a língua penetrar completamente a boca úmida, saboreando-a, explorando-a, até que Whitney sentiu-se perdida num tumulto de sensações vertiginosas e desconhecidas.

Intensificando o beijo, Clayton deslizou a mão ao redor da cintura esbelta e deixou-a subir até um seio, que rodeou com os dedos. A ultrajante intimidade da carícia baniu todas as outras emoções que haviam dominado Whitney, deixando apenas uma fúria cega. Juntando toda a força que possuía, ela se livrou dos braços dele.

– Como se atreve?! – exclamou, dando-lhe um violento tapa no rosto.

Incrédula, viu-o exibir um sorriso satisfeito.

– Se ousar me tocar de novo, juro que o mato! – ela declarou com tanta raiva que mal podia respirar.

A ameaça apenas pareceu diverti-lo mais.

– Não será necessário, minha senhora – Clayton informou, sorrindo – Já tive a resposta que procurava.

– Resposta? – Whitney quase gritou. – Se eu fosse homem, lhe daria uma resposta na ponta de uma pistola.

– Se fosse homem, eu não a teria tocado – ele observou tranquilamente.

Ela ficou parada, tremendo de raiva, desejando fazer ou dizer algo que abalasse aquela imperturbável calma. As lágrimas represadas em seus olhos eram de ódio, mas, no momento em que as viu, Clayton mostrou-se contrito.

– Enxugue os olhos, pequena, e eu a levarei para dentro, para junto de seus amigos.

Tirou do bolso um lenço branco, que estendeu para ela. Whitney tinha a impressão de que o coração ia se partir, repleto de ódio e repulsa. Arrancou o lenço da mão dele, jogou-o no chão e virou-se, caminhando para a porta, decidida a voltar sozinha para o salão.

– Com licença – pediu Paul enquanto passava por eles com Elizabeth.

Vinham do canto da sacada onde Whitney e Clayton estavam e dirigiam-se para a porta.

– Há quanto tempo eles estavam lá? – ela indagou, encarando Clayton com fúria, depois que os dois entraram. – Seu miserável nojento... Fez tudo deliberadamente, não foi? Por causa de Paul! Para que ele visse!

– Fiz deliberadamente, sim, mas por *minha* causa – ele a corrigiu brandamente, pegando-a pelo cotovelo e guiando-a para a porta.

Na segurança do salão iluminado, Whitney puxou o braço, livrando-o da mão dele.

– Você deve ser filho do diabo! – sibilou, furiosa.

– Meu pai ficaria desapontado se ouvisse isso – Clayton replicou com um sorriso.

– Seu pai? – Whitney repetiu com escárnio. – Se acha que sua mãe sabe o nome dele, está enganando a si mesmo – completou, afastando-se. Clayton ficou em silêncio por um instante, então entendeu que ela, uma verdadeira dama, chamara-o de bastardo. Deu uma gargalhada, e ainda sorria quando a seguiu, admirando o ondular dos quadris arredondados.

Whitney aproximou-se do grupo de senhoras no qual a tia estava, mas, ainda furiosa, não prestou atenção alguma à conversa. Oh, como odiava e desprezava Clayton Westland! Ele não perdia por esperar. Mesmo que demorasse, ela o faria arrepender-se de tê-la tratado daquele modo, fazendo-a parecer uma vagabunda aos olhos de Paul.

Mais ou menos uma hora depois, Paul apareceu junto dela e convidou-a para dançar. Ela aceitou, mas estava com tanto medo de ver reprovação no rosto dele que não conseguia olhá-lo enquanto dançavam.

– Um homem precisa levá-la para a sacada para ganhar sua atenção, Srta. Stone? – Paul perguntou, sarcástico.

Whitney encarou-o, assustada, mas, para seu alívio, notou que, apesar de irritado com a cena que ele testemunhara, não havia sinal de desprezo em sua expressão.

– Gostaria de dar um passeio lá fora? – ele persistiu, em tom zombeteiro.

– Por favor, não fique me provocando por causa daquilo – ela pediu com um suspiro. – Estou exausta.

– Isso não me surpreende – ele replicou com a voz carregada de ironia. Então, quando Whitney corou, embaraçada, acrescentou mais brandamente: – Acha que amanhã já estará recuperada da exaustão para ir a um piquenique em sua honra?

Ela refletiu, jubilosa, que tia Anne e lady Eubank tinham razão ao dizer que Paul precisava de competição.

– Eu adoraria! – exclamou com um sorriso radiante.

Quando a música terminou, ele conduziu-a até um canto relativamente calmo do salão. Pegou duas taças de champanhe e ofereceu uma a Whitney. Apoiando o ombro num pilar, fitou-a com um sorriso.

– Posso convidar Westland para o piquenique?

Ela sentiu vontade de agarrá-lo pela gola da casaca e sacudi-lo, gritando "não". Mas, vendo o sorriso confiante que ele lhe dirigia, decidiu agir com mais esperteza. Deu de ombros, sorrindo de modo displicente.

– Por que não? Convide-o se quiser – respondeu.

– Você não faria objeções?

Whitney lançou-lhe um olhar inocente.

– Claro que não. Ele é... hã... muito bonito... – disse relutante, olhando para a taça para esconder a repulsa que devia estar evidente em seus olhos. – Também é charmoso e...

– Srta. Stone, por acaso não está querendo me deixar com ciúme, está? – Paul interrompeu-a, observando-a com ar divertido.

– Por quê? Estou deixando? – ela contra-atacou, sorrindo.

Ele não respondeu, o que a levou a pensar que, de fato, sentia-se enciumado.

No final da festa, fazendo um balanço da situação, Whitney concluiu que progredira. Paul ficara muito tempo com ela, e, ao deixá-la, não voltara para junto de Elizabeth.

DISPENSANDO SEU CRIADO, Clayton serviu-se de conhaque. Sorria, pensando no modo inesperado como sua corte a Whitney mudara de rumo. Nem em suas fantasias mais atrevidas poderia imaginar o que acontecera entre eles. No entanto, estava muito satisfeito com o que descobrira na sacada da casa de Amelia Eubank. Nenhum dos admiradores franceses de Whitney tomara as liberdades que ele ousara tomar, isso era certo. Ela ficara chocada com o beijo íntimo e tremendamente ofendida quando ele lhe acariciara o seio.

Whitney Stone era uma criatura encantadora, ele refletiu. Meio anjo, meio gata selvagem, elegante, mas sem afetação, dona de uma beleza majestosa e sensual que fazia seu sangue ferver.

Erguendo o copo, Clayton olhou carrancudo para o líquido dourado. Tratara Whitney muito mal naquela noite. Precisava encontrar um meio de redimir-se.

12

O dia seguinte amanheceu perfeito, com sol, céu azul e uma fresca e perfumada brisa de outono.

Whitney tomou banho e lavou os cabelos, então ficou em dúvida sobre o que vestir. Paul certamente iria buscá-la de carruagem, mas ela gostaria muito que fossem ao piquenique a cavalo, cavalgando lado a lado, como acontecera algumas vezes, no passado. Decidida, retirou do armário um traje de montaria amarelo-claro.

Já estava pronta quando ouviu a carruagem de Paul parar diante da casa, sob as janelas de seu quarto. Mas obrigou-se a atravessar o quarto de um lado para o outro dez vezes antes de sair e dirigir-se para a escada.

Paul, no vestíbulo, observou-a descer, olhando-a com franca admiração. Ela estava linda naquele traje amarelo, a blusa de seda branca com bolinhas amarelas aparecendo pela abertura do casaco justo e curto. No pescoço, pusera um lenço do mesmo tecido da blusa, amarrado de lado, com as pontas flutuando sobre o ombro.

– Como pode estar linda assim sendo ainda tão cedo? – ele perguntou quando ela desceu o último degrau.

Whitney reprimiu o impulso de atirar-se nos braços dele, limitando-se a sorrir.

– Bom dia – cumprimentou. – Não podíamos ir a cavalo, em vez de usar a carruagem? Temos excelentes animais, e você pode escolher o que quiser.

– Se você for a cavalo, terá de ir sem mim – Paul observou. – Precisarei da carruagem para levar algumas moças que morrem de medo de cavalgar. Mas Clayton está lá fora e certamente a acompanhará até o local do piquenique.

Whitney sentiu um nó de desapontamento e alarme formar-se na garganta. Não podia acreditar que Paul estava fazendo aquilo com ela. Como fora ele quem a convidara, sua obrigação era acompanhá-la. E a desculpa que dera não fora das melhores. Ele não ia levar "algumas moças que morriam de medo de cavalgar", pois Elizabeth era a única que se encaixava nessa descrição.

Cada vez mais aborrecida, Whitney refletiu que, deixando-se substituir por Clayton no papel de seu acompanhante, Paul estava deixando claro que não sentia ciúme algum. Na noite anterior, ele percebera que ela tentara enciumá-lo, e agora mostrava que o ardil não surtira efeito.

Com enorme força de vontade, Whitney conseguiu dar de ombros e sorrir.

– Cavalgar vai ser adorável. O dia está lindo demais para que eu me contente em ficar presa numa carruagem – comentou.

– Clayton a acompanhará – Paul repetiu, observando-lhe o rosto sereno. Então, acrescentou secamente: – Suponho que vocês dois já sejam bastante íntimos para se chamarem pelo primeiro nome, não?

Whitney desviou o olhar para a porta e viu Clayton à espera, do lado de fora. Cerrou os dentes com força para controlar a raiva que sentiu.

– Seu pai com certeza não se importará se ele usar um de seus cavalos – Paul concluiu, saindo. Desceu a escada, trocou algumas palavras com Clayton e subiu na carruagem. – Cuide bem de minha garota! – gritou quando já se afastava.

Ligeiramente pacificada, Whitney sentia-se também confusa. Depois de tê-la entregado a outro acompanhante, numa atitude de duvidoso cavalheirismo, Paul a chamara de "minha garota", em um tom brincalhão, mas inconfundivelmente carinhoso.

Seus pensamentos foram interrompidos pela voz que ela tanto odiava:

– Bom dia.

Clayton estava parado no vão da porta. Engolindo todas as respostas grosseiras que poderia dar ao simples cumprimento, ela olhou-o com desdém, notando a imaculada camisa branca, aberta no pescoço, a calça de montaria cinzenta e as botas pretas.

– Sabe cavalgar? – perguntou friamente.

– Bom dia – ele repetiu, sorrindo.

Whitney não respondeu e, caminhando com altivez, passou por ele, saindo para a luz brilhante da manhã. Pouco importava se aquele homem desprezível a seguisse ou se ficasse onde estava.

Desceu a escadaria e tomou a trilha que levava aos fundos da casa, na direção do estábulo, percebendo que Clayton a seguia. No meio do caminho, porém, ele passou a sua frente e parou, bloqueando-lhe a passagem.

– Trata todos os cavalheiros que lhe roubam um beijo com tanta animosidade ou apenas a mim? – indagou com um sorriso.

Ela o fitou com contundente escárnio.

– Em primeiro lugar, não o considero um cavalheiro. Em segundo, não gosto do senhor. Agora, por favor, saia do meu caminho.

Ele não se moveu, observando o rosto dela em silêncio.

– Por favor, saia da frente e deixe-me passar – ela persistiu.

– Se me conceder alguns instantes, eu gostaria de pedir desculpas por ontem à noite – Clayton disse em tom calmo. – Não consigo me lembrar da última vez em que me desculpei por alguma coisa e me sinto um tanto desajeitado.

Que animal arrogante e convencido ele era, Whitney pensou. Achava que aplacaria sua raiva com um simples pedido de desculpas, depois de todas as liberdades que tomara?

– Desajeitado ou não, eu não o desculparei – declarou. – Agora, saia da minha frente.

O rosto masculamente bonito refletiu irritação, e Whitney percebeu o esforço que ele fazia para controlar-se. Achando que poderia precisar de ajuda, ela olhou para o estábulo para ver se havia alguém à vista. Thomas estava no cercado, segurando Cruzamento Perigoso pelas rédeas, e o cavalo prendia sua atenção, pateando no mesmo lugar, tentando libertar-se.

Uma ideia passou pela mente de Whitney, e ela viu sua chance de vingança no temperamental garanhão preto. O sorriso que dirigiu a Clayton era fascinante e genuinamente alegre.

– Minhas maneiras também não deixaram de ser reprováveis – concedeu, procurando parecer contrita, mas mal contendo a vontade de rir. – Se pedir desculpas, aceitarei.

Fez uma pausa, à espera, então notou que Clayton parecia suspeitar de sua repentina mudança de atitude.

– Mudou de ideia? – perguntou depressa. – Não quer mais se desculpar?

– Não, não mudei – ele respondeu, erguendo o queixo dela com um dedo. – Sinto muito tê-la assustado ontem à noite. Não tive a intenção de magoá-la e gostaria que pudéssemos ser amigos.

Whitney reprimiu o impulso de dar um tapa na mão dele enquanto fingia refletir sobre a proposta.

– Se vamos ser amigos, precisamos ter algo em comum. Concorda, Sr. Westland? Eu, por exemplo, adoro cavalgar. O senhor é um bom cavaleiro?

– Sou – ele respondeu, submetendo-a a um olhar frio e avaliador.

Ansiosa por ver-se livre do escrutínio dos olhos cinzentos, Whitney passou por ele, rumando para o estábulo.

– Mandarei que lhe preparem um cavalo – disse, olhando por cima do ombro.

Clayton teria de montar aquele animal indócil ou admitir que tinha medo de tentar. De qualquer maneira, seu ego monstruoso sofreria um sério abalo, e Whitney, satisfeita, disse a si mesma que ele merecia aquilo e muito mais.

Correu o restante do caminho, e estava ofegante quando aproximou-se de Thomas. Olhando furtivamente para trás, viu Clayton andando em sua direção, a poucos metros de distância.

– Arreie Cruzamento Perigoso – pediu ao cavalariço-chefe num cochicho. – O Sr. Westland insiste em montá-lo.

– O quê? – o homem espantou-se, olhando para Clayton. – Tem certeza?

– Absoluta – afirmou Whitney, rindo baixinho, enquanto Thomas levava o cavalo para dentro do estábulo.

Vendo que Clayton parara fora do cercado, foi juntar-se a ele, extremamente contente consigo mesma.

– Mandei que lhe preparassem o melhor de nossos cavalos – anunciou.

Clayton observou-lhe o rosto sorridente, mas sua atenção foi desviada por um tumulto no interior do estábulo. Duas pragas violentas, proferidas por um cavalariço, foram seguidas de um grito de dor, então Cruzamento Perigoso saiu para o cercado a toda velocidade, arrastando um rapaz que tentava contê-lo e jogando-o contra a cerca. Outro cavalariço aproximou-se, mas foi rechaçado a coices.

– Este cavalo é maravilhoso! – Whitney comentou, lançando um olhar de lado para Clayton.

Não teve tempo de ler o que se passava no rosto dele, pois naquele momento o animal correu para onde os dois estavam e virou repentinamente, erguendo as patas traseiras. Whitney saltou para trás, um segundo antes de o coice atingir a cerca com grande estardalhaço.

– Ele é... hã... muito voluntarioso também.

– Estou vendo – Clayton concordou, desviando o olhar do garanhão nervoso e suado para o rosto dela.

– Se tem medo de montá-lo, é só dizer – ela avisou, com fingida generosidade. – Podemos escolher um cavalo mais adequado... como... Ameixa Doce. É uma égua velha, que já não corre muito, mas pelo menos é mansa.

O rosto de Clayton exibiu uma expressão de repulsa, e Whitney achou que seria muito mais humilhante para ele aparecer no piquenique montado numa égua que, de tão idosa, já não era mais usada por ninguém.

– Thomas! – ela chamou e, quando o homem apareceu, informou: – O Sr. Westland prefere montar Ameixa Doce, então...

– Não – Clayton disse a Thomas, interrompendo-a. – Vou montar o garanhão. Prepare-o, por favor.

Virando-se para Whitney, lançou-lhe um olhar de gélida reprovação.

– Isso vai demorar – ela disse, impávida. – Se me disser onde é o piquenique, irei na frente e...

– Não. E se pensa que vai ter o prazer de me ver estendido no chão, pisoteado pelo garanhão, pode esquecer. – Clayton fez um gesto na direção de Khan, que estava sendo conduzido para fora do estábulo por um jovem cavalariço. – Monte seu cavalo e mantenha-o junto à cerca, fora do meu caminho. Vou ter muito o que fazer, para poder me preocupar com você.

O fato de ele afirmar tão arrogantemente que seria capaz de dominar Cruzamento Perigoso apagou o traço de culpa que Whitney por breves instantes sentira. Ela montou Khan e levou-o para a extremidade mais distante do cercado. Enquanto esperava que acabassem de arrear o mal-humorado garanhão, Whitney tirou o lenço do pescoço e usou-o para amarrar os cabelos na nuca.

Cavalariços, faxineiros do estábulo e jardineiros correram para o cercado, enfileirando-se ao longo da cerca para ver o que aconteceria, quando o garanhão reapareceu, conduzido por Thomas e dois rapazes. Os três seguraram a cabeça do animal enquanto Clayton falava com ele em tom calmo, deslizando a mão por seu pescoço. Whitney, lembrando-se de que aquela mesma mão afagara-lhe o seio, encheu-se de raiva.

Clayton pôs o pé no estribo, então ergueu-se, passando a outra perna por cima do cavalo, acomodando-se lentamente na sela, evitando fazer qualquer movimento brusco. Mas, a despeito de toda a cautela, Cruzamento Perigoso sacudia-se e pateava, querendo escapar dos homens que o seguravam.

Devido à altura de Clayton, os estribos haviam ficado curtos, e Thomas precisou soltá-los um pouco, deixando-os mais compridos. Por um momento, enquanto isso acontecia, Whitney pensou que o cavalo fosse livrar-se da carga indesejável, pois corcoveou selvagemente.

Ela riu, esperando que Clayton se declarasse derrotado e desistisse. Em vez disso, ele pegou as rédeas, e os cavalariços soltaram o animal, saindo da frente rapidamente.

Clayton concentrou toda a atenção em Cruzamento Perigoso.

– Calma – disse em tom apaziguador, afrouxando as rédeas ligeiramente.

O cavalo sacudiu a cabeça com violência, tentando tomar o freio entre os dentes, movimentando-se pelo cercado, primeiro ameaçando empinar, depois baixando a cabeça bruscamente para fazer o cavaleiro cair para a frente, passando por cima de seu pescoço.

– Quieto... Está tudo bem... – Clayton continuava a falar baixo, acalmando-o, segurando as rédeas de modo a segurá-lo, sem mantê-lo sob um controle brutal.

Atônita, Whitney viu o garanhão perder a agitação, até permitir que Clayton o fizesse ir de uma ponta a outra do cercado a trote ligeiro. O cavalo esticara as orelhas para a frente e parecia estar gostando de ser dominado, até que Clayton roçou-lhe o flanco com o chicote, querendo incitá-lo a galopar. No mesmo instante, ergueu a cabeça, tentando empinar.

– É o chicote, senhor! – Thomas avisou. – Esconda o chicote! É a única coisa que está perturbando o garanhão.

Por um momento, Whitney esqueceu sua antipatia por Clayton Westland.

Como excelente amazona que era, não podia fingir que não se impressionara com o que acabara de ver. O modo como ele dominara Cruzamento Perigoso causara-lhe uma admiração respeitosa, e ela não tentou esconder isso quando o cavalo trotou em sua direção.

Sorriu, pronta para elogiar o desempenho de Clayton, mas ele olhou-a friamente, entregando-lhe o chicote que tanto desagradara ao animal.

– Sinto tê-la desapontado – ele disse. – Da próxima vez que desejar pregar uma peça em alguém, procure outra pessoa.

– Seu monstro! – ela sibilou, furiosa, erguendo o chicote, que cortou o ar, quase batendo no ombro de Clayton e atingindo o flanco de Cruzamento Perigoso.

Com verdadeira fúria, o cavalo disparou em direção à cerca, como se fosse atravessá-la, então, no último instante, de maneira incrível, saltou por cima, tomando o freio entre os dentes, totalmente fora de controle.

– Oh, meu Deus! – Whitney exclamou, vendo cavalo e cavaleiro em desabalada carreira pelo campo aberto. Envergonhada e arrependida por sua infantil tentativa de vingança, virou o rosto para não ver o que fatalmente aconteceria, apenas para defrontar-se com Thomas, que se aproximara correndo, vermelho de raiva.

– Foi isso o que aprendeu na França? – o homem gritou. – Causar dano às pessoas? Sem falar que agora nunca mais ninguém montará aquele cavalo, sua menina tola!

Afastou-se e montou um animal trazido por um dos ajudantes, pronto para sair em perseguição ao selvagem garanhão. Whitney não teve tempo de explicar que não pretendera atingir o cavalo. Virando-se na direção tomada por Cruzamento Perigoso, viu apenas uma pequena mancha no horizonte. Não havia como saber se o cavaleiro continuava na sela, ou se caíra. Olhando em volta, notou o olhar de reprovação de todos os criados. Não suportou a ideia de ficar ali, alvo daquela muda acusação. Levou Khan para fora do cercado, preparando-se para partir, e só então percebeu que não sabia para onde ir.

Fez o cavalo parar, desanimada. Teria mesmo de ficar e arcar com as consequências de sua conduta abominável. Clayton teria caído? Seria trazido de volta numa maca? Se ele estivesse ferido, ela teria a obrigação de prestar-lhe toda a assistência que pudesse.

Pensou em levar Khan para o estábulo, mas mudou de ideia. Talvez Clayton conseguisse dominar Cruzamento Perigoso e trazê-lo de volta. Ela esperava sinceramente que isso acontecesse, mas nesse caso seria horrível enfrentá-lo. Só de imaginar sua ira, muito justa, na verdade, estremecia de medo. Então, tomou uma decisão.

– Covarde! – xingou-se baixinho.

Guiando Khan por um atalho, tomou a direção da casa dos Sevarin, onde alguém poderia informar-lhe onde seria o piquenique. O cavalo parecia impaciente por ir mais depressa, mas Whitney não estava com vontade de correr, de modo que o manteve a passo lento. Sentia-se uma pessoa detestável. Por que comportava-se tão mal desde que pusera os pés na Inglaterra? Como se odiava por ter se entregado a rompantes de raiva, como costumava fazer na infância! Recriminou-se longamente pelas bobagens que cometera, até que o último problema que se arranjara voltou-lhe à mente. Como redimir-se daquela calamidade? E se o cavalo se ferisse de tal maneira que precisasse ser sacrificado? De qualquer modo, estivesse o animal ferido, ou não, seu pai ficaria furioso, nunca lhe perdoaria por mais aquela insensatez.

O pai! Pela primeira vez, em toda sua vida, ela vira aprovação nos olhos dele. E arruinara tudo! Martin a repreenderia duramente por ter maltratado um cavalo, e quando ela explicasse que pretendera atingir o cavaleiro, não o animal, ele ficaria ainda mais furioso. Não, o pai não podia saber. Os criados não contariam, mas talvez Clayton Westland contasse, a não ser que ela lhe implorasse segredo.

Suas tristes reflexões foram interrompidas por um tropel de cascos logo atrás. Ela se virou na sela para olhar e viu Clayton ainda no lombo de Cruzamento Perigoso, que, mesmo espumando de cansaço, aproximava-se velozmente. Sentiu o impulso de fugir e ergueu o chicote para fazer Khan sair a galope, mas pensou melhor e deixou o cavalo continuar a passo. Precisava ser corajosa, enfrentar o homem, admitir a culpa, mesmo porque de nada adiantaria negar.

Clayton emparelhou com ela, e Whitney olhou-o, notando tanta raiva em seu rosto que estremeceu. Com um movimento elegante, ele inclinou-se e agarrou a rédea direita de Khan.

– Pode soltar a rédea do meu cavalo – ela disse. – Não vou fugir.

– Cale-se! – Clayton ordenou por entre os dentes.

Puxando de leve as rédeas de Cruzamento Perigoso, obrigou-o a andar lentamente para esfriar. Como segurava a rédea de Khan, Whitney não teve alternativa a não ser acompanhá-lo a passo lento.

No pesado silêncio que se prolongou, desconfortável, ela tentou pensar em algo para dizer, algo que quebrasse a tensão entre eles, e só conseguiu encontrar palavras de elogio pela habilidade com que Clayton lidara com o garanhão. Mas o momento não era apropriado para isso.

No ponto onde se erguiam os restos de um antigo muro de pedras, perto do local onde haviam se encontrado, junto ao riacho, Clayton saltou para o chão. Amarrou o cavalo em uma pedra saliente do muro, aproximou-se de Whitney, tirou-lhe a outra rédea da mão e prendeu Khan também.

– Desça – ordenou a Whitney, caminhando para o velho sicômoro no alto do barranco.

Notando sua fúria, ela sentiu medo.

– Prefiro ficar aqui – respondeu em tom hesitante.

Ele tirou as luvas e jogou-as na grama, então tirou o casaco e sentou-se, apoiando as costas no tronco da árvore.

– Eu disse para você descer desse cavalo – lembrou-a rispidamente.

Com relutância, Whitney escorregou da sela, pondo os pés numa pedra alta e de lá saltando para o chão. Ficou parada ao lado de Khan, suportando o olhar gelado de Clayton. Era óbvio que ele lutava para manter a raiva sob controle, e ela rezou para que conseguisse.

Notando que Clayton fixara o olhar em sua mão direita, Whitney viu que ainda segurava o chicote. Abriu os dedos, deixando-o cair no chão.

– Acredito que existam muitas coisas que você goste de fazer, além de cavalgar – ele comentou com sarcasmo cortante.

Ela juntou as mãos, torcendo-as nervosamente.

– Vamos, não seja tão tímida – ele prosseguiu. – Muitos prazeres a divertem, certo? Você adorou me ver humildemente pedindo desculpas, não é verdade?

Whitney concordou, movendo a cabeça, então encolheu-se ao notar a fúria que sua resposta acendeu nos olhos dele. Tentou corrigir-se, abanando a cabeça depressa.

– Não, não negue – ele disse em tom de comando. – Você adorou. Assim, posso presumir que, além de cavalgar e de ouvir homens pedindo-lhe desculpas, você também gosta de usar o chicote. Estou errado?

Como ela poderia responder? Lançou um olhar para Khan, ansiando por fugir dali.

– Nem tente – Clayton avisou-a.

Whitney ficou onde estava. Se fugisse, ele a alcançaria, e talvez ficasse mais irado ainda. Além disso, se Clayton desse vazão a toda sua raiva ali mesmo, talvez não contasse ao pai dela o que acontecera.

– Você disse que, para sermos amigos, precisaríamos ter algo em comum. Queria que gostássemos das mesmas coisas, não?

Whitney engoliu em seco, movendo a cabeça num gesto afirmativo.

– Pegue o chicote! – ele ordenou.

Um arrepio de medo percorreu o corpo de Whitney. Em toda sua vida, nunca se defrontara com uma raiva tão controlada nem tão obstinada. Abaixou-se e ergueu o chicote com dedos trêmulos.

– Traga-o aqui – Clayton instruiu.

A percepção fulminante do que ele pretendia fazer deixou-a paralisada.

– O que prefere, entender-se com seu pai ou comigo? – ele prosseguiu. – Vamos acertar as coisas agora, entre nós, ou terei de levar ao conhecimento dele tudo o que aconteceu?

Aterrorizada, Whitney considerou suas duas alternativas: ser punidas em seu corpo, pelas mãos daquele homem que desprezava tanto, ou desenterrar a antiga hostilidade entre ela e o pai. Na verdade, não havia nada de bom para escolher.

Em vez de dar a seu algoz o prazer de vê-la tremer de pavor, fez o que fazia na infância em circunstâncias semelhantes: ergueu o queixo, assumindo uma aparência de total indiferença. Altiva, caminhou até Clayton e estendeu-lhe o chicote, como uma rainha oferecendo a espada a um cavaleiro numa cerimônia de consagração, os desdenhosos olhos verdes desafiando os dele, de um cinzento gelado.

– Como você aprecia tanto desculpas como o uso do chicote – ele vociferou –, nós iremos compartilhar esses prazeres, mas *eu* irei usar o chicote desta vez, e *você* ficará com a parte das desculpas. – Ele meneou a cabeça bruscamente indicando o próprio colo.

O olhar de Whitney desviou-se, a despeito da sua vontade, para o chicote preto que estava nas mãos dele, e então voltou-se para o seu rosto bronzeado, mas não ousou responder. Olhando para ele com profundo ódio, ela ajoelhou-se, permanecendo na humilhante posição que ele exigira. As coxas musculosas dele faziam pressão contra a sua barriga, e ela viu um besouro percorrer o gramado, próximo ao seu nariz, e imaginou, desesperada, o quanto o seu traje de montaria a protegeria.

– Vou parar quando você pedir desculpas. Nem um minuto antes. – Clayton advertiu, esperando que ela proferisse rapidamente o pedido de desculpas. Em vez disso, ela permaneceu calada. Clayton sentiu-se tão atiçado pelo silêncio teimoso e pela indiferença arrogante da moça que levantou o braço. O chicote cortou o ar antes que se desse conta do que estava fazendo, e interrompeu o movimento. Clayton então arremessou o chicote, mas não antes que todo o corpo dela se tencionasse frente a proximidade do golpe, deixando escapar um lamúrio sufocado. Indignado com o próprio comportamento e com o dela, ele a segurou com força pelos ombros e a sentou em seu colo, de frente para ele.

Whitney o encarou através de uma névoa de lágrimass de ódio, furiosa por ter demonstrado aquele pequeno e humilhante sinal de fraqueza apenas um segundo antes de ele jogar o chicote para longe.

– Odeio você! – murmurou ela.

– Por quê? – perguntou ele secamente.

Incapaz de formular uma resposta cortante o suficiente, Whitney desviou o olhar, voltando-o para Cruzamento Perigoso, cujo corpo negro e acetinado estava coberto de suor. Sua fúria começou a ser substituída pela culpa. Fora por milagre que o cavalo não se ferira, que o cavaleiro fosse hábil o bastante para manter-se na sela e sábio o suficiente para ir atrás dela, em vez de levar o animal de volta para o estábulo. Fora um milagre maior ainda que ambos não tivessem se ferido gravemente. Seus olhos se encheram de lágrimas de alívio e de vergonha e, embora ela as tenha secado rapidamente, ele viu o gesto e entendeu o que estava acontecendo.

– Olhe para mim – ele ordenou em um tom bem mais gentil.

– Não! Se olhar, sou capaz de arrancar seus olhos com as unhas!

Apesar do protesto, percebeu que Clayton esperava por seu pedido de desculpas e, como não houvesse nada que ela pudesse querer mais do que livrar-se dele, decidiu render-se.

– Eu não queria causar mal ao cavalo, mas a você – declarou sem emoção. – De qualquer maneira, reconheço que foi um ato infantil, irresponsável e perigoso, pelo qual merecia ser punida como uma criança.

– Obrigado – ele disse, quase com ternura.

Whitney notou que não havia triunfo nem satisfação em sua voz, e ela o encarou espantada. Em todas as vezes que pedira desculpas ao pai, ele apenas iniciara uma nova leva de repreensões, sem mostrar que a perdoara, e, por algum motivo, ela esperara que Clayton agisse do mesmo modo.

– Obrigado pelas desculpas – ele disse novamente, como se sentisse sua confusão.

Errar, sentir remorso e por fim ser perdoada era uma sequência de fatos que Whitney não conhecera na infância. Abalada pela estranha emoção do momento, ela examinou seu rosto, mas logo desviou o olhar. Entretanto, a compreensão e o perdão dele tinham obtido o efeito que suas ameaças e intimidações foram incapazes de obter. Lágrimas de vergonha e arrependimento escorriam por sua face em uma torrente que não poderia ser escondida ou impedida.

Ela tentou escapar, mas o abraço dele ficou mais forte e as mãos se ergueram para segurar o seu rosto, pressionando-o contra o peito. Como se estivesse consolando uma criança, ele começou a afagar o cabelo dela. A ternura inesperada daquele gesto fez com que ela chorasse ainda mais. Ela chorou até que as lágrimas encharcaram a camisa dele e finalmente conseguiu controlar as suas emoções.

– Pequena, por que me odeia? – ele perguntou suavemente.

Tendo sido pega de surpresa pela ternura dele e por seu tom de voz, Whitney deu uma resposta brusca e manhosa:

– Porque há algo em você que faz com que eu me comporte como uma lunática delirante.

Para sua surpresa, ele deu uma risada abafada e então as suas mãos tocaram o queixo dela, aproximando seu rosto do dele. Os olhos cinza demonstravam um consentimento enternecido. Inesperada e inexplicavelmente, Whitney sentiu que eram próximos, como amigos íntimos, como se agora houvesse uma ligação especial entre eles.

Esse sentimento a surpreendeu e percorreu seu corpo, arrastando tudo que estava no caminho.

– Estou profundamente arrependida por tê-lo feito montar Cruzamento Perigoso e por ter...

– Chega – Clayton interrompeu-a suavemente. – Já está tudo esquecido.

Whitney soube, quando o viu inclinar a cabeça, que ele ia beijá-la, mas, em vez de esquivar-se, ofereceu a boca, de certa forma esperando ter uma prova de seu perdão.

Os lábios dele roçaram os dela numa longa carícia terna, que nada exigia. Mesmo quando o beijo aprofundou-se, ela sabia que poderia livrar-se se quisesse e ele não a impediria. Mas não queria. Ergueu as mãos, deslizando-as pelo peito dele, subindo-as, até entrelaçarem-se na nuca larga.

Clayton puxou o lencinho que prendia a massa de cabelos castanhos, e as mechas sedosas espalharam-se, livres. Ele tomou o rosto dela entre as mãos, ergueu a cabeça e olhou-a nos olhos.

– Você é tão doce... – murmurou.

O coração de Whitney pareceu parar, então bateu mais depressa quando ele mais uma vez apossou-se de seus lábios. Os beijos sucederam-se, longos, provocantes, sensuais, fazendo a cabeça dela girar. Então, Clayton, com movimentos sedutores, conseguiu que ela entreabrisse os lábios, e sua língua ávida penetrou, exploradora, enquanto ele acariciava-lhe as costas, descendo as mãos com movimentos lentos.

Ondas após ondas de loucas sensações percorriam Whitney da cabeça aos pés, fazendo-a tremer e agarrar-se ainda mais a ele. O mundo oscilou quando Clayton deitou-se na grama, levando-a junto. Então, ele se virou, inclinando-se sobre ela.

– Não... não podemos... – Whitney murmurou num débil protesto.

A boca máscula esmagou a dela novamente, silenciando-a com um beijo devorador, a língua inquieta provocando a dela, até conseguir a resposta ardente que desejava.

Ele gemeu, apertando-a com força nos braços, de modo que seus corpos se tocassem, e interrompeu o beijo por um instante, apenas para que seus lábios a acariciassem na orelha, na face, no pescoço, e voltassem à boca úmida e entreaberta.

Uma das mãos fortes traçou uma trilha ardente, descendo pelo peito dela, tateando, puxando as saias para cima, introduzindo-se por baixo, apalpando os relevos macios. O toque dos dedos ousados em sua pele arrancou Whitney do entorpecimento da paixão, trazendo-a bruscamente de volta à realidade. Moveu a cabeça freneticamente, querendo livrar-se, sentindo que ele passava a outra mão por baixo do casaquinho, abria-lhe a blusa, puxava o corpete para baixo e acariciava-lhe os seios.

– Não – ele ordenou num sussurro trêmulo, beijando-a novamente com sofreguidão enquanto afagava-lhe um seio, erguendo-o na palma da mão, excitando o mamilo com o polegar, até que o pequeno botão se levantasse, rijo e orgulhoso.

De repente, sem nenhum aviso, parou.

Zonza, sentindo-se fora do mundo, Whitney viu-o erguer a cabeça e fitá-la nos olhos.

– Se não pararmos agora, minha pequena, ficarei envolvido demais para poder voltar atrás – ele explicou com voz estranhamente enrouquecida.

Beijou o topo de um seio, depois o outro, e puxou o corpete para cima, cobrindo-os. Deitou-se ao lado dela, apoiado num cotovelo, correndo um dedo pelo contorno do rosto aveludado, lentamente.

Adorava o espírito de Whitney, seu frescor. Ela era o recipiente de uma paixão ardente que despertava, estava pronta para ser tomada. Era tudo o que ele imaginara que seria, e muito mais: voluntariosa, doce, dona de um temperamento flamejante, impertinente, inteligente, um tesouro de contrastes excitantes. *Seu* tesouro.

Whitney deixou-se acalentar pelo calor do sorriso preguiçoso com que ele a fitava. Erguendo a mão, colocou-a no peito musculoso. Clayton cobriu-a com a sua, pressionando-a na altura do coração descompassado.

Ela prestou atenção aos sons e movimentos da manhã outonal, sonhadoramente. Um esquilo saltou de um galho para outro do sicômoro, levando uma noz que armazenaria para o inverno. Insetos invisíveis emitiam ruídos suaves, em tosca harmonia. Um dos cavalos pateou, impaciente. Deitada ao lado de Clayton, sem vontade de se levantar, Whitney perguntou-se por que nunca notara como ele era extraordinariamente bonito.

– Precisamos ir – ele observou, arrancando-a do devaneio. – Estamos atrasados e vamos ter de dar muitas explicações. – Riu da expressão de desapontamento que passou pelo rosto dela, plantando um beijo no relevo de um seio. – Menina fogosa e travessa!

Corando, ela sentou-se, começando a arrumar os cabelos.

– Claro que precisamos ir – concordou, pondo-se de pé e endireitando as roupas.

Ele ergueu-se também e estendeu a mão para segurá-la, mas Whitney afastou-se rapidamente. Quando ela ia montar, Clayton segurou-a pelo pulso e abraçou-a por trás, puxando-a contra o corpo.

– Minha pequena... – ele murmurou, roçando os lábios no pescoço dela. – Vai chegar o dia em que abraçarei você por muito mais tempo e de maneira muito mais íntima. Prometo.

Whitney mal podia acreditar no que ouvira. Depois de chamá-la de "menina fogosa", Clayton prometia saciar-lhe o desejo com mais intimidades. Como ela pudera esquecer que aquele homem não tinha moral e era extremamente convencido? Livrou-se do abraço, girando para encará-lo.

– Acha mesmo? – perguntou com todo o desdém que lhe permitia sua humilhante confusão.

Clayton dirigiu-lhe um sorriso cobiçoso.

– Sem dúvida – respondeu.

– Não tenha tanta certeza assim – ela replicou, pegando as rédeas de Khan.

Clayton ergueu-a sem nenhuma dificuldade e colocou-a na sela, então afagou-lhe a coxa.

– Onde é o piquenique? – indagou Whitney com voz trêmula.

– Na campina entre a casa de Sevarin e a minha – ele explicou, caminhando na direção de Cruzamento Perigoso. Montou rapidamente e Whitney observou-o desejando afastar-se o mais depressa possível, colocando o máximo de distância entre os dois.

– Então, nos encontraremos lá – avisou em tom alegre, incitando Khan a sair a galope.

O vento batia em seu rosto quente, refrescando-o. Ele a chamara de fogosa e tivera motivos para isso, o que a deixara mortificada. Como pudera permitir que Clayton a beijasse daquela forma, que a tocasse de modo tão íntimo? E o miserável achara que ela ficara frustrada, pois tivera a desfaçatez de prometer-lhe mais intimidades! Onde estavam seu orgulho, sua noção de certo e errado, que não a haviam ajudado a esquivar-se dos lábios e das mãos dele? Ela ardera de desejo, e Clayton percebera. Certamente era um especialista em fazer com que as mulheres o desejassem.

Depois de uma curta cavalgada, Whitney avistou ao longe os amigos reunidos para o piquenique, as roupas coloridas pontilhando o cenário verde formado pelas colinas suaves. Mesmo a distância, ela conseguiu identificar Paul entre aquelas pessoas. Oh, como ele a desprezaria se soubesse o que acabara de acontecer junto ao riacho. Seria a ruína dela, tanto aos olhos de seu adorado Paul, como de todas as outras pessoas.

Olhando para trás, Whitney viu Clayton, que a seguia a uns quinze metros.

– Quer apostar corrida até lá? – gritou, desejando chegar logo ao local do piquenique, mas sem parecer que fugia de alguma coisa.

– Acha que tem chance? – ele provocou. – Dou-lhe essa distância de vantagem. Vá!

Whitney pensou em rejeitar a oferta condescendente, mas ponderou que ganhar de Clayton Westland seria muito bom, fossem quais fossem as circunstâncias. Inclinando-se sobre o pescoço de Khan, apertou-lhe a anca com um calcanhar, e o animal disparou em desabalada carreira.

Quando se aproximava da campina, olhou para trás. Surpresa e desgostosa, viu que Cruzamento Perigoso encurtara bastante a distância. Achou que ainda poderia ganhar, mas perdeu toda a esperança quando o garanhão alcançou Khan e ultrapassou-o, chegando na frente.

Um cavalariço ajudou Whitney a descer do cavalo. Ela arrumou as saias e, fingindo haver esquecido a presença de Clayton, começou a andar.

– Ganhei – ele provocou-a com um amplo sorriso.

– O cavalo da senhorita correu com uma pedra no casco, senhor – o cavalariço que estivera examinando uma das patas dianteiras de Khan disse a Clayton.

Whitney ia usar isso como desculpa por haver perdido a corrida, mas desistiu, pois Paul aproximava-se dela.

– Onde, em nome do céu, vocês dois estavam? – ele indagou.

– Tivemos problemas com o garanhão – respondeu Clayton, descendo calmamente para o chão.

Com ar cético, Paul olhou do enorme cavalo preto, que parecia bastante calmo, para o rosto vermelho de Whitney.

– Fiquei preocupado com você – declarou.

– Ficou? Não precisava – ela respondeu num murmúrio, certa de que a culpa que sentia transparecia em seus olhos.

Ele a levou até onde estavam Emily e Michael Archibald e sentaram-se no cobertor estendido no chão, ficando de frente para Elizabeth e Peter.

Clayton aceitou a taça de vinho que um criado lhe oferecia e sentou-se num outro cobertor, entre Margaret Merryton e outra moça, que estava acompanhada de um rapaz. Whitney viu o enorme sorriso de satisfação de Margaret, e pensou que a jovem seria muito bonita se não tivesse os olhos perpetuamente estreitados num trejeito de malícia.

– Se estavam apostando corrida, você perdeu, Whitney – ela comentou com um brilho de ódio nos olhos.

– Estávamos apostando e ela perdeu – confirmou Clayton com uma risadinha.

– Acontece que meu cavalo estava correndo com uma pedra no casco – Whitney defendeu-se. – Além disso, eu ganharia facilmente se estivesse montando o garanhão.

– Se montasse aquele cavalo, mocinha, agora estaria na cama, talvez gravemente ferida – ele observou, sorrindo.

– Sr. Westland, eu seria capaz de lidar com Cruzamento Perigoso e ter um desempenho melhor do que o seu – ela replicou.

– Se tem tanta certeza, avise-me quando quiser uma revanche, que eu montarei um de meus cavalos, e você montará o garanhão.

– Trato feito – ela disse, aceitando o desafio. – Mas terá de ser uma corrida sem obstáculos. Esse animal ainda não sabe saltar.

– Pelo que me lembro, ele saltou várias cercas, hoje – Clayton comentou em tom seco. – Mas seja como você quiser.

– Whitney, não está abocanhando mais do que pode engolir? – perguntou Paul, olhando-a com preocupação.

– Claro que não. Vencerei sem dificuldade – ela garantiu, lançando um olhar vingativo para Clayton.

– Está planejando usar calça e montar como homem? E estará descalça para manter-se melhor no lombo do cavalo quando ficar de pé em cima dele? – Margaret alfinetou maldosamente.

Todos começaram a falar ao mesmo tempo, e Whitney conseguir ouvir apenas trechos do que a invejosa dizia a Clayton. De acordo com aquela horrível criatura, ela agira como uma vergonha para o pai, escandalizara a vila, fora uma desmiolada completa.

Os criados começaram a distribuir cestas com frango frio, presunto, pão, queijo e frutas. Whitney decidiu esquecer o veneno destilado por Margaret e aproveitar o que restava do dia. Virou-se para Emily, querendo participar da conversa entre ela e Michael.

– Whitney e eu fizemos uma aposta quando éramos pequenas – a amiga contava ao marido. – A que se casasse teria de pagar à outra cinco libras, como prêmio de consolação.

– É verdade! – exclamou Whitney. – Eu tinha esquecido.

– Como fui eu quem convenceu Emily a casar-se tão depressa, cumpre a mim pagar o prêmio – disse Michael, piscando jocosamente para Whitney.

– Com certeza – ela concordou. – E espero que Emily deixe que o senhor a convença a fazer muitas outras coisas.

– Também espero – afirmou o barão com tanta ênfase que Whitney desatou a rir.

Paul inclinou-se para ela, que o fitou, ainda rindo.

– Vai me deixar convencê-la a fazer algumas coisas também? – ele indagou.

Era quase uma declaração, e Whitney ficou tão surpresa que mal podia acreditar que ouvira direito.

– Depende – ela respondeu num murmúrio, sem conseguir desviar os olhos dos dele.

Uma lufada de vento alvoroçou-lhe os cabelos, e ela, num gesto automático, pôs a mão na nuca, procurando o lenço que os prendera.

– É isto que está procurando? – perguntou Clayton, tirando o lenço do bolso e entregando-o a ela.

Whitney viu o rosto de Paul fechar-se numa expressão de desagrado e, com um movimento brusco, arrancou o lenço da mão de Clayton. Corou, sabendo que aquele homem insuportável fizera deliberadamente com que todos se perguntassem como o lenço fora parar em seu bolso, tecendo conjeturas sobre o real motivo do atraso dos dois.

A ideia de vingar-se, castigando-o cruelmente, encheu-a de satisfação, e ela imaginou como seria delicioso atravessá-lo com uma espada, ou estourar-lhe a cabeça com um tiro de pistola, ou, ainda, enforcá-lo numa árvore.

No final da tarde, quando os últimos amigos partiram, Paul disse a um dos cavalariços que montasse Khan e o conduzisse de volta para casa, então ajudou Whitney a subir em sua bela carruagem. Pôs os cavalos em movimento, e pouco depois o veículo percorria a estrada poeirenta. Manejando as rédeas habilmente, ele permanecia em silêncio, parecendo aborrecido.

– Paul, você está zangado comigo? – Whitney perguntou, temerosa.

– Estou, e você sabe *por quê*.

Ela sabia e sentia-se dividida entre a preocupação e a alegria. Seria possível que Clayton houvesse fornecido a Paul o impulso de que ele necessitava para declarar-se? Durante todo o dia, Paul mostrara-se inconfundivelmente tomado por ciúme.

Quando chegaram diante da casa dela, ele parou a carruagem e passou um braço pelo encosto do banco.

– Acho que ainda não lhe disse como você está linda.

– Obrigada – ela respondeu, surpresa e feliz.

– Virei vê-la amanhã de manhã, às onze horas, para conversarmos sobre isso.

– Sobre como estou linda? – Whitney brincou.

– Não. Sobre o motivo de eu estar zangado.

Ela suspirou.

– Seria melhor falar do outro assunto.

– Você gostaria mais, com certeza – ele concordou com um risinho, saltando do carro e virando-se para ajudá-la a descer.

Paul chegou às onze horas em ponto na manhã seguinte. Whitney parou na porta da sala de visitas, quase incapaz de acreditar que ele de fato fora a sua casa só para vê-la, realizando seus sonhos de tantos anos! E estava incrivelmente bonito, rindo de algo que lady Anne acabar de dizer.

– Gosto desse seu rapaz – a tia cochichou ao passar por ela, retirando-se da sala.

– Ele ainda não é meu – Whitney respondeu em um sussurro, mas sorrindo de maneira otimista.

O céu estava azul, e uma brisa gentil brincava com os cabelos de Paul enquanto ele e Whitney percorriam a estrada campestre na carruagem confortável, rindo e conversando, parando de vez em quando para admirar um trecho mais bonito da paisagem que se estendia dos dois lados. Algumas árvores já trocavam o verde do verão pelos tons dourados e alaranjados do outono, e para Whitney tudo era magnífico.

Paul mostrava-se encantador e divertido, tratando-a como se ela fosse uma boneca de porcelana, e não a mesma garota que costumava passar de uma aventura calamitosa a outra. E ela tomava o maior cuidado para não dizer nada que o fizesse lembrar a menina travessa e ousada que havia sido. Mesmo após tantos anos, ela ainda corava ao lembrar como tentara beijá-lo, pedindo-lhe que a esperasse, na noite em que se despedira dele antes de partir para a França.

Almoçaram com a mãe de Paul e, embora a princípio Whitney houvesse repelido a ideia, a refeição transcorreu de modo muito agradável.

Após o almoço, atravessaram o gramado, andando até a orla do bosque. Por sugestão de Paul, Whitney sentou-se no balanço que pendia do galho horizontal de um enorme carvalho.

– Por que você e Westland demoraram tanto para chegar ao local do piquenique ontem? – ele perguntou sem nenhum preâmbulo.

Whitney deu de ombros, tentando mostrar-se despreocupada.

– Westland quis montar o garanhão, e tivemos problemas.

- Acho muito difícil acreditar nisso, Whitney. Tenho cavalgado com Westland e sei que ele sabe lidar muito bem com cavalos. E ele pareceu-me muito dócil, ontem. Portanto, diga-me o que realmente aconteceu.

- Quem lhe pareceu dócil, ontem? - Whitney replicou, tentando desesperadamente melhorar o humor de Paul. - O cavalo? Ou o Sr. Westland?

- Eu estava me referindo ao comportamento do cavalo, mas, já que você tocou no assunto, eu preferiria ouvir sobre o comportamento do Sr. Westland.

- Paul, pelo amor de Deus! - ela exclamou, quase suplicante. - Você sabe que alguns cavalos são totalmente imprevisíveis e podem causar problemas ao mais experiente cavaleiro!

- Então, se aquele garanhão é tão difícil de controlar, pode me dizer por que concordou em montá-lo, numa corrida contra Westland?

- Oh, isso... Bem, ele me provocou tanto que não pude resistir. - Por entre os cílios, ela lançou um olhar para Paul, que mantinha uma expressão séria e duvidosa. O mais aconselhável, então, era mostrar-se ofendida e indignada. - Se quer saber, não suporto aquele homem, e acho horrível você estar me interrogando desse jeito. É injusto, além de impróprio.

Ele sorriu.

- Nunca imaginei que um dia fosse vê-la preocupar-se com o que é próprio ou impróprio. - Sem aviso, puxou-a do balanço para seus braços e murmurou: - Como você é linda!

Whitney prendeu a respiração, sabendo que ele a beijaria. Estava tão nervosa que sentiu um desejo histérico de rir quando Paul inclinou a cabeça, mas, ao primeiro toque dos lábios dele sobre os seus, o impulso estúpido desapareceu.

Tentou manter as mãos abaixadas, mas, como se tivessem vontade própria, elas subiram, pousando no peito de Paul. Conteve o impulso de abandonar-se totalmente, com receio de que ele a censurasse, se ela, sem recato, mostrasse toda a profundidade de seus sentimentos.

No entanto, Paul não lhe permitiu fugir de um envolvimento intenso. Apertou-a nos braços, esmagando-a contra a dura parede que era seu peito, beijando-a com habilidade, a boca movendo-se com insistência sobre a dela, provocante, mas gentil, então faminta e exigente. Quando finalmente soltou-a, Whitney sentia as pernas fracas. Paul revelara extrema prática em beijar. Não era à toa que se tornara tão requisitado por todas as moças das redondezas, e esse pensamento deixou-a um tanto triste.

Ele a observava com expressão satisfeita e confiante.

– Você beija muito bem – ela elogiou, esperando parecer bastante competente para poder julgar.

– Obrigado – ele agradeceu, deixando transparecer certa irritação. – Chegou a essa conclusão baseando-se na vasta experiência que adquiriu na França?

Whitney voltou a sentar-se no balanço, sorriu e não disse nada. Dando impulso com a ponta dos pés, levou o balanço para trás. Na volta, foi agarrada por Paul, que, pegando-a pela cintura, puxou-a novamente para seus braços.

– Menina irritante! – ele disse, rindo. – Se eu não me cuidar, ficarei mais louco por você do que qualquer um daqueles palermas de Paris.

– Eles não eram palermas – ela protestou, um instante antes de os lábios dele encostarem nos seus.

– Ótimo, porque eu odiaria estar em tão má companhia.

O coração de Whitney deu um salto.

– O que quer dizer com isso? – ela perguntou baixinho.

– Quero dizer que já estou louco por você – ele respondeu, beijando-a com sofreguidão.

Duas horas mais tarde, Whitney entrou em casa como se flutuasse, perguntou pela tia e Sewell informou-lhe que lady Anne estava no escritório com o pai dela e o Sr. Westland.

Ela subiu a escada correndo. Não permitiria que nada, absolutamente nada interferisse em sua felicidade, e ver Clayton Westland certamente teria o poder de estragar aquele momento maravilhoso.

Entrando no quarto, fechou a porta e jogou-se na cama, entregando-se às lembranças daquela tarde adorável.

Os olhos de lady Anne estavam mareados quando ela fez uma cortesia rígida ao duque de Claymore, no escritório de Martin. Com passadas largas e determinadas, Clayton saiu do aposento, mas ela continuou parada no mesmo lugar, sentindo o coração apertado num nó de dolorosas emoções.

Martin afastou a cadeira e levantou-se, saindo de trás da escrivaninha.

– Eu não teria lhe contado tudo agora, mas o duque achou que você devia saber de nosso trato. Espero não precisar lembrá-la de que prometeu manter segredo sobre tudo o que foi discutido aqui.

Anne encarou o cunhado, as lágrimas represadas apertando-lhe a garganta. Ergueu a mão como se fosse falar, mas deixou-a pender, mantendo-se calada.

– Devo admitir que não fiquei contente quando a vi chegar da França com Whitney – Martin disse, aparentemente encorajado pelo silêncio dela. – Mas já que está aqui, talvez possa ser bastante útil. Quero que mostre admiração pelo duque na frente de Whitney. Ela respeita sua opinião e, quanto mais cedo sentir afeição por ele, melhor para todos nós.

– "Sentir *afeição* por ele" – Anne repetiu, incrédula. – Whitney odeia o ar que esse homem respira.

– Isso é absurdo. Ela mal o conhece.

– Conhece-o o bastante para desprezá-lo.

– Então, conto com você para fazê-la mudar de opinião.

– Martin, você é cego? Sua filha está apaixonada por Paul Sevarin.

– Paul mal consegue evitar que sua propriedade desmorone. O que poderia oferecer a Whitney? Uma vida de criada?

– De qualquer modo, é uma decisão que cabe a ela tomar.

– Besteira! Cabia a mim tomar uma decisão, e tomei! – Deixe-me explicar-lhe uma coisa, senhora. Assinei um contrato redigido pelos advogados do duque de Claymore e recebi 100 mil libras. Paguei meus credores e fiz melhorias na propriedade, gastando mais da metade desse dinheiro. Mais *da metade* – Martin enfatizou. – Se Whitney se recusar a honrar o contrato, não poderei devolver a quantia que me foi paga, de modo que Clayton poderia me acusar de fraude, roubo, sabe Deus mais o quê. Se *isso* não a preocupa, veja o outro lado da questão. Acha que Whitney seria feliz casada com Sevarin enquanto todos, num raio de cento e cinquenta quilômetros, comentassem o fato de o pai dela estar apodrecendo numa masmorra?

Tendo desfiado seu discurso, marchou para a porta.

– Conto com sua colaboração, pelo bem de Whitney, se não pelo meu – disse, antes de sair.

13

Quando, no dia seguinte, Whitney soube que Clayton jantaria com eles, experimentou o mesmo entusiasmo que sentiria se lhe dissessem que iria assistir ao açoitamento de um condenado. Mas o pai gostava daquele homem e, para não desagradá-lo, ela suportaria sua presença da melhor forma possível.

O jantar teve início às oito horas, com Martin sentado à cabeceira da longa mesa e lady Anne ocupando o lugar na ponta oposta. Whitney sentou-se diante de Clayton e, usando os castiçais de prata no centro da mesa como barreira entre ela e o convidado indesejável, manteve-se em frio silêncio.

Várias vezes, durante a refeição, Clayton fez observações acaloradas que, Whitney sabia, eram destinadas a atraí-la para a conversa, mas ela simplesmente as ignorou.

Os outros três, no entanto, saíram-se muito bem sem sua participação, pois conversaram animadamente no decorrer da refeição. Assim que os pratos e talheres da sobremesa foram retirados, Whitney pediu licença para retirar-se, alegando um repentino mal-estar. Teve a impressão de ver Clayton torcer os lábios com desagrado, mas ao observá-lo viu que ele a fitava com educada preocupação e nada mais.

– Deve ser só uma indisposição – Martin disse ao convidado no momento em que ela deixava a sala. – Whitney tem saúde de ferro.

NAS DUAS SEMANAS SEGUINTES, Paul foi vê-la todos os dias. A vida de Whitney transformou-se num sonho ininterrupto, perturbado apenas pelas constantes visitas noturnas de Clayton, quando ela era obrigada a tolerar sua presença, em atenção ao pai, que tanto apreciava aqueles momentos. Clayton fazia de tudo para incluí-la na conversa, mas Whitney mantinha-se fria e distante, embora o tratasse com educação. Era evidente que o comportamento dela agradava ao pai, que devia considerá-lo digno de uma dama, irritava Clayton e, por algum motivo incompreensível, preocupava a tia.

Na verdade, Whitney percebera que Anne vinha agindo de maneira muito estranha. Notara que ela escrevia muitas cartas, enviando-as para todas as capitais da Europa por onde lorde Edward pudesse passar, e mostrava mudanças bruscas de humor, algo que nunca acontecera antes. Por fim, concluíra que a tia estava com saudade do marido.

– Imagino como deve sentir a falta de tio Edward – disse uma noite quando se preparavam para jantar pela primeira vez na casa de Clayton.

Anne pareceu não ouvir e continuou a ajudá-la a escolher um vestido. Acabaram por retirar do armário um lindo vestido de crepe de cor pêssego, com babados no decote baixo e outros mais largos, na barra.

– Quase morri de saudade de Paul enquanto estive na França – prosseguiu Whitney. – Por isso sei como deve estar se sentindo.

– Amor infantil – resmungou a tia. – O amor parece mais profundo e duradouro quando as pessoas são jovens e ficam longe do objeto de sua afeição. Mas geralmente, quando estão perto uma da outra, a realidade é bem diferente de seus sonhos e fantasias.

Whitney virou-se bruscamente, atrapalhando Clarissa, que tentava fechar os botões nas costas de seu vestido.

– Não pode achar que o que sinto por Paul é "amor infantil"! – protestou. – Foi, um dia, mas não é mais. Vamos nos casar, exatamente como sempre sonhei. E muito em breve.

– Paul falou em casamento com você?

Balançando a cabeça, Whitney abriu a boca para argumentar, mas Anne interrompeu-a com um gesto.

– Se ele tivesse a intenção de pedi-la em casamento, já o teria feito, a esta altura. Tempo foi o que não faltou.

– Ele está esperando o momento certo para se declarar – Whitney explicou. – E faz poucas semanas que voltei para casa.

– Vocês se conhecem há anos, meu bem – Anne ponderou em tom gentil. – Já vi compromissos entre estranhos serem selados em menos tempo. Talvez Paul goste de cortejar moças bonitas sem nenhuma intenção séria. Muitos rapazes fazem isso.

Sorrindo, confiante, Whitney plantou um beijo no rosto dela.

– A senhora preocupa-se demais com minha felicidade, tia. Paul me pedirá em casamento, você vai ver – afirmou.

Mas, no trajeto para a casa de Clayton, enquanto a carruagem sacolejava à sombra dos carvalhos que ladeavam a estrada, o otimismo de Whitney começou a diminuir. Esquecida da tia e do pai, ela ficou brincando com uma longa mecha dos cabelos cacheados, que deixara soltos, caindo nas costas e nos ombros. Paul poderia estar cortejando-a apenas porque era a moça das redondezas mais requisitada do momento? Whitney sabia que usurpara esse título, tirando-o de Elizabeth, mas não sentia a satisfação que um dia julgara experimentar se isso acontecesse.

Os convites para festas e outras reuniões sociais não paravam de chegar, num fluxo bastante lisonjeiro, e Paul a acompanhava a todas, indo buscá-la em casa ou ficando junto dela a maior parte do tempo. Na verdade, a única pessoa cuja popularidade rivalizava com a sua era Clayton Westland, e ela o via em todos os lugares aonde ia.

Irritada ao lembrar-se do detestável vizinho, Whitney voltou a pensar em Paul. Por que ele ainda *não* se declarara? Por que nunca falara de amor, muito menos de casamento? Ela ainda tentava encontrar respostas para essas perguntas quando chegaram à casa de Clayton.

Um mordomo empertigado abriu a porta, olhando para os três com ar majestoso.

– Boa noite – o homem cumprimentou em tom pomposo. – Meu senhor está à espera dos senhores.

Whitney a princípio ficou espantada com essa atitude altiva, mas logo achou-a divertida, pois o mordomo poderia agir daquela forma se seu patrão fosse um nobre importante, que residisse em uma mansão, não um homem comum que ocupava uma casa que, apesar de grande e confortável, nada tinha de grandiosa.

Anne e Martin tiraram os agasalhos com o auxílio do mordomo, mas Whitney ainda usava a capa quando Clayton entrou no vestíbulo, caminhando diretamente para ela.

– Posso ajudá-la? – ele perguntou educadamente.

– Claro, obrigada – ela respondeu com perfeita polidez.

Jogou o capuz para trás, desatou o laço que prendia a capa de cetim pêssego e deixou que Clayton a tirasse. O toque das mãos dele em seus ombros a fez lembrar o modo como ele a tocara no dia do piquenique e de sua promessa de que a tocaria com ainda mais intimidade. Asno convencido!

Martin reteve Anne no vestíbulo por alguns instantes, chamando-lhe a atenção para alguns objetos de marfim sobre um aparador, enquanto Clayton conduzia Whitney a um aposento que parecia uma combinação de salão de visitas e escritório.

Na grande lareira o fogo brilhante afastava o frio da noite e aumentava a luz fornecida pelas velas. Os móveis eram poucos, mas luxuosos e elegantes. Um aparador de carvalho, cujo tampo era feito de quadrados de mármore artisticamente incrustados na madeira, corria ao longo de uma das paredes. Sobre o móvel havia dois candelabros de prata, um de cada lado, e, no centro, um esplêndido aparelho de chá do mesmo material, belíssimo, como Whitney nunca vira. Sewell, seu mordomo, certamente não seria capaz de erguer aquela bandeja com as pesadas peças em cima, muito menos carregá-la com dignidade. A ideia de ver o correto criado em apuros a fez sorrir.

– Posso acreditar que esse sorriso significa que sua opinião a meu respeito suavizou-se um pouco? – perguntou Clayton em tom sedutor.

Whitney encarou-o.

– Não tenho qualquer opinião a seu respeito – mentiu.

– Tem, sim, Srta. Stone – ele a contradisse, ajudando-a a sentar-se numa grande poltrona de couro vinho.

Então, teve o descaramento de acomodar-se no braço da poltrona, apoiando um cotovelo no encosto, perfeitamente à vontade.

– Se não há lugares para todos sentarem, posso ficar em pé – observou Whitney friamente, fazendo menção de levantar-se.

Clayton pôs a mão em seu ombro, indicando-lhe que permanecesse sentada, e ergueu-se.

– Tem língua venenosa, Srta. Stone – disse, sorrindo.

– Obrigada – ela respondeu. – E o senhor tem as maneiras de um bárbaro.

Surpreendendo-a, ele atirou a cabeça para trás e soltou uma gargalhada. Ainda rindo, estendeu a mão e afagou o alto da cabeça de Whitney, o que a fez levantar-se, tentando decidir se o esbofeteava ou dava-lhe um pontapé na canela. Anne e Martin entraram na sala enquanto os dois ainda se olhavam, Clayton com expressão de franca admiração, e Whitney carrancuda.

– Bem, vejo que estão se divertindo muito – Martin comentou com jovial ironia.

Clayton sorriu, e Whitney precisou dominar a vontade de rir. O jantar foi um banquete digno de uma mesa real, oferecendo como entrada lagosta ao molho de vinho, mas Whitney não saboreou o prato como deveria, pois sentia-se incomodada, sentada diante de Clayton, na ponta oposta à cabeceira, como se fosse a dona da casa. Ele desempenhava o papel de anfitrião com uma elegância natural que ela foi obrigada a admirar, e até mesmo lady Anne descontraiu-se totalmente durante uma discussão sobre política.

Quando o quinto prato foi servido, Whitney ainda não rompera o silêncio que se impusera, apesar de tudo o que Clayton fizera para tirá-la do mutismo. Mas não pôde resistir quando os demais começaram a falar sobre educação, e entrou na conversa, defendendo calorosamente a ideia de que as mulheres deveriam receber a mesma instrução que os homens.

– Por que uma mulher precisa saber geometria se vai passar a maior parte do tempo bordando lenços para o marido? – Clayton provocou-a.

Whitney acusou-o de ser antiquado, e ele vingou-se, chamando-a jocosamente de sabichona.

– Sabichona maldita – ela reforçou com um sorriso divertido. – É assim que cavalheiros antiquados como o senhor chamam as mulheres que sabem dizer mais do que três frases.

Ele riu.

– Que frases seriam essas? – perguntou.

– "Sim, meu senhor", "Não, meu senhor" e "Como queira, meu senhor". Acho uma tristeza que as mulheres sejam treinadas, desde o berço, para desempenharem as mesmas funções de um mordomo.

– Também acho – concordou Clayton. Antes que Whitney se recuperasse da surpresa, acrescentou: – No entanto, permanece o fato de que, por mais instruída que seja uma mulher, um dia ela terá de submeter-se à autoridade de seu amo e senhor.

– Eu não concordo – replicou Whitney, ignorando os olhares angustiados e admoestadores do pai. – E sabem do que mais? *Nunca* chamarei um homem de "meu amo e senhor".

– Acha isso certo? – Clayton perguntou, zombeteiro.

Martin não a deixou responder, pois deslanchou repentinamente num monólogo sobre os benefícios da irrigação de campos de cultura, o que a surpreendeu e aborreceu Clayton visivelmente, e os dois só voltaram a conversar durante a sobremesa.

– Eu estava me perguntando se gostaria de jogar alguma coisa após o jantar – disse Clayton, acrescentando em tom sugestivo: – Um jogo diferente daquele que já jogamos?

– Dardos – respondeu Whitney, sustentando-lhe o olhar.

Ele esboçou um sorriso.

– Não tenho dardos, mas, se tivesse, não me preocuparia em ficar fora de seu alcance, Srta. Stone.

– Mesmo sendo apenas uma mulher, tenho excelente pontaria, Sr. Westland.

– Por isso mesmo é que eu não fugiria – ele observou, sorrindo, enquanto erguia o copo num cumprimento.

Whitney aceitou a homenagem, dirigindo a ele um sorriso malicioso.

Observando-a, Clayton refletiu que o que mais queria naquele momento era pôr os dois outros convidados porta afora, tomar Whitney nos braços, beijá-la até apagar aquele sorriso travesso de seu rosto e vê-la agarrar-se a ele, amolecida de desejo. Reclinou-se na cadeira, acariciando a haste do copo de vinho, satisfeito porque naquela noite Whitney mostrava-se menos indiferente. O motivo de ela ter se retraído tanto, desde o dia do piquenique, permanecendo fria e distante até momentos antes, era um mistério que ele pretendia decifrar cedo ou tarde. Dardos, pensou com um sorriso íntimo. Ah, ele queria torcer aquele lindo pescocinho.

Terminada a refeição, um criado levou Martin e lady Anne para o salão, mas quando Whitney fez menção de segui-los, Clayton impediu-a, segurando-a pelo braço.

– Dardos! Que rapariga sedenta de sangue você é! – ele brincou.

Whitney, que quase deixou escapar um sorriso, corou.

– O jeito como usa as palavras deve causar muita inveja a seus amigos – replicou. – Primeiro, me chama de fogosa, e agora de rapariga, e nenhum dos termos é muito lisonjeiro. Pode pensar de mim o que quiser, mas daqui por diante guarde sua opinião para si mesmo.

Envergonhada e com sentimento de culpa, pois sabia que merecia que ele se referisse a ela daquela maneira, Whitney tentou livrar o braço, mas foi inútil.

– Do que está falando? Acha que usei tais palavras como insulto? – Clayton perguntou, vendo o olhar magoado que ela lhe lançou. – Meu Deus! Peço que me perdoe, pequena. Vivi demais em círculos em que é elegante falar com ousadia, em que as mulheres são tão audaciosas quanto os homens em seus flertes.

Embora ela nunca houvesse feito parte de tais círculos, normalmente formados por gente da nobreza, sabia que muitas mulheres tinham uma maneira libertina de falar e de comportar-se, e que às vezes até tinham amantes. De súbito, sentiu-se ingênua e simples.

– Não foram apenas as palavras... – explicou, hesitante. – Mas no dia do piquenique... o modo como você... – Calou-se por um momento, refletindo que participara entusiasticamente dos beijos ardentes que haviam trocado, então prosseguiu: – Vamos fazer um trato. Você esquece tudo o que eu fiz, eu esqueço tudo o que você fez, e recomeçaremos da estaca zero. Mas terá de me prometer que não tentará me tratar do modo como me tratou naquele dia.

Clayton franziu a testa, intrigado.

– Se está falando da ameaça que lhe fiz com o chicote...

– Não. Estou falando da outra coisa.

– Do quê? Do modo como a beijei?

Whitney moveu a cabeça num gesto afirmativo, e ele exibiu uma expressão tão atônita que ela começou a rir.

– Não me diga que sou a primeira mulher que não quer ser beijada por você!

Ele deu de ombros.

– Admito que estou acostumado a ser mimado por mulheres que apreciam... hã... minhas atenções. Quanto a você, passou tempo demais rodeada por uns basbaques que beijavam a barra de seu vestido, todos implorando para ser seu amo e senhor.

O sorriso de Whitney foi divertido e autoconfiante.

– Eu já lhe disse que nunca chamarei um homem de "meu amo e senhor". Quando me casar, serei uma boa esposa, cumpridora de seus deveres, mas parceira de meu marido, não sua criada.

Do portal, Clayton fitou-a com um misto de humor cético e certeza absoluta.

– Uma boa esposa, cumpridora de seus deveres? Desculpe, minha pequena, mas duvido.

Abalada por uma inexplicável sensação de alarme, Whitney desviou o olhar. Era como se ele acreditasse que exercia algum tipo de poder sobre ela. Desde que se encontrara com Clayton pela primeira vez à margem do riacho, tivera essa estranha impressão. Talvez fosse por isso que julgava tão importante evitá-lo ou vencê-lo em qualquer disputa. De repente, percebeu que ele estava falando com ela.

– Vamos para o salão – ele convidou. – Quer jogar? Cartas, uíste? Tudo, menos dardos – disse em tom brincalhão, interrompendo os pensamentos dela.

– Acho que poderíamos jogar uíste – Whitney respondeu com mais polidez do que entusiasmo. Entraram no salão, e viram que o tabuleiro de xadrez havia sido arrumado numa mesa diante da lareira Whitney aproximou-se para examiná-lo melhor. – Que lindo! – ela suspirou.

Metade das peças era dourada, e a outra, prateada. Cada uma tinha a altura de um palmo, e quando ela pegou o rei dourado, observando-o à luz do fogo, prendeu a respiração, surpresa. O rosto era o do rei Henrique II, as feições tão perfeitamente entalhadas que se tornava óbvio o grande talento artístico de quem criara a peça. Colocando o rei no tabuleiro e erguendo a rainha, ela viu que representava a esposa de Henrique, Eleonora de Aquitânia. Pousando a rainha, pegou o bispo.

– Eu sabia! Tinha de ser Becket – comentou, sorrindo para Clayton por cima do ombro. – Pobre Henrique, até num tabuleiro de xadrez a imagem do arcebispo de Canterbury o persegue – observou, recolocando a peça no devido lugar.

– Joga xadrez? – ele perguntou, em tom de surpresa e dúvida.

Parecia tão incrédulo que Whitney decidiu induzi-lo a jogar com ela.

– Não muito bem – respondeu, reprimindo a vontade de rir.

Na verdade, jogava tão bem que seu tio Edward, cansado de ser derrotado, lamentara o dia em que a ensinara a jogar. Tão bem, que ele convidava colegas do consulado, exímios jogadores, para irem à sua casa e tentar vencê-la.

– Você joga com frequência? – ela perguntou com falsa inocência. Clayton já puxara uma poltrona para perto da mesa.

– Jogo muito raramente – informou, aproximando outra poltrona.

– Ótimo – comentou Whitney, sentando-se. – Significa que não será um jogo muito demorado.

– Planeja acabar comigo, senhorita?

– Com toda a certeza!

O jogo começou, e ela movimentou as primeiras peças segura de si, achando que não teria dificuldade em derrotar Clayton, mas sem incorrer no erro de subestimar a habilidade dele. No início ele jogou audaciosamente, com rapidez e segurança, mas após quarenta e cinco minutos, começou a ter de pensar muito antes de fazer um movimento.

– Parece que vai cumprir a ameaça – observou, olhando-a com admiração, no momento em que ela capturou uma de suas torres.

– Está sendo mais difícil do que pensei – Whitney concedeu. – Mas há pouco previ três de suas jogadas, e só isso poderia custar-lhe a vitória.

– Peço desculpas por desapontá-la – ele disse, zombeteiro.

– Você adorou me "desapontar", não negue – ela replicou, rindo.

Nesse momento, Martin levantou-se do sofá e explicou que precisava ir embora, pois estava sendo atormentado por um ataque de gota, e pediu a Clayton que levasse Whitney para casa quando o jogo terminasse. Dizendo isso, pegou Anne pela mão e levou-a consigo, marchando para a porta, sem dar sinal algum de que sentisse dor.

Whitney ergueu-se depressa.

– Podemos deixar o jogo para outro dia – sugeriu, ocultando o desapontamento que sentia por não poder continuar jogando.

– Nem pensar! – exclamou o pai, voltando da porta. Deu-lhe um beijo desajeitado na testa e empurrou-a de volta para a poltrona. – Não há mal algum em vocês dois continuarem o jogo. Afinal, não ficarão sozinhos, a casa está cheia de criados.

Como já fora muito criticada, anos atrás, Whitney não tinha a menor vontade de despertar a maledicência da vizinhança só pelo capricho de terminar um jogo de xadrez.

– Não, papai, não quero ficar.

Como não podia levantar-se, porque o pai mantinha a mão em seu ombro, segurando-a na poltrona, olhou suplicante para a tia, que deu de ombros num gesto de desamparo.

– Acredito que se lembrará de comportar-se como um cavalheiro, Sr. Westland – disse por fim, olhando com ar sério para Clayton.

– Whitney será tratada com todo o respeito e afeto – ele garantiu em tom de tolerante divertimento.

Martin e Anne partiram, e o jogo continuou, terminando empatado. Whitney, que nos primeiros instantes a sós com Clayton sentira-se pouco à vontade, esqueceu tudo. Quando a segunda partida começou, tudo o que ela desejava era jogar bem e derrotar o oponente.

Com os cotovelos apoiados na mesa, o queixo aninhado em uma das mãos, observou Clayton erguer o cavalo.

– Lance imprudente – avisou.

Ele dirigiu-lhe um sorriso malicioso e, ignorando o aviso, moveu o cavalo.

– Não está em posição de dar conselhos depois de sua última jogada, que foi muito ruim, senhorita.

– Não diga que não avisei – ela disse, batendo com a unha num quadro vazio enquanto refletia sobre o movimento do cavalo dele.

Inclinando-se para a frente, moveu a torre e voltou a pousar o queixo na mão.

Sem perceber, sempre que se debruçava sobre o tabuleiro oferecia a Clayton uma visão excitante da parte superior dos seios, e ele estava achando cada vez mais difícil concentrar-se no jogo. Whitney livrara-se dos sapatos e puxara as pernas para o assento da poltrona, ajeitando-se mais confortavelmente. Os luxuriantes cabelos cascateavam pelos ombros, os olhos verdes brilhavam de malícia, e ela estava tão linda que ele precisava combater o impulso de afastar a mesa, puxá-la para seu colo e deixar as mãos deliciarem-se nas curvas generosas do corpo sensual.

Whitney conseguia ser ao mesmo tempo uma mulher tentadora e uma menina inocente, um conjunto interessante de contrastes. No decorrer da noite, ela o tratara com frio desdém, raiva indisfarçada, rebeldia tempestuosa, mas agora exibia uma graciosa impertinência e uma ousadia que ele achava profundamente excitantes. Além de tudo, jogava xadrez com uma perícia assombrosa.

Embalada pelo clima de descontraída afabilidade, Whitney ergueu os olhos para ele com um sorriso radiante.

– Está pensando no próximo movimento ou arrependendo-se do anterior, meu senhor?

Clayton deu uma risadinha.

– Você é a mesma moça que afirmou que nunca chamaria um homem de "meu senhor"?

– Só fiz isso para distraí-lo do jogo, para que esquecesse a estratégia que pretendia aplicar – ela informou. – E então? Ainda não respondeu a minha pergunta.

Ele colocou o rei numa posição de ataque totalmente inesperada.

– Para ser franco, eu me perguntava por que estou jogando xadrez com uma mulher – disse. – Todo mundo sabe que este é um jogo que exige lógica masculina.

– Convencido! – Whitney exclamou, rindo, protegendo seu bispo do ataque do rei dele. – Pois eu me pergunto por que desperdiço minha habilidade com um oponente tão fraco.

Uma hora mais tarde, inclinada sobre o tabuleiro, observava o resultado de sua estratégia. Mais três lances, talvez quatro, e a vitória seria dela.

– Que perversidade a sua, colocar-me numa situação tão difícil – reclamou, sorrindo para si mesma ao ver que ele executava o movimento que ela previra.

– Acha que me colocou numa armadilha? – ele perguntou.

Então, enquanto Whitney decidia que peça mover e como, fez um gesto para o criado que se mantinha imóvel junto à porta desde a partida de Martin e Anne. Em resposta ao silencioso comando, o homem foi até uma mesa onde havia todos os utensílios para o preparo de drinques e verteu conhaque num dos copos de cristal. Olhou para o duque, obviamente esperando instruções quanto à bebida que serviria a Whitney. Clayton ergueu dois dedos, indicando que ambos tomariam conhaque.

O criado arrumou os copos numa bandeja de prata, que levou para uma mesinha ao lado da mesa de xadrez. A um gesto de seu senhor, curvou-se e retirou-se da sala, fechando a porta.

Whitney parecia não perceber nada do que se passava a sua volta, pois ergueu os olhos, surpresa, quando Clayton ofereceu-lhe um dos copos. Pela cor da bebida notou que não se tratava de vinho, o que a levou a olhar com suspeita para o copo e, então, para Clayton.

Olhando-a com ar de tranquilo divertimento, ele sorriu:

– No jantar, você argumentou tão ardorosamente contra as restrições impostas às mulheres pela sociedade, que presumi que gostaria de tomar o mesmo que eu.

Ele era, de fato, o homem mais provocante do mundo inteiro, instigando-a daquele jeito, pensou Whitney, sorrindo. Determinada a prolongar a situação o mais que pudesse, aspirou o aroma pungente que emanava do copo. Era a bebida preferida de seu tio Edward.

– Conhaque – identificou, premiando Clayton com um amplo sorriso. – Perfeito para acompanhar um charuto, não?

– Com certeza – ele concordou, sério.

Estendendo a mão para a mesinha ao lado, pegou uma caixa de metal esmaltado e ofereceu-a a Whitney, erguendo a tampa para exibir vários tipos de charutos.

Foi um gesto tão exageradamente displicente que ela precisou esforçar-se para manter-se impassível. Mordendo o lábio inferior para conter o riso, examinou os charutos. O que Clayton faria se ela pegasse um? Certamente o acenderia, refletiu, rindo intimamente.

– Posso sugerir que escolha o mais longo, à esquerda da caixa? – ele perguntou.

Whitney reclinou-se na poltrona, quase explodindo de vontade de rir.

– Ou será que você prefere uma pitada de rapé? – ele indagou, solícito, e ela não se conteve mais, rindo. – Sempre tenho um pouco à mão, para convidados exigentes, como Whitney Stone.

– Você é impossível! – ela exclamou.

Quando conseguiu parar de rir, ergueu o copo e, sob o olhar malicioso de Clayton, experimentou o conhaque desajeitadamente. O líquido traçou uma trilha de fogo da boca ao estômago, mas o segundo e o terceiro goles não foram tão terríveis, e, após mais alguns, ela declarou que conhaque era uma daquelas coisas pelas quais tornava-se preciso adquirir o gosto. Não demorou muito para que começasse a sentir um calor estranho e gostoso percorrer-lhe o corpo, e ela pôs o copo de lado, imaginando quais seriam os efeitos de alguns pequenos goles.

– Quem ensinou você a jogar xadrez? – Clayton quis saber.

– Meu tio – Whitney respondeu, pegando o rei e admirando mais uma vez a beleza daquela verdadeira obra de arte. – Se não fosse absurdo, eu diria que essas peças são feitas realmente de ouro e prata.

– Se não fosse absurdo, eu diria que você quer escapar de minha inteligente armadilha, colocando seu rei num lugar mais seguro do tabuleiro – ele replicou, sorrindo, enquanto tirava o rei da mão de Whitney, antes que ela percebesse que era, de fato, de ouro maciço.

– Escapar?! Lugar mais seguro? Do que está falando? Meu rei não está correndo perigo!

Clayton esboçou um sorriso de travessa maldade enquanto movia o bispo para uma posição de ataque.

– Xeque – avisou.

– Xeque? – Whitney repetiu, incrédula, fixando o olhar no tabuleiro.

Estava *mesmo* em xeque! E, fosse qual fosse o movimento que fizesse, uma peça adversária atacaria seu rei. Seria xeque-mate. Fitou Clayton, e ele deliciou-se com a admiração que viu no lindo rosto.

– Seu patife ardiloso, traiçoeiro, malvado – ela insultou em tom suave e respeitoso.

Captando o contraste entre a voz e as palavras ofensivas dela, Clayton atirou a cabeça para trás e gargalhou.

– Esses elogios aquecem meu coração – comentou, ainda rindo.

– Você não tem coração – reclamou Whitney, sorrindo. – Se tivesse, não atrairia uma pobre mulher indefesa para um jogo em que é mestre.

– Foi *você* quem me atraiu – ele a lembrou. – E agora, vamos acabar o jogo, ou pretende parar, negando-me um momento de triunfo?

– Você venceu – ela declarou, bem-humorada. – Eu me rendo.

Seguiu-se um breve silêncio.

– Era o que eu esperava que fizesse – Clayton disse baixinho.

Desabotoou a casaca azul-escura, reclinou-se na poltrona e, virando a cabeça, ficou olhando para o fogo.

Whitney observou-o disfarçadamente, enquanto tomava mais um gole de conhaque. Sentado daquele jeito, ele parecia fazer parte de um quadro, cujo pintor poderia chamar de "cavalheiro em momento de descontração". No entanto, ela experimentava a sensação de que sob aquela aparência tranquila existia uma força vigorosa, cuidadosamente contida, mas à espera, pronta para manifestar-se. Sentia que, se cometesse um deslize, aquela força se ergueria, voltando-se contra ela. Que tolice, pensou.

– Preciso ir embora – disse após alguns momentos. – Já deveria ter ido há muito tempo.

Ele desviou o olhar do fogo, pousando-o no rosto dela.

– Não deixarei que se vá, antes de ouvi-la rir outra vez.

Whitney balançou a cabeça.

– Eu não ria tanto desde um concerto de que participei quando tinha 12 anos.

Quando percebeu que ela não ia estender-se sobre o assunto, Clayton decidiu incentivá-la a continuar.

– Como parece relutante em me contar a história, acho que tenho o direito de exigir que conte, como prêmio por minha vitória no xadrez.

– Primeiro me atrai para o jogo, depois me derrota, e ainda exige um prêmio! – Whitney reprovou, sorrindo. – Não tem misericórdia?

– Nem um pouco. Vamos, comece a contar.

– Tudo bem – ela concedeu. – Mas só porque não quero afagar ainda mais sua vaidade, implorando para que desista do prêmio. Aconteceu há muitos anos, no entanto parece que foi ontem. O Sr. Twittsworthy, o professor de música da vila, decidiu que precisávamos apresentar um recital de primavera. As quinze meninas que estudavam com ele deveriam exibir seus talentos, tocando ou cantando.

"A mais talentosa de nós era Elizabeth Ashton, de modo que o professor deu aos pais dela a honra de oferecer a casa para a apresentação. Eu nem queria ir, muito menos participar, mas...

– Mas Twittsworthy insistiu para que fosse, ou o recital seria um fracasso – Clayton conjecturou, interrompendo-a.

– Céus, não! Ele teria adorado se eu não tivesse ido. Costumava dizer que seus olhos ardiam e lacrimejavam sempre que ele me ouvia tocar as lições de piano, porque os sons que eu produzia eram tão agressivos aos ouvidos que o faziam chorar.

Clayton sentiu uma raiva enorme e inexplicável do professor de música.

– Ele devia ser um idiota.

– Era, de fato – Whitney concordou com um breve sorriso. – Se não fosse, perceberia que eu punha pimenta na caixa de rapé para visitas sempre que ele ia me dar aulas. Bem, no dia do recital discuti com meu pai, dizendo que não queria e não precisava ir, implorei, mas foi inútil. Acho que no final ele teria concordado comigo se eu não tivesse tido a malfadada inspiração de mandar-lhe um bilhete por Clarissa.

– O que você escreveu no bilhete? – perguntou Clayton, olhando-a por cima da borda do copo que levara aos lábios.

– Escrevi que estava acamada, com um ataque de cólera, mas que ele podia ir ao recital e pedir a todos os presentes que orassem por minha recuperação.

Clayton começou a rir, e Whitney olhou-o com ar severo.

– Ainda não cheguei à parte engraçada, Sr. Westland. – Ela esperou que ele parasse de rir, então prosseguiu: – Papai gritou com a pobre criada, acusando-a de não ter me ensinado a respeitar a verdade. Clarissa enfiou-me em meu melhor vestido, que estava curto demais, porque eu crescera, e como eu havia dito que não participaria do recital, ela não havia baixado a barra. Em seguida, meu pai praticamente jogou-me na carruagem.

Fez uma pausa, sorrindo.

– Claro, eu não havia decorado minha peça musical, o que não era de admirar, porque detestava tocar piano, e pedi a papai para me deixar ir buscar a partitura, mas ele estava zangado demais para me dar ouvidos – continuou. – A vizinhança toda estava reunida no salão de música dos Ashton. Elizabeth tocou como um anjo, e a apresentação de Margaret Merryton foi considerada muito boa. Eu seria a última.

Whitney calou-se, pensativa. Por um momento, viu-se novamente sentada na terceira fileira do salão, logo atrás de Paul, que mantivera os olhos fixos no lindo perfil de Elizabeth e que fora o primeiro a se levantar para aplaudir quando ela acabara de tocar a peça. Whitney ficara puxando o vestido cor-de-rosa para baixo, amaldiçoando seu corpo desajeitado, que parecia só ter braços, pernas, joelhos e cotovelos salientes.

– Você foi a última a tocar – Clayton disse, tirando-a das dolorosas recordações. – E, mesmo sem a partitura, tocou tão bem que todos aplaudiram e pediram bis.

– A reação da plateia foi muito mais silenciosa – ela corrigiu com voz alegre.

Apesar da maneira leve como Whitney contou a história, Clayton achou-a mais triste do que engraçada. Ele teria estrangulado com alegria todos aqueles idiotas que a haviam deixado constrangida, desde o professor de música até o pai dela. Uma estranha ternura brotou-lhe no íntimo, despertando o desejo de proteger Whitney. Ele levou o copo aos lábios, surpreso e perturbado pelas próprias emoções.

Receando que ele sentisse pena dela, Whitney sorriu, fazendo um gesto displicente com a mão.

– Só contei isso para criar o cenário da história – informou. – O fato hilariante aconteceu depois, quando todos estavam lanchando, sentados ao redor de uma longa mesa armada no jardim. Dariam um prêmio à menina que fosse considerada a melhor musicista do recital, e todos sabiam que Elizabeth seria a escolhida. Infelizmente o prêmio desapareceu, e começaram a dizer que alguém o escondera na árvore mais alta.

Clayton observou-a com divertida curiosidade.

– *Você* escondeu o prêmio na árvore? – perguntou. Whitney corou.

– Não, mas fui eu que espalhei o boato de que alguém fizera isso. Estavam todos comendo, quando, de repente, Elizabeth despencou da árvore, caindo como uma pedra em cima da mesa. Ela parecia um enfeite, cheia de babados brancos e cor-de-rosa, no meio de pratos de sanduíches e pudins, e achei tão engraçado que comecei a rir.

Sorrindo ao recordar a cena, Whitney também lembrou-se do olhar feroz que Paul lhe lançara enquanto corria em socorro de Elizabeth.

– Então, ao vê-la rir, os adultos presumiram que fora você que escondera o prêmio na árvore?

– Oh, não, estavam todos muito ocupados, tirando Elizabeth de cima da comida, para perceberem que eu me matava de tanto rir. Mas Peter Redfern percebeu e me culpou pelo acontecido, inclusive porque eu subia numa árvore muito mais depressa do que qualquer menino, até mesmo ele, que era endiabrado. Ameaçou socar minhas orelhas diante de todos, mas Margaret Merryton disse que o que eu merecia era levar uma surra de meu pai.

– E o que aconteceu?

– Nada – respondeu Whitney, e seu riso fez Clayton pensar em sinetas de prata tocadas pelo vento. – Peter estava furioso demais para esperar até que meu pai me castigasse. Fechou o punho e avançou para mim. Abaixei-me no último instante, e o soco atingiu Margaret. Oh, Deus! Nunca vou esquecer a expressão de Peter quando ele viu Margaret cair e rolar na grama. Ela ficou com o olho mais roxo que já vi.

Os olhares sorridentes dos dois cruzaram-se por cima da mesa de xadrez, e o silêncio leve só foi quebrado pelo crepitar do fogo na lareira. Clayton pousou o copo, e Whitney sentiu-se apreensiva quando o viu levantar-se. Lançando um olhar para a porta perto da qual um criado estivera parado, notou que o homem desaparecera.

– Preciso ir imediatamente – disse, erguendo-se. – Já está muito tarde.

Clayton aproximou-se dela.

– Muito obrigado pela noite mais adorável de toda minha vida – disse com voz aveludada.

Whitney viu o brilho diferente nos olhos dele, e sentiu o coração disparar, alarmado.

– Por favor, não fique tão perto assim – pediu num murmúrio. – Eu me sinto como um coelho prestes a ser abocanhado por uma raposa.

– Não poderei beijá-la se ficar no outro lado da sala, minha pequena – ele observou em tom sedutor.

– Não me chame de "minha pequena" e não me beije. Mal acabei de perdoá-lo pelo que me fez na beira do riacho.

– Acho que vai ter de me perdoar outra vez, então.

– Não conte com isso – ela avisou enquanto ele a puxava para seus braços. – Eu nunca o perdoarei.

– Uma possibilidade aterrorizante, mas vou correr o risco – ele murmurou com voz enrouquecida, apossando-se dos lábios dela.

Whitney experimentou uma espécie de choque ao sentir o contato da boca firme enquanto Clayton deslizava as mãos por suas costas, comprimindo-a contra seu corpo forte. Ele a beijou com exigência, de modo insistente, e quando ela entreabriu os lábios trêmulos, vencida, introduziu a língua ousadamente, intensificando o abraço, como se fosse esmagar o delicado corpo da moça contra o seu. Sentindo as investidas ritmadas da língua dele em sua boca, Whitney sentiu-se envolver por um torvelinho de sensações. Seu corpo vibrava, estranhamente vivo, despertado pelo beijo, pelas carícias das mãos fortes, pelo contato das coxas unidas. Ela se entregou às exigências da excitação que a tomava, e a mente perdeu a lucidez. Quanto mais os beijos tornavam-se ardentes, mais ela sentia como se estivesse se desintegrando. Era como se fosse duas pessoas, uma quente e receptiva, outra fria e paralisada de medo.

Quando Clayton finalmente ergueu a cabeça, ela pousou a testa em seu peito, espalmando as mãos na brancura da camisa engomada. Ficou parada, numa espécie de desorientação, furiosa consigo mesma e com ele.

– Posso implorar que me perdoe, pequena? – ele brincou, erguendo o queixo dela com um dedo. – Ou devo esperar mais um pouco?

Whitney fixou os olhos verdes nos dele.

– Acho que deve esperar – respondeu com um risinho contrafeito. Beijando-a na testa, Clayton afastou-se, saindo da sala. Voltou pouco depois, trazendo a capa de cetim, que colocou ao redor dos ombros dela.

– Está com frio? – perguntou, sentindo-a estremecer sob o toque de suas mãos.

Abraçou-a por trás, e Whitney não conseguiu emitir um único som, tal o aperto que sentia na garganta. Estava envergonhada, confusa, furiosa, detestando a si mesma.

– Será que a deixei sem fala? – ele provocou, falando com a boca encostada nos cabelos dela.

– Por favor, me solte – Whitney pediu num murmúrio estrangulado.

Clayton não tentou mais conversar, até que pararam diante da casa de Martin e Whitney abriu a porta da carruagem para sair.

– Quero conversar com você – ele disse em tom impaciente, segurando-a pelo braço. – Há certas coisas entre nós que precisam ser esclarecidas.

– Agora, não – ela respondeu. – Outro dia, talvez.

FICOU ACORDADA ATÉ o alvorecer, tentando decifrar as turbulentas e esgotantes emoções que Clayton tinha o poder de despertar em seu íntimo. Precisava entender por que ela se esquecia de todos os planos e sonhos a respeito de Paul, e até perdia o senso de decência e honra, quando ele a tomava nos braços e a beijava.

Mas, dali para a frente, evitaria escrupulosamente ficar sozinha com ele. Todos os encontros dos dois seriam breves, impessoais... e em público. Seu erro, que nunca mais se repetiria, fora apreciar tanto a companhia dele naquela noite, deixar-se desarmar por seu encanto, considerá-lo um amigo.

Amigo!, pensou com amargura, rolando de costas e fixando o olhar no dossel da cama. Uma jiboia ofereceria amizade mais confiável. Aquele libertino seria capaz de tentar seduzir uma santa dentro de uma igreja. Com certeza era daqueles que fariam qualquer coisa pelo prazer de uma nova conquista. Quanto mais era obrigado a esforçar-se, quanto mais a presa lhe fugia, mais ele parecia gostar.

E agora Whitney sabia, sem a menor dúvida, que a presa do momento era ela. Clayton queria seduzi-la, desonrá-la, e nada o faria parar de tentar. Pelo bem dela, e pelo de Paul, quanto antes o noivado dos dois fosse anunciado, melhor, porque nem mesmo Clayton Westland ousaria perseguir uma mulher prometida a outro homem. Principalmente um homem que, todos sabiam, era exímio atirador!

14

Whitney alisou os cabelos para trás, atando-os com uma fita de veludo verde, e deu uma última olhada no vestido de lã da mesma cor, com babados brancos no decote rente ao pescoço e nos punhos. A noite tumultuada deixara-a com olheiras, mas, a não ser por isso, ela estava com a costumeira aparência de menina. Afastando-se do espelho, refletiu que não era uma menina, mas uma mulher que planejava enganar um homem para forçá-lo a declarar seu amor. Naquele mesmo dia.

Revisando mentalmente sua estratégia, desceu para a sala de visitas, onde Paul a esperava. Ela o faria acreditar que voltaria para Paris com tia Anne quando tio Edward fosse buscá-la, e, se isso não obrigasse Paul a pedi-la em casamento, nada mais obrigaria.

Na porta da sala, hesitou. Paul estava tão lindo que ela sentiu-se fortemente tentada a esquecer o decoro e propor audaciosamente que se casassem. Mas conteve-se.

– O dia está lindo! – comentou, entrando no aposento. – Vamos passear no jardim?

No instante em que chegaram ao abrigo da bem-aparada cerca-viva dos canteiros onde floresciam as últimas rosas, Paul tomou-a nos braços e a beijou.

– Estou tentando me redimir da negligência com que a tratei ao longo dos anos – ele disse depois, em tom brincalhão.

Era exatamente o tipo de abertura de que Whitney necessitava. Ela recuou, olhando-o com um sorriso.

– Então, precisa apressar-se, porque foram muitos anos, e você terá apenas algumas semanas para redimir-se.

– Como assim, "apenas algumas semanas"?

– Vou voltar para a França com meus tios – Whitney explicou, quase suspirando de alívio quando viu a expressão alarmada no rosto dele.

– Para a França? – Paul exclamou. – Mas pensei que você tivesse vindo para ficar.

– Tenho um lar em Paris também – ela comentou. – Talvez a casa de meus tios seja mais meu lar do que a de meu pai.

Sentiu culpa ao notar como Paul ficara perturbado, mas refletiu que ele devia saber que bastaria pedi-la em casamento para evitar a separação.

– Mas seu pai mora aqui – ele argumentou. – *Eu* moro aqui. Isso não significa nada para você?

– Claro que significa – ela afirmou, virando-lhe as costas e fingindo que admirava uma rosa vermelha.

Paul podia simplesmente dizer: "Case-se comigo." Por que não dizia?

– Não pode ir embora – ele declarou em tom rouco. – Acho que estou apaixonado por você.

O coração de Whitney quase parou, então começou a bater com violência. Ela ansiava por atirar-se nos braços de Paul, mas era cedo demais. A declaração fora morna, indecisa. Recomeçando a andar, ela olhou-o por cima do ombro com ar coquete.

– Espero que me escreva quando tiver certeza – disse.

– Ah, não, não fuja! – Paul riu e pegou-a pelo braço, puxando-a de volta. – Agora me diga, Srta. Stone, se me ama ou não.

Whitney sufocou o desejo de lhe dizer que o amava e amaria por toda a eternidade.

– *Acho* que sim – respondeu, sorrindo.

Mas Paul, em vez de dar continuidade ao assunto, como ela esperara, soltou-a, e seu rosto adquiriu uma expressão distante, fechada.

– Tenho uma porção de coisas para fazer ainda hoje – ele informou friamente.

Surpresa e desesperada, Whitney percebeu que aquilo era uma despedida, e teve a horrível, humilhante impressão de que Paul descobrira que ela mentira para manipulá-lo, para tentar forçá-lo a tomar uma decisão.

Voltaram para a frente da casa, onde a elegante carruagem dele estava à espera. Paul ergueu a mão de Whitney e levou-a aos lábios, depositando um beijo formal na ponta dos dedos, então começou a afastar-se. Deu dois passos e virou-se para encará-la.

– Quantos outros rivais eu tenho, além de Westland? – perguntou.

– Quantos você gostaria de ter? – ela perguntou com um sorriso maroto.

Paul estreitou os olhos, abrindo a boca como se fosse responder, mas obviamente mudou de ideia, porque virou-se e foi embora.

O sorriso de Whitney desapareceu. Sentindo-se totalmente infeliz, observou Paul descer os degraus, as batidas pesadas do coração marcando cada passada larga que ele dava. Ela o forçara a revelar suas intenções e descobrira quais eram. Ele pretendia namorá-la um pouco, nada mais. Não a quisera anos atrás, não a queria agora.

Parando ao lado da carruagem, Paul tirou as rédeas da mão do cavalariço, mas continuou no mesmo lugar. Imóvel, de costas para Whitney, parecia perdido em reflexões.

Em angustiado silêncio, com medo de ter esperança, mas incapaz de não tê-la, ela o viu virar-se e olhá-la... então entregar as rédeas ao rapaz e começar a subir a escadaria. Suas pernas tremiam tanto que ameaçavam não sustentá-la.

– Srta. Stone, acabei de descobrir que só tenho duas opções no que se refere a nós dois – Paul disse em tom brincalhão quando a alcançou. – Ou me livro do tormento que me aflige, afastando-me definitivamente, ou o prolongo, casando-me com você.

Olhando para os maliciosos olhos azuis, Whitney percebeu que ele já fizera sua escolha. Tentou sorrir, mas não conseguiu, tal sua emoção.

– Você sabe que jamais se perdoaria se escolhesse o caminho dos covardes – disse com lágrimas na voz.

Paul começou a rir e abriu os braços. Whitney atirou-se neles, rindo e chorando. Encostou o rosto no peito largo, ouvindo as batidas fortes e ritmadas do coração, deliciando-se no abrigo dos braços que a seguravam possessivamente.

Sentia-se protegida contra tudo, e grata, porque Paul acabara de lhe dar seu amor, o mais precioso dos presentes. Tão grata que seria capaz de ajoelhar-se para agradecer. Paul a amava, queria casar-se com ela e isso era uma prova real de que ela se modificara completamente nos anos em que vivera na França. Não era apenas uma jovem bem-vestida, uma imitação de mulher refinada, como temera. Era uma verdadeira dama, merecia o amor de Paul. As pessoas da vila não zombariam mais dela, criticando-a pelo modo como o perseguira. Ao contrário, diriam que Paul sempre gostara de Whitney Stone, que simplesmente estivera à espera de que ela se tornasse adulta. O pai e todas as outras pessoas, cuja aprovação fora tão importante para ela, agora a aceitariam e lhe dariam o afeto tão desejado.

– Vamos procurar seu pai – Paul sugeriu.

Whitney, imersa em sua felicidade, encarou-o, confusa.

– Por quê?

– Porque desejo acabar logo com todas as formalidades e não posso pedir a sua tia que me conceda sua mão, embora eu preferisse falar com ela, se isso fosse possível.

– SEWELL, ONDE ESTÁ MEU PAI? – Whitney perguntou ao mordomo, assim que entraram em casa.

– A caminho de Londres, senhorita – o homem informou. – Partiu há meia hora.

– Londres?! Mas ele não ia amanhã? Por que decidiu ir hoje? Quando vai voltar?

O mordomo, que sempre sabia de tudo, admitiu não ter respostas para aquelas perguntas.

Whitney observou-o afastar-se pelo corredor, as abas da casaca agitando-se comicamente, mas daquela vez não achou graça, pois a decepção obscurecera sua alegria.

Paul tinha o semblante de um homem que não sabia se estava desapontado ou imensamente aliviado por ter escapado de uma tarefa desagradável.

– Quando acha que ele vai voltar? – perguntou.

– Deve ficar em Londres uns cinco dias, como sempre acontece quando ele viaja para lá – respondeu Whitney, desanimada. – Espero que volte a tempo para a festa surpresa que ofereceremos para comemorar o aniversário dele, no sábado. Já expedimos os convites para os parentes e amigos que moram longe daqui. A menos que seu pai chegue algumas horas antes da festa, você só poderá falar com ele no dia seguinte.

– Não será possível – Paul declarou, pensativo. – Estou querendo comprar dois cavalos Ainsley, maravilhosos, que você vai adorar, e, para chegar a tempo para o leilão, em Hampton Park, terei de partir no sábado.

– Quanto tempo ficará fora? – indagou Whitney, disfarçando o desapontamento que sentia.

– Nove, dez dias, no máximo.

– Uma eternidade – ela se lamentou.

Paul tomou-a nos braços.

– Para provar a seriedade de minhas intenções, partirei o mais tarde possível, no sábado, de modo a poder falar com seu pai, se ele chegar. Faltam apenas cinco dias – consolou-a. – E participarei da festa, isto é, se for convidado.

Whitney sorriu.

– É claro que será.

– Se, por acaso, eu não puder falar com seu pai no sábado, você pode dizer-lhe, depois da festa, que pedirei sua mão quando voltar. Ainda pareço um homem que deseja escapar dos laços do matrimônio? – Paul gracejou, sorrindo.

Depois que ele se foi, Whitney pensou em contar à tia o que acontecera, mas decidir ficar quieta. Queria guardar sua alegria só para si por mais algum tempo, e, um pouco supersticiosa, achava que não seria bom falar do compromisso antes de Paul fazer o pedido. Além disso, esperava que o pai voltasse cedo no sábado. Paul falaria com ele, e anunciariam o noivado durante a festa.

Sentindo-se muito mais animada, Whitney foi reunir-se a Anne para o almoço.

COMO DE HÁBITO, Clayton lia a correspondência enquanto almoçava. Além dos convites e documentos usuais, recebera cartas, inclusive uma da mãe e outra do irmão. Sorrindo, pensou na surpresa que a mãe teria quando ele contasse que finalmente ia casar-se e dar-lhe os netos que ela tanto desejava. Com uma risada, decidiu que teria meia dúzia de filhos, todos com os olhos verdes de Whitney.

Ainda sorria quando assinou a conta enviada pelo joalheiro de Londres, de quem comprara a esmeralda que Whitney usara na festa para comemorar sua volta para casa. Então, começou a ler a longa carta enviada por seu secretário, na qual o homem pedia instruções sobre como proceder em relação a diversos assuntos, desde a concessão de uma pensão a uma antiga família de criados até a venda de um grande lote de ações de uma empresa de navegação. Abaixo de cada pergunta, escreveu instruções precisas e detalhadas.

Em dado momento, o mordomo apareceu na porta e pigarreou discretamente.

– O Sr. Stone deseja vê-lo, senhor – informou, quando Clayton olhou-o. – Disse que o senhor estava almoçando, mas ele insistiu, explicando que se trata de assunto urgente.

– Muito bem, mande-o entrar – o duque concedeu com um suspiro de irritação.

Com Whitney, tinha toda a paciência do mundo, mas nenhuma com o futuro sogro. Na verdade, apenas tolerava-o.

– Eu precisava falar com você antes de ir para Londres – disse Martin ao entrar na sala. Aproximou-se da mesa e ocupou uma cadeira na frente de Clayton. – Estamos com um problema enorme nas mãos, e os acontecimentos ficarão ainda piores se não tomarmos uma providência imediatamente.

Com um gesto, o duque dispensou o criado que estivera servindo-lhe o almoço e esperou que ele saísse e fechasse a porta. Então, dirigiu um olhar impassível para o indesejado visitante.

– O que estava dizendo, Martin?

– Surgiu uma complicação. Paul Sevarin. Ele estava com Whitney quando saí.

– Já conversamos sobre isso. Não estou preocupado com Sevarin – Clayton disse, impaciente.

– Pois acho bom *começar* a se preocupar – Martin avisou, parecendo ao mesmo tempo aflito e furioso. – Quando tinha 15 anos, Whitney enfiou na cabeça que ia tirar Paul Sevarin da menina dos Ashton, e agora, cinco anos depois, continua com a mesma ideia. E vai conseguir. Ouça o que estou dizendo. Aquele pobre coitado acabará pedindo-a em casamento, sabe Deus por quê, pois ela o deixará louco, como deixa a mim.

– Supondo que tenha razão, só posso aplaudir o bom gosto do "pobre coitado" – declarou Clayton em tom divertido. – No entanto, já lhe disse mais de uma vez que posso lidar com Whitney e...

– Não, não pode! – exclamou Martin. – Pensa que sim, mas não a conhece tão bem quanto eu. Diabos, ela é teimosa, sempre foi, só faz o que quer. Quando toma uma decisão, como essa de fazer Paul Sevarin pedi-la em casamento, não sossega até conseguir.

Tirando um lenço do bolso, usou-o para enxugar o suor de nervosismo que lhe brotara na testa.

– Pode ser que depois de obrigar Paul a fazer o pedido ela se dê por satisfeita e o dispense, esquecendo toda a história – prosseguiu, então fez uma pausa, antes de acrescentar em tom sombrio: – Por outro lado, se decidir casar-se mesmo com ele, você, para tê-la como esposa, terá de arrastá-la até o altar, com a pequena leoa esperneando e lutando por todo o caminho. Entende o que quero dizer?

Clayton fitou-o, nada abalado.

– Perfeitamente.

– Ótimo. Então, o único jeito de evitar que Sevarin faça o pedido é contar a ele que Whitney é sua noiva desde julho. Conte a ela também, conte a todo mundo. Anuncie o noivado imediatamente.

– Não.

– Não?! – Martin repetiu, atônito. – O que pretende fazer, então?

– O que sugere que eu faça?

– Eu já disse! Ordene a Whitney que esqueça os planos a respeito de Paul Sevarin e que se prepare para casar com você!

Não foi fácil para Clayton conter o riso.

– Martin, alguma vez você ordenou a sua filha que fizesse algo que ela não queria fazer?

– Claro que sim, sou pai dela!

– E Whitney reconheceu sua autoridade? Fez o que você ordenou? – perguntou Clayton com um leve sorriso.

– A última vez em que dei uma ordem a minha filha, ela estava com 14 anos. Mandei-a comportar-se como Elizabeth Ashton, e durante dois meses Whitney não parou de fazer reverências, quase me levando à loucura. Curvava-se diante de todos, do mordomo, do cozinheiro, dos cavalos! Sempre que eu olhava para ela, a menina parava o que estava fazendo para me fazer reverências. No restante do tempo, ficava pestanejando, e quando eu a repreendia, ela dizia que estava se comportando como Elizabeth.

– Whitney me obedecerá – declarou o duque num tom que não admitia discussão. – Direi a ela que estamos noivos no momento certo. *Eu* farei isso, ninguém mais. Fui claro, Martin?

– Bastante.

– Ótimo – disse Clayton, apanhando um envelope e abrindo-o.

– Há mais uma coisa – murmurou Martin, passando um dedo entre o pescoço e o colarinho, apertado pela gravata de laço. – Uma coisinha.

– Fale – concedeu Clayton, sem erguer os olhos da carta que lia.

– Lady Anne Gilbert. Ela tem a impressão ridícula de que Whitney detesta você. Gostaria que a convencesse de que será capaz de superar esse problema.

– Por quê?

– Porque meus criados me disseram que ela está mandando cartas ao marido, endereçando-as a todas as embaixadas da Europa. Deduzo que esteja pedindo a Edward que venha para cá o mais rápido possível.

Clayton olhou-o com tanto desagrado que Martin recuou na cadeira.

– Está me dizendo que sua cunhada opõe-se ao casamento?

– Deus, não! Anne é uma mulher sensata, mas muito mole, no que diz respeito a Whitney. Quando você lhe contou o que havíamos feito, depois de recuperar-se do choque ela admitiu que não podíamos desejar coisa melhor, que você é o melhor partido de toda a Europa e que entre as famílias nobres da Inglaterra não existe uma mais aristocrática e importante do que a dos Westmoreland.

– Fico contente em saber que lady Anne é de fato sensata – comentou Clayton, um tanto abrandado.

– Não *tão* sensata como deveria – Martin se contradisse. – Ela ficou revoltada pelo fato de termos tratado de tudo sem consultar Whitney. Acusou-me de ser um pai frio, sem coração, totalmente insensível. – Notando nos olhos de Clayton que ele concordava com a acusação, acrescentou: – E chamou você de déspota arrogante! Disse que sua reputação não a agrada, que você se aproveita de sua beleza física para conquistar as mulheres. Resumindo, Anne acha que Whitney é boa demais, tanto para você como para mim.

– É surpreendente que ela não tenha amolecido, mesmo sabendo que presenteei você com a quantia de cem mil libras – replicou Clayton cinicamente.

– Anne chamou esse presente de "suborno" – Martin contou, então encolheu-se sob o olhar gélido que o duque dirigiu-lhe. – Minha cunhada gostaria de ter certeza de que Whitney não será forçada a casar-se antes de ter tempo de sentir afeto por você. Acho que, se ela não ouvir isso de sua boca, induzirá o marido a usar de sua influência para impedir o casamento. Edward frequenta os mais altos círculos, e suas opiniões são acatadas pelas pessoas do alto poder deste país.

De súbito, o rosto do duque desanuviou-se, e ele pareceu genuinamente divertido.

– Se lorde Gilbert quiser manter sua influência nesses círculos, não fará de mim um adversário. Sem falsa modéstia, Martin, eu sou uma dessas "pessoas do alto poder".

Pouco depois, quando o futuro sogro foi embora, Clayton levantou-se e foi até uma das janelas. Olhando para fora, ficou observando os operários que construíam um pequeno pavilhão rústico na extremidade mais distante do gramado, perto do bosque.

Se Martin o tivesse procurado antes, pressionando-o para apressar o casamento, talvez ele pensasse a respeito. Até a noite anterior, Whitney não fora mais do que uma propriedade que ele comprara, preciosa, certamente, mas nada mais que isso.

Na noite do baile em casa dos Armand, ele pensara em transformá-la em sua amante, lá mesmo, mas deflorar uma virgem ingênua contrariava seu código de honra no que dizia respeito a mulheres. Além disso, era seu dever casar-se e providenciar um herdeiro para o nome da família, uma responsabilidade que lhe fora passada no dia em que ele se tornara maior de idade. Então, olhando para aquele rostinho jovem e lindo, no jardim dos Armand, encontrara a solução para seu problema duplo: cumprir seu dever e matar seu desejo. Decidira casar-se com Whitney Stone.

Dali por diante, ela fora o mero objeto de seus pensamentos lascivos, a mulher que o satisfaria sexualmente e lhe daria filhos. Mas, na noite anterior, ela despertara em seu íntimo uma enorme ternura e um instinto protetor que ele não sabia que existiam.

Ouvira a história que Whitney contara, em sua opinião mais triste do que engraçada, a história de uma menina sem mãe, forçada a tocar num recital idiota, diante de um bando de pessoas insensíveis e, pela primeira vez, percebera a dor, a frustração e as humilhações que ela experimentara na infância.

Clayton não gostava da maioria de seus vizinhos. Considerava-as pessoas mesquinhas, de mentalidade estreita, provincianos maledicentes que, no momento em que haviam recebido a notícia de que Whitney voltaria da França, haviam se regalado, comentando maldosamente suas travessuras de menina e sua paixão juvenil por Paul Sevarin.

Se a única maneira de Whitney restaurar seu orgulho ferido era mostrar a todos eles que podia conquistar Sevarin, então Clayton lhe permitiria fazer isso. Ele lhe concederia mais alguns dias, deixando-a mostrar àqueles aldeões que conseguira cativar o homem que tanto fugira dela. Não faria mal algum esperar um pouco mais, desde que Paul Sevarin não estragasse tudo, encontrando coragem suficiente para pedir a mão da moça em casamento. Clayton não era tolerante o bastante para permitir que sua futura mulher se comprometesse com outro. Não, isso ele não toleraria.

Tomando uma decisão, voltou para a mesa e sentou-se. Martin ia ausentar-se por cinco dias, e ele não teria nenhuma desculpa para ir à casa dos Stone. Um tempo longo demais. Era necessário encontrar uma maneira de fazê-la concordar em recebê-lo. Com um sorriso satisfeito, lembrou-se de que ela o desafiara para uma corrida de cavalos, afirmando que montaria Cruzamento Perigoso.

Pegou uma folha de papel, pensando em qual seria o modo correto de expressar-se. O bilhete teria de ser em tom de desafio, pois, se fosse um convite, ela poderia recusá-lo. Sorrindo, escreveu:

Prezada Srta. Stone,

Lembro-me de que demonstrou o desejo de testar sua habilidade de amazona, montando o garanhão. Na manhã de quarta-feira, estarei disponível para uma corrida, no local que a senhorita escolher. No entanto, se estiver arrependida de haver me desafiado, tenha certeza de que não atribuirei seu recuo à covardia, mas à prudência, ao justo receio de descobrir que não pode controlar Cruzamento Perigoso.

Seu,

Clayton Westland

Sentindo-se vitorioso, mandou um criado entregar a mensagem e esperar pela resposta.

O homem retornou meia hora depois, com um bilhete de Whitney. A caligrafia era bonita, arredondada, totalmente diferente dos garranchos típicos de tantas mulheres bem-nascidas, mas com pouca instrução. Não havia saudação.

> Concordo com uma corrida na quarta-feira. Eu o encontrarei às dez horas da manhã, no limite da propriedade do Sr. Sevarin, perto do bosque.

Só isso. Ela nem assinara. Mas foi o suficiente para fazer Clayton sorrir. Ele se levantou e espreguiçou-se, decidido a sair para cavalgar.

15

Na manhã de quarta-feira, chegando ao topo da colina que se elevava acima das terras dos Sevarin, Clayton deparou com um espetáculo que o fez puxar bruscamente as rédeas de seu cavalo. Havia coches estacionados em toda parte, ocupados por mulheres que seguravam sombrinhas coloridas, protegendo-se do sol, e homens trajando suas roupas domingueiras. Além das pessoas nos coches, havia muitas outras a cavalo, de pé em grandes carroças, ou andando de um lado para outro.

Tudo de que a cena precisava para parecer uma feira campestre era alguns acrobatas envergando túnicas de seda e um prestidigitador ou dois. Clayton pensava nisso quando alguém ergueu uma trombeta e deu dois toques longos, fazendo com que todos olhassem para a colina que ele começava a descer. Pouco depois, aproximava-se da colorida e animada concentração.

Whitney, montada em Cruzamento Perigoso, lançou um olhar disfarçado para o cavalo dele, avaliando-o. Longas pernas, peito musculoso e ancas fortes de animal veloz e resistente, usado em caçadas.

Tudo o que pôde ver do cavaleiro, sem erguer os olhos, o que trairia sua curiosidade, foram as brilhantes botas de cor marrom e o culote de camurça.

– Gostaria que isso fosse um duelo, Srta. Stone? – Clayton brincou, posicionando o cavalo ao lado do dela. – Usaríamos pistolas e atiraríamos um no outro, a uma distância de vinte passos.

Ela ergueu a cabeça, pretendendo tratá-lo com fria formalidade, mas o sorriso dele era tão desarmante que quase a fez sorrir também. Dois vizinhos correram para Clayton para desejar-lhe boa sorte, desviando sua atenção, e Whitney observou-o conversar jovialmente com eles. Parecia tão descontraído no lombo do enorme cavalo, trocando gracejos com os homens, que ela achou difícil acreditar que se tratava do mesmo homem sedutor, ousado e implacável que a mantivera em sua casa até tarde, que a abraçara e beijara, tentando vencer sua resistência com carícias ardentes. Era como se fossem duas pessoas distintas, uma de quem ela poderia gostar bastante, outra que lhe dava medo e despertava sua desconfiança, por boas razões.

Fora o pai de Elizabeth que tocara a corneta, e mais uma vez ele levou o instrumento à boca. Quando o som estridente cortou o ar, Cruzamento Perigoso agitou-se nervosamente, querendo correr.

– Estão prontos? – perguntou Paul aos dois competidores, erguendo a pistola com o cano voltado para o céu.

Whitney inclinou-se para Clayton com um sorriso caloroso que o surpreendeu.

– Se não achar desagradável me seguir, senhor, eu lhe mostrarei o caminho – disse baixinho.

Ele riu. Então, a pistola disparou um tiro, e os cavalos lançaram-se para a frente. Clayton teve de abaixar-se para pegar as rédeas que soltara distraidamente, quando rira da provocação de Whitney, e, ao recuperá-las, viu que ela já ganhara considerável vantagem. Seu cavalo começou a correr velozmente, tentando alcançar o animal a sua frente, os cascos poderosos parecendo voar sobre o chão duro, coberto por grama rala. Clayton puxou as rédeas, fazendo-o ir mais devagar, quando viraram para a esquerda, galopando ao longo do riacho.

– Calma, Guerreiro – ordenou mansamente. – Primeiro, vamos ver o que ela consegue fazer, depois, mostraremos o que *nós* podemos.

Sorriu com aprovação quando viu Cruzamento Perigoso ultrapassar um muro baixo de pedras num salto perfeito. Whitney, com graça e segurança, controlava o temperamental cavalo com admirável perícia.

No momento em que ela fez a última curva, entrando no trecho final do percurso, Clayton notou que Cruzamento Perigoso começava a ficar cansado. Decidindo que chegara o momento de fazer a ultrapassagem, ele inclinou-se para a frente, afrouxando as rédeas completamente. No mesmo instante, Guerreiro disparou numa corrida desenfreada. Fez a curva, e Clayton prendeu o fôlego, com um doloroso aperto no peito. O garanhão negro corria para a margem da estrada... sozinho. Puxando as rédeas de Guerreiro com violência, Clayton olhou em volta procurando por Whitney, o coração martelando, alarmado.

Então, viu-a caída sob um carvalho, no limite do bosque. Acima dela, balançava-se um galho baixo, que devia tê-la derrubado quando o cavalo fizera uma curva muito fechada.

Saltando da sela, ele correu naquela direção, apavorado como nunca se sentira em toda sua vida.

Ajoelhou-se ao lado de Whitney e apalpou freneticamente o pescoço delgado, à procura de um sinal de pulsação. Aliviado, encontrou-a, sentindo-a firme sob seus dedos. Então examinou a cabeça, para certificar-se de que não havia nenhum ferimento. Whitney parecia inconsciente, e, assustado, ele temeu o tipo de trauma que ela pudesse ter sofrido. E se morresse sem recobrar a consciência?

Não encontrando cortes nem inchaços no couro cabeludo, correu as mãos pelos lados do corpo e ao longo dos membros inertes, examinando-os para ver se houvera alguma fratura. Nada, felizmente. Tirou o casaco, dobrou-o e colocou-o sob a cabeça de Whitney; então, sentando-se no chão, começou a friccionar-lhe os pulsos.

Depois de algum tempo, ela suspirou, e suas pálpebras estremeceram. Aliviado, Clayton inclinou-se para olhar-lhe o rosto mais de perto.

– Está tudo bem agora, pequenina. Onde dói? Fale comigo.

Os olhos verdes como jade abriram-se, fixando-se no rosto dele, calmos e firmes. Então, ela sorriu de leve.

– Não esqueça que, no momento do acidente, era *eu* que estava na frente – observou.

Clayton mal podia acreditar no que ouvira. Ergueu-se e ficou olhando para ela em silêncio, atônito.

– Não vai me ajudar a levantar? – Whitney perguntou.

– Não – ele respondeu, cruzando os braços. – Não vou.

– Muito bem, então. – Ela suspirou e levantou-se, meio desajeitada, então bateu as mãos na saia para limpá-la. – Foi uma grosseria de sua parte.

– Não mais do que você fingir que caiu do cavalo quando percebeu que não manteria a dianteira.

Lançando-lhe um olhar maroto, ela ergueu o casaco do chão, sacudiu-o e estendeu-o para ele.

– Esse sempre foi um de meus piores defeitos – admitiu, com um suspiro exagerado. – E já me causou bastante desgosto, eu lhe asseguro.

– Que defeito? – indagou Clayton, contendo um sorriso, pois ela o fitava sem nenhum arrependimento ou vergonha.

– Trapacear – Whitney respondeu em tom solene.

Passou as mãos nos cabelos, contorcendo o rosto num trejeito de desagrado quando viu as folhas secas e gravetos caírem das mechas revoltas.

Divertido, Clayton refletiu que aquela jovem encantadora era capaz, com aquele seu jeito gracioso, de fazer os próprios defeitos parecerem virtudes.

Enquanto Whitney procurava o chicotinho entre as folhas, Clayton voltou para seu cavalo, montou, então foi buscar Cruzamento Perigoso, que pastava um pouco adiante, e guiou-o até ela. No entanto, quando Whitney estendeu a mão para tomar as rédeas, ele levou o cavalo para a frente, pondo-o fora de seu alcance.

– Fiquei tão impressionado com a honestidade de sua confissão, moça, que senti que também devo confessar uma coisa – disse, vendo-a cruzar os braços e olhá-lo com irritação. – Sou uma daquelas pessoas perversas que fazem qualquer coisa para impedir um trapaceiro de ganhar um jogo ou uma aposta. Para evitar que você ganhe, eu mesmo vou trapacear.

Puxando o cavalo dela, fez Guerreiro sair a passo e, após alguns metros, olhou para trás.

– A caminhada não será muito longa – comentou, rindo da expressão indignada no rosto dela. – No entanto, se preferir voltar a cavalo, espere aqui, porque sem dúvida alguém vai aparecer para descobrir a causa da demora. O que não vai fazer é montar seu cavalo, que já descansou, e tentar terminar a corrida.

Whitney observou-o afastar-se a trote, levando Cruzamento Perigoso pelas rédeas. Frustrada, deu uma chicotada na própria perna e gritou ao sentir um forte ardor. Sentou-se no chão para esperar o socorro e, à medida que os minutos passavam, começou a ver o lado engraçado da situação. Ela não fingira a queda.

Olhara por cima do ombro para calcular a distância que a separava de Clayton, quando o cavalo fizera a curva. Ao olhar novamente para a frente, vira um galho do carvalho na altura do peito e não tivera tempo de desviar-se. Mais saltara do que caíra, por isso não se ferira. Só fingira estar inconsciente por pura brincadeira.

Ainda tentava manter a raiva contra Clayton por tê-la deixado para trás, mas não conseguia parar de pensar em como ele se mostrara alarmado ao se debruçar sobre ela para examiná-la. A voz enrouquecida denunciara sua preocupação quando ele murmurara: "Está tudo bem agora, pequenina."

Ela arrancou um punhado de grama e atirou-o para o lado, suspirando. Como desejava que Clayton aceitasse ser apenas seu amigo! Era encantador, inteligente, sabia fazê-la rir. Talvez, quando ela fosse uma mulher casada, ele parasse de vê-la como uma provável conquista e, então, os dois poderiam ser amigos. Talvez...

Seus pensamentos foram interrompidos por Paul, que virou a curva a galope e parou bruscamente junto dela. Se antes estivera preocupado, ao vê-la sentada calmamente no chão, mostrou-se aborrecido.

– Pode me explicar por que você e Westland desaparecem sempre que estão juntos? – intimou em tom brusco.

No momento em que Clayton apareceu, puxando Cruzamento Perigoso, os espectadores soltaram um grito coletivo de susto, e muitos correram para ele, com Anne Gilbert à frente.

– O que aconteceu? – ela indagou, angustiada. – Onde está Whitney?

– Está vindo aí atrás – ele respondeu.

Virando-se na sela, viu-a chegar, montada de lado na garupa do cavalo de Paul Sevarin. Enquanto a olhava, desconfiou de que ela não havia simulado o acidente. Não era de seu feitio desistir do que se propusesse a fazer.

Na linha de chegada, Whitney deslizou para o chão, olhando indecisa para Clayton, imaginando o que ele dissera a todas aquelas pessoas que corriam para ela, os apostadores perguntando, aos gritos, qual fora o resultado.

Inclinando-se, Clayton pegou-a por baixo dos braços e içou-a para a sela, sentando-a de lado a sua frente.

– Estão querendo saber quem ganhou a corrida – observou, ignorando o olhar que ela lhe lançou, indignada pela intimidade com que fora tratada.

– Meu cavalo ficou sem fôlego a dois quilômetros daqui – ela explicou às pessoas que os rodeavam. – O Sr. Westland é o vencedor. – Então, num cochicho, acrescentou só para ele: – Na verdade, ninguém venceu.

Clayton ergueu as sobrancelhas, zombeteiro.

– Seu cavalo estava ficando cansado, e você sabia que ia perder bem antes de cair.

– Fico contente em saber que pelo menos acredita que de fato caí – ela replicou, altiva.

Clayton riu.

– Se soubesse o quanto acredito em você, ficaria perplexa.

Antes que Whitney pudesse refletir sobre o significado do comentário enigmático, ele a colocou no chão, sem esforço.

Então, saiu a galope, e ela ficou observando-o subir a colina.

A QUINTA-FEIRA ARRASTOU-SE, na opinião de Whitney, pois Paul estava ocupado, preparando-se para viajar, e não foi vê-la. Para distrair-se, ela ajudou nos preparativos para a festa de aniversário do pai e escreveu para as amigas de Paris, pondo a correspondência em dia.

Na sexta-feira de manhã, escreveu uma longa carta para Emily, que voltara para Londres. A tentação de quebrar o silêncio supersticioso que se impusera a respeito de seu namoro com Paul foi quase irresistível, mas ela apenas insinuou que logo teria uma notícia maravilhosa para dar. Terminou com a promessa de que visitaria a amiga, sabendo que a cumpriria em breve, pois teria de ir a Londres para comprar o vestido de noiva e o enxoval. Então, convidaria Emily para ser sua madrinha.

Desceu levando a carta, pretendendo mandar um criado despachá-la, e descobriu que Clayton Westland acabara de chegar. Ele estava conversando com Anne no salão rosado e levantou-se polidamente quando Whitney entrou.

– Vim para ter certeza de que se recuperou completamente da queda – explicou, e não havia o menor sinal da costumeira ironia em sua voz.

Whitney entendeu que era a maneira que ele encontrara de desculpar-se por ter achado que ela fingira a queda.

– Estou completamente recuperada – assegurou.

– Ótimo, porque não poderá alegar pensamento anuviado ou dor de cabeça se eu a derrotar novamente no xadrez. Quer jogar comigo hoje à tarde?

Whitney mordeu a isca como uma truta abocanhando uma mosca. Por isso, passou metade do dia agradavelmente engajada numa batalha de inteligência contra Clayton, com a tia sentada no sofá, bordando e fazendo o papel de guarda.

À noite, quando se deitou, achou que dormiria logo, mas o sono demorou a chegar. Acariciando os dedos da mão esquerda, ficou imaginando se na noite seguinte brilharia ali um anel de noivado. Desde que o pai voltasse cedo da viagem, dando chance a Paul de falar com ele, isso poderia acontecer. Se tivesse sorte, anunciariam o noivado durante a festa.

Clayton também teve dificuldade para dormir. Com as mãos cruzadas sob a cabeça, olhava para o teto, imaginando a noite de núpcias que teria com Whitney. O desejo aqueceu-lhe o sangue quando ele a visualizou nua sob seu corpo, os quadris esbeltos erguendo-se ao encontro de suas investidas. Ela era virgem, e ele teria o cuidado de excitá-la gentilmente até ouvi-la gemer, ansiosa por ser possuída.

Pensando nisso, virou-se de lado e finalmente adormeceu.

16

Lady Anne despertou ao som de vozes vagamente familiares, de pessoas que trocavam cumprimentos alegres, andando pelos corredores. Abriu os olhos e piscou, ofuscada pela luz do sol que entrava pelas janelas, percebendo que a cabeça latejava e, ao mesmo tempo, tendo um mau pressentimento.

A festa surpresa para Martin fora ideia de Whitney, e Anne a apoiara, esperando que a gentileza fizesse o cunhado aproximar-se mais da filha. Mas, àquela época, não sabia que Martin dera a mão de Whitney ao duque de Claymore. Agora, preocupava-se com a possibilidade de um dos trinta hóspedes reconhecer Clayton, pois, se isso acontecesse, só Deus sabia o que poderia acontecer a todos os planos cuidadosamente tecidos por ele e Martin.

Estendendo a mão para trás, puxou o cordão da sineta para chamar sua criada de quarto, e foi com relutância que saiu da cama, incapaz de livrar-se da sensação de que algo de muito ruim estava para acontecer.

Já escurecia quando Sewell finalmente bateu na porta do quarto de Whitney e avisou que o pai dela acabara de chegar.

– Obrigada – ela gritou lá de dentro.

Estava decepcionada. Aquela noite seria perfeita para o anúncio de seu noivado. Os Ashton, os Merryton e todas as outras famílias importantes das redondezas estariam na festa. Como ela gostaria de ver a reação de toda aquela gente quando soubessem que Whitney Stone ia casar-se com Paul Sevarin!

No entanto, Paul talvez encontrasse uma oportunidade de falar com Martin durante a festa, ela encheu-se de esperança, ensaboando-se com um sabonete que exalava perfume de cravo. Se isso acontecesse, seria possível anunciar o noivado naquela mesma noite.

Quarenta e cinco minutos depois, sua criada, Clarissa, acabava de vesti-la, recuando para examiná-la, enquanto ela girava lentamente para facilitar a inspeção. O elegante vestido de cetim pérola brilhava à luz das velas, o corpete justo modelava os seios, ligeiramente expostos pelo decote baixo, quadrado. As mangas largas, em formato de sino, exibiam, dos cotovelos aos punhos, uma faixa estreita de cetim num tom pálido de topázio, como a que arrematava a barra da saia. Na frente, o vestido tinha corte reto, alargando-se ligeiramente na barra, mas atrás abria-se graciosamente numa meia-cauda. Topázios e brilhantes adornavam o pescoço esbelto, as orelhas e os cabelos elaboradamente penteados.

– Você parece uma princesa – Clarissa declarou com um sorriso orgulhoso.

O som de passos soava nos corredores, sinal de que os convidados hospedados na casa já desciam para o salão, e as pessoas das redondezas estavam chegando em suas carruagens. O criado de quarto de Martin recebera instruções para informar ao patrão que receberiam "alguns convidados" para o jantar, e que ele deveria descer às sete horas. Whitney olhou para o relógio no aparador da lareira e viu que eram seis e meia. Sorriu, imaginando a alegre surpresa que o pai teria quando descobrisse que parentes de Bath, Brighton, Londres e Hampshire haviam se reunido ali para comemorar seu aniversário. Tencionando dizer a Sewell que pedisse aos hóspedes para fazerem um pouco mais de silêncio, saiu do quarto.

Debruçado na grade da galeria que rodeava o poço da escadaria, Martin olhava para o espaçoso vestíbulo lá embaixo. Não amarrara a gravata, cujas pontas largas pendiam sobre o peito da camisa engomada. A surpresa estava estragada, Whitney pensou, aborrecida, parando ao lado dele e olhando para baixo. Várias pessoas entravam, conversando e rindo, enquanto Sewell, agitado, tentava levá-las para o salão de visitas, pedindo, por favor, que falassem mais baixo.

O olhar confuso de Martin desviou-se do movimento no andar inferior para um dos corredores, quando a porta de um dos quartos de hóspedes abriu-se e fechou-se, como se alguém houvesse espiado para fora e se escondido rapidamente.

Whitney sorriu, dando um beijo acanhado no rosto dele.

– Nossos amigos vieram cumprimentá-lo pelo seu aniversário, papai.

A despeito da expressão severa de Martin, ela notou que ele se comovera.

– Suponho que era para ser uma festa surpresa, portanto acho que devo fazer de conta que não percebi o alvoroço, não é, Whitney?

– Isso mesmo – ela respondeu com um largo sorriso.

– Tentarei, minha querida – ele prometeu, acariciando desajeitadamente o braço dela.

De súbito, ouviram o estardalhaço de alguma coisa de vidro caindo no chão e estilhaçando-se.

– Oh, Deus! Deus abençoado! – uma voz feminina exclamou em tom aflito.

– Letícia Pinkerton – Martin identificou a dona da voz imediatamente. – Essa é sua exclamação favorita, aliás a única, para tudo: raiva, medo, surpresa, alegria. – Olhou para Whitney e acrescentou em tom emocionado: – Eu costumava brincar com sua mãe, dizendo que ensinaria Letícia a dizer "maldição" e coisas piores.

Então, afastou-se na direção de seu quarto, deixando Whitney a observá-lo.

Meia hora mais tarde, levando a filha por um braço e Anne pelo outro, Martin caminhou para o salão de visitas. A um gesto de Whitney, Sewell abriu a porta dupla de par em par, e Martin foi saudado por um coro exuberante, que gritava: "Surpresa! Feliz aniversário!"

Anne adiantava-se para começar a cumprir seu dever de anfitriã, quando um criado a deteve.

– Perdão, lady Gilbert, mas esta carta acaba de chegar, trazida por um mensageiro especial, e Sewell disse-me para entregá-la imediatamente à senhora.

Anne pegou a carta, olhou-a e reconheceu a caligrafia do marido. Com uma pequena exclamação de alívio e alegria, rompeu o lacre.

Whitney procurou Paul com os olhos, e, não o vendo, decidiu ir ao salão de jantar para checar se tudo fora preparado exatamente como tia Anne e ela haviam planejado.

A larga porta que separava aquele aposento do salão de baile fora aberta para aumentar o espaço ocupado por mesinhas, que acomodariam seis pessoas cada. Enormes buquês de rosas vermelhas, brancas e rosadas enchiam jarros de prata colocados sobre cantoneiras altas. Talheres, pratos e copos, arrumados sobre as toalhas de linho rosa-pálido que haviam pertencido à mãe de Whitney, cintilavam à luz das velas.

Ela olhou para dentro do salão, decorado com maravilhosos buquês de rosas, que alegravam, com seu colorido, o recinto normalmente frio e austero.

– Senti sua falta – Paul disse atrás dela, fazendo-a virar-se com um sorriso.

Correu os olhos pelo magnífico vestido, então fitou-a nos olhos, dizendo:

– Quem diria! Ninguém podia imaginar que você se transformaria numa mulher de tão esplendorosa beleza.

Em seguida, tomou-a nos braços.

Anne ainda lia avidamente a carta de Edward quando entrou no salão de jantar. Na semiobscuridade, viu o brilho do vestido de Whitney, e caminhou para lá.

– Querida, finalmente recebi notícias daquele seu tio preguiçoso! Ele tirou uns dias de férias... – interrompeu-se bruscamente ao erguer os olhos e ver que Whitney saía apressadamente dos braços de Paul.

Abriu a boca, chocada.

– Está tudo bem, tia – Whitney tranquilizou-a, corando. – Quase morri de vontade de lhe contar, e agora não posso esperar mais. Paul e eu vamos nos casar assim que tivermos a permissão de papai. Paul vai tentar falar com ele hoje, e... tia?

Surpresa, viu Anne virar-se e marchar para uma das mesas de bebidas.

– Aonde a senhora vai? – perguntou.

– Vou me servir de um copo bem grande de vinho – a tia respondeu.

Em atônito silêncio, Whitney observou-a abrir uma garrafa, pegar um copo e enchê-lo até a borda.

– Tomarei mais, quando terminar de tomar esta – Anne acrescentou, passando a taça para a mão esquerda e juntando a saia com a direita. – Foi um prazer vê-lo de novo, Sr. Sevarin.

Então, saiu, andando majestosamente.

– Ela vai ficar com uma dor de cabeça dos diabos amanhã se beber muito – comentou Paul em tom crítico.

Whitney olhou-o, cheia de preocupação e perplexidade.

– Dor de cabeça? – repetiu, confusa.

– Isso mesmo – ele confirmou. – E você, minha menina, vai estar muito ocupada esta noite. – Passando a mão sob a manga larga do vestido dela, segurou-lhe o braço, guiando-a na direção do salão de visitas. – A menos que eu esteja muito enganado, sua tia não vai estar em condições de dar atenção aos convidados.

Uma hora depois, com um suspiro desanimado, Whitney refletiu que Paul não se enganara. Continuava de pé na porta do salão, recebendo os atrasados e supervisionando sozinha o trabalho dos criados.

Fez um gesto para um copeiro, indicando-lhe que servisse mais bebidas, então virou-se para lady Eubank, que acabara de chegar. Não pôde impedir-se de olhar espantada para o traje da mulher, uma estranha combinação de turbante roxo e vestido vermelho.

– Boa noite, lady Eubank – cumprimentou, segurando-se para não rir.

Sem responder à saudação, a idosa viúva ergueu o monóculo e olhou em volta do salão.

– Não me parece uma "boa noite" – declarou. – O que vejo é Paul Sevarin num canto, com Elizabeth Ashton de um lado e Margaret Merryton de outro, e nem sinal de Westland. – Deixou pender o monóculo e virou-se para Whitney com uma carranca. – Achei que fosse corajosa, menina, mas você me decepcionou. Pensei que fosse tirar das garras dessas sonsas o solteiro mais cobiçado das redondezas, cheguei a imaginar que hoje haveria o anúncio de um noivado, mas o que vejo é você aqui sozinha e...

Whitney não pôde conter o sorriso radiante que iluminou-lhe o rosto.

– Eu o tirei delas, sim, minha senhora, e haverá um anúncio de noivado. Se não esta noite quando Paul retornar de sua viagem.

– Paul? – lady Eubank exclamou, e, pela primeira vez, desde que Whitney a conhecia, pareceu ficar sem palavras. Então, uma expressão de desavergonhada malícia brilhou em seus olhos. – Clayton Westland foi convidado?

– Foi, sim.

– Ótimo – a dama aprovou com uma risadinha. – A noite promete ser muito divertida!

Tornou a rir e entrou.

Às nove e meia, poucos convidados ainda não haviam chegado. De pé na porta do salão, Whitney ouviu um homem falar com Sewell no vestíbulo e reconheceu a voz. Um instante depois, Clayton apareceu.

Ela observou-o aproximar-se. Ele estava irresistível, num traje de noite preto, que contrastava lindamente com a camisa e a gravata brancas.

No mesmo espírito amigável que surgira entre eles dois dias antes, quando haviam jogado xadrez por toda a tarde, Whitney sorriu e estendeu-lhe as duas mãos num cordial gesto de boas-vindas.

– Eu começava a pensar que não viria – disse.

Clayton, com um sorriso satisfeito, tomou as mãos dela nas suas.

– Atrevo-me a imaginar que esteve esperando ansiosamente por mim – brincou.

– Se fosse assim, eu jamais admitiria – ela replicou, rindo.

Lembrando-se de que Clayton era um sedutor que tencionava conquistá-la, e percebendo que suas mãos ainda estavam unidas, com os corpos tão próximos que a camisa dele roçava o corpete de seu vestido, Whitney recuou, soltando-se.

Havia zombaria nos olhos cinzentos, mas ele não fez nenhum comentário sobre a cautelosa retirada.

– Se perder apenas duas vezes para você no xadrez aumentou sua estima por mim, prometo que me deixarei derrotar sempre, Srta. Stone.

– Você não se deixou derrotar! – ela protestou, olhando em volta.

Com a fineza de uma anfitriã nata, chamou uma criada que passava com uma bandeja e pegou um copo de uísque, entregando-o a Clayton.

– Parece-me que estamos empatados – ele observou quando a criada afastou-se. – Ganhei a corrida, mas você ganhou a maioria das partidas de xadrez. Ainda não sabemos quem de nós é o homem mais capaz.

– Você é impossível! – Whitney ralhou, sorrindo. – Acho que as mulheres deviam ter a mesma educação que os homens, mas isso não quer dizer que desejo ser um.

– Ainda bem – ele murmurou, percorrendo o rosto e o corpo dela com um olhar significativo.

Entre excitada e alarmada por aquela atitude íntima, ela sentiu o coração bater mais depressa e não conseguiu dizer uma palavra.

– Duvido que possamos competir em pé de igualdade em alguma outra atividade – Clayton comentou. – Como homem, cresci praticando esportes vigorosos, enquanto você, como mulher, dedicou-se a atividades muito mais tranquilas.

Whitney dirigiu-lhe um sorriso travesso.

– Sabe atirar com um estilingue? – perguntou. Ele interrompeu o gesto de levar o copo aos lábios.

– *Você* sabe?! – indagou, tão exageradamente incrédulo, que ela começou a rir.

– É claro que eu não contaria isso a qualquer um – Whitney confidenciou, baixando a voz e chegando um pouco mais perto dele –, mas conseguia despetalar uma margarida a setenta e cinco passos de distância.

Olhando para o fundo do salão, viu Paul aproximar-se do pai dela e, por um momento, pensou que os dois finalmente iam conversar a sós, mas um parente de Martin juntou-se a eles, o que fez Whitney suspirar, frustrada.

Clayton sabia que ela estava preocupada com os convidados e que não podia monopolizá-la, mas relutava em deixá-la, enfeitiçado por sua beleza. Além disso, Whitney estava praticamente flertando com ele, o que era delicioso.

– Estou impressionado, Srta. Stone.

Ela mal o ouviu, observando Hubert Pinkerton, um tio idoso, aproximar-se de um grupo especialmente alegre.

– Vocês sabem alguma coisa sobre rochas pré-históricas? – o velho perguntou em tom muito alto. – É um assunto tremendamente interessante. Começando pela era mesozoica...

Com apreensão, Whitney viu a atmosfera alegre que reinava no salão deteriorar-se, e as pessoas pararem de rir para prestar atenção a Hubert por mera polidez e com maldisfarçado contragosto. Ela desejara tanto que a festa do pai fosse animada!

Virou-se para Clayton, pretendendo deixá-lo e ir até o tio, tentar fazê-lo esquecer o tedioso assunto.

– Se me der licença... – começou, mas foi interrompida pela aproximação de um criado, que lhe disse que o champanhe levado para a copa estava acabando.

Em seguida, outro criado procurou-a, perguntando quando seria servido o jantar. Depois de ter resolvido os dois pequenos problemas, ela virou-se para Clayton, que percorria o salão com o olhar, a testa franzida.

– O que aconteceu com lady Gilbert? – ele perguntou. – Ela não deveria ajudá-la a cuidar desses detalhes?

– Está se sentindo um pouco indisposta – respondeu Whitney sem jeito, observando Anne, que, parada junto a uma janela, olhava para fora como em estado de transe, segurando uma taça de vinho. – Com licença, por favor. Preciso salvar aquelas pessoas das garras de tio Hubert, antes que elas se revoltem e batam nele.

– Apresente-me a seu tio, e eu o distrairei enquanto você cuida dos outros convidados.

Cheia de gratidão pela ajuda inesperada, Whitney levou-o até Hubert e fez as apresentações. Com fascinada admiração, viu-o começar a conversar com o velho, dizendo que se interessava muito por rochas pré-históricas do período mesozoico. Então, Clayton levou Hubert para um canto, onde ficou ouvindo fosse lá o que fosse que ele dizia sobre seu assunto favorito.

O LONGO DIA DE TENSÃO e ansiedade cobrou seu preço. Às dez e meia, quando levou os convidados para o salão de jantar, Whitney só conseguia pensar em como seria maravilhoso retirar-se para um lugar tranquilo e relaxar.

As pessoas em fila passavam pela longa mesa do bufê, enchendo os pratos, quando uma exclamação do pai de Elizabeth Ashton chamou a atenção de todo mundo, silenciando as conversas.

– O que você disse?! – Ashton quase gritou, falando com um parente dos Stone que morava em Londres. – O duque de Claymore desapareceu? Westmoreland sumiu?

– Pensei que todos soubessem – comentou o outro homem, falando alto em atenção às pessoas que haviam se voltado para ele. – A notícia saiu nos jornais de ontem, e Londres está fervilhando de excitação, todo mundo querendo saber o que pode ter acontecido.

Exclamações e comentários preencheram o ar. Os vizinhos dos Stone levaram seus pratos para as mesas, procurando sentar-se com pessoas vindas de fora, que poderiam dar mais detalhes sobre o caso.

O desaparecimento de Westmoreland foi o único assunto durante todo o jantar e, no final, ninguém podia transitar pelo salão por causa das pessoas aglomeradas entre as mesas, ainda tecendo conjecturas sobre onde o duque poderia estar.

Whitney, num grupo que incluía Anne, lady Eubank e Clayton Westland, olhava para Paul, entrincheirado no outro lado do salão, entre Elizabeth Ashton e Peter Redfern.

– Se querem ouvir minha opinião, o duque de Claymore deve estar na França. É lá que fica, nesta época do ano – disse um convidado.

– Você acha que ele está lá? – perguntou Anne, virando-se para o homem com um interesse exagerado, que Whitney atribuiu ao muito vinho que ela tomara.

A letargia de Anne desaparecera, porém, à primeira menção do nome do duque, e os comentários e especulações sobre o assunto haviam obviamente despertado seu interesse, devolvendo-lhe a vivacidade. O mesmo, porém, não podia ser dito de Martin, que, calado, parecia nervoso, bebendo uísque demais, o que não fazia com frequência.

Whitney achava aquela conversa toda muito entediante, e em dado momento levou a mão à boca para esconder um bocejo.

– Cansada, minha pequena? – Clayton perguntou.

– Estou – ela admitiu.

Ele pegou-lhe a mão, aninhou-a na curva do braço e cobriu-a com a sua, como se quisesse infundir-lhe um pouco de sua própria energia.

Clayton não devia chamá-la de "minha pequena", nem segurar sua mão daquela maneira, ela pensou, mas estava grata demais pela ajuda que ele lhe dera para criar confusão por tão pouco.

– Ouvi dizer que a amante dele suicidou-se em Paris no mês passado – Margaret Merryton disse, causando surpresa. – Parece que Claymore abandonou-a, e ela não suportou. A coitada cancelou a turnê pela Europa, isolou-se e...

– E agora está gastando uma fortuna, reformando a propriedade que acabou de comprar no campo – Amelia Eubank interrompeu-a friamente. Quer que acreditemos que é um fantasma que está fazendo isso, sua linguaruda?

Corando fortemente sob o ataque impiedoso da mulher, Margaret virou-se, olhando com ar suplicante para Clayton.

– O senhor esteve em Paris e Londres não faz muito tempo – observou. – Com certeza soube do suicídio.

– Não, não soube de nada – ele respondeu secamente.

– Então, a St. Allermain comprou uma propriedade no campo, hein? – disse o pai de Margaret, alisando a barbicha que lhe cobria o queixo. – E a está reformando, certo? – Deu uma risada gutural, dirigindo um olhar malicioso aos cavalheiros a sua volta. – Parece-me que Westmoreland a aposentou, dando-lhe uma pensão e algo mais, por bom comportamento.

Whitney sentiu os músculos do braço de Clayton retesarem-se sob seus dedos. Inclinando a cabeça para olhá-lo, ela o viu encarar o Sr. Merryton e os outros com uma expressão tão grande de desprezo e aborrecimento que se assustou. Então, ele olhou para ela, e seu rosto suavizou-se num leve sorriso.

Por dentro, porém, Clayton não sorria. Estava furioso com seu secretário por ele não ter sido capaz de pôr fim às especulações sobre seu paradeiro, deixando que as pessoas o dessem por desaparecido. Já escrevia mentalmente uma nota de repreensão ao homem quando percebeu, com infinito desagrado, que as pessoas estavam fazendo apostas a respeito do nome de sua nova amante.

– Aposto cinco libras na condessa Dorothea – o Sr. Ashton anunciou. – Alguém aposta em outra?

– Com certeza, senhor – respondeu o Sr. Merryton, rindo. – A condessa é notícia velha! Ela anda atrás de Claymore há cinco anos e seguiu-o até a França quando o pai de Westmoreland, o velho conde, estava ainda em seu leito de morte. E o que aconteceu? Claymore rejeitou-a diante de meia Paris. É lady Vanessa Standfield quem está merecendo as atenções do duque, é com ela que ele vai se casar. A moça espera por Claymore pacientemente desde que foi apresentada à sociedade. Aposto cinco libras como o duque está cortejando lady Vanessa. Alguém discorda?

Aquela conversa era muito imprópria, pois havia moças e senhoras presentes, e foi com grande alívio que Whitney viu a tia prepararse para intervir.

– Sr. Merryton – Anne começou. – Aceitaria uma aposta de dez libras?

Um silêncio escandalizado seguiu-se àquela proposta tão pouco apropriada para uma dama, e Whitney sentiu-se grata a Clayton quando ele riu, fazendo aquilo parecer uma brincadeira. Anne, então, virou-se para ele.

– Você apostaria que lady Vanessa Standfield será a próxima duquesa de Claymore, Sr. Westland?

Clayton sorriu, divertido.

– Claro que não. Ouvi, de fonte limpa, que Clayton Westmoreland decidiu casar-se com uma linda morena que conheceu em Paris.

– Existe uma notável semelhança entre seu nome e o do duque, Sr. Westland – alguém comentou. – Há, por acaso, algum parentesco entre vocês?

– Somos mais próximos do que irmãos – respondeu Clayton com um sorriso amplo, dando toda a impressão de que dizia uma pilhéria.

Dali por diante as pessoas começaram a falar das propriedades maravilhosas do duque, dos cavalos puro-sangue de seus famosos estábulos e, por fim, inevitavelmente, voltaram a suas amantes. Clayton observou Whitney para ver se ela estava prestando atenção às conversas, preocupado em saber se o que ela ouvia diminuía-o a seus olhos, e viu-a esconder um bocejo pondo a mão sobre a boca.

– Não está preocupada com a futura duquesa de Claymore, minha pequena?

Notando que ele a vira bocejar, Whitney corou, mas sorriu daquela maneira lenta, inconscientemente provocante, que sempre despertava o desejo de Clayton, aquecendo-lhe o sangue.

– É claro que estou preocupada com lady Vanessa – ela afirmou. – Sentiria piedade de qualquer moça que se casasse com aquele dissoluto, amoral, lascivo sedutor de mulheres!

Tendo dito isso, virou-se e caminhou na direção do salão de baile para dizer aos músicos que recomeçassem a tocar.

PAUL NÃO TIVERA a menor chance de falar com o pai de Whitney, e ela, desanimada, observava a implacável marcha dos ponteiros do relógio, que logo iriam marcar a meia-noite. Na única vez em que ela e Paul haviam dançado juntos, os dois tinham combinado que se encontrariam no jardim àquela hora, de modo que pudessem ficar a sós para despedirem-se.

Assim, quando o viu sair do salão, ela pediu licença às pessoas que a rodeavam e discretamente seguiu-o.

Encostado num pilar, Clayton levou o copo aos lábios, observando, com um misto de orgulho e irritação, Whitney olhar em volta furtivamente e então dirigir-se para a porta do salão, por onde Paul Sevarin acabara de sair. Um convidado deteve-a para dizer alguma coisa, e Sevarin retornou e pegou-a pelo braço, levando-a consigo sem se preocupar com a discrição.

Aquele gesto possessivo encheu Clayton de raiva. Ele se perguntou por que continuava ali parado, como um tolo, suportando Margaret Merryton, que não desistia de tentar conquistá-lo, enquanto sua noiva saía do salão com outro homem. Com um sorriso sardônico, imaginou como seria agradável cruzar o salão com algumas passadas largas, ir atrás dos dois e informar a Sevarin que não gostava que outros homens tocassem em sua futura mulher. Então, diria a Whitney que ele, o "dissoluto, amoral e lascivo", a escolhera para esposa, e que ela devia preparar-se para casar no prazo de uma semana!

Pensava seriamente em fazer isso quando Amelia Eubank aproximou-se.

– Margaret, deixe de pendurar-se no Sr. Westland e vá arrumar esse cabelo – a mulher ordenou asperamente.

Sem demonstrar a menor piedade, observou a moça corar violentamente, então virar-se e caminhar na direção dos fundos do salão.

– Criatura insuportável – comentou com Clayton. – É feita de pura maledicência e inveja. Os pais gastam tudo o que conseguem ganhar para mandá-la anualmente a Londres, mantendo-a na sociedade. Não podem se dar esse luxo, nem lá é o lugar de Margaret. A menina sabe disso, o que a torna cada vez mais maldosa e mesquinha.

Percebendo que Clayton não prestava atenção no que ela dizia, Amelia olhou em volta, tentando descobrir o objeto de seu interesse, e viu que Whitney Stone estava entrando no salão.

– Bem, Claymore, se a "linda morena" que você escolheu é quem eu penso que seja, fique sabendo que chegou atrasado – informou. – O noivado dela com Paul Sevarin será anunciado assim que ele voltar de viagem.

Os olhos de Clayton tornaram-se frios e cínicos.

– Com licença – ele pediu em tom perigosamente baixo. Pousando o copo numa mesa próxima, afastou-se sob o olhar malicioso de

Amelia. Caminhou para Whitney e tocou-a no cotovelo para chamar-lhe a atenção.

Whitney sentiu o leve toque de Clayton em seu ombro e virou-se. O seu sorriso gentil estava repleto de gratidão. Desde o momento que tinha distraído o tio Hubert no começo da festa, Clayton havia se posicionado com intimidade, mostrando-se amável e disponível em qualquer lugar que um cavalheiro se fazia necessário. Mesmo sem ter sido solicitado, ele reconhecera que ela precisava de ajuda e viera em seu socorro.

– Você deve estar exausta – observou quando ela o olhou com um sorriso. – Não pode deixar a festa agora e ir dormir?

– Acho que farei isso – ela respondeu, suspirando. Muitos convidados já haviam ido embora, ou subido para os quartos de hóspedes, e Anne parecia perfeitamente capaz de lidar com os restantes. – Obrigada por toda a ajuda que me deu – agradeceu, virando-se para sair.

Clayton observou-a afastar-se, então foi procurar Martin Stone.

– Quero falar com você e lady Gilbert depois que todos tiverem partido – avisou secamente.

Subir a escadaria foi um sacrifício para Whitney, que sentia as pernas dormentes de cansaço. Finalmente chegou ao quarto e, como não queria acordar Clarissa, levou dez minutos para soltar os botões de cetim que desciam pelas costas em uma longa fileira. Livre do vestido, inclinou-se para apanhá-lo do chão, e foi quando algo caiu de dentro de seu corpete íntimo.

Com infinita ternura, pegou o objeto do chão. Era o anel de opala que Paul lhe dera no momento da despedida. "Para lembrá-la de que você é minha", ele murmurara, entregando-lhe a pequena joia.

Com um arrepio de emoção, Whitney pôs o anel no dedo. Todo o cansaço pareceu desaparecer na onda de alegria que a invadiu.

Cantarolando baixinho, ela envolveu-se num roupão vermelho de seda e sentou-se à penteadeira para soltar e escovar os cabelos. Pelo espelho, viu que a cada movimento seu a opala engastada no anel brilhava à luz das velas. Era seu anel de noivado.

"Sra. Paul Sevarin", pensou, sorrindo. "Whitney Allison Sevarin".

Algo no nome que usaria depois de casada despertou uma vaga lembrança. Lembrança de quê? Então, subitamente, ela soube o que era e, rindo, jubilosa, correu para a estante de livros. Tirando de uma das prateleiras a Bíblia com capa de couro, abriu-a, folheando-a rapidamente, mas não encontrou o que procurava. Ansiosa, pegou a Bíblia pelas duas capas e sacudiu-a, virada para baixo. Um papel, dobrado várias vezes, caiu no tapete. Whitney pegou-o, desdobrou-o e leu: "Eu, Whitney Allison Stone, 15 anos, em plena posse de minhas faculdades mentais (apesar do que papai diz), prometo e juro que um dia farei Paul Sevarin casar-se comigo. Também farei Margaret Merryton e todas as outras pessoas engolirem tudo de horrível que disseram a meu respeito. Este juramento está assinado pela futura Sra. Sevarin, Whitney Allison Sevarin".

Lendo aquilo tantos anos depois, lembrando-se do desespero que a levara a fazer aquele juramento, sentiu sua alegria aumentar tanto que achou que explodiria se não mostrasse a alguém o anel que Paul lhe dera e contasse que ele a pedira em casamento.

Sabia que não dormiria, pois tinha mais vontade de dançar e cantar do que de ir para a cama. Hesitou um pouco diante da ideia que teve de repente, mas por fim decidiu ir ter com o pai para contar-lhe que Paul o procuraria para fazer o pedido oficialmente. Martin se lembraria de como ela cortejara Paul e ficaria satisfeito em saber que os vizinhos não teriam mais motivos para zombar de sua louca paixão, pois agora era Paul quem a cortejava. Paul queria casar-se com ela!

Olhando-se no espelho, arrumou a gola alta do roupão em estilo oriental, amarrou o cinto e, jogando a cascata de cabelos para trás, marchou para a porta.

Tremendo de excitação e de receio, andou pelo corredor. Depois de tantas conversas e risos, o silêncio que reinava na casa provocava melancolia, mas Whitney ignorou a sensação e, chegando à porta do quarto do pai, ergueu a mão para bater.

– Seu pai está no escritório, senhorita – disse um criado que passava lá embaixo, no vestíbulo.

– Oh... – murmurou Whitney, desapontada. Então, pensou que talvez fosse melhor ir mostrar o anel a lady Anne e deixar para falar com o pai no dia seguinte. – Minha tia já se recolheu?

– Não, senhorita. Lady Gilbert está com seu pai.

– Obrigada. Boa noite.

– Boa noite, senhorita.

Whitney desceu a escadaria correndo e dirigiu-se para o escritório. Bateu na porta, chamando o pai. Ele respondeu, e ela entrou, fechando a porta atrás de si. Parou, olhando sorridente para o pai, sentado à escrivaninha, e para Anne, acomodada numa poltrona ao lado. Como a única luz no aposento fosse a do fogo fraco na lareira, Whitney não viu o homem que ocupava a cadeira de espaldar alto virada para a escrivaninha.

– O que é, minha filha? – perguntou Martin com a voz um pouco arrastada, mas amigável, enquanto vertia conhaque num copo bojudo.

Whitney respirou fundo.

– Tenho algo maravilhoso para contar ao senhor e a tia Anne – preludiou. – Estou feliz por poder falar com vocês dois ao mesmo tempo.

Andando até a lateral da escrivaninha, sentou-se na borda, olhando para Martin. Então, inclinou-se e beijou-o na testa.

– Eu amo muito o senhor, papai – disse suavemente. – E me arrependo amargamente de todos os desgostos que lhe causei.

– Obrigado – ele respondeu, corando.

Descendo da escrivaninha, Whitney virou-se para lady Gilbert.

– E amo muito a senhora, tia Anne, mas já sabe disso há longo tempo, não é?

Tornou a respirar profundamente, preparando-se para o que diria a seguir.

– Também amo Paul Sevarin. E Paul me ama e quer se casar comigo! – despejou. – Quando ele voltar, vai falar com o senhor, papai, e pedir minha mão. Eu sei como... Está se sentindo bem, tia Anne?

Atônita, viu lady Gilbert escorregar para a ponta da poltrona e olhar fixamente para um ponto diante da escrivaninha, com expressão horrorizada. Virou-se para olhar naquela direção e, apertando os olhos, viu Clayton mergulhado em sombras.

– Perdão... – gaguejou. – Eu não sabia... Desculpem ter interrompido a conversa de vocês. – Recuperou-se da surpresa, disposta a ir em frente. – Sr. Westland, gostaria de pedir-lhe, embora ache desnecessário, que não comente com ninguém o que me ouviu dizer. Entende que...

O guincho provocado pelos pés da cadeira de Clayton arranhando o chão, quando ele se ergueu abruptamente, interrompeu-a.

– Como ousa? – ele gritou, furioso. – O que significa isso?

– O que significa? – repetiu Whitney, totalmente confusa. Notou que o pai se levantava também, apoiando as mãos no tampo da escrivaninha, e que seus braços tremiam. – Significa que Paul Sevarin me pediu em casamento, só isso. E que vou me casar com ele – declarou.

– Paul Sevarin não tem um metro de terra em nome dele – Martin disse, falando devagar, como se estivesse se dirigindo a uma deficiente mental. – Compreendeu, Whitney? A propriedade dele está hipotecada, e os credores o perseguem sem trégua!

A despeito do choque, Whitney controlou o tom de voz ao replicar:

– Eu não fazia ideia de que Paul estivesse em má situação financeira, mas não vejo por que isso faria diferença. Tenho o dinheiro que herdei de minha avó, além de meu dote. Tudo o que tenho será de Paul.

– Você não tem nada! – o pai bradou. – Estive em pior situação do que Paul Sevarin, os credores queriam me mandar para a prisão. Usei sua herança e também o dote para pagá-los.

Encolhendo-se, mais assustada com o tom feroz do pai do que com o que acabara de ouvir, Whitney olhou para a tia numa muda súplica de socorro.

– Então, Paul e eu teremos de viver com simplicidade – murmurou. – Abriremos mão do luxo que a herança e o dote poderiam nos proporcionar.

Anne continuou sentada, as mãos crispadas apertando os braços da poltrona.

Confusa e desamparada, Whitney tornou a olhar para Martin.

– Papai, o senhor poderia ter me contado seus problemas. Deus, eu gastei uma fortuna em roupas, joias e peles, na França. Se soubesse...

A percepção de que havia algo errado em tudo aquilo penetrou a pesada camada de culpa e alarme. A explicação do pai não fazia sentido.

– O estábulo está cheio de cavalos, há tantos criados na casa como nunca vi antes, além do pessoal que cuida das terras e dos animais

– comentou. – Se mal conseguiu equilibrar-se financeiramente, por que está vivendo de maneira tão suntuosa?

O rosto de Martin assumiu uma assustadora cor arroxeada. Ele abriu a boca para falar, então tornou a fechá-la.

– Tenho o direito de saber o que está acontecendo – Whitney insistiu. – O senhor acabou de dizer que terei de casar com Paul sem oferecer um dote, como uma moça pobre, e que minha herança se foi. Se tudo isso é verdade, como pode viver com tanto luxo?

– Minha situação melhorou – Martin resmungou.

– Quando?

– Em julho.

– Melhorou muito, pelo jeito. Não vai repor o dinheiro de minha herança e do dote? – ela perguntou em tom de acusação.

– Chega dessa farsa! – Martin berrou, esmurrando o tampo da escrivaninha. – Você está noiva de Clayton Westmoreland! Já está tudo arranjado, o contrato foi assinado!

A sutil diferença no sobrenome de Clayton escapou a Whitney.

– Mas como... por quê... quando o senhor fez isso?

– Em julho – o pai respondeu. – E já está tudo acertado, ouviu? Não há como voltar atrás!

Whitney continuou a encará-lo, horrorizada e incrédula.

– Está dizendo que deu minha mão a este homem sem me consultar? Gastou minha herança, deu meu dote a um perfeito estranho, sem levar meus sentimentos em consideração?

– Demônios! – Martin sibilou por entre os dentes. – Foi ele quem me deu dinheiro!

– Deve ter ficado muito feliz – Whitney murmurou, ofegante. – Conseguiu livrar-se de mim para sempre, além de receber dinheiro desse "cavalheiro". Oh, Deus!

Com súbita e cruel clareza, viu todas as peças do estranho quebra-cabeça encaixarem-se nos devidos lugares, apresentando um quadro horrível, em todos os seus sórdidos detalhes.

Fechando os olhos para conter as lágrimas que ameaçavam tombar, ela se apoiou na escrivaninha. Quando tornou a abri-los, viu o rosto do pai como que através de um manto de névoa.

– Ele pagou tudo isso, não foi? Os criados, os cavalos, os móveis novos, a reforma da casa... – As palavras seguintes saíram sufocadas: – Tudo o que eu trouxe de Paris em agosto, as roupas que tenho usado... Ele pagou tudo!

– Pagou, sim, inferno! Eu estava na miséria, tinha vendido tudo o que podia!

Whitney teve a sensação de que uma pedra instalava-se no lugar do coração.

O amor que sentira pelo pai transformou-se em ódio.

– Então, quando não tinha mais nada para vender, vendeu a própria filha! – acusou. – Vendeu-me a um estranho, a quem pertencerei pela vida toda. – Fez uma pausa, sentindo-se sem ar, de tanta angústia. – Pai, está seguro de que conseguiu o melhor preço? Espero que não tenha aceitado a primeira proposta.

– Como se atreve a falar assim comigo? – Martin trovejou, dando-lhe um tapa no rosto tão violento que ela quase caiu de joelhos.

Ergueu a mão para bater de novo.

– Pare! – ordenou Clayton em tom furioso, fazendo-o recuar. – Se tocar nela outra vez, este será o pior dia de sua vida.

Martin desabou na cadeira, e Whitney virou-se para olhar seu "salvador".

– Víbora nojenta! – agrediu com voz trêmula de fúria. – Que tipo de homem é você, que precisa comprar uma esposa? Que tipo de animal compra uma mulher sem nunca tê-la visto? Quanto lhe custei?

Clayton viu que, apesar da atitude altiva e corajosa de Whitney, de seu desprezo contundente, lágrimas brilhavam nos lindos olhos verdes.

– Não vou responder – disse em tom gentil.

– Imagino que não tenha pagado muito – ela escarneceu. – A casa em que mora é bem modesta. Gastou toda sua pequena fortuna para me comprar? Meu pai tentou um preço mais alto? Você pechinchou?

– Já basta – Clayton ordenou calmamente.

– Ele pode lhe dar tudo... tudo – Martin afirmou. – Ele é um duque, Whitney. Você terá tudo o que desejar e...

– Duque! – Whitney exclamou com desprezo, olhando furiosa para Clayton. – Como conseguiu fazer meu pai acreditar, seu...

– Sou um duque, sim, minha pequena. Eu lhe disse isso meses atrás, em Paris.

– Mentiroso nojento! – ela explodiu. – Eu não me casaria com você nem que fosse o rei da Inglaterra. Não tive a infelicidade de conhecê-lo quando estava na França.

– Eu lhe disse que era duque em um baile de máscaras em Paris – ele insistiu. – Na casa dos Armand.

– Mentira! Conheci você aqui!

– Querida... – a tia chamou-a cautelosamente. – Quando estávamos saindo do baile de máscaras, você me perguntou se eu conhecia um dos convidados, um homem muito alto, de olhos cinzentos, que usava uma capa preta e...

– Por favor, tia! – Whitney implorou, deixando escapar um suspiro de impaciência. – Nunca vi esse homem, nem naquela noite, nem em nenhuma outra... – interrompeu-se bruscamente.

Olhos cinzentos e brilhantes, fitando-a no jardim dos Armand... Uma voz profunda, tocada de riso, dizendo: "Ficaria contente se eu dissesse que sou duque?"

Em alguns segundos, aquelas lembranças colidiram violentamente com a realidade do momento, e Whitney ergueu os olhos para Clayton com uma raiva tempestuosa.

– Era você! Era você, por trás daquela máscara!

– Sem monóculo – Clayton comentou com um sorriso sem alegria.

– De todos os seres traiçoeiros, desprezíveis e baixos... – Whitney ficou sem palavras para expressar sua animosidade quando outra revelação brilhou em sua mente, provocando novas lágrimas escaldantes. – Meu senhor Westmoreland! – disse o sobrenome correto, como se o cuspisse. – Devo dizer-lhe que achei *nauseante* tudo o que ouvi a seu respeito na festa desta noite!

– Eu também – ele concordou.

O tom divertido que Whitney julgou detectar na voz dele foi como ácido jogado a uma queimadura. Agarrando uma dobra do roupão, torceu-a com fúria enquanto tentava aspirar um pouco de ar pelo espesso nó que lhe apertava a garganta.

– Odiarei você até a morte – foi tudo o que conseguiu dizer num murmúrio rouco.

– Vá para a cama agora e procure dormir – Clayton sugeriu calmamente, ignorando a ameaça. Pegou-a pelo braço, intensificando o aperto, quando ela tentou lhe escapar. – Voltarei à tarde, tenho muito o que explicar, mas só poderei fazer isso quando você estiver se sentindo melhor e for capaz de me ouvir.

Nem por um instante Whitney deixou-se enganar pelo tom de terna preocupação na voz dele. Puxou o braço com força, soltando-o, e caminhou para a porta rigidamente.

– Esteja aqui quando eu vier – Clayton alertou, no momento em que ela pegava a maçaneta de bronze.

Ela se sentiu gelar, enojada com as ordens, as sugestões, a existência dele! Lançando um olhar para trás apenas para indicar que ouvira, saiu do escritório e fechou a porta, contendo o impulso de batê-la com toda a força que possuía.

Enquanto eles pudessem ouvir seus passos no corredor, andou devagar, recusando-se a dar-lhes o prazer de ouvi-la fugir como uma lebre apavorada. Mas ao chegar ao pé da escadaria, no vestíbulo, começou a subir apressada, saltando degraus e tropeçando, até o andar de cima, onde correu para o quarto em busca de segurança e sanidade. Entrou e fechou a porta, encostando-se nela, trêmula, olhando para o aposento de onde saíra tão excitada, tão feliz, e para onde voltava, meia hora depois, arrasada, incapaz de aceitar a desgraça que se abatera sobre sua vida.

NO ESCRITÓRIO, o silêncio estendeu-se, e o próprio ar pareceu estalar de tensão. Clayton foi até a lareira, apoiou as mãos no aparador e ficou olhando para o fogo, a raiva emanando de seu vigoroso corpo.

Martin baixou as mãos do rosto tão abruptamente que bateu-as no tampo da escrivaninha, fazendo Anne tremer de susto.

– Foi a bebida, eu juro – disse. – Nunca levantei a mão contra ela antes. O que posso fazer para...

– O que pode fazer? – Clayton interrompeu-o, furioso, virando-se para encará-lo. – Já fez demais. Whitney se casará comigo, mas fará com que você pague pelo que aconteceu aqui, e com isso me fará pagar também. – Mudou o tom de voz, que se tornou frio e cortante, ao prosseguir: – De agora em diante, não importa o que ela diga, você vai manter a boca fechada! Fui claro, Martin?

– Foi, sim.

– Se Whitney disser que pôs veneno em seu chá, você vai tomá-lo e depois manter sua maldita boca fechada. Ouviu?

– Ouvi. Fechada.

Clayton parecia querer dizer mais alguma coisa, mas conteve-se, como se não pudesse confiar em si mesmo para manter a calma. Saiu de perto da lareira e, fazendo uma ligeira reverência para Anne, marchou para a porta, abrindo-a. Parou e olhou para trás, encarando Martin gelidamente.

– Quando rezar, agradeça a Deus por ser vinte anos mais velho do que eu, porque, se não fosse, eu juro que... – Engolindo as palavras com evidente esforço, saiu do escritório, seus passos afastando-se com firmeza e rapidez.

Na frente da casa, os lampiões da carruagem do duque oscilavam na brisa, e a luz em movimento lançava estranhas sombras que se estendiam, dançantes, sumindo na escuridão sob os elmos que margeavam a alameda.

James McRae, o cocheiro, esperava pacientemente na boleia. Todos os convidados já haviam partido havia bastante tempo, apenas o duque ficara para trás, mas James não se importava de esperar. Na verdade, só podia ficar contente pelo fato de seu patrão querer ficar mais tempo em companhia da Srta. Stone, pois apostara uma grande soma com Armstrong, o criado de quarto do duque, afirmando que Whitney Stone seria a próxima duquesa de Claymore.

A porta principal da casa abriu-se, e Clayton Westmoreland saiu, descendo a escadaria rapidamente. Pelo canto dos olhos, James observou as passadas largas com que o duque aproximava-se da carruagem. Aquele andar resoluto podia indicar tanto uma raiva efervescente como euforia. Isso pouco importava. O fato de a Srta. Stone provocar aquelas reações estranhas que vinha testemunhando ultimamente era sinal de que ele tinha grande chance de ganhar a aposta.

– Vamos embora daqui o mais rápido possível – o duque ordenou, entrando na carruagem e batendo a porta com força.

Alguma coisa não deu certo entre ele e a moça, o cocheiro pensou, colocando os magníficos cavalos em movimento.

Estava tão contente que nem o latejamento persistente em seu dente do siso conseguia abater-lhe o espírito. Imaginando como gastaria o dinheiro que ganharia quando vencesse a aposta, começou a cantarolar uma alegre melodia irlandesa.

– James! – o duque chamou-o após alguns instantes, falando pela abertura entre a cabine e a boleia. – Está sentindo alguma dor?

– Não, excelência – o cocheiro respondeu, olhando-o por cima do ombro.

– Está pranteando alguém que morreu?

– Não, excelência.

– Então, pare com esses malditos gemidos!

– Sim, excelência – respondeu James, virando o rosto depressa para que o zangado patrão não visse sua expressão exultante.

17

Whitney abriu os olhos lentamente, piscando à luz do sol que se filtrava pelas cortinas. A cabeça doía, e ela sentia uma estranha, profunda melancolia. A mente recusava-se a funcionar, preferindo ficar anestesiada, e Whitney só percebia claramente as sombras que se arrastavam pelo carpete quando uma nuvem passava na frente do sol. Franzindo a testa, tentou compreender a amarga desolação que pesava sobre ela, e naquele instante a cena que se passara no escritório voltou-lhe à lembrança.

Em pânico, fechou os olhos para bloquear as imagens da tragédia que fora encenada, para esquecer sua terrível trama, mas tudo era doloroso demais para ser ignorado.

Sentando-se na cama, arrumou os travesseiros de encontro à cabeceira e encostou-se neles. Tinha de pensar, de tecer um plano e, com triste determinação, começou a juntar os fatos de que dispunha. Em primeiro lugar, o homem que alugara a casa dos Hodge era Clayton Westmoreland, o "desaparecido" duque de Claymore. Isso explicava as roupas caríssimas que ele usava e seus criados pomposos e altivos.

Era também o homem que ela conhecera na festa dos Armand, aquele arrogante, atrevido... Com esforço, Whitney pôs de lado sua tremenda animosidade e obrigou-se a voltar aos fatos. Clayton Westmoreland devia ter procurado o pai dela logo depois do baile de máscaras dos Armand, para comprá-la. Martin dissera que tudo fora arranjado em julho.

Tendo feito isso, Clayton, aquele ser desprezível, instalara-se com sua criadagem num covil a menos de três quilômetros da casa de seu pai.

– Incrível! – ela disse em voz alta.

Mais do que incrível, ridículo, absurdo. Mas era verdade. Estava noiva, contra sua vontade, do duque de Claymore, um libertino, devasso, um canalha tão odioso quanto o pai dela. O pai... Pensar na cruel traição de Martin era mais do que Whitney podia suportar. Flexionando as pernas, abraçou-as, apoiando o rosto nos joelhos.

– Oh, papai – murmurou com voz entrecortada. – Como pôde fazer isso comigo?

O nó na garganta cresceu, como se fosse sufocá-la, lágrimas retesadas ardiam-lhe nos olhos, mas ela não chorou, determinada a não entregar-se à dor.

Tinha de ser forte. Estava só, e seus adversários eram dois, ou três, se Anne fizesse parte daquela trama suja. O pensamento de que sua adorada tia pudesse tê-la traído também quase rompeu o dique de seu autocontrole. Engolindo em seco convulsivamente, Whitney olhou para uma das janelas, pensativa. Podia estar em desvantagem, agora, mas quando Paul retornasse ficaria do seu lado, com certeza.

Enquanto isso, ela teria de apoiar-se na própria coragem, em sua determinação, qualidades que tinha de sobra. Clayton Westmoreland ainda não conhecia nada de sua natureza teimosa. Sem dúvida, mesmo sozinha, ela se sairia muito bem.

Quase com alegria, começou a imaginar maneiras de infernizar o duque. Assim, se ele quisesse ter paz e felicidade, reconheceria que ela não era a esposa certa. Talvez até desistisse de tudo e, quando Paul voltasse, aquele noivado não seria mais do que uma lembrança infeliz.

Bateram de leve na porta, e Anne entrou com um sorriso solidário e encorajador no rosto.

Amiga ou inimiga?, Whitney perguntou-se, olhando-a com desconfiança.

– Quando ficou sabendo desse noivado, tia Anne? – perguntou, forçando-se a aparentar calma.

– No mesmo dia em que cancelei minha viagem a Londres e comecei a escrever cartas para seu tio.

– Ah...

Anne, então, estivera tentando localizar Edward para que ele fosse em socorro delas. Não era uma traidora. Uma profunda ternura suavizou o coração de Whitney, minando suas defesas até que seus lábios começaram a tremer. Aliviada, mas sentindo-se miserável, começou a chorar, e a tia abraçou-a enquanto ela derramava todas as lágrimas que vinha contendo desde o instante em que despertara.

– Tudo vai acabar bem – Anne consolou-a, afagando-lhe os cabelos. Quando as lágrimas e soluços cessaram, Whitney descobriu que se sentia bem melhor. Enxugou os olhos e sorriu com tristeza.

– Essa não foi a trama mais horrível que já viu, tia Anne?

Lady Gilbert concordou com veemência e desapareceu no banheiro privativo, de onde voltou pouco depois, com uma toalhinha molhada.

– Querida, coloque esta compressa nos olhos, para que não inchem.

– Vou me casar com Paul – declarou Whitney, ajeitando a toalha sobre o rosto. – É o que desejo desde que era criança! Mas, mesmo que não amasse Paul, eu não me casaria com aquele degenerado. – Descobriu os olhos a tempo de ver a tia franzindo a testa. – A senhora está do lado de Paul, não está?

– Estou do seu lado, meu bem. Apenas do seu. Quero o que for melhor para você. – Anne respondeu, caminhando para a porta. – Clarissa virá ajudá-la a arrumar-se. É quase meio-dia, e o duque mandou uma mensagem dizendo que virá à uma hora.

– Duque... – Whitney repetiu com desgosto.

O mais alto título de nobreza abaixo dos reis, mas para ela não significava nada.

– Quer que eu mande uma criada passar seu novo vestido de lã, querida?

Whitney olhou pela janela. Parte do céu prometia um dia ensolarado, enquanto a outra, coberta de nuvens escuras, ameaçava chuva. Estava ventando, e as copas das árvores mais altas agitavam-se, farfalhantes. Ela não queria estar com sua melhor aparência; como não desejava a admiração de Clayton Westmoreland, devia mostrar-lhe a pior. Usaria um vestido sem graça e, mais importante, um que não houvesse sido pago por ele.

– Não tia, não quero o de lã.

Anne retirou-se, e pouco depois a criada entrou. Whitney, com perversa satisfação, decidira o que usar.

– Clarissa, você se lembra do vestido preto que Haversham usava quando esfregava o chão? Vá ver se o encontra.

O rosto bondoso da criada encheu-se de simpatia.

– Lady Gilbert contou-me o que aconteceu a noite passada, criança – ela disse. – Mas, se está pretendendo enfurecer aquele homem, saiba que pode ser um tremendo erro.

Vendo compaixão no rosto gorducho da fiel criada, Whitney desatou novamente em lágrimas.

– Clarissa, por favor, não discuta comigo – implorou. – Diga que vai me ajudar. Se eu aparecer feia diante dele, se for bastante corajosa e esperta, talvez consiga fazê-lo desistir e ir embora.

– Nunca deixei de ajudá-la – observou Clarissa com lágrimas na voz. – Aqui estão meus cabelos brancos para provar isso. Não vou abandonar minha menina agora.

– Obrigada, Clarissa. Contando com você, tenho três pessoas do meu lado.

Uma hora e quinze minutos mais tarde, Whitney tomara banho e estava sentada diante da penteadeira, observando com prazer Clarissa prender seus cabelos pesados num coque apertado, seguro por uma estreita fita preta. Achava que o penteado severo dava-lhe péssima aparência, mas na verdade acentuava as feições cinzeladas e as maçãs altas das faces. Os olhos verdes pareciam enormes no rosto pálido, fazendo-a parecer frágil, quase etérea.

– Perfeito – aprovou. – Mas você não precisava apressar-se tanto, Clarissa. Quero que Sua Excelência fique com os pés amortecidos, de tanto me esperar. Pretendo dar ao arrogante umas lições bastante desagradáveis, e a primeira é mostrar-lhe que seu nome ilustre e seu título não me impressionam, que não vou obedecer-lhe a cada vez que estalar os dedos.

À uma e meia, desceu e dirigiu-se à pequena sala para onde Sewell levara o duque, seguindo suas instruções. Erguendo o queixo altivamente, abriu a porta e entrou.

Clayton estava de pé, de costas para ela, e segurava as duas luvas em uma das mãos, batendo-as contra a coxa musculosa enquanto olhava pela janela. Parecia pensativo, mas mantinha os ombros retos numa atitude de determinação, e emanavam dele a força e a firme autoridade que Whitney sempre percebera... e temera.

Gota por gota, ela sentiu sua confiança esvair-se. Como pudera iludir-se, achando que conseguiria demovê-lo de seu propósito? Clayton não era um jovem romântico e galante que podia ser dispensado com um sorriso frio ou com educada indiferença. Para animar-se, ela disse a si mesma que só teria de lidar com ele sozinha até que Paul voltasse.

Fechou a porta atrás de si, provocando apenas um leve ruído.

– Mandou me chamar, excelência? – perguntou, como se fosse uma criada. Nos últimos vinte minutos, Clayton contivera o aborrecimento por ter sido deixado à espera numa salinha abafada, como se fosse um mendigo aguardando uma esmola. Whitney fora magoada e humilhada, portanto ele estava pronto para defrontar-se com uma rebelião, sabendo que ela faria tudo o que pudesse para desafiá-lo e provocar sua raiva.

Ao virar-se para encará-la, sentia-se disposto a ser paciente e compreensivo, mas, quando a viu, achou difícil conter a irritação. Whitney usava um vestido preto, informe e puído, avental branco de tecido grosseiro e uma touca sob a qual escondiam-se os cabelos presos. Trajara-se como uma criada encarregada da faxina.

– Deixou claro o que quer fazer, Whitney. Agora, vou dizer o que eu quero – ele disse em tom quase áspero. – Nunca mais se vista desse jeito. Não admito, entendeu?

Whitney irritou-se.

– Nesta casa, somos todos seus criados – replicou. – E eu sou a mais humilde, uma escrava, porque fui comprada.

– Não use esse tom de voz comigo. Não sou seu pai.

– Claro que não. Você é meu *dono*.

Com três passadas, Clayton venceu a distância que os separava Furioso pelo fato de ela estar descarregando sobre ele a raiva que sentia do pai idiota, agarrou-a pelos braços, com vontade de sacudi-la com força. Sentiu-a contrair-se, como que se preparando para receber algum ato de violência.

Ela ergueu a cabeça e encarou-o, e Clayton lentamente acalmou-se. Embora os magníficos olhos verdes exibissem uma expressão de desafio, estavam úmidos de lágrimas. A pele translúcida ao redor deles mostrava-se arroxeada, e uma palidez completa cobria o rosto normalmente corado.

– A ideia de se tornar minha esposa a faz sentir-se tão desgraçada, minha pequena?

Surpresa com a gentileza na voz dele, ela ficou sem saber o que responder.

Quisera mostrar-se altiva, rebelde, tudo, menos "desgraçada", palavra que implicava fraqueza e desamparo. Mas não poderia discordar, mesmo que quisesse, pois era assim que se sentia.

Risos e vozes alegres, totalmente incongruentes naquela situação, soaram no corredor quando alguns hóspedes passaram pela porta da saleta, dirigindo-se à sala de jantar.

– Quero que vá ao jardim comigo – disse Clayton.

Não era um pedido, mas uma ordem, Whitney notou, com raiva. Saíram e atravessaram a alameda e o gramado em ligeiro declive, andando na direção do lago que se estendia no centro. Sob a fronde graciosa de uma árvore à beira da água, Clayton parou, fazendo-a parar também.

– Aqui teremos privacidade, espero – comentou.

A última coisa que Whitney queria era ter privacidade com ele, mas seus sentimentos estavam tão humilhados que ela não conseguiu retorquir. Tirando o casaco, abriu-o no chão, sob a árvore.

– Vamos nos sentar, para conversarmos com mais conforto.

Apontou para o casaco, sugerindo que Whitney se sentasse nele.

– Prefiro ficar em pé – ela declarou.

– Sente-se!

Embora furiosa com a ordem, ela obedeceu, mas sentou-se na grama e ficou olhando para o lago cintilante.

– Tem razão – ele observou. – É melhor sujar esses trapos que você está usando do que o casaco, um de meus favoritos.

Ergueu o casaco, colocou-o ao redor dos ombros de Whitney e sentou-se a seu lado.

– Não estou com frio – ela informou, tentando livrar-se do agasalho.

– Ótimo, assim você pode tirar essa touca horrorosa.

Com um gesto rápido, Clayton arrancou a touca, e a raiva de Whitney explodiu, fazendo-a corar.

– Prepotente, mal-educado...

Ela se calou, frustrada, ao ver um brilho divertido nos olhos dele.

– Continue – Clayton incentivou-a, sorrindo. – Sou prepotente, mal-educado e o que mais?

Dominando o impulso de esbofeteá-lo para apagar aquele sorriso zombeteiro, Whitney respirou fundo.

– Gostaria de encontrar as palavras certas para dizer como odeio você e tudo o que você representa.

– Continue tentando e um dia encontrará.

– Quer saber de uma coisa? – ela perguntou, olhando fixamente para o lago. – Odiei você desde o primeiro instante em que o vi, no baile de máscaras, e esse ódio cresceu muito, desde então.

Flexionando uma perna, Clayton pousou a mão no joelho e observou Whitney longamente.

– Lamento muito, porque quando a vi pela primeira vez, achei que era a criatura mais linda que Deus já fez – ele confessou baixinho.

Whitney, atônita com a ternura que captou na voz profunda, virou a cabeça para fitá-lo, procurando sinais de sarcasmo. Clayton estendeu a mão e acariciou-lhe o rosto.

– Houve momentos em que você não me odiou. Por exemplo, quando esteve em meus braços e pareceu gostar das minhas carícias.

– Nunca gostei! Suas carícias foram... – Whitney procurou a definição correta, reconhecendo que ambos sabiam que seu corpo traiçoeiro sempre se incendiara de desejo ao toque de Clayton. Então, concluiu: – Foram muito... perturbadoras.

Num movimento lento, ele correu os nós dos dedos por uma das faces dela, até a orelha, massageando o lóbulo levemente, e Whitney sentiu um arrepio quente correr-lhe pela espinha.

– Foram perturbadoras para mim também, pequenina.

– No entanto você persistiu, apesar de eu dizer que não queria que me acariciasse – ela acusou. – Agora mesmo, sinto que gostaria de atirar-se em cima de mim!

– Está certa – ele admitiu com uma risadinha gutural. – Estou atraído por você como uma mariposa pela chama de uma vela. E você está atraída por mim da mesma forma.

Whitney pensou que fosse sufocar de raiva.

– Ora, seu miserável convencido, bast...

Rindo, Clayton silenciou-a, pousando a mão em seus lábios trêmulos.

– Desculpe privá-la do prazer de proferir mais um impropério, mas não há dúvida alguma sobre a legitimidade de meu nascimento.

A vida dela estava em cacos, e o maldito ria! Empurrando a mão dele, Whitney levantou-se.

– Se não se importa, vou voltar para casa. Estou cansada. E não tenho motivos para rir, como você. Fui vendida pelo meu próprio pai a um estranho, um arrogante de coração gelado, um egoísta diabólico que, sem levar em conta meus sentimentos...

Com a agilidade de um felino, Clayton ergueu-se do chão e segurou-a pelos braços, virando-a para que o encarasse.

– Deixe que eu faça a lista dos crimes que cometi contra você, Whitney – começou em tom calmo. – Tenho um coração tão gelado que salvei seu pai da prisão, pagando todas as dívidas dele. Sou tão egoísta que permaneci afastado, observando-a flertar com Sevarin; tão arrogante que deixei-a sentar-se perto dele no piquenique e ficar me desafiando quando ainda sentia na boca o gosto dos meus beijos. Por que fiz isso? Porque, com minha crueldade, com meu egoísmo diabólico, quero lhe dar a proteção do meu nome, um lugar na alta sociedade, uma vida sem preocupações, com todo o luxo que eu puder lhe oferecer. Ainda acha, responda honestamente, que mereço sua hostilidade?

Whitney engoliu em seco e desviou o olhar, o espírito enfraquecido. Sentia-se confusa e infeliz.

– Não... não sei o que você merece – respondeu, hesitante. Clayton puxou-a pelo queixo, forçando-a a fitá-lo.

– Então, vou lhe dizer. Não mereço nada além de ser poupado do ódio que está sentindo de seu pai por ele ter batido em você. Por enquanto, é tudo o que peço.

Mortificada, Whitney sentiu lágrimas subirem-lhe aos olhos. Secando-as com os dedos, balançou a cabeça, rejeitando o lenço que Clayton lhe ofereceu.

– Estou cansada – murmurou. – Dormi muito pouco, tive uma noite péssima.

– Também dormi mal – ele confessou, guiando-a na direção da casa.

Quando Sewell abriu a porta, os dois ouviram risos e comentários jocosos sobre o andamento de um jogo de uíste no salão.

– Amanhã de manhã vamos cavalgar – Clayton informou parado na porta. – Para não nos tornarmos o assunto das conversas de seus hóspedes, acho melhor nos encontrarmos no estábulo, às dez horas.

Pouco depois, em seu quarto, Whitney tirou o avental e o feio vestido preto. Sabia que precisava juntar-se aos parentes, mas estava cansada, com o corpo dolorido, e não se sentia capaz de manter um sorriso falso no rosto e de conversar sobre futilidades. Além disso, se alguém dissesse uma palavra sobre o duque de Claymore, ela ficaria histérica.

A cama a esperava, convidativa. Dormir um pouco restauraria suas forças e melhoraria seu ânimo, permitindo-lhe pensar com mais clareza. Puxou a colcha e deitou-se entre os lençóis, fechando os olhos com um profundo suspiro.

Quando despertou, a lua brilhava no céu, um manto de veludo azul-escuro. Virou-se de bruços, procurando novamente no sono a paz que não mais teria enquanto acordada.

18

Encostado na cerca, Clayton conversava e ria com Thomas quando Whitney chegou ao estábulo na manhã seguinte. Ela conseguiu sorrir para o chefe dos cavalariços, mas já não sorria quando olhou para o duque, nem respondeu ao cumprimento dele.

Com um suspiro de resignação, Clayton endireitou-se e apontou para Khan, que um jovem tirava do estábulo.

– Seu cavalo está pronto – informou.

Cavalgaram lado a lado pelas campinas ondulantes, e não demorou muito para que o galope animado e a brisa de outono reanimassem Whitney, devolvendo-lhe a vivacidade de espírito.

Na orla do bosque, onde o terreno inclinava-se, descendo para o riacho, Clayton parou o cavalo e Whitney acompanhou-o. Ele desmontou e foi ajudá-la a descer do lombo de Khan.

– O passeio lhe fez bem – ele disse, notando o rubor em suas maçãs do rosto.

Whitney sabia que ele estava tentando quebrar o gelo e conduzir uma conversa razoavelmente amigável. O mau humor era algo que não pertencia à sua natureza e ela sentiu-se terrivelmente grosseira ao permanecer em silêncio, mas, ao mesmo tempo, era-lhe muito estranho tentar conversar com ele. Por fim, ela disse:

– Eu me sinto melhor. Adoro andar a cavalo.

– Gosto de observá-la – ele disse enquanto se dirigiam à margem do córrego. – Você é sem dúvida alguma a melhor amazona que conheço.

– Obrigada – ela agradeceu, olhando alarmada para o velho sicômoro perto do riacho.

Fora ali que, no dia do piquenique, Clayton a beijara e acariciara. Era o último lugar do mundo onde desejaria estar com ele novamente.

Depois de amarrar os cavalos no muro de pedras em ruínas, Clayton tirou o casaco e abriu-o no chão, sob os galhos protetores da árvore.

– Prefiro ficar em pé se não se importa – ela disse apressadamente. Encostou-se no tronco do sicômoro enquanto Clayton dava alguns passos na direção da correnteza e parava junto de uma pedra alta, em cima da qual pôs o pé esquerdo. Inclinando-se para a frente, ele apoiou o cotovelo no joelho erguido e ficou olhando para Whitney, em silêncio e com uma expressão indecifrável. Pela primeira vez, o pensamento de que aquele homem era seu futuro marido penetrou de modo claro na mente de Whitney.

Não, não era seu futuro marido. Assim que Paul voltasse e os dois pusessem em prática o plano que ela criara, aquele noivado estúpido deixaria de existir. Por enquanto, tudo o que ela podia fazer era agir com prudência, ganhando tempo.

A áspera casca do tronco da árvore machucava-lhe as costas, e o silêncio de Clayton começava a enervá-la. Para acabar com aquilo, ela apontou para os cavalos e perguntou:

– Por que não correu contra mim com esse garanhão castanho? É muito mais veloz do que o outro.

O assunto que ela escolhera pareceu divertir Clayton, pois havia um sorriso em seus lábios quando ele olhou na direção dos animais.

– No dia do piquenique, montei Cruzamento Perigoso e descobri que ele se cansava facilmente. Como você ia montá-lo na corrida, decidi, por uma questão de justiça, montar o castanho, com resistência equivalente. Se eu montasse esse aí, você não teria a menor chance de me derrotar. Por outro lado, se eu escolhesse um animal inferior, a vitória não lhe daria alegria, no caso de você vencer.

A despeito de sua amargura, Whitney riu.

– Eu ficaria imensamente feliz em derrotá-lo, nem que você estivesse montando um bode – declarou.

– Nos três anos em que a conheço, você nunca deixou de me divertir – ele comentou, rindo.

– Três anos? Como? Três anos atrás eu tinha acabado de ser apresentada à sociedade.

– Você estava com sua tia numa loja de chapéus quando a vi pela primeira vez. A proprietária estava tentando vender-lhe um chapéu horrível, com uvas e cerejas na aba, dizendo que, se o usasse no parque, todos os cavalheiros cairiam a seus pés.

– Não me lembro disso. Comprei o chapéu?

– Não. Respondeu que, se os homens caíssem a seus pés, seria para fugir das abelhas atraídas pela bandeja de frutas em sua cabeça.

– Bem o tipo de coisa que eu costumava dizer – Whitney admitiu, brincando com as luvas que acabara de tirar. Clayton relatara o incidente num tom terno que a deixara acanhada. – Foi nesse dia que você decidiu que queria... hã... me conhecer melhor?

– Claro que não. Fiquei muito contente pelos dardos lançados por esses olhos verdes serem dirigidos à chapeleira, e não a mim – ele brincou.

– O que você estava fazendo numa loja de chapéus femininos? – ela indagou, arrependendo-se no mesmo instante.

O que ele poderia estar fazendo lá, a não ser acompanhando a amante do momento?

– Vejo, por sua expressão, que você mesma respondeu à pergunta – ele disse brandamente.

Reprimindo o aborrecimento absurdo que lhe causara imaginar Clayton em uma loja com outra mulher, ela perguntou:

– Nós nos encontramos mais alguma vez depois disso, quero dizer, antes do baile de máscaras?

– Naquela primavera, vi você algumas vezes no parque, quase sempre passeando de carruagem e, um ano depois, no baile dos Du Près, e achei-a muito mais madura.

– Estava sozinho nesse baile?

A pergunta pareceu sair de sua boca por conta própria, e Whitney apertou as mãos, descontente consigo mesma.

– Não – ele respondeu com franqueza. – Mas você também estava acompanhada. Na verdade, cercada por um bando de adoradores, de patetas, melhor dizendo – riu, quando Whitney lançou-lhe um olhar indignado. – Não precisa olhar para mim dessa maneira, minha senhora, porque também os achava uns tolos.

– Por que diz isso?

– Naquela mesma noite, ouvi-a dizer a um rapaz que beijara sua mão e parecia em transe com o perfume de sua luva que, se o cheiro de sabonete o afetava tanto, era porque ele não devia tomar banho.

– Eu nunca seria tão grosseira! – Whitney protestou, inquieta pelo modo como ele a chamara, "minha senhora", como se já fossem casados. – O pobre rapaz devia ser um pouco tolo, mas certamente não merecia tal... – interrompeu-se, pensativa. – Diga-me, ele andava de modo afetado, com passos miúdos?

– Não sei, pois estava mais interessado em seu rosto do que nos pés dele. Por que perguntou isso?

– Porque eu não suportava aquele moço e agora me lembro de ter dito aquilo. Em seguida, quando ele se afastou, fiquei observando seu modo de andar e, quando me virei, vi um homem alto, parado no vão da porta atrás de mim. Ele ria, como se a cena o houvesse divertido muito. Era você! Estava me espionando.

– Espionando, não – Clayton negou. – Estava pronto para ajudar o coitado se você lhe arrancasse sangue com essa língua afiada.

– Não precisava ter se preocupado. Ele merecia todos os meus insultos. Nem me lembro do nome daquele imbecil, mas ele sempre tentava me beijar, e suas mãos tinham uma tendência nauseante para vaguear por onde não deviam.

– É uma pena que não se lembre do nome – comentou Clayton em tom gelado.

Olhando-o por entre os cílios abaixados, Whitney notou, com satisfação, que ele ficara com ciúme. Então, teve uma ideia. Se desse a impressão de ser namoradeira, até mesmo um pouco leviana, talvez Clayton começasse a refletir melhor sobre sua intenção de se casar com ela.

– Acho que devo lhe contar que não foi apenas aquele cavalheiro que tentou conquistar minha afeição, tornando-se... ansioso demais. Tive dúzias de pretendentes sérios em Paris. Nem me lembro de todos os nomes.

– Então, deixe-me ajudá-la – Clayton ofereceu calmamente.

Enquanto Whitney olhava-o, pasma, ele recitou os nomes de todos os homens que haviam proposto casamento a ela.

– Deixei Du Ville fora da lista, porque ele continua esperando um momento oportuno, mas posso incluir Sevarin, porque ele está *tentando* pedir sua mão. Parece-me que, para uma jovem sensata, você é muito imprudente no que diz respeito aos homens por quem deixa-se cortejar.

Para não ter de falar de Paul, ela agarrou-se à crítica implícita que Clayton fizera a Nicki.

– Se referiu-se a Nicolas Du Ville, a família dele é uma das mais antigas e respeitadas da França.

– Referi-me a Sevarin – ele corrigiu-a naquele tom autoritário que ela tanto detestava. – De todos os homens que mencionei, Sevarin é o menos indicado; no entanto, se dependesse de você, ele seria o escolhido, embora não esteja a sua altura nem em inteligência nem em caráter. Também não é homem o bastante para transformá-la numa mulher de verdade – concluiu sugestivamente.

– O que quer dizer com isso? – Whitney indagou.

O olhar de Clayton pousou no ponto sob a árvore onde a ameaçara com o chicote e depois a tomara nos braços para confortá-la.

– Acho que você sabe perfeitamente o que eu quis dizer – ele respondeu, notando que ela corava.

Whitney não tinha muita certeza se sabia, mas aquele era um assunto que não desejava prolongar. Decidiu voltar a outro, menos perigoso.

– Se ficou tão interessado em mim em Paris, porque não agiu da forma correta, procurando meu tio para pedir-lhe minha mão?

– Para ele me rejeitar com aquela ladainha de que você era jovem demais para se casar, de que seu pai ainda não estava preparado para entregá-la a outro homem? – Clayton retrucou com sarcasmo. – Nunca!

– O que você está querendo dizer é que não desceria de sua alta posição para pedir que fôssemos apresentados e, depois...

– Nós *fomos* apresentados – ele a interrompeu. – Por madame Du Près, na festa que deu em sua casa. Você não prestou atenção ao meu nome, limitando-se a me cumprimentar com um gesto de cabeça, porque estava ocupada demais querendo juntar o maior número possível de bajuladores ao redor de suas saias.

A frieza com que ela o tratara devia tê-lo feito sentir-se rebaixado, Whitney pensou com secreto prazer.

– Você me convidou para dançar?

– Não. Meu cartão já estava cheio.

Se as circunstâncias fossem outras, ela teria rido da brincadeira, mas sabia que ele quisera alfinetá-la para lembrá-la de que também era muito requisitado. Como se ela precisasse que a lembrassem disso!

– Acredito que, se os homens usassem cartões para reservar danças, o seu estaria sempre cheio – observou em tom de zombaria. Então, após uma breve pausa, continuou: – Ocorreu-me uma dúvida: o que um homem faz com a amante quando quer dançar com outra mulher?

– Não me lembro de isso ter sido um obstáculo intransponível quando dancei com você no baile dos Armand.

As luvas que Whitney segurava caíram no chão.

– Como ousa ser tão bruto a ponto de...

– Como ousa abordar tal assunto? – ele devolveu. – O que diz o ditado? "Olho por olho, dente por dente."

– Não acredito no que estou ouvindo! – Whitney exclamou furiosa. – Você exemplifica perfeitamente o ditado que diz "o diabo pode citar as Escrituras".

– *Touché* – ele admitiu, sorrindo.

Seu ar divertido apenas deixou Whitney mais furiosa.

– Você é capaz de rir de sua conduta escandalosa, mas eu não sou. Desde o dia em que me *lembro* de tê-lo conhecido, você me aborreceu: fez sugestões indecorosas no baile dos Armand, insultou-me na festa de lady Eubank e me atacou aqui mesmo, neste exato lugar. – Ela se abaixou e pegou as luvas. – Só Deus sabe o que tentará fazer em seguida.

Suas últimas palavras acenderam um brilho quente nos olhos cinzentos. Alarmada, Whitney decidiu que era hora de acabar com aquilo e passou por ele, indo na direção dos cavalos. Clayton, porém, estendeu a mão e segurou-a pelo pulso, puxando-a para si.

– Com exceção daquela noite, na casa dos Armand, em todas as outras ocasiões você teve o tratamento que mereceu, e será sempre assim entre nós dois. Não tenho a intenção de deixar que pise em cima de mim, porque, se deixar, você logo não me respeitará mais, como não respeitaria Sevarin se tivesse a infelicidade de casar-se com ele.

Whitney ficou atônita com a extrema arrogância que ele demonstrava, presumindo saber como ela agiria, falando de seu desejo de se casar com Paul como se não passasse de um capricho.

– Não amo você. Isso não importa? – ela perguntou em desespero quando ele a abraçou.

– Claro que não me ama – Clayton concordou em tom provocador. – Você me odeia, já disse isso pelo menos dez vezes. Aqui mesmo, um pouco antes de se tornar a mulher quente que me prendeu nos braços e me beijou apaixonadamente.

– Pare de me fazer lembrar o que aconteceu naquele dia. Quero esquecer!

Ele apertou-a com mais força contra o corpo musculoso, olhando-a nos olhos com ar bem-humorado e terno.

– Minha pequena, eu lhe darei tudo o que estiver a meu alcance, mas nunca deixarei que esqueça aqueles momentos. Fora isso, pode pedir o que quiser.

– Posso? – Whitney escarneceu, empurrando-o para pôr alguma distância entre eles. – Muito bem. Deixe-me livre, anule o contrato que fez com meu pai. Não quero me casar com você.

– Não, isso não posso fazer.

– Então, não insulte minha inteligência, fingindo que leva meus desejos em consideração. Não quero ser sua noiva, mas você não me dá liberdade para escolher. Não quero ser sua esposa, mas você me arrastará até o altar. Eu...

Clayton soltou-a tão abruptamente que ela cambaleou para trás.

– Se eu quisesse arrastá-la até o altar, você teria sido forçada a se casar comigo assim que voltou da França. O fato, muito simples, é que não quero uma esposa fria e revoltada em minha cama.

Aliviada e exultante, Whitney ergueu os braços para o céu.

– Por que não disse isso antes? Se é assim que se sente, não precisa mais ter tanto trabalho comigo.

– O que quer dizer com isso?

– Serei a esposa mais fria e mais revoltada que se possa imaginar.

– Está me ameaçando, Whitney?

Ela balançou a cabeça, sorrindo.

– Não, claro que não. Só estou tentando explicar que meus sentimentos a seu respeito não mudarão.

– Tem certeza?

– Absoluta.

– Nesse caso, não há razão para adiarmos o casamento por mais tempo, não acha?

– O quê?! Mas você disse que não se casaria comigo se eu fosse uma esposa fria e revoltada.

– Eu disse que não *quero* uma mulher assim em minha cama, não que não me casaria com ela. Se tiver de ser desse modo, será.

Dizendo isso, Clayton fez um gesto na direção dos cavalos e começou a andar, deixando Whitney petrificada de medo, imaginando que ele seria capaz de mandar chamar um padre quando chegassem a sua casa, e exigir que o casamento fosse realizado imediatamente. Sem dúvida nenhuma, o duque de Claymore já devia ter em seu poder uma licença especial. Ela não teria salvação? Se fugisse, ele a alcançaria; se o ameaçasse, ele a ignoraria. Escolheu a única solução possível, embora humilhante, pois teria de implorar.

Correu atrás de Clayton, pousando a mão em seu braço, fazendo-o parar.

– Gostaria de lhe pedir uma coisa, e você disse que me dará tudo o que eu quiser.

– Tudo o estiver a meu alcance – ele salientou. – E dentro do razoável.

– Você me daria tempo? Preciso de tempo para me livrar dessa sensação horrível de ser um peão num tabuleiro de xadrez, manipulada por você e por meu pai, preciso de tempo para me acostumar com a ideia de ser sua esposa.

– Certo, eu lhe darei tempo – ele concedeu. – Desde que faça bom uso dele.

– Farei – ela prometeu, mentindo com mais facilidade. – Ah, mais um detalhe. Gostaria que mantivéssemos em segredo tanto sua identidade como nosso noivado, por enquanto.

– Por quê? – ele perguntou com evidente suspeita.

Porque, quando ela fugisse com Paul, na semana seguinte, Clayton ficaria furioso, mas, se as pessoas soubessem do noivado, ele passaria por idiota diante de todos, e só Deus podia saber de que modo se vingaria.

– Pense bem – respondeu em tom cauteloso. – Se os vizinhos souberem quem você é e que estamos noivos, vão fazer perguntas sem fim sobre como nos conhecemos, quando vamos nos casar e coisas assim. E eu me sentirei ainda mais pressionada.

– Está certo – ele concedeu. – Vamos manter segredo por enquanto.

Acompanhou-a até Khan, colocando-a na sela como se erguesse uma pena.

Whitney juntou as rédeas, ansiosa por ir embora, acreditando que o assunto fora encerrado.

No entanto, descobriu que Clayton pensava de modo diferente quando o viu olhá-la com severidade.

– Concedi-lhe tempo, como pediu, mas só porque você disse que precisa acostumar-se com a ideia de se casar comigo – ele informou educadamente, mas havia ameaça em seu tom de voz. – Se eu descobrir que deseja tempo por outros motivos, fique avisada de que as consequências serão bem desagradáveis.

– Acabou? – ela perguntou altivamente para disfarçar o medo.

– Por hoje – ele respondeu. – Amanhã conversaremos mais.

Whitney passou o restante do dia com os parentes. Com seu futuro pendendo por um fio, precisou reunir todas as suas forças para sorrir e conversar com aquelas pessoas alegres e carinhosas enquanto ignorava os olhares apreensivos do pai. No instante em que o jantar terminou, pediu licença e retirou-se para a tranquilidade de seu quarto.

Cerca de duas horas mais tarde, Anne foi vê-la. Whitney, que passara o dia ansiando por fazer-lhe confidências, levantou-se depressa do sofá e correu a seu encontro, torcendo as mãos nervosamente.

– Tia, aquele tirano implacável e arrogante de fato pretende forçar-me a casar com ele.

Sentando-se no sofá, Anne puxou-a para que se acomodasse a seu lado.

– Querida, ele não pode forçá-la. Tenho certeza de que existem leis que o impedirão de fazer isso. Do meu ponto de vista, o problema maior não é esse, mas sim o que poderá acontecer com seu pai se você rejeitar o duque.

– Meu pai não pensou em mim quando concordou com o noivado, de modo que pouco me importa quais serão as consequências para ele. Ele nunca me amou, e eu não o amo mais.

– Entendo – a tia afirmou, observando-a detidamente. – Talvez seja bom que você se sinta assim.

– Por quê?

– Porque seu pai já gastou o dinheiro que Clayton Westmoreland deu a ele. Se você romper o noivado, o duque naturalmente exigirá que Martin devolva-lhe o dinheiro. Como isso será impossível, seu pai passará o resto de seus dias na prisão, numa cela infestada de ratos. Se você ainda o amasse, sofreria muito com isso e não conseguiria ser feliz com Paul, porque se culparia pela desgraça de seu pai. Mas, como não o ama e tem certeza de que não sentirá remorso, não precisamos nos preocupar com o desfecho dos acontecimentos, não é?

Whitney não respondeu, permanecendo em silêncio até que a tia saiu, momentos depois. Sozinha, viu-se perseguida por imagens do pai, imundo e maltrapilho, apodrecendo numa masmorra escura e úmida.

Devia haver alguma maneira de devolver ao duque de Claymore o dinheiro que ele dera a Martin. Talvez, se ela e Paul vivessem com bastante simplicidade, economizando tudo o que pudessem, conseguissem pagar a dívida no curso de alguns anos. Ou, melhor ainda, talvez ela induzisse Clayton a desistir do noivado, de modo que não haveria necessidade de devolver-lhe o dinheiro. Ou haveria? Quais seriam os termos do contrato de noivado?

Tio Edward!, ela pensou com súbita inspiração.

Ele certamente tomaria providências quando soubesse que ela estava sendo forçada a entregar sua vida, sua felicidade, para saldar a dívida do pai. Ou, talvez, emprestasse a Martin a quantia necessária para reembolsar Clayton, recebendo, claro, a propriedade dos Stone como garantia.

Mas Edward teria esse dinheiro? De quanto seria a dívida? Por tudo o que fora feito na propriedade, pelo número de criados, de cavalos, ficava óbvio que Martin gastara muito. E as dívidas que haviam sido pagas? Quantas mil libras seriam necessárias? Vinte e cinco? Trinta?

O coração de Whitney apertou-se dolorosamente. Não, o tio não devia ter todo esse dinheiro.

Quando Clarissa entrou no quarto para acordar Whitney, na manhã seguinte, encontrou-a sentada à pequena escrivaninha, mordendo, pensativa, a ponta de uma pena de escrever.

Após mais alguns instantes de reflexão, Whitney começou a escrever um bilhete para Clayton. Com triunfante alegria, explicou que torcera o joelho e teria de permanecer na cama. Terminou com uma declaração falsamente carinhosa de que esperava, ansiosa, que pudessem encontrar-se no dia seguinte. Assinou, e então recostou-se na cadeira, satisfeita consigo mesma.

A mentira era perfeita. Além de extremamente dolorosa, uma torção no joelho exigia um longo período de recuperação. Na manhã seguinte, ela mandaria outra mensagem, em que contaria como ocorrera o acidente imaginário. Com um pouco de sorte evitaria encontrar-se com ele até o retorno de Paul!

– O que gostaria de usar para receber o duque? – perguntou a criada.

Whitney dirigiu-lhe um sorriso malicioso.

– Não vou recebê-lo hoje, Clarissa. Nem amanhã, nem depois. Escute. – Leu em voz alta o bilhete que acabara de escrever. – O que acha?

– Acho que ele perceberá que está mentindo – respondeu a mulher, assustada. – E vai pôr a casa abaixo. Não quero participar disso. Fale com lady Anne, antes de mandar o bilhete.

– Não posso esperar que minha tia se levante. E você vai participar. Levará a mensagem para ele – decidiu Whitney, dobrando o papel e colocando-o num envelope.

Clarissa empalideceu.

– Eu? Por quê? – perguntou.

– Porque preciso saber exatamente como ele reagirá e para isso não posso confiar em mais ninguém.

– Sinto palpitações só de pensar no que pode acontecer – a criada queixou-se, mas pegou o bilhete. – E se ele me perguntar como foi que você se machucou?

– Invente. Só não se esqueça do que disse, para eu não cair em contradição quando escrever novamente para ele.

Clarissa saiu e Whitney sentiu como se um enorme peso houvesse sido tirado de seus ombros. Cantarolando, foi até armário escolher algo para vestir.

A criada retornou meia hora depois.

– O que ele disse? – perguntou Whitney, ansiosa. – Qual a expressão do rosto dele? Conte tudo!

– Bem, Sua Excelência estava tomando o café da manhã quando cheguei – Clarissa explicou, puxando nervosamente a gola engomada do vestido. – Mas o mordomo me levou até ele imediatamente quando eu disse quem era. Então entreguei o bilhete ao duque e...

– Não ficou zangado quando leu, ficou? – indagou Whitney, nervosa ao notar que a mulher hesitava em continuar.

– Não demonstrou ter ficado zangado, mas também não pareceu satisfeito.

– Pelo amor de Deus, Clarissa! O que ele *disse*?

– Agradeceu-me por eu ter levado a mensagem, então mandou um daqueles criados de nariz empinado acompanhar-me de volta ao coche.

Whitney não sabia se devia sentir-se aliviada ou apreensiva com a reação de Clayton e, à medida que as horas passavam, descobriu que sua tranquilidade não estava sendo tão perfeita quanto imaginara.

Sobressaltava-se toda vez que ouvia passos no vestíbulo, lá embaixo, receando que fossem informá-la de que Clayton fora vê-la. Ele era capaz de pedir à tia dela que o acompanhasse até seus aposentos, embora isso fosse uma falta de educação imperdoável.

Levaram-lhe o jantar numa bandeja, e ela comeu em tediosa solidão. Pela primeira vez naquele dia, seus pensamentos fixaram-se em Paul. Estivera tão envolvida com sua teia de mentiras, tentando livrar-se de Clayton Westmoreland, que nem pensara no homem que amava.

19

Na manhã seguinte, Whitney escreveu outro bilhete a seu noivo oficial, contando em detalhes as dores cruciantes que vinha sentindo no joelho que torcera ao cair escadaria abaixo e pedindo, muito graciosamente, que ele a dispensasse de um encontro naquele dia. Embora isso significasse que teria de passar longas horas sozinha no quarto, para não arriscar-se a ser apanhada com os parentes caso Clayton decidisse ir pessoalmente saber como ela estava, Whitney achava que o sacrifício valeria a pena, não apenas porque se livraria da presença dele, como também pelo prazer que sentia em enganá-lo.

– Acha isso prudente, querida? – Anne perguntou-lhe, lendo o bilhete que ela submetera a sua apreciação. – Se você o enfurecer sem necessidade, não sei o que o duque será capaz de fazer.

– Não há nada que ele possa fazer, tia – respondeu Whitney, pegando o bilhete e dobrando-o.

Depois de lacrar o envelope, despachou Clarissa como mensageira. Assim que a criada saiu, ela se virou novamente para a tia.

– A senhora já mandou chamar tio Edward. Quando ele chegar, pensaremos juntos num meio de sair dessa confusão. Mas vou continuar com a farsa do joelho machucado até inventar qualquer outra situação – declarou, rindo. – Talvez consiga deixar Clayton tão aborrecido que ele decida ir embora.

Quando a criada voltou, contou nervosamente que o duque, depois de ler o bilhete, ficara olhando para ela de maneira muito estranha.

– Por favor, Clarissa, seja mais específica – Whitney pediu, impaciente. – Que maneira estranha foi essa?

– Parecia que o duque ia sorrir, mas não houve nenhum sorriso, então ele mandou um criado me acompanhar, como ontem.

Whitney pensou um pouco, tentando imaginar o que se esconderia por trás da estranha reação de Clayton. Então, deu de ombros, sorridente, esquecendo o assunto. Olhou para a tia, e em seguida para a fiel criada.

– Vamos parar de tentar analisar os gestos e palavras do duque. Acredite ele que estou de repouso ou não, o que poderá fazer?

A resposta para essa pergunta chegou no dia seguinte logo após o almoço quando um coche elegante, laqueado de preto, puxado por quatro cavalos com arreios de prata, parou diante da casa dos Stone, e um homem alto e robusto, carregando uma maleta preta, desceu, subindo apressado a escada para a entrada principal.

Entregou um cartão a Sewell, explicando:

– Sou o Dr. Whitticomb. Cheguei de Londres hoje e recebi ordem de vir para cá e falar com lady Gilbert.

Quando Anne, intrigada, entrou no salão para onde ele fora levado, o homem sorriu-lhe polidamente.

– O duque de Claymore mandou-me aqui para examinar o joelho da Srta. Stone – informou. – Sou médico, e meu nome é Whitticomb.

Anne sentiu-se empalidecer, mas, recobrando-se, pediu-lhe que aguardasse e saiu da sala. Erguendo as saias com as duas mãos, correu até a escadaria e subiu os degraus com uma agilidade que seria admirável numa mulher com metade de sua idade.

– Ele fez o quê?! – gritou Whitney, levantando-se de um salto do sofá e jogando longe o exemplar de *Orgulho e preconceito* que estivera lendo. – Oh, aquele monstro nojento, rastejante...

– O desabafo pode ficar para mais tarde se sobrevivermos – a tia observou, já desabotoando o vestido de Whitney apressadamente.

Arrancou-o sem cerimônia, puxando-o pela cabeça, enquanto Clarissa puxava as cobertas da cama, preparando-a para receber a "acidentada". Isso feito, a criada correu ao armário, de onde tirou um gracioso roupão.

– Não podia ter dito ao médico que eu estava dormindo ou coisa assim, tia? – reclamou Whitney. – Por que não o mandou de volta para Londres?

– O Dr. Whitticomb não é nenhum tolo – respondeu a tia, ainda meio ofegante da corrida. – Veio aqui para examinar seu joelho, e é o que pretende fazer. – Então, pediu: – Clarissa, traga dois travesseiros, para colocar sob a perna de Whitney. Depois, vá ao meu quarto, pegue um vidro de sais e traga aqui. Será um detalhe interessante, na mesinha de cabeceira, eu acho. Vou tentar segurar o médico lá embaixo mais um pouco. Me chamem quando tudo estiver pronto.

Caminhou apressadamente para a porta, mas a criada continuou parada, como que enraizada no chão, os olhos vidrados de pavor.

– Clarissa! – Anne chamou em tom autoritário. – *Nem pense* em desmaiar!

– Obrigado, lady Gilbert, mas estou satisfeito – o Dr. Whitticomb disse, recusando o terceiro copo de refresco que a mulher tentava impingir-lhe.

Já respondera a perguntas sobre o tempo em Londres, sobre a viagem, o estado das estradas, e começava a impacientar-se.

– Como acha que vai ser o inverno este ano, doutor?

– Desculpe, senhora, mas agora preciso subir para ver a Srta. Stone.

Lady Gilbert levou-o para cima, guiando-o ao terceiro quarto do corredor à esquerda da galeria. Depois de uma longa demora, que o médico achou estranha, a porta finalmente abriu-se, e ele viu uma criada idosa, alta e forte, que usava uma touca meio caída para o lado e parecia assustada. Whitticomb estava habituado ao mau gênio e ao comportamento caprichoso das moças ricas e mimadas, de maneira que supôs que a Srta. Stone atormentara a pobre criada com exigências sem fim, deixando-a atarantada.

Essa suposição foi reforçada pela aparência da paciente, uma jovem de beleza extraordinária reclinada numa cama de colunas e dossel, que o olhava com maldisfarçado contragosto.

Os esplêndidos olhos verdes examinaram-lhe o rosto, o traje de viagem, pousando por fim na maleta preta, com expressão de alarme.

Tentando distrair a atenção da moça para evitar que ela ficasse pensando nos misteriosos instrumentos guardados na maleta, imaginando horrores, ele sorriu-lhe.

– Sua Excelência, o duque de Claymore, está profundamente preocupado com a senhorita – comentou.

As faces da jovem ruborizaram-se encantadoramente.

– Ele é a personificação da gentileza e da solicitude – ela afirmou.

– Sem dúvida – o doutor concordou, acreditando que se enganara ao julgar que ouvira um tom de sarcasmo na voz bem modulada. Pondo a maleta no chão, prosseguiu: – Pelo que entendi, a senhorita caiu ao descer a escada. – Estendeu as mãos para erguer as cobertas. – Vamos dar uma olhada nesse joelho.

– Não! – ela gritou, segurando as cobertas ao lado do corpo e fitando-o com ar de rebeldia.

Por um instante, ele a olhou, pasmo, mas então percebeu o que a perturbava tanto e sorriu, puxando uma cadeira para o lado da cama e sentando-se.

– Minha cara menina, não estamos mais na Idade Média, quando uma mulher recusava-se a ser tratada por um médico por ele ser homem. Admiro seu recato, pois é o que menos vemos nas moças de hoje em dia, mas este não é o momento certo para mostrar-se recatada, e estou certo de que sua tia concorda comigo. Agora, fique quietinha.

Mais uma vez tentou afastar as cobertas, mas a paciente agarrou-se a elas, segurando-as com força. Ele retirou a mão, frustrado e aborrecido.

– Sou um médico competente, há muitas mulheres em minha lista de clientes, inclusive Sua Majestade. Isso não a deixa mais calma, Srta. Stone?

– Não! – ela respondeu, agressiva, mexendo-se agilmente na cama para afastar-se dele, não demonstrando sentir nenhuma dor.

– Jovem, tenho ordem do duque de Claymore para examinar seu joelho e prescrever o tratamento apropriado – o doutor observou. Então, em tom severo, acrescentou: – Ele disse para eu examiná-la nem que fosse necessário amarrá-la.

– Me amarrar! – Whitney gritou, revoltada. – Oh, não posso acreditar! Aquele homem acha que alguém ousaria fazer tal...

Calou-se de repente ao imaginar Clayton entrando em seu quarto, indiferente às regras de decência e educação, e segurando-a na cama para que o médico pudesse examinar-lhe o joelho. Em verdadeiro frenesi, tentou pensar em alguma maneira de evitar o exame. Um excessivo pudor era sua única saída. Ela fechou os olhos, então tornou a abri-los, fixando-os no Dr. Whitticomb com um encantador ar de embaraço.

– Sei que deve me achar uma tola, doutor, mas eu morreria de vergonha se me expusesse aos olhos de um estranho, mesmo de um bom médico como o senhor.

– Minha cara, estamos falando de expor seu joelho, nada mais.

– Mas não posso evitar que me sinta assim – ela argumentou com ar virtuoso. – O senhor não me conhece, mas o duque, sim, e ele deveria levar meus sentimentos em consideração. Estou chocada com o desrespeito que demonstrou por minha... por meu...

– Recato virginal? – o doutor sugeriu, dizendo a si mesmo que Claymore ia ter um trabalho dos diabos com aquela moça na noite de núpcias.

– Exatamente – concordou Whitney. – Eu sabia que o senhor entenderia.

Com relutância, o médico capitulou.

– Muito bem, Srta. Stone. Não examinarei seu joelho sob uma condição: quero que chame um médico da vila, em quem deposite confiança, e permita que ele a examine.

– Vamos fazer isso já! – ela assegurou, dirigindo-lhe um sorriso radiante.

Inclinando-se, o homem pegou a maleta.

– Conhecem algum médico experiente em casos de torção e fratura? – perguntou.

– Experiente em casos de... – Whitney começou a repetir, confusa, então respondeu depressa: – Claro que conhecemos.

– Quem? – o Dr. Whitticomb persistiu. – Como se chama?

– Thomas – Whitney improvisou. – Confio nele completamente, assim como todo mundo num raio de muitos quilômetros. Ele cuida muito bem de torções e fraturas. – Sorriu gentilmente para o médico. – Obrigada por ter vindo, doutor. Peço desculpas pelo transtorno que lhe causei. Clarissa o acompanhará. Até logo.

– Voltarei quando tiver falado com o Dr. Thomas.

– Oh, Deus amado! – exclamou Clarissa, agarrando-se a uma das colunas da cama.

O Dr. Whitticomb ignorou a manifestação de desespero. Tirou um relógio de ouro do bolso do colete, abriu-o, viu as horas e tornou a fechá-lo.

– O coche de Sua Excelência está a minha espera – comentou. – Assim, se alguém fizer a gentileza de me acompanhar até o consultório do Dr. Thomas, falarei com ele e o trarei aqui.

Whitney ergueu-se sobre os dois cotovelos.

– Por quê? Quero dizer, por que precisa falar com o Dr. Thomas? Garanto que ele é muito competente.

– Sinto muito, mas tenho de fazer isso. Mesmo que eu quisesse entregar seu caso a um colega que não conheço, o que não quero, o senhor duque nunca o permitiria. Na verdade, até pensamos em chamar um médico que vive na Alemanha, o Dr. Grundheim, muito bom em tudo o que se relaciona com ossos e juntas. E há também um na Suécia...

– Seria um absurdo se o duque mandasse vir um médico de tão longe! – Whitney comentou, veemente.

– Foi ideia minha chamar um especialista – o doutor admitiu. – Mas Claymore insistiu para que eu a examinasse. Ele tem alguma dúvida sobre... bem... a gravidade de seu ferimento. – Virou-se para lady Gilbert: – A senhora faria a gentileza de me dar o endereço do Dr. Thomas?

Começou a caminhar para a porta, mas parou ao ouvir a paciente gemer. Em seguida, ela desfiou um rosário de comentários sobre o caráter e a integridade de alguém, usando palavras como "patife", "perverso", "vilão" e outras piores.

Whitticomb virou-se, surpreso. Onde estava a jovem tímida e recatada de alguns momentos antes? Ele sorriu, divertido, observando a tempestuosa beldade, que se sentara na cama, parecendo emitir ondas de raiva.

– Dr. Whitticomb, não vou suportar outra situação como esta – ela declarou. – Pelo amor de Deus, examine meu joelho, antes que *aquele homem* chame todos os sanguessugas da Europa!

– Eu, pessoalmente, não aprovo sangrias – o médico informou voltando a sentar-se junto da cama e pondo a maleta no chão. Não encontrou resistência alguma, quando descobriu as pernas da paciente, cobertas pelo roupão dos joelhos para cima, e viu que uma apoiava-se sobre dois travesseiros.

– Eu estava me perguntando o que seria esse volume sob as cobertas – ele comentou com um sorriso. – Estranho...

– Não vejo nada de estranho em manter erguida uma perna machucada – ela replicou.

Os olhos do doutor brilharam, maliciosos.

– Não, isso não é estranho – concordou. – Mas, de acordo com o bilhete que a senhorita mandou ao duque, o joelho ferido era o *esquerdo*. E é a perna direita que vejo elevada por dois travesseiros.

Whitney corou.

– Ah, isso? Pusemos a perna boa para cima para que não esbarrasse na machucada – explicou.

– Pensa rápido, minha querida – observou o Dr. Whitticomb com uma risadinha.

Ela fechou os olhos, mortificada. Não estava enganando o homem, de jeito nenhum.

– Não há inchaço – ele prosseguiu, apalpando o joelho direito, depois o esquerdo e novamente o direito. – Sente dor aqui?

– Doutor, o senhor acreditou, por um segundo, que meu joelho estava machucado? – Whitney perguntou com um sorriso resignado.

– Não – ele respondeu com franqueza. – Mas devo dizer que admiro sua capacidade de reconhecer a derrota quando percebe que não adianta mais lutar.

Puxou as cobertas, cobrindo as pernas dela, e recostou-se na cadeira, olhando-a com ar pensativo.

Não podia deixar de admirar o espírito corajoso daquela jovem, o modo como ela se rendera, sem lágrimas, sem rancor ou histeria, um comportamento tão comum na maioria das moças. Achou que era impossível não gostar dela.

– Bem, vou explicar o que farei em seguida – disse por fim.

– Não há necessidade – declarou Whitney. – Eu sei o que o senhor terá de fazer.

O médico lançou-lhe um olhar divertido.

– Primeiro, vou recomendar repouso absoluto por 24 horas – começou. – Não para a senhorita, mas para sua pobre criada, que o tempo todo tentou decidir se me derrubava com uma pancada na cabeça ou se caía desmaiada.

Whitney riu. Com uma risadinha comedida, ele pegou o vidro de sais de cima da mesinha de cabeceira e entregou-o a Clarissa.

– Ouça o conselho gratuito de um médico muito caro: não se envolva mais nessas adoráveis tramas amorosas – disse à criada com severidade. – Não tem resistência para isso, sem falar que não sabe mentir. Seu rosto a traiu, revelando a verdade ao duque.

Clarissa saiu e fechou a porta atrás de si. Só então o doutor olhou para lady Gilbert, que se postara no outro lado da cama segurando a mão da sobrinha, como se a jovem fosse uma acusada à espera do veredito do juiz.

– A senhora não está melhor do que criada – declarou. – Sente-se.

– Estou bem, obrigada – lady Gilbert afirmou, mas sentou-se pesadamente na cama.

– Devo dizer que me deixou admirado, minha senhora. Não denunciou sua sobrinha nem através do olhar. – Ele voltou-se para Whitney e perguntou: – Como acha que seu futuro marido reagirá quando souber que a senhorita mentiu para ele?

Ela fechou os olhos para espantar a imagem de um Clayton enraivecido, os olhos cinzentos gelados, a voz vibrante de ira.

– Ele ficará furioso – murmurou. – Mas eu sabia que corria esse risco.

– Então, não ganhará nada confessando que o enganou, não é?

– Confessar, eu?! – exclamou Whitney. – Mas pensei que o senhor fosse contar a verdade a ele!

– A verdade que tenho para contar, minha cara, é esta: pode ser muito difícil diagnosticar problemas nas juntas, até mesmo impossível. Apesar de não haver inchaço, não posso eliminar completamente a possibilidade de a senhorita ter realmente machucado o joelho. A partir daí, qualquer outra revelação deverá ser feita pela senhorita. Vim aqui como médico, não como informante.

Whitney foi invadida por uma onda de gratidão e alívio. Pegando um travesseiro a seu lado abraçou-o de encontro ao peito, rindo. Então, agradeceu ao Dr. Whitticomb várias vezes.

– Suponho que não possa dizer a Sua Excelência que preciso ficar na cama, não é?

– Não, isso eu não posso fazer.

– Compreendo – Whitney afirmou generosamente. – Foi só uma ideia.

Estendendo a mão, ele pegou a dela, sorrindo de modo gentil.

– Minha querida, faz muitos anos que sou amigo da família Westmoreland. Logo você fará parte dela, de modo que eu gostaria que fosse minha amiga também. Posso dizer que é?

Whitney *não ia* tornar-se uma Westmoreland, mas moveu a cabeça afirmativamente.

– Ótimo – o médico aprovou. – Agora, deixe-me dizer-lhe, em nome de nossa amizade, que negar a seu noivo o prazer de sua companhia, a fim de conseguir seja lá o que esteja querendo, não é apenas tolice, mas também um risco. Ficou óbvio, para mim, que o duque sente grande afeição por você, e estou certo de que ele lhe dará tudo o que desejar, bastando que peça com esse seu lindo sorriso.

Fez uma pausa, parecendo refletir por um instante.

– Mentiras e subterfúgios a desmerecem, menina, e, no que diz respeito ao duque, não a levarão a lugar nenhum. Ele conheceu mulheres muito mais habilidosas do que você na arte da mentira, e tudo o que elas tiveram foi a oportunidade de diverti-lo por um tempo muito breve. Você, no entanto, sendo honesta e direta, como sinto que é, conseguiu aquilo que todas elas desejaram em vão. Teve a honra de ser pedida em casamento por Clayton Westmoreland.

De súbito, Whitney sentiu-se mal. *Por que* todos agiam como se ela houvesse ganhado as joias da coroa, só porque o duque de Claymore descera de seu pedestal e se dignara a pedi-la em casamento? Chegava a ser um insulto! Era degradante!

– Sei que suas intenções são boas, doutor – conseguiu dizer. – Vou pensar sobre seus conselhos.

O médico ergueu-se e sorriu para ela.

– Vai pensar, mas não pretende segui-los, não é? – Quando Whitney não respondeu, ele deu-lhe um tapinha no ombro. – Talvez saiba lidar com o duque melhor do que ninguém. Ele está muito atraído por você. Na verdade, nunca pensei que um dia alguém, ou alguma coisa, fosse perturbá-lo. Mas você, menina, está conseguindo. Quando cheguei de Londres, hoje de manhã, encontrei-o oscilando entre a raiva e o riso. Num momento, parecia querer quebrar seu pescoço, zangado com sua artimanha, no outro, ria, contando histórias a seu respeito.

– Então, quando ele não conseguiu decidir o que fazer comigo, mandou o senhor aqui para me dar uma lição, certo?

– Bem... acho que foi isso, sim – o Dr. Whitticomb confirmou, rindo. – Confesso que fiquei um pouco aborrecido quando descobri que a paciente que me arrancou de casa, fazendo-me atravessar metade da Inglaterra, estava fingindo que se ferira. Mas, agora que a conheci, posso dizer que não lamento, de maneira alguma, ter vindo. Muito pelo contrário.

A ALEGRIA ALHEIA não é um bálsamo para quem sofre, pensou Whitney naquela noite, jantando com os hóspedes. Ao contrário, ela irrita. Numa tentativa de melhorar seu estado de espírito, arrumara-se com esmero, escolhendo um de seus melhores vestidos, num tom calmante de azul. Usava os brincos e o colar de safiras e brilhantes que comprara em seu último dia em Paris, e puxara os cabelos para trás, prendendo-os com uma fivela que ostentava as mesmas pedras, e deixando o restante tombar pelos ombros e costas.

Sou uma mulher mantida por um homem, pensou, empurrando uma ostra com a ponta do garfo. *Ele* pagou pelas roupas que estou vestindo, pelas joias e até as roupas íntimas.

Para piorar a má ideia que estava fazendo de si mesma, o primo Cuthbert não parava de lançar olhares furtivos para seu decote.

O pai, ela notou, comportava-se com jovialidade artificial, proclamando como ficara feliz com a visita dos parentes e como estava triste com a ideia de vê-los partir no dia seguinte. Whitney refletiu que talvez ele estivesse mesmo triste com a partida deles. Afinal, aqueles dias todos usara-os como escudo para proteger-se da raiva dela. Bobagem, porque ela não pretendia confrontar-se com ele. Tudo o que sentia pelo pai, agora, era uma gélida... indiferença.

O jantar terminou, as mulheres foram para o salão de visitas, e os homens, depois de deliciarem-se com vinho e charutos, juntaram-se a elas para jogar uíste. Várias mesas haviam sido arrumadas para o jogo, e Cuthbert dirigiu-se à ocupada por Whitney e Anne. Era pomposo, gordo, começava a ficar calvo, e Whitney achava-o repulsivo. Murmurando uma desculpa à tia, ela se levantou e saiu do salão.

Foi para a biblioteca e examinou as estantes, mas não encontrou nada que a interessasse entre as centenas de livros que enchiam as prateleiras. Não queria voltar para o salão por causa de Cuthbert, de modo que só lhe restavam duas alternativas: ir para o quarto ou refugiar-se no escritório do pai.

Escolheu a segunda e, depois que Sewell levou-lhe um baralho e colocou mais lenha na lareira, ela se sentou a uma mesinha diante do fogo e embaralhou as cartas.

Estou me tornando uma eremita, pensou.

Começava a dispor as cartas para um jogo solitário de paciência quando a porta atrás dela abriu-se.

– O que foi, Sewell? – perguntou sem se virar.

– Não é Sewell, prima – cantarolou uma voz antipática. – Sou eu, Cuthbert.

Aproximou-se e parou junto à cadeira dela, naturalmente para ter uma boa visão da parte dos seios que o decote exibia.

– O que está jogando? – indagou.

– Um jogo chamado "paciência" – ela explicou em tom nada gentil. – É jogado por uma só pessoa.

– Nunca ouvi falar – declarou o primo. – Não quer me ensinar?

Apertando os dentes, irritada, Whitney continuou seu jogo. Cada vez que se inclinava para a frente para colocar uma carta na mesa, Cuthbert inclinava-se também, fingindo observar o jogo, mas espiando o generoso decote. Por fim, incapaz de suportar aquilo por mais tempo, ela largou as cartas que segurava na mesa e levantou-se, irritada.

– Precisa ficar olhando para mim dessa maneira? – indagou, áspera.

– Preciso – Cuthbert respondeu, inabalável, puxando-a pelos braços.

– Dou-lhe três segundos para tirar as mãos de cima de mim senão começarei a gritar – ela ameaçou, tentando livrar-se.

Ele obedeceu, mas, ao deixar as mãos penderem, caiu de joelhos diante de Whitney e pôs a mão direita no peito.

– Prima, tenho de lhe dizer o que se passa em meu coração e em minha mente – preludiou, os olhos percorrendo-a da barra do vestido à cabeça e fazendo o caminho de volta. – Eu...

– Eu *sei* o que se passa em sua mente – ela interrompeu-o sarcasticamente. – Vi a cobiça com que me olha. Agora, levante-se!

– Preciso falar! – ele insistiu, as mãos gorduchas agarrando a saia do vestido azul.

Whitney puxou a saia depressa, certa de que ele seria capaz de levantá-la e espiar por baixo.

– Pare com isso!

– Admiro você com todas as fibras de meu ser – Cuthbert recitou, dramático. – Sinto o maior afeto por...

Calou-se repentinamente, engolindo em seco e olhando assustado para um ponto atrás dela.

– Espero sinceramente não estar interrompendo a prece de um devoto – um homem comentou da porta, em tom zombeteiro.

Whitney virou-se, surpresa, ao reconhecer a voz de Clayton. Ele foi até ela e ficou olhando para Cuthbert, que parecia furioso enquanto se levantava.

– Minha prima estava me ensinando um novo jogo de cartas, jogado por uma só pessoa.

O indulgente divertimento que Whitney vira nos olhos de Clayton desapareceu.

– Agora que aprendeu, vá para o salão praticar – ele sugeriu, autoritário. Cuthbert lançou-lhe um olhar irado, cerrando os punhos, então, depois de hesitar um pouco, saiu do escritório.

Whitney fitou Clayton, aliviada e grata.

– Obrigada, eu...

– Tenho vontade de torcer seu pescoço! – Clayton explodiu, impedindo-a de continuar.

Tarde demais, ela percebeu que não deveria ter ficado em pé por tanto tempo se queria manter a história joelho "torcido".

– Parabéns pelo bom trabalho de hoje, minha senhora! – ele sibilou. – Em menos de 12 horas, trouxe Whitticomb à sua cama e pôs Cuthbert a seus pés.

Encarando-o, Whitney notou que, apesar do tom severo de sua voz, Clayton parecia estar contendo-se para não sorrir. E pensar que ela estremecera de medo, achando que ele estivesse furioso!

– Seu demônio! – murmurou, entre irada e divertida.

– Estamos empatados, porque eu nunca a descreveria como um anjo – ele rebateu.

Durante todo o dia, as emoções de Whitney haviam oscilado loucamente. Ela se vira à beira do desastre, conseguira escapar, sentira raiva, medo, esperança e alívio. E agora, olhando para Clayton, que parecia estar se divertindo em vez de mostrar-se furioso, como seria de esperar, o último traço de autocontrole abandonou-a. Seus olhos encheram-se de lágrimas.

– O dia de hoje foi terrível – ela murmurou.

– Acho que sentiu minha falta – ele comentou com ironia.

Whitney riu tremulamente.

– Sentir sua falta, eu? – zombou, incrédula. – Como, se quero matá-lo?

– Se me matasse, eu voltaria em espírito para assombrá-la – Clayton ameaçou, sorrindo.

– É o que me impede de acabar com você – ela replicou no mesmo instante.

De repente, um soluço escapou-lhe da garganta, e as lágrimas caíram.

Ele passou um braço por seus ombros, oferecendo conforto, e Whitney aceitou, virando-se e enterrando o rosto no peito da casaca cinzenta. Por um longo tempo, ela chorou por seus problemas nos braços do homem que os causara.

– Sente-se melhor? – perguntou Clayton quando as lágrimas cessaram.

Whitney moveu a cabeça num gesto afirmativo e aceitou o lenço que ele lhe entregou.

– A não ser quando eu era criança, nunca chorei tanto como depois que voltei para cá – lamentou-se. Olhando para Clayton, surpreendeu-se ao vê-lo com uma expressão de tristeza no olhar. – Posso lhe fazer uma pergunta?

– Pergunte qualquer coisa.

– E você responderá "se estiver a seu alcance e se for razoável" – ela observou com um breve sorriso.

– Certo – ele concordou.

– Por que agiu dessa maneira medieval, indo pedir minha mão a meu pai, sem falar comigo primeiro? Pior ainda, sem me conhecer? – Sentiu que Clayton ficava tenso, embora sua expressão não mudasse, e então explicou depressa: – Eu só gostaria de saber o que viu em mim. Não nos demos muito bem no baile dos Armand. Zombei de seu título e repeli seus avanços, no entanto você decidiu que queria se casar comigo. Por quê?

– Por que acha que escolhi você?

– Não sei. Nenhum homem pede uma mulher em casamento apenas para desgraçar a vida dela, de maneira que você deve ter tido outro motivo.

Apesar do insulto implícito nas palavras de Whitney, Clayton sorriu, pois, afinal, ela continuava em seus braços, e isso o fazia sentir-se extremamente indulgente.

– Não pode me censurar por querer você, porque seria censurar todos os outros homens que a cortejaram. E casamentos arranjados podem ser um costume medieval, mas continuam em vigor nas melhores famílias.

Whitney suspirou.

– Na sua família, talvez, mas não na minha. E não acredito que todos esses casamentos foram realizados sem que os noivos tivessem a chance de pelo menos vir a gostarem um do outro.

– Você pode dizer com honestidade que em nenhum momento gostou de mim? – ele persistiu. – Mesmo não querendo gostar?

Não havia zombaria nem desafio na voz dele que justificasse Whitney dizer uma mentira, só pelo prazer de contrariá-lo, e o senso de justiça inato que ela possuía não lhe permitia atacar sem provocação.

– Em alguns momentos, gostei – confessou, desviando o olhar, constrangida.

– Mas sempre contra sua vontade, não é? – Clayton brincou.

A despeito de tudo, Whitney sorriu.

– Contra minha vontade e contra a voz do bom-senso. – Como os olhos dele se tornassem calorosos demais, ela mudou de assunto rapidamente: – Você prometeu que me diria por que quer se casar comigo e não disse.

– Como eu ia saber, quando vim pedir sua mão, que você me desprezaria no instante em que me visse?

– Clayton! – ela exclamou, então gelou, surpresa, ao ouvir-se chamando-o pelo nome de batismo. Corrigiu-se depressa: – Senhor duque...

– Gosto mais do outro jeito – ele declarou.

– Senhor duque – ela teimou, e a frágil intimidade surgida pela trégua esfacelou-se. – Por que responde a todas as minhas perguntas com outras perguntas? Quero que me diga por que procurou meu pai para pedir minha mão. – Só então, notando que ele ainda a abraçava, afastou-se bruscamente. – E não vá dizer que me amava.

– Não, não amava – ele declarou. – E você tem razão num ponto: eu mal a conhecia, naquele tempo.

Whitney virou-lhe as costas, incapaz de entender por que a resposta franca a magoara.

– Está cada vez mais claro! – comentou, irônica. – Sem me conhecer direito, sem gostar de mim, após me ver apenas algumas vezes, veio aqui e me comprou de meu arruinado pai, que conseguiu uma boa quantia e me mandou voltar da França para ser entregue a meu dono!

Virou-se para encará-lo, zangada, pronta para a discussão, mas Clayton permaneceu calmo, imperturbável, recusando-se a apanhar a deixa. Frustrada, a jovem sentou-se na cadeira que ocupara antes e pegou as cartas, recomeçando a jogar.

– Este jogo chama-se paciência e está fazendo muito sucesso na França, mas é jogado por apenas uma pessoa.

– No entanto, acho que agora precisa de um parceiro – ele comentou, inclinando-se e fazendo quatro jogadas que Whitney, agastada com Cuthbert, não vira.

– Obrigada, senhor, mas prefiro jogar sozinha.

Virando-se, Clayton caminhou para a porta, e ela pensou que finalmente fosse ficar sozinha. No entanto, ouviu-o falar com um criado no corredor. Instantes depois, ele retornou para junto dela com uma caixa de pau-rosa que pertencia a Martin, e colocou sobre a mesa. Ergueu a tampa, e Whitney viu pilhas de fichas de madeira, iguais às que tio Edward e os amigos usavam quando jogavam cartas.

Animou-se ao pensar que talvez Clayton pretendesse ensiná-la como usar as fichas. Seria algo escandaloso, no qual ele nem devia pensar, mas a ideia era tão atraente que ela não protestou. Observou-o tirar a casaca, jogá-la descuidadamente na escrivaninha, então sentar-se a sua frente, desabotoando o colete cinzento.

– Embaralhe as cartas – pediu.

Nervosa com a grave falta que cometia, indo contra as regras do decoro, Whitney juntou as cartas espalhadas e, sabendo que não conseguiria embaralhá-las, entregou-as a Clayton.

Fascinada, viu que as cartas pareciam adquirir vida própria, trocando de lugares rapidamente, movimentadas pelas mãos ágeis.

– Aposto que conhece todas as casas de jogo de Londres – comentou.

– Intimamente – ele confirmou, colocando o baralho no centro da mesa, virado para baixo. – Corte.

Whitney hesitou, tentando manter uma atitude de frio desdém. Mas como isso seria possível se Clayton estava tão bonito e mostrava-se tão encantadoramente dissoluto? Reclinado na cadeira, com o colete aberto, era o retrato do cavalheiro bem-nascido, acostumado àquele divertimento. E ia ensiná-la a jogar um verdadeiro jogo de azar! Além disso, ela sabia que ele tentava alegrá-la, fazendo-a esquecer seus problemas.

– Acredito que saiba que, se alguém me vir fazendo isso, minha reputação ficará irremediavelmente arruinada – comentou, a mão pousada sobre o baralho.

Clayton lançou-lhe um longo e sugestivo olhar.

– Uma duquesa pode fazer o que quiser.

– Não sou uma duquesa.

– Mas vai ser – ele afirmou em tom de absoluta certeza e, como para impedi-la de protestar, prosseguiu depressa: – Corte o baralho.

Duas horas mais tarde, enquanto empilhava as fichas na caixa, Whitney refletiu que jogos de azar faziam uma pessoa sentir-se deliciosamente depravada. A despeito de nunca ter sequer acompanhado uma partida jogada por outras pessoas, jogou bem, perdendo apenas uma pequena quantia. Sentia que Clayton estava orgulhoso de sua rapidez em aprender, e sabia que qualquer outro cavalheiro ficaria horrorizado se a visse demonstrar talento para o jogo. Certamente, até mesmo o liberal Nicki.

Por que Clayton admirava nela justamente as coisas que outros homens julgariam chocante?, ela conjecturou, observando-o abotoar o colete.

Quando estava com Paul, precisava ter o máximo de cuidado para não transpor os limites impostos às mulheres, mas o duque parecia apreciá-la ainda mais quando ela se mostrava ousada. Se Paul soubesse que ela aprendera um jogo que só homens jogavam, ficaria escandalizado e aborrecido. No entanto, Clayton, além de ensiná-la, mostrara franca admiração ao notar sua facilidade em aprender.

Levantando-se, Clayton vestiu a casaca, então inclinou-se, beijando Whitney na testa.

– Sairemos de carruagem amanhã de manhã se o tempo estiver bom – avisou. – Virei buscá-la às onze horas.

O Dr. Hugh Whitticomb, acomodado diante da lareira, deliciava-se com um copo de excelente conhaque quando Clayton retornou

– Como está minha jovem paciente? – indagou em tom displicen te, enquanto seu anfitrião servia-se de um pouco da mesma bebida.

Sentando-se numa poltrona, Clayton pôs os pés sobre a mesinha entre eles e olhou-o de modo indecifrável.

– Encontrei-a como provavelmente você a viu hoje à tarde, isto é, de pé, apoiada nas duas pernas.

– Não parece muito satisfeito com isso – observou Whitticomb.

– Um dos primos de Whitney estava propondo casamento a ela quando cheguei – Clayton contou com um sorriso sarcástico.

O médico revelou-se ótimo ator, fingindo engasgar-se com o conhaque, quando na verdade continha a vontade de rir.

– Imagino como isso deve tê-lo surpreendido – comentou após um momento.

– Quando se trata de Whitney, não me surpreendo com nada – declarou Clayton, mas seu tom irritado desmentia as palavras.

– Como observo a situação de fora, acredito que a esteja vendo melhor, sem falar que tenho alguma experiência no que diz respeito à mente feminina – o doutor preludiou. – Se perdoar minha presunção, levando em conta que sou um velho amigo de sua família, talvez consinta em ouvir meu conselho.

O duque manteve-se em silêncio, sinal de que consentia.

– Percebi que a Srta. Stone deseja algo que você reluta em lhe dar – começou Whitticomb. – O que ela quer?

– Ser liberada da obrigação de se casar comigo – respondeu Clayton, zombeteiro. – Quer que eu desista do noivado.

O médico deu uma gargalhada horrorizada.

– Deus meu! – exclamou. – Não é de admirar que tenha me olhado daquela maneira quando sugeri sutilmente como deveria comportar-se para segurar você.

Ficando em silêncio, entregou-se a pensamentos conflitantes. Era espantoso que uma jovem rejeitasse o solteiro mais cobiçado de toda a Inglaterra, e também que Clayton tivesse tanta paciência ao lidar com sua rebeldia. Outra coisa que o surpreendia era o fato de a notícia mais esperada da década, o noivado do duque de Claymore, ainda não ter se espalhado.

– Que objeções a adorável menina faz a você? – perguntou por fim.

Ajeitando a cabeça no encosto da poltrona, Clayton fechou os olhos e suspirou.

– Entre outras coisas, ela não me perdoa por não tê-la consultado, antes de pedi-la ao pai.

– Não vejo por que isso seria motivo para rejeitá-lo. Contudo, você certamente já sabia que ela é independente por natureza. Por que não lhe disse o que pretendia?

Clayton abriu os olhos.

– Ela nem sabia meu nome, na época, de modo que achei que seria estranho procurá-la para propor casamento.

– Não sabia seu... Não me diga que, com metade das mulheres da Europa querendo atirar-se em seus braços, você escolheu uma jovem a quem nem conhecia!

– *Eu* conhecia Whitney, mas ela não sabia nada sobre mim, nem mesmo meu nome.

– Você, então, presumiu que, assim que a jovem soubesse de sua riqueza, de seu título, aceitaria naturalmente ser sua esposa – o Dr. Whitticomb comentou, divertido. O ar carrancudo de Clayton silenciou-o por um breve instante, mas então, subitamente, ele perguntou: – Quem é Paul Sevarin?

– Por que pergunta? – o duque quis saber, desconfiado.

– Porque fui à vila hoje à tarde, depois que visitei Whitney, e conversei com o boticário. O sujeito fala pelos cotovelos, é daquelas pessoas que lhe contam tudo sem nenhum incentivo, e fazem mil perguntas. Acabou por descobrir o nome de minha paciente e disse certas coisas que na hora me pareceram bobagens.

– Que coisas?

– Por exemplo: que Paul Sevarin está cortejando a Srta. Stone abertamente, e que a vila toda aguarda, ansiosa, o anúncio do noivado dos dois, que parecem muito apaixonados um pelo outro.

– Para ser franco, pouco me importa o que o povo diz.

– Não? – Hugh Whitticomb inclinou-se para a frente e perguntou audaciosamente: – Afinal, você está ou não apaixonado por aquela moça?

– Vou me casar com ela – respondeu Clayton. – O que mais há para dizer? – Levantou-se, desejou uma boa-noite ao hóspede e saiu da sala. O doutor ficou imóvel, olhando para o fogo, atônito e alarmado. De repente, sorriu, então começou a rir.

– Que Deus o ajude! – exclamou em voz alta. – Clayton ainda não percebeu que ama aquela menina. E, se percebeu, não quer admitir.

Em seu quarto, Clayton tirou a casaca, atirando-a numa cadeira. Em seguida, foi a vez do colete. Soltando os botões de cima da camisa, caminhou até uma das janelas e ficou olhando para fora com as mãos nos bolsos.

Estava furioso pelo fato de os habitantes da vila terem como certo o noivado de Whitney com Sevarin. Claro, quisera dar a ela o prazer de mostrar que fora capaz de fazer com que o homem que sempre lhe fugira a cortejasse, mas não imaginara que as coisas fossem seguir aquele rumo. Whitney nunca fora e nunca seria noiva de outro, e ele não permitiria que acreditassem no contrário. Ela não amava Sevarin, apesar de achar que sim. O que realmente desejava era tirá-lo de Elizabeth Ashton para satisfazer um capricho da adolescência.

Clayton sabia que Whitney também não o amava, mas isso não o preocupava. O "amor", com todo aquele comportamento obsessivo que provocava, era uma emoção absurda. Ele ficara surpreso pelo fato de Whitticomb tê-lo mencionado. Ninguém, no alto círculo a que pertencia, admitia sentir algo mais forte do que uma grande ternura ou um apego duradouro, nem mesmo por seus cônjuges. O amor era uma ideia tola, romântica, que não tinha lugar em sua vida.

Sentiu-se menos irritado quando pensou nas horas agradáveis que passara com Whitney naquela noite. Percebera que os únicos empecilhos para ela render-se a ele eram sua obsessão por Sevarin, que obviamente começava a diminuir, e o compreensível ressentimento pelo modo como seu estúpido pai contara-lhe sobre o contrato de noivado, do qual ela nada sabia.

O que Martin fizera tirara de Clayton o prazer de cortejar e conquistar Whitney. Apesar dos altos e baixos enfrentados, ele gostava de fazer a corte a ela, mesmo sendo altivamente rejeitado. Tinha de lutar para conseguir ganhar alguns centímetros de terreno, mas, cada vez que conseguia, sentia-se euforicamente vitorioso, porque o mais difícil sempre tinha mais valor.

No entanto, houvera momentos em que sua paciência quase perdera a batalha contra o desejo. Quando Whitney se rebelava, quando o desafiava, ele precisava de todo seu autocontrole para não tomá-la nos braços e acalmar sua revolta com beijos e carícias. Estava negligenciando suas propriedades, seus negócios, mas, assim que decidira forçá-la a casar-se, e ela que se acostumasse *depois* do casamento à ideia de que lhe pertencia, Whitney olhava-o com aqueles incríveis olhos verdes, e ele não conseguia levar a decisão adiante.

Com um suspiro, Clayton afastou-se da janela. Nunca, nem por um momento, duvidara de que o casamento se realizaria. Whitney se casaria com ele, por bem ou por mal. Se fosse por mal, ela teria de ser conquistada aos poucos, em longas batalhas travadas na cama.

20

Uma brisa fria, trazendo o revigorante aroma de folhas queimadas, invadiu os aposentos de Whitney, que, saindo do banho, aspirou o ar, deliciada. Enrolada num roupão, foi até uma das janelas. O outono, a mais gloriosa das estações, exibia uma linda manhã dourada. Olhando a paisagem que se estendia em tons de topázio e rubi, sentiu-se dominada pelo exuberante otimismo que sempre experimentava naquela época do ano.

Com relutância, afastou-se da janela, pensando em que roupa vestir. Por fim, depois de examinar os armários, escolheu um vestido de lã fina, rosa-antigo, de cintura alta, decote quadrado, mangas longas e saia ampla. Clarissa penteou-a, erguendo os cabelos e modelando-os em cachos entremeados por fitinhas de veludo da mesma cor do vestido.

Pensamentos a respeito de Paul e de seu indesejado noivado com Clayton rondavam sua mente, mas ela recusava-se a deixar que se fixassem. Tudo o que queria era sair e expor-se ao sol. Nada iria estragar a perfeição de um dia tão lindo.

Às onze horas e cinco minutos pelo relógio sobre a lareira, uma criada bateu à porta e avisou que o Sr. Westland chegara e a aguardava. Pegando um xale estampado, que combinava com o vestido, ela se apressou em descer.

– Bom dia! – cumprimentou alegremente, encontrando-se com Clayton no salão de visitas. – O dia está maravilhoso, não acha?

Ele tomou as mãos dela entre as suas, observando-lhe o rosto radiante.

– Seu sorriso é luminoso – observou tranquilamente.

Ela sentiu um estranho acanhamento ao ouvir o discreto elogio, como se não estivesse acostumada a ouvir os mais floreados cumprimentos.

– Está atrasado – acusou, fingindo severidade, incapaz de pensar em outra coisa para dizer. – Passei os últimos cinco minutos andando de um lado para o outro de meu quarto, esperando por você.

Clayton não disse nada, e ela, por um momento, sentiu-se sob uma espécie de encantamento, fitando os olhos cinzentos que a encaravam sedutoramente. Ele apertou-lhe as mãos, puxando-a mais para perto, como se fosse beijá-la, deixando-a ao mesmo tempo excitada e alarmada.

– Não, não estou atrasado – negou. – Mas agora que sei que fica ansiosa à minha espera, farei questão de chegar sempre cedo.

O relógio no vestíbulo badalava onze horas quando os dois saíram de casa.

– Eu não disse? – Clayton provocou.

Whitney riu e subiu na carruagem aberta, recostando-se nas almofadas verde-musgo. Clayton acomodou-se a seu lado, e ela disfarçadamente examinou as lustrosas botas marrons, as pernas musculosas que a calça justa revelava, o casaco cor de ferrugem e a camisa de seda creme.

– Se o que estou vestindo não lhe agrada, podemos ir até minha humilde residência para que você veja quais das minhas roupas merecem sua aprovação – ele brincou.

Whitney encarou-o. Seu primeiro impulso foi dizer que para ela o modo como ele se vestira não fazia a menor diferença. Mas, para sua própria surpresa, disse a verdade:

– Você está com uma aparência esplêndida.

Teve tempo de ver o olhar de espanto e satisfação de Clayton, antes que ele fizesse os belos cavalos cinzentos saírem a trote.

Os galhos das árvores que ladeavam a estrada entrecruzavam-se no alto, formando uma arcada sob a qual a carruagem rodava suavemente. Folhas caíam, flutuando na brisa, e Whitney, descontraída, erguia as mãos, tentando pegar as mais coloridas. Ficou tensa, porém, quando, na bifurcação da estrada, Clayton fez os cavalos tomarem o caminho da esquerda.

– Aonde vamos? – perguntou, assustada.

– Primeiramente à vila.

– Não preciso de nada lá.

– Mas eu preciso – ele informou.

Largando-se contra o encosto macio, Whitney fechou os olhos, em pânico.

Ela e Clayton seriam vistos juntos, e numa pequena aldeia onde nada acontecia, aquilo causaria muitos comentários e conjecturas. Sabia que todos esperavam pelo anúncio de seu noivado com Paul e sentia-se enjoada só de pensar que ele passaria por lá, ao retornar da viagem, e ouviria uma versão distorcida da história.

A carruagem passou sobre a ponte de pedras e entrou na rua entre os prédios simples que abrigavam lojas de baixa qualidade e uma estalagem. Por fim, quando Clayton parou o veículo diante da loja do boticário, Whitney ficou tão nervosa que teve vontade de gritar. O boticário, de todos os mexeriqueiros da vila, era o pior.

Clayton saltou para o chão e deu a volta na carruagem para ajudá-la a descer.

– Prefiro esperar aqui – ela disse, tentando não demonstrar nervosismo.

– Eu gostaria muito que você me acompanhasse – ele replicou num inegável tom de comando, embora educado.

Isso bastou para irritar Whitney, e o clima de camaradagem que havia entre eles desintegrou-se.

– É uma pena, porque não vou entrar na botica.

Para sua consternação e raiva, Clayton pegou-a pela cintura e tirou-a da carruagem, colocando-a na calçada. Para não fazer uma cena, o que despertaria uma curiosidade ainda maior do que aquela que certamente já haviam despertado, ela conteve o desejo de empurrá-lo para longe.

– Está querendo dar um espetáculo? – perguntou por entre os dentes.

– Estou – ele respondeu, imperturbável.

Whitney viu o rosto gorducho e corado do Sr. Oldenberry, o boticário, que os espiava pela janela da loja, e perdeu a esperança de que ele não houvesse assistido à cena. Entraram e foram envolvidos pelo cheiro de remédios, ervas e amoníaco. Oldenberry recebeu-os com cumprimentos efusivos, e seus olhinhos curiosos pousaram várias vezes na mão de Clayton, que segurava possessivamente o cotovelo de Whitney.

– Como vai o Sr. Paul? – perguntou com ar astuto.

– Está viajando, como sabe – ela respondeu. – Deve voltar dentro de cinco dias, no máximo.

Imaginou o que aquele maledicente estaria dizendo dali a uma semana quando soubesse que ela fugira com Paul.

Clayton pediu um frasco de sais, que o boticário entregou a Whitney.

– É para o Sr. Westland – ela explicou, carrancuda. – Acredito que ele sofra de melancolia e dor de cabeça.

– É verdade – confirmou Clayton, aceitando o insulto a sua vitalidade masculina com um sorriso que a enfureceu. Então, tirando a mão de seu cotovelo, abraçou-a pelos ombros, afetuosamente. – E pretendo continuar "sofrendo". – Fez uma careta quando Whitney pisou-lhe no pé, então piscou maliciosamente para o boticário. – Recebo muita atenção desta encantadora vizinha, graças ao meu sofrimento.

– Que mentira! – ela explodiu.

– Ela tem um gênio bem apimentado, não é, Sr. Oldenberry? – comentou Clayton, sorrindo admirado.

O boticário estufou o peito, sentindo-se importante, e concordou, dizendo que a Srta. Stone sempre tivera gênio forte, e que ele, como o Sr. Westland, gostava de mulheres daquele tipo.

Whitney observou Clayton pagar pelo frasco de sais e devolvê-lo discretamente a Oldenberry, agora totalmente certa de que ele quisera entrar na botica apenas para mostrar que gozava de sua afeição. Furiosa, imaginando os comentários que aquilo geraria num raio de vinte quilômetros, ela virou-se e saiu da loja.

– Vai se arrepender disso – ameaçou quando Clayton alcançou-a.

– Acho que não – ele replicou, guiando-a para o outro lado da rua.

Elizabeth Ashton saía de uma loja com Margaret Merryton, que carregava alguns pacotes embrulhados em papel branco e atados com cordões coloridos. As boas maneiras mandavam que todos parassem para trocar algumas palavras amigáveis.

Daquela vez, Margaret não se dirigiu a Whitney com uma observação insultuosa ou provocante, como costumava fazer. Na verdade, ignorou-a. Fixou a atenção em Clayton, sorrindo, e ele, educadamente, pegou os pacotes de seus braços. Os quatro caminharam na direção da carruagem de Margaret, que, pendurando-se no braço de Clayton, disse em tom bastante alto para Whitney ouvir:

– Foi bom encontrá-lo. Gostaria de saber se deixei minha sombrinha em sua carruagem na tarde em que me levou para casa.

Whitney perdeu o fôlego, chocada com o que considerou uma traição. Sabia que não estava sendo justa, pois ela própria não honrava o compromisso com Clayton. No entanto, tinha a desculpa de não haver sequer sido consultada, enquanto ele, de livre e espontânea vontade, assinara o contrato de noivado, um documento quase tão sério quanto uma certidão de casamento. O homem era de fato um libertino promíscuo! E, com tantas mulheres com quem poderia encontrar-se às escondidas, escolhera justamente sua pior inimiga! O íntimo de Whitney foi invadido por dor e raiva.

– Ela odeia você – Elizabeth murmurou-lhe ao ouvido enquanto Clayton punha os pacotes na carruagem de Margaret.

Os dois, então, foram até a carruagem de Clayton, aparentemente para procurar a sombrinha desaparecida. Ficaram parados junto ao veículo, conversando e rindo.

– Acredito que o ódio que ela sente agora, por causa do Sr. Westland, é maior do que o que sentiu por causa daquele cavalheiro parisiense, Sr. Du Ville.

Whitney refletiu que era a primeira vez que Elizabeth comentava diretamente algo com ela e que, se não fosse por seu estado de espírito lamentável, responderia de maneira bastante cordial.

– Eu ficaria muito grata a Margaret se ela levasse o Sr. Westland para longe de mim e ficasse com ele – afirmou em tom seco.

– Ainda bem que se sente assim, porque é exatamente o que ela pretende fazer – a outra moça disse, com uma expressão grave no belo rosto.

Pouco depois, após ajudar Elizabeth e Margaret a subirem na carruagem, Clayton pegou a mão de Whitney e prendeu-a na curva do braço, como se nada de anormal houvesse acontecido. Ela caminhou ao lado dele, calada e rígida de raiva, acompanhando-o à estalagem, que oferecia, além de dois salões de refeições, uma sala privativa e um pequeno pátio, escondido da rua por treliças pintadas de vermelho-escuro. A filha do proprietário saudou Clayton como se já o conhecesse, então apressou-se em levar os dois até a mesa no pátio. Cada vez mais aborrecida, Whitney observou a moça, que se chamava Millie, piscar sedutoramente os olhos castanhos na direção de Clayton, então inclinar-se para alisar a toalha e ajeitar o vaso de flores, oferecendo propositalmente uma visão generosa dos grandes seios que ameaçavam saltar do decote. Irritada, seguiu a jovem com o olhar, quando ela se afastou, bamboleando os quadris de modo provocante.

– Se é dessa maneira que Millie se comporta perto de todos os homens que vêm aqui, seus pobres pais devem estar à beira da loucura – comentou.

Clayton olhou-a com ar divertido, obviamente achando graça em sua irritação, e aquilo bastou para demolir o frágil controle que ela ainda exercia sobre a raiva.

– Claro que você deve ter dado motivo para que Millie julgue que a acha desejável – observou.

– Que diabos quer dizer com isso?

– Estou me referindo a sua reputação de mulherengo, que certamente fez por merecer.

– Não flerto com criadas – ele declarou.

– Diga isso a Millie – Whitney retrucou gelidamente.

A moça levou-lhes a refeição algum tempo depois, e os dois comeram em silêncio. No instante em que terminaram, Whitney afastou a cadeira e levantou-se, ainda furiosa.

O silêncio não foi quebrado durante todo o caminho de volta para casa, até que Clayton entrou na alameda da propriedade em que vivia.

– Se pensa que vou pôr os pés em sua casa, está muito enganado – Whitney declarou.

Ele parou a carruagem diante da porta principal e desceu. Havia uma expressão de forçada paciência em seu rosto quando, indo até o lado do passageiro, pegou Whitney pela cintura e tirou-a do veículo.

– Que Deus me ajude se um dia eu machucar as costas e não puder levantar peso – comentou.

– Que Deus o ajude, se você *virar* as costas para um par enfurecido ou um marido traído – ela retrucou. – Isto é, se eu não o matar antes por querer abusar de mim.

– Não tenho intenção alguma de abusar de você – ele assegurou, exasperado. – Se parar de discutir e olhar em volta, verá por que a trouxe aqui.

Whitney olhou, irritada a princípio, depois surpresa. A propriedade dos Hodge sempre tivera certo ar de abandono, mas agora tudo estava diferente. Os arbustos haviam sido podados, a grama fora aparada. Os caminhos pavimentados agora mostravam-se impecáveis, com todas as pedras no lugar. Mas a maior mudança ocorrera no segundo andar, onde, no lugar de três buracos envidraçados, abriam-se enormes janelas.

– Por que gastou tanto? – ela perguntou por fim, sabendo que Clayton esperava alguma reação.

– Porque comprei a propriedade – ele explicou, conduzindo-a na direção de um pavilhão recém-construído, na outra extremidade do gramado.

– Comprou?! – ela exclamou, imaginando-se casada com Paul e tendo Clayton como vizinho.

A ideia a fez sentir-se mal. Não havia limites para os obstáculos que aquele homem colocaria em seu caminho, impedindo-a de alcançar a felicidade?

– Pareceu-me um bom negócio – ele disse. – A propriedade é adjacente à sua, e um dia as duas poderão formar uma só.

– Não tenho propriedade alguma. A que eu tinha agora é sua – ela observou com amargura. – Você comprou as terras dos Stone, assim como me comprou.

Tentou entrar no pavilhão de madeira, mas Clayton pegou-a pelo braço, virando-a bruscamente. Olhou-a por um longo momento, examinando-lhe o rosto afogueado de raiva.

– Encontrei Margaret Merryton na estrada, na semana passada, com uma roda da carruagem quebrada – contou. – Então, ofereci-me para levá-la para casa, pois não seria educado deixá-la sozinha naquele lugar. O pai dela ficou muito agradecido e convidou-me para jantar, mas não aceitei. Foi só isso o que aconteceu.

– Não me importo nem um pouco com o que você e Margaret fazem – Whitney mentiu, ainda furiosa.

– Não venha com essa! Está implicando comigo desde que ela perguntou se havia esquecido a sombrinha em minha carruagem.

Whitney desviou o olhar, imaginando se ele dissera a verdade sobre o encontro com Margaret, e perguntando-se por que dava tanta importância a isso.

– Se não me acha discreto, pelo menos reconheça que tenho bom gosto. Como me envolveria com Margaret? – ele acrescentou. – Estou perdoado, minha pequena?

– Acho que sim – ela respondeu, sentindo-se absurdamente aliviada e muito tola. – Mas quando vir Margaret novamente...

– Baterei nela – ele completou, rindo.

Whitney sorriu de leve.

– Eu só ia lhe pedir para não encorajá-la, porque, se Margaret achar que você está interessado nela, me tratará de modo ainda pior do que me trata. – De repente, uma suspeita cruzou-lhe a mente. – Ela levava uma sombrinha, no dia em que você a encontrou?

– Não me lembro, mas acho que não.

– Você acha Margaret... hã... bonita? – Whitney perguntou timidamente, fingindo observar a ponta dos sapatos cor-de-rosa.

– Ah, a situação está melhorando! – ele disse com uma risada, pegando-a pelos braços e puxando-a para si.

– Como assim?

– Agrada-me ouvi-la falar como uma esposa, mesmo que seja como uma esposa ciumenta.

Havia verdade o bastante naquela observação para fazer Whitney corar.

– Não estou com ciúme, nem existe razão para isso, porque você não me pertence, da mesma maneira que eu não lhe pertenço.

– A não ser pelos termos de um contrato legal que nos une num compromisso de noivado.

– Um contrato que não significa nada porque não fui consultada.

– Mas que honrará, de qualquer modo – Clayton afirmou.

Whitney olhou-o, entre ressentida e suplicante.

– Odeio essas discussões constantes. Por que se recusa a compreender que amo Paul?

– Não, você não ama Sevarin e me disse isso várias vezes.

– Nunca disse nada parecido! Eu...

– Sempre que a tomo nos braços, você me diz que seu coração não pertence a Sevarin.

Whitney estava desesperada o bastante para tomar *qualquer* atitude.

– Para um homem com tão vasta experiência com mulheres, dá importância exagerada a alguns beijos – zombou. – Pensei que fosse menos ingênuo.

– Tenho experiência suficiente para saber que corresponde aos meus beijos e que fica aterrorizada com o que a faço sentir – Clayton replicou. – Se sentisse o mesmo nos braços de Sevarin, não teria nada a temer de mim. Mas não sente e sabe muito bem disso.

Ela respirou fundo, tentando acalmar-se.

– Em primeiro lugar, Paul é um cavalheiro, e você não é – acusou. – Sendo um cavalheiro, ele jamais pensaria em me beijar do jeito que você me beija. Ele...

Clayton torceu os lábios com divertido sarcasmo.

– Sevarin não a beija como eu? Acho que o superestimei, então.

Whitney precisou conter-se para não lhe dar um tapa no rosto. De que adiantava discutir se ele manipulava todas as suas palavras, virando-as a seu favor? Claro que ela se entregava à paixão que Clayton tão habilmente acendia em seu corpo. Que mulher não ficaria momentaneamente excitada, experimentando as carícias de um homem que se especializara na arte da sedução?

As mulheres mais sofisticadas da Europa haviam sido vítimas daquele sedutor. Comparada a elas, Whitney não passava de uma criancinha inocente.

– Ficou sem argumentos? – Clayton provocou, rindo.

Como não podia matá-lo, decidiu vingar-se da única maneira possível.

– Existe uma explicação muito simples para meu silêncio, e você não gostará de ouvi-la. A verdade é que acho suas carícias sórdidas, e elas não me excitam! Só as suporto porque finjo que você é Paul.

Clayton apertou-lhe os braços, e ela gritou.

Ele puxou-a raivosamente contra si, assustando-a com a expressão gelada dos olhos cinzentos. Beijou-a rudemente, movendo a boca sobre a dela até fazê-la entreabrir os lábios. Whitney quis escapar, mas ele segurou-lhe a cabeça, castigando-a com a fúria de seu beijo contundente. Lágrimas de dor subiram aos olhos dela, mas a carícia prolongou-se, cruel e voraz.

– Minta para quem você quiser – Clayton murmurou contra os lábios dela. – Mas nunca mais para mim! Entendeu? – perguntou, intensificando o abraço para enfatizar o aviso.

Whitney ficou sem fôlego, debatendo-se na tentativa de respirar para responder que sim, que entendera. Os braços musculosos ameaçavam partir-lhe as costelas, e seu silêncio involuntário parecia enfurecer Clayton ainda mais. Ela conseguiu erguer uma das mãos e deslizá-la pelo peito dele, tentando afastá-lo um pouco, até que seus dedos tocaram nos lábios firmes, encostados nos seus.

De súbito, Clayton soltou-a, e ela pôde finalmente respirar fundo, levando ar aos pulmões doloridos.

– Dou a mão à palmatória – ele disse com frio desdém. – Isso foi sórdido e nada excitante. Na verdade, seria difícil dizer qual de nós dois acha nossos beijos mais detestáveis.

Por um motivo inexplicável, Whitney sentiu-se ferida. Empertigou-se, fitando-o com expressão de orgulhoso desafio.

– Se os achasse tão detestáveis, me deixaria livre.

Clayton estava furioso. Ouvi-la dizer que pensava em Sevarin quando estava em seus braços deixara-o fora de si, e ele pensara em arrastá-la para o pavilhão e possuí-la ali mesmo, no chão. Vinha tolerando a rebeldia de Whitney desde em que ela chegara da França, e tomá-la à força a ensinaria que era loucura abusar de sua paciência. Infelizmente, porém, ela também aprenderia a odiá-lo com uma intensidade que poderia levar anos para diminuir.

Com um olhar deliberadamente insolente, ele inspecionou o corpo esbelto, mas voluptuoso, o perfil de linhas clássicas, a pele acetinada e sem mácula. A cor das faces acentuou-se quando ela percebeu o exame minucioso. O sol brilhava nos cabelos castanhos com reflexos cor de mogno, deixando-os ainda mais atraentes, e ela estava linda na aquele vestido cor-de-rosa contrastando com a extensão verde-esmeralda que a cercava no gramado. Uma única rosa magnífica, florescendo num jardim todo verde. No entanto, toda aquela beleza começava a aborrecer Clayton, em vez de dar-lhe prazer, pois Whitney ignorava-o, examinando as unhas de uma das mãos, fria e distante.

Ela estava precisando de uma lição. Ele lhe ensinaria que sua paixão era um presente para ser apreciado, que podia ser dado ou negado, conforme lhe aprouvesse. Primeiro, faria com que *ela* o beijasse e depois, quando a visse dominada pelo desejo, se desvencilharia de seus braços e se afastaria.

– Talvez eu a deixe ir se receber o necessário incentivo – disse em tom frio.

Whitney olhou-o, espantada, o coração saltando descompassado, enchendo-se de esperança e alegria, embora a razão a alertasse para ser prudente, pois Clayton era autoritário demais, confiante e voluntarioso demais para simplesmente desistir do casamento, deixando-a livre.

– Que espécie de incentivo? – indagou.

– Quero que você me beije, que me dê um beijo de despedida para amenizar o gelo de nossa separação. E, se for bom o bastante, eu a deixarei ir. Só isso.

– Não sei se posso confiar em você. Por que me deixaria em liberdade, tão de repente?

– Digamos que esses últimos minutos... desagradáveis tenham me convencido de que será melhor assim. Mas... – Ele fez uma pausa, dando de ombros com displicência. – Bem, o preço de minha generosidade é esse.

Preço?, pensou Whitney, radiante. Não é preço algum! Para ficar livre desse homem eu beijaria até o cavalo dele!

– Só precisarei dar-lhe um beijo de despedida, nada mais? – perguntou, olhando-o atentamente, desconfiada. – Tenho sua palavra de honra que, depois, me deixará livre?

– Exatamente. Na verdade, nem a acompanharei até sua casa. O cocheiro a levará. E então, trato feito?

– Claro! – ela concordou depressa, com medo de que ele mudasse de ideia. Estavam separados pela distância de dois passos, mas, em vez de se aproximar e abraçá-la, como ela esperava, Clayton encostou-se na parede do pavilhão e cruzou os braços.

– Como pode ver, estou inteiramente à disposição – observou.

Whitney piscou, confusa.

– Como assim?

– O próximo movimento é seu.

– Meu?! – ela exclamou, engolindo em seco.

Teria de tomar a iniciativa? Era isso que ele desejava? Era bem de seu feitio, querer vingar-se daquela forma mesquinha. A brisa alvoroçava os cabelos de Clayton, que deixava o olhar vaguear pelas copas das árvores e pelo céu azul, tranquilamente à espera. Whitney achou-o com ar tão arrogante que teve vontade de chutar-lhe a canela e mandá-lo para o inferno.

De súbito, ele desencostou-se da parede, como se estivesse cansado de esperar e houvesse decidido cancelar o trato.

– Espere! – ela gritou. – Eu... eu... – Encarou-o com raiva e constrangimento. – É que eu não...

– Não sabe por onde começar? – ele completou sarcasticamente. – Chegue mais perto de mim.

Constrangida, ela fez o que ele sugerira.

– Muito bem – ele aplaudiu, zombeteiro. – Agora, acabe logo com isso, encostando os lábios nos meus.

Whitney expeliu o ar dos pulmões num longo suspiro humilhado, então segurou as lapelas do casaco de Clayton, ergueu a cabeça e pressionou a boca na dele, num beijo casto. Então, soltou-o e recuou, pronta para fugir em abençoada liberdade.

– Se é assim que beija Sevarin, posso entender por que demorou tanto para fazê-lo decidir-se a pedir sua mão – Clayton comentou com cinismo. – Se não pode me oferecer nada melhor do que um beijo de donzela assustada, o trato deixa de ter valor.

Ela plantou as mãos nos quadris, indignada, e fitou-o como se quisesse fulminá-lo com o olhar.

– O que mais posso fazer, com você parado feito uma estaca, sem mover um músculo? Se ao menos colaborasse...

– Talvez tenha razão – ele concedeu. – Mas cabe a você me dar a inspiração necessária para que eu deseje colaborar.

– Oh, cale essa boca! – ela explodiu, irada. – Faça sua parte, que eu farei a minha!

– Só vou fazer o que você mandar – ele avisou. – E não pretendo ensinar-lhe algo que você já deveria saber. Não quero mais bancar o professor para uma menina ingênua e desajeitada.

Sentindo-se ferida, Whitney engoliu a resposta agressiva que subiu-lhe aos lábios. Tinha de pensar numa maneira de "inspirar" aquele homem insuportável, de modo a fazê-lo cooperar. Ele ia ver a "donzela assustada", a "menina ingênua e desajeitada". Curvando a cabeça, ela tentou imaginar-se como uma audaciosa e tentadora cortesã, tão conhecedora dos caminhos da paixão e da sedução quanto Clayton.

Num movimento lento, ergueu a cabeça, sabendo que seu olhar estava cheio de calorosas promessas, e, por um breve instante, notou um brilho diferente nos olhos cinzentos.

Animada pelo sucesso alcançado, deslizou as mãos por dentro do casaco dele, subindo-as pelo peito largo. Sentiu os músculos estremecerem de leve sob seus dedos, então retesarem-se, tornando-se rijos. Clayton opunha resistência a sua carícia!

Por um instinto feminino que até então não julgara possuir, ela soube que, se ele tentava resistir, era porque sentira algo ao ser tocado daquela maneira. Com um sorriso sedutor, deslizou as mãos pelos ombros dele, segurou-o pela nuca, entrelaçando os dedos nos cabelos escuros e aproximando o rosto. Com ternura, roçou os lábios nos dele. Clayton sorriu! E, embora ela o abraçasse, ele continuava com os braços baixados ao longo do corpo, desafiadoramente.

– Melhorou bastante – ele comentou. – Mas ainda falta...

Com o orgulho ferido, Whitney interrompeu a frase de rejeição, pressionando a boca entreaberta na dele, longamente, movimentando-a de modo sedutor, tentando fazê-lo corresponder. Clayton movia os lábios, imitando-a, mas, no instante em que ela recuou, fez o mesmo.

Alarmada, ela descobriu que o coração batia mais depressa e que o corpo despertava, percorrido por arrepios quentes. Deixou os braços penderem e afastou-se, dando um passo para trás. Clayton continuou imóvel, imperturbável. O beijo não o afetara nem um pouco.

– Odeio você por isso – ela murmurou, humilhada, incapaz de encará-lo, pois sabia que veria um sorriso de zombaria, ou, no mínimo, de divertimento.

Clayton estava furioso, nada contente com a situação. Pela primeira vez em sua vida adulta, não pudera controlar as reações do próprio corpo. O beijo inocente de Whitney desencadeara em seu íntimo uma onda de desejo tão forte que fora quase impossível controlar. E, enquanto ele ainda lutava para recuperar o controle, ela declarava odiá-lo por não ter conseguido vencer sua frieza!

– Desta vez foi muito melhor – disse, erguendo o queixo dela com um dedo. – O próximo beijo será nossa despedida.

Despedida?, Whitney pensou, abalada, esquecendo que o odiava. Estavam se despedindo. Era a última vez que se viam. Ela observou o rosto masculamente belo com uma sensação nostálgica que beirava a tristeza. Era um rosto forte, atraente, que assumia um ar travesso de garoto quando Clayton sorria daquele seu jeito lento e devastador. Ela gostava da calma autoridade que emanava dele, que vibrava na voz profunda e transparecia no andar firme e decidido. Admirava a capacidade que ele tinha de parecer sempre à vontade e descontraído. Clayton tinha tudo o que um homem devia ter, ela pensou.

– Devemos continuar de onde paramos? – ele perguntou baixinho, aproximando-se dela.

Com um suspiro trêmulo, Whitney ergueu o rosto, oferecendo os lábios. A mente lhe avisava para ter cuidado com as sensações tumultuadas que a faziam estremecer.

Clayton, então, apossou-se de sua boca num beijo quase violento, causando uma espécie de choque que percorreu-lhe os nervos, deixando-a enfraquecida, até que ela comprimiu-se contra ele, abraçando-o pelo pescoço.

– Meus beijos não a excitam? – Clayton indagou, provocante, segurando-lhe a cabeça e tornando a beijá-la com mais fúria, penetrando a boca macia e morna com a língua. – São sórdidos?

O desejo de Whitney transformou-se em raiva. Ele a estava agredindo com as palavras que ela usara, humilhando-a friamente. Cravando as unhas nos pulsos dele, tentou inutilmente libertar-se das mãos fortes, que a impediam de mover a cabeça.

Quando o beijo aprofundou-se ainda mais, ela se sentiu novamente envolvida pelos emaranhados sedosos e fortes do desejo.

– Está fingindo que sou Sevarin? – Clayton murmurou.

Atônita, Whitney soltou-lhe os pulsos. Era incrível, mas ele se sentira ferido pelas coisas que ela dissera. Sempre parecera tão invulnerável, tão seguro de si, que ela nunca imaginara que pudesse atingi-lo. Mas era evidente que atingira.

– Diga que odeia quando a beijo, quando a toco – ele exigiu, interrompendo o beijo e olhando-a nos olhos. – Diga agora ou nunca mais!

Whitney sentiu um aperto no peito, formado por algo que parecia uma mistura de arrependimento e imensa ternura. Engoliu penosamente em seco, mas com lágrimas nos olhos.

– Não... não posso...

– Não consegue dizer que sente nojo dos meus beijos? – ele insistiu, severo. – Por quê?

Ela ensaiou um sorriso.

– Porque... você me avisou... alguns minutos atrás, para nunca mais mentir para você.

Observou o rosto dele endurecer numa máscara de incredulidade e, antes que Clayton pudesse dizer algo que a ferisse, silenciou-o com um beijo.

Proferindo impropérios, ele agarrou os braços dela, tentando tirá-los de seu pescoço.

– Não, Clayton! – ela pediu em tom entrecortado, cruzando os dedos na nuca dele. – Por favor, não!

Lágrimas rolavam por seu rosto quando, ignorando as mãos fortes que apertavam seus braços, ela beijou Clayton novamente. Clayton, o poderoso, o intransigente, que suportara sua hostilidade e suas explosões com bom humor e paciência... até agora. Até agora, quando ela o ferira profundamente demais.

Ele pegou-a pela cintura, tentando afastá-la, mas Whitney pressionou-se contra seu peito, tocando-lhe os lábios com a língua, achando que o agradaria se o beijasse daquele modo. Sentiu-o enrijecer. Deslizou a língua por entre os lábios firmes, fazendo-a encontrar-se com a dele, então retraindo-a, alarmada, para voltar novamente em busca do excitante contato proibido. Então, o mundo pareceu explodir com a violência da reação de Clayton. Ele abraçou-a com força, quase esmagando-a contra o corpo, devorando-lhe a boca num beijo exigente, avassalador, furioso.

Tonta de desejo, Whitney deliciou-se com o prazer proporcionado pela boca faminta sobre a sua. Tornou-se ativa, participando do beijo sem nenhum pudor, enquanto Clayton afagava-lhe as costas, descendo as mãos lentamente, até pegá-la pelas nádegas, puxando-a contra a dureza de suas coxas, colando o corpo esbelto ao seu.

Muito tempo depois, afastou a boca, aninhando o rosto dela nas mãos, acariciando as faces afogueadas com os polegares. Ternura e desejo brilhavam em seus olhos.

– Você é uma tolinha linda e maravilhosa que me deixa louco de raiva – murmurou, antes de tornar a beijá-la.

Whitney sentia como se em suas veias corresse fogo, fazendo-a querer mais do que beijos, mais do que aquela proximidade já tão completa. Clayton acariciou-lhe os seios, incendiando-os com seu toque, então interrompeu o beijo, pousando o queixo no alto de sua cabeça, apertando os braços a seu redor, quando ela tentou mover-se.

– Não se mexa, pequena – sussurrou. – Fique junto de mim mais um pouco.

As folhas das árvores farfalhavam na brisa, aves cruzavam o ar acima deles enquanto uma sensação de desespero e solidão começava a invadir o momento de doce intimidade. Desejando que ele a beijasse mais uma vez, que seu beijo levasse embora a dolorosa tristeza que a envolvia, Whitney inclinou a cabeça para trás, fixando o olhar nos lábios firmemente cinzelados.

Clayton pareceu aceitar o tímido convite, pois começou a baixar a cabeça para beijá-la, mas, de repente, conteve-se.

– Não – disse com uma risadinha rouca.

Confusa e magoada com a inesperada recusa, Whitney fitou-o sem nada dizer.

– Se continuar a me olhar desse jeito, eu a beijarei novamente – ele avisou. – E, se isso acontecer, é bem possível que eu não seja capaz de manter minha promessa.

– Por quê? – Whitney indagou num murmúrio, ainda desejando o beijo dele despudoradamente.

– Por quê? – ele repetiu, quase encostando os lábios nos dela. – Quer que eu mostre? – ofereceu em tom lascivo.

Ela, então, recuperou o bom-senso, que esfriou seu ardor e devolveu-lhe a clareza de raciocínio.

– Não, não quero – respondeu. – Isso apenas tornaria a despedida mais difícil. – Com um débil sorriso, recuou, saindo dos braços dele. Então, murmurou gravemente, oferecendo a mão: – Adeus, Excelência.

Seu coração deu um salto quando Clayton tomou-lhe a mão, virando-a com a palma para cima.

– Por que tanta formalidade? – ele protestou, sorrindo. Então, num gesto ousado, levou a mão dela aos lábios e beijou a palma, tocando-a com a língua numa carícia sensual.

Whitney puxou a mão, escondendo-a atrás das costas. Por um longo momento, apenas olhou para ele, gravando inconscientemente as feições másculas na mente.

– Sinto muito que tenha tido tanto trabalho por minha causa – disse por fim.

Os olhos dele brilharam maliciosamente.

– Espero que fique à vontade para me dar trabalho sempre que quiser.

– Sabe o que eu quis dizer. – Havia muitas coisas que ela gostaria de explicar, mas como poderia falar sério se ele encarava a despedida de maneira tão leviana? – Sentirei sua falta – declarou com voz trêmula. Então, receando desabar completamente, o que aconteceria se Clayton continuasse a olhá-la com ar tão compreensivo, segurou a saia com ambas as mãos e virou-se para ir embora. Deu dois passos, então parou e olhou pra trás. – Quanto a meu pai...

Não devia sentir-se responsável pelos atos de Martin, muito menos considerar-se culpada pelo que ele fizera, mas, por uma razão misteriosa, era isso o que estava acontecendo.

– Não seja muito duro com ele – pediu após uma pausa. – Se tiver paciência, um dia receberá seu dinheiro de volta.

Clayton franziu as sobrancelhas.

– Martin não me deve nada. Afinal, concedeu-me a mão de sua filha.

– As coisas mudaram, agora que você me deixou em liberdade – ela ponderou, pressentindo que algo de muito ruim estava para acontecer.

Clayton venceu a distância que os separava e pegou-a pelos braços, obrigando-a a encará-lo.

– De que está falando? – indagou.

– Você concordou em me deixar livre e...

– Concordei em deixá-la ir para casa – ele corrigiu.

– Não! – Whitney gritou. – Prometeu me deixar livre, concordou em desistir do casamento!

– Não pode estar falando sério. Não fiz nada disso.

Ela sentiu um peso no peito. Devia ter sabido que ele nunca desistiria. Fitou-o com desespero, mas, ao mesmo tempo, sentiu algo estranhamente parecido com alívio. Não teve tempo de analisar a esquisita sensação, porque Clayton abraçou-a, puxando-a para si.

– Nunca, nem por um momento, considerei a hipótese de deixá-la sair de minha vida, Whitney. Acha que, depois do que se passou entre nós agora, da paixão que experimentamos juntos, eu pensaria nisso? Você me pediu tempo, e estou lhe dando. Use-o para aceitar a inevitabilidade de nosso casamento. Se quiser acreditar que a enganei, momentos atrás, não posso impedi-la, mas não vou cumprir uma promessa que não fiz.

A firme convicção de Clayton de que ela não tinha escolha a não ser casar-se com ele, entregando-lhe seu corpo e sua vida, tornou-se um fardo quase pesado demais para Whitney.

– Então, cumpra a promessa que fez e deixe-me ir para casa.

Arrancando-se dos braços dele, correu cegamente na direção da alameda de entrada, as emoções em completo tumulto.

Clayton alcançou-a e ajudou-a a subir na carruagem, mandando um criado ir chamar o cocheiro.

– Já lhe ocorreu que não pode me obrigar a casar com você? – ela perguntou em tom calmo demais, olhando-o nos olhos. – Mesmo que me arraste pelos cabelos até o altar, não poderá me forçar a proferir os votos, a dizer que aceito você como marido.

– Se está ocupando o tempo que me pediu com pensamentos como esse, então não há por que esperar mais, não é?

Dizendo isso, ele se virou e começou a andar na direção da casa.

– Aonde você vai? – perguntou Whitney, alarmada com a determinação que ele demonstrava no andar firme e rápido.

– Vou mandar meu criado arrumar minhas malas. Em seguida, ordenarei que preparem o coche de viagem. – Clayton parou e virou-se para olhá-la. – Nós vamos fugir, Whitney. Para a Escócia.

– Fugir?! – ela gritou. – Você não ousaria! Já pensou nos falatórios, nos...

Ele deu de ombros, indiferente.

– Como já deve ter percebido, não dou importância a falatórios. Mas, como parece que você dá, aconselho-a a examinar suas alternativas: quando estivermos na Escócia, você pode casar-se comigo ou recusar-se a proferir seus votos. Se me rejeitar, voltaremos solteiros depois de uma ausência de vários dias e noites, o que causará um escândalo tremendo, do qual nunca se livrará. Sua última opção é casar-se comigo em Londres, com todas as pompas devidas a um duque e uma duquesa. O que vai escolher?

Uma fuga seria um escândalo mesmo que os dois se casassem, porém, se ela voltasse solteira da Escócia, após passar vários dias sozinha com Clayton, seria considerada uma mulher perdida. As mães arrastariam as filhas para o outro lado da rua quando a vissem. E Paul a desprezaria.

– Vou escolher o casamento – sibilou.

No entanto, pensava em uma alternativa: fugir com Paul. Não seria a solução perfeita, porém, pois haveria escândalo, censuras e desprezo. Mais uma vez, ela seria uma pária da sociedade, objeto de críticas e comentários venenosos. Mas pelo menos haveria uma compensação: ela seria esposa de Paul.

– Esqueça essa obsessão por Sevarin – Clayton recomendou, olhando-a como se quisesse sacudi-la. – Tente ver o que realmente existe em seu coração. Se não fosse tão infernalmente teimosa, teria feito isso semanas atrás!

O cocheiro apareceu correndo, e ela engoliu a resposta áspera que estava pronta para dar.

No caminho para casa, não pôde esquecer as últimas palavras de Clayton. Com o olhar fixos, embora distraído, nas costas eretas do cocheiro, lutava para desembaraçar o nó de emoções que experimentava, não porque Clayton a acusara de recusar-se a ver o que tinha no coração, mas porque, na verdade, ela não conseguia mais se entender.

Como podia corresponder e abandonar-se aos beijos de Clayton se planejava, se desejava casar com Paul? Por que ficara tão arrasada quando percebera que magoara Clayton? Por que se sentira tão desolada quando pensara que estava se despedindo dele para sempre? Teria nascido entre eles uma amizade estranha, nutrida pelos gracejos e provocações a que sempre se entregavam?

Amizade?, Whitney pensou com amargura. Clayton não é meu amigo. Ele só pensa em si próprio e em seus desejos. E, por alguma razão obscura, era ela o que ele desejava. Recusava-se a acreditar em seu amor por Paul, porque isso não lhe convinha. No entanto, ela se casaria com Paul, entregaria a ele o lugar em seu coração, em sua vida, que lhe reservara tantos anos antes.

Paul. Com dor na consciência, Whitney reconheceu que vinha se comportando de maneira escandalosa em sua ausência. Estava sendo desleal, deixando que Clayton a acariciasse, a beijasse, enchendo-a de desejo. Deixando que a beijasse? Ela também o beijara, estremecera de prazer nos braços dele!

Naquela noite, deitada na cama, sem conseguir dormir, Whitney achou que nunca fora tão infeliz. Atormentada pela culpa, pensava nos planos que fizera com Paul nos dias que se haviam seguido à proposta de casamento. Ele dissera que reformaria a suíte principal na ala oeste de sua casa, porque era a que ficava mais próxima dos aposentos que seriam ocupados pelas crianças. Ela corara quando ele falara em filhos, mas acabara por participar dos planos, contagiada por sua alegria.

E agora ela o traíra. Manchara seu amor, entregando-se aos braços de Clayton Westmoreland. Não merecia Paul. Oh, Deus, não merecia Clayton também, porque nunca deixara de planejar casar-se com outro homem, mesmo correspondendo a seus beijos ardentes.

A aurora começava a iluminar o céu quando Whitney tomou uma decisão irrevogável. Como Clayton jamais desistiria de tê-la como esposa, ela fugiria com Paul no dia em que ele voltasse de viagem. A vergonha causada pela fuga seria o castigo que lhe fora reservado por ter se portado de maneira tão libertina na ausência de Paul, esquecida de que ele a *amava* e confiava nela. Algum dia, seria novamente merecedora de seu amor e confiança. Faria por merecer, sendo a esposa mais amorosa, obediente e fiel que ele poderia ter.

Tendo finalmente traçado um plano de ação, seria natural que se sentisse bem, mas, quando despertou na manhã seguinte, já bastante tarde, percebeu que se sentia muito mal. Massageando as têmporas com a ponta dos dedos, levantou-se e caminhou para o pequeno lavatório, cada passo ressoando na cabeça, fazendo-a latejar. Tomando um copo de água, tocou a sineta para chamar Clarissa.

Mais tarde, sentando-se à mesa do café, conseguiu dirigir um leve sorriso à tia, mas ignorou o pai completamente.

– Então, moça, você e Sua Excelência já marcaram a data? – Martin perguntou em dado momento, falando em tom autoritário. Pousando o garfo, Whitney apoiou o queixo nas mãos cruzadas e olhou-o com ar deliberadamente distante.

– Que data?

– Não me trate como se eu fosse um imbecil! A data do casamento, naturalmente.

– Casamento? – ela repetiu. – Será que esqueci de lhe dizer? Não vai mais haver casamento.

Lançando um olhar de desculpas para Anne, levantou-se e saiu da sala.

– Martin, você não está sendo nada esperto pressionando sua filha dessa maneira – Anne censurou-o. – É claro que só consegue fazer com que ela o desafie.

Empurrando o prato, ergueu-se e foi atrás de Whitney. Depois de um momento, Martin também parou de comer e mandou que preparassem a carruagem, na intenção de visitar ao futuro genro.

Por volta de onze horas, Whitney não sentia mais dor de cabeça, mas seu estado de ânimo não melhorara em nada. Sentada diante da tia, na sala de costura, bordava.

– Detesto trabalhos manuais – declarou. – Sempre detestei.

– Eu sei, querida – a tia respondeu com um suspiro. – Mas bordamos para manter as mãos ocupadas.

Naquele instante, um criado entrou com a correspondência e entregou uma carta a Whitney.

– É de Nicki! – ela exclamou, alegrando-se com a lembrança do amigo. Rompeu o lacre, ansiosa, e iniciou a leitura. O sorriso, de repente, desapareceu de seu rosto, e a cabeça começou a latejar com renovado vigor. Olhou para a tia, assustada.

– Nicki chegará em Londres amanhã. E virá para cá – anunciou. Anne deixou o bordado cair no colo.

– O duque não vai gostar de ver Nicki cortejando-a, disputando sua atenção com Paul.

O que mais preocupava Whitney era pensar que, ficando hospedado em sua casa, Nicki seria testemunha de sua escandalosa fuga com Paul, na semana seguinte.

– Isso não precisa acontecer – disse com firmeza.

Saiu da sala e voltou pouco depois, com tudo o que era necessário para escrever uma carta, e sentou-se à mesa.

– Vai escrever a Nicki? – perguntou Anne.

– Vou, para dizer-lhe que fique em Londres – respondeu Whitney, molhando a pena na tinta e começando a escrever. – Que tipo de doença contagiosa prefere, tia? Malária? Peste? – Vendo que Anne não achara graça em suas sugestões histéricas, acrescentou, mais calma: – Direi a Nicki que tenho um compromisso longe daqui e que não poderei recebê-lo. Pelo que ele escreveu, ficará poucos dias na Inglaterra e veio apenas para participar de uma festa na casa de lorde Marcus Rutherford, seja lá quem for.

– Lorde Rutherford tem amizade com as melhores famílias da Europa, inclusive os Du Ville – Anne comentou. – Seu tio sempre diz que esse homem é um dos mais astutos e influentes membros do governo.

Whitney acabou de escrever, lacrou a carta e mandou um criado à vila para despachá-la. Sentia-se melhor após ter feito o que podia para evitar um desastre. Recomeçou a bordar, com vontade de fazer um trabalho bem-feito, mas os pontos uniformes e miúdos que criava na mente não se materializavam no tecido.

Continuou tentando, mas quando a tia saiu, deixando-a sozinha, limitou-se a ficar furando o pano com a agulha, impaciente e frustrada, imaginando estar espetando as pessoas que a aborreciam.

Uma espetada era para lorde Rutherford, responsável pela viagem inoportuna de Nicki à Inglaterra, outra era para o pai, aquele homem cruel, sem coração, incapaz de amar. De repente, em seu entusiasmo vingativo, ela errou o alvo e, em vez de espetar o tecido, espetou o dedo, soltando um gritinho de dor.

– Está bordando ou atacando o tecido? – perguntou uma voz profunda, que ela conhecia tão bem.

Surpresa, ela se ergueu de um salto e virou-se, deixando o bordado cair no chão. Não fazia ideia do tempo que Clayton estivera parado no vão da porta, observando-a. Tudo o que sabia era que a presença dele parecia encher o aposento e causava uma louca agitação em seu íntimo. Embaraçada por essa reação inesperada, olhou para o dedo, onde aparecera uma pequena gota de sangue.

– Devo mandar chamar o Dr. Whitticomb? – perguntou Clayton, rindo. – Ou, se preferir, mandaremos chamar o Dr. Thomas, mas parece que ele é especializado em torções e fraturas.

Whitney mordeu o lábio para conter o riso.

– O Dr. Thomas está ocupado, cuidando de outra paciente, uma égua cor-de-canela, e o Dr. Whitticomb não gostou de ter vindo aqui à toa, de modo que duvido que faça a gentileza de me visitar uma segunda vez.

– Ele veio à toa? – perguntou Clayton calmamente. Whitney desviou o olhar.

– Você sabe que sim – respondeu, perdendo a vontade de rir.

Clayton observou-a, franzindo a testa ligeiramente numa expressão preocupada. Apesar de ela ter se mostrado alegre, momentos antes, era óbvio que estava tensa. Ele não levara em consideração o que ela dissera ao pai, anunciando que não haveria mais casamento, embora Martin houvesse ficado tão apavorado que correra a contar-lhe. Aquele homem era um cretino que continuava a pressionar Whitney, sem perceber que isso a induzia a desafiá-lo cada vez mais. Fora por essa razão que Clayton decidira tirá-la um pouco da irritante presença do pai.

– Gostaria de lhe pedir um favor – ele disse, aproximando-se. – Você iria comigo a um baile, em Londres, depois de amanhã? Pode levar sua criada de cabelos grisalhos, que olha para mim como se eu fosse um ladrão que estivesse planejando roubar a prataria de sua família.

– Clarissa – ela murmurou automaticamente enquanto pensava numa desculpa para não acompanhá-lo.

– Certo. Ela será sua acompanhante, de modo que não estaremos fazendo nada impróprio. – Na verdade, lady Gilbert seria muito mais indicada para acompanhar Whitney, mas com ela por perto os dois teriam poucas oportunidades de ficarem realmente a sós, que era o que ele desejava. – Se partirmos bem cedo, estaremos em Londres no meio da tarde. Você terá tempo para visitar sua amiga Emily e descansar antes do baile. Na verdade, sua tia está escrevendo um bilhete a Emily, avisando-a de sua chegada. Tenho certeza de que os Archibald terão prazer em hospedá-la por uma noite. Voltaremos para cá no dia seguinte.

Confusa, Whitney perguntou-se que tipo de loucura teria feito Anne concordar com aquilo, então refletiu que a tia, tanto quanto ela, não estava em condições de negar qualquer coisa ao duque de Claymore.

– Não está me pedindo um favor, mas me dando uma ordem – comentou, irritada.

Clayton ignorou a provocação.

– Eu tinha, sinceramente, esperanças de que você gostasse da ideia – disse.

A réplica gentil fez Whitney sentir-se uma pessoa rude.

– *Quem* estará oferecendo o baile? – perguntou, aceitando o inevitável.

– Lorde Rutherford – Clayton respondeu.

Ele não esperava que o nome causasse nela alguma reação, mas mesmo que esperasse, não estaria preparado para o que aconteceu em seguida.

– Quem? – Whitney murmurou, olhando-o apavorada.

Então, antes que ele pudesse responder, caiu em seus braços, rindo histericamente.

– Está olhando para uma mulher alucinada, que começa a considerar as tragédias da vida uma farsa muito engraçada – disse por fim, com lágrimas causadas pelo riso a escorrerem-lhe pelo rosto. – Minha tia já sabe de quem é o baile?

– Não – respondeu Clayton. – Por quê?

Ela foi buscar a carta de Du Ville e entregou-lhe. Ele a leu rapidamente e devolveu-a.

– Escrevi de volta, pedindo a Nicki que não viesse, porque eu tinha um compromisso fora de casa – Whitney contou.

– Ótimo – Clayton aprovou, aborrecido por ela ter chamado Du Ville de "Nicki", embora insistisse em dirigir-se a ele, seu futuro marido, quase sempre de maneira formal.

Com maldosa satisfação, refletiu que Whitney estaria a seu lado quando Nicolas Du Ville a visse, no baile de Rutherford, e isso amenizou seu aborrecimento.

– Virei buscá-la às nove horas, depois de amanhã – avisou, beijando-a na testa.

21

Dois dias depois, às nove horas, Whitney viu, da janela de seu quarto, dois reluzentes coches pararem diante da escadaria de sua casa. Calçando as luvas de pelica no mesmo tom verde-água do traje de viagem, desceu para o vestíbulo, acompanhada por Clarissa. Anne e Martin foram encontrá-la para despedir-se e desejar-lhe boa viagem, e ela abraçou a tia longamente, mas ignorou o pai.

Clayton, enquanto isso, levou a criada para um dos veículos à espera.

– Onde está Clarissa? – perguntou Whitney pouco depois, quando entrou no coche vazio a que ele a conduziu.

– No coche de trás, com meu criado de quarto – Clayton informou, sem dizer que a mulher protestara com veemência ao saber que viajaria separada de sua patroa. – Já deve estar folheando um dos excelentes livros que mandei que pusessem lá para ela.

– Clarissa adora romances – Whitney comentou, sossegada.

– Bem, espero que aprecie os *Diálogos*, de Platão, e *Como administrar grandes propriedades* – ele comentou sem nenhum acanhamento. – Mas, por via das dúvidas, ergui a escadinha e bati a porta antes que ela tivesse tempo de ler os títulos.

Whitney, imaginando a cena, começou a rir.

Os coches partiram, e em poucos minutos entravam na estrada de terra marcada por sulcos profundos. Os veículos, olhados de fora, eram semelhantes a muitos outros do mesmo tipo, mas Whitney notou que aquele que ocupava era mais espaçoso por dentro e muito mais luxuoso do que os coches comuns. Os assentos forrados de veludo eram mais macios e confortáveis, e havia espaço o bastante para um homem alto como Clayton estender as pernas. Os dois estavam sentados lado a lado, e seus ombros quase se tocavam, não porque o banco fosse pequeno, mas porque Clayton acomodara-se bem próximo dela.

Estranhamente perturbada pelo perfume da colônia que ele usava, Whitney olhou para fora, tentando concentrar-se na adorável paisagem que o outono coloria vivamente.

– Onde é sua casa? – perguntou após um longo silêncio.

– Minha casa é onde você está.

Whitney perturbou-se ainda mais com a ternura que captou na voz profunda.

– Onde... onde é sua verdadeira residência, a casa Claymore?

– Fica a uma hora e meia de Londres, com tempo bom.

– É muito antiga?

– Muito.

– Então, deve ser sombria – ela comentou sem querer. Então, quando Clayton olhou-a com ar inquiridor, apressou-se em acrescentar: – As antigas casas nobres, por fora, parecem confortáveis, mas por dentro são escuras, deprimentes.

– Claymore foi modernizada e ampliada – ele informou em tom divertido. – Tenho certeza de que não vai achá-la deprimente.

Ela reconheceu que dissera uma bobagem, pois com certeza a residência ducal era linda, palaciana. Dizendo a si mesma que isso não fazia diferença, pois nunca a veria, Whitney sentiu-se dominada por uma estranha tristeza.

Clayton, obviamente notando sua mudança de humor, começou a falar de sua infância em Claymore, divertindo-a com histórias hilariantes sobre si mesmo e seu irmão, Stephen. Seu humor havia melhorado muito quando se aproximaram de Londres, mas voltou a ficar tensa no instante em que o coche entrou na rua pavimentada que corria em direção ao centro da cidade.

– Algum problema? – indagou Clayton.

– Desagrada-me um pouco chegar com você à casa de Emily – ela confessou. – Ela e lorde Archibald vão achar estranho nós dois viajarmos juntos.

– Não se esqueça de que vamos nos casar – Clayton disse, rindo e tomando-a nos braços.

Beijou-a longamente, e com tanto ardor, que Whitney quase acreditou que de fato seria esposa dele.

A casa dos Archibald era imponente, cercada por grades de ferro lindamente trabalhadas. Emily recebeu-os no vestíbulo e não comentou sobre o fato de Whitney ter viajado com Clayton, pois, afinal, tinha boas maneiras. Então, depois de levar Whitney e Clarissa para a suíte de hóspedes no segundo andar, foi juntar-se ao marido e Clayton, que haviam ido para o salão de visitas.

Quinze minutos depois retornou à suíte. Whitney, que ajudava Clarissa a desfazer as malas, notou que a amiga não parecia mais tão serena. Observou, intrigada, as faces coradas, os olhos brilhantes de excitação.

– É espantoso! – Emily exclamou, ofegante, sentando-se na cama. – Ele acabou de me dizer quem realmente é, explicando que pediu a Michael para não revelar sua verdadeira identidade nem mesmo a mim. O duque é assunto constante de todo mundo em Londres, mas eu nunca o tinha visto. Whitney! Você vai ao baile dos Rutherford com o solteiro mais cobiçado de toda a Europa! Na casa dos Rutherford! – repetiu, entusiasmada. – Não há quem não deseje ser convidado para as festas deles!

Whitney mordeu o lábio, indecisa. Queria fazer confidências à amiga, mas não achava justo sobrecarregá-la com seus problemas. Se contasse que estava noiva do "solteiro mais cobiçado de toda a Europa", deixaria Emily excitadíssima, mas, se dissesse que não queria casar-se com ele, teria sua solidariedade incondicional. E, se contasse que ia fugir com Paul dali a alguns dias, a amiga temeria por ela, pois o escândalo seria inevitável, e a aconselharia a desistir da ideia.

– Quando descobriu que ele é o duque de Claymore? – perguntou Emily.

– Há menos de uma semana.

– Vamos, me conte tudo! Está apaixonada por ele? E ele, está apaixonado por você? Não foi uma enorme surpresa conhecer sua verdadeira identidade?

– Fiquei estupefata – Whitney admitiu, lembrando-se do que sentira ao descobrir que ele era Clayton Westmoreland, duque de Claymore, e que os dois estavam noivos.

– Continue! – Emily incentivou-a.

– Não estou apaixonada por ele nem ele por mim – respondeu Whitney. – Vou me casar com Paul. Já está quase tudo acertado.

CLAYTON OLHOU PARA O RELÓGIO no aparador da lareira no quarto de sua suíte enquanto Armstrong, o criado, abria uma camisa branca para ele vestir. Eram quase dez horas, e seu desejo de dirigir-se à casa dos Archibald e ver Whitney era quase irracional.

– Se me permite dizer, meu senhor, é muito bom estar em Londres novamente – comentou o criado, abotoando-lhe a camisa.

Então, ajudou-o a vestir o colete de brocado preto e tirou do armário uma casaca da mesma cor, que segurou aberta para que Clayton introduzisse os braços nas mangas. Depois de fechar os punhos da camisa com as abotoaduras de ouro cravejadas de rubis, Armstrong recuou para observar o efeito que o duque causava envergando o elegante traje de noite.

Clayton aproximou-se do espelho para conferir se o rosto estava bem barbeado, e então sorriu para o criado, que se agitava a sua volta.

– E então, Armstrong, fui aprovado no exame?

Surpreso pela incomum informalidade do patrão, o homem pareceu inchar de prazer.

– Certamente, meu senhor – respondeu, fazendo uma reverência.

Mas, quando ficou sozinho no quarto, sua alegria murchou, pois ocorreu-lhe que o motivo do extraordinário bom humor do duque devia ser a Srta. Stone. Apostara com McRae, o cocheiro, que o patrão não se casaria com a moça, e pela primeira vez começava a duvidar de que venceria.

No vestíbulo, o mordomo ajudou Clayton a vestir a capa preta forrada de seda carmesim.

– Divirta-se, excelência – entoou, entregando-lhe a cartola e a bengala.

O duque agradeceu e saiu, descendo a longa escadaria que ia da porta principal de sua magnífica mansão à rua Upper Brook. Ao vê-lo aproximar-se, McRae, agora usando a libré dos Westmoreland, abriu a porta da esplêndida carruagem. Clayton, dirigindo-lhe um sorriso, apontou para os cavalos.

– Se não forem capazes de ir a galope, atire neles – brincou, entrando no veículo.

Sua euforia aumentava a cada volta das rodas que corriam barulhentamente pelas ruas calçadas de pedras. Estava prestes a aparecer numa reunião social em Londres com Whitney a seu lado, e o baile dos Rutherford, a que aceitara ir para dar um pouco de diversão a ela, agora representava um grande prazer para ele. Desde a festa dos Armand, em Paris, vinha desejando exibi-la, ansioso por mostrar a todos que ela lhe pertencia. E não havia lugar melhor para apresentá-la à sociedade londrina do que a casa de um grande amigo.

Satisfeito, imaginava a reação de Marcus e Ellen Rutherford quando ele lhes apresentasse Whitney como sua noiva. Não estaria quebrando a promessa que fizera a ela de manter o noivado em segredo, pois, embora a notícia fosse correr por toda Londres, na vila ninguém ficaria sabendo de nada, pelo menos por alguns dias. Segredo! Para quê? O que ele na verdade queria era que o mundo inteiro soubesse que Whitney seria sua mulher.

– Ele chegou! – Emily anunciou, aparecendo na porta do quarto de Whitney depois de receber Clayton e deixá-lo lá embaixo com Michael. – Imagine só! Você será apresentada à sociedade de Londres no baile mais concorrido do ano, e seu acompanhante será o duque de Claymore! Como eu gostaria que Margaret Merryton a visse!

Whitney sorriu, contagiada pelo entusiasmo da amiga, e seguiu-a para fora do aposento. Não pôde reprimir uma onda inexplicável de alegria quando viu Clayton ao pé da escadaria conversando com o dono da casa.

Clayton viu-a começar a descer os degraus, olhando-a com admiração e orgulho. O vestido em estilo grego, dourado, deixava um ombro nu e colava-se às curvas dos seios e à cintura, descendo depois em pregas soltas até o chão. Whitney parecia a estátua dourada de uma deusa. Usava luvas do mesmo tecido, que subiam até acima dos cotovelos, e um fio de brilhantes e turmalinas amarelas entrelaçava-se nas mechas dos cabelos escuros e brilhantes. Um sorriso radiante iluminava-lhe o rosto, conferindo um brilho sedutor aos olhos verdes. Clayton refletiu que ela nunca parecera tão majestosa, provocante e sensual. Aquela mulher linda, elegante, maravilhosamente atraente... era sua.

Whitney chegou ao último degrau e ele tomou as mãos enluvadas nas suas, murmurando:

– Você está... esplêndida.

Presa no encantamento dos magnéticos olhos cinzentos, ela decidiu que cederia à tentação de divertir-se o mais que pudesse naquela noite. Olhando-o da cabeça aos pés com indisfarçada admiração, observou todos os detalhes do traje elegante que enfatizava o corpo musculoso e perfeitamente proporcionado. Então, fixou os brilhantes olhos verdes nos dele.

– Não tanto quanto você, receio – disse com um sorriso.

Sem nada dizer, Clayton tirou-lhe das mãos a capa dourada e ajudou-a a envolver-se nela. Em seguida guiou-a para fora, mal podendo esperar pelo momento em que ficariam a sós. Percebeu que não se despedira dos Archibald apenas depois que a porta fechou-se atrás deles.

Olhando para a porta fechada, Emily exalou um longo suspiro.

– Se for para desejar, deseje que Whitney não perca a cabeça. – recomendou Michael, passando um braço por seus ombros. – Não adianta desejar que Clayton se apaixone por ela, porque isso não acontecerá. Você já ouviu muito sobre ele para saber disso. Mesmo que se apaixonasse e não se importasse com o fato de ela não ter fortuna, o duque de Claymore nunca se casaria com uma mulher de linhagem menos aristocrática que a sua. É obrigado, por um costume familiar, a escolher uma mulher de sua posição.

Lá fora havia neblina, e uma brisa fria agitava a capa de Whitney, que parou no meio da escadaria para puxar o capuz a fim de proteger o penteado. Foi então que seu olhar pousou na carruagem à espera sob um dos lampiões da rua. Era laqueada, cor de vinho, e ostentava um brasão de ouro na porta.

– Nossa! – exclamou. – É sua? É claro que é – respondeu à própria pergunta, recuperando a compostura. – É que não consigo vê-lo como um duque. Para mim, você é aquele homem comum, meu vizinho.

Acabaram de descer a escada, e ela parou na calçada para admirar os cavalos, quatro lindos animais cinzentos, com caudas e crinas brancas, que pateavam impacientes.

Clayton ajudou-a a subir na carruagem e sentou-se a seu lado, fechando a porta.

– Gostou dos cavalos? – perguntou.

– Se gostei? Nunca vi animais tão magníficos.

– São seus, então – Clayton declarou, abraçando-a pelos ombros.

– Obrigada, mas não posso aceitar.

– Vai querer me privar do prazer de lhe dar presentes? – ele reclamou gentilmente. – Tive muita alegria em saber que meu dinheiro pagou por suas roupas e joias, embora você não fizesse ideia disso.

– Quanto você pagou por mim? – ela perguntou, animada pelo jeito tolerante e bem-humorado de Clayton. – Quanto deu a meu pai?

– Se não puder me conceder mais nada, conceda-me apenas isto: pare de ver-se como uma mercadoria que comprei! – ele pediu em tom irritado.

Mas, já que fizera a pergunta que a perseguia havia tanto tempo, já que despertara a raiva de Clayton, Whitney não queria desistir de obter uma resposta.

– Quanto pagou, Clayton?

Ele hesitou.

– Cem mil libras – disse por fim.

Whitney sentiu-se desfalecer. Nunca, nem em seus cálculos mais audaciosos, pensara numa quantia tão alta. Um criado ganhava no máximo quarenta libras por ano. Pensando em seus planos de economizar com Paul para pagar a dívida de Martin, refletiu que nem que vivessem na pobreza pelo restante de suas vidas conseguiriam juntar tanto dinheiro. Arrependeu-se de ter feito a pergunta, pois não queria estragar o prazer daquela noite. Seria a primeira e última festa de gala a que ela e Clayton compareceriam juntos, e por alguma razão ela não desejava arruiná-la.

– Foi um tolo, meu senhor, duque de Claymore – disse com um sorriso, tentando recuperar um pouco da alegria de antes.

Clayton tirou as luvas e atirou-as no banco à frente deles.

– Verdade? – resmungou. – Por que diz isso?

– Porque não deveria ter deixado que meu pai lhe arrancasse um xelim acima de noventa e nove mil libras.

Ele a fitou, espantado, então, vendo-a sorrir, atirou a cabeça para trás e soltou uma gargalhada, cujo som aqueceu o coração de Whitney.

– Quando um homem decide comprar um tesouro, não pechincha o preço – declarou, abraçando-a.

O silêncio entre eles estendeu-se, e o divertimento nos olhos cinzentos foi lentamente substituído por uma expressão quente e intensa.

– Quero você – Clayton murmurou então, tomando os lábios dela num beijo profundo e sensual, que deixou Whitney trêmula e excitada.

A mansão dos Rutherford estava lindamente iluminada, e as carruagens enfileiravam-se na longa alameda de entrada, rodando lentamente até a frente da casa, onde paravam para que os elegantes passageiros desembarcassem. Criados de libré iam ao encontro de cada carruagem, depois acompanhavam as pessoas pela escada que levava à porta principal.

Clayton e Whitney foram conduzidos dessa forma escadaria acima. No vestíbulo, entregaram as capas a outros criados e subiram a escada interna, cujos degraus eram adornados por buquês de folhagens e orquídeas arrumados em vasos de prata. Chegando ao topo, na galeria, pararam para olhar o salão de baile, lá embaixo.

Meu primeiro baile em Londres, pensou Whitney. E o último. A multidão oscilava, em contínuo movimento, damas andavam de um lado para outro, conversando e rindo. Lustres de cristal refletiam o caleidoscópio de vestidos coloridos, que se multiplicavam vezes sem conta nas paredes de pé-direito duplo espelhadas de cima a baixo.

– Pronta? – perguntou Clayton, pondo a mão dela em seu braço e tentando guiá-la pela escadaria levando-a da galeria ao salão.

Whitney, que estivera procurando por Nicki, de repente percebeu que as pessoas lá em baixo começavam a olhar para eles, e recuou, alarmada e confusa. O vozerio de conversas começou a diminuir até reduzir-se a um murmúrio, e *todos* estavam olhando para cima. Então, o barulho recomeçou, e Whitney teve a terrificante impressão de que as pessoas falavam dela e de Clayton.

– Estão todos olhando para nós – ela murmurou, apreensiva.

Completamente indiferente à agitação que estavam causando, ele correu o olhar pelos convidados, então fitou o rosto de Whitney.

– É verdade – concordou.

Nesse momento, um homem, que ela supôs tratar-se do anfitrião, surgiu no topo da escadaria.

– Clayton! – ele chamou, rindo. – Por onde andou? Eu já começava a acreditar nos boatos de que você desaparecera da face da Terra.

Whitney observou os dois trocarem cumprimentos calorosos. O homem era bonito, devia ter 37 anos, mais ou menos, e possuía penetrantes olhos azuis, que se fixaram nela, examinando-a com indisfarçada admiração.

– Diga-me, por favor, quem é essa criatura deslumbrante – ele pediu. – Esqueceu as boas maneiras, Clayton? Terei de me apresentar à jovem?

Clayton olhou para Whitney com uma expressão de profundo orgulho.

– Whitney, gostaria de lhe apresentar meu amigo, Marcus Rutherford.

O dono da casa apertou a mão que ela lhe ofereceu e ficou segurando-a galantemente.

– Marcus, queira, por gentileza, soltar a mão de minha futura esposa, Srta. Whitney Stone – Clayton terminou as apresentações em tom brincalhão.

O amigo encarou-o com um sorriso incrédulo.

– Será que ouvi direito?

– Ouviu, sim – afirmou Clayton.

Lorde Rutherford olhou deliciado para Whitney.

– Venha comigo, minha jovem – convidou, pegando-a pela mão. – Como deve ter notado, há cerca de seiscentas pessoas lá embaixo ardendo no desejo de saber quem é você.

– Sr. Rutherford, nós... – Whitney começou e parou, lançando um olhar suplicante para Clayton. Quando ele não disse nada, ela concluiu: – Nós... desejamos manter nosso noivado em segredo... por enquanto.

Parecia tão angustiada que Clayton decidiu desistir do plano de apresentá-la a todos como sua noiva.

– É verdade, Marcus. Queremos manter segredo por mais algum tempo – confirmou.

– Deve estar louco se pensa que vai conseguir – comentou o amigo, soltando a mão de Whitney. Então, olhou para a multidão, que observava abertamente o que se passava na galeria. – Na verdade, seu segredo será descoberto em menos de uma hora. Posso, pelo menos, contar a lady Rutherford? Foi ela quem me mandou descobrir o nome de sua linda acompanhante.

Clayton concordou com um gesto de cabeça antes que Whitney pudesse objetar, e Rutherford desceu a escada, deixando-os a sós.

– Vai ver o que vai acontecer – ela murmurou com ar de desespero.

Lorde Rutherford aproximou-se de uma bonita ruiva e cochichou-lhe algo ao ouvido. A mulher ergueu o olhar atônito para Clayton e Whitney, então sorriu-lhes com ar cúmplice.

Assim que o marido afastou-se, lady Rutherford foi para junto de outra mulher e disse-lhe alguma coisa. Depois de olhar na direção de Clayton e Whitney, a dama virou-se para a mais próxima e cochichou-lhe algo.

– Acabou-se o segredo – murmurou Whitney, apavorada.

Em desespero, sentindo-se perder o ar, perguntou a um criado que passava onde poderia lavar o rosto. Sem importar-se com o que Clayton pudesse pensar de seu comportamento, dirigiu-se ao aposento indicado pelo homem, entrou e fechou a porta.

Em pânico, olhou-se no espelho sem nada ver, realmente. Aquilo era uma calamidade, um desastre completo! Os convidados ali reunidos conheciam Clayton, sabiam quem ele era, de fato. Em quinze minutos todos ali saberiam que o duque de Claymore e Whitney Stone estavam noivos, e em uma semana a notícia teria corrido por toda Londres. Quando ela fugisse com Paul, as pessoas comentariam o fato sem piedade e Clayton seria humilhado publicamente. Não, ela não queria fazer isso com ele. Mesmo que quisesse, não teria coragem para tanto. Envergonhado diante de todos, o duque se vingaria de modo devastador. Em sua fúria, usaria seu enorme poder para atingir não só a ela, mas também sua família, inclusive tia Anne e tio Edward.

Com determinação, Whitney lutou para livrar-se do pânico. Não podia continuar escondida naquele aposento, nem deixar o baile. Andando de um lado para outro, obrigou-se a raciocinar. Em primeiro lugar, refletiu, Clayton sempre evitara o casamento. Se os dois não se casassem, era possível que as pessoas imaginassem que ele perdera o interesse por ela e rompera o noivado. Claro, seria isso o que aconteceria, principalmente quando fosse divulgado que ela não era rica, nem pertencia à nobreza.

O doloroso nó de tensão em seu estômago começou a dissolver-se. Depois de mais alguns minutos de reflexão, ela percebeu que Clayton, quando pedira a lorde Rutherford que guardasse segredo sobre o noivado, relegara o relacionamento deles à condição de um simples boato. Em Londres, assim como em Paris, os boatos eram esquecidos com a mesma facilidade com que eram espalhados. Pelo menos, fora o que Emily lhe dissera.

Então, pensando no orgulho que vira nos olhos de Clayton quando ele a apresentara a lorde Rutherford, ela sentiu um aperto no coração. Clayton nunca falara de amor, nem dissera que gostava dela, mas aquele olhar orgulhoso só podia significar uma coisa: afeição. Ele não merecia ser envergonhado, pelo menos enquanto ela pudesse evitar. Whitney decidiu que, naquela noite, diante das pessoas que o conheciam, fingiria gostar dele também.

Olhando-se criticamente no espelho, viu-se recomposta e pronta para sair.

Satisfeita, foi até a porta e abriu-a, mas parou abruptamente ao ouvir vozes na sala ao lado.

– O vestido dela é de Paris – disse uma mulher.

– Mas ela é inglesa – observou outra. – O que mais poderia ser? Whitney Stone é um nome muito inglês. Você acha que é verdadeiro o rumor de que ela e o duque de Claymore estão noivos?

– De jeito nenhum. Se essa garota fosse esperta o bastante para agarrar Claymore, também seria para fazê-lo anunciar o noivado no *Times* – respondeu a primeira.

Repreendendo-se por estar bisbilhotando, ia sair, quando viu, pela fresta da porta, uma jovem passar e entrar na sala onde encontravam-se as outras mulheres.

– Claymore e Whitney Stone estão noivos – a recém-chegada anunciou, alvoroçada. – Lawrence e eu acabamos de conversar com o duque, e estou convencida de que o que disseram sobre o noivado é verdadeiro.

– O duque confirmou o boato? – perguntou uma das companheiras.

– Não seja boba. Você sabe como ele é discreto a respeito de seus assuntos particulares.

– Bem, então de onde você tirou essa certeza?

– De duas coisas. Quando Lawrence perguntou onde os dois haviam se conhecido, Claymore sorriu de uma maneira que fez Vanessa Standfield ficar lívida. Vocês se lembram de que ela espalhou para todo mundo que o duque estava prestes a pedir sua mão quando ele partiu inesperadamente para a França. Ficou óbvio que Claymore viajou para lá para encontrar-se com a Srta. Stone. Ele admitiu que a conheceu em Paris alguns anos atrás. Além disso, quando fala de Whitney Stone, parece inchar de orgulho.

– Não posso sequer imaginar o duque de Claymore inchando de orgulho por causa de alguém que não seja ele mesmo – disse outra mulher em tom cético.

– Bem, então imagine que ele fica com um brilho diferente no olhar.

– *Nisso* eu acredito – replicou a cética com uma risadinha maliciosa. – Qual é o outro motivo que a levou a acreditar no boato do noivado?

– O olhar que o duque lançou a Easterbrook quando o coitado pediu-lhe que o apresentasse à Srta. Stone. Foi um olhar tão gelado que acho que Easterbrook deve ter corrido à procura de um fogo para aquecer-se.

Incapaz de suportar aquilo por mais tempo, Whitney saiu. Ao passar pela porta da saleta onde as três mulheres conversavam, cumprimentou-as com um gesto de cabeça, notando que elas a olhavam, surpresas.

Clayton esperava-a no mesmo lugar onde ela o deixara, mas agora estava rodeado por um grande grupo formado por homens e mulheres. Indecisa, sem saber se devia aproximar-se, ela parou. Foi quando Clayton a viu e, pedindo licença com uma ligeira inclinação de cabeça, deixou o grupo e foi ao encontro dela.

Os dois desceram a escadaria curva em direção ao salão de baile, e a orquestra rompeu numa valsa majestosa. Mas, em vez de tomar Whitney nos braços para dançarem, Clayton levou-a até uma sala parcialmente separada do salão por uma cortina graciosamente puxada para um lado.

– Não quer dançar? – ela perguntou, intrigada.

Ele riu.

– Na última vez em que dançamos, você tentou me deixar no meio do salão.

– Você mereceu – afirmou Whitney em tom provocador, ignorando os olhares curiosos dos convidados.

Entraram na sala, e Clayton pegou duas taças de champanhe em uma bandeja sobre uma mesinha dourada. Entregou uma taça a Whitney, olhando para as pessoas que se aproximavam da sala.

– Coragem, meu bem – animou-a, sorrindo. – Lá vêm eles.

Whitney tomou todo o champanhe, colocou a taça vazia na bandeja e pegou outra cheia, para ganhar coragem.

Os amigos e conhecidos de Clayton aproximaram-se em grupos de seis, de oito, todos querendo saber por onde ele andara e convidando-o para os mais diferentes eventos sociais. Tratavam Whitney com uma mistura de curiosidade cuidadosamente disfarçada e extrema amabilidade, embora ela percebesse malicia e inveja nas atitudes de algumas mulheres. E não era para menos, ela pensou, olhando para

Clayton por cima da borda de sua quarta taça de champanhe. Ele estava magnífico em seu traje de noite preto, de corte perfeito, que enfatizava o corpo admirável. Claro que muitas mulheres gostariam de estar em sua companhia, banhando-se na aura de poder e vitalidade que emanava dele, sendo enfeitiçadas pelos magnéticos olhos cinzentos.

Enquanto ela pensava nisso, Clayton olhou-a, e uma onda quente de ternura e felicidade, que nada tinha a ver com o champanhe que tomara, invadiu-a. Vendo-o descontraído e sorridente, cercado pelos mais importantes membros da alta sociedade londrina, que o admiravam e desejavam sua amizade, Whitney mal podia acreditar que se tratava do mesmo homem que apostara uma corrida de cavalos contra ela e que, com tanta simplicidade, falara de rochas mesozoicas com seu enfadonho tio. Quando, por fim, tiveram um momento de privacidade, ela endereçou-lhe um sorriso audacioso.

– Acho que todos pensam que sou sua amante – comentou.

– Engana-se – Clayton disse, olhando para a taça vazia que ela segurava. – Comeu alguma coisa à noite?

– Claro, jantei com os Archibald – ela respondeu, surpresa com a preocupação dele.

Mas não teve tempo para pensar nisso, pois lorde Rutherford e mais cinco ou seis homens aproximavam-se, obviamente com a intenção de tirá-la para dançar.

Clayton encostou-se no pilar da porta em arco que separava a sala do salão, bebericando seu champanhe, enquanto Whitney saía para dançar com o dono da casa. Refletiu sobre o que ela dissera a respeito de as pessoas julgarem-na sua amante. Não, não havia o menor perigo, pois ele estava certificando-se de que todos percebessem que ela era sua noiva. Os amigos sabiam que ele não tinha o hábito de ficar olhando amorosamente para as mulheres com quem ia a bailes, nem de ficar parado, encostado em algum lugar, observando-as dançar. Fazendo tudo isso agora, ele estava anunciando seu noivado com Whitney de modo tão eficiente como se tivesse mandado publicar a notícia no *Times*.

Por que achava tão importante deixar claro, naquela noite, que Whitney lhe pertencia, era algo que ele não compreendia. Dissera a si mesmo que não queria ver Easterbrook e os outros solteiros "babando" em volta dela, mas não era apenas isso. Whitney entrara em seu sangue. Seu sorriso aquecia-lhe o coração, o mais inocente de seus toques incendiava-lhe as veias com o fogo do desejo. Ela possuía uma sensualidade provocante, uma sofisticação nata e uma vivacidade natural que a tornavam muito atraente para os homens, e ele queria que todos soubessem que Whitney Stone era sua.

Observou-a, pensando na noite que logo chegaria, quando aquele corpo sensual se contorceria sob o dele, em ondas de êxtase. No passado, ele preferira mulheres experientes na arte de fazer amor, criaturas ardentes e apaixonadas que sabiam dar e receber prazer, capazes de admitir que sentiam desejo. Mas agora sentia-se loucamente feliz pelo fato de Whitney ser virgem. Experimentava intenso prazer em imaginar sua noite de núpcias, quando a guiaria com gentileza pelo caminho da paixão, e ela, gemendo de gozo em seus braços, passaria de menina a mulher.

Três horas mais tarde, Whitney dançara com mais homens do que podia se lembrar e tomara mais champanhe do que em toda sua vida. Sentia-se totalmente alegre, leve e solta. Tanto que nem mesmo a expressão fechada de Clayton quando ela aceitou dançar com lorde Easterbrook pela segunda vez conseguiu deixá-la preocupada. Achava que nada poderia estragar seu divertimento naquela noite, quando, olhando por cima do ombro de Easterbrook, viu Clayton dançando com uma moça linda, loura, cujo belo vestido azul-safira modelava o corpo curvilíneo. Observando-os, sentiu-se aguilhoada por um ciúme feroz.

– Ela se chama Vanessa Standfield – lorde Easterbrook informou em tom de maliciosa satisfação.

– Os dois formam um belo par – ela conseguiu comentar.

– Vanessa também acha – disse Easterbrook.

Whitney lembrou-se da conversa que ouvira quando se isolara no toalete. As mulheres haviam dito que Vanessa esperava ser pedida em casamento pelo duque de Claymore, quando ele, de repente, partira para a França. Sem dúvida, a moça tivera motivo para acreditar que Clayton gostava dela, pensou Whitney, experimentando uma nova pontada de ciúme ao ver a linda loura sorrindo nos braços dele.

Então, refletiu que Clayton pedira a mão dela, não a de Vanessa, e sentiu-se maravilhosamente bem outra vez.

– A Srta. Standfield é linda – observou.

Easterbrook ergueu as sobrancelhas, zombeteiro.

– Ela não foi tão gentil ao falar da senhorita, momentos atrás. Disse que extorquiu um pedido de casamento de Clayton. Foi isso o que fez?

Whitney ficou tão atônita com essa desfaçatez que nem sentiu raiva da concorrente.

– Não consigo imaginar ninguém extorquindo qualquer coisa do duque – replicou, rindo. – O senhor consegue?

– Ora, vamos – Easterbrook murmurou, malicioso. – Não sou tão ingênuo que vá acreditar que a senhorita compreendeu mal minha pergunta.

– E eu não sou tão ingênua que acredite que precise responder a ela – Whitney disse em tom suave.

Depois de Easterbrook, muitos outros cavalheiros a tiraram para dançar e todos, sem exceção, foram atenciosos e galantes, mas, apesar de estar se divertindo muito, ela começou a sentir-se cansada. Quando a música parou, pediu a seu par do momento que a levasse até Clayton.

Ele estava rodeado de pessoas, mas, sem interromper a conversa, pegou-a pela mão, puxando-a para o círculo e mantendo-a possessivamente junto de si.

Quando por fim ficaram sozinhos, indagou:

– O que aconteceu com Easterbrook? Achei que ele fosse pedir uma terceira dança.

Whitney sorriu.

– Pediu, mas recusei.

– Para evitar mexericos?

– Não – ela respondeu com um sorriso provocante. – Vi que você não gostou quando fui dançar com ele pela segunda vez e sabia que se vingaria, dançando novamente com a Srta. Standfield.

– Muito esperta – ele elogiou.

Whitney riu.

– E você é muito perverso – acusou, percebendo tarde demais que confessara ter sentido ciúme.

– *Chérie*...

Ela se virou rapidamente contente e surpresa ao reconhecer a voz de Nicki.

– Decidiu conquistar todos os homens de Londres, como fez em Paris? – o amigo perguntou, sorrindo.

– Nicki! – ela exclamou, tomando as duas mãos dele num gesto afetuoso. – É maravilhoso ver você novamente. Perguntei a lorde Rutherford se você não viria, e ele disse que um compromisso o detivera em Paris.

– Cheguei há uma hora.

Whitney virou-se para Clayton, pretendendo fazer as apresentações, mas ficou óbvio que os dois homens já se conheciam, pois viu-os apertarem-se as mãos, cumprimentando-se educadamente.

Notou, porém, o ar avaliador com que Nicki observou Clayton, que, por sua vez, olhou-o com frieza, como se quisesse irritá-lo ou assustá-lo. Ficou um pouco amedrontada por aquela hostilidade disfarçada, mas, talvez induzida pelo champanhe, também achou-a divertida, refletindo que era ela a causadora.

– Vamos dançar? – Nicki convidou, quebrando uma regra de etiqueta, pois deveria primeiro pedir permissão a Clayton, o acompanhante dela.

Como já a segurasse pelo braço, tentando guiá-la para o centro do salão, Whitney olhou para Clayton, apreensiva.

– Com licença – murmurou.

– Claro.

Nicki deixou de sorrir no instante em que a tomou nos braços.

– O que está fazendo aqui com Claymore? – perguntou em tom de censura. – *Chérie*, esse homem é um... um...

– Está tentando dizer que é um terrível mulherengo? – ela interrompeu-o, lutando contra a vontade de rir.

– É isso, sim.

– E Claymore é um tanto arrogante, não é? E também bonito e charmoso.

O amigo apertou os olhos, desconfiado, e ela riu.

– Oh, Nicki, ele é igualzinho a você!

– Com uma grande diferença, Whitney. Eu quero me casar com você!

– Não diga isso! – ela pediu com uma risadinha horrorizada. – Você não sabe em que confusão já estou envolvida.

– O que eu disse não é motivo de riso – Nicki reclamou.

– Eu sei – ela concordou, contendo-se.

– Vou ficar em Londres por algum tempo – ele anunciou. – Tenho negócios a tratar e quero visitar amigos. Você disse, na carta, que um compromisso a manterá longe de casa por quinze dias. No final desse tempo, quando você estiver pensando mais claramente, voltaremos a falar em casamento.

Ela não fez nenhum comentário e, quando voltou para junto de Clayton, tomou mais champanhe, pensando em sua situação, que ficava mais complicada e perigosa a cada momento.

Por fim Clayton mandou dizer a seu cocheiro que levasse a carruagem para a entrada da casa e, então, tomou Whitney nos braços para uma última dança.

– O que está achando tão engraçado, pequena?

– Oh, tudo! Quando eu era menina, achava que ninguém haveria de querer casar-se comigo. Agora, Paul quer, Nicki também e, naturalmente, você. É uma pena eu não poder casar com os três, porque todos são ótimos! – Fez uma pausa, olhando-o disfarçadamente. – Não está com ciúme, está?

– Deveria?

– Deveria, sim, nem que fosse para me lisonjear, porque eu fiquei com ciúme quando você dançou com a Srta. Standfield. – Baixou o tom de voz e contou, sem propósito: – Eu tinha sardas quando era menina.

– Não acredito! – Clayton exclamou, fingindo ter ficado chocado.

– Tinha, sim, milhares de sardas. Aqui. – Bateu uma unha no nariz. – E me pendurava nos galhos das árvores pelas pernas. As outras meninas fingiam que eram princesas, mas eu fazia de conta que era um macaco – continuou em tom de quem se confessava com um padre.

Em vez de censurá-la, Clayton sorriu, olhando-a como se ela fosse algo muito raro e especial.

– Estou me divertindo muito esta noite – Whitney murmurou, envolvida pela ternura que viu nos olhos dele.

Uma hora depois, embalada pelo balanço da carruagem e pelo som ritmado das patas dos cavalos batendo no pavimento, Whitney aninhou-se no banco macio forrado de veludo. Fechou os olhos, mas uma súbita tonteira obrigou-a a abri-los novamente. Então, ficou observando a luz derramada pelos lampiões do veículo, que produzia sombras dançantes no aconchegante interior.

– Adoro champanhe – disse baixinho.

– Não vai adorar tanto amanhã – Clayton avisou, rindo e passando um braço ao redor de seus ombros.

Quando chegaram à casa dos Archibald, ela precisou agarrar-se a Clayton para manter o equilíbrio e subir a escada externa. Pararam diante da porta e Whitney viu que a aurora começava a colorir o céu. Por fim, ela percebeu que Clayton a fitava e que havia um sorriso divertido nos lábios dele.

– Acha que bebi demais? – perguntou, empertigando-se, altiva.

– Não, só estou esperando que me dê a chave.

– A chave? – ela repetiu, confusa.

– A chave da porta.

– Oh, claro...

Depois de alguns instantes ele riu.

– Pode me dar? – pediu.

– Dar o quê? – Whitney tentou desesperadamente concentrar-se para compreender o que Clayton desejava. – Ah, sim, a chave. – Olhou-se à procura da bolsinha bordada e descobriu-a pendurada no ombro pela curta corrente dourada. Fazendo uma careta, resmungou: – Isso é jeito de uma dama carregar a bolsa?

Tirou-a do ombro, abriu-a e apalpou o interior, finalmente extraindo a chave. No vestíbulo escuro, virou-se abruptamente para despedir-se de Clayton e colidiu com ele, que segurou-a com firmeza. Ela sabia que podia libertar-se do abraço, mas continuou parada, o coração batendo mais forte, pois Clayton olhava para seus lábios, curvando a cabeça lentamente.

Então, ele se apossou de sua boca, deslizando as mãos por suas costas e pegando-a pelos quadris, pressionando-a contra o corpo.

Whitney alarmou-se ao sentir a pressão rija de sua masculinidade, mas só por um instante. De súbito, abraçou-o pelo pescoço e retribuiu o beijo, deliciando-se com o contato da língua ávida, que lhe penetrava a boca e recuava, para investir novamente, de modo tão sugestivo que ela sentiu como se estivesse sendo possuída, perdendo a virgindade.

Desvencilhou-se, por fim, ficando absurdamente desapontada, quando ele não tornou a abraçá-la. Com um longo suspiro, abriu os olhos e viu uma dupla e oscilante imagem de Clayton.

– É muito atrevido, senhor – protestou, então estragou a repreensão, começando a rir.

– O que é compreensível, porque hoje você não está achando meus beijos repulsivos, muito pelo contrário – ele argumentou.

– É verdade – ela admitiu, sincera. – E sabe de uma coisa? Descobri que você beija tão bem quanto Paul! – Com esse duvidoso elogio, começou a subir a escada, então parou no segundo degrau, olhou por cima do ombro e corrigiu: – Acho que beija tão bem quanto Paul, mas só poderei ter certeza quando ele voltar. Só então poderei fazer uma comparação. Será uma experiência científica!

– Quero que o diabo me carregue se eu permitir tal coisa – replicou Clayton, meio irritado, meio divertido.

Whitney olhou-o, desafiadora.

– Não pode me proibir – declarou. – Faço o que quero.

Clayton inclinou-se e deu-lhe um beijo firme no traseiro. Ela se virou, girando o braço num arco amplo, com toda a intenção de dar um tapa no rosto desavergonhadamente sorridente. Mas sua mão roçou na parede, derrubando um quadrinho, que foi parar no chão do vestíbulo.

– Veja o que você fez! – ela sibilou. – Acho que a casa inteira acordou com o barulho.

Virando-se, subiu a escada o mais depressa que pôde.

TRÊS CRIADOS DOS ARCHIBALD estavam a postos junto do longo aparador que exibia pratos apetitosos e fumegantes: ovos fritos na manteiga, presunto, bacon, filé cortado em finas fatias, pãezinhos recém-saídos do forno, batatas e mais algumas iguarias que Emily, na noite anterior, mandara o cozinheiro preparar, depois de pensar muito sobre o que seria apropriado servir a uma pessoa tão importante quanto o duque de Claymore. Ela o convidara para fazer a primeira refeição com eles, pois naquele dia o duque levaria Whitney de volta para casa.

Enquanto esperava que Whitney descesse, Emily serviu-se de uma xícara de chá e ficou mexendo o líquido com uma colherinha, observando Clayton furtivamente. Sentado no outro lado da mesa, ele conversava com Michael.

– Parece que nossa hóspede vai dormir o dia todo – comentou o dono da casa.

– Acredito que Whitney esteja sofrendo os efeitos de uma noite divertida – disse Clayton com um sorriso.

– Será que ela está doente? – conjeturou Emily. – Vou subir e...

– Não – Whitney interrompeu-a, aparecendo na porta. – Estou... estou bem.

Os três observaram-na, espantados. Com os braços estendidos ela se apoiava nos dois batentes, e seu corpo oscilava para a frente e para trás, desequilibrado.

Assustada, Emily empurrou a cadeira para levantar-se, mas o duque já se erguera e atravessava a sala com passadas largas.

– Como se sente, pequena? – ele perguntou, aproximando-se de Whitney.

– O que você acha? – ela replicou num murmúrio, lançando-lhe um olhar angustiado e acusador.

– Vai se sentir melhor depois de comer um pouco – ele afirmou, pegando-a pelo braço para levá-la até a mesa.

– Comer? Não – ela resmungou. – Vou morrer.

22

Whitney ainda achava que morreria quando o coche afastou-se da casa de Emily.

– Nunca gostei de champanhe – comentou em tom lamentoso.

Com uma risada, Clayton abraçou-a pelos ombros e obrigou-a a pousar a cabeça latejante em seu ombro.

– Ouvir isso me deixa muito surpreso – brincou.

Com um suspiro, ela fechou os olhos e adormeceu quase imediatamente. Despertou quando já se aproximavam da vila, sentindo-se completamente refeita e um pouco envergonhada.

– Não fui boa companhia – desculpou-se, sorrindo para Clayton. – Se quiser jantar comigo, eu...

– Preciso voltar a Londres ainda esta noite – ele a interrompeu.

– Vai voltar? – ela repetiu, endireitando-se no assento. – Quanto tempo ficará fora?

– Uma semana.

Whitney sentiu-se invadir por enorme alegria e virou o rosto rapidamente para que ele não visse sua expressão. Ela e Paul poderiam fugir para a Escócia sem ter medo de que Clayton descobrisse sua fuga a tempo de ir atrás deles. Aquilo era um maravilhoso golpe de sorte! Uma bênção!

Não. Era uma *calamidade*.

A alegria que ela sentira transformou-se em pânico, e a cabeça voltou a doer com mais intensidade do que antes. Indo a Londres, Clayton, como qualquer cavalheiro de sua classe, iria a clubes, onde jantaria e jogaria cartas com amigos e conhecidos. Muitos deles teriam ido ao baile dos Rutherford e ouvido os rumores sobre o noivado. Claro que, no clima de camaradagem, eles pressionariam Clayton para confirmar ou negar o boato. Whitney quase podia vê-lo sorrindo e dizendo que sim, que era verdade. E via-o também fazendo papel de idiota quando, em vez de se casar com ele, ela fugisse com Paul.

Sentindo-se miserável, fechou os olhos novamente. Temia a vingança de Clayton, que seria terrível, pois ele se sentiria publicamente humilhado, mas isso não era nada perto da dor que ela sentia quando pensava que seria a causa dessa humilhação. Não suportava a ideia de aquele homem orgulhoso transformar-se em objeto de escárnio e piedade. Ele não merecia aquilo. Durante o baile, vira como todos o estimavam e respeitavam. Por culpa dela, aquelas mesmas pessoas talvez o olhassem com desprezo.

Cruzando as mãos no colo, Whitney pensou que talvez pudesse evitar o escândalo. Paul deveria chegar no dia seguinte. Se fugissem à noite, ela teria tempo de mandar uma mensagem para Clayton, em Londres, contando-lhe o que fizera. Quanto antes ele soubesse da fuga, melhor, pois menos pessoas ficariam sabendo de seu noivado. Mas o recado não poderia alcançá-lo cedo demais, do contrário ele iria atrás dela, frustrando seus planos. Controlar o tempo, ela concluiu, era essencial.

Sentiu o coração pesado ao imaginar-se dizendo a Paul que os dois teriam de fugir. Ele não aceitaria a ideia, ficaria preocupado com o mal que tal recurso causaria à reputação dela.

Clayton pegou-a pelo queixo, fazendo-a estremecer, sobressaltada.

– Quando Sevarin voltar, quero que você lhe diga imediatamente que não vai se casar com ele – instruiu num tom que não admitia réplica. – Não vou tolerar que as pessoas pensem que minha futura esposa foi noiva de outro homem. Dê a desculpa que achar melhor, mas acabe com isso. Entendeu?

– Entendi.

Ele olhou-a longamente.

– Quero que me dê sua palavra de que fará o que pedi.

– Eu... – Whitney engoliu em seco, comovida ao ver que Clayton atribuía-lhe o mesmo senso de honra que ele possuía. Encarou-o, sentindo-se vil por trair sua confiança. – Eu lhe dou minha palavra.

A expressão de Clayton suavizou-se.

– Sei que será duro para você, pequena, e prometo que um dia a recompensarei por essa dor – ele disse com extrema gentileza. – Pode me perdoar?

Os olhos de Whitney arderam, cheios de lágrimas inesperadas, e um nó doloroso instalou-se em sua garganta. Perdoá-lo? As emoções lutavam ferozmente em seu íntimo, provocando-lhe o desejo de abrigar-se nos braços fortes e chorar. Ela moveu a cabeça afirmativamente, olhando-o para memorizar suas feições, pois sabia que, se tornasse a vê-lo um dia, haveria apenas desprezo e raiva em seu rosto.

Saíram da estrada e tomaram a longa alameda em direção à casa dela.

– Por que vai retornar a Londres tão depressa? – Whitney perguntou, calçando as luvas.

– Porque encontrei meus administradores hoje de manhã e fiquei sabendo que terei de falar com algumas pessoas antes de tomar certas decisões importantes. Trata-se apenas de escolher as melhores opções de investimento, o que cabe a mim fazer. Ao contrário do que você ouviu a meu respeito na festa de seu pai, não levo uma vida ociosa, dedicada apenas aos prazeres. Tenho sete grandes propriedades, mil arrendatários, um número enorme de interesses que tenho negligenciado para ficar com você, minha menina.

O coche parou diante da casa dos Stone e um criado correu para abrir a porta e baixar a escadinha. Clayton segurou Whitney pelo braço quando ela fez menção de descer.

– Eu não preciso ficar uma semana inteira em Londres, mas achei que talvez você precisasse de algum tempo para si mesma depois de confrontar-se com Sevarin – explicou. – A menos que você mande me chamar, ficarei lá até domingo, sete dias a partir de amanhã.

Instruiu-a sobre como comunicar-se com ele, e havia esperança em sua voz.

Era óbvio que desejava que ela lhe pedisse para voltar antes do prazo estabelecido. Cheia de remorso, Whitney pousou a mão trêmula sobre a dele, querendo pedir-lhe que a compreendesse e perdoasse.

– Clayton, eu... – Viu nos olhos cinzentos sua satisfação por ela tê-la chamado pelo nome de batismo, e uma intensa emoção apertou-lhe a garganta. – Boa viagem – murmurou, descendo rapidamente do coche.

Cerca de meia hora mais tarde, mandava um criado à casa dos Sevarin, com um bilhete para Paul, no qual pedia-lhe que mandasse avisá-la de sua chegada, e que fosse à cabana do guarda-caça, onde ela o encontraria.

Ao anoitecer, Paul ainda não enviara nenhum recado. Nervosa, Whitney por duas vezes quase fora em busca da tia para pedir sua ajuda na fuga, mas desistira, pois sabia que ela jamais aprovaria a ideia, por mais válidas que fossem suas razões. Anne se preocuparia apenas com os danos irreparáveis que sua reputação sofreria. Nunca compreenderia que ela não podia decepcionar Paul, pois ele a amava e confiava nela.

Clarissa também não a ajudaria, de modo que Whitney arrumou sozinha uma mala, que escondeu no armário, antes de estender-se na cama e ficar olhando para o teto, pensativa. De todas as coisas desagradáveis que teria de enfrentar, a pior seria escrever a carta que mandaria para Clayton em Londres. Depois de pensar muito, decidiu acabar logo com aquilo. Saiu da cama e sentou-se à escrivaninha.

Paul e eu fugimos para nos casar, escreveu. Espero que algum dia você, se não puder me perdoar, pelo menos compreenda meus motivos.

Compreender? Perdoar? Clayton jamais compreenderia ou perdoaria. Ela ficou olhando para o lacônico bilhete, tentando imaginar a reação dele quando o lesse. Estremecendo, como se estivesse sentindo o impacto do olhar furioso de Clayton, voltou para a cama depressa e aninhou-se sob as cobertas. Não sabia se teria coragem de fugir. Na verdade, nem tinha certeza de que *queria*.

Então, pensando no desprezo de Clayton, em seu ódio, refletindo que ele nunca mais a chamaria de "minha pequena", nunca mais riria com ela, nunca mais a tomaria nos braços, começou a chorar, enterrando o rosto no travesseiro.

A MENSAGEM DE PAUL chegou no dia seguinte, às onze horas. Bem agasalhada, pois o céu estava nublado e fazia frio, Whitney foi à cabana do guarda-caça, uma construção rústica abandonada havia anos, fazendo Khan vencer a distância a galope. Amarrou o cavalo ao lado ao de Paul e abriu a porta da cabana, onde o fogo tímido que bruxuleava na pequena lareira de pedras não era suficiente para aquecer o único cômodo vazio.

– Paul! – exclamou, virando-se, ao perceber um movimento atrás de si. Ele desencostou-se da parede e abriu os braços.

– Venha cá.

Ela foi, mas pensando numa maneira de começar o que tinha a dizer.

– Senti saudade de você, garota – Paul afirmou, beijando-a. – Sentiu minha falta?

– Senti – ela respondeu distraidamente, desvencilhando-se do abraço. Precisava explicar a situação devagar, evitando despejar todos os problemas em cima dele de uma vez só. Andou até o centro da cabana e virou-se para encará-lo.

– Paul, tenho de lhe contar algumas coisas que você vai achar... surpreendentes.

– Conte, então – ele a incentivou, sorrindo. – Gosto de surpresas.

– Bem, não vai gostar dessas! – exclamou, desalentada. – Você conhece o Sr. Westland.

– Conheço.

– Deve se lembrar de que as pessoas fizeram muitos comentários sobre o duque de Claymore, Clayton Westmoreland, na festa de aniversário de meu pai.

– Lembro, sim.

– Bem, Clayton *Westland* é, na realidade, Clayton *Westmoreland.*

– O duque que estava desaparecido? – Paul perguntou, e sua expressão era uma mistura de curiosidade, divertimento e incredulidade. – O duque que possui não sei quantas propriedades, quatrocentos dos melhores cavalos da Europa, aquele que, de acordo com os falatórios, está noivo de mais ou menos cinquenta lindas mulheres?

– Ele possui sete propriedades – Whitney informou automaticamente. – Quanto aos cavalos, não sei, mas sei que ele está noivo de apenas uma mulher. Você vai achar um absurdo, como eu achei, a princípio... – Fez uma pausa, tremendo de nervosismo. – Paul, a única noiva de Clayton Westmoreland sou eu.

Rindo, Paul aproximou-se e tomou-a nos braços.

– Ele vai desistir do noivado quando eu lhe disser que você toma conhaque às escondidas.

– O que você quer dizer? Que estou bêbada? – Whitney protestou, incrédula.

– Bêbada de cair – Paul brincou, então ficou sério. – Pare de tentar me deixar com ciúme. Se está zangada porque me ausentei durante quinze dias, é só dizer.

Whitney bateu um pé no chão, frustrada.

– Não estou querendo enciumá-lo! Estou tentando lhe dizer que estou noiva de Clayton Westmoreland desde julho!

– Como? – murmurou Paul, encarando-a.

– Você ouviu.

Finalmente, ele pareceu perceber que não se tratava de uma brincadeira.

– Você aceitou ficar noiva de Westland?

– De Westland, não, de *Westmoreland*. E foi meu pai que o aceitou, não eu.

– Então, mande seu pai se casar com ele – Paul retrucou, áspero. – É a mim que você ama. – Estreitou os olhos azuis num trejeito de irritação e censura. – Você está brincando comigo. Nada disso faz sentido.

– Não, não estou brincando! – ela assegurou, também irritada. – É tudo verdade!

– É? Pois me explique como ficou noiva de um homem que só conheceu em setembro!

Whitney respirou fundo, reunindo coragem.

– Fui apresentada ao duque na França, mas não prestei atenção nele, nem no nome. Depois, tornei a vê-lo em maio deste ano, num baile de máscaras. Conversamos e ele decidiu que queria se casar comigo, mas sabia que meu tio estava recusando as propostas de todos os meus pretendentes porque eu desejava voltar para cá e me casar com você. O duque veio falar com meu pai e pagou-lhe cem mil libras, obrigando-o a me chamar de volta. Ele me comprou.

– Espera mesmo que eu acredite nessa história? – perguntou Paul, sarcástico.

– Não, não espero, mas é a verdade – ela respondeu, sentindo-se totalmente infeliz. – Eu não sabia de nada, até a noite em que você viajou. Quando a festa de meu pai acabou, fui ao escritório falar com ele e minha tia, para contar que você e eu íamos nos casar. Clayton estava lá. Foi quando fiquei sabendo que estava noiva dele, ou seja, do duque de Claymore. Aí, então, foi tudo de mal a pior.

– Não vejo como uma situação dessas pode piorar ainda mais – Paul zombou friamente.

– Piorou. Clayton me levou a um baile, em Londres, de onde voltamos ontem, e contou a um de seus amigos que íamos nos casar.

– Então você concordou com o noivado! – Paul acusou.

– Claro que não!

Virando-se, ele caminhou até a lareira e, apoiando um pé na grade, ficou olhando para o fogo. De repente, seu corpo enrijeceu, e ele se virou rapidamente, o rosto pálido e alarmado.

– Você disse que seu pai recebeu dinheiro do duque? O costume é o pai oferecer um dote ao noivo da filha, não o contrário.

Whitney compreendeu no mesmo instante o rumo que os pensamentos de Paul haviam tomado e encheu-se de piedade por ele e por si mesma.

– Não tenho mais dote – contou. – Meu pai gastou-o, assim como a herança que minha avó me deixou.

Paul saiu de junto da lareira e encostou-se na parede, os ombros caídos numa atitude de desalento. Chegara o momento de Whitney enveredar pelo caminho que escolhera, e ela foi até ele, sentindo as pernas pesadas como chumbo. A mente gritava, dizendo-lhe que aquilo não era necessário, mas o coração não lhe permitiria desertar. Não depois de ela ter visto a expressão torturada no rosto de Paul.

– Meu pai me contou que você está com dificuldades financeiras – começou. – Mas, acredite, isso não faz diferença para mim. Vou me casar com você. Porém temos de agir com rapidez. Clayton foi para Londres e só virá no domingo, de modo que temos seis dias para fugir e chegar à Escócia. Quando ele descobrir...

– Fugir! – Paul exclamou, pegando-a rudemente pelos braços. – Ficou louca? Minha mãe e minhas irmãs nunca mais andariam de cabeça erguida.

– Por quê? Eu carregarei toda a vergonha – Whitney argumentou.

– Que sua vergonha vá para o inferno! – ele gritou, sacudindo-a. – Não compreende o que fez? Acabei de gastar uma pequena fortuna comprando cinco cavalos e uma carruagem!

Como aquilo podia ser culpa dela?, refletiu Whitney, encolhendo-se ao ver o brilho de raiva nos olhos azuis. Então, compreendeu. Seu coração foi envolvido por ressentimento e amargura, como cintas de ferro, e ela deixou escapar uma risada nervosa, sufocada.

– Gastou um dinheiro que pensou que eu tivesse! Estava contando com meu dote, não é?

Ele não precisava responder com palavras. A resposta estampava-se em seus olhos furiosos. Soltando-se abruptamente das mãos dele, Whitney recuou um passo.

– Cinco minutos depois de eu ter aceitado sua proposta de casamento, você começou mentalmente a gastar meu dinheiro – acusou. – Seu "amor" por mim era tão grande que você nem se importou em ficar um dia a mais para falar com meu pai e pedir seu consentimento antes de viajar. Só estava pensando no dinheiro, e não para gastá-lo em coisas importantes. Suas terras estão hipotecadas, sua casa precisa de reforma... Paul, que espécie de homem é você? – murmurou com lágrimas nos olhos. – É tão irresponsável que se casaria comigo apenas por dinheiro, para poder comprar cavalos de que não precisa?

– Não seja idiota! – ele gritou, mas seu rosto exibia culpa e vergonha. – Eu amo você. Nunca a pediria em casamento se não fosse assim.

– Amor! – Whitney zombou amargamente. – Poucas pessoas sabem o que essa palavra significa. Meu pai me ama, mas me vendeu para salvar-se da ruína. E você só me queria pelo valor que eu representava. Clayton, pelo menos, não insulta minha inteligência dizendo que me ama. Ele me comprou, como se comprasse uma escrava, e espera que eu respeite o que foi acordado, mas não finge me amar.

Paul suspirou.

– Vou pensar em alguma coisa, mas fugir está fora de cogitação. Westland... Westmoreland desistiria de você?

Whitney encarou-o, erguendo o queixo com altivez.

– Não – respondeu, sabendo que daria aquela mesma resposta mesmo que não fosse verdadeira. Dirigiu-se para a porta, onde parou e olhou para Paul por cima do ombro. – Elizabeth Ashton ainda está disponível. Tenho certeza de que o dote dela cobrirá pelo menos as despesas extravagantes que você fez nessa sua última viagem. Trate de reconquistá-la para pôr as mãos naquele dinheiro.

– Cale a boca! – ele ordenou, furioso. – Ou farei exatamente isso!

Whitney saiu, batendo a porta atrás de si.

Mas foi só no refúgio de seu quarto que deu vazão às lágrimas. Chorou por si mesma, por seus sonhos vazios, pela afeição que devotara durante tantos anos a um homem que não a merecia. Chorou porque estivera disposta a arruinar sua reputação, fugindo com Paul, e ele só pensara na mãe e nas irmãs. Mas, acima de tudo, chorou de raiva por sua própria estupidez.

Quando Clarissa levou-lhe uma bandeja com o jantar, naquela noite, ela ainda estava com os olhos inchados e sentia o peito oprimido, mas o pior da tempestade de tristeza e raiva já passara.

NO DIA SEGUINTE, Whitney já não sentia tanta animosidade contra Paul. Na verdade, experimentava até certo remorso. Fora ela que o imaginara como um cavaleiro moderno de armadura brilhante, corajoso, romântico e galante, e ele não era culpado por não corresponder a essa imagem. Além disso, sentia-se responsável pelo agravamento da situação financeira dele, embora sua participação houvesse sido totalmente involuntária. Ela usara de todos os ardis para levá-lo a pedi-la em casamento e, aceitando o pedido, incentivara-o sem querer a gastar um dinheiro que ele julgara existir, mas que não existia.

À tarde, enquanto ela andava a esmo pelo jardim, sua mente ativa deixou de fixar-se no problema para começar a buscar uma solução. Não demorou para que começasse a esboçar um plano. Elizabeth amava Paul, isso era certo. Com um pouco de incentivo, a moça estaria disposta a aceitá-lo de volta se ele decidisse procurá-la. Apertando mais o xale em volta do corpo, Whitney refletiu que, considerando a situação caótica de sua vida sentimental, não era a pessoa mais indicada para ajudar alguém a reatar um relacionamento. No entanto, devia tentar, pois tudo aquilo era responsabilidade sua, e ela nunca fora do tipo que cruzava os braços e deixava o destino colocar as situações em ordem.

Com uma energia que não experimentava havia vários dias, decidiu cuidar do assunto. Voltou para casa, escreveu um bilhete para Elizabeth e enviou-o por um criado, depois ficou andando pelo quarto, ansiosa, imaginando se seu convite seria ou não aceito. Afinal, fizera poucas e boas para infernizar Elizabeth por causa de Paul, e seria compreensível se a jovem achasse suspeita aquela repentina oferta de amizade.

Estava tão convencida de que Elizabeth recusaria seu convite que sobressaltou-se quando a voz suave da moça soou no quarto, vinda da porta entreaberta:

– Posso entrar?

Whitney sorriu, contente.

– Claro. Estou muito feliz por você ter vindo – assegurou, enquanto a visitante entrava, olhando em volta cautelosamente. – Quer me entregar o chapéu e as luvas?

– Não, obrigada – respondeu Elizabeth. – Não vou demorar.

Ela devia estar se lembrando de um chapéu seu que Paul elogiara, anos atrás, e que Whitney, por ciúme, escondera sob a cadeira de balanço onde se balançava, amassando-o todo.

– Entendo – murmurou Whitney com um suspiro resignado.

Na meia hora seguinte, serviu chá e manteve uma conversa unilateral sobre vários assuntos enquanto Elizabeth só movia a cabeça, concordando, ou balbuciava monossílabos, sentada na beirada da poltrona, como uma ave prestes a levantar voo. Por fim, achou que chegara o momento de explicar por que quisera aquele encontro.

– Cometi grandes injustiças contra você, Elizabeth – disse, pouco à vontade. – Tudo por causa de Paul. Gostaria de pedir desculpas por isso e também por todas as atitudes horríveis que tomei quando éramos adolescentes. Sei que deve me odiar e não a culpo, mas, sinceramente, gostaria de ajudá-la.

– Gostaria de me ajudar? – a outra jovem repetiu, perplexa.

– Isso mesmo. Gostaria de ajudá-la a se casar com Paul – Whitney esclareceu.

– Não, não... Eu nunca conseguiria...

– Claro que conseguiria – afirmou Whitney, passando-lhe uma bandeja com pastéis de creme. – Você é linda e Paul sempre...

– Não – Elizabeth negou delicadamente. – Linda é você. Eu sou apenas bonitinha.

– Está se subestimando. Além de tudo, tem boas maneiras, sempre diz a coisa certa na hora certa.

– Sou enfadonha, isso sim. Não tenho a sua vivacidade, não sei fazer comentários interessantes como você.

– Elizabeth, eu sempre me portei de maneira ultrajante enquanto você sempre foi e é perfeitamente perfeita – Whitney declarou, tentando fazer graça.

Elizabeth relaxou na poltrona, dando uma risadinha.

– Está vendo? Eu teria dito apenas "obrigada", mas você achou uma coisa diferente e engraçada para dizer.

– Pare de me elogiar – Whitney pediu, rindo. – Como gosto de ter a última palavra, retribuirei todos os cumprimentos, e ficaremos aqui a noite toda, trocando amabilidades.

A visitante tornou a rir, então ficou séria, encarando Whitney.

– Estou muito feliz por você e Paul – disse.

– Está? Por quê?

– Sei que o noivado de vocês era para ser mantido em segredo, mas como todos estão comentando...

– Como assim, "todos estão comentando"? Quem mais sabe?

– O boticário disse para mim e Margaret que a mãe de Paul contou para lady Eubank, que contou para sua criada de quarto, que contou para ele, que contou para nós. Suponho que a vila inteira já saiba.

– Mas não é verdade!

Elizabeth baixou os olhos, parecendo abalada.

– Por favor, não diga que não é verdade – implorou. – Não agora, quando Peter está quase me pedindo em casamento. Ele não pedirá se souber que Paul está livre.

– Por quê?

– Peter é tímido e acredita que sempre fui apaixonada por Paul, o que não é verdade – Elizabeth explicou. – Mesmo que fosse, papai não me deixaria casar com Paul, porque ele é um gastador sem juízo e está com todas as terras hipotecadas.

Whitney olhava para ela, atônita.

– Você disse que Peter Redfern é *tímido*? Estamos falando da mesma pessoa? Do mesmo Peter que tentou esmurrar minhas orelhas quando você caiu da árvore, naquele piquenique?

– Bem, comigo ele é tímido, sim.

Incrédula, Whitney procurou entender como Peter, sardento e já perdendo os cabelos, poderia ter cativado o coração de uma moça linda como Elizabeth, que sempre tivera o belo Paul a sua disposição.

– Você quer dizer que esteve apaixonada por Peter durante todos esses anos?

– Estive. Não quero que ele se afaste de mim agora para dar lugar a Paul, como sempre fez – Elizabeth declarou com voz trêmula e, pegando o lencinho, enxugou os olhos delicadamente.

– Como consegue chorar com essa elegância? – perguntou Whitney, observando-a. – Quando choro, meus olhos parecem fontes derramando água, eu soluço, fico com o nariz vermelho!

Elizabeth riu, comprimindo o lenço contra os olhos antes de fitar Whitney com ar suplicante.

– Se quer mesmo me ajudar, por favor, espere mais alguns dias antes de acabar com o boato de que está noiva de Paul. Sinto que Peter vai me pedir em casamento a qualquer momento.

– Você não sabe o que está me pedindo! – exclamou Whitney, ficando tensa. – Se certa pessoa ouvir esses boatos e acreditar que de fato fiquei noiva de Paul, minha vida não valerá nada.

Levantou-se da poltrona, indecisa, querendo convencer-se de que mais alguns dias não fariam diferença, mas ao mesmo tempo temendo que aquilo pudesse resultar em desastre.

– Está bem – concordou por fim. – Vou lhe dar três dias.

Elizabeth foi embora pouco depois, mas Whitney continuou no quarto, pensativa e preocupada. Se todos, inclusive os criados, estavam comentando seu "noivado" com Paul, certamente Clayton ouviria os rumores no instante em que retornasse. Ela, então, precisaria provar que não fora por sua culpa que o boato espalhara-se, que, como prometera, dissera a Paul que não se casaria com ele. Clayton deixara bem claro que não toleraria que pensassem que ela fora noiva de outro homem.

Paul era a única pessoa que poderia testemunhar a seu favor, mas obviamente não estaria disposto a ajudá-la. Depois de pensar muito, concluiu que a melhor maneira de evitar uma situação calamitosa era ir a Londres e explicar pessoalmente a Clayton o que estava acontecendo. Ele ficaria muito menos zangado se soubesse através dela, em vez de ouvir a versão de estranhos.

Resoluta, Whitney foi procurar a tia em seu quarto. Contou-lhe tudo, até que planejara fugir com Paul.

– O que pretende fazer agora? – Anne perguntou.

– Pensei que seria bom eu ir a Londres e me hospedar na casa de Emily. Avisarei a Clayton que me encontro lá, e com certeza ele irá me ver. Então, falarei sobre os falatórios que correm por aqui. Sei que ele não se importará se acreditar que não tive culpa.

– Irei a Londres com você – a tia prontificou-se imediatamente.

– Não será necessário. Faz muito tempo que você tem vontade de visitar sua prima em Lincolnshire e Emily adoraria se eu ficasse com ela por um tempo. Eu enviarei uma carta assim que tiver certeza de que o duque não mudou de planos e veio para cá. Eu não gostaria que nós duas estivéssemos longe ao mesmo tempo, pois ele pode voltar inesperadamente e ouvir os boatos.

Lady Anne sorriu:

– Você tem razão. Agora, quando o vir em Londres, como explicará sua estadia lá?

A fronte suave de Whitney se franziu em um olhar irritado.

– Acredito que terei de dizer a verdade. Que eu temia que ele retornasse para o vilarejo e acreditasse que, a despeito de seus avisos, eu não tivesse recusado Paul. Embora eu considere extremamente perturbador precisar ir correndo para Londres tal qual um coelho com medo de despertar sua fúria. Aquele homem surgiu em minha vida há alguns meses e, desde então, eu sou um fantoche, obrigada a dançar de acordo com a sua música. Acho que terei de falar isso para ele também! – Whitney concluiu, revoltada.

– Já que está disposta a ser completamente sincera com o duque, por que não lhe diz que desenvolveu uma verdadeira afeição por ele e que se casará de boa vontade? – sugeriu lady Gilbert com um brilho malicioso no olhar. – Acredito que o deixará muito contente.

Whitney pulou da poltrona como se acabasse de ser mordida por uma cobra.

– De jeito nenhum! – exclamou. – Seria acariciar a vaidade dele à toa, porque Clayton nunca me perguntou se eu queria me casar com ele, nunca *duvidou* de que eu me casaria. Além do mais, não posso afirmar que vou me casar com ele, porque ainda não decidi.

– Acho que decidiu, sim, meu bem.

– O que está querendo dizer, tia?

– Que você só precisa admitir seus sentimentos. E vou lhe dizer mais: aquele homem ama você com uma intensidade que o deixaria atônito se ele também reconhecesse o que sente.

– Está enganada, tia. Clayton nunca sequer disse que gostava de mim. Sou uma de suas propriedades, nada mais. E não me peça para me humilhar diante dele. Não vou sacrificar o pouco orgulho que me restou para abrandar o duque de Claymore ou afagar seu ego.

Elizabeth ia visitar Whitney diariamente, para relatar os progressos feitos com Peter, mas no fim do terceiro dia ainda não havia motivo algum para comemoração.

Clarissa e Whitney estavam no quarto, arrumando as malas para a viagem a Londres quando Elizabeth entrou, parecendo um soldado derrotado numa batalha que julgara fácil.

– Peter está tão disposto a se declarar como estava dez anos atrás – lamentou-se, ocupando uma poltrona.

– Como pode ter tanta certeza? – perguntou Whitney, jogando uma braçada de roupas íntimas numa arca de couro.

– Sugeri que jantássemos em minha casa, hoje, sem meus pais, que vão jantar com meus tios, e sabe o que ele respondeu? Que *gosta* da companhia de meus pais.

– Mas que idiota! – explodiu Whitney, furiosa. – Você pode aceitar a derrota, Elizabeth, mas eu não aceito! Não vai ser Peter Redfern que me vencerá. Ele adora você desde que éramos crianças, precisamos dar-lhe um empurrão que o force a se declarar, sem demora.

Andando pelo quarto, pensativa, chutou um porta-casacos, tirando-o do caminho. De repente, voltou para junto de Elizabeth, com um brilho no olhar que a moça devia conhecer bem, pois recuou na poltrona com ar de susto.

– Tive uma ideia! – anunciou.

– Seja lá qual for, não vamos pô-la em prática! – declarou Elizabeth.

– Ah, vamos, sim. Srta. Ashton, tenho o prazer de convidá-la para ir a Londres comigo.

– Não quero ir a lugar nenhum! Eu quero Peter!

– E vai tê-lo, ainda hoje. Agora, repita comigo: "Sim, irei a Londres com você."

– Sim, irei a Londres com você – Elizabeth repetiu, e então acrescentou: – Mas não quero ir.

– Ótimo, porque não irá – Whitney informou. – Mas eu a convidei, e você aceitou, de modo que não estará mentindo quando disser a Peter que concordou em viajar comigo.

– Mas... – Elizabeth balbuciou, confusa.

Whitney ignorou a tentativa de protesto e, pegando-a pela mão, obrigou-a a levantar-se, levando-a até a escrivaninha.

– Sente-se e escreva um bilhete para Peter, convidando-o a vir aqui, jantar comigo e com você – instruiu, então hesitou, pensativa. De repente, riu e continuou: – Diga a ele que nós duas estamos planejando fazer algo fabuloso juntas. Isso o deixará preocupado.

– Peter não vai gostar da ideia de nós duas irmos a Londres juntas – observou Elizabeth.

– Ele vai *detestar*! Embora eu não seja mais criança, Peter parece estar sempre à espera de me ver fazer algo escandaloso.

– Se Peter não aprovar, eu não vou – disse Elizabeth, mostrando, pela primeira vez em sua vida submissa, uma tendência para a teimosia.

– Eu já disse que você não vai – observou Whitney com certa aspereza, irritada com a falta de entusiasmo da companheira por seu maravilhoso plano. – Não entendeu ainda? Peter vai ficar horrorizado com a ideia de viajarmos juntas, pois não confia em mim. Acha que ainda sou aquela menina travessa que costumava atirar pedrinhas no traseiro da velha égua do reverendo Snodgrass com um estilingue, para vê-la disparar com ele em cima.

– Você fazia isso? – Elizabeth perguntou, arregalando os olhos.

– Isso e muito mais, e Peter sabe. Ele vai tentar dissuadi-la da ideia de ir comigo, e você dirá que eu insisto em levá-la.

– O que isso vai resolver?

– Quando Peter achar que não conseguirá impedi-la de ir, tomará a única atitude possível.

– Que atitude?

Whitney ergueu as mãos para o teto, impaciente com a morosidade de raciocínio da outra moça.

– Ora! Ele a pedirá em casamento, criatura! Por favor, Elizabeth, confie em mim. Nada arranca uma proposta de casamento mais depressa do que deixar o homem pensar que está sendo abandonado. E nada deixa um homem mais valente e ousado do que a oportunidade de livrar uma moça inocente da influência de "más companhias". Nicolas Du Ville mal prestava atenção em mim, a menos que implicasse com algum cavalheiro que estivesse me fazendo a corte. Então, transformava-se em meu anjo da guarda. – Fez uma pausa, sorrindo encorajadoramente. – Agora, escreva o bilhete. Verá como ainda hoje Peter a pedirá em casamento.

Embora relutante, Elizabeth escreveu uma mensagem, que um criado foi entregar a Peter imediatamente.

Três horas mais tarde, apesar de seus protestos, ela usava um dos vestidos mais audaciosos de Whitney, com a barra feita às pressas, por ter ficado comprido demais, e com os loiros cabelos erguidos num elegante coque frouxo. Então, Clarissa levou-a para a frente do espelho.

– Veja como está linda – disse Whitney, entusiasmada. O olhar tímido de Elizabeth percorreu o vestido justo, que moldava-se à cintura fina e aos quadris esbeltos, então parou, horrorizado, no decote que deixava à mostra parte dos seios.

– Não posso usar isto! – murmurou, corando e levando as mãos ao decote. Whitney ergueu os olhos para o teto com um suspiro exasperado.

– Pode, sim – afirmou. – Na França, esse vestido seria considerado apenas um pouquinho ousado.

Com uma risadinha nervosa, Elizabeth baixou as mãos.

– Acha que Peter vai gostar? – perguntou.

– Não quando eu disser a ele que seus vestidos são recatados demais, e que em Londres compraremos alguns como esse para você usar nas festas para as quais seremos convidadas.

Às oito horas, Peter entrou no salão de visitas suavemente iluminado por velas. Com um breve gesto de cabeça na direção de Whitney, sentada num sofá, olhou em volta à procura de Elizabeth, que estava à janela, de costas para ele.

– O que de tão fabuloso vocês duas estão planejando fazer? – perguntou.

Elizabeth virou-se lentamente, e uma cômica expressão de incredulidade estampou-se no rosto de Peter. Ela, que evidentemente estivera esperando que ele lhe lançasse um olhar e caísse de joelhos, deslumbrado, implorando sua mão em casamento, ficou olhando-o em silêncio.

Quando, após longos momentos, ele não disse e não fez nada, Elizabeth ergueu o delicado queixinho com determinação e, pela primeira vez em seus 21 anos, fez uso de suas habilidades femininas.

– Whitney vai me levar com ela para uma longa estada em Londres – anunciou, começando a andar de um lado para outro, exibindo sua beleza. – Partiremos amanhã. Ela acha que causarei furor por lá, depois que comprar roupas novas e mudar o penteado, e vai me ensinar a flertar – continuou, cada vez mais solta. – Espero não mudar tanto que você não me reconheça quando eu voltar.

Peter olhou para Whitney, que, surpresa e divertida com a atitude de Elizabeth, continha-se para não rir.

– Que diabo você pensa que está fazendo? – indagou em tom furioso.

– Só estou tentando proteger Elizabeth, colocando-a embaixo de minha asa – Whitney respondeu com ar fingidamente inocente.

– Ela estaria mais segura sob a lâmina de um machado – ele explodiu. – Não permitirei...

– Ora, Peter, seja razoável – replicou Whitney em tom apaziguador, lutando para não rir. – Tudo o que pretendo fazer é levar Elizabeth a Londres e apresentá-la a alguns cavalheiros que conheci no baile dos Rutherford, na semana passada. São jovens encantadores, de ótimas famílias e reputação impecável. Espero que Elizabeth apaixone-se por algum deles. Ela é um ano mais velha do que eu. Está na hora de pensar em se casar.

– Eu sei! – retrucou Peter, passando a mão nos cabelos nervosamente.

– Devia saber também que não tem o direito de intrometer-se na vida dela. Não é marido, nem pai, nem mesmo noivo de Elizabeth, portanto, pare de querer dar ordens. Bem, se me dão licença, vou mandar servir nosso jantar.

Levantou-se e saiu depressa do salão, sufocando o riso. Dez minutos depois, quando retornou, encontrou os dois jovens sentados num dos sofás, de mãos dadas.

– Lamento muito ter estragado seus planos, Whitney – disse Peter em tom zombeteiro. – Elizabeth não irá a Londres com você, pois concordou em se casar comigo. O que tem a dizer sobre isso?

– O que tenho a dizer? – repetiu Whitney, fingindo surpresa. – Bem, estou desapontada, porque queria muito mostrar a Elizabeth como é a vida em Londres.

Peter, que tinha natureza bem-humorada, olhou sorridente para a futura esposa.

– Há uma coisa que você pode fazer – informou, voltando a fitar Whitney. – Leve Elizabeth com você e ajude-a a comprar o enxoval. Falarei com o pai dela ainda esta noite e acredito que ele não fará objeções ao casamento.

23

Emily recebeu Whitney toda afogueada, com um lenço na cabeça e o rosto sujo.

– Nossa! Parece uma limpadora de chaminés! – Whitney brincou.

– E você foi enviada por Deus! – exclamou a amiga, abraçando-a. – É correto colocar um barão junto de um visconde na mesa do jantar?

Whitney encarou-a, confusa.

– É essa maldita festa! – Emily explicou, levando-a para o salão enquanto Clarissa subia para o quarto, acompanhada por uma criada dos Archibald. – A mãe de Michael disse que precisamos começar a receber, como pede nossa posição social. Faz ideia da confusão que é estabelecer o lugar de cada um à mesa?

Whitney apenas riu, achando graça na agitação da amiga, que foi até a escrivaninha e pegou vários papéis.

– São diagramas mostrando os lugares dos convidados nas mesas para o jantar de amanhã à noite – explicou Emily, mostrando-os a Whitney. As várias rasuras indicavam que muitas modificações haviam sido feitas. – É correto ou não sentar um visconde perto de um barão? Minha sogra emprestou-me alguns livros de etiqueta, mas são tão confusos que agora sei menos do que sabia antes.

Pegando os papéis, Whitney sentou-se à escrivaninha e fez rapidamente algumas mudanças. Quando terminou, dirigiu um sorriso satisfeito para Emily, que a fitava, admirada.

– Aprendi essas coisas com tia Anne – contou. – Afinal, ela é esposa de um diplomata, e às vezes é necessário lidar com nobres de cinco, seis países.

– É nossa primeira recepção formal – disse a amiga, ainda preocupada. – E a mãe de Michael vai estar aqui, observando todos os meus movimentos. Ela é rigorosa demais no que diz respeito a formalidades, sem falar que não ficou nada feliz quando o filho casou-se com uma plebeia. O que mais quero no mundo é mostrar a ela que posso ser uma anfitriã perfeita.

Whitney, que estivera tentando imaginar uma desculpa para ver Clayton sem usar o verdadeiro motivo, de repente sorriu, deliciada. Virando-se novamente para a escrivaninha, escreveu o nome e o título dele no diagrama das mesas.

– Isto aqui fará de você a anfitriã do ano – afirmou, entregando o papel a Emily. – E sua sogra vai se morder de inveja!

– O duque de Claymore! Não posso convidá-lo! Ele me acharia a mulher mais presunçosa da Inglaterra, sem falar que nenhum dos convidados possui um título tão importante – a jovem recém-casada argumentou.

– Ele virá e não a achará presunçosa – Whitney assegurou com um sorriso animador. – Dê-me um convite e uma folha de papel. Depois que a amiga entregou-lhe o que ela havia pedido, pensou um pouco, molhou a pena e começou a escrever para Clayton. Explicou que fora a Londres visitar Emily e que ficaria muito feliz se ele aceitasse comparecer à festa dos Archibald na noite seguinte. Em seguida, mandou o bilhete, juntamente com o convite, para a rua Upper Brook, aos cuidados do secretário de Clayton, o Sr. Hudgins.

O criado que levara a mensagem voltou logo, trazendo a resposta de que o duque fora a casa de campo do irmão e que voltaria a Londres na manhã do dia seguinte, sábado.

Emily pareceu ficar aliviada e decepcionada ao mesmo tempo.

– Ele estará cansado da viagem e não virá – comentou com um suspiro.

– Virá, sim – disse Whitney com convicção.

Depois do jantar, Emily quis falar a respeito de Paul e Clayton, mas Whitney disse que no momento não desejava conversar sobre nenhum dos dois. Então, para distrair Emily, contou, de modo muito engraçado, como coagira Peter a pedir Elizabeth em casamento.

– Elizabeth viria comigo, mas, no final das contas, os pais dela, Peter, Margaret e a mãe decidiram vir também, para ajudá-la na compra do enxoval. Vou ser dama de honra no casamento.

– Quem imaginaria, hein? – comentou Emily, rindo. – Anos atrás, se alguém me dissesse que isso aconteceria, eu o chamaria de louco.

– Elizabeth vai convidar você para ser sua madrinha – Whitney contou. – O casamento vai ser aqui em Londres, porque a maioria dos parentes dos Ashton e dos Redfern mora aqui.

SÓ NO SÁBADO À TARDE Whitney permitiu-se pensar no confronto com Clayton, logo mais à noite. Ela saíra com Clarissa para fazer algumas compras para Emily no centro da cidade e, na volta, pedira ao cocheiro dos Archibald que entrasse no parque e parasse. Deixando a criada na carruagem aberta, vagueara pelas alamedas, refletindo.

Dissera à tia que Clayton sequer gostava dela, mas sabia que não era verdade. Ele afirmara que a "queria", o que podia significar que a *desejava*. Sentando-se num banco, ela corou, lembrando-se do modo sensual como ele a beijara e acariciara, correndo as mãos por seu corpo, puxando-a contra si, deixando-a sentir sua masculinidade.

Recordou todas as vezes em que haviam estado juntos na Inglaterra, desde aquela manhã, à beira do riacho, quando os dois já estavam noivos, embora ela não soubesse. Com indignação, lembrou-se de como ele a ameaçara com o chicote, mas acabou por reconhecer que merecera o castigo, pois portara-se como uma criança malcriada. Sorriu, pensando na noite em que haviam jogado xadrez na casa dele, e seu rubor aumentou quando ela se lembrou dos beijos apaixonados que trocaram depois.

Clayton a desejava. E tinha orgulho dela, o que ficara evidente no baile dos Rutherford. Não a amava, claro que não, mas gostava dela. Gostava o bastante para ficar magoado com as palavras horríveis que ela lhe dissera aquele dia, perto da pavilhão. Whitney sentiu o coração inundar-se de ternura quando pensou em como ele rejeitara seu beijo até que perdera o controle e a abraçara furiosamente.

Por um instante, refletiu que ele fora despótico, arrogante e insensível, negociando o noivado dos dois sem ouvir sua opinião, mas rejeitou o pensamento. Clayton era tudo aquilo e muito mais, mas ela gostava dele e seria tolice negar isso apenas por orgulho, para manter acesa a chama de seu ressentimento e de sua revolta.

Sim, gostava dele e teria percebido isso muito antes não fosse sua obsessão por Paul. Mas não queria aprofundar-se na análise de seus sentimentos. Até a possibilidade de descobrir que o amava parecia-lhe obscena, pois havia apenas três dias julgara amar outro homem. Mas uma coisa era óbvia: ela sentia muita afeição por Clayton.

Os dois iam casar-se. Ele decidira isso havia meses, e sua vontade indomável ia prevalecer, tão certo quanto o sol continuaria a surgir todos os dias. O casamento era inevitável, e agora ela estava pronta para aceitá-lo. Aquele aristocrata bonito, poderoso e sofisticado seria seu marido. O aristocrata orgulhoso, que se encheria de fúria quando soubesse que todos os vizinhos dos Stone e os habitantes da vila acreditavam que ela ficara noiva de Paul.

Suspirando, Whitney arrastou uma pedrinha com os dedos do pé. Instintivamente, ela sabia que uma maneira de acalmar a raiva de Clayton seria dizer-lhe que estava disposta a casar-se quando ele quisesse.

Agora ela precisava decidir qual seria o tom que utilizaria para conversar com ele. Ela poderia salvaguardar um pouco do seu orgulho ao adotar uma postura desinteressadamente serena e dizer algo do tipo: "Como não tenho opção a não ser me casar com você, nós podemos nos casar quando desejar."

Se ela falasse com ele desta maneira, Clayton sem dúvida alguma olharia para ela com aquela expressão sarcasticamente entretida que sempre a deixava aborrecida e responderia de forma igualmente desinteressada: "Como desejar, minha senhora."

Whitney franziu a testa, infeliz. Mesmo que conseguisse salvaguardar um pouco do seu orgulho, era uma maneira terrível para duas pessoas começarem um casamento: cada um fingindo completa indiferença. A verdade era que ela *não* se sentia indiferente a ele. Nos últimos dias sentira mais falta dele do que acreditava ser possível.

Tinha saudade de sua força silenciosa, de seu sorriso preguiçoso e das risadas que em geral compartilhavam. Sentira falta até mesmo de discutir com ele!

Já que sentia-se desta maneira, parecia-lhe equivocado fingir que detestava a ideia de casar-se com ele. Internamente Whitney ensaiava uma maneira diferente de dizer a Clayton que estava preparada para se casar. À noite, após contar-lhe que todos na cidade acreditavam que ela iria se casar com Paul, ela poderia sorrir suavemente em direção aqueles olhos cinza insondáveis e dizer: "Acho que a melhor forma de colocar um fim a todos os murmúrios seria anunciar o *nosso* noivado." Seu sorriso revelaria a ele que estava se rendendo, renunciando incondicionalmente à batalha de desejos que tinha sido travada entre os dois nas últimas semanas. É verdade, seu orgulho sofreria um pouco, mas Clayton seria seu marido e, na verdade, ele merecia saber que ela verdadeiramente o aceitava.

Se lhe revelasse desta forma sua decisão, em vez de responder com sarcasmo zombeteiro, Clayton provavelmente a tomaria em seus braços e a beijaria daquele seu jeito audacioso e sensual. Esse pensamento fez com que sentisse uma ligeira vertigem.

Às favas com meu orgulho!, Whitney decidiu. Resolvera adotar a segunda abordagem. Conforme caminhava em direção a carruagem, os sentimentos de ansiedade e felicidade percorriam suas veias.

Ao chegar à casa dos Archibald, soube que Emily estava no salão com visitas, então subiu para o quarto. A amiga entrou quando ela estava tirando o chapéu.

– Elizabeth, Peter, Margaret e as respectivas mães acabaram de sair – informou. – Os noivos vieram me convidar para o casamento. – Fez uma pausa, apreensiva, então contou: – Eu... eu os convidei para o jantar desta noite. Não tive escapatória, pois eles notaram que estávamos preparando a casa para uma recepção.

Whitney tirou as luvas, olhando para a amiga, que tinha uma expressão preocupada no rosto.

– Não fique nervosa. Faremos algumas mudanças na marcação dos lugares e pronto.

– Não é só isso. Enquanto eles estavam fazendo compras, encontraram aquele seu amigo francês, o Sr. Du Ville. Elizabeth disse que você estava hospedada em minha casa e... ele veio também.

O pressentimento desagradável que se abateu sobre Whitney confirmou-se quando a amiga continuou:

– Claro, tive de convidá-lo, mas tinha a esperança de que ele recusasse, porque sabia que estava criando uma situação incômoda para você, por causa do duque.

Whitney sentou-se na cama.

– Mas Nicki não recusou, não é?

– Não. Tive vontade de estrangular Margaret! Ela se pendurou no braço dele, implorando-lhe para vir. Aquela atrevida! Os pais dela deviam casá-la o mais rápido possível com qualquer um, antes que a assanhada desgrace a eles e a si mesma.

Determinada a não deixar que nada, nem ninguém, arruinasse a alegria daquela noite, Whitney sorriu tranquilamente para Emily.

– Não se preocupe com Margaret nem com Nicki – aconselhou. – Vai dar tudo certo.

24

Clayton atirou para a outra extremidade do banco do coche os relatórios que o irmão pedira-lhe para ler. Estava irritado consigo mesmo pelo impulso que o fizera voltar à vila um dia antes do programado.

Os cavalos diminuíram o passo, entrando na rua pavimentada, e ele olhou pela janela, observando as nuvens escuras que rolavam no céu, amontoando-se, encobrindo a luz tímida do sol de início de tarde.

De repente, o coche parou. Um carroção que transportava ovelhas tombara no meio da rua em frente à loja do boticário e várias pessoas ajudavam o dono a endireitá-la enquanto outras tentavam juntar os animais que haviam se espalhado.

– McRae! – o duque chamou, exasperado. – Desça e vá ajudar, do contrário ficaremos aqui o resto do dia.

– Sim, meu senhor – respondeu o cocheiro, saltando da boleia para o chão.

Consultando o relógio de bolso, Clayton torceu os lábios num gesto de desprezo por si mesmo. Estava comportando-se como um perfeito idiota, voltando às pressas, levado por uma ridícula ânsia de ver Whitney. Desistira até de passar o final de semana em Londres, como planejara. Durante sete horas, viajara o mais rápido possível, parando apenas para trocar os cavalos, como se sua vida dependesse de ver Whitney naquele sábado, nem um dia depois. O fato era que achava que nunca deveria tê-la deixado sozinha por tantos dias. Em vez de oferecer-lhe privacidade para que ela se recuperasse do momento difícil do rompimento com Sevarin, deveria ter ficado para fazer-lhe companhia e dar-lhe apoio moral. Era provável que, àquela altura, longe dele, ela houvesse se entregado a um ataque rebelde por ter sido obrigada a desistir do casamento com o homem que julgava amar. A teimosa tolinha insistia em acreditar que amava Sevarin, aquele fraco. Linda, geniosa, magnífica tolinha, que correspondia com tanta paixão a seus beijos.

Clayton experimentou uma onda de desejo ao lembrar-se de como Whitney o beijara, comprimindo-se contra seu corpo, quando ele a deixara na casa de Michael e Emily, após o baile dos Rutherford. O champanhe deixara-a desinibida, mas não fora só isso. Ela o desejava e, se não fosse tão obstinada, tão jovem, teria percebido isso muito tempo antes. E ele a queria como nunca quisera outra pessoa, desejava dar-lhe dias de alegria e noites de prazer, até que ela o amasse tanto quanto ele a amava.

Tanto quanto ele a amava? Clayton franziu a testa, aborrecido com o pensamento, e então, com um longo suspiro, admitiu a verdade. Estava apaixonado por Whitney. Aos 34 anos, depois de um número imenso de amantes, sem nunca ter amado mulher nenhuma, caíra, vitimado por uma garota impertinente, que, destemida, desafiava sua ira, zombava de seu título e recusava-se a reconhecer sua autoridade. Ela o encantava, divertia e enfurecia como nenhuma outra mulher jamais fizera. A vida não teria sentido se Whitney não estivesse a seu lado.

Esse pensamento o fez sentir-se ainda mais ansioso por vê-la, apertá-la nos braços, ouvir a voz melodiosa, sentir o corpo voluptuoso moldando-se ao seu.

Incapaz de continuar fechado no coche por mais tempo, e vendo que alguns homens, inclusive McRae, ainda corriam atrás das ovelhas, desceu e juntou-se ao grupo de curiosos que assistiam à cena. Riu quando o padeiro, que jogara-se na direção de um dos animais, não conseguiu agarrá-lo e colidiu com outro homem, caindo.

– Um espetáculo cômico, não? – comentou o boticário, saindo da loja e parando ao lado dele. – Mas o senhor perdeu acontecimentos excitantes, que agitaram a aldeia. Tivemos dois noivados.

– É mesmo? – perguntou Clayton, distraído, olhando para a grande carroça, que finalmente estava sendo puxada para um lado.

– Pena que não possa cumprimentar as noivas, pois ambas estão em Londres. Eu achava que a menina Stone escolheria o senhor, mas ela sempre quis Paul Sevarin, e agora os dois estão noivos – Oldenberry tagarelou. – E Elizabeth Ashton comprometeu-se com Peter Redfern, imagine. As coisas nem sempre...

– O que disse? – Clayton interrompeu-o, olhando-o como se quisesse matá-lo.

– Eu di-disse que a Srta. Stone e a Srta. Ashton ficaram noivas enquanto o senhor esteve fora – o boticário gaguejou, perplexo.

– Ou o senhor está mentindo ou está enganado – declarou Clayton. Oldenberry recuou, obviamente assustado com a rispidez de sua voz.

– Não, não estou enganado, nem mentindo. Pergunte a qualquer morador da vila. As duas noivas partiram para Londres ontem, quase na mesma hora. Para comprar os enxovais, de acordo com o que a Srta. Ashton me disse – contou, aflito. – A Srta. Stone ia hospedar-se na casa de lady Archibald, e a Srta. Ashton, na casa dos avós.

Sem uma palavra, Clayton virou-se e marchou em direção ao coche.

O boticário olhou para um grupo de homens que haviam ajudado a juntar as ovelhas e ficado por ali para ouvir a conversa dele com o Sr. Westland.

– Vocês viram como ele ficou quando falei que a Srta. Ashton estava em Londres, comprando o enxoval? – perguntou, malicioso. – E todo esse tempo, achei que ele tinha uma queda pela menina Stone.

Clayton subiu no coche, ordenando a McRae:

– Para a casa dos Stone.

Quando pararam diante da casa de Whitney, um criado aproximou-se e abriu a porta do coche.

– Onde está a Srta. Stone? – Clayton indagou.

– Em Londres, senhor.

Clayton deu ordem ao cocheiro para ir para sua propriedade e, chegando, saltou antes que o veículo parasse completamente diante da casa.

– Troque os cavalos – ordenou. – E esteja pronto para ir a Londres dentro de dez minutos.

A raiva corroía-o por dentro como ácido, destruindo a ternura dos sentimentos que nutria por Whitney. Voltara correndo como um idiota para vê-la enquanto ela se divertia em Londres, comprando, com o dinheiro *dele*, o enxoval para casar-se com outro homem! Esse pensamento enlouquecia-o de ódio!

– Traidora, mentirosa! – engrolou, começando a trocar rapidamente de roupas.

Assim que conseguisse uma licença especial, ele a arrastaria até o altar. Não. Por que esperar por uma licença se podia, naquela mesma noite, raptá-la e levá-la para a Escócia, onde se casariam? Quando retornassem, ela que suportasse o escândalo causado pela "fuga", como castigo por tê-lo enganado.

Fora um tolo, negando a si mesmo o prazer do corpo de Whitney, esperando que ela concordasse de bom grado em casar-se com ele. Dali por diante tudo seria como ele desejasse! Ou ela faria sua vontade ou seria forçada a isso.

Exatamente dez minutos após haver entrado em casa, Clayton tornou a sair, usando roupas limpas, pronto para a viagem. Durante toda a volta a Londres, sentiu-se oscilar entre uma calma que chegava a ser apática e uma fúria quase insuportável. Passava de meia-noite quando o coche parou diante da casa brilhantemente iluminada dos Archibald.

– Espere aqui – Clayton disse ao cocheiro, saltando para o chão. Subiu rapidamente a escada para a porta principal, a raiva fervendo em seu íntimo, uma determinação inabalável tomando forma. Fora enganado por uma fedelha vingativa e voluntariosa. Fedelha? Não, ela era uma mentirosa desavergonhada!

Passou direto pelo atônito mordomo que lhe abriu a porta, indo na direção de onde vinham os alegres sons da festa.

Para fugir do salão de baile superlotado, Whitney havia ido ao terraço, onde o ar fresco da noite refrescava-lhe o rosto afogueado. Encostando-se na mureta, sorriu para os cavalheiros que a haviam seguido, mas estava distraída, observando as pessoas lá dentro, esperando ver Clayton, mas sabendo que ele não compareceria, pois já era muito tarde. Talvez ele não houvesse recebido o convite, ou tivesse ido diretamente para a vila, sem passar por Londres. Whitney suspirou, arrependida de ter enviado uma carta à tia, dizendo-lhe que tudo estava sob controle e que podia viajar para visitar os parentes no sul, como vinha planejando. Por que não esperara que Clayton respondesse o bilhete e aceitasse o convite?

Como ela esperara pelo momento de vê-lo naquela noite! Deixara os cabelos soltos, porque ele dissera que gostava deles assim. Vestira-se especialmente para agradá-lo, escolhendo um vestido marfim bordado com pérolas, fizera tudo para deixá-lo satisfeito, e ele não aparecera, nem se dignara a escrever recusando o convite.

À beira das lágrimas, ela tentava convencer-se de que estava tão dolorosamente desapontada porque naquela noite não seria possível dizer a Clayton que queria se casar com ele, mas no fundo sabia que o motivo era mais sério: sentia saudades.

Clayton cumprimentou rapidamente os convidados que conhecias e depois observou o que se passava a sua volta, vigilante como um felino espreitando sua presa. Viu Du Ville dirigindo-se para uma das portas do terraço, levando duas taças de champanhe. Movendo-se ligeiramente para ter uma visão melhor do lado de fora, apertou os lábios, furioso, ao ver Whitney de pé junto à mureta, rodeada por vários homens.

Então, encaminhou-se para lá, forçando-se a aparentar naturalidade. Os admiradores de Whitney, um bando de idiotas desprezíveis, fingiam tocar instrumentos musicais enquanto ela "os regia" com uma batuta invisível. Uma cena bastante convincente, ele pensou com sarcasmo, pois sua noiva desempenhava um papel que lhe caía muito bem: o de comandar homens. Ia sair quando alguém pegou-o pelo braço, detendo-o. Ele se virou e viu Margaret Merryton.

– Que surpresa vê-lo aqui! – a moça exclamou.

Clayton puxou o braço, mas Margaret segurou-o com mais força.

– Não é degradante? – ela comentou, fazendo um gesto na direção de Whitney.

Apesar de todo o treinamento social que tivera desde o nascimento, ele não foi capaz de disfarçar seu descontentamento com a jovem e encarou-a gelidamente. Viu o olhar de adoração transformar-se, tornando-se carregado de ódio e despeito.

Risos espalhafatosos no terraço fizeram-no olhar novamente para lá.

– Se você a quer, vá lá e pegue – Margaret disse em tom de desprezo. – Não precisa preocupar-se com Du Ville ou Paul Sevarin, porque nenhum dos dois jamais se casará com ela.

– Por que diz isso? – perguntou Clayton, livrando o braço com um movimento brusco.

– Paul acabou de descobrir o que Du Ville já sabe há anos. Nenhum deles foi o primeiro na vida dela. – Virando-se, Margaret concluiu, falando por cima do ombro: – Caso esteja interessado em saber, o primeiro foi um cavalariço. Foi por isso que o pai mandou-a para a França.

Algo partiu-se dentro de Clayton, rompendo seu controle sobre as emoções.

Em qualquer outro momento ele teria ignorado as palavras venenosas de Margaret, pois já lidara bastante com o ciúme feminino para reconhecê-lo, mas justamente naquele dia percebera que Whitney estivera brincando com ele, enganando-o com mentiras.

Decidido, saiu para o terraço e aproximou-se de Whitney justamente quando um de seus admiradores, obviamente bêbado, caía diante dela, apoiando-se num joelho. O jovem ia começar a falar quando olhou para um ponto ao lado dela e calou-se, engolindo em seco.

Whitney virou-se e, ao ver Clayton, sorriu, invadida por uma onda de alegria, mas ele observava o pobre jovem, que continuava ajoelhado.

– Levante-se – ordenou Clayton, então acrescentou com sarcasmo: – Se pretende pedir a mão da Srta. Stone em casamento, desista, porque ela já concedeu as duas únicas que tem.

Com isso, agarrou Whitney pelo pulso e afastou-se, levando-a consigo. Pouco depois desciam a escadaria externa.

– Pare com isso! – ela protestou. – Você está me machucando!

Ela tropeçou na barra do vestido e quase caiu de joelhos quando chegaram à calçada e aproximaram-se do coche que estava à espera. Clayton levantou-a com violência, pegando-a pela cintura, e, mandando o cocheiro abrir a porta, jogou-a no assento do veículo.

– Como se atreve?! – exclamou Whitney, zangada e embaraçada por ter sido arrancada daquela forma da casa de Emily. – Quem você pensa que é?

O coche pôs-se em movimento tão repentinamente que ela foi jogada contra o encosto do banco.

– Quem pensa que sou? – Clayton parodiou. – Esqueceu que sou seu dono? Não foi você mesma quem disse que seu pai a vendeu, e eu a comprei?

Whitney encarou-o, a mente em completo tumulto. Não conseguia entender por que Clayton ficara tão zangado com a brincadeira de Carlisle, que ajoelhara-se a seus pés, fingindo que ia pedi-la em casamento, pois, quando surpreendera o primo dela, Cuthbert, fazendo aquilo a sério, encarara a situação com bom humor. Imaginara uma noite de alegria, no entanto via-se alvo da raiva de Clayton por causa de uma bobagem.

Mesmo assim, estava absurdamente feliz por ele não ter ignorado seu convite.

– O Sr. Carlisle bebeu demais – começou a explicar. – Foi só uma brincadeira, ele...

– Cale-se! – Clayton ordenou, virando-se para olhá-la.

À luz bruxuleante do lampião que iluminava o interior do coche, ela viu, atônita, uma fúria intensa nos olhos cinzentos. Então, ele tornou a olhar para a frente com uma expressão de desgosto, como se não suportasse fitá-la. Chocada, magoada, Whitney começou a sentir-se também assustada. Ficou olhando pela janela, vendo as luzes da cidade escassearem, até que entraram na escuridão de uma estrada.

– Aonde está me levando? – perguntou, mas não obteve resposta – Clayton, aonde estamos indo?

Ele tornou a encará-la, desejando pôr as mãos ao redor daquele gracioso pescoço e torcê-lo, pois era o que ela merecia por ter entregado o corpo a outros homens, por ter traído seu amor e sua confiança, por ser uma vagabunda. Enojado, virou a cabeça, olhando pela janela.

Numa tentativa de combater o medo que aumentava, Whitney procurou descobrir em que direção estavam indo. Para o norte, percebeu quando o coche saiu da estrada secundária, entrando na principal.

– Esta noite eu ia lhe dizer que descobri que desejo me casar com você – contou, engolindo o que lhe restava de orgulho. – Não precisa me levar para a Escócia.

– Não preciso levá-la para a Escócia – ele interrompeu-a com uma risada amarga. – Está de acordo com o que ouvi a seu respeito. Mas, se quer saber, não pretendo fugir, nem ir tão longe. Já viajei o dia todo atrás de você.

Numa virada abrupta, o coche entrou numa estradinha mais lisa, mas muito menos movimentada e, de repente, Whitney captou o significado das palavras de Clayton. Ele viajara "o dia todo atrás dela", portanto devia ter voltado para a vila, ouvido os boatos sobre ela e Paul, e fora para Londres, furioso.

– Posso explicar o que ouviu sobre mim e Paul – ela disse, suplicante, pousando a mão no braço dele. – Eu...

Clayton pegou a mão dela, apertando-a cruelmente.

– Acho maravilhoso que tenha tanta vontade de me tocar, pois daqui a pouco é exatamente o que terá oportunidade de fazer – observou em tom sarcástico. Tirou a mão dela de seu braço e soltou-a. – Por enquanto, controle seu desejo

– Você está embriagado? – ela perguntou, confusa.

– Não, não estou, portanto não precisa preocupar-se com meu... desempenho – Clayton respondeu, destacando a última palavra sugestivamente. – Por que não dorme um pouco? A noite será longa e exaustiva.

Assustada, sem entender o que estava acontecendo, e ferida pelo frio desprezo que via nos olhos cinzentos cada vez que Clayton a fitava, Whitney sentia-se à beira da histeria. Então, de súbito, compreendeu o que ele pretendia fazer. Deslizando para a porta do seu lado, pôs a cabeça para fora e perscrutou a escuridão, à procura de sinais de uma vila, de uma casa, ao menos, um lugar onde pudesse procurar refúgio. À frente, brilhavam algumas luzes na beira da estrada. Um posto de troca de animais, ou, talvez, uma estalagem. Ela não sabia o que poderia sofrer, saltando do veículo em movimento, mas isso não importava, desde que ainda fosse capaz de correr.

Mordendo o lábio trêmulo, moveu a mão cautelosamente ao longo da coxa, aproximando-a da maçaneta da porta. Lançou um último olhar ao perfil de Clayton, sentindo como se algo estivesse morrendo em seu íntimo.

Deslizou os dedos pelo couro que revestia a porta e fechou-os ao redor da maçaneta de metal. O coche descia por uma ligeira inclinação. Assim que emparelhasse com as luzes... Whitney soltou um grito de desespero quando Clayton pegou-a pelo braço e puxou-a para si.

– Não seja tão impaciente, minha querida. Uma estalagem à beira da estrada não é o melhor lugar para nossa primeira relação. Ou gosta de ter seus encontros amorosos em estalagens? – Com um movimento brusco, jogou-a no banco à frente. – Gosta?

Com o coração martelando dolorosamente, ela observou as luzes passarem e ficarem para trás, acabando com sua esperança de fuga.

– Quanto a mim, sempre preferi o conforto de meus próprios aposentos a esses lugares duvidosos, em que os lençóis são gastos e, às vezes, até pouco limpos.

– Você... você é nojento! – ela exclamou, perdendo o controle.

– Isso me torna o parceiro de cama perfeito para uma vagabunda!

Abalada, Whitney fechou os olhos, reclinando a cabeça no encosto. Precisava explicar o que acontecera, porque Clayton estava furioso por achar que ela não rompera o noivado com Paul.

– Foi a Sra. Sevarin que deu início aos boatos que você ouviu – começou num murmúrio. – Apesar do que possa parecer, eu disse a Paul que não me casaria com ele, mas todos já estavam falando que havíamos ficado noivos, então resolvi ir a Londres para...

– Os "boatos" seguiram-na até aqui – Clayton interrompeu-a. – Agora, pare de me aborrecer com suas explicações.

– Mas...

– Cale-se – ele tornou a ordenar. – Se continuar falando, posso mudar de ideia e tomá-la aqui mesmo, em vez de esperar até estarmos numa cama confortável.

O terror envolveu o coração de Whitney, obrigando-a a ficar calada.

Fazia quase duas horas que viajavam quando o coche passou entre os pilares de um portão. Saindo do torpor em que mergulhara, Whitney endireitou-se, olhando pela janela e vendo que percorriam uma longa alameda. Por fim, o veículo parou diante de uma grande casa fracamente iluminada. Clayton desceu e arrastou-a para fora.

– Não vou entrar nessa casa! – ela gritou, debatendo-se, tentando escapar das mãos dele, que a seguravam pelos pulsos.

– É um pouco tarde para lutar por sua virtude – ele zombou, erguendo-a nos braços.

Entrou na casa e subiu uma escada curva, muito longa.

Uma criada de cabelos ruivos apareceu na galeria, e Whitney pensou em pedir-lhe socorro, mas Clayton apertou-a brutalmente, deixando claro que não toleraria nenhuma rebelião.

– Volte para a cama! – ele gritou para a criada, que olhava a cena parecendo incrédula.

– Por favor, pare com isso! – suplicou Whitney quando ele, com o pé, empurrou uma porta, abrindo-a.

Entraram num quarto, e ela não pôde deixar de notar que era espaçoso e luxuoso e que havia uma enorme lareira, onde o fogo brilhava. Mas seu olhar fixou-se, hipnotizado, na grande cama de colunas, erguida sobre um tablado no meio do aposento, para a qual Clayton a estava arrastando.

Ele jogou-a na cama e voltou para a porta, trancando-a. Whitney viu-o retornar e passar pela cama, indo na direção da lareira, sentando-se no sofá virado para o fogo. Longos minutos escoaram-se, e Clayton continuou sentado, olhando para ela como se estivesse observando um animal cativo.

– Venha cá, Whitney – ele ordenou por fim, quebrando o silêncio com sua voz áspera e fria.

Em vez de obedecer, ela recuou em direção aos travesseiros, olhando para as janelas, depois para as portas, imaginando se poderia alcançar uma delas antes que Clayton tivesse tempo de impedi-la.

– Pode tentar, mas não vai conseguir – ele declarou, adivinhando sua intenção.

Engolindo um soluço, ela sentou-se na cama, lutando contra a histeria que lhe apertava a garganta.

– Eu falei com Paul...

– Diga esse nome mais uma vez e eu a matarei – Clayton ameaçou-a ferozmente. – Pode ficar com Sevarin se ele a quiser, mas falaremos disso depois. Agora, meu amor, vai vir até aqui sem ajuda, ou terei de ir buscá-la? – Ele virou-se para ela com um olhar severo, dando a ela um breve momento de reflexão. – Então? – ele a ameaçou, levantando-se parcialmente da cadeira.

Não querendo dar-lhe a satisfação de demonstrar mais uma vez que podia dominá-la com facilidade, Whitney saiu da cama e caminhou até ele, parando a dois passos de distância, pois as pernas trêmulas não lhe permitiram aproximar-se mais. Então, ficou olhando para ele através das lágrimas represadas.

Clayton pôs-se de pé.

– Vire-se! – comandou secamente.

Antes que ela pudesse emitir um protesto, ele pegou-a pelos ombros e girou-a. Com um puxão violento, abriu as costas do vestido, rasgando o tecido, e os pequenos botões, arrancados, se espalharam pelo chão. Tornou a virá-la, encarando-a com um sorriso malévolo.

– Comprei este vestido também – lembrou-a, voltando a sentar-se.

Por um longo momento, observou Whitney tentar segurar o tecido escorregadio contra os seios.

– Solte – ordenou.

O vestido de cetim deslizou pelos quadris arredondados, ao longo da pernas e amontoou-se no chão.

– Tire o resto – Clayton exigiu, implacável.

Sufocada de humilhação, Whitney hesitou, então soltou o laço da anágua, que escorregou para cima do vestido, e ficou parada, trêmula, coberta apenas pela fina combinação. Ele esperava que ela tirasse a combinação também, Whitney sabia – a nudez total como humilhação final. Ele queria puni-la por causa dos mexericos a respeito de Paul, mas ela já fora bastante castigada. Em silenciosa rebeldia, saiu do meio da pilha de tecido e recuou.

Clayton, porém, levantou-se antes que ela desse o segundo passo. Pegando a combinação pelo decote, rasgou-a, despindo Whitney completamente.

– Volte para a cama.

Desesperada para esconder sua nudez, ela correu para a cama e cobriu-se até o queixo, como se daquela maneira pudesse proteger-se da brutalidade de Clayton. Sentindo-se fora da realidade, viu-o tirar a casaca e a camisa, jogando-as no chão. Quando ele começou a desabotoar a calça, ela virou o rosto e fechou os olhos. Pouco depois, ouviu-o aproximar-se da cama.

– Não se esconda de mim! – Pegando as cobertas, ele puxou-as para baixo, arrancando-as das mãos dela. – Quero ver o artigo pelo qual paguei tão caro.

Apavorada, numa espécie de transe, Whitney viu o rosto dele enrijecer-se em uma expressão de sofrimento e então as belas feições másculas voltaram a ser uma máscara de raiva. Lembranças de outros momentos misturaram-se à terrível realidade, e ela recordou a gentileza de Clayton em tantas ocasiões, o olhar alarmado dele quando ela caiu do cavalo, seu olhar de afeto e orgulho quando ele a apresentara a Rutherford como sua noiva.

Tia Anne tinha razão. Clayton a amava. O amor e um feroz sentimento de posse estavam levando-o a agir daquela maneira horrível, e *ela* o impelira àquilo, negando seus sentimentos por ele por tanto tempo, querendo, tão obstinadamente, casar-se o com Paul. Clayton queria comprometê-la para que ela não tivesse alternativa a não ser tornar-se sua esposa. Amava-a, e ela, em troca, expusera-o ao ridículo.

Whitney tinha certeza de que era esta a intenção de Clayton.

Ela estava errada.

Ao olhar em sua direção, Clayton subitamente não sentiu qualquer desejo pelo corpo dela ou mesmo desejo por vingança. Tudo o que sentiu foi um crescente e intenso desprezo e nojo. Deitada, com o cabelo reluzente caindo por cima de seus ombros macios e os belos e traiçoeiros olhos verdes fixos em seu rosto, Whitney Stone não era nada mais do que uma prova viva de que ele era um tolo completo, um ingênuo.

Ele desperdiçara uma fortuna e investira suas riquezas em sonhos tolos com uma mulher vil, traiçoeira e superficial. Agora, ele quase tinha se deixado conduzir a cometer um estupro. Essa percepção fez com que sentisse repugnância e fosse em direção aos seus braços, intencionando tirá-la da cama e ordenar que se vestisse e fosse embora.

Whitney não podia imaginar que as intenções dele tinham mudado. Ela sabia simplesmente que sua expressão estava ainda mais distante e cruel, e seu medo deu lugar a um profundo e esmagador remorso. Seus olhos doíam com as lágrimas não derramadas, ela recostou os dedos trêmulos em seu peito, no mesmo momento em que a mão dele segurou a parte de cima do seu braço.

– Eu sinto muito... Você não pode me perdoar só mais uma vez, como já perdoou antes?

O olhar dele se estreitou ao pousar em seu rosto suplicante e seus lábios se torceram em um sorriso cínico:

– Está se oferecendo para me mostrar que sente muito, Whitney?

Whitney hesitou e depois assentiu de modo quase imperceptível, seu coração acelerado pela culpa e medo.

– Neste caso – ele disse com naturalidade, endireitando-se repentinamente – um de nós está usando roupas demais. – Suas mãos passaram para o cós de suas calças, e Whitney fechou bem os olhos.

O colchão oscilou quando ele deitou-se a seu lado, apoiando-se em um cotovelo e aninhando um dos seios firmes na concha da mão livre.

– Mostre que sente – sugeriu, acariciando o mamilo com o polegar.

Ignorando o protesto da consciência, Whitney submeteu-se, deixando que a ousada carícia enviasse ondas de poderosas sensações por seu corpo. Não lutaria. Mostraria como sentia muito por tê-lo humilhado.

A boca máscula e exigente cobriu a sua num beijo lânguido e profundo, e ela correspondeu, de todo o coração.

– Você é linda – ele murmurou enquanto suas mãos começavam a explorar lentamente o corpo esbelto. – Mas acho que já ouviu isso muitas vezes, não?

Traçou uma trilha de beijos ardentes do pescoço dela até um dos seios, a língua ávida movendo-se, provocante. Então, apertou o mamilo entre os lábios, e Whitney gemeu, sobressaltando-se com o inesperado prazer. Ele desceu a mão pelo corpo liso, introduziu-a entre as coxas, tocando a suave elevação coberta de pelos, e ela encolheu-se, chocada. Clayton ignorou a reação, acariciando sua feminilidade, os dedos explorando, movendo-se, causando sensações que fizeram Whitney estremecer convulsivamente.

Beijando-a no pescoço, continuou com a carícia íntima, aumentando o desejo que a fazia gemer, e ela, indefesa sob a força do prazer que experimentava, começou a sentir pânico. Havia algo de errado no modo como Clayton agia. Para um homem levado pelo amor e o sentimento de posse, ele a beijava sem o costumeiro ardor, acariciava-a sem ternura e até mesmo sem a urgência causada pela paixão.

– Gosta disso, não é? – ele comentou quando aprofundou o toque em sua parte íntima, e ela gemeu alto. – Mas não vou dar-lhe esse prazer por mais tempo, meu amor.

Erguendo o corpo, ajeitou-se entre as coxas dela e, segurando-a pelos quadris, investiu, entrando com força e completamente pela estreita passagem virginal. Uma dor lancinante percorreu Whitney, que gritou, cobrindo o rosto com as mãos, enquanto Clayton soltava uma exclamação horrorizada. Ele recuou, e ela retraiu-se, esperando pela dor horrível que experimentaria quando ele a penetrasse novamente.

Mas a dor nunca veio. Clayton não se moveu.

Whitney tirou as mãos do rosto e, através de uma névoa de lágrimas, viu que Clayton, ainda em cima dela, estava de olhos fechados, a cabeça inclinada para trás, o rosto em uma máscara de angústia. Incapaz de conter-se por mais tempo, ela começou a chorar, soluçando.

Tinha necessidade de ser consolada e, de modo irracional, procurou conforto em seu próprio torturador. Com um grito trêmulo, abraçou Clayton pelos ombros e puxou-o para baixo, de encontro ao corpo.

Com infinita gentileza, ele deslizou para o lado e abraçou-a. Escondendo o rosto em seu peito, ela chorou convulsivamente por longo tempo. Clayton manteve-a nos braços, afagando-lhe os cabelos revoltos, enquanto se punia, ouvindo seus soluços abafados, deixando que as lágrimas copiosas que ela derramava molhassem seu peito.

– Eu disse a Paul... que não me casaria com ele – Whitney disse com voz entrecortada. – O que falaram na vila não foi por culpa minha.

– Não foi isso, minha pequena – Clayton murmurou, a voz rouca de emoção. – Eu nunca teria feito o que fiz com você por causa disso.

– Então, por que fez?

Ele deixou escapar um suspiro exasperado.

– Pensei que você houvesse se deitado com ele... e com outros.

De súbito, as lágrimas de Whitney cessaram. Ela puxou o lençol sobre os seios e, recuando, fitou-o com raiva e desprezo nos olhos verdes.

– Pensou? Você pensou?! – sibilou e, arrancando-se dos braços dele, virou-se para o outro lado, dando-lhe as costas.

A ideia de que Clayton a amava evaporou-se. Num lampejo cego, humilhada e ofendida, ela entendeu que ele fizera aquilo para degradá-la, para salvar o orgulho, vingando-se de um crime imaginário. Um amargor de revolta subiu-lhe à garganta quando ela percebeu que se entregara a ele sem lutar. Não fora Clayton que a enganara, ela enganara a si mesma. Ele não roubara sua virgindade, ela a entregara. Cheia de vergonha e desgosto, tentou cobrir-se com as pesadas cobertas. Clayton, então, puxou-a ternamente sobre seu corpo nu. Pôs a mão no ombro dela, querendo virá-la para si.

– Deixe-me explicar – pediu em tom suplicante.

Furiosa, ela afastou-lhe a mão.

– Duvido de que seja capaz! – exclamou. – Mas, se o fizer, faça por escrito, porque eu o matarei se chegar perto de mim ou de minha família outra vez! Juro!

Recomeçou a chorar, e soluçou até que, exausta, foi dominada pelo sono.

Clayton Robert Westmoreland, duque de Claymore, descendente de quinhentos anos de nobreza, dono de propriedades e de uma riqueza quase incalculável, continuou deitado ao lado da única mulher que já amara, incapaz de consolá-la e de reconquistá-la.

Olhando para o teto, lembrou-se de como a vira horas atrás, fingindo reger um alegre grupo de homens fingindo-se de músicos. Como pudera magoá-la tanto se apenas o que sempre quisera fora mimá-la e protegê-la? No entanto, tirara-lhe brutalmente a inocência. Mas perdera mais do que ela, pois acabava de perder a única coisa que realmente quisera possuir: o afeto da linda jovem a seu lado. E ela agora o odiava.

Recordou todas as palavras vulgares e contundentes que lhe dissera no coche e ali mesmo, naquele quarto. As frases degradantes, os toques que a feriram desfilaram implacáveis por sua mente, provocando dor profunda; então ele se puniu, pensando e tornando a pensar em tudo o que fizera e dissera para magoá-la.

Perto do amanhecer, Whitney virou-se, adormecida, deitando-se de costas.

Inclinando-se sobre ela, Clayton afastou as mechas de cabelo cor de mogno coladas nas faces macias. Então, ficou olhando-a dormir, porque sabia que seria a última vez que a teria a seu lado em uma cama.

WHITNEY ACORDOU na manhã seguinte, vagamente consciente de um ardor entre as coxas e dos músculos doloridos. Abriu os olhos e, confusa, examinou o ambiente.

Estava em uma cama gigantesca colocada sobre um tablado. O aposento imenso era dez vezes maior do que o espaçoso quarto que ela ocupava em casa, e esplendidamente mobiliado. O carpete verde-musgo estendia-se por todo o piso. A parede inteira à sua esquerda era uma extensão de vitrais, e à sua frente havia uma lareira de mármore, tão grande que ela poderia ficar de pé dentro dela. As outras duas paredes eram forradas por painéis de pau-rosa e ostentavam tapeçarias de uma beleza extraordinária. Sentindo-se fraca, ela fechou os olhos e começou a deslizar outra vez para a paz do sono.

Porém, sentando-se bruscamente, abriu os olhos. Estava no quarto *dele*! Na cama *dele*! Alguém abriu a porta e Whitney encolheu-se, puxando o lençol de seda sobre os seios. A criada ruiva, que ela vira na noite anterior, na galeria, apareceu, trazendo o vestido e as outras roupas, consertados, que colocou cuidadosamente numa cadeira junto à porta que devia levar ao quarto de vestir.

Ao se virar para sair, viu Whitney deitada, mas desperta, e apanhou um elegante roupão de rendas das costas de uma poltrona.

– Bom dia, senhorita – cumprimentou, aproximando-se da cama.

Whitney notou, com amargura, que a moça não parecia surpresa ao ver uma mulher nua na cama de seu patrão. Aquele devia ser um acontecimento comum.

– Meu nome é Mary – a criada apresentou-se, falando com sotaque irlandês. Então, estendeu a mão e perguntou: – Posso ajudá-la a se levantar?

Profundamente envergonhada, Whitney aceitou a mão que ela lhe oferecia e saiu da cama, sentindo-se sem firmeza.

– Deus misericordioso! – exclamou Mary, olhando para o lençol inferior, manchado de sangue. – O que ele fez com você?

Whitney conteve uma gargalhada histérica. Que pergunta idiota!

– Ele arruinou minha vida – respondeu baixinho.

– No dia do juízo final esse homem será castigado duramente pelo que lhe fez – profetizou a criada. – O Senhor não o perdoará com facilidade, sendo ele o que é, e você, uma virgem!

Finalmente desviou o olhar do lençol manchado e levou Whitney para um banheiro de mármore adjacente ao quarto.

– Espero que Deus não o perdoe nunca – disse Whitney, entrando na banheira cheia de água tépida. – Quero que ele queime nas chamas do inferno! Gostaria de ter uma faca para arrancar o coração desse monstro!

Mary ia ensaboar-lhe as costas, mas ela tomou o esfregão de suas mãos e começou a passá-lo por todas as partes que Clayton havia tocado de seu corpo. De repente, parou o que estava fazendo. Ficara louca? Em vez de estar perdendo tempo naquela banheira, devia estar vestida, pensando num modo de fugir daquela casa. Segurou o braço da criada, olhando-a, ansiosa.

– Preciso ir embora antes que ele volte, Mary. Por favor, me ajude a fugir daqui. Você não imagina como ele me machucou, as coisas...

as coisas horríveis que me disse. Se eu não fugir, ele me obrigará a fazer aquilo de novo.

Com uma expressão de tristeza e confusão nos olhos azuis, a criada balançou a cabeça.

– Sua Graça, o duque, não pensa em entrar aqui nem em mantê-la prisioneira – informou. – Ele próprio me mandou cuidar de você. O coche está à espera, na frente da casa, e quando você estiver pronta, eu mesma a levarei até lá.

Dois andares acima da entrada principal da residência, Clayton olhava pela janela, esperando para ver, pela última vez, a mulher a quem amava. As árvores curvaram-se, suspirando ao vento, como se fizessem uma reverência a Whitney quando ela saiu para a claridade do dia triste e cinzento como a alma dele. O vestido e os cabelos lindos agitavam-se, soprados por lufadas de vento, enquanto ela descia o longo lance de escada, indo na direção do coche.

Chegando ao último degrau, Whitney parou, e Clayton, por um momento, pensou que ela fosse olhar para cima e vê-lo. Como se sentisse que estava sendo observada, ela ergueu o queixo com altivez, sacudiu os cabelos, terminou de descer a escada e, andando majestosamente, foi até o coche e entrou, sem olhar para trás.

O copo de conhaque que Clayton segurava estilhaçou-se em sua mão, e ele olhou impassível para o sangue que começou a escorrer-lhe dos dedos.

– Imagino que irá extrair veneno do seu sangue agora – Mary, em pé, próxima à porta, sentenciou com certo ar de satisfação.

– Infelizmente, eu duvido – Clayton respondeu resolutamente.

WHITNEY ENCOLHEU-SE NUM canto do assento do coche, os pensamentos rodando num círculo vicioso de vergonha, sofrimento e raiva. Ela recordava as palavras vulgares que Clayton lhe dissera, o modo automático como as mãos experientes haviam percorrido seu corpo, despertando seu desejo.

Desejava estar morta. Não! Desejava que *ele* estivesse morto: aquela noite horrível fora apenas o início do pesadelo que ela teria de enfrentar. Michael Archibald insistiria para que Emily a mandasse imediatamente para casa, porque jamais permitiria que uma mulher de virtude questionável convivesse com sua esposa. Mesmo que ele acreditasse quando ela dissesse que fora obrigada a passar a noite com Clayton, continuaria a considerá-la suja, não merecedora da amizade de pessoas decentes.

Lutando contra uma onda de náusea, reclinou a cabeça no encosto. Não, não podia contar a verdade. Tinha de pensar em algo plausível para dizer aos Archibald, algo que explicasse por que ficara fora a noite toda. Do contrário, seria banida da sociedade e viveria o resto de sua vida em solidão e vergonha, tendo apenas o pai como companhia.

Depois de pensar durante uma hora, achou que encontrara uma desculpa aceitável. Talvez não fosse muito convincente, mas serviria se Michael e Emily não a interrogassem. Sentiu-se melhor, embora mais solitária, pois não havia ninguém a quem pudesse recorrer em busca de consolo e compreensão.

Poderia escrever para a tia, que estava na casa de uma prima, em Lincolnshire, e pedir-lhe que fosse a Londres. Mas o que poderia Anne fazer, além de exigir que Clayton reparasse o dano imediatamente, pelo casamento? Aquilo não seria castigo para ele, que teria o que sempre desejara, mas ela sofreria, pois seria condenada a unir-se a um homem a quem odiaria até o último momento de sua vida. Se ela se recusasse a casar com Clayton, tia Anne, claro, se voltaria para o marido, em busca de conselho. Edward, revoltado, desafiaria Clayton para um duelo, o que deveria ser evitado a todo custo, em primeiro lugar porque essa prática tornara-se ilegal, e, em segundo, porque Whitney tinha certeza de que o desgraçado mataria seu tio.

A única alternativa restante era Edward pedir justiça através dos tribunais, mas um julgamento e o escândalo inevitável arruinariam Whitney para sempre.

Assim, lá estava ela, forçada a suportar sua dor e vergonha sozinha, sem nenhuma possibilidade de vingar-se daquele demônio que a destruíra. Talvez, conseguisse pensar em alguma solução. Uma coisa era certa: ela morreria se ele a tocasse novamente. Não. Ela se mataria *antes* que ele a tocasse.

Ao chegar à casa da amiga, Whitney teve a impressão de que todos os serviçais estavam nos corredores, olhando-a, consternados. Passou corajosamente pelo mordomo, por três criados e uma meia dúzia de criadas, de cabeça erguida. Mas quando entrou no quarto e fechou a porta, tremia incontrolavelmente. Clarissa apareceu um momento depois, parecendo um porco-espinho arrepiado. Gritou com ela, abriu gavetas, fechando-as com estrondo, resmungou coisas a respeito de "mocinhas desavergonhadas" e "nomes manchados".

Whitney ocultou seu desespero atrás de uma máscara impassível. Arrancou do corpo o odioso vestido marfim, envolvendo-se rapidamente num roupão, quando Clarissa observou-lhe o corpo nu com ar desconfiado.

– Sua pobre mãe deve estar se revirando no túmulo – a criada comentou, parando diante dela com as mãos plantadas nos amplos quadris.

– Não diga asneiras. Minha mãe está descansando em paz, pois sabe que não fiz nada de que deva me envergonhar.

– Pena que os criados desta casa não saibam disso – replicou Clarissa, bufando de raiva. – Estão todos falando de você!

A conversa com Emily, ao entardecer, foi ainda mais humilhante. Whitney explicou que o duque a levara a uma outra festa, no outro lado da cidade, e que, quando ficara tarde demais para ela voltar, a anfitriã sugerira que dormisse lá. No final, a amiga fez um gesto de cabeça, indicando que compreendera, mas o choque estampado em seu rosto foi pior do que qualquer acusação que pudesse ter feito.

Emily foi ao escritório do marido e repetiu tudo o que Whitney lhe contara.

– Como vê, foi tudo muito inocente – afirmou em tom confiante, observando o rosto dele detidamente. – Você acreditou na explicação de Whitney, não é, Michael?

– Não – ele respondeu em tom calmo. – Não acreditei. – Estendeu a mão e puxou a esposa para seu colo. Por um longo momento, observou-lhe as feições, então disse gentilmente: – Mas acredito em você. Se me disser que ela não fez nada de errado, acreditarei.

– Eu te amo, Michael – ela murmurou, aliviada. – Tenho certeza de que Whitney nunca faria nada indecente.

Whitney temera a hora do jantar, mas Emily e o marido pareciam perfeitamente descontraídos e naturais. Michael convidou-a para ficar até depois do casamento de Elizabeth, marcado para dali a pouco mais de um mês. Parecia tão sincero e Emily insistiu tanto que ela acabou por aceitar o convite. A última coisa que desejava era voltar para casa e para o pai e enfrentar os mexericos a respeito de seu "noivado" com Paul.

Naquela noite, porém, quando se deitou, sentiu-se dominada pela solidão e o desespero. Mas não havia nada que pudesse fazer. Daquele dia em diante seria sempre solitária. Nunca teria marido e filhos, pois nenhum homem decente iria querer uma mulher suja, manchada, que fora usada por outro. Sempre quisera ter filhos, e agora aquilo era um sonho impossível.

Na verdade, ela não queria um marido. Nunca suportaria ser tocada novamente. Em toda sua vida, só houvera dois homens com quem ela pensara em se casar: Paul, superficial e fraco, e Clayton... um animal. Paul apenas a desapontara, mas Clayton a destruíra, insinuando-se em seu coração, usando-a e depois livrando-se dela, mandando-a para casa sem um pedido de desculpas. Furiosa, enxugou as lágrimas que rolaram por seu rosto. Clayton Westmoreland a fizera chorar pela última vez. Quando voltassem a se encontrar, ela estaria refeita. Não pensaria mais nele. Não pensaria mais no que acontecera na noite anterior. Nunca mais.

A despeito dessa decisão, os dias seguintes foram os mais terríveis da vida de Whitney. Cada vez que o mordomo aparecia para anunciar um visitante, ela se apavorava, com medo que fosse o duque de Claymore. Saía raramente com Emily, temendo encontrar-se com ele em algum lugar. Em vez de acalmar-se, sentia-se mais tensa a cada dia, chegando a pensar que ficaria louca.

Mas cumpriu a promessa que fizera a si mesma. Recusou-se a voltar a pensar naquela noite fatídica. E não derramou mais uma lágrima sequer.

25

Duas confortáveis carruagens de viagem aguardavam diante do castelo de pedras de três andares, principal residência de Clayton. A grandiosidade da construção e dos arredores era fruto de um adorável trabalho de restauração e ampliação, levado a efeito ao longo dos anos por Clayton, o pai, o avô e todos os duques de Claymore que os haviam precedido.

Para visitantes e hóspedes, a residência era motivo de grande admiração, com seus aposentos com cúpulas de vidro de onde era possível ver o céu, salões de esplendor surpreendente, onde os tetos abobadados, a nove metros de altura, eram sustentados por pilares góticos e exibiam pinturas de Rubens representando cenas de magnífica beleza.

Para Clayton, porém, nos últimos dias, a casa tornara-se um lugar assombrado por lembranças carregadas de remorso que não o deixavam dormir, a não ser quando a exaustão o vencia. Mas, então, o mesmo pesadelo assaltava-o, levando-o de volta ao que acontecera sete noites antes. Era um lugar do qual ele precisava fugir.

Sentado à escrivaninha, na espaçosa biblioteca com paredes forradas por painéis de carvalho, ouvia com impaciência o solicitador repetir as instruções que ele acabara de lhe dar.

– Compreendi direito, excelência? O senhor quer retirar a proposta de casamento que fez à Srta. Stone? Mas não deseja de volta nada do que pagou para firmar o acordo?

– Foi exatamente o que eu disse – Clayton afirmou. – Vou para Grand Oak hoje, e só retornarei daqui a quinze dias. Traga os documentos aqui para eu assinar, um dia após meu retorno.

A duquesa de Claymore ergueu os olhos, ansiosa, quando o mordomo apareceu na porta do salão.

– O coche de Sua Excelência está subindo a alameda – o homem, antigo criado dos Westmoreland, anunciou, o semblante solene iluminado por prazer indisfarçado.

Sorrindo, a duquesa caminhou até uma das janelas voltadas para o jardim da mansão que o falecido marido pusera em seu nome, muitos anos antes, para que ela morasse ali se ficasse viúva, o que de fato acontecera. Em comparação com Claymore, Grand Oak era uma propriedade pequena, mas ela vivia ali com grande conforto e luxo, recebendo amigos e parentes e oferecendo festas. Os cinco apartamentos para hóspedes, localizados atrás da casa principal, deixavam evidente o quanto ela gostava de recebê-los.

Após observar as duas carruagens pararem diante da escadaria da frente, a duquesa verificou sua aparência em um espelho. Aos 55 anos, Alícia, duquesa de Claymore, ainda era esbelta e graciosa. Os cabelos escuros estavam entremeados por fios prateados, o que apenas acrescentava charme a sua beleza. Uma sombra de preocupação passou por seus olhos cinzentos enquanto ela ajeitava o penteado, pensando no estranho bilhete que Clayton lhe enviara, avisando que passaria quinze dias em sua companhia. As visitas dele eram sempre curtas e não muito frequentes, de modo que algo devia ter acontecido para que ele se dispusesse a ficar tanto tempo em Grand Oak.

Certa agitação no vestíbulo anunciou a entrada de Clayton e, com um amplo sorriso, lady Westmoreland foi ao encontro dele. Ignorando suas mãos estendidas, o filho abraçou-a, beijando-a na testa.

– Está mais linda que nunca, minha senhora.

A mãe inclinou a cabeça para trás para olhá-lo, preocupando-se ao ver marcas de tensão e fadiga no belo rosto másculo.

– Esteve doente, querido? Sua aparência está péssima.

– Obrigado, mãe – ele replicou, irônico. – Também estou encantado em vê-la.

– Claro que estou adorando ver você! – ela exclamou, rindo. – Quis dizer que gostaria de vê-lo com melhor aparência.

Dispensando o assunto com um gesto gracioso, levou Clayton para o salão, e os dois sentaram-se num dos sofás.

– Stephen está deslumbrado com a ideia de passar quinze dias aqui com você. Planejou uma porção de festas e já deve estar chegando com um grande número de amigos. Duvido que você vá poder ter sossego.

– Não faz mal – Clayton assegurou-lhe, levantando-se e indo até uma mesa lateral, onde serviu-se de uma generosa dose de uísque.

– Onde está aquele sem-vergonha que nasceu primeiro que eu, ficando com todos os privilégios de primogênito? – Stephen Westmoreland gritou do corredor. Entrou no salão rindo e, piscando para a mãe, foi apertar a mão do irmão. – Cansei de dar desculpas às beldades londrinas para justificar sua ausência, de maneira que trouxe algumas delas comigo.

– Ótimo – Clayton aprovou, sem entusiasmo.

Stephen estreitou os olhos, sério, o que enfatizou sua semelhança com o irmão mais velho. Também era alto e tinha cabelos escuros. Embora lhe faltasse a aura de poder e autoridade que cercava Clayton, Stephen era conhecido por seu carisma, pois, amigável e bem-humorado, vivia cercado de amigos. Possuía grande riqueza, e era por pura brincadeira que falava a respeito dos "privilégios de primogênito" de Clayton. Na verdade, estava bastante satisfeito por não ter de carregar o título ducal e, com ele, uma infinidade de responsabilidades.

– Parece que você acaba de sair do inferno, Clay – comentou francamente, observando o irmão. Então olhou para a duquesa com ar contrito. – Desculpe, mamãe.

– Você tem razão, Stephen – ela concordou. – Eu disse quase o mesmo que você.

– Deve ser mal de família, ignorar as boas maneiras e fazer comentários desagradáveis às pessoas – disse Clayton, sarcasticamente. – Olá, Stephen.

Após conversar um pouco com o irmão e a mãe, alegou desejar descansar da viagem e os deixou.

– Stephen, veja se descobre o que está acontecendo com ele – pediu a duquesa, assim que ficou a sós com o filho mais jovem.

– Clay não tolera intromissão em seus assuntos, mamãe. E pode ser que ele só esteja cansado.

No entanto, Stephen observou Clayton detidamente nas duas semanas seguintes. Durante o dia o grupo de hóspedes e os anfitriões andavam a cavalo, caçavam ou iam à vila, passear ou fazer compras. A única atividade, porém, que Clayton parecia realmente apreciar era cavalgar, mas, mesmo assim, comportava-se de maneira estranha, saltando sobre obstáculos quase impossíveis de ultrapassar e correndo demais, o que deixava Stephen apavorado, com o coração aos saltos.

À noite havia festas, jogos de cartas, de bilhar, ou simplesmente conversas, além dos flertes, algo inevitável num grupo que reunia sete moças e sete cavalheiros, todos bem-educados e bonitos.

Clayton portava-se com refinada elegância, e o irmão divertia-se em observar como as mulheres faziam de tudo para chamar-lhe a atenção, lançando mão de todos os recursos decentes e, às vezes, nem tanto. Mas era óbvio que elas estavam perdendo tempo com ele, pois a expressão distante e triste nunca abandonava os olhos cinzentos, mesmo quando Clayton sorria.

Na véspera da partida dos hóspedes, à noite, estavam todos reunidos no salão, e Stephen continuava preocupado com Clayton, que, em vez de descontrair-se, ficara cada vez mais fechado no correr dos dias.

– Acho que seu irmão ficou aborrecido conosco – comentou Janet Cambridge, falando com Stephen e apontando para Clayton, que, parado junto a uma janela, olhava para a escuridão.

Pela vidraça, Clayton viu-a apontar para ele e ouviu sua risada gutural. Ela já o agradara, com sua beleza sensual e voz sedutora, mas faltava-lhe algo. Janet não tinha olhos verdes como jade da Índia, não o fitava com um olhar enviesado, provocante e malicioso, não tremia em seus braços sob a força de emoções que não conseguia identificar. Era muito fácil, muito ansiosa por agradar, como a maioria das mulheres que não lhe opunham resistência, não o desafiavam. Não eram inocentes e cheias de vivacidade, não eram espirituosas, nem interessantes. Não eram... Whitney.

Ele tomou um longo gole de seu drinque para amenizar a dor que o nome dela trazia. Imaginou o que estaria fazendo. Teria voltado a querer casar-se com Paul Sevarin? Ou estaria se encontrando com Du Ville, que estava em Londres e poderia confortá-la, alegrá-la, ajudá-la a esquecer? Se ela tivesse de escolher entre os dois, Clayton desejava, de todo o coração, que escolhesse o francês, mais inteligente, mais sofisticado do que o apalermado Sevarin. Apesar de desejar que Whitney voltasse a ser feliz, Clayton experimentava um terrível aperto no coração ao imaginá-la como esposa de outro homem.

Voltou a torturar-se com a lembrança do que fizera. Ignorara Whitney quando ela tentara se defender. Com brutalidade, roubaralhe a inocência e, quando tudo acabara, ela o abraçara e chorara. Oh, Deus! Ele praticamente a *estuprara*, e ela chorara em seus braços.

Forçando-se a mudar o rumo dos pensamentos, Clayton recordou-se de Whitney em momentos felizes, o que foi uma tortura ainda maior, pois ele mais uma vez deparou-se com a evidência de que tivera um tesouro nas mãos e o perdera. O ar confiante que ela olhou para ele na largada da corrida, pouco antes do início. "Se você quiser me seguir, eu ficarei feliz em mostrar-lhe o caminho."

Ele ainda podia lembrar-se dela exatamente como estava na noite do jardim, no baile de máscaras dos Armand, sua feição reluzente com uma felicidade irreverente quando ele lhe revelou que era duque. "Você não é um duque", dissera ela rindo. "Você não usa monóculo, não usa bengala, não torce a boca com descaso e, desculpe a honestidade, não me parece que sofra de gota."

Ele se lembrou de como ela tinha se aproximado para beijá-lo de forma doce e apaixonada naquele dia próximo à casa do jardim. Deus, que criatura emotiva, impetuosa e amável ela podia ser, quando não estava se comportando de maneira teimosa, rebelde... e maravilhosa.

Fechou os olhos, amaldiçoando-se por tê-la deixado ir embora do castelo de Claymore. Deveria ter se casado com Whitney naquele dia assim que conseguisse um padre que oficiasse o casamento. Mesmo que ela protestasse, ele poderia tê-la obrigado a aceitá-lo como marido, alegando que, como perdera a virgindade, não havia alternativa. Com o passar do tempo, talvez a conquistasse, levando-a a perdoá-lo.

Pondo o copo abruptamente sobre a mesa perto da janela, ele passou pelos hóspedes e saiu do salão. Não havia nenhuma maneira de se redimir do crime que cometera contra Whitney. Nenhuma maneira!

Os hóspedes partiram cedo, na manhã seguinte, e à noite os dois irmãos beberam juntos na biblioteca, até ficarem completamente embriagados. Falaram da infância, trocaram confidências sobre as loucuras da adolescência, sempre bebendo.

Em dado momento, Clayton virou a garrafa de conhaque sobre o copo, mas nem mais uma gota caiu.

– Meu Deus... você bebeu uma... gar-garrafa inteira – gaguejou Stephen, rindo. Empurrou outra garrafa na direção de Clayton. – Veja se acaba com o uísque também.

Clayton destampou a garrafa e encheu o copo até a borda.

– Que diabos está tentando fazer? – perguntou o irmão. – Afogar-se?

– Não. Estou tentando ficar inconsciente antes de você – explicou Clayton com voz pastosa.

– Talvez consiga, mas sempre serei o melhor – replicou Stephen com uma risada. – Foi uma injustiça você ter nascido, irmão.

– Também acho. Eu nunca devia ter feito isso. Errei... mas ela... ela me fez pagar dez vezes por... por meu erro.

Embora as palavras houvessem sido pronunciadas de modo arrastado, o tom de sofrimento era tão evidente que Stephen ergueu a cabeça e encarou Clayton, o mais rápido que lhe foi possível.

– Quem fez você pagar por ter nascido? – perguntou.

– Ela.

– Ela quem? – indagou, tentando livrar-se do torpor provocado pelo álcool.

– A moça de olhos verdes – murmurou Clayton. – Ela está me fazendo pagar.

– O que você fez a ela?

– Eu a pedi em casamento. Dei cem mil libras ao idiota do pai dela, mas Whitney não me quis. – Clayton retorceu o rosto com desgosto e tomou outro gole de uísque. – Ficou noiva de outro, e todo mundo está falando disso. Não... ela não ficou noiva, mas eu pensei que havia ficado e... e...

– E o quê? – o irmão engrolou.

– Eu não acreditei que ela ainda era virgem. Não sabia... até que a tomei... e... a machuquei. – Seguiu-se um silêncio longo e tenso, então Clayton gemeu, escondendo o rosto nas mãos: – Oh, Stephen, eu a feri... demais! Eu a feri, e ela me abraçou, chorando, porque queria que eu a consolasse!

Com profundo espanto, o irmão ficou olhando para ele, tentando compreender a história desalinhavada. Parecia que Clayton apaixonara-se por uma jovem de olhos verdes, chamada Whitney. Stephen ouvira rumores em Londres sobre o irmão ter ficado noivo, mas não dera muita atenção a eles, pois boatos daquele tipo eram frequentes. Mas talvez fosse verdade, talvez Clayton houvesse se apaixonado por aquela moça, Whitney, e ela o tivesse rejeitado.

O mais incrível de tudo era o irmão ter sido levado a cometer uma violência imperdoável como o estupro. Por que fizera aquilo? Só porque a jovem rejeitara seu pedido de casamento? Por ciúme? Impossível! No entanto, Clayton estava se destruindo, dominado pelo remorso.

Stephen suspirou, confuso. O irmão sempre estivera rodeado de mulheres deslumbrantes, mas nunca se apaixonara por nenhuma delas. Whitney devia ser muito especial para tornar-se tão importante, pois era óbvio que Clayton a amara desesperadamente... e ainda amava.

Na verdade, Stephen refletiu, se a moça buscara consolo nos braços de Clayton depois que ele lhe tirara a virgindade de modo tão violento, ela devia amá-lo também. E não pouco.

No dia seguinte, os irmãos despediram-se na escadaria externa, ambos incapazes de suportar a claridade do sol, como resultado da bebedeira da noite anterior. A duquesa acenou para Clayton quando a carruagem partiu, então virou-se para Stephen.

– Seu irmão está péssimo!

– Está mesmo – o jovem concordou, massageando as têmporas doloridas.

– Vamos para o salão, Stephen. Há algo que desejo discutir com você – a mãe disse com firmeza, entrando em casa.

No salão, ela fechou a porta e sentou-se na poltrona mais próxima, levando um tempo longo demais para arrumar as saias a sua volta.

– Ontem à noite perdi o sono – começou por fim. – Desci com a intenção de ficar mais um pouco com vocês. Chegando à biblioteca, vi, chocada, que vocês estavam embriagados, e ia entrar para lhes passar um sermão, quando... quando...

– Quando ouviu o que Clayton estava me dizendo? – Stephen ajudou-a. Lady Westmoreland moveu a cabeça, concordando.

– Como ele foi capaz de fazer isso? – murmurou.

– Não sei. É evidente que ele gosta da moça, e é um homem...

– Não me trate como uma imbecil, Stephen! Sou adulta, fui casada, tive dois filhos. Sei muito bem que os homens têm certas... hã...

– Certas necessidades? – o filho completou divertido, vendo-a corar. – O que eu estava querendo dizer era que Clayton é um homem que sempre atraiu as mulheres, mas, nunca alguma o interessou tanto que o fizesse pedi-la em casamento. Parece que ele finalmente encontrou a mulher que queria. Se deu cem mil libras ao pai da moça, suponho que ela não tenha dote, que seja de família pobre, mas, mesmo assim, recusou-o.

– Deve ser muito tola para recusar alguém como seu irmão – comentou lady Westmoreland.

Stephen sorriu, achando graça na lealdade materna, mas balançou a cabeça, discordando.

– Não creio que seja. Clay nunca se interessou por moças tolas.

– Tem razão – a mãe disse com um suspiro, levantando-se. Então, acrescentou com tristeza: – Clayton devia adorá-la.

– Ele a *adora,* mãe.

Clayton leu o documento legal que dissolvia o contrato de noivado, então assinou-o e passou-o rapidamente por cima da mesa, para o solicitador.

– Há mais uma coisa – avisou quando o homem fez menção de se levantar. – Quero que mande entregar o documento à Srta. Stone, na casa dela, com uma carta e um vale bancário no valor de dez mil libras.

Abriu uma das pesadas gavetas da escrivaninha e retirou uma folha de papel branco com seu brasão gravado a prata no topo. Ficou olhando para o papel, o momento congelando-se no tempo. Não podia acreditar que a situação chegara àquele ponto. Como seu compromisso com Whitney podia acabar daquela maneira, causando uma dor tão profunda, uma tão grande sensação de perda, se apenas semanas atrás ele estivera tão certo de que ela sempre ficaria a seu lado, primeiro como sua noiva, depois como esposa?

Por fim, forçou-se a pegar a pena e começou a escrever:

> Por favor, aceite meus sinceros votos de felicidade, que envio também a Paul. O vale bancário é um presente de casamento. Segue junto o documento que anula nosso compromisso.

Hesitou, sabendo que Whitney ficaria furiosa por causa do dinheiro, mas ele não podia imaginá-la economizando centavos para comprar um vestido, o que aconteceria quando ela fosse esposa de Sevarin. Se, por algum milagre, Whitney não se casasse com aquele tolo, o dinheiro seria apenas dela.

Com um gesto decidido, entregou o bilhete e o vale ao solicitador. Assim que ficou sozinho, depois que o homem saiu, teve de lutar contra o impulso de mandar um criado fazê-lo voltar, para que ele pudesse tirar-lhe aquele odioso documento, o bilhete e o vale bancário e picá-los em mil pedacinhos.

– Oh, minha pequena – murmurou, reclinando a cabeça no espaldar da cadeira e fechando os olhos. – Por que tinha de acabar assim?

Pensou nas palavras que gostaria de ter escrito: "Por favor, volte para mim. Juro que a farei esquecer o que aconteceu. Encherei seus dias com alegria e suas noites com amor. Teremos um filho e, se você ainda não me amar, eu lhe pedirei que me dê uma filha. Uma filha que tenha seus olhos, seu sorriso, seus cabelos."

Praguejando furiosamente, abriu os olhos e estendeu a mão para a correspondência que se acumulara durante sua ausência. A partir daí, lançou-se numa campanha cujo objetivo era esquecer Whitney. Mergulhou no trabalho, gastando horas, todos os dias, lendo relatórios a respeito de seus negócios e planejando novos investimentos. Sobrecarregou o secretário de tal maneira que foi necessário contratar um assistente para ele. Encontrou-se com os gerentes de seus negócios, com os administradores de suas propriedades e com os arrendatários. Trabalhava o dia todo, até a hora de arrumar-se para ir ao teatro, à ópera, a um baile.

A cada noite ele deliberadamente se deixava acompanhar por uma mulher diferente, esperançoso de que a cada momento *aquela* mulher despertaria algo nele – algo que tinha morrido havia quatro semanas. Mas, se ela fosse loura, Clayton logo descobria uma aversão a cabelos claros. Se porventura fosse morena, o cabelo não apresentava o mesmo brilho do de Whitney. Se fosse vivaz, acabava por atormentá-lo, mas, se o comportamento dela fosse sutil, ele a considerava desagradável. Caso estivesse calada, ele sentia um desejo feroz de balançá-la e dizer: "Por Deus, *fale* alguma coisa!"

No entanto, muito lentamente, foi recuperando o equilíbrio. Começou a sentir que, se continuasse a bloquear a lembrança de um maravilhoso par de olhos verdes, acabaria por esquecer Whitney.

Conforme as semanas passavam, ele sorria com mais facilidade e, ocasionalmente, era capaz até mesmo de rir.

26

A vida de Whitney em Londres acabou entrando numa rotina. Ela saía com Elizabeth e Emily para fazer compras, ou, de vez em quando, para um passeio de carruagem no parque. Nicki visitava-a regularmente, porém era raro ela permitir que ele a levasse a algum lugar. Mas, pelo menos, os dois conversavam, e às vezes o amigo até a fazia sorrir. Whitney achava admirável em Nicki que ele nunca pedisse mais do que ela podia dar.

Elizabeth ia vê-la todos os dias. Estava tão envolvida nos planos para o casamento que seria realizado dali a quatro dias, tão ansiosa por falar do vestido de noiva, do cardápio do banquete, das flores e de tudo o mais, que Whitney, mergulhada em sua tristeza, achava difícil suportar sua alegria, seu entusiasmo, e detestava-se por não poder participar da felicidade da amiga.

Já não temia tanto encontrar Clayton, pois passara a viver numa espécie de nevoeiro, entre um passado que ela se recusava a recordar e um futuro que não conseguia imaginar.

Aquele dia estava sendo como todos os outros, mas, quando Elizabeth deslanchou numa série de elogios a Peter, Whitney levantou-se, pediu licença e saiu do salão. No vestíbulo, vestiu a capa e correu para fora da casa. Ignorando a regra que ditava que uma moça sempre devia sair acompanhada, foi sozinha ao parque, a alguns quarteirões de distância, onde ficou andando pelas alamedas desertas.

O pai e a tia iriam a Londres para o casamento de Elizabeth, mas por mais que Whitney ansiasse por ver Anne sentia-se receosa. Teria de dizer que não se casaria com o duque de Claymore, e a tia insistiria em saber o motivo.

O motivo? O que ela diria? "Clayton me arrastou para fora da casa de Emily, levou-me para a dele, arrancou minhas roupas e me possuiu."

Tia Anne ficaria atônita e furiosa, mas perguntaria por que aquilo acontecera. Sentando-se num banco, Whitney perguntou-se por que Clayton parecera ter tanta certeza de que ela se entregara a Paul.

Nas últimas quatro semanas, nem uma vez ela havia se permitido pensar naquela noite, mas agora que começara, não conseguia parar. Tentava lembrar-se de Clayton como o homem que arrancara suas roupas, mas via-o no momento em que ele descobrira sua virgindade, o rosto contorcido de angustiado arrependimento.

Queria recordar as palavras vulgares que ele usara, os insultos, mas recordava o modo como ele a abraçara, pedindo-lhe carinhosamente que não chorasse.

Um nó doloroso instalou-se na garganta de Whitney, mas agora o sofrimento que ela sentia era por Clayton, não por si. Quando percebeu, levantou-se de um salto, furiosa. Devia estar completamente louca, sentindo pena do homem que a violentara! Ela o desprezava, nunca mais queria vê-lo. Nunca!

Caminhou rapidamente pela alameda que levava à rua, o vento enrolando a capa em seu corpo. Tão subitamente quanto tinha surgido, o vento dissipou-se e um esquilo correu em sua direção; então parou, observando-a com um misto de medo e expectativa. Whitney parou também, aguardando que ele se movesse.

Ela viu uma castanha o próxima a seu pé e curvou-se para pegá-la, oferecendo-a ao esquilo. O pequeno animal peludo piscava nervosamente, mas não se aproximou, então Whitney jogou a castanha em sua direção.

– É melhor aceitar – ela disse suavemente –, em breve chegará o inverno.

O esquilo piscava os olhos enquanto olhava para a preciosa castanha, agora a poucos centímetros dele. Por um momento hesitou e, em seguida, virou-se, correndo na direção oposta tão rápido quanto suas pernas poderiam levá-lo.

Ao longo das semanas que se sucederam à fatídica noite Whitney não quebrou sua corajosa promessa de não chorar. Ela saiu-se bem, mas ao mesmo tempo tinha armazenado emoções dolorosas. Um pequeno esquilo que preferiu sentir fome ao receber algo que ela havia tocado foi a última gota.

– Se prefere assim, fique sem ter o que comer! – Ela soluçou enquanto os olhos ficavam marejados de lágrimas e desciam por seu rosto. Ela virou-se e seguiu pelo caminho, passando pelos portões do parque. Lágrimas corriam por seu rosto, e ela nada fez para detê-las. Até aquele dia, cumprira sua promessa, mas o peso no peito e o aperto na garganta haviam se tornado insuportáveis. Chorou até achar que não tinha mais lágrimas, e quando chegou à casa dos Archibald sentia-se bem como não se sentira desde os últimos acontecimentos.

Michael saíra naquela noite, de modo que Whitney jantou no quarto, com Emily, descobrindo que estava começando a ser capaz de divertir-se novamente.

– Você está com ótima disposição – comentou a amiga, pondo mais chá nas duas xícaras.

– Eu estou com ótima disposição – afirmou Whitney, sorrindo.

– Ótimo, porque desejo lhe perguntar uma coisa.

– Pois pergunte – concedeu Whitney, bebericando seu chá.

– Minha mãe me escreveu e contou que você ficou noiva de Paul. É verdade?

– Não. Estou noiva de Clayton Westmoreland – Whitney respondeu, na defensiva.

A xícara antiga de finíssima porcelana escorregou dos dedos de Emily e espatifou-se no chão.

– Está brincando, não está? – perguntou a jovem baronesa, os olhos muito abertos, os lábios começando a esboçar um sorriso.

– Não, não estou.

– Tem certeza?

– Absoluta.

– Não sei se devo acreditar – murmurou Emily. Parecia tão indecisa que Whitney riu.

– Pode acreditar. Não estou mentindo.

– Mas como... quando?

Whitney abriu a boca para explicar, então mudou de ideia. Precisava desesperadamente falar com alguém sobre tudo aquilo, mas tinha medo de começar. Naquele dia, após várias semanas, voltara a sentir-se viva e não queria arriscar-se a perder sua frágil, recém-adquirida tranquilidade.

– Não, Emily, não acho bom falar sobre isso – disse, levantando-se.

A amiga ergueu-se também, rindo.

– Mas vai falar! Vai me contar tudo sobre esse romance inacreditável, nem que eu tenha de torturá-la – ameaçou. – Pode começar, querida!

Whitney resignou-se. Não se livraria facilmente de Emily, que estava tão entusiasmada e decidida a saber de todos os detalhes. Além disso, ela sentira, de repente, a necessidade premente de falar sobre o assunto. Voltou a sentar-se, e a amiga imitou-a.

– Tudo começou há muitos anos, antes de eu ser apresentada à sociedade – preludiou. – Clayton disse que me viu pela primeira vez na loja de uma chapeleira, e que a mulher estava tentando me vender um horrível chapéu coberto de frutas artificiais.

Não parou mais de falar até contar toda a história.

– Oh, Senhor, é maravilhoso demais para ser posto em palavras! – Emily comentou com expressão maravilhada. – Tão romântico! Michael temia que o duque partisse seu coração, mas nunca tive esse receio. Vi como ele a olhava quando veio buscá-la para o baile dos Rutherford e compreendi.

– Compreendeu o quê? – indagou Whitney.

– Que ele estava apaixonado por você, boba! Mas há algo que não entendo: faz semanas que o duque não aparece aqui, e sei que ele está em Londres, porque tem sido visto na ópera e no teatro. – Fez uma pausa, observando o rosto de Whitney, subitamente perturbado. – Whitney? O que está acontecendo? Você esteve com esse ar triste desde a noite em que não voltou para casa. O que aconteceu naquela noite que a deixou tão infeliz?

– Não quero falar sobre isso – Whitney respondeu baixinho.

– Precisa falar! Seja lá o que for, está consumindo você! – disse Emily, tomando as mãos dela entre as suas. – Não estou tentando me intrometer. E sei que mentiu a respeito daquela noite. Eu estava olhando pela janela quando você chegou, e o coche que a trouxe tinha um brasão na porta. Era o coche do duque, não era?

– Sabe que era – respondeu Whitney, envergonhada.

– Carlisle estava muito bêbado em minha festa, por isso não acreditei quando ele disse que o duque de Claymore surgira do nada, agarrara você e a levara embora. Mas foi isso mesmo o que aconteceu, não foi?

– Foi.

– Aonde ele a levou? É verdade que foram a outra festa?

– Não.

– Nunca me perdoarei por não ter acreditado em Carlisle! – declarou Emily, então perguntou em tom angustiado. – Aonde ele a levou, Whitney? O que fez com você?

Whitney apenas olhou-a, e a amiga viu a verdade em seus olhos.

– Aquele monstro! – sibilou Emily, levantando-se. – Bandido! Demônio! Devia ser enforcado. Ele... – interrompeu-se, parecendo compreender que Whitney precisava de apoio, não de alimento para a raiva. – Temos de ver o lado bom de tudo isso.

– Que "lado bom"?

– Pode não parecer, mas existe um. Não entendo muito de leis, mas sei que seu pai não pode forçá-la a se casar com aquele... aquele animal! E depois do que fez, Claymore deve saber que você nunca se casaria com ele de livre e espontânea vontade. Assim, ele não tem outra saída, a não ser anular o contrato de noivado e esquecer o dinheiro que deu a seu pai.

Whitney ergueu a cabeça bruscamente. Por longos instantes, ficou olhando para a parede, pensativa. Clayton certamente não fora mais vê-la porque pretendia desobrigá-la de cumprir o contrato. Retiraria a proposta de casamento. Uma sensação estranha, ruim, assaltou-a.

– Oh, Emily, você acha mesmo que ele desistirá de mim?

– Claro! O que mais... – A amiga calou-se bruscamente ao ver a expressão no rosto de Whitney. – Meu Deus! Não acredito... não quer que ele desista!

– Não é isso – Whitney balbuciou, erguendo os olhos para ela – É só que nunca pensei que ele pudesse me deixar livre.

– Você não quer se libertar dele! – Emily persistiu, erguendo o tom de voz. – Está escrito em seu rosto!

Whitney levantou-se, esfregando as mãos nervosamente na saia do vestido. Queria dizer que o que mais desejava no mundo era ficar livre de Clayton, mas as palavras pararam na garganta.

– Não sei o que quero – admitiu, infeliz.

– Ele mandou um recado, aproximou-se de você de alguma maneira desde aquela noite?

– Não, e acho melhor que nem tente.

– E você não tem nenhuma intenção de procurá-lo?

– Claro que não! – exclamou Whitney, exaltada.

– Penso que Clayton não tentará uma aproximação, a não ser que você lhe dê algum sinal de que pelo menos ouvirá o que ele tem a dizer.

– Prefiro morrer a dar esse sinal! – afirmou Whitney com orgulho e estava sendo sincera.

– Goste de você ou não, ele deve estar cheio de remorso e achando que você o odeia – comentou Emily.

Whitney caminhou até a cama e encostou a testa numa das colunas que sustentavam o dossel.

– Clayton não me deixará ir, Emily. Acredito que ele goste muito de mim.

– Pois tem um jeito muito curioso de demonstrar seu afeto! – a amiga explodiu.

– Eu também tenho – Whitney murmurou. – Eu o desafiei o tempo todo, e ia envergonhá-lo fugindo com Paul. Nunca parei de mentir para ele. – Fechou os olhos, suspirando. – Não me leve a mal, Emily, mas agora eu gostaria de me deitar. Estou cansada.

Depois que Michael chegou, Emily deitou-se, mas não conseguia adormecer. Durante horas ficou olhando para o fogo fraco na lareira, até que desistiu de tentar dormir e sentou-se na cama, apoiando-se na cabeceira. Observando o marido, que dormia tranquilamente, perguntou-se se ainda o amaria se ele houvesse feito com ela o que Clayton fizera com Whitney. Chegou à conclusão de que não deixaria de amá-lo, que o perdoaria. Mas, no caso de Whitney, não poderia haver perdão, pois ela e Clayton estavam se evitando e pelo jeito continuariam a fazer isso. Whitney, por orgulho, e magoada como estava, não daria o primeiro passo, e o duque continuaria a acreditar que ela o odiava. A menos que algo os pusesse frente a frente, a brecha entre eles jamais se fecharia.

Indecisa, sem saber se interferia numa situação altamente explosiva, ou se ficava de fora, apenas observando, refletiu durante longo tempo. Então, tomando uma decisão, saiu da cama. Desceu a escada no escuro e só no vestíbulo acendeu a vela que levara consigo. Indo para o salão, colocou a vela sobre a escrivaninha e abriu uma das gavetas. Estivera ajudando Elizabeth a endereçar os convites de casamento, e havia alguns ainda não preenchidos. Retirou um deles e sentou-se, pegando a pena. O duque não podia pensar erroneamente que fora convidado a pedido de Whitney, pois era provável que quando ela o visse começasse a agredi-lo, furiosa.

Após alguns instantes de reflexão, e antes que perdesse a coragem, escreveu na parte de baixo do convite: "Alguém de quem ambos gostamos muito estará presente, como dama de honra da noiva." Então, assinou: "Emily Archibald".

UM CRIADO, que usava uma libré não totalmente estranha a Clayton, foi levado à porta de sua biblioteca, na casa da rua Upper Brook.

– Excelência, minha patroa mandou-me trazer um convite, com a instrução de entregá-lo pessoalmente ao senhor – o homem explicou.

– Vai esperar pela resposta? – perguntou Clayton distraidamente, examinando a correspondência.

– Não, meu senhor.

– Então, deixe o convite aí – o duque ordenou, apontando para uma mesinha perto da porta.

Só à noite, quando se arrumava para sair, Clayton lembrou-se do convite e mandou Armstrong ir buscá-lo, sem desviar a atenção do espelho, diante do qual dava um laço intrincado na gravata.

O criado voltou, ajudou o duque a vestir a casaca, então entregou-lhe o convite. Abrindo o envelope, Clayton viu que se tratava de um convite de casamento. O nome "Ashton" saltou-lhe aos olhos, despertando tristes lembranças.

– Diga a meu secretário para recusar o convite e mandar um presente em meu nome – disse a Armstrong.

Foi então que viu a mensagem escrita em letra miúda, na parte de baixo. Leu-a uma vez, depois outra, sentindo o coração acelerar. O que Emily estaria tentando lhe dizer? Que Whitney desejava vê-lo? Ou que ela, Emily, desejava que ele e Whitney se encontrassem?

Mandando o criado de quarto sair, leu novamente o recado, cada vez mais agitado, querendo descobrir nas poucas palavras algo que indicasse que Whitney o perdoara. Mas não havia nada.

Mais tarde, no Crown Theatre, Clayton não prestou atenção ao que se passava no palco, nem à beldade morena que o acompanhava. Suas emoções oscilavam loucamente, indo da esperança ao desespero. Sempre pensando na mensagem de lady Archibald, refletia que ela e Whitney eram amigas desde a infância, que uma conhecia a outra muito bem. Se Emily houvesse percebido que Whitney o odiava, jamais mandaria aquele convite. Por outro lado, se Whitney o houvesse perdoado, ela própria o teria enviado.

Mas, supondo que Whitney não desejasse vê-lo, o que ela poderia fazer quando o visse na igreja, durante a cerimônia de casamento? Um leve sorriso esboçou-se nos lábios de Clayton quando ele imaginou que ela seria capaz de atirar no rosto dele o buquê de flores que, como dama de honra, estaria segurando.

27

Nos fundos da igreja lotada, Elizabeth Ashton, ao lado do pai, observou a terceira dama de honra começar a desfilar pelo corredor atapetado, e então virou-se para Whitney, que seria a próxima.

– Você vai roubar a cena que devia ser minha – brincou, olhando as rosas de seda, brancas e amarelas, que adornavam os cabelos brilhantes de Whitney, e o flutuante vestido amarelo que ela usava. – Está linda como um narciso de início de primavera.

Whitney riu.

– Obrigada – agradeceu. – E você parece um anjo. Por favor, não vá começar outro concurso de elogios comigo. Além de maravilhosa, está calma. Não é notável a tranquilidade dela, Emily? – perguntou, virando-se para a amiga, que a seguiria pelo corredor.

– É, sim – respondeu Emily, distraída.

Naquela manhã, contara a Michael que Whitney e o duque haviam tido uma tremenda briga, o que certamente era verdade, e confessara que tomara a iniciativa de mandar um convite a Clayton, na esperança de que os dois se reconciliassem. A reação do marido fora inesperada e desagradável. Ele dissera que fora um erro, que no final os dois poderiam voltar-se contra ela, criticando-a por sua bem-intencionada, mas não requisitada, interferência.

E Elizabeth também acabara envolvida na trama. Quando a lista de convidados fora preparada, Clayton Westland constara dela, mas, por insistência de Whitney, fora retirado. Dois dias antes do casamento, Emily contara a Elizabeth que um romance estava nascendo entre Whitney e Clayton, mas que os dois haviam brigado, e a noiva concordara que ela fizera muito bem em enviar um convite a ele, o que poderia resultar numa reconciliação. O que Elizabeth ainda não sabia era que Clayton Westland era na verdade Clayton Westmoreland, o duque de Claymore, pois, apesar de sua longa permanência em Londres, seu círculo de amizades estava bem distante do da nobreza.

Naquele momento, prestes a desfilar pela igreja, Emily repreendia-se, dizendo a si mesma que convidar Clayton fora a pior ideia que poderia ter tido.

– É a próxima, senhorita – a criada de Emily avisou a Whitney, abaixando-se para arrumar a cauda de seu vestido. Acostumada àquilo, pois em Paris fora dama de honra de pelo menos dez moças, Whitney não estava nervosa. Muito pelo contrário, sentia-se especialmente feliz, pois desempenhara um grande papel na união dos noivos. Por isso, foi com um sorriso que pegou o buquê oferecido pela criada, preparando-se para andar até o altar.

– Quando nos falarmos novamente, Elizabeth, você será uma mulher casada – disse num cochicho, entrando no corredor. Sua aparição teve efeito devastador sobre Clayton, que fixou os olhos nela, sentindo um aperto doloroso no peito. Whitney nunca estivera tão radiante e linda, nem parecera tão serena. Era como um raio de luz desfilando pelo centro do corredor iluminado por velas.

Ele estava em pé apenas a alguns centímetros dela, que passou graciosamente por ele. Clayton sentiu-se torturado, todos os músculos de seu corpo se retesando, esforçando-se para suportar o suplício da proximidade de Whitney. Mas era uma tortura bem-vinda e uma agonia da qual não esperava ser poupado.

Whitney chegou ao altar e ocupou seu lugar em uma das laterais. Pouco depois a cerimônia teve início, e ela permaneceu imóvel e calma, mas, quando Elizabeth começou a recitar seus votos, as palavras atingiram seu coração de modo pungente, e seus olhos encheram-se de lágrimas. De onde estava, movendo a cabeça ligeiramente, podia ver metade das pessoas reunidas na igreja. Notou que a maioria das mulheres estava comovida, enxugando os olhos. Tia Anne, sentada em um banco da segunda fila, cumprimentou-a com um sorriso.

Quando a vontade de chorar passou, e o nó na garganta começou a dissolver-se, Whitney deixou o olhar percorrer a parte da igreja que podia ver. Lá estavam seu pai, os pais de Margaret, lady Eubank, que usava um de seus escandalosos turbantes e...

O coração de Whitney deu um salto, então começou a bater descompassado quando viu Clayton, de pé na lateral da igreja, os olhos cinzentos fixos em seu rosto. O sofrimento estava estampado nas belas feições, e havia ternura e tristeza nos olhos penetrantes. Ela, então, desviou o olhar. Respirou fundo, tentando controlar as batidas do coração. Clayton, finalmente, fora a um lugar onde sabia que a veria.

Não devia estar assistindo ao casamento, pois não fora convidado, mas estava lá! E olhava para ela de um modo como nunca olhara antes, como se lhe oferecesse seu coração, sua vida. Embora orgulhosamente ereto, oferecia-se a ela, com humildade. Ela sabia! Sentia!

Assaltada por emoções desencontradas, ela queria gritar, queria ajoelhar-se e chorar, queria agredi-lo, ser capaz de feri-lo como ele a ferira. Em seu íntimo, fúria, humilhação e incerteza, colidiam numa ciranda louca. Aquela era sua chance de vingar-se, a única! Ele não a procurara até aquele dia, e depois da cerimônia iria embora, pois não compareceria ao banquete sem ser convidado. Ela nunca mais o veria, nunca mais teria outra oportunidade de mostrar-lhe todo seu desprezo, nem que fosse apenas com um olhar de gelada repugnância.

Mas ele estava pedindo silenciosamente seu perdão! Oferecendo-se, implorando para que ela o aceitasse! Se a resposta fosse "não", iria embora. Sairia da vida dela para sempre.

Whitney fechou os olhos na agonia da indecisão. Pediu ajuda numa prece silenciosa. Ele havia abusado de seu corpo e devastado sua alma, e sabia disso! O orgulho dela exigia que o ignorasse, demonstrando não sentir nada mais do que desprezo. Mas seu coração gritava para não deixá-lo sair da igreja.

"Não chore, minha querida", ele sussurrou em sua lembrança. "Por favor, não chore mais."

Whitney não conseguia respirar, ou mover-se. Me ajudem!, ela rezava pelo auxílio de quem quer que fosse. Por favor, por favor, socorro! Então, percebeu que era a Clayton que dirigia sua oração. A Clayton, a quem ela amava.

No momento em que Whitney começou a mover a cabeça, Clayton soube que ela ia encará-lo, que a resposta que ele pedira estaria nos olhos verdes. Ela o fitou, finalmente, e o amor que havia em seus olhos teve o poder de fazê-lo desejar ajoelhar-se e agradecer, e ele sentiu o desejo quase irrefreável de ir até ela, tomá-la nos braços e pedir-lhe que repetisse o que seu olhar já dissera; que dissesse, bem alto, que o amava.

A cerimônia terminou, o cortejo desfilou pelo corredor, e os convidados seguiram atrás. Todos se juntaram na escadaria externa, falando e rindo, num clima de perfeita alegria. Clayton foi o último a sair. Lá fora, parou, observando Whitney, que sorria, falando com as outras damas, os cabelos brilhando à luz do sol que sumia no horizonte. Hesitou, sabendo que, se fosse ter com ela naquele momento, não poderiam trocar mais do que algumas palavras, mas sentia-se incapaz de esperar até a hora do banquete. Evitando passar perto de algum de seus antigos vizinhos, que certamente o deteriam, atravessou a multidão na direção de Whitney, até parar atrás dela.

Sentindo a presença dele, uma força quase tangível, algo poderoso e magnético, Whitney ficou imóvel, à espera.

– Srta. Stone... – ele chamou baixinho. – Você é adorável.

Ela estremeceu, mas não se virou, e, por um terrível momento, Clayton pensou que o que vira nos olhos dela, na igreja, fora fruto de sua imaginação. Então, de modo quase imperceptível, Whitney deu um passo atrás e, lentamente, encostou-se nele. A emoção de senti-la contra seu corpo deixou-o sem respiração por um momento. Então, lentamente, deslizou os braços ao redor da cintura dela, puxando-a para mais perto, e Whitney não opôs resistência; ao contrário, entregou-se a seu abraço.

Clayton pensou em levá-la para dentro da igreja e pedir ao padre que os casasse imediatamente, mas não sabia se seria necessária uma licença especial. Whitney aceitaria tanta precipitação? Não, ela merecia desfilar por uma igreja cheia de convidados, ser uma noiva esplêndida, ter seu dia de glória. Ele não podia privá-la dessa alegria. Já a prejudicara demais.

Emily virou-se para Whitney sem parecer notar que Clayton estava assustadoramente próximo, atrás da amiga e com o braço enlaçando sua cintura.

– Estão indicando que devemos ir agora – disse ela.

As damas começaram a descer a escada na direção das carruagens, e Clayton, sentindo a relutância de Whitney em deixá-lo, precisou controlar o impulso de mantê-la junto de si, estreitando o abraço. Ela se afastou, por fim, descendo os degraus ao lado de lady Archibald.

Entrou na carruagem, e Emily, antes de segui-la, olhou para o duque e, notando que ele a fitava, sorriu de leve, meio indecisa. Ele inclinou-se profundamente numa reverência formal, então exibiu um sorriso amplo, parecendo extremamente feliz e agradecido.

– Ele estava na igreja! – exclamou Whitney, virando-se no assento para olhar para Clayton, que continuava parado na escadaria da igreja, observando a carruagem dos Archibald entrar na corrente de tráfego. – Você o viu, Emily?

A amiga riu.

– Como poderia deixar de ver se ele estava atrás de você, segurando-a pela cintura?

– Por favor, não o odeie pelo que ele me fez – Whitney pediu. – Eu não suportaria se minha melhor amiga odiasse o homem a quem amo. Eu amo Clayton, Emily.

– Eu sei.

Clayton acompanhou a carruagem dela até que tivesse desaparecido de vista, e seu coração batia com força. Ele sabia por que Whitney não havia dirigido o olhar para ele. Pela mesma razão por que ele não contara a ela que a amava. Nenhum dos dois desejava começar de novo ali, cercados por um grupo de estranhos.

Alguns convidados que olhavam em sua direção não eram de fato estranhos, conforme Clayton percebeu. Havia muitas pessoas que ele conhecia de Londres. Ao mesmo tempo, ele percebeu que os murmúrios do grupo estavam ficando cada mais altos e exaltados. Ele desceu os degraus, passando por mulheres que começavam a reverenciá-lo e homens que murmuravam respeitosamente:

– Vossa Excelência...

Clayton parou próximo à pista de corrida, olhando fixamente para a carruagem parada próxima ao meio-fio. A carruagem! Em sua preocupação exaltada de ver Whitney novamente, ele havia esquecido de dizer a McRae que utilizasse o exemplar preto comprado para usar como o simples "vizinho" de Whitney.

Clayton virou-se para olhar diretamente para o portão aberto de seus antigos vizinhos que o conheciam como "Sr. Westland". Ele os olhou pesarosamente e com um sorriso débil de desculpas por seu engodo. Então, subiu para a magnífica carruagem azul-escura com o brasão ducal em prata reluzente na porta.

WHITNEY PLANEJARA PASSAR com a tia, na casa dos Archibald, o tempo que transcorreria entre a cerimônia de casamento e o banquete. Tinha de contar a Anne que rompera com Clayton, e temera demais esse momento, mas agora tudo mudara.

– Você está brilhando! – a tia exclamou, entrando no salão e abraçando Whitney com força. Depois, tirou as luvas e sentou-se num sofazinho. – Querida, eu estava me perguntando, lá dentro da igreja, quando você e Clayton parariam de olhar um para o outro.

– Não consigo esconder nada da senhora, não é? – Whitney brincou, sentando-se ao lado dela.

– Meu bem, você não escondeu de *ninguém*! Quase todos os convidados viram vocês dois abraçados na escadaria da igreja. Como havia muita gente de Londres, Clayton foi reconhecido, e logo todos, inclusive seus vizinhos, ficaram sabendo que Clayton Westland era na verdade o duque de Claymore.

Whitney ouviu tudo aquilo com crescente orgulho. Queria que todos soubessem quem era Clayton. Também queria que o mundo inteiro soubesse que estavam noivos.

As duas mulheres conversaram alegremente durante uma hora e meia, antes que Whitney se lembrasse de perguntar pelo tio.

– Edward está na Espanha – a tia respondeu com um sorriso tolerante. – As cartas dele, assim como as suas, não foram muito esclarecedoras, mas parece que está havendo uma confusão por lá e pediram-lhe para ficar mais um pouco e tentar acalmar as coisas. Parece que nenhuma de minhas cartas chegou às mãos dele.

– Estou com muita saudade de tio Edward – afirmou Whitney com um suspiro.

– Querida, você ficaria muito aborrecida se eu não participasse da festa do casamento? – perguntou Anne. – Só vim a Londres porque você não mencionou Clayton em suas cartas, e eu queria ver por mim mesma o que estava acontecendo, mas gostaria de voltar hoje mesmo para Lincolnshire.

– Por quê, tia?

– Minha prima não está muito bem de saúde e tornou-se muito dependente de mim. Mas logo estará boa, e quando você e o duque anunciarem o noivado voltarei para ajudá-la com os preparativos do seu casamento.

O tempo que as duas tinham para ficar juntas esgotou-se depressa, e logo chegou o momento da despedida.

– Seu pai trouxe dois baús com roupas suas – a tia informou. – Estão lá em cima, e Clarissa já deve ter arrumado tudo nos armários. Ah, seu pai disse que há algumas cartas também, que chegaram em sua ausência.

Assim que Anne se foi, Whitney correu para cima e sentou-se à penteadeira para que Clarissa lhe ajeitasse os cabelos. Pensava em Clayton e no encontro próximo, pois era óbvio que ele iria vê-la no dia seguinte, quando um envelope grosso encostado no espelho chamou sua atenção. Pegou-o e, enquanto a criada tirava as rosas para arrumá-las novamente, abriu-o, retirando alguns papéis. Eram páginas de um documento e, folheando-as rapidamente, chegou à última, onde havia uma assinatura: Clayton Robert Westmoreland, nono duque de Claymore. Dispensando Clarissa, começou a ler. Logo soube que Clayton anulara oficialmente o noivado, dispensando o pai dela da obrigação de devolver-lhe o dinheiro que recebera por ocasião da assinatura do contrato. Quando terminou, suas mãos tremiam tanto que ela teve dificuldade em abrir um envelope menor que acompanhara o documento. Dentro havia um bilhete de Clayton, no qual ele desejava que ela e Paul fossem felizes no casamento, e um vale bancário no valor de dez mil libras.

Nauseada, Whitney deixou os dois papéis caírem no chão. Clayton a usara para satisfazer sua luxúria e para vingar-se, depois decidira pagá-la, tratando-a como uma prostituta qualquer, e tivera a coragem de sugerir que se casasse com Paul, oferecendo-lhe seu corpo violado.

– Oh, Deus! Oh, meu Deus! – ela murmurou, desesperada.

Nesse instante, Emily bateu na porta, avisando que estava na hora de irem para a festa.

– Já vou descer – Whitney respondeu, controlando o tremor da voz. Então, correu até a porta e a abriu. – Emily, você sabe se Elizabeth convidou o duque para o casamento, apesar de ter ficado decidido que não o convidaria?

– Convidou, sim – respondeu a amiga com um sorriso. Não foi bom?

Whitney conseguiu mover a cabeça num gesto afirmativo, embora tudo a sua volta parecesse girar. Emily afastou-se e ela voltou para a cadeira, achando que iria desmaiar. Respirou fundo, tentando combater o mal-estar.

Clayton não fora à igreja para vê-la. Fora convidado para o casamento! Humilhada, ela refletiu que, como o bilhete fora escrito semanas antes, ele devia achar que ela o recebera, que já devia saber que não havia mais nada entre eles, que mesmo assim aceitara seu dinheiro! Como devia ter ficado satisfeito quando ela o olhara com tanta adoração na igreja.

E depois, lá fora, ela se deixara abraçar, encostando-se, dominada pela mais completa felicidade. Que tola! Com certeza, Clayton achara que ela estava se oferecendo e devia estar planejando levá-la para casa após o banquete, para que passassem mais uma noite juntos.

O banquete! Whitney escondeu o rosto nas mãos, gemendo alto. Clayton estaria lá e ela teria de encará-lo.

Quando encontrou-se com Emily e Michael as emoções estavam sob controle, mas sua tranquilidade era semelhante à calma mortal que precedia a devastadora passagem de um furacão.

A primeira coisa que fez ao chegar à enorme casa dos pais de Elizabeth foi sorrir sedutoramente para dois dos mais bonitos amigos londrinos de Peter. Certa vez, Clayton acusara-a de gostar de reunir admiradores a sua volta, e era justamente o que ela pretendia fazer naquela noite, só para começar. Quinze minutos depois, sempre usando a mesma técnica do sorriso, era o centro das atenções de seis cavalheiros jovens, bonitos e alegres. Sua compostura sofreu um ligeiro abalo quando Paul aproximou-se e beijou-lhe a mão. Ele a decepcionara de tal maneira que Whitney preferiria nunca mais vê-lo, mas havia tanto arrependimento e humildade nos olhos azuis que ela decidiu incluí-lo em sua "comitiva". Apertando-lhe os dedos, puxou-o para o círculo de homens que a rodeavam.

Agora estava cercada, como numa fortaleza. Protegida contra Clayton. Era só daquilo que precisava.

Quando ele chegou, parou por um momento no vão da porta em arco, muito elegante em seu traje preto, complementado por um colete de cetim da mesma cor. Whitney viu-o correr os olhos pelos grupos de pessoas e finalmente fixá-los nela.

– Estamos negligenciando a noiva – disse com um sorriso lindo e, sem olhar para trás, levou seus admiradores na direção de Elizabeth.

Clayton tinha certeza de que Whitney o vira e ficou surpreso ao vê-la afastar-se, cercada de admiradores. Observou-a falar com eles, rir, e sua surpresa transformou-se em irritação, pois ela *flertava* com aqueles idiotas!

Um criado se aproximou, trazendo uma bandeja. Clayton serviu-se com uma taça de champagne, seu olhar ávido seguindo Whitney. Ela sabia que ele estava ali, e obviamente aguardava o momento mais apropriado para se aproximar dele. Ele ansiava em tocar-lhe e ouvir a suave música de sua voz e quase tinha ido à loucura nas últimas duas horas somente aguardando a oportunidade de estar próximo a ela novamente.

O jantar foi anunciado, os convidados começaram a dirigir-se para o salão, mas Clayton ficou para trás, esperando que Whitney fosse falar com ele.

– Claymore! É bom vê-lo de novo! – uma jovial voz masculina saudou-o. Clayton olhou para o lado rapidamente e viu lorde Anthony, um homem baixo e idoso que fora grande amigo de seu pai. – Como vai sua adorável mãe? – perguntou lorde Anthony, tomando um gole de champanhe.

– Vai bem – respondeu Clayton, distraído, observando Whitney caminhar na direção do salão de jantar, em vez de aproximar-se dele. – E a sua?

– Acredito que do mesmo jeito de sempre – respondeu o homem. – Está morta há trinta anos.

– Que bom – Clayton murmurou, pousando o copo numa mesa próxima e indo para o salão ocupar seu lugar a uma das mesas. Notou que Whitney sentara-se à mesa dos noivos e de suas famílias, perto da dele. Comeu pouco, quase sem sentir o gosto dos alimentos, inquieto e preocupado. Embora Whitney pudesse vê-lo de onde estava, não o olhou nem uma única vez, parecendo muito entretida com a conversa dos dois jovens cavalheiros que a ladeavam.

Frustrado e enciumado, Clayton ainda teve de suportar o assédio das duas senhoras entre as quais se sentara e que tentavam interessá-lo em suas filhas solteiras, descrevendo-as como perfeições da natureza.

Depois de um tempo que pareceu uma eternidade, os convidados passaram ao salão de baile. Peter levou Elizabeth para o centro e os dois dançaram, movendo-se harmoniosamente, olhando-se nos olhos. Aos poucos, as damas de honra e seus pares juntaram-se aos noivos, assim como os pais e padrinhos. A segunda dança começou, e Clayton esperou por Whitney, mas viu-a rodopiar nos braços de um jovem que parecia enfeitiçado por ela. O baile prosseguiu e foi só quando a orquestra tocava a quarta música, e Whitney dançava com Paul, que Clayton, surpreso com a própria estupidez, refletiu que ela devia estar esperando que *ele* fosse procurá-la.

No instante em que a música parou, aproximou-se do par, que deixava o centro do salão.

– Prazer em revê-lo, Sevarin – mentiu educadamente, pegando a mão de Whitney e pondo-a em seu braço.

Tomou-a nos braços, ficando um pouco chocado ao ver o sorriso cortês, mas frio e impessoal que ela lhe dirigiu.

– Está se divertindo? – indagou gentilmente.

Ela moveu a cabeça em gesto afirmativo, porque não podia confiar na própria voz. Gostaria de perguntar-lhe por que rompera o noivado após tirar-lhe a virgindade, por que lhe mandara dinheiro, por que sugerira que ela se casasse com Paul. O orgulho, porém, nunca a deixaria interrogá-lo. Por orgulho, ela continuaria a sorrir até que Clayton fosse embora. Depois, morreria de tristeza.

Pela primeira vez desde que a conhecera, Clayton não sabia o que dizer a Whitney. Na verdade, queria pedir-lhe que se casasse com ele no dia seguinte, mas, para compensá-la pelo mal que lhe causara, decidira que o casamento deles seria espetacular, com todas as pompas a que ela, como noiva de um duque, tinha direito.

Só havia uma coisa que ele podia dizer, algo que nunca dissera a mulher alguma.

– Eu te amo – murmurou, sem poder olhá-la nos olhos, porque Whitney mantinha a cabeça baixa.

Sentiu-a enrijecer em seus braços sob o impacto da declaração, mas, quando ela ergueu o rosto e sorriu, ficou tão perplexo que quase tropeçou, perdendo o ritmo da valsa.

– Não estou nem um pouco surpresa em ouvir isso – Whitney declarou. – Parece que me tornei a mania da temporada, principalmente entre homens altos, talvez porque eu também seja alta, ou porque tenha...

– Por favor, Whitney...

– Oh, desculpe – ela pediu com um sorriso de falsa contrição. – Estou falando demais, não é?

Tornou a sorrir, e Clayton sentiu-se dominado por emoções tumultuadas, pois não entendia como ela podia fazer tão pouco-caso de sua declaração de amor.

– Elizabeth está linda, vestida de noiva – ele comentou, tentando iniciar o assunto que o interessava: casamento.

Whitney sorriu novamente.

– Todas as noivas são lindas – disse. – Isso foi decretado muitos séculos atrás, por um duque, sem dúvida, que decidiu também que todas as noivas devem corar de timidez.

– Você vai corar? – Clayton perguntou ternamente.

– Claro que não – ela assegurou, conseguindo sorrir, após o tremor dos lábios. – Não tenho mais motivo para isso. Mas não me importo. Sempre nutri um desprezo secreto por moças que coram à menor provocação.

– O que aconteceu, Whitney? – indagou Clayton, confuso e frustrado. – Você não estava assim quando a abracei na porta da igreja.

Seus olhos verdes cresceram numa expressão espantada.

– Era *você*?

Ignorando a curiosidade extrema que eles estavam despertando nos outros convidados, Clayton apertou-a bruscamente contra o peito.

– Quem, por acaso, pensou que fosse?

– Na verdade, eu não poderia ter certeza de *quem* poderia ser – ela respondeu, tendo a impressão de que seu coração ia partir-se. – Talvez lorde Gilmore, ou John Clifford, amigos do noivo. Eles também dizem que sou adorável. Ou Paul, que diz o mesmo. Ou Nicki...

Girando ao ritmo da música, Clayton tirou-a do centro do salão, levando-a para um canto.

– Pensei que fosse uma mulher diferente, mas não passa de uma namoradeira vulgar – disse ele por entre os dentes, olhando-a com raiva e desprezo.

Whitney encarou-o, sarcástica.

– Não devo ser tão vulgar assim, porque tirei-lhe cento e dez mil libras e, ainda assim, tudo o que tenho de fazer para ter você a meus pés é sorrir, como aconteceu hoje – declarou. – Nenhum de nós dois é vulgar, meu senhor. Sou uma namoradeira habilidosa e você é um grande tolo.

Por um instante, pensou que Clayton fosse dar-lhe um tapa, então ele se virou e se afastou. Observando-o deixar o salão, ela soube que ele saía de sua vida para sempre.

Retendo as lágrimas que lhe subiam aos olhos, procurou Emily.

– Por favor, diga a Elizabeth que fui embora porque estava me sentindo mal – pediu à amiga. – Mandarei o cocheiro voltar com a carruagem assim que ele me deixar em casa.

– Vou com você – Emily prontificou-se.

– Não. Prefiro ficar sozinha. Preciso ficar sozinha.

Bem mais tarde, quando Emily e Michael passaram pela porta do quarto de Whitney, dirigindo-se ao deles, ouviram-na chorar.

– Ela precisa disso para livrar-se da dor – ele comentou. – Vai se sentir bem melhor depois.

No entanto, na manhã seguinte, Whitney não desceu para a primeira refeição, e Emily foi vê-la, encontrando-a sentada na cama, os joelhos flexionados contra o peito numa atitude de autoproteção. Estava pálida e com olheiras, mas conseguiu dirigir um leve sorriso para a amiga.

– Está se sentindo melhor? – perguntou Emily.

– Estou, sim, obrigada.

– O que aconteceu...

– Por favor, não pergunte! – exclamou Whitney, recostando-se na cabeceira. Então, prosseguiu com um sorriso: – Decidi que vou apenas me divertir, no tempo que ainda passarei em Londres. Você se incomodaria se eu recebesse algumas visitas de vez em quando?

– Claro que não. Na verdade, lorde Gilbert e outros cavalheiros estiveram aqui hoje na esperança de vê-la. – Emily sentou-se na cama, fitando Whitney carinhosamente. – Michael e eu queremos que você se sinta em casa e fique conosco pelo tempo que quiser. Meu marido já percebeu que somos mais irmãs do que amigas.

Com uma risadinha trêmula, Whitney abraçou-a.

– Irmãs vivem brigando – comentou. – Prefiro que sejamos amigas.

28

Foi um mês de frenética atividade para Whitney, que, com coragem e determinação, manteve-se ocupada demais para pensar. Nicki era seu acompanhante favorito, mas ela também saía com outros jovens que conhecera na festa de Emily e no casamento de Elizabeth. Seu círculo de amizades cresceu de modo espantoso, e os convites para festas e bailes eram tantos que às vezes ela era obrigada a recusar alguns.

Se Paris a aceitara, Londres recebera-a de braços abertos, pois seu espírito e charme eram ainda mais raros ali. Aonde quer que fosse ela provocava comentários e olhares curiosos tornando-se o centro das atenções. Era requisitada, admirada, cortejada.

No entanto, não poderia ser mais infeliz. Não tinha paz.

Ainda que estivesse sempre cercada de gente sentia-se solitária.

Vez por outra ouvia o nome de Clayton, e era como se morresse mais um pouco por dentro. Mas quem visse seu sorriso brilhante nunca imaginaria seu tormento.

Somente uma única vez durante aquele primeiro mês Whitney quase encontrou Clayton. Estava acompanhada de um jovem visconde que a conduziu para sua carruagem anunciando com aparente orgulho que naquela noite ele iria acompanhá-la ao "baile do ano", e então voltou-se para o cocheiro e instruiu:

– Upper Brook Street, número 10.

O endereço surpreendeu Whitney como um balde de água fria, Upper Brook Street, número 10, correspondia ao endereço de Clayton em Londres, o mesmo que ele dera a ela havia muito tempo, caso desejasse encontrá-lo.

– Detesto festas grandes – ela disse desesperadamente. – Elas me dão nos nervos.

– Mas Claymore oferece as melhores festas de Londres! – ele objetou com semelhante veemência. – E na semana passada você disse que adora bailes.

– Isto foi na semana passada. Nesta semana muito barulho vai me deixar praticamente doente!

Sem dúvida alguma o visconde considerou sua recém-adquirida alergia a barulho deveras peculiar, mas a Srta. Stone era bonita e divertida, além de muito popular. Então, levou-a à ópera.

Whitney se considerava afortunada por frequentar tantos lugares e não encontrar Clayton, mas, certa noite, sua "sorte" acabou. Estava no teatro com Nicki, num camarote com excelente visão do palco e da plateia.

Deixando o olhar vaguear, levou um choque ao ver Clayton e Vanessa Standfield, que entravam num camarote já ocupado pelos Rutherford. Incapaz de deixar de observá-los, viu-os cumprimentar o outro casal e depois sentar. Então, Vanessa disse alguma coisa, Clayton inclinou-se para ela, naturalmente para ouvir melhor, e começou a rir. Whitney estremeceu, experimentando uma dolorosa pontada de ciúme, e notou que as pessoas nos outros camarotes olhavam na direção daquele em que Clayton se encontrava e cochichavam entre si. Era óbvio que falavam dele, pois o duque de Claymore sempre causava agitação onde quer que aparecesse.

– *Chérie,* você está doente? – perguntou Nicki, olhando-a, preocupado. – Ficou tão pálida!

Sentindo-se enjoada, Whitney levantou-se. Nesse instante, Clayton ergueu os olhos e a viu. Seu rosto endureceu numa expressão de desprezo, e ele logo desviou o olhar.

Whitney decidiu que permaneceria no camarote até que a peça terminasse. Não deixaria, de maneira alguma, que Clayton percebesse que ela fora afetada por sua presença. Mas acabou saindo do teatro logo após o primeiro ato, porque as lágrimas escorriam por suas faces, o ciúme a estava matando, e ela não podia suportar a agonia de ver Clayton com outra mulher.

Três dias depois foi com Nicki a duas festas numa só noite. Chegaram à segunda bem tarde quando vários convidados já estavam de saída. Ela entregou o casaco de peles ao mordomo, tomou o braço do amigo e dirigiu-se com ele ao salão. De repente, viu Clayton e Vanessa num grupo de pessoas que se preparava para sair, e ele ajudava a moça a vestir o agasalho. Os dedos de Whitney crisparam-se no braço de Nicki quando ela ouviu Vanessa perguntar:

– Aonde vai me levar agora, meu senhor?

– Para o mau caminho – Clayton respondeu ousadamente, com uma risadinha.

Foi então que viu Whitney bem a sua frente, mas daquela vez nem se deu ao trabalho de demonstrar desprezo. Simplesmente olhou-a como se ela fosse transparente, voltando a atenção para sua acompanhante.

Duas semanas passaram-se, e dezembro já ia pela metade quando Nicki, numa tarde especialmente fria, pediu Whitney em casamento.

– Não... não posso – ela respondeu num murmúrio, tentando sorrir, a despeito das lágrimas que lhe encheram os olhos. – Eu ficaria muito feliz em aceitar se amasse você, mas estaria cometendo um erro se aceitasse, sentindo-me como me sinto.

– Sei exatamente como se sente, meu bem – ele afirmou, tomando-a nos braços. – Mas aposto que se você se casasse comigo eu a faria esquecer aquele homem.

Whitney acariciou-lhe o rosto. Nicki era seu amigo, alguém em quem ela podia confiar. Se recusasse sua proposta, ela o perderia, mas não podia segurá-lo, dando-lhe falsas esperanças.

– Meu querido, amarei você para sempre, mas como amigo. Nem posso dizer como me sinto honrada com seu pedido de casamento, nem agradecer tudo o que fez por mim durante todos esses anos. Obrigada, Nicki, obrigada.

Saiu dos braços dele, virou-se e correu para fora da sala. Subiu as escadas correndo, prendendo as lágrimas, até ouvi-lo sair, e a porta fechar-se. Então, cobrindo o rosto com as mãos, começou a chorar, dirigindo-se para o quarto que se tornara seu inferno.

Emily, pela porta aberta de seus aposentos, viu-a passar e notou seu desespero.

– Meu Deus! – exclamou, falando com Michael. – O que será que aconteceu dessa vez? Se Clayton Westmoreland fez mais alguma coisa para magoá-la juro que o matarei com minhas próprias mãos!

Pretendendo ir ao quarto de Whitney, ia sair, mas o marido segurou-a pelo braço e puxou-a para dentro, fechando a porta.

– Emily, Clayton casou-se com Vanessa Standfield na residência dela, há quatro dias. Pouca gente sabe, mas a notícia não vai demorar a se espalhar.

– Não acredito! – declarou Emily. – Escuto conversas desse tipo a respeito do duque desde que comecei a vir a Londres, anos atrás, e sempre eram boatos sem fundamento.

– Tem razão, mas desta vez parece que é diferente. Bem, seja verdade ou mentira, não importa. Afinal, Whitney esqueceu-o completamente.

– Oh, Michael, como pode ser tão cego?

Sem esperar pela resposta do marido, que a fitava, confuso, Emily saiu do quarto e correu para o de Whitney, bateu uma vez na porta e entrou.

– Por que está chorando? – perguntou, aproximando-se de Whitney, que, enrodilhada na cama, soluçava baixinho.

– Parece que é só o que faço ultimamente.

– Se fala de umas semanas para cá, isso é verdade. Mas por que está chorando agora?

– Nicki me pediu em casamento – contou Whitney, cansada demais para ser evasiva.

– E isso a deixou tão contente que você rompeu em lágrimas?

Apesar de tudo, Whitney sorriu.

– Acho que tenho dificuldade em lidar com propostas de casamento. – respondeu.

– Mas a de Clayton continua de pé, não é?

– Não. Ele não quer mais se casar comigo.

– Espera que eu acredite nessa asneira? Vejo muito bem o modo como ele olha para você.

Arrastando-se para fora da cama, Whitney foi até a pequena escrivaninha e pegou o pacote que Clayton lhe mandara. Sem uma palavra, entregou-o à amiga e sentou-se na borda da cama.

Emily começou a ler, sentando-se a seu lado. Não teve nenhuma reação enquanto lia o documento legal que anulava o noivado, mas franziu a testa ao ver o vale bancário e bufou, irritada, ao ler o bilhete.

– Mandar-lhe essa mensagem foi a pior bobagem que ele podia fazer – comentou. – Ou Clayton estava bêbado ou havia alguma coisa errada com seu cérebro. Mas o que tudo isso tem a ver com o modo como você se comportou na festa de casamento de Elizabeth? Vi o jeito como evitou Clayton.

– Eu devia tê-lo evitado na igreja! – Whitney declarou, enfática. – Só não o fiz porque achei que ainda estávamos noivos. Eu não sabia desses papéis, só os vi depois que voltamos da igreja. Meu pai mandou-os para mim.

– Não ficou com raiva porque o duque retirou a proposta, não é? Penso que ele agiu corretamente, reconhecendo que cometera um erro grande demais e acreditando que você jamais o perdoaria. Tenho certeza de que ele só quis livrá-la de uma obrigação que acreditava ser repugnante para você.

Whitney olhou-a boquiaberta.

– Como pode ser tão ingênua, Emily? Ele me arrastou para a cama, tirou minha honra, depois me pagou com um vale bancário, rompeu nosso noivado e mandou um bilhete, sugerindo que eu me casasse com Paul!

– Acredito que se estivesse tão envolvida emocionalmente quanto você eu veria as coisas da mesma forma, mas, por favor, pense! Foi tolice dele dar-lhe dez mil libras, mas também generosidade.

– Generosidade? Foi... – Whitney tentou objetar.

– Whitney, eu vi o olhar apaixonado de Clayton na igreja, e ele já havia lhe mandado o documento e todo o restante... – Emily interrompeu-a com firmeza. – Aquele homem ama você. Qualquer um pode ver isso.

– Pensei que ele houvesse ido à igreja só para me ver, mas foi porque Elizabeth convidou-o. Se eu soubesse disso, não teria feito papel de idiota.

– Elizabeth não o convidou – Emily contou, baixando os olhos numa atitude de culpa. – Fui eu quem mandou o convite. E, embaixo, escrevi uma mensagem dizendo que você estaria no casamento. Clayton foi à igreja e à festa porque queria ver você. Mal conhece Elizabeth e Peter, e duvido que aceite convites de pessoas com quem não tem amizade.

Whitney parecia que ia desmaiar.

– Você disse a Clayton que eu... Oh, Emily, como foi capaz de fazer isso comigo? Com certeza, ele pensou que fui eu que a mandei convidá-lo.

– Não pensou nada disso – Emily disse, exasperada. – Foi ao casamento porque queria ver você. Whitney, escute. Isso foi *depois* de ele haver assinado a anulação do noivado e enviado o documento com o vale e o bilhete.

– Não suporto pensar naquele bilhete e no maldito vale – murmurou Whitney.

– Ele sabia que você desejava casar-se com Paul?

– Sabia.

– Também sabia que a situação financeira de Paul era precária?

Whitney respondeu movendo a cabeça afirmativamente.

– Pelo amor de Deus! – exclamou a amiga. – Não entende o que Clayton estava querendo fazer? Ele achava que você o odiava e que queria se casar com Paul. Assim, mandou-lhe essa... essa fortuna para tornar sua vida mais fácil, quis ter certeza de que você viveria bem, mesmo casada com outro homem. Ele deve amar você muito mais do que imaginei para tomar uma atitude dessas.

Whitney fez um trejeito de descaso e desviou o olhar, permanecendo calada.

– Sabe de uma coisa? – Emily persistiu. – Acho que você é uma tola. Ama Clayton e ele a ama. O que aconteceu na festa de casamento de Elizabeth?

Whitney hesitou, lançando um rápido olhar para a amiga. Então, olhou para as mãos cruzadas no colo.

– Zombei de Clayton quando ele disse que me amava – respondeu, num fio de voz.

– Zombou dele? – repetiu Emily, atônita. – Por que, em nome de Deus, se na escada da igreja deixou que ele a abraçasse?

– Por favor! – exclamou Whitney, agitada, pondo-se de pé bruscamente. – Eu já disse por quê! Tinha acabado de receber o documento de anulação do noivado, o bilhete e o maldito vale bancário. Porque achei que ele não tivesse ido ao casamento para me ver e me odiei por ter praticamente me lançado a seus pés.

– E agora, suponho, está esperando que ele a procure, rastejando – comentou a amiga em tom exasperado.

– Não. Isso nunca aconteceria, porque, quando me vê, Clayton age como se eu não existisse.

– E o que mais ele poderia fazer? Ele a amava tanto que escolheu você para ser sua esposa e salvou seu pai da ruína, dando-lhe uma fortuna. Amava tanto que foi por ciúme que a raptou e... a levou para a cama. Tanto que a deixou livre, na esperança de fazê-la feliz. Apesar disso tudo, ele nunca mais se aproximará de você.

Um redemoinho de incredulidade, tristeza e desespero passou pela mente de Whitney, mas a frágil esperança que Emily despertara em seu coração brilhou como um raio de sol na escuridão.

– Eu teria de procurá-lo para tê-lo de volta? – perguntou baixinho. Emily sorriu, aliviada.

– Sinto muito, querida, mas acho que esse é o único jeito. Você feriu o orgulho de Clayton sempre que teve oportunidade, agora chegou o momento de sacrificar o seu.

– Vou pensar no assunto.

– Pense – Emily aprovou, então jogou o trunfo na mesa: – Pense também em como vai se sentir se ele se casar com Vanessa Standfield. Está correndo o boato de que eles já se casaram, o que não significa que seja verdade. No entanto, *pode ser* que aconteça.

Whitney levantou-se de um salto.

– O que devo fazer? – indagou, ansiosa. – Nem sei por onde começar!

Emily ergueu-se e caminhou para a porta, ocultando um sorriso.

– Terá de ir falar com Clayton e explicar por que se comportou daquela maneira abominável na festa de casamento de Elizabeth.

– Não! Prefiro mandar um bilhete, pedindo a ele que venha aqui.

– Será inútil, ele não virá – disse Emily, parando com a mão na maçaneta da porta e olhando para trás. – E assim, você se sentirá ainda mais constrangida, tendo de ir procurá-lo pessoalmente. Isso se, nesse meio-tempo, ele não se casar com Vanessa.

Abriu a porta e saiu.

Whitney correu à escrivaninha e sentou-se, mas não se preparou para escrever. Tinha de haver alguma maneira de obrigar Clayton a procurá-la. Seria muito humilhante ir atrás dele. Após longos instantes de reflexão, ela teve uma ideia que lhe pareceu ótima, embora a fizesse corar. *Havia* uma maneira. Era uma armadilha, mas ela não estava em posição de deixar-se deter por escrúpulos. Clayton a possuíra e, se acreditasse que a engravidara, não se recusaria a ir vê-la. Mais do que isso, teria de casar-se com ela imediatamente! Então, se a amasse do modo como Emily dissera, certamente a perdoaria quando descobrisse a mentira.

Omitindo qualquer espécie de saudação, escreveu:

> Para meu grande desespero, descobri que estou grávida. Assim sendo, peço-lhe que venha falar comigo, na casa dos Archibald, o mais depressa possível.
>
> Whitney

Releu o bilhete, sentindo as faces em fogo. Era uma mentira, mas poderia ser verdade, pensou.

Chamou Emily e mostrou-lhe o que escrevera.

– Acho que não poderia enviar isso, mesmo que fosse verdade – observou, desanimada, quando a amiga devolveu-lhe o papel.

Estremecendo, escondeu a mensagem odiosa numa caixa de papel de correspondência para evitar que alguma criada a encontrasse.

– Whitney, escreva a Clayton dizendo que precisa lhe falar e que prefere que o encontro aconteça na casa dele, onde terão mais privacidade. Diga que irá amanhã. Não complique o que é tão simples.

– Não é nada simples! – protestou Whitney. – Mesmo que Clayton concorde em me receber, pode ser que ele ouça o que tenho a dizer e depois me mande embora. Não imagina como ele é terrível quando está zangado.

– Então deixe as coisas como estão. Clayton se casará com Vanessa e, se Michael e eu formos convidados para o casamento, eu lhe contarei tudo depois.

Motivada por essas palavras, Whitney aceitou a sugestão de Emily. E escreveu um bilhete e enviou-o por um criado à casa dele, à rua Upper Brook, que o entregaria ao secretário, Sr. Hudgins, pedindo-lhe que o encaminhasse para onde seu patrão se encontrasse no momento.

O criado retornou uma hora mais tarde, explicando que o duque fora visitar a família Standfield, mas que estaria no castelo Claymore à noitinha. O Sr. Hudgins, então, lhe entregaria a mensagem, pois iria encontrar-se com ele lá.

No bilhete, Whitney escrevera que iria vê-lo às cinco horas do dia seguinte, a menos que ele enviasse uma mensagem, marcando outro horário.

Não havia mais o que fazer a não ser esperar.

29

Às onze horas da manhã seguinte, quatro elegantes coches de viagem passaram pelo imponente portão do castelo Claymore. O primeiro estava ocupado pela duquesa de Claymore e seu filho Stephen, o segundo por alguns criados, e os outros levavam a enorme bagagem. Era essencial que os dois nobres viajantes pudessem se apresentar sempre vestidos com elegância durante a prolongada visita, principalmente quando iam conhecer a esposa do duque.

– Este lugar é sempre maravilhoso – comentou a duquesa, olhando com prazer os vastos gramados que circundavam a residência e as árvores que se enfileiravam de ambos os lados da alameda de entrada, graciosamente curva. Então, voltou o olhar penetrante para o filho e perguntou: – Tem certeza de que Clayton me apresentará a uma nora?

– Não disse que tenho certeza – respondeu Stephen, sorrindo. – No bilhete que me mandou Clay disse que ele e Vanessa estiveram na casa dos pais dela e que hoje viriam para cá, onde nós todos deveríamos nos encontrar.

– Clayton escreveu apenas "Vanessa". Acha que se trata de Vanessa Standfield?

– De acordo com os rumores, ela agora é Vanessa Westmoreland, duquesa de Claymore – comentou Stephen.

– Eu a vi quando ela não passava de uma criança, uma linda menina loura.

– Continua linda, tem olhos azuis, é muito loura, muito esbelta, muito tudo.

– Ótimo. Isso quer dizer que terei lindos netos – a duquesa vaticinou, satisfeita, então franziu a testa ao notar a expressão sombria do filho. – Stephen, há alguma coisa nessa moça que o desagrada?

Ele deu de ombros.

– Nada, a não ser que ela não tem olhos verdes e não se chama Whitney.

– Ora, Stephen, isso é ridículo! Essa jovem, seja lá quem for, causou muito sofrimento a Clayton. Felizmente, ele já a esqueceu.

– Não é fácil esquecer Whitney – declarou o filho com um sorriso melancólico.

– Como assim? Você conheceu essa moça?

– Não fomos apresentados, mas eu a vi no baile dos Kingsley há algumas semanas. Quando ouvi que se chamava Whitney e vi aqueles olhos maravilhosos soube que era ela.

– Bem, Clayton a esqueceu – Alicia Westmoreland afirmou. – Agora é um homem casado.

– Não acredito que meu irmão esquecesse tão depressa alguém que significou tanto para ele. Além disso, pode ser que ele e Vanessa tenham apenas ficado noivos.

– Quase desejo que tenha razão. Ninguém suportaria os mexericos se os dois se casassem tão abruptamente, em segredo.

Stephen lançou-lhe um olhar zombeteiro.

– Clay não dá a mínima importância para o que possam dizer dele, e a senhora sabe disso.

– Hora de levantar! – anunciou Emily em tom alegre, abrindo a cortina. – Já passa de meio-dia e ainda não chegou mensagem alguma do duque desmarcando o encontro. Como ele iria para o castelo Claymore, você terá de ir até lá.

– Só consegui dormir quando estava amanhecendo – Whitney explicou, sonolenta, então sentou-se bruscamente na cama, despertando por completo. – Não posso fazer isso! – lamentou-se.

– Claro que pode. Ponha os pés para fora da cama para começar – Emily brincou. – Sempre funciona.

Afastando as cobertas, Whitney deslizou para o chão, quase decidida a não ver Clayton.

– Por que não passamos o dia fazendo compras? – sugeriu. – E à noite podíamos ir ao Royal Opera House assistir à nova peça

– Vamos deixar as compras para amanhã, assim começaremos a comprar seu enxoval – replicou Emily, calmamente.

– Nós duas vamos acabar internadas no sanatório Bedlam! – exclamou Whitney. – Tudo isso é uma loucura. Clayton não vai me dar atenção e, mesmo que dê, nada mudará. Percebo como me olha agora. Com desprezo!

A amiga empurrou-a na direção do banheiro.

– O que é encorajador – afirmou. – Sinal de que ele sente alguma coisa por você.

Uma hora mais tarde, quando voltou ao quarto de Whitney, encontrou-a arrumada.

– Como estou? – perguntou Whitney, girando lentamente.

O vestido de veludo cor de água-marinha tinha mangas longas e decote quadrado, e os cabelos brilhantes haviam sido presos no alto da cabeça por uma fivela de brilhantes e safiras, tombando em cachos ao longo da nuca. O vestido era insinuante, embora recatado, e o penteado acentuava maravilhosamente os olhos magníficos e as feições finamente cinzeladas.

– Você parece uma donzela prestes a ser sacrificada a deuses sanguinários – a amiga respondeu.

– Pareço muito assustada?

– Não. Parece em pânico. Você está linda, Whitney, mas talvez isso não seja suficiente. Clayton não se deixará impressionar por uma mulher fraca, amedrontada, com quem ainda está furioso. Ele a amou por sua coragem e espírito forte. Se o procurar cheia de timidez parecerá muito diferente da moça que o conquistou e não conseguirá o que deseja. Discuta com ele, deixe-o enfurecido se for preciso, mas não demonstre incerteza e medo. Seja a jovem voluntariosa que ele amou.

– Agora sei como Elizabeth se sentiu quando a obriguei a pressionar e desafiar Peter – comentou Whitney com um sorriso.

Emily acompanhou-a até a carruagem de Michael, à espera diante da casa, e as duas abraçaram-se.

– Seja o que for que acontecer, saiba que tem sido maravilhosa – murmurou Whitney, subindo na carruagem, muito mais calma.

O veículo pôs-se em movimento, e a amiga o observou afastar-se, subitamente nervosa.

Após uma hora de viagem, a frágil serenidade de Whitney começou a desintegrar-se. Para distrair-se, tentou imaginar como seria o encontro. Clayton abriria a porta pessoalmente ou mandaria o mordomo recebê-la e levá-la até uma das salas? O que estaria usando? Um traje informal, com certeza. Estaria ele zangado ou meramente frio? Oh, que Deus a ajudasse, que Clayton ficasse furioso, que dissesse coisas horríveis, mas que não a tratasse com fria polidez, pois isso significaria que não sentia mais nada por ela.

Uma terrível premonição de fracasso fez seu corpo estremecer. Se Clayton ainda gostasse dela, ele jamais teria esperado impassível até aquele dia, aguardando que ela fosse até ele. Teria, ao menos, enviado um bilhete conciso confirmando que estaria ali às cinco horas.

A carruagem virou à esquerda e aproximou-se de um gigantesco portão de ferro fechado. Se Clayton quisesse recebê-la teria mandado que abrissem o portão! Então, um porteiro com a libré dos Westmoreland saiu da guarita para falar com o cocheiro.

Whitney deixou escapar um suspiro de alívio quando o homem abriu o portão, permitindo a passagem da carruagem. Rodaram suavemente pela alameda curva, ladeada por árvores que o inverno despira. A paisagem ondulante estendia-se até onde a vista podia alcançar. Passaram por uma ponte larga sobre um riacho e, após mais uma curva, a casa magnífica, de três andares, com uma infinidade de janelas e balcões, apareceu.

Na última vez em que a vira, após a noite que passara com Clayton, Whitney, em profundo estado de depressão, não percebera por completo a suntuosidade do lugar. De súbito, sentiu como se estivesse indo ao encontro de um estranho. O duque que possuía aquela propriedade esplêndida não podia ser o mesmo homem simples que montara Cruzamento Perigoso, competindo com ela numa corrida, e que a ensinara a jogar cartas.

A tarde de inverno estava escura, e a casa, iluminada, quando a carruagem parou diante da escadaria externa.

Confortavelmente instalado no salão branco e dourado, na parte da frente da casa, Stephen desviou o olhar do rosto ansioso da mãe para examinar, admirado, a mobília do século XVIII. Um carpete magnífico cobria o piso do aposento de vinte e um metros de comprimento por dezesseis de largura. Seda branca forrava as paredes, de onde pendiam obras de Rubens, Reynold e Cheeraert, quadros maravilhosos, com molduras douradas.

Olhando impaciente para o relógio sobre uma mesinha, Stephen levantou-se da poltrona e começou a andar pela sala imensa. Ao passar por uma das amplas janelas viu uma carruagem parar diante da casa. Lançando um sorriso para a mãe, saiu para o vestíbulo.

O mordomo já estava abrindo a porta quando ele se aproximou, sorrindo, pronto para ver Clayton entrar com Vanessa. Surpreso, parou subitamente ao ver a linda jovem envolta numa capa de veludo azul-esverdeado com arremates de arminho. Ela, então, empurrou o capuz para trás, e Stephen a reconheceu.

– Meu nome é Whitney Stone – a moça disse ao mordomo, em tom suave. – Acredito que o senhor duque esteja a minha espera.

Stephen não sabia o que fazer. Fora por aquela mulher que Clayton sofrera tanto, mas ele estava voltando para casa na companhia de Vanessa, que talvez tivesse se tornado sua noiva ou mesmo esposa. Após alguns momentos de hesitação, o jovem decidiu-se. Adiantando-se rapidamente, antes que o mordomo dissesse a Whitney que o duque não se encontrava ali, exibiu seu sorriso mais encantador.

– Meu irmão chegará a qualquer momento, Srta. Stone – informou. – Gostaria de entrar e esperar por ele?

Whitney sentiu-se desapontada e aliviada ao mesmo tempo.

– Não, obrigada – respondeu. – Mandei recado ao duque, ontem, dizendo que gostaria de falar com ele e pedindo que avisasse se o horário não fosse conveniente. Voltarei outro dia...

Virou-se para sair, mas Stephen segurou-a pelo cotovelo.

– Era para Clay ter voltado ontem, mas algo o atrasou – ele explicou. – Por isso, não sabe que a senhorita pretendia visitá-lo hoje.

Antes que ela pudesse protestar, tirou-lhe a capa, que entregou ao mordomo.

Whitney olhou para a imponente escadaria de mármore por onde Clayton a levara nos braços e lembrou-se da fúria que o dominara naquela noite. Estremecendo, virou-se em direção à porta.

– Obrigada por me convidar para ficar, lorde Westmoreland.

– Stephen – ele a corrigiu.

– Obrigada, Stephen – ela tornou a agradecer, surpresa com a atitude informal do jovem. – No entanto, prefiro ir embora. Pode pegar minha capa, por favor? – pediu, olhando para o mordomo.

– Não – ordenou Stephen, falando com o homem. Então, voltou-se para Whitney e disse com voz firme e um sorriso cordial: – Gostaria que ficasse.

– Acho que nunca me senti tão bem-vinda, meu senhor – ela comentou, sorrindo e aceitando o braço que ele então lhe oferecia.

– Os Westmoreland são famosos por sua hospitalidade – Stephen respondeu, guiando-a para o salão onde a mãe estava.

Ao ver a duquesa sentada num dos sofás de brocado, Whitney recuou, surpresa e acanhada.

– Minha mãe e eu ficaremos contentes se aceitar esperar por Clay em nossa companhia – Stephen declarou. – Sei que ele ficará feliz em vê-la, senhorita, e que não me perdoaria se eu a deixasse partir.

Ela parou e encarou-o com um esboço de sorriso nos lábios.

– Lorde Westmoreland...

– Stephen – ele murmurou.

– Stephen, acho que deve saber que é grande a possibilidade de seu irmão ficar muito aborrecido quando me vir.

– Vou correr o risco, Srta. Stone.

Embora maravilhada com o luxo e a beleza do salão, Whitney refreou o impulso de ficar olhando para o teto lindamente entalhado ou para as obras de arte que adornavam as paredes enquanto Stephen a guiava até a duquesa.

– Mamãe, quero lhe apresentar a Srta. Stone. Como Clay não voltou ontem à noite, como previra, não sabe que Whitney pretendia visitá-lo, mas eu a persuadi a ficar e esperá-lo em nossa companhia – ele desfiou.

Curvando-se diante da nobre senhora, Whitney percebeu que Stephen enfatizara seu nome e, ao endireitar-se, percebeu a confusão e a curiosidade nos olhos da mulher.

– É amiga de meu filho, Srta. Stone? – perguntou a duquesa, enquanto Whitney ocupava a poltrona que ela lhe indicara, bem a sua frente.

– Já fomos amigos, senhora – respondeu Whitney honestamente.

Embora obviamente surpresa com a resposta, a mãe de Clayton não fez comentários. Após um momento de silêncio, começou a conversar, e, para alívio de Stephen, que se acomodara ao lado da mãe, não demorou muito para que as duas estivessem falando de Paris, da moda para o inverno e das atividades sociais em Londres. Passara-se uma hora quando ouviram a porta principal abrir-se e vozes surgirem no vestíbulo. Não era possível distinguir as palavras, mas Clayton conversava com uma mulher.

Stephen viu a expressão abalada de Whitney e, levantando-se rapidamente, lançou-lhe um olhar encorajador, posicionando-se diante dela para dar-lhe tempo de recompor-se antes que o irmão a visse.

– Desculpem o atraso – Clayton pediu, entrando no salão. Aproximando-se da mãe, beijou-a na testa, então endireitou-se, pegando Vanessa pela mão. – Mamãe, quero que conheça Vanessa Standfield.

Stephen deixou escapar um suspiro de alívio, pois temera que o irmão dissesse "Vanessa Westmoreland" ou "Vanessa, minha esposa".

A jovem fez uma profunda reverência à duquesa, e após as duas terminarem os cumprimentos formais, Clayton acenou casualmente na direção de Stephen e disse em tom divertido:

– Vanessa, você já conhece Stephen – ao dizer isto, voltou-se para sua mãe e começou a conversar em voz baixa com ela.

– É um prazer vê-la novamente, Srta. Stanfield – disse Stephen com falsa formalidade.

– Pelo amor de Deus, Stephen – riu Vanessa. – Nós há nos chamamos pelo primeiro nome há séculos.

Ignorando o comentário, ele estendeu a mão para trás e tocou Whitney no braço, indicando-lhe que se levantasse. Relutante, ela se pôs de pé.

– Srta. Standfield... – ele dirigiu-se a Vanessa, quando ela se ergueu. – Gostaria de apresentar-lhe uma amiga, a Srta. Whitney Stone.

Clayton virou-se abruptamente, atônito.

– E este cavalheiro, Srta. Stone, é meu irmão, como sabe – prosseguiu Stephen, impávido.

Whitney encolheu-se diante da fúria implacável que viu nos olhos de Clayton.

– Como está sua tia? – ele perguntou em tom frio.

Ela engoliu em seco.

– Tia Anne está bem, obrigada – respondeu de modo quase inaudível. – E o senhor, como vai?

– Como vê, sobrevivi ao nosso último encontro sem qualquer cicatriz – ele respondeu.

Vanessa, que obviamente lembrava-se de Whitney como sua rival, sorriu-lhe gelidamente.

– Nós nos vimos no baile dos Rutherford – disse. – Fez muito sucesso, Srta. Stone. Easterbrook falou bastante a seu respeito.

– Muita gentileza dele – disse Whitney.

– Eu não diria isso. Se bem me recordo, os comentários dele não foram nada gentis, Srta. Stone.

Whitney, chocada com o ataque inesperado, ficou olhando para a moça, em silêncio.

– Falaremos de nossos conhecidos durante o jantar – Stephen sugeriu em tom brincalhão, aliviando o mal-estar criado por Vanessa. – Espero poder convencer nossa adorável visitante a jantar conosco.

– Não posso ficar – murmurou Whitney, balançando a cabeça numa negativa desesperada. – Sinto muito.

– Ah, mas eu insisto – Stephen teimou, então olhou para o irmão que o observava, carrancudo. – Nós dois insistimos, não é, Clay?

Para seu desgosto Clayton não se dignou a responder, limitando-se a olhar para a criada que esperava na porta e mandá-la preparar mais um lugar à mesa.

Sentaram-se todos, exceto Clayton, que caminhou até uma mesa onde havia garrafas e copos de cristal e serviu-se de uma generosa dose de uísque.

– Também quero, irmão – disse Stephen em tom bem-humorado.

– Acredito que, além de outras habilidades, você também seja capaz de preparar seu próprio drinque – respondeu Clayton, agressivo.

– E sou mesmo – afirmou o irmão, levantando-se. – Senhoras? Aceitam uma taça de vinho?

As três mulheres aceitaram, e ele foi até a mesa, começando a preparar uma bandeja.

– Existe uma pequena chance de você não saber quem ela é? – perguntou Clayton por entre os dentes.

– Nenhuma. Sei muito bem quem é e o que representa para você – respondeu Stephen serenamente.

Encheu três taças com vinho, pôs um pouco de uísque em um copo e voltou para junto das mulheres, seguido por Clayton.

Tomando um gole de vinho e sentindo-se totalmente infeliz, Whitney observou o homem a quem amava acima de tudo, sentado a sua frente, ao lado de Vanessa. Nunca ele lhe parecera mais bonito, nem mais inacessível. E, para tornar tudo ainda pior, a jovem loura, usando um espetacular vestido de seda azul, era mais linda do que parecera a Whitney no baile dos Rutherford.

O jantar não demorou a ser anunciado, para alívio de Whitney, que pretendia ir embora assim que a refeição terminasse, pois não se sentia capaz de suportar aquela tortura por muito tempo.

Sem um único olhar para ela, Clayton levantou-se, ofereceu um braço à mãe e o outro a Vanessa, levando-as para fora do salão. Whitney ergueu-se, aceitou o braço que Stephen ofereceu-lhe, mas quando quis caminhar para a porta, ele a impediu.

– Vanessa que vá para o inferno! Estou com vontade de estrangulá-la. Whitney, temos de mudar nossa estratégia, embora tudo esteja indo bem, até agora.

– Estratégia? – ela repetiu, perplexa. – Indo bem?!

– Perfeitamente bem. Você esteve quieta em sua poltrona, linda e frágil, e Clayton não parava de observá-la quando você não estava olhando para ele. Agora, vocês dois precisam ficar sozinhos.

– Ele ficou olhando para mim? – perguntou Whitney, com o coração disparado. – Tem certeza? Ele está agindo como se eu não estivesse aqui!

– Eu sei, mas isso não quer dizer nada. Não me lembro de tê-lo visto mais furioso em toda minha vida. Agora, cabe a você aumentar essa raiva até que ele perca o controle.

– O quê? Mas...

Stephen começou a andar, levando-a pelo braço. Quando chegaram à sala de jantar, ele parou, virou-a para um retrato de mulher na parede oposta à porta em arco e apontou para o quadro, fingindo que comentava a beleza da obra, sob o olhar dos outros três, já sentados à mesa.

– Você precisa deixá-lo tão enfurecido a ponto de ele sair da mesa e da sala, levando-a junto. Se não fizer isso, assim que o jantar terminar, ele chamará mamãe e Vanessa para ir a algum lugar e deixará você comigo.

Whitney achou assustadora a ideia de provocar Clayton num duelo verbal, mas, também, muito excitante.

– Stephen, por que está fazendo tudo isso? – perguntou baixinho.

– Não temos tempo para falar sobre isso agora – ele respondeu, levando-a para dentro da sala. – Mas não se esqueça disso: meu irmão está apaixonado por você, por mais agressivo e frio que possa parecer. Quando ficarem a sós, prove a ele que você também o ama e que merece seu amor.

– O que sua mãe pensará de mim se eu me portar como uma mulher sem educação, provocando Clayton?

– Ela a achará corajosa e admirável – Stephen assegurou com um sorriso travesso. – Como eu acho. Agora, prepare-se, mocinha. Mostre do que é capaz.

Foi Clayton quem iniciou o duelo, facilitando tudo.

– Foi muito gentil juntando-se a nós, *finalmente* – ele observou enquanto Whitney se sentava, assistida por Stephen.

– E o senhor foi muito gentil em me *convidar*, excelência – ela replicou.

Clayton ignorou-a e fez um gesto para os criados, que começaram a servir o primeiro prato. Ocupava a cabeceira da mesa, com a mãe à direita e Vanessa à esquerda. Whitney sentara-se perto da duquesa, e Stephen no lado oposto, junto de Vanessa.

– Deixe a garrafa perto da Srta. Stone – Clayton ordenou ao criado que enchia o copo de Whitney. – Se não me engano, ela adora champanhe.

– Não adoro tanto assim – Whitney o contradisse, satisfeita, pois ele não estava mais sendo capaz de fingir que ela não existia. – Mas há momentos em que o champanhe nos dá a coragem de que precisamos.

– É mesmo? Eu não sabia.

– Claro que não. O senhor recorre ao uísque quando precisa de coragem.

– Toca piano, Whitney? – perguntou a duquesa, obviamente inquieta, tentando mudar o rumo da conversa.

– Só quando quero ofender os ouvidos de alguém – respondeu Whitney com um sorriso tímido.

– Sabe cantar? – a nobre senhora persistiu.

– Canto, mas saio do ritmo, por isso nenhum instrumentista consegue me acompanhar.

– É espantoso que uma jovem inglesa de boa família não saiba tocar ou cantar – comentou Vanessa. – O que sabe fazer, Srta. Stone?

– Namorar – aparteou Clayton, respondendo à pergunta. – É exímia nessa arte. Sabe conversar com homens em diversas línguas, e acredito que pragueje fluentemente em todas elas. Joga bem xadrez; paciência, muito mal; é excelente amazona quando lhe tiram o chicote. Gaba-se de saber atirar pedras com um estilingue e é uma atriz bastante convincente, talento que posso comprovar.

Whitney sorriu, embora ferida pelas palavras cruéis.

– Se duvida de minha habilidade com um estilingue, terei prazer em demonstrá-la, excelência, desde que aceite servir de alvo, como servi para o senhor – retrucou.

Stephen não conteve uma risada. A duquesa remexeu-se na cadeira.

– Tem participado de muitas atividades sociais desde que voltou da França? – ela perguntou.

Sentindo o olhar escaldante de Clayton, Whitney não ousou encará-lo.

– Tenho ido a muitos bailes e festas – respondeu. – Mas aqui na Inglaterra não oferecem bailes de máscaras, que são muito de meu agrado. Acredito que meu senhor, o duque, também os aprecie.

– Gosta de casamentos? – perguntou Vanessa docemente. – Se gostar, nós a convidaremos para o nosso, não é, Clayton?

Seguiu-se um silêncio pesado, tenso. Whitney tentou continuar comendo, mas seria impossível engolir com aquele nó que se formara em sua garganta. Olhou para Stephen, que deu de ombros, imperturbável, e fitou o irmão, obviamente à espera de que ele dissesse alguma coisa. Não se sentia mais capaz de continuar lutando. Estava tudo acabado, ela perdera Clayton. Sabia que todos perceberiam que a notícia do casamento a abalara quando ela pedisse licença para retirar-se da mesa, alegando mal-estar, mas pouco se importava.

Tirou o guardanapo do colo e colocou-o sobre a mesa. Quando ia empurrar a cadeira para levantar-se, a duquesa pôs a mão sobre a sua e apertou-a de leve num gesto de encorajamento, como se dissesse: "Fique e acabe o que começou."

Whitney sorriu, indecisa, então abriu novamente o guardanapo no colo. Olhou para Clayton, que observava o vinho em seu copo com ar compenetrado, então para Vanessa. Encheu-se de ciúme ao imaginar a moça nos braços do homem pelo amor de quem submetera-se a tão constrangedora situação.

– Querido, espero que não tenha ficado zangado por eu ter revelado nosso segredo diante de uma estranha – disse Vanessa, pondo a mão no braço de Clayton.

– Tenho certeza de que ele não se zangou, Srta. Standfield – afirmou Whitney em tom calmo. – Todos nós cometemos erros quando estamos apaixonados, não é, senhor duque?

– Cometemos? – ele replicou. – Nunca percebi.

– Então, sua memória é bem fraca – Whitney declarou. – Ou o senhor esqueceu por conveniência ou, talvez, nunca esteve apaixonado.

Clayton bateu com o copo na mesa.

– O que quer dizer com isso? – indagou.

Whitney fraquejou diante da raiva que viu nos olhos cinzentos.

– Nada – mentiu.

Houve um silêncio, quebrado apenas pelo leve tilintar dos talheres. Depois de longos minutos, a duquesa pigarreou nervosamente, voltando-se para Whitney.

– Diga-me, querida, achou as coisas diferentes aqui na Inglaterra quando retornou da França? – perguntou.

Whitney ia responder normalmente, mas então percebeu que a mulher dera-lhe a abertura de que ela necessitava.

– Muito diferentes! – exclamou. – Para começar, quando voltei, descobri que meu pai contratara meu casamento com um homem que eu vi algumas vezes em Paris, mas que não reconheci quando nos encontramos aqui.

– Deve ter sido horrível – murmurou a duquesa com ar compadecido.

– De fato foi, principalmente porque há um traço de rebeldia em minha natureza, que me leva a não aceitar imposições. E o homem com quem eu teria de me casar era gentil e compreensivo em muitos pontos, mas arbitrário e imperioso no que se referia a nosso noivado. Agia como se eu fosse propriedade sua.

– Casamentos arranjados geralmente causam muita dificuldade, no início – comentou a duquesa. – E então, o que você fez?

– Ela então ficou noiva de um homem sem fibra, um completo imbecil – Clayton explicou friamente.

– Imbecil, sem fibra, talvez, mas não despótico – Whitney rebateu. – E não fiquei noiva de Paul coisa alguma!

Stephen riu, rompendo o silêncio momentâneo.

– Meu Deus, que história! – exclamou. – Não nos deixe em suspense, Srta. Stone. O que aconteceu em seguida?

– Eu respondo – anunciou Clayton em tom agressivo. – Ela foi para Londres, onde há milhares de homens disponíveis, para ver quantos noivos conseguia colecionar.

Whitney mordeu o lábio, magoada.

– Não. Só fiquei noiva de um homem, e ele, um dia, ficou tão furioso comigo que não me deixou explicar um mal-entendido. Rompeu o noivado.

– Que animal! – Stephen criticou em tom jocoso enquanto se servia de outra porção de pato com laranja. – Deve ter um gênio demoníaco. Acredito que está muito melhor sem ele, Srta. Stone.

– Meu ... meu gênio também não é nada fácil – admitiu Whitney.

– Nesse caso, *esse homem* está muito melhor sem *você* – observou Clayton, então olhou com reprovação para o irmão. – Stephen, esta conversa não é apenas enfadonha, como também de um terrível mau gosto. Fui claro?

O jovem olhou-o com ar fingidamente surpreso, mas, nem com toda sua irreverência, atreveu-se a dar prosseguimento ao assunto. Criados moviam-se pela sala e as cinco pessoas à mesa permaneceram em silêncio, propositalmente concentrados no jantar magnífico que tinham diante de si, embora apenas Stephen comesse com prazer. Whitney, entretanto, disse a si mesma que tentaria, mais uma vez, obrigar Clayton a sair da sala com ela. Não podia imaginar as consequências, mas pensaria nisso depois.

– Stephen lhe fez uma pergunta, Clayton – sussurou Vanessa para ele.

– O quê? – perguntou Clayton com evidente hostilidade.

– Perguntei como seus cavalos se saíram na última corrida.

– Eles se saíram bem – respondeu secamente.

– Quão bem?

– Clay perdeu uma aposta que fez contra mim – contou Stephen, olhando-a de modo cúmplice. – Os cavalos dele perderam para os meus e agora meu querido irmão me deve trezentas libras. Ele não se importa com dinheiro, mas não admite ser derrotado. Nunca admitiu.

Ali estava a deixa que Whitney esperava.

– Estranho você dizer isso, Stephen – ela comentou. – Descobri que o duque aceita a derrota sem nem tentar lutar. Quando enfrenta a menor dificuldade, desiste e...

Clayton deu um tapa na mesa que fez os pratos saltarem. Ergueu-se, os músculos do rosto contraídos e fúria no olhar.

– A Srta. Stone e eu temos de conversar sobre certos assuntos, e é melhor que isso seja feito em particular – declarou. Atirou o guardanapo sobre a mesa, foi até Whitney e puxou-lhe a cadeira para trás. – Levante-se!

Ela obedeceu, e ele agarrou-a pelo braço, apertando-o sem piedade. A duquesa olhou para os dois com ar de espanto, e Stephen ergueu o copo na direção de Whitney, num brinde silencioso.

Clayton praticamente arrastou-a para fora da sala, e ao longo do corredor, até o vestíbulo.

– Providencie para que a carruagem da Srta. Stone esteja à espera em três minutos! – ordenou ao mordomo.

Então, entrando num corredor lateral, levou-a para um luxuoso escritório. Puxou-a até o meio do aposento, onde soltou-a, e marchou para perto da lareira. Virando-se, encarou-a com uma expressão dura, obviamente lutando para conter a ira.

– Você tem exatamente dois minutos para explicar o motivo dessa visita inesperada e indesejável – disse. – Então, eu a porei na carruagem e a mandarei embora.

Whitney respirou fundo, sentindo o peito oprimido.

– O motivo de minha visita? – repetiu. – Pensei que fosse óbvio.

– Pois não é!

– Vim para explicar por que lhe disse aquelas coisas na festa do casamento de Elizabeth. Na igreja, a-achei que você e... e eu ainda tínhamos um acordo e...

Os olhos de Clayton percorreram-na com ar de profundo desprezo.

– Não existe mais nenhum acordo algum – ele declarou. – O noivado foi uma ideia louca, e amaldiçoo o momento em que a tive. Nosso relacionamento está acabado.

Sentindo-se derrotada, arrasada, Whitney apertou as mãos, cravando as unhas nas palmas.

– Está acabado porque nunca deixei que começasse – murmurou em tom rouco.

– Seus dois minutos estão se esgotando.

– Clayton, por favor, me escute! – ela gritou, desesperada. – Uma vez você disse que queria que eu o aceitasse de livre e espontânea vontade, que não desejava uma esposa fria e revoltada.

– E daí? – ele indagou gelidamente.

– Estou aqui – ela disse apenas.

Clayton enrijeceu-se quando o significado das palavras penetrou a armadura de sua ira. Apertou os lábios, apoiando-se no aparador da lareira e olhando o fogo.

Whitney sabia que ele lutava contra o que ouvira, que continuava decidido a expulsá-la de sua vida. Paralisada de angústia, ela esperou, observando-o. Então, lentamente, ele se endireitou, olhando-a nos olhos. O coração de Whitney disparou, tomado de júbilo. Ela vencera! Podia ver isso no rosto dele, que suavizara-se, embora de modo quase imperceptível. Vencera!

– Não vou facilitar as coisas para você – Clayton avisou em tom comedido, correndo os olhos pela extensão de carpete que havia entre eles.

Whitney compreendeu que, se o quisesse, teria de vencer a distância que os separava. Ele não daria um passo em sua direção, porque ainda não confiava completamente nela.

Olhando-o nos olhos, começou a andar, sentindo as pernas trêmulas. A um passo dele, precisou parar, tentando acalmar as loucas batidas do coração e controlar o tremor que a sacudia. Com a cabeça baixa, esperou, mas Clayton não fez menção de tocá-la. Por fim, ela ergueu a cabeça e olhou-o nos olhos.

– Pode me abraçar agora, por favor? – pediu.

Clayton hesitou. Então, num movimento repentino, pegou-a pelos braços e puxou-a para si, esmagando-a contra o peito, a boca firme abrindo-se sobre a dela, faminta. Com um gemido de alegria, Whitney retribuiu o beijo apaixonadamente. Abraçando-o pelo pescoço, comprimiu-se ainda mais contra ele, moldando o corpo macio aos duros contornos masculinos.

– Oh, como senti sua falta – ele murmurou roucamente, correndo as mãos sofregamente pelas costas dela, pelos quadris, beijando-a no pescoço.

Voltou a beijá-la na boca, profundamente, e ela o aceitou, abandonando-se completamente à exigente carícia. Quando ele interrompeu o beijo, finalmente, manteve-a nos braços, ofegante de desejo.

Depois de longos momentos, ele recuou ligeiramente para encará-la.

– Quer mesmo se casar comigo, Whitney?

Ela apenas moveu a cabeça, consentindo, porque não conseguia falar.

– Por quê? – ele insistiu.

Whitney sabia que tinha de render-se por inteiro. Lágrimas de alegria e alívio rolaram por suas faces, e o nó de emoção que a impedia de falar dissolveu-se lentamente.

– Porque eu te amo – ela murmurou.

– Que Deus a ajude se for mentira, porque nunca mais a deixarei ir.

– Quero provar que é verdade – ela disse em tom sedutor, tomando a iniciativa de beijá-lo.

Entregaram-se a nova onda de paixão, tocando-se, beijando-se, até que ele, para não perder totalmente o controle, afastou-a ligeiramente, mas sem soltá-la.

– Por que me fez esperar tanto tempo? – indagou.

Ela sorriu.

– Não podia esperar um pouco mais? – provocou, movendo a cabeça na direção da sala de jantar, onde Vanessa estava.

– Minha pequena, você é a única mulher que se referiria a outra num momento como este – ele comentou com um risinho.

– Tenho uma confissão a fazer, e isso pode pesar quando você for decidir com qual de nós duas quer ficar.

– Que confissão? – Clayton quis saber, o rosto ficando tenso.

– Eu disse a verdade quando sua mãe perguntou se eu toco piano.

Ele riu.

– Canta um pouco melhor do que toca?

– Receio que não.

– Nesse caso, penso que terá de aprender outras maneiras de me agradar – ele sugeriu e, apesar do tom de brincadeira, sua voz denotava desejo.

– Se tiver tempo, poderá me ensinar – ela murmurou sugestivamente. – Aprendo tudo muito depressa.

– Aprenderá mais depressa ainda se eu disser que te amo?

– Quer experimentar? – ela provocou.

– Amo você.

– Também amo você.

Ele sorriu, então notou que novas lágrimas escorriam dos olhos verdes.

– Por que está chorando, meu amor?

– Porque, até este momento, eu achava que nunca mais o ouviria dizer que me ama.

– Oh, meu bem, descobri que te amo na noite em que jogamos xadrez em minha casa. No momento em que você me contou que punha pimenta no rapé de seu professor de música.

Bateram de leve na porta, e, após alguns segundos, Stephen entrou. Sorriu travessamente para Clayton, que continuava abraçado a Whitney.

– Desculpe, irmão querido, mas sua ausência está deixando nossa situação muito desconfortável.

– Terminaram de jantar?

– Faz tempo. Estou tentando instruir Vanessa a respeito do trato que um cavalo de corrida exige, mas ela não está interessada.

– Stephen, seu irmão está num dilema – Whitney comentou, com um sorriso, virando-se de lado nos braços de Clayton. – Como posso explicar? Bem, ele só pode ter uma noiva, e de repente ficou com duas.

– Uns com tanto, outros sem nada – reclamou Stephen, suspirando comicamente.

– Terei uma só depois que levar Vanessa para a casa dela, ainda esta noite – Clayton anunciou.

– Acho que também devo ir embora – disse Whitney. – Será muito tarde quando eu chegar à casa de Emily.

– Você, meu amor, não colocará um pé fora desta casa. O criado dos Archibald irá buscar suas coisas, e você mandará um recado, dizendo que só irá embora daqui a uma semana.

Ela concordou, porque o que mais queria era ficar com ele. Sentou-se à mesa e escreveu um bilhete para Emily, explicando que a duquesa e o irmão de Clayton estariam na casa com eles em Claymore e pedindo que lhe mandasse roupas e acessórios para uma semana. Arrematou a mensagem dizendo que logo seria ela quem estaria expedindo convites de casamento e convidando a amiga para ser sua madrinha.

Clayton pegou o bilhete e ajudou-a a levantar-se da cadeira. Abraçou-a e beijou-a, ignorando a presença do irmão

– Voltarei dentro de duas horas, talvez um pouco mais – avisou. – Esperará por mim acordada?

– Certamente – ela afirmou.

Viu-o caminhar para a porta, presa de súbita emoção.

– Clayton? – chamou, a voz embargada

Ele parou e virou-se.

– O que foi, pequena?

– Quando Vanessa perguntou a respeito de minhas habilidades, eu ainda não sabia que tinha sido capaz de fazer uma coisa maravilhosa.

– O que você fez, de tão maravilhoso? – ele perguntou, sorrindo.

– Fiz você me amar – ela respondeu com lágrimas nos olhos.

Clayton olhou-a com imensa ternura e voltou para beijá-la mais uma vez. Então saiu, recomendando ao irmão que não a perdesse de vista.

Quando a carruagem que levava Clayton e Vanessa partiu, Whitney sentou-se no sofá, diante da poltrona que Stephen ocupara.

– Por que insistiu para que eu ficasse para jantar quando era óbvio que Clayton não me queria aqui? – indagou. – Por que quis me ajudar se eu podia ser apenas mais uma mulher que...

– Eu sabia que você não era uma mulher qualquer – ele respondeu, antes que ela terminasse de falar. – Seu nome é Whitney, e você tem olhos verdes. Tudo estava de acordo com a descrição que meu irmão, numa noite de bebedeira, fez da mulher que amava.

Duas horas mais tarde, Clayton retornou e encontrou Stephen e a mãe no escritório com Whitney.

– Aposto como lorde Standfield não estava nada satisfeito quando você saiu da casa dele – comentou o irmão.

– Ele foi compreensivo – respondeu Clayton laconicamente. Sentou-se perto de Whitney e abraçou-a pelos ombros. Então, olhando para a duquesa e Stephen, sugeriu, não muito sutilmente: – Não querem se recolher? Devem estar cansados da viagem.

– Estou exausta – a mãe disse, rindo. – Boa noite a todos.

Levantou-se e saiu do escritório sozinha, porque Stephen não a acompanhou. Fingindo que não via o olhar irritado de Clayton, ele ajeitou-se na poltrona, cruzando os braços.

– E então, quando será o casamento? – quis saber.

– Quando acha que estará pronta, meu bem? – Clayton perguntou a Whitney.

Ela refletiu um pouco, pensando nas muitas pessoas que ele teria de convidar, devido à alta posição que ocupava.

– Será um casamento no estilo tradicional e com muitos convidados, não?

– Exatamente – ele concordou.

– Os preparativos levarão um bom tempo – ela observou. – Quantas pessoas você acha que teremos de convidar?

– De quinhentas a seiscentas – Clayton calculou.

– Quase mil se não quiser ofender uma porção de amigos e parentes – Stephen intrometeu-se, rindo da expressão horrorizada de Whitney. Então, explicou, falando com ela: – Os Westmoreland sempre se casam em uma catedral, e oferecem a festa aqui em Claymore. É uma tradição.

Whitney olhou acusadoramente para Clayton.

– E você ia quebrar a tradição porque estava disposto a me raptar e se casar comigo na Escócia!

– Sabe como a tradição começou, minha pequena? Um dos primeiros duques de nossa família raptou a noiva e trouxe-a para cá, depois de casar-se com ela no meio do caminho, num mosteiro – Clayton contou em tom defensivo. – E a festa foi aqui, porque os parentes da moça, ultrajados, vieram atrás do casal, e houve uma semana de lutas antes que os ânimos se acalmassem. Como pode ver, se eu a tivesse raptando e nos tivéssemos casado na Escócia, estaríamos honrando a tradição.

Whitney riu, então voltou a pensar no tempo que seria necessário para preparar um casamento de tais proporções.

– Quando Therèse Du Ville casou-se, havia quinhentos convidados, e precisaram de um ano para preparar tudo – comentou.

– Um ano? Não vou esperar tudo isso, de jeito nenhum – declarou Clayton.

– Seis meses? – ela propôs.

– Seis semanas.

– Mas será impossível! – ela protestou. – Se será um casamento com tais proporções, não poderia ser organizado nem em seis meses!

– Muito bem. Eu lhe dou oito.

– Oito meses? É um prazo apertado, embora pareça uma eternidade!

– Não... Oito *semanas*! Minha mãe a ajudará, assim como Hudgins – Clayton interrompeu-a. – E eu providenciarei um batalhão de assistentes.

Whitney olhou-o, duvidosa, mas concordou alegremente, porque também não queria esperar seis meses.

Clayton estava sentado com o braço repousado nos ombros de Whitney, conversando amigavelmente com Stephen, quando sentiu o peso a seu lado aumentar e percebeu que ela não havia respondido a sua provocação. Ele olhou-a e viu seus longos cílios baixados.

– Ela está dormindo – disse baixinho. Gentilmente, ele a colocou para o lado, e a embalou em seus braços. – O dia foi muito extenuante para você, minha querida – ele murmurou enquanto ela se aninhava em seu peito.

– Espere por mim aqui, preciso lhe falar algumas coisas – ele disse a Stephen.

Alguns minutos depois, após chamar uma das criadas e garantir que Whitney estava propriamente instalada em um dos quartos de hóspedes, Clayton caminhou rapidamente de volta à sala e fechou as portas. Ao virar-se, Stephen lhe entregou uma taça de brandy e ergueu sua taça em um brinde silencioso.

– Tenho duas perguntas para você – Clayton disse calmamente quando os dois se sentaram.

Sorrindo, Stephen esticou as longas pernas à frente e as cruzou na altura dos calcanhares:

– Eu imaginei que tivesse, vossa alteza.

– Como sabia quem Whitney era? E o que representava para mim?

– Você mesmo me disse, durante uma noite em que estávamos muito bêbados, em Grand Oak. Você me contou tudo sobre ela, incluindo os olhos verdes, e só Deus sabe como é verdade.

Inclinando-se para frente, Clayton apoiou o antebraço nos joelhos enquanto olhava fixamente para a taça de brandy conforme a levava de uma palma da mão à outra.

– O que mais eu lhe disse naquela noite?

Stephen a princípio considerou a possibilidade de mentir, para ser mais gentil, mas abandonou tal ideia quando o olhar desconcertantemente perceptivo de Clayton o encarou.

– Tudo – Stephen admitiu com um suspiro. – Tudo, incluindo o mal que fez a ela. Então, quando ela apareceu aqui esta noite, achando que você tinha recebido o bilhete que escreveu, e que até onde sei está nas mãos de Hudgins, eu a olhei uma única vez e decidi que, já que tê-la perdido lhe fez tanto mal, eu deveria devolvê-la a você.

Clayton aceitou a explicação de Stephen.

– Tenho mais uma pergunta – ele disse seriamente.

– Você disse que tinha duas perguntas, e acabou de chegar ao limite – Stephen avisou despreocupadamente.

Clayton ignorou a colocação e disse em um tom de voz baixo e solene:

– Eu gostaria de saber, entre os bens que possuo, como posso expressar minha gratidão.

– Sua riqueza ou sua vida? – Stephen aventurou-se com um meio-sorriso irônico para responder.

– Estão a sua disposição – respondeu Clayton calmamente.

Mais tarde, deitado em sua cama e com as mãos repousadas atrás da cabeça, olhava fixamente para o teto. Ele mal podia acreditar que Whitney estava ali e que, após ter se digladiado veementemente contra ele, e por tanto tempo, ela viera recuperar o que haviam iniciado juntos.

Ele pensou na forma como ela o tinha olhado enquanto estavam na sala, desafiando-o a negar que ainda a desejava. Então, ele sorriu em meio a escuridão, lembrando-se de como ela havia percorrido o extenso cômodo em sua direção, com a cabeça altiva e os olhos expressando amor e rendição. Essa lembrança, esse momento em especial, quando deixava de lado todo o orgulho em nome de seu amor por ele, estaria presente em sua emoção pelo tempo em que vivesse. Nada poderia significar mais para ele.

No dia seguinte, ele exigiria uma explicação minuciosa para compreender o que a havia estimulado a mudar tão drasticamente seu comportamento entre o casamento e o banquete. Não, ele corrigiu a si mesmo com um sorriso oblíquo, ele *perguntaria* a ela sobre uma explicação – a beleza tempestuosa que dormia do outro lado do corredor provavelmente responderia à uma pergunta e não à uma exigência.

30

Whitney despertou de seu sono profundo quando alguém abriu a cortina e o sol preencheu o interior do quarto. Rolou de bruços, enterrando o rosto no travesseiro e protestando baixinho.

– O senhor duque está impaciente – uma mulher comentou. Virando-se, Whitney abriu os olhos e reconheceu Mary, a criada irlandesa que a ajudara a vestir-se na manhã seguinte à noite em que Clayton a levara à força para Claymore. – Bom dia, senhorita – a moça cumprimentou. – Meu senhor mandou dizer-lhe que hoje está quente para um dia de inverno, e que a espera para saírem a cavalo.

– Esse homem pensa que é o rei da Inglaterra – Clarissa censurou enquanto arrumava a penteadeira. – Decidiu se casar com minha menina e fomos despachadas da França para a Inglaterra a toque de caixa. Quer levá-la a um baile, lá vamos nós para Londres. Hoje, deseja cavalgar e nos tira da cama de madrugada!

Whitney riu, saindo da cama.

– Clarissa, eu amo você, sua resmungona! – exclamou, abraçando a criada. Meia hora depois, usando um traje de montaria âmbar que viera na bagagem trazida ao alvorecer pelo criado dos Archibald, os longos cabelos amarrados na nuca, sob o gracioso chapéu, Whitney descia a escada correndo, ansiosa por ver Clayton.

Encontrou-o no vestíbulo, envergando culote e casaco de cor castanha e camisa creme, que combinavam à perfeição com o boné e as botas marrom-café. O belo rosto iluminou-se com uma expressão de alegria quando ele viu Whitney.

– Vai ser uma vergonha – ela comentou, indo para os braços dele.

Clayton beijou-a carinhosamente.

– O que vai ser uma vergonha, minha pequena?

– No casamento, vão dizer que o noivo é mais bonito do que a noiva.

Rindo, Clayton ergueu-a do chão e girou-a.

– Como vou poder esperar oito semanas para que você seja minha? – indagou.

Sentiu Whitney enrijecer em seus braços e colocou-a no chão. Ele não se referira a fazer amor com ela, mas a tê-la como esposa para sempre, porém ficara evidente que ela se apavorava com a ideia de ir para a cama com ele novamente. Um pouco preocupado com isso, acalmou-se, dizendo a si mesmo que tinha oito semanas para, com abraços, beijos e carícias, despertar o desejo de Whitney e fazê-la querê-lo tanto quanto ele a queria.

– Gostaria de caminhar um pouco para conhecer a propriedade? – perguntou.

– Adoraria – ela afirmou.

Era um daqueles dias de inverno em que o céu se cobre de azul e o sol aquece tudo o que toca. Os dois cavalgaram pelo parque e pelo jardim que só despertaria na primavera, mas cujos canteiros estavam limpos e tinham contornos precisos.

Os jardineiros e outros criados que encontravam pelo caminho cumprimentavam-nos respeitosamente, mas Whitney percebeu como se entreolhavam sorrindo ao vê-los de mãos dadas, adivinhando que os dois se amavam.

Ela imaginava como seria maravilhoso aquele lugar na primavera, quando tudo explodiria em flores, as árvores novamente cobertas de verde.

Chegando perto de um lago, andaram por sua margem na direção de um pavilhão em estilo grego, erguido sobre uma elevação. A água brilhava ao sol, tudo parecia cintilar, e Whitney refletiu que a paisagem combinava com seu estado de espírito, pois nunca se sentira tão feliz quanto naquele dia.

A vista, do pavilhão, era de tirar o fôlego. Encostando-se num dos pilares brancos, ela suspirou, pensativa. Sabia que Clayton a levara até lá porque no pavilhão os dois teriam privacidade, e viu que não se enganara quando ele se aproximou e, apoiando as mãos no pilar atrás dela, inclinou-se e beijou-a longamente.

– Não sou tímido – declarou depois com voz rouca. – Para mim, tanto faz beijá-la aqui fora, como lá dentro. Você decide, meu bem.

– Clayton, eu...

– Adoro ouvi-la dizer meu nome – ele a interrompeu, acariciando-lhe o pescoço sensualmente. – Me faz querer beijá-la, acariciar seus seios, sentir os mamilos erguerem-se sob meus dedos.

Whitney desviou o olhar, corando, mas Clayton já vira, nas profundezas verdes dos olhos magníficos, o brilho inconfundível do desejo, provocado por suas palavras e sua carícia. Ele sorriu, satisfeito. Ela podia ter ficado com medo de fazer amor depois do modo brutal como fora tratada naquela noite que ele nem gostava de recordar, mas continuava a mesma criatura quente, de natureza apaixonada, e acabaria perdendo o receio.

Afastando-se um pouco, Clayton virou-se e olhou a distância, pensando que teriam mais privacidade se saíssem a cavalo, pois havia gente trabalhando por toda parte, nas terras que circundavam o castelo.

– Aqueles bosques nas colinas pertencem a sua propriedade? – indagou Whitney, seguindo o olhar dele.

– Parte deles. E a vista, do topo, é esplêndida. Vamos subir lá, a cavalo.

Encarando Whitney, deliciou-se com sua beleza. Com os cabelos amarrados na nuca, ela parecia uma menina, e ele imaginou-a de meias brancas, vestido de babados na altura dos joelhos, sentada num balanço, com um bando de meninos a sua volta disputando a honra de empurrá-la. Mas a imagem logo desvaneceu-se, pois não havia nada de infantil nas curvas voluptuosas do corpo esbelto, no relevo dos seios, acentuado tentadoramente pelo casaquinho justo do traje de montar.

Com relutância, ele desviou os pensamentos antes que o desejo o dominasse, e refletiu que os dois tinham explicações a dar um ao outro.

– Whitney, precisamos conversar para esclarecer certas coisas, e quanto mais cedo fizermos isso, melhor, porque poderemos enterrar o passado de uma vez por todas. Acho que você já sabe o que mais quero perguntar.

– Sei – ela respondeu, respirando fundo. – É sobre meu comportamento no casamento de Elizabeth. – Fez uma pausa, organizando os pensamentos, então prosseguiu: – Quando eu o vi na igreja, ainda não sabia que você desfizera o noivado, nem que recebera um convite para o casamento; imaginei, então, que estava lá para me ver.

Contou a história toda, que Clayton ouviu sem interromper.

– Por que veio aqui ontem à noite, depois de ter me odiado durante semanas? – ele quis saber quando ela terminou.

– Emily me fez ver que eu estava julgando você mal.

– O que ela sabe sobre nós? – Clayton indagou.

– Tudo – Whitney respondeu. – Agora posso perguntar uma coisa?

– O que quiser.

– Por que fez aquela coisa horrível comigo? O que o levou a pensar que eu... que eu me entregara a Paul?

Com evidente desgosto na voz, Clayton contou o que ouvira de Margaret.

– Mas como pôde acreditar naquela venenosa, sabendo como ela me odeia? – Whitney censurou-o, magoada, e então viu no rosto de Clayton como aquelas lembranças lhe causavam sofrimento, e deu-lhe um beijo rápido. – Não importa – decidiu.

– Importa, sim – ele a contradisse. – Mas um dia eu a recompensarei por tudo isso – prometeu ternamente. – Bem, agora vamos às colinas. Quero ver se você consegue controlar minha égua favorita.

De fato, a vista do topo das colinas era sensacional, e Whitney ficou imaginando como seria na primavera quando as árvores recuperassem as folhas, ou no outono quando se tingissem de dourado, marrom e vermelho.

– Há mais coisas aqui para apreciar além da vista – Clayton disse, rindo. – Venha e eu lhe mostrarei.

Whitney virou-se e viu-o sentado no chão, com um perna flexionada e encostado no tronco da árvore às suas costas. Notou a sensualidade que brilhava nos olhos-cinzentos e experimentou um tremor de medo. Queria muito estar nos braços dele, mas imaginava que Clayton desejava mais do simples abraços e beijos. Como já a possuíra, devia achar que não precisavam esperar pelo casamento para terem direito ao sexo. Apesar de admitir que o desejava, ela queria poder fugir daquele tipo de intimidade.

Mas, claro, não podia. No entanto, durante oito semanas, não precisaria suportar aquele ato doloroso, embaraçoso e humilhante. Relutante em confessar isso a Clayton, a menos que fosse absolutamente necessário, ela pensou em distraí-lo.

– A vista é espetacular – declarou. – Podemos descer ao vale, a cavalo?

– Iremos lá – ele respondeu, então acrescentou: – Outro dia.

– Por que não agora?

– Porque quero beijá-la – ele explicou simplesmente.

Ela encarou-o, incrédula.

– Só me beijar? Pensei que tentaria me...

– Oh, querida, venha cá – ele convidou, rindo. – É só isso que quero.

Aliviada e feliz, Whitney foi até ele. Ia sentar-se no chão, mas Clayton puxou-a para o colo. Abraçando-a, beijou-a na têmpora, depois na face. Evitava a boca, temendo não poder controlar o ardor.

– Meu senhor, se sua pontaria não melhorar, terá de usar um monóculo, afinal – ela disse com uma risadinha, surpreendendo-o.

– Quer me ver usando um, não quer? – ele murmurou, esmagando a boca sorridente com a sua.

Whitney deslizou as mãos por seu peito e ao redor do pescoço, entrelaçando-as na nuca. Quando entreabriu os lábios, receptiva, uma onda de desejo percorreu o corpo de Clayton, e quando, timidamente, introduziu a língua em sua boca, destruiu seu autocontrole.

Com gestos convulsivos, enquanto aprofundava o beijo, ele abriu o casaquinho que ela usava e aninhou um dos seios na palma da mão, o polegar excitando o mamilo, que logo se ergueu, endurecido. O gemido de prazer que ela deixou escapar soou como música a seus ouvidos, e ele desceu a mão pelo estômago liso, apalpando a carne macia por cima da camisa de seda, e continuou explorando, escorregando a mão para baixo, acariciando uma coxa, pousando-a no lugar que, se ela estivesse despida, ele acariciaria até que ela, vencida pelo desejo, se entregasse, desejando-o tanto quanto ele a desejava.

Movendo a língua para dentro e para fora da boca úmida e quente, Clayton procurou a barra da saia que a cobria, começando a erguê-la. Então, de repente, concentrando o pouco de controle que ainda lhe restava, ele interrompeu o beijo e desvencilhou-se dos braços que lhe envolviam o pescoço. Ofegava, o sangue martelava em seus ouvidos, suas veias estavam inundadas por fogo líquido, e ele empurrou Whitney gentilmente para o chão, para não chocá-la com a rigidez pulsante de sua masculinidade. Olhou-a, desejando desesperadamente possuí-la ali mesmo, sobre a cama formada pelas folhas secas. Queria verter seu fluxo dentro dela, saber que plantara uma semente em seu ventre, ver o corpo esbelto modificar-se, abrigando um filho seu...

Respirou fundo, exalando o ar lentamente. Whitney observava-o, o lindo rosto refletindo confusão. Clayton sorriu-lhe, sentindo-se traído pelo próprio corpo, que não respeitava os sentimentos dela.

– Meu amor, a menos que queira me ver louco, temos de parar com isso. – Ela tentou afastar-se, mas ele a segurou nos braços, beijando-a na testa. – Não, não me deixe, querida. Só quero abraçá-la.

Algum tempo depois, quando a tempestade que tumultuara as emoções de Clayton amainou, os dois caminharam de mãos dadas até onde os cavalos estavam amarrados.

– Estas colinas são o limite de sua propriedade? – ela perguntou.

– Não. O limite fica muito além – ele respondeu, parecendo meio irritado.

– Quanto de terras você tem aqui? – ela insistiu, curiosa, imaginando o que poderia tê-lo aborrecido.

– Cerca de cento e vinte mil acres.

Whitney assombrou-se, e ele, notando isso, sorriu.

– Gostou de minha casa? Ou é "pouco menos do que modesta", como você se referiu à outra, perto da propriedade de seu pai?

Envergonhada, Whitney soube, então, que o aborrecimento dele fora causado pela lembrança das palavras que ela um dia usara para humilhá-lo.

– Claymore é um lugar maravilhoso, exatamente como você.

Feliz com o elogio, Clayton agradeceu com outro longo e excitante beijo.

Olhando por uma das janelas que se abriam para o jardim lateral, a duquesa e Stephen observaram Clayton e Whitney caminharem na direção da casa, abraçados.

– Os dois formam um lindo par – comentou Alicia Westmoreland, sorrindo.

– É verdade, querida – concordou o filho, dando uma risadinha maliciosa. – E logo a senhora terá meia dúzia de lindos netos.

– Stephen, não seja maldoso!

– Maldoso? Não é o que a senhora mais quer? Quanto a mim, acho que será delicioso ter um bando de sobrinhos.

– Eu não estava pensando em netos, menino, mas na felicidade de seu irmão. Nunca vi Clayton tão feliz.

– Nem eu – disse Stephen com ar compenetrado.

Stephen olhou pela janela e viu Whitney, que caminhava ao lado de Clayton. Subitamente, ela diminuiu o passo. Estava sorrindo. Ela falava rapidamente com ele, e então virou-se e foi embora. Com dois longos passos Clayton a abraçou pela cintura, jogando-a sobre seus ombros tal qual um saco de farinha, e continuou rapidamente em direção à casa. Whitney debateu-se, tentando se libertar, até que finalmente ele a colocou no chão. Por fim, ela caminhou calmamente ao seu lado, com as mãos timidamente enlaçadas nas costas.

– Acredito que isso tenha resolvido a questão! – A duquesa sorriu.

– Não conte com isso – disse Stephen rindo.

Enquanto falava, Whitney acelerou os passos, colocando-se a frente de Clayton, uns quatro ou cinco passos desta vez. Então, mais uma vez virou-se, dando pequenos passos saltitantes para trás. Ela balançou a cabeça rindo. Em seguida, virou-se e pôs-se a correr, não mais podendo ser vista pelos dois. Em vez de correr atrás dela, Clayton recostou os ombros em uma árvore, cruzou os braços e lhe disse algo. Whitney retornou rapidamente, arremessando os braços na direção dele.

– Agora *isso* resolveu o assunto! – Stephen riu. – Lembre-me de perguntar a Whitney se ela tem uma irmã.

– Não tem – a mãe informou. – Mas, francamente, meu filho, com metade das mães de Londres querendo empurrar as filhas para você, não sei como ainda não escolheu uma esposa e... – Alicia interrompeu-se, como se algo lhe ocorresse de repente. – Ei, espere um pouco. Lembra-se de que Whitney disse que tem uma prima em segundo grau?

– Se ela for parecida com Whitney, a senhora logo me verá casado – Stephen prometeu, rindo. – E lhe darei mais meia dúzia de netos, que a deixarão louca.

– VOCÊ NÃO PODE estar falando sério! – Suspirou a duquesa durante o almoço, ao ouvir Clayton anunciar sua intenção de casar-se dentro de oito semanas.

– Estou falando sério. – Levantando-se da cadeira, ele beijou a testa de Whitney e brincou: – Deixarei os pequenos detalhes para as duas. – Caminhando rapidamente em direção à porta, virou-se para a mãe e para Whitney, que entreolhavam-se, e sentiu comiseração pelas duas. – Somente façam uma lista com as prioridades e encaminhe-a para Hudgins. Ele será capaz de cuidar de tudo, e com grande agilidade.

– Mas quem *é* Hudgins exatamente? – Whitney perguntou. – Eu nunca o conheci.

– É o secretário de Clayton. Ele é um verdadeiro mago – a duquesa suspirou. – Ele usará o nome de Clayton e magicamente tudo estará resolvido em oito semanas, mas eu particularmente esperava ter mais tempo para as festas...

A frase foi interrompida por Clayton, que entrava novamente na sala. Sorrindo astutamente, ele disse:

– Então, a lista já está pronta?

31

Em resposta a uma carta enviada por Whitney, lady Anne Gilbert chegou em Claymore dois dias depois, pela manhã, para ajudar nos preparativos do casamento, e uma instantânea amizade criou-se entre ela e a duquesa.

Para Whitney, os quatro dias que haviam transcorrido desde que ela fora procurar Clayton haviam sido de pura alegria. E de muita correria.

Como a mãe de Clayton previra, todas as modistas que haviam sido consultadas concordaram em fazer as entregas no prazo de oito semanas, apesar de já estarem sobrecarregadas de trabalho, confeccionando roupas para a próxima estação. O restante dos preparativos estava sendo encaminhado, e tudo corria bem.

No quinto dia, um criado procurou Whitney e disse-lhe que o duque desejava vê-la em seu escritório, imediatamente. Tentando livrar-se da apreensão que sentiu, ela foi até lá. No corredor, passou por um homem de ar distinto, que carregava uma grande caixa oblonga sob o braço e que a cumprimentou com um gesto de cabeça. Entrando no escritório e fechando a porta, ela fez uma rápida reverência, típica de criada, e perguntou:

– Mandou me chamar, senhor?

Clayton, de pé atrás da escrivaninha, olhou-a em silêncio, uma expressão sombria no rosto.

– A-aconteceu alguma coisa? – Whitney gaguejou, assustada.

– Não. Venha cá – ele respondeu em tom gentil, mas grave.

– Clayton, o que foi?

Ele abraçou-a com força quando ela se aproximou.

– Nada. Senti sua falta, só isso – explicou. Com um braço ao redor da cintura dela, estendeu o outro e pegou uma caixinha de cima da escrivaninha. – Pensei numa esmeralda, mas seus olhos a ofuscariam, então escolhi isto. – Abriu a caixinha com a mão livre, e um esplêndido brilhante cintilou à luz que entrava pela janela.

– Nunca vi nada tão... – Whitney murmurou e calou-se, com um nó de emoção na garganta e lágrimas nos olhos.

Tomando-lhe a mão, ele colocou o anel no dedo anular. Whitney ergueu-a, admirando a pedra e pensando que ali estava a primeira prova tangível de que ela pertencia a Clayton. O mundo todo veria o anel em seu dedo e saberia. Ela não era mais simplesmente Whitney Allison Stone, filha de Martin, sobrinha de Edward e Anne Gilbert, mas a noiva do duque de Claymore. Queria dizer que achara o anel maravilhoso, que ficara muito feliz, mas tudo o que conseguiu dizer foi:

– Eu te amo.

Então, começou a chorar, escondendo o rosto no peito de Clayton.

– Eu sei que está feliz, minha pequena – ele murmurou, partilhando da mesma emoção.

Por fim, Whitney levantou a cabeça e, sorrindo, ergueu a mão contra a luz para admirar o esplendor da magnífica pedra.

– É a joia mais linda que já vi. Eu te amo – repetiu.

Clayton beijou-a, mas quando o desejo o percorreu, interrompeu-se. Havia um limite para o estímulo que ele podia suportar sem descontrolar-se, pois não havia nada que quisesse mais do que amar Whitney outra vez, completamente.

– Minha senhora, espero que não desate em lágrimas sempre que eu lhe der joias, ou então teremos de providenciar lençóis, em vez de lenços quando eu lhe der alguma que pertenceu a uma de minhas avós.

– Este anel foi de uma delas?

– Não. Nenhuma duquesa de Claymore recebeu um anel de noivado que já tenha pertencido a outra. É uma tradição. A aliança que você usará, porém, faz parte da herança da família.

– Os Westmoreland têm mais tradições?

Não resistindo ao impulso, Clayton apertou-a nos braços, beijando-a com paixão.

– Podemos criar uma – sugeriu. – Diga que me deseja.

– Amo você – ela murmurou.

– Sei que me ama, tolinha. E sei também que me deseja, mas não quer admitir.

– Minha tia e algumas costureiras estão me esperando no salão de costura – ela informou, saindo dos braços dele. – É só isso, meu senhor? – perguntou com um sorriso, fazendo outra reverência.

– Por enquanto é só – ele respondeu gravemente, entrando na brincadeira.

Mas, quando ela se virou, ele deu-lhe um afetuoso tapa no traseiro.

Whitney hesitou. Olhando por cima dos ombros com uma expressão severa e agitada, ela o admoestou:

– Se eu fosse você, não esqueceria o que aconteceu depois do que fez comigo na festa de Rutherford.

– Na casa de Archibald? – Ele especificou. – Quando eu a acompanhei até sua casa?

Os lábios dela se contorceram para não rir, mas ela conseguiu se conter e concordou de forma altiva e serena:

– Precisamente.

– O que eu devo extrair de seu comentário – Clayton brincou, tentando, com sucesso, manter a expressão séria – é que está ameaçando retirar os quadros da parede?

Confusa, Whitney olhou para os retratos, cujas molduras pesadas e muito trabalhadas estavam dispostas na parede e depois para o rosto sorridente de Clayton.

– Pensei que o tivesse atingido.

– Você errou.

– É mesmo?

– Receio que sim – ele confirmou seriamente.

Whitney encobriu um sorriso.

– Que provocante!

– Sem dúvida alguma – ele concordou.

Surpresa, Whitney virou-se e se afastou. O segundo tapa a atingiu na altura dos quadris ainda com mais força do que o primeiro. Embora tenha conseguido adotar uma expressão de desaprovação, ela não conseguiu sufocar a risada.

NAQUELA NOITE, APÓS o jantar, foram todos para o salão de visitas. A duquesa e Anne, sentadas num sofá, consersavam enquanto Stephen contava histórias divertidas sobre as travessuras de Clayton na infância, fazendo Whitney rir e o irmão franzir a testa, aborrecido.

– Uma vez, aos 12 anos, Clay desapareceu logo de manhã – o jovem preludiou, dando início a outro relato. – Papai e os criados vasculharam a propriedade toda, em vão, e à tarde encontraram a camisa dele na beira do rio, num ponto onde a água é profunda e rápida. O barco de Clay estava lá, amarrado, porque nosso pai o proibira de usá-lo durante um mês, como castigo.

– Castigo? – exclamou Whitney, olhando para Clayton. – Por quê?

A despeito do aborrecimento que sentia, ele sorriu ao ver a curiosidade brilhar nos olhos verdes.

– Só porque, na noite anterior, apareci para jantar vestido impropriamente – explicou.

– "Impropriamente vestido"? – o irmão repetiu em tom de censura. – Não foi bem por isso. Chegou meia hora atrasado, com botas enlameadas, roupas sujas, cheirando a suor de cavalo e com marcas de pólvora no rosto, porque você pegara uma das pistolas de duelo às escondidas e fora praticar tiro no bosque.

Clayton olhou-o, carrancudo, mas Whitney riu, excitada.

– Vamos, Stephen, acabe a história do desaparecimento dele – ela pediu. – Acharam a camisa na beira do rio...

– Bem, julgaram que Clay morrera afogado, e todos correram para o rio, mamãe em lágrimas, desesperada, papai branco como um lençol. Então, virando a curva, aparece o rapazinho, remando a jangada mais desconjuntada que você pode imaginar. Esperavam que a coisa se desmantelasse quando ele a levasse para a margem, atravessando a correnteza, e todos prenderam a respiração, mas ele saiu-se bem e pulou para terra firme, com uma vara de pesca numa das mãos e uma grande quantidade de peixes amarrados na outra, olhando para o ajuntamento de gente com surpresa.

Fazendo uma pausa, Stephen riu, balançando a cabeça.

– Aproximou-se de papai e mamãe com ar inocente, embora meio desconfiado – prosseguiu. – Mamãe desatou em lágrimas, claro. Nosso pai demorou um pouco para recuperar a voz, e quando conseguiu, começou a esbravejar. Você não sabe o que seu futuro marido fez, Whitney?

– Não. O que ele fez?

– Ergueu a mão, pedindo que papai silenciasse e, com toda a calma do mundo, disse que não era comportamento adequado de um duque envergonhar o herdeiro do título diante de toda a criadagem.

– Não! – exclamou Whitney. – E aí, o que aconteceu?

Clayton riu.

– Papai mandou os criados embora – contou. – Então, socou-me as orelhas.

Os três gargalharam, e Stephen preparou-se para relatar mais um episódio.

Foi nesse momento que o mordomo apareceu na porta do salão e anunciou em tom majestoso:

– Lorde Edward Gilbert chegou.

O tio de Whitney entrou no salão, olhando em volta, meio confuso, então sorriu.

– Edward! – gritou Anne, levantando-se, surpresa e assustada.

Imaginou que ele recebera suas cartas e que estava em Claymore para salvar Whitney de uma indesejada união com o duque, o que causaria uma situação constrangedora, pois tudo mudara. Whitney, imaginando o mesmo, ergueu-se.

– Tio Edward! – exclamou, apreensiva.

– Que bom que me reconheceram – ele comentou secamente, olhando de uma para a outra, obviamente esperando uma manifestação mais carinhosa.

Clayton levantou-se e caminhou para junto da lareira discretamente, de onde ficou assistindo à cena com ar divertido. Edward esperou que o apresentassem à duquesa e a Stephen, mas, quando Whitney e Anne continuaram imóveis e mudas, aproximou-se do duque.

– Bem, Claymore, vejo que o noivado aconteceu sem qualquer empecilho.

– Sem qualquer empecilho? – repetiu lady Gilbert num murmúrio.

– *Quase* sem – Clayton corrigiu, ignorando os olhares espantados voltados para ele.

– Ótimo – aprovou Edward. – Eu sabia que seria assim.

Clayton, então, apresentou-o à mãe e ao irmão e, por fim, o diplomata aproximou-se da esposa, que estava rígida.

– Anne? Depois de meses de separação, surpreende-me muito que me receba com tão pouco entusiasmo.

– Edward! Seu cabeça-oca!

– Melhorou, pelo menos lembrou-se do meu nome – o marido replicou, meio áspero.

– Você sabia desse noivado desde o início! – ela acusou. – Passei por momentos de tensão, capazes de levar qualquer um à loucura, e você e Clayton comunicaram-se o tempo todo, não é? Não sei qual de vocês dois eu gostaria mais de matar!

– Precisa que alguém vá buscar seus sais, querida?

– Não! Preciso de uma explicação!

– Que explicação? – o marido indagou, confuso.

– Quero saber por que não respondeu a minhas cartas, por que não me disse que sabia do noivado, por que não me aconselhou sobre o que fazer!

– Só recebi *uma* carta – ele se defendeu, um tanto agastado. – Você me contava que Claymore estava residindo perto da propriedade de Stone, e não vejo por que precisaria de meus conselhos, quando tudo o que precisava fazer era servir de acompanhante para esses dois jovens, que qualquer um pode ver que foram feitos um para o outro. E não contei que sabia do noivado porque não sabia até um mês e meio atrás, quando recebi uma carta de Claymore, na Espanha.

Lady Gilbert, porém, recusava-se a ser facilmente apaziguada.

– Eles não pareciam "feitos um para o outro"! – explodiu.

– Claro que sim – afirmou Edward. – E que restrição você podia fazer à união de Whitney com o duque de Claymore? – De repente, ele entendeu e sorriu. – Estava preocupada com a reputação dele, certo? Meu Deus, minha senhora, nunca ouviu o ditado que diz que "os maiores mulherengos dão os melhores maridos"?

– Oh, obrigado, Edward – Clayton agradeceu, irônico.

Lorde Gilbert lançou um olhar espantado para Stephen, que tentava conter um ataque de riso, então voltou-se novamente para Anne.

– Percebi que Whitney e Claymore eram um par perfeito no momento em que os vi juntos, no baile de máscaras dos Armand, e percebi que havia algo no ar quando fui informado de que representantes dos Westmoreland faziam investigações a respeito de nossa sobrinha, em Paris. Então, quando Martin mandou que Whitney voltasse para a Inglaterra, achei que ele estragara tudo; mas logo você me escreveu, dizendo que Claymore mudara-se para perto da casa dela, e compreendi o que estava acontecendo.

– Não, não compreendeu nada! – a esposa negou. – *Eu* vou lhe dizer o que aconteceu. No instante em que Whitney pôs os olhos no duque, aqui na Inglaterra, assestou os canhões contra ele e...

Lorde Gilbert ergueu a mão, interrompendo-a, então virou-se para a sobrinha, olhando-a severamente por cima dos óculos.

– Ah, então, o problema era *você*, Whitney! – acusou, movendo o olhar para Clayton. – Essa menina precisa de um marido que saiba segurar as rédeas com firmeza. Por isso, aprovei seu interesse por ela desde o início.

– Muito obrigada, tio Edward – disse Whitney sarcasticamente.

– É verdade, e você sabe disso, minha querida – declarou lorde Gilbert, virando-se para Anne e completando: – Nesse aspecto, ela é muito parecida com você.

– Que gentileza a sua, Edward – a esposa respondeu em tom ríspido.

Olhando da indignada mulher para a revoltada Whitney, ele sorriu. Então, observou Stephen, que ria baixinho, com a mão na boca, e olhou a mãe de Clayton, que mantivera a compostura.

– Bem, parece que consegui ofender a quase todos aqui – comentou com um suspiro. – Estranho, para um homem que é considerado um exímio diplomata, não acha, senhora duquesa?

Ela sorriu amplamente.

– Eu não me sinto nem um pouco ofendida, lorde Gilbert. Tenho profunda simpatia por mulherengos. Afinal, fui casada com um e criei... – olhou sugestivamente para Stephen, e concluiu: – ...dois.

32

O anúncio, nos jornais, do noivado de Clayton Westmoreland, duque de Claymore, com a Srta. Whitney Allison Stone atingiu Londres como um furacão.

Convites para todo o tipo de reuniões sociais chegavam diariamente à casa dos Archibald. As festas em honra dos noivos, a que eles eram obrigados a comparecer, e os extensos preparativos para o casamento, que ocupavam a maior parte do dia de Whitney, eram extenuantes, e ela se sentia cansada e sem ânimo o tempo todo. E sua ansiedade aumentava à medida que se aproximava o dia do casamento – ou melhor, a noite.

No quarto que ocupava na casa de Emily, ela com frequência permanecia acordada durante longas horas, tentando convencer-se de que, se as outras mulheres conseguiam suportar o ato sexual, e a dor que o acompanhava, ela também conseguiria. E adorava Clayton, de modo que, quando ele quisesse possuí-la, ela toleraria o sofrimento para fazê-lo feliz.

Seu pavor, no entanto, era tão grande, que ela chegou a imaginar que, se as noivas soubessem o que as esperava por toda sua vida de casadas, nenhuma delas caminharia para o altar com aquele sorriso radiante no rosto.

Quando faltava uma semana para o casamento, por mais que ela tentasse se controlar, seu medo aumentava dia a dia, e as carícias de Clayton tornavam-se mais ardentes e, em consequência, mais assustadoras. Até o traje de noiva cor de marfim pendurado em seu armário provocava-lhe arrepios, pois fazia-a lembrar-se do vestido da mesma cor que Clayton rasgara na fúria de tomá-la. Tentava consolar-se dizendo a si mesma que naquela noite ele estivera descontrolado, cheio de ódio, por isso portara-se com tamanha grosseria, e que tudo seria diferente; mas, ainda assim, o sofrimento, quando ele a penetrasse, seria quase insuportável.

Começou a observar discretamente a reação de Emily quando Michael perguntava-lhe se ela queria recolher-se. A amiga não parecia nem um pouco amedrontada ao segui-lo para o quarto. Tia Anne, também, nunca dera desculpas quando tio Edward sugeria que fossem dormir. Seria ela a única a temer a dor do ato conjugal?

Para piorar a situação, ela começara a ter pesadelos nos quais a noite horrível em que perdera a virgindade repetia-se sem cessar. Faltando cinco dias para o casamento, ela estava exausta demais para ir a um baile oferecido por um dos amigos de Clayton, e no dia seguinte precisou enviar um bilhete a ele, pedindo desculpas por não poder comparecer a um chá na casa dos Rutherford.

Clayton, que se transferira para a casa na rua Upper Brook, em Londres, para ficar perto de Whitney nos dias que precederiam o casamento, leu o bilhete, preocupado.

Após um momento de reflexão decidiu ir à casa dos Archibald e, ao chegar, foi informado de que a Srta. Stone estava no salão de visitas, e de que lorde Michael e lady Emily passavam o dia fora.

Na porta do salão, parou para olhá-la. Ela estava à escrivaninha, provavelmente escrevendo uma nota de agradecimento por algum presente recebido naquele dia. Prendera os cabelos volumosos em cachos entremeados por fitinhas de cetim verde. O sol, entrando pela janela a seu lado, envolvia-a numa aura de luz, dando-lhe uma aparência de extrema fragilidade.

– O que está acontecendo? – ele perguntou, entrando no salão e fechando a porta dupla. Foi até Whitney, pegou-a pela mão e conduziu-a a um sofá. – Pretende deixar-me isolado até o momento de caminhar para o altar em minha direção?

Ela largou-se no sofá.

– Sinto muito não poder ir à festa dos Rutherford – desculpou-se com um leve sorriso. – É que estou tão ocupada que eu mesma me sinto isolada, às vezes. – Descansou a cabeça no ombro dele, suspirando. – Senti muito sua falta ontem à noite. Divertiu-se no baile?

Clayton ergueu o queixo.

– Não, porque você não estava lá – respondeu, aproximando-se de sua boca. – Vamos, mostre-me como sentiu minha falta.

Whitney sentiu o cansaço e a tensão que experimentava desaparecerem, consumidos pelo calor dos beijos dele, e, num torpor sensual, percebeu que Clayton deitara-se no sofá, levando-a consigo. Não protestou, dominada por uma onda de sensações que a deixavam lânguida.

– Não me canso de acariciá-la – ele murmurou contra seus lábios entreabertos. – Nunca me cansarei.

Beijou-a no pescoço enquanto desabotoava a frente do vestido e puxava a camisa íntima para baixo. Deslizou a boca lentamente pelos seios expostos, fazendo-a estremecer.

– Os criados... – ela gemeu.

– Eles morrem de medo de mim – Clayton afirmou. – Não entrariam aqui nem para apagar um incêndio.

Com a língua tocou um dos mamilos rosados, e Whitney empurrou-o enquanto tentava escorregar para fora do sofá.

– Não, por favor! – ela implorou, conseguindo levantar-se, já abotoando o corpete desajeitadamente.

Clayton tentou segurá-la, mas ela esquivou-se. Atônito, ele se sentou e observou o rosto corado, lindo, mas tomado de um legítimo pavor.

– Whitney...

Ela recuou, deixando-se cair numa poltrona oposta ao sofá, com expressão torturada. Após alguns instantes, ergueu os olhos para os dele, hesitante.

– Quero lhe pedir uma coisa... – começou a dizer e parou de repente, indecisa.

– O que é?

– É algo embaraçoso... sobre nosso casamento... sobre a noite de núpcias.

– Continue, Whitney – ele incentivou-a quando ela se calou, baixando os olhos. – O que deseja me pedir?

– Promete que não vai ficar zangado?

– Tem minha palavra – ele assegurou em tom calmo.

– Procure entender... Tento me sentir feliz com nosso casamento, mas não consigo. Fico pensando no que vai acontecer... à noite. Outras noivas não têm medo, porque não sabem o que vão ter de suportar, mas eu sei...

Tornou a calar-se, rubra de vergonha.

– O que vai me pedir, Whitney? – ele indagou, mas já sabia a resposta.

– Pensei que... que você podia esperar um pouco... isto é, que não quisesse fazer aquilo na primeira noite.

Ela cobriu o rosto com as mãos, dominada pelo constrangimento. Por menos informações que tivesse sobre certas coisas, sabia muito bem que as esposas não faziam aquela espécie de pedido aos maridos, que o casamento *tinha* de ser consumado na primeira noite. E já fora muito pior. Nos tempos antigos, algumas pessoas ficavam no quarto dos recém-casados para assistir ao primeiro ato sexual, para certificar-se de que a noiva era virgem. Mas certos costumes continuavam, e nenhum noivo aceitaria não possuir a noiva na noite do casamento.

– Tem certeza de que é isso que deseja? – Clayton perguntou-lhe após um longo silêncio.

– Tenho – afirmou Whitney, tirando as mãos do rosto, mas mantendo os olhos abaixados.

– E se eu me recusar a atendê-la?

Ela engoliu em seco.

– Então, eu me submeterei a sua vontade.

– Você se *submeterá*? – ele repetiu, perplexo e um pouco irritado.

Era incrível que, depois de quase oito semanas de convívio, beijos e carícias ardentes, Whitney ainda considerasse a união de seus corpos como uma punição a que ela devia "submeter-se". Sempre ia para seus braços com prazer, retribuía seus beijos com fervor, pressionava o corpo contra o dele, como se mal pudesse esperar para pertencer-lhe. O que ela imaginava que ele faria em sua noite de núpcias? Que se transformaria num animal enlouquecido, rasgando-lhe as roupas, tomando-a novamente à força?

– Tem medo de mim, meu bem? – perguntou baixinho.

Os olhos verdes ergueram-se para os dele com expressão de espanto.

– Não! – ela respondeu. – Sei que não me vai me tratar como da outra vez, mas eu fico constrangida, porque já sei o que vai acontecer. E há mais uma coisa, algo horrível, que eu devia ter lhe contado há mais tempo. Clayton, acho que tenho algum defeito. O que você fez comigo naquela noite provocou uma dor quase insuportável. Talvez as outras mulheres não sintam dor ou...

– Pare! – ele exclamou asperamente, incapaz de continuar ouvindo-a descrever a dor que sentira.

Com um suspiro, reconheceu que devia aceitar aquilo como um castigo por sua crueldade naquela noite. E, levando em conta o mal que fizera a Whitney, achou que era um preço baixo a pagar.

– Está bem, esperarei, sob duas condições. A primeira é que, depois da noite de núpcias, a escolha do momento será minha.

Ela moveu a cabeça tão depressa, concordando, que ele quase sorriu.

– Aceito. Qual é a segunda?

– Que, nos dias que faltam para nosso casamento, você reflita sobre o que vou lhe dizer agora. O que aconteceu naquela noite foi um ato selvagem de minha parte. Não foi um ato de amor, mas de vingança e egoísmo.

Whitney ouvia, mas as palavras dele faziam pouca diferença. O ato, com amor ou com selvageria, era o mesmo, algo doloroso e humilhante. Ela sofrera da primeira vez, sofreria sempre que Clayton quisesse satisfazer seus desejos de homem.

– Venha cá – ele chamou-a, arrancando-a dos pensamentos sombrios. – Vou explicar melhor com uma pequena demonstração.

Embora apreensiva, ela voltou para o sofá. Clayton ergueu-lhe o queixo e beijou-a com ternura. Ela demorou mais para reagir do que das outras vezes, mas, quando isso aconteceu, retribuiu o beijo com imenso carinho.

– Lembra-se da primeira vez em que a beijei, na sacada da casa de lady Eubank? – ele perguntou. – Eu estava punindo você por tentar me usar para deixar Sevarin com ciúme.

– Lembro – ela respondeu com um sorriso. – Eu lhe dei um tapa no rosto.

– Tem vontade de me dar um tapa, agora? O beijo que trocamos há pouco provocou os mesmos sentimentos que aquele?

– Não.

– Da mesma forma, o que acontecer entre nós na próxima vez em que eu me deitar com você será completamente diferente daquilo que aconteceu na noite em que a raptei e levei para Claymore.

– Obrigada – disse ela.

Estava aliviada não porque acreditasse que tudo seria diferente, mas porque conseguira adiar algo que, por costume, teria de acontecer na noite de núpcias.

33

À primeira luz da alvorada, Whitney levantou-se, vestiu um roupão e acomodou-se numa cadeira junto à janela para ver o sol surgir sobre Londres no dia de seu casamento.

Ouviu quando começaram os movimentos na casa, criados andando pelos corredores, ruídos vindos de baixo. O casamento religioso seria às três horas, e parecia que se escoaria uma eternidade até aquele momento.

Na parte da manhã, as horas arrastaram-se, mas, após o meio-dia, começaram a voar. Pessoas entravam e saíam de seu quarto, enquanto tia Anne, sentada na cama, observava Clarissa escovar as longas mechas dos cabelos de Whitney até fazê-las brilhar. Em dado instante, Emily entrou, enrolada num roupão, pronta para colocar seu vestido.

– Olá – Whitney cumprimentou-as em tom alegre, mas não disse mais nada.

– Nervosa ou apenas sem vontade de falar? – Emily brincou.

– Nenhum dos dois. Estou feliz.

– Nem um pouquinho nervosa? – indagou Elizabeth, piscando de modo cúmplice para Emily e Anne. – Nem com medo de que o duque mude de ideia?

– Tenho certeza de que não mudará – Whitney assegurou-lhe com perfeita serenidade.

– Bem, vejo que as coisas aqui não estão muito diferentes do que na casa da Upper Brook – comentou a mãe de Clayton, entrando no quarto. – Stephen está levando o irmão à loucura.

– Clayton está nervoso? – indagou Whitney em tom de incredulidade.

– Nem pode imaginar! – a duquesa respondeu, sentando-se na cama ao lado de Anne.

– Por quê? – Whitney insistiu.

– Por diversas razões, todas ligadas a Stephen, direta ou indiretamente. Às dez horas, ele entrou em casa e disse a Clayton que, ao passar por aqui, vira duas carruagens partindo, uma lotada de malas, e a outra levando você. Clayton já descia a escada correndo para mandar preparar uma carruagem quando Stephen disse que era brincadeira.

Whitney riu, imaginando a cena.

– Você pode achar engraçado, querida, mas Clayton não achou – Alicia Westmoreland observou. – Stephen fez mais uma porção de brincadeiras, inclusive com a ajuda dos padrinhos, que são tão travessos quanto ele. Esconderam a casaca de Clayton, armaram mil e uma.

– Pobre Clayton – murmurou Whitney.

– Pobre *Stephen* – a duquesa corrigiu. – Vim para cá porque não suportaria ver meu filho mais velho matar o mais novo, e era o que Clayton estava ameaçando fazer se o irmão chegasse perto dele novamente.

O tempo passou rapidamente e logo Whitney estava completamente vestida, andando pelo quarto sob a inspeção da tia e da futura sogra.

– Oh, minha querida menina! – a duquesa suspirou, deslumbrada. – Nunca vi noiva mais linda em toda minha vida.

O vestido cor de marfim, inteiramente enfeitado com pérolas, era a reprodução de um traje nupcial dos tempos medievais. O corpete justo, com decote quadrado, cingia o busto cheio, e um cinto de ouro, brilhantes e pérolas rodeava a cintura fina, as pontas pendendo na frente, quase até a barra. Cada manga, justa até os pulsos, tinha outra por cima, em formato de sino, que chegava ao cotovelo. Uma flutuante capa de cetim, também bordada com pérolas e presa nos ombros por broches iguais ao cinto, descia pelas costas até o chão, formando uma cauda não muito longa. Whitney não usava véu. Os cabelos haviam sido erguidos no alto da cabeça, firmados por uma presilha de diamantes e pérolas, e as mechas onduladas e sedosas tombavam graciosamente, indo até o meio das costas.

– Parece mesmo uma princesa medieval – afirmou a mãe de Clayton, emocionada.

Anne, porém, não dizia nada, observando com silenciosa alegria a linda e serena jovem que dentro em pouco se tornaria uma duquesa, vendo-a como a vira anos atrás, usando calça e camisa masculinas e equilibrando-se de pé sobre um cavalo a galope.

– Temos de ir cedo para a igreja, Whitney – disse por fim, a voz embargada de emoção. – Seu pai disse que já havia uma multidão de curiosos aglomerados na frente quando passou por lá, horas atrás. Por causa disso, o trânsito nas redondezas está fluindo muito devagar.

De fato, a carruagem que levava Whitney, Martin e Anne parou completamente a quatro quarteirões de distância da catedral, presa entre outros veículos e transeuntes que se dirigiam para o local. Era como se toda Londres houvesse saído às ruas para ver o que pudesse do casamento.

NUMA GRANDE SALA, na lateral da igreja, doze cavalheiros, padrinhos do noivo, olharam esperançosos para Stephen quando ele entrou, vindo da rua, e caminhou direto para Clayton, que se encostara em uma mesa, o rosto refletindo o tormento que lhe ia no íntimo, pois, a cada minuto que passava, parecia mais evidente que Whitney o abandonaria no altar.

– Não dá para acreditar na confusão que há lá fora – Stephen comentou. – As ruas estão cheias de pedestres e os cavalos e carruagens não podem se mover.

Clayton endireitou-se abruptamente.

– Vá procurar McRae, que está em algum canto da igreja, e diga-lhe que quero meu coche esperando diante desta porta – instruiu, apontando para a porta por onde Stephen entrara. – Se Whitney não chegar em cinco minutos, irei atrás dela.

– Clay, tenha calma – o irmão pediu. – Isso não vai adiantar nada. Vamos lá fora e você entenderá por que a noiva está atrasada.

Com largas passadas, Clayton seguiu-o até a porta que se abria para uma praça ao lado da igreja. As ruas fervilhavam de gente, havia veículos parados por todos os lados.

– Demônios, o que está acontecendo? – ele perguntou, irritado.

– Um duque está se casando – respondeu Stephen, sorrindo calmamente. – E com uma moça que não é de família nobre nem tem imensa fortuna. Parece que o seu vai ser o casamento do século, um conto de fadas, e o povo quer estar aqui para ver.

– E quem foi que os convidou ? – perguntou Clayton, imaginando até que ponto Whitney o levaria.

– Uma vez que não somos donos da igreja, o povo, sem dúvida, pensa que tem o direito de estar aqui. De qualquer maneira, não há mais um lugar sequer vago. Até as galerias estão lotadas.

– Senhor duque... – uma voz masculina serena os interrompeu.

Clayton, Stephen e os doze amigos viraram-se para a porta interna de onde viera a voz, e viram o arcebispo já todo paramentado.

– A noiva chegou – o sacerdote anunciou com um leve sorriso.

Vinte mil velas brancas iluminavam a catedral. O órgão emitiu um som majestoso, e a música elevou-se, triunfal, ecoando por todo o templo, subindo para o teto abobadado.

Whitney observou as doze damas de honra desfilarem pelo corredor, uma a uma. Therèse Du Ville Ronsard, uma das madrinhas, ajeitou a cauda do vestido, então virou-se para Whitney com um sorriso.

– Tenho um recado de Nicki para você – disse. – É o seguinte: "*Bon voyage, chérie,* mais uma vez."

A pungente mensagem emocionou Whitney, e foi através de um véu de lágrimas que ela viu a amiga francesa adentrar o corredor rumo ao altar. Em seguida foi a vez de Emily, a outra madrinha, que caminhou muito ereta, envolta numa nuvem de seda verde-maçã.

Sozinha com o pai, com quem trocara apenas algumas palavras educadas desde que ele chegara a Londres, dois dias antes, Whitney virou-se para ele, vendo-o muito compenetrado.

– Está nervoso, papai? – perguntou suavemente.

– Por que estaria? Não há motivo – ele respondeu em tom estranhamente rouco. – Vou andar por essa igreja levando pelo braço a mulher mais linda de toda a Inglaterra. – Encarou-a, e Whitney viu lágrimas em seus olhos. Então, prosseguiu: – Sei que não vai acreditar, mas eu nunca teria concedido sua mão ao duque se não soubesse que ele é o homem certo para você. Quando ele foi falar comigo, vi que vocês dois eram feitos da mesma argila. Também quero que saiba que só falamos em dinheiro depois que concordei com o noivado.

Whitney beijou-o no rosto, prendendo as lágrimas que ameaçavam rolar por suas faces.

– Obrigada por me dizer isso, papai – murmurou. – Amo Clayton e amo o senhor também.

A música do órgão parou, e após uma breve pausa, recomeçou, dando o sinal para a entrada da noiva. Whitney apoiou seu braço no do pai, e os dois começaram a avançar pelo corredor da catedral superlotada.

Clayton imaginara como ela ficaria linda vestida de noiva, mas o que viu quase tirou-lhe o fôlego. Cheio de orgulho, observou a maravilhosa criatura caminhar para ele, pensando que nenhuma noiva, jamais, fora tão esplêndida. Ela caminhava de cabeça erguida, os olhos fixos nele, demonstrando a todas as pessoas ali reunidas que estava orgulhosa e feliz. Era uma rainha serena, majestosa, linda.

– Oh, meu Deus... – ele murmurou, reverente.

Adiantou-se para recebê-la, magnífico em seu traje de veludo púrpura, tomou-a pela mão e, sorrindo, disse baixinho:

– Olá, meu amor.

Levou-a ao altar, para que ficasse a seu lado, onde seria seu lugar por toda a eternidade.

No momento em que o arcebispo pediu a Whitney que recitasse seus votos, ela olhou Clayton nos olhos e começou a falar com voz clara e firme. Quando prometeu que lhe obedeceria, ele ergueu uma sobrancelha com ar travesso, e ela quase tropeçou nas palavras, reprimindo um riso.

Por fim, o sacerdote declarou-os marido e mulher. A música tornou-se mais intensa, e Clayton beijou-a nos lábios. Foi um beijo terno e casto, bem diferente daqueles que haviam compartilhado antes.

– Os beijos desavergonhados ficam para depois, minha senhora – o duque cochichou ao ouvido de sua duquesa.

Foi por isso que os dois desceram os degraus olhando um para o outro e rindo, quebrando o protocolo.

WHITNEY E CLAYTON partiram no coche de gala, a caminho de Claymore, levando os Gilbert, cuja carruagem continuava presa no congestionamento ao redor da igreja. Ouvindo Clayton conversar com os tios dela, Whitney olhava para a grossa aliança que ele pusera em seu dedo, uma proclamação de que pertencia a seu marido.

Marido? Lançando um olhar para Clayton, arrepiou-se de emoção. Aquele homem alto, lindo, elegante, sofisticado, másculo, era seu marido. Agora, ela levava o nome dele.

O cortejo nupcial passou pelo portão de Claymore, entrando na longa alameda festivamente iluminada por tochas. O coche dos noivos parou diante da casa, Clayton ajudou Whitney a descer e ela viu, surpresa, que toda a criadagem, desde o mordomo até os cavalariços, estavam alinhados em ambos os lados da escadaria externa, envergando suas librés ou uniformes, de acordo com a categoria de cada um.

Em vez de guiá-la na direção da porta, Clayton a fez parar no primeiro degrau, olhando para os criados, e Whitney sorriu, correndo os olhos pelos cento e cinquenta rostos voltados para ela. Então, virou-se para ele, confusa.

– Prepare-se – ele cochichou, sorrindo.

Um segundo depois, aplausos e "vivas" explodiram no ar, prolongando-se por longos instantes.

– Outra tradição – Clayton explicou quando o clamor diminuiu, então ergueu as mãos, pedindo silêncio. Em seguida, estendendo-as na direção de Whitney, recitou as palavras ditas pelo primeiro duque de Claymore: – Contemplem sua nova senhora, minha esposa. Quando ela der uma ordem, será como se eu próprio tivesse dado. Qualquer serviço que prestem a ela, estarão prestando a mim. A lealdade que dedicarem a ela, estarão dedicando a mim.

Então, levou Whitney degraus acima enquanto os criados irrompiam em nova aclamação.

No salão dourado e branco, serviu champanhe para Whitney, para seus tios e para si mesmo. Stephen e a duquesa chegaram naquele momento, e ele encheu mais duas taças. Todos os cento e vinte e seis quartos da casa principal e os setenta dos apartamentos de hóspedes estavam ocupados por convidados, muitos dos quais haviam chegado no dia anterior. Lá fora, o ruído de carruagens aproximando-se era incessante, sinal de que os amigos e parentes hospedados ali estavam retornando da igreja.

– Quer descansar um pouco, meu amor? – perguntou Clayton.

Ela olhou para o relógio antigo perto da porta. Eram sete horas, e a festa teria início às oito horas. Havia tempo para um breve repouso.

– Quero, sim, obrigada.

Os dois subiram a escada levando as taças de champanhe.

Chegando à suíte que Whitney ocuparia dali por diante, vizinha à de Clayton, ele abriu a porta para ela e esperou-a entrar.

– Quer que eu lhe mande uma garrafa inteira de champanhe, minha senhora? – brincou.

Não lhe deu tempo de replicar. Curvando a cabeça, beijou-a longamente, com doce ternura.

Os convidados chegavam num fluxo incessante e subiam a majestosa escadaria interna, flanqueada de cima a baixo por trinta criados em posição de sentido, usando a libré vinho e dourada dos Westmoreland.

No salão de baile, sob um enorme lustre de cristal, Whitney e Clayton recebiam as pessoas. Parado à porta, o mordomo entoava o nome de cada um dos convidados que entravam no recinto, cercado de flores.

– Lady Amelia Eubank! – o homem cantarolou.

Whitney olhou depressa para a porta e viu a dama entrar, como sempre vestida espalhafatosamente, ostentando um turbante verde e vestido de cetim vermelho.

– Acredito, senhora, que representei eficiente competição para Sevarin – Clayton disse com um sorriso malicioso quando a sagaz viúva aproximou-se.

Ela deu uma gargalhada, então inclinou-se para ele.

– Você foi morar perto de Martin Stone porque queria a filha dele, certo? – comentou.

– Certíssimo, senhora.

– Eu sabia! Mas levei semanas para ter certeza – ela admitiu com outra risada escandalosa, erguendo o monóculo e olhando em volta, à procura de algum vizinho a quem pudesse atormentar.

O jantar foi magnífico e começou com uma rodada de brindes, iniciada por Stephen.

– À duquesa de Claymore.

Olhando para a mãe de Clayton, Whitney ergueu a taça, sorrindo-lhe afetuosamente.

– Acho que meu irmão referiu-se a você, meu amor – Clayton avisou.

– A mim? Oh!

Baixou a mão depressa, tentando encobrir o erro, mas era tarde demais, pois todos já estavam rindo.

Quando os brindes à saúde, felicidade e longevidade dos noivos terminaram, a plateia exigiu que Clayton fizesse um discurso.

– Vários meses atrás, em Paris, uma adorável jovem acusou-me de ser um falso duque – ele começou, sua voz alcançando os cantos mais distantes do enorme salão, subitamente silencioso. – Aconselhou-me a ser um impostor menos pretensioso e a escolher outro título, algo mais de acordo comigo. Naquele momento, decidi que, além do meu, eu só desejava um único título: o de marido dela. – Riu, pousando os olhos cinzentos no rosto de Whitney. – E, acreditem, foi muito mais fácil conseguir o primeiro título do que o segundo. – Esperou que os risos cessassem e concluiu: – E o primeiro também é muito menos valioso.

Após o jantar, quando todos haviam passado para o salão de baile, a orquestra começou a tocar uma valsa, e Clayton, tomando Whitney nos braços, levou-a para o centro, girando e girando, para que todos a admirassem. Novos pares foram juntando-se a eles, e só então os dois dançaram mais devagar, mais juntos, olhando-se nos olhos.

Whitney dançou a segunda música com o pai, e Clayton, com a mãe. Os dois continuaram dançando durante horas, com amigos e parentes, e passava muito da meia-noite quando deixaram o salão e foram andar, de braços dados, por entre os convidados.

Era óbvio que Whitney se divertia, e Clayton não estava com pressa de tirá-la da festa. Afinal, o que podia esperar daquela noite era apenas dormir sozinho em sua cama.

No entanto, por volta de uma hora, começou a desconfiar de que os convidados esperavam que eles se retirassem, e essa impressão foi confirmada por lorde Marcus Rutherford.

– Se está imaginando quando você e sua noiva poderão se recolher sem causar comentários, fique tranquilo – o amigo disse-lhe em tom baixo. Com uma risadinha, acrescentou: – Já podiam ter ido para o quarto duas horas atrás.

Clayton, então, passou um braço pelos ombros de Whitney, que conversava com a esposa de Marcus, chamando-lhe a atenção.

– Sinto muito por ter de acabar com seu divertimento, meu bem, mas se não nos retirarmos agora, as pessoas começarão a falar. Vamos nos desperdir de seus tios.

Pouco depois, os dois saíam discretamente do salão e tomavam o longo corredor que partia da ala oeste. Chegando à galeria que rodeava o poço da escadaria, Whitney estremeceu, e ao subir os degraus que levavam ao andar onde ficavam as suítes, teve vontade de parar e recusar-se a continuar.

Clayton, por sua vez, debatia-se em outro novo dilema. Deveria levar Whitney para seus aposentos ou para os dela? Havia criados por todos os lados, e ele não queria que eles notassem sua falta de intimidade conjugal com a esposa na noite do casamento.

Então, tomou uma decisão. Guiando-a com firmeza, levou Whitney para a suíte dele. Abriu a porta e entrou, mas ela não o seguiu. Paralisada de susto, ela olhou para o interior do quarto onde Clayton, tão brutalmente, tirara sua virgindade.

– Venha, querida – ele chamou, puxando-a para dentro e fechando a porta. – Não há o que temer. Nenhum louco vai violentá-la.

Whitney balançou a cabeça, parecendo querer apagar as memórias que tinha daquele lugar, e entrou. O duque levou-a até um sofá de brocado verde perto da lareira e acomodou-se na poltrona à frente, a mesma onde se sentara na fatídica noite.

Ela ficou olhando para o fogo, e Clayton observou-lhe o delicado perfil, refletindo que, como não podiam dormir em aposentos separados na noite de núpcias, ele lhe cederia a cama e ficaria com o sofá.

– Terá de dormir aqui, minha pequena, ou seremos motivo de mexericos entre a criadagem – explicou. – Eu dormirei no sofá. Quer conversar um pouco, antes de se deitar?

– Quero – ela respondeu rapidamente.

– Sobre o quê?

– Ah, qualquer coisa.

– O tempo esteve excelente, hoje – ele comentou, sentindo-se extremamente ridículo. – Não choveu.

– Mesmo que chovesse, não faria mal. Ainda assim, seria um dia maravilhoso – Whitney declarou.

Clayton gostaria que ela não o olhasse daquela maneira, pois fazia-o desejar tomá-la nos braços e...

Bateram na porta da suíte e também na do lado, interrompendo seus pensamentos.

– Quem, diabos...

– Deve ser Clarissa – disse Whitney, levantando-se e caminhando para uma porta entreaberta, que imaginava ser a de comunicação entre os aposentos de Clayton e os dela.

Vendo que acertara, passou para o outro lado.

Clayton foi abrir a porta e deparou-se com seu criado de quarto, Armstrong, de quem se esquecera completamente. O homem entrou, como de costume, e Clayton foi fechar a porta de comunicação, rumando, em seguida, para o escritório que fazia parte da suíte, já completamente esquecido do criado.

Examinando os livros numa das estantes, tentou descobrir o que gostaria de ler. Pelo amor de Deus, ler, na noite de núpcias, era um absurdo! Depois de oito semanas de convívio, em que a paixão entre ele e Whitney mal pudera ser contida, por que precisavam esperar? Fora uma insanidade a promessa feita a ela de que não fariam amor na primeira noite.

Tirava um livro de uma das prateleiras quando o criado entrou no escritório, pigarreando para chamar-lhe a atenção.

– Precisa de minha ajuda, senhor duque?

Clayton virou-se abruptamente, empurrando o livro para o lugar.

– Tocarei a campainha se precisar – respondeu. – Boa noite, Armstrong.

Acompanhou o surpreso criado até a porta, empurrou-o para o corredor e fechou a porta, trancando-a. Voltou para o escritório, tirou a casaca e a gravata, que atirou numa cadeira, e desabotoou a parte da frente da camisa. Foi até uma mesinha onde ficavam as bebidas e serviu-se de uma generosa dose de conhaque. Então, tirou um livro qualquer da estante mais próxima e sentou-se numa poltrona, estendendo as longas pernas a à frente.

Mas, em vez de relaxar com a bebida e a leitura, ficou mais inquieto. Fechou o livro, irritado consigo mesmo. Por que estava tão agitado? Afinal, seria apenas mais uma noite sem Whitney. Apenas mais uma, mas era justamente a noite de núpcias.

Depois de muito tempo, o dobro do que qualquer mulher precisaria para arrumar-se para dormir, ele voltou para o quarto. Whitney não estava lá. A porta de ligação estava entreaberta, e ele entrou nos aposentos dela. Também não a viu. Seu coração começou a martelar, sobressaltado, embora Clayton dissesse a si mesmo que Whitney não fugiria dele, que confiava em sua palavra.

Voltando para sua suíte com passos rápidos, suspirou, aliviado. De pé, no outro lado da cama, meio escondida pela cortina que pendia do dossel, ela olhava para ele. Seu rosto, à luz fraca do fogo na lareira, exibia uma expressão de medo. Devia estar recordando o pavor que experimentara na noite em que pertencera a ele pela primeira vez.

– Quem é você? – ela perguntou com um leve sorriso, como fizera no baile de máscaras dos Armand, tanto tempo antes.

– Um duque – ele respondeu, repetindo o que dissera na ocasião. – E também seu marido. Quem é você?

– Uma duquesa! – Whitney exclamou em tom de alegria e incredulidade.

– Também é minha esposa?

– Sou – ela afirmou, o sorriso alargando-se, uma deusa tentadora.

– Uma esposa *obediente*? – Clayton brincou.

– Muito obediente.

– Então, venha cá.

Uma sombra de apreensão passou pelo lindo rosto, mas ela deu a volta na cama, aproximando-se dele. Só então, Clayton notou o que ela vestia, e quase gemeu. A camisola de renda branca deixava entrever a cor da pele, moldava as coxas, e o decote expunha boa parte dos seios altos e firmes.

– Lembra-se da promessa que fez? – Whitney murmurou, parando a alguns passos de distância.

– Eu me lembro, meu bem – Clayton respondeu, vencendo a distância que os separava e envolvendo-a nos braços.

Tentou ignorar o contato do corpo quase nu contra o seu, mas era-lhe impossível. Queria beijá-la, mas ela tremia, e ele tinha medo de assustá-la ainda mais. Contentou-se em fazê-la pousar a cabeça em seu peito e em afagar os cabelos que tombavam pelas costas como uma cortina de seda.

– Quando eu era pequena, ficava deitada na cama, à noite, com medo, imaginando que havia coisas nos armários – Whitney contou num murmúrio.

– Nos meus havia soldadinhos de chumbo – ele informou com um sorriso. – E nos seus?

– Monstros! Enormes, feios, com garras e olhos saltados. – Ela respirou profundamente, então continuou: – Aqui neste quarto também há monstros. Lembranças pavorosas, escondidas nas sombras, espreitando.

Clayton experimentou a aguilhoada do remorso.

– Eu sei, querida. Mas não precisa ter medo. Não exigirei nada de você esta noite. Dei-lhe minha palavra.

Whitney inclinou-se para trás para olhá-lo no rosto, e ele se perguntou, pela milésima vez, como pudera ser tão cruel com ela.

– Quando eu não suportava mais o medo dos monstros, levantava da cama depressa, corria para os armários, abria as portas e me obrigava a olhar para dentro – ela prosseguiu.

– Corajosa – ele comentou, sorrindo.

– Nunca vi monstro algum, claro. Clayton, não quero passar a noite de núpcias sozinha, em sua cama, com medo do que está escondido nas sombras.

– Tem certeza, pequenina?

– Tenho.

Erguendo-a nos braços, Clayton levou-a para a cama, prometendo a si mesmo que, com seu amor, toda sua ternura, a faria esquecer aquela noite horrível em que fora tão humilhada. Na beira da cama, colocou-a no chão e soltou os poucos botões que fechavam o corpete da camisola, que deslizou lentamente para o chão. À luz do fogo, o corpo magnífico parecia de mármore rosado, uma estátua de curvas, relevos e reentrâncias excitantes.

– Você é tão linda – ele murmurou, reverente.

Atraiu-a para si, gentilmente, tomando os lábios úmidos num longo beijo. Por fim, puxou as cobertas para baixo, e deitou-a sobre o lençol de linho.

Ela virou o rosto para o outro lado e, percebendo seu embaraço, Clayton apagou as velas que ardiam na mesa de cabeceira. Despiu-se rapidamente e deitou-se, abraçando-a. Notou que ela ficara tensa. Acariciou-lhe as costas e sentiu-a enrijecer-se. Decidido a ir com calma, reclinou-se nos travesseiros, aninhando a cabeça dela em seu peito.

– Vamos conversar um pouco, antes – propôs. – Gostaria que você tentasse tirar da mente o que aconteceu nesta cama, naquela primeira vez. Esqueça o que ouviu dizer sobre o que acontece entre uma esposa e seu marido e simplesmente me ouça.

– Está bem – ela concordou baixinho.

– Expressões como "submeter-se ao marido", "tomar a esposa" não deveriam ser usadas quando falamos sobre o ato de amor. "Submeter-se" implica em cumprir um dever, e "tomar" é sinônimo de estupro. Não vou "tomá-la", e você não vai "submeter-se" a mim. Também não sentirá nenhuma dor. – Clayton sorriu. – Garanto que não há defeito algum nesse corpo lindo, como você receia. Acredita em mim?

– Acredito.

– O que vai acontecer entre nós nasce do amor, do desejo de fazermos parte um do outro. Quando eu estiver penetrando você, não estarei tomando, mas dando. Estarei dando meu corpo, como lhe dei meu amor.

À luz bruxuleante e avermelhada do fogo, Clayton viu-a erguer o rosto lentamente para o dele, oferecendo-lhe a boca. Inclinando-se sobre ela, começou a beijá-la, até que ela retribuiu, relaxando em seus braços. Acariciou-a, deslizando as mãos pelos seios, provocando os mamilos, sentindo-os tornarem-se eretos. Num gesto instintivo, Whitney pousou a mão em seu peito, movendo os dedos timidamente por entre os pelos escuros, fazendo-o estremecer de prazer, mas recuou assustada ao sentir a pulsação de sua masculinidade contra o ventre.

– Vê como meu corpo reage a seu toque, meu bem? – ele murmurou. – Procura seu corpo ansiosamente, não para machucá-lo, mas para lhe dar prazer. Você ainda tem medo de que eu a machuque, mesmo depois de eu ter prometido que isso não vai acontecer?

Ela engoliu em seco, convulsivamente, ainda com medo. Mas, se Clayton dissera que não a machucaria, ela devia acreditar. Voltou a pressionar-se contra ele, acariciando-lhe o peito, deslizando a mão lentamente sobre um mamilo chato, rodeado de pelos, e sentindo um estranho prazer nisso.

– Oh, querida... – ele sussurrou, meio gemendo, meio rindo. – Orgulhe-se do que é capaz de fazer comigo. Fique alegre com isso. Se sentir medo ou vergonha, é porque nosso amor é algo tímido, humilhante.

Abraçando-o pelo pescoço, Whitney comprimiu-se contra seu corpo e beijou-o na face, no queixo, na boca, e Clayton, ansioso, sugou-lhe os lábios, excitou-lhe a língua com a sua, acariciando-a habilidosamente, sentindo-a quente, úmida, cheia de desejo.

Quando deitou-a de costas, inclinando-se sobre ela, ofegante, os olhos incendiados de paixão, Whitney sentiu algo maravilhoso feito de orgulho e júbilo, uma sensação embriagadora.

– Eu te amo – ele murmurou de encontro a seus lábios. – E meu desejo por você chega a ser doloroso. Não tenha medo. Não vou machucá-la – prometeu com imensa ternura.

– Eu sei que não. Mas não me importaria que me machucasse todas as noites, só para ouvi-lo dizer que fazemos parte um do outro.

Clayton não disse mais nada. Apossou-se dos lábios dela num beijo devorador, então, deslizou a boca para um seio, sugando o mamilo, a mão espalmando-se sobre a elevação macia entre as coxas.

Whitney retraiu-se quando ele escorregou os dedos por entre os pelos de sua feminilidade, tocando-a num ponto que começou a latejar, numa sensação que, apesar de deliciosa, encheu-a de medo.

– Não, meu bem – ele pediu roucamente, insistindo no toque excitante até que sentiu-a relaxar e ouviu-a gemer baixinho.

Postou-se então sobre ela, colocando-se entre as coxas que ela abrira, vencida pelo desejo.

A despeito de acreditar que não sentiria dor, como Clayton afirmara, Whitney preparou-se para sofrer quando ele começou a penetrá-la. Mas houve apenas uma sensação indescritível de prazer e felicidade à medida que ele deslizava vagarosamente para o íntimo de seu corpo.

Abraçando-o, ela arqueou as costas, querendo tê-lo mais profundamente dentro de si, sentindo-se frustrada porque queria mais alguma coisa, que não sabia o que era, mas pensando que tudo terminara ali.

Então, Clayton começou a mover-se, e ela parou de pensar. Só captava sensações, que aumentavam de intensidade a cada instante. Algo palpitou dentro dela, uma espécie de tremor que foi ganhando força, expandindo-se com velocidade desenfreada, correndo por todos os nervos. Virando a cabeça de um lado para o outro no travesseiro, ela mexia os quadris instintivamente, acompanhando os movimentos de Clayton.

– Por favor... – gemeu, sem saber o que pedia.

Mas ele sabia, e suas investidas tornaram-se mais firmes, mais rápidas.

O vulcão que rugia no ventre de Whitney entrou em erupção, arrancando-lhe um grito rouco, que Clayton sufocou com um beijo, antes de ele próprio alcançar o êxtase, derramando seu líquido quente dentro dela.

Rolando para o lado, levou-a consigo, aninhando-a nos braços, percebendo que fora dominado por uma sensação de alegria e paz que nunca experimentara com mulher alguma. Esperava que Whitney adormecesse, exausta, mas após algum tempo ela inclinou a cabeça para trás e ergueu os brilhantes olhos verdes para os dele. Clayton afastou uma mecha de cabelos do rosto afogueado.

– Está feliz, meu amor? – perguntou.

Ela sorriu, e era o sorriso de uma mulher saciada, que amava e sabia que era amada.

– Estou – respondeu com um suspiro, voltando a pousar a cabeça no braço dele.

– Em que está pensando?

– Em nada...

– Conte – insistiu, erguendo o queixo de Whitney para que ela o olhasse nos olhos. Não fazia ideia do que a mulher estava pensando, mas agora que finalmente vencera todos os obstáculos, não queria que uma nova barreira se erguesse entre eles.

– Eu estava pensando que se houvesse sido assim da primeira vez eu nunca teria fugido. Ficaria e obrigaria você a se casar comigo imediatamente.

Ele riu e beijou-a no alto da cabeça. Era estranho, mas, em vez de dormir, desejava comemorar, extravasar sua felicidade.

– Está com sono, querida?

– Não, pelo contrário.

– Quer, por favor, acender as três velas sobre a mesa a seu lado?

– Seu menor desejo é uma ordem, meu senhor – ela declarou, rindo, então sentou-se na cama, inclinando-se para beijá-lo na boca.

Antes de virar-se para acender as velas, porém, Whitney tomou o cuidado de cobrir-se com o lençol.

Clayton começou a rir ao vê-la cobrir tão pudicamente os seios que ele havia acabado de beijar e acariciar. Arrumou os travesseiros de modo que pudesse sentar-se confortavelmente, então voltou a deitar e passou a apreciar a visão de Whitney. Quando terminou de acender as velas e viu que ele a observava, ela rearrumou o lençol, envergonhada, sacudindo-o e fazendo com que caísse sensualmente sobre suas costas.

– Madame –, disse Clayton com um olhar sugestivo – a senhora fica linda *en dishabille*, se é isso o que está tentando fazer com esse lençol.

– Acho que não – respondeu Whitney, pensativa. – Na França, e acho que aqui também, é moda receber cavalheiros *en dishabille*, mas tenho certeza de que as damas que fazem isso devem usar algo mais que isto. – Corando, Whitney se deu conta de que Clayton sem dúvida sabia muito mais sobre essa "moda" do que ela, o que a deprimiu.

Todos sabiam que Clayton tivera muitas amantes, e era comum que mesmo homens casados continuassem a tê-las, discretamente. Doía imaginá-lo com outras mulheres, fazendo as mesmas coisas que haviam acabado de fazer. Motivada por este doloroso pensamento e chocada por sua audácia, Whitney começou:

– Clayton... – calou-se, hesitante, e Clayton viu-a corar. Então, mordendo o lábio nervosamente, ela prosseguiu: – Acho que seria muito difícil para mim fingir não ver... aceitar...

– Aceitar o quê?

– Que estando casado comigo você tivesse... tivesse amantes.

Por um momento, Clayton encarou-a, atônito, então começou a rir, apertando-a nos braços.

– Não vou ter nenhuma amante – assegurou. – Nunca mais.

– Obrigada. Não sei como eu reagiria, mas duvido que aceitasse uma situação dessas passivamente.

– Também duvido – ele afirmou, forçando-se a ficar sério.

De súbito, lembrou-se da caixa de veludo que escondera na gaveta da mesa de cabeceira. Soltando Whitney com relutância, virou-se para a mesa, explicando:

– Tenho um presente para você.

– Também tenho um para você – ela anunciou, saindo da cama, exibindo as curvas, o tom cremoso da pele, os cabelos luxuriantes em todo seu esplendor. – Pedi a Clarissa que o guardasse em meu quarto.

Ao ver que Clayton o observava, Vestiu a camisola rapidamente e correu para os aposentos ao lado. Voltou pouco depois e tornou a subir na cama, apoiando as costas na cabeceira e cruzando as pernas.

Clayton deu-lhe um conjunto de brincos, pulseiras e colar de esmeraldas quadradas, cada uma cercada por uma fileira de brilhantes.

– Digno de uma duquesa – declarou, beijando-a. Whitney riu, entregando-lhe seu presente.

– Digno de um duque – imitou-o, sentando-se com as costas apoiadas na cabeceira da cama e as pernas cruzadas.

Ele abriu a caixa, então atirou a cabeça para trás com uma sonora gargalhada ao ver o monóculo de aro de ouro que ela lhe oferecera.

– Duques não usam monóculos para ver melhor, mas por pura afetação – ela recitou, no tom exato com que dissera as mesmas palavras no baile dos Armand.

Em seguida, levou uma das mãos às costas e puxou uma caixinha de veludo. O sorriso desaparecera de seu rosto, toda sua expressão mudara, ela parecia quase tímida.

Olhando-a, intrigado, Clayton imaginou qual seria o motivo. Ergueu a tampa da caixa. No fundo de veludo preto, brilhava um anel com um magnífico rubi. Tirando-o, examinou-o à luz de uma vela, admirando-se com sua beleza. Foi quando viu a gravação na parte interna do aro largo. Duas palavras, a primeira delas, enfatizada: "*Meu* senhor".

Com uma exclamação abafada, ele puxou Whitney para si, abraçando-a com força.

– Como eu te amo! – murmurou, capturando-lhe a boca num beijo apaixonado. Ficaram abraçados durante longo tempo, então deslizaram no colchão, deitando-se novamente, apoiada nele, acariciando seus cabelos. Esse gesto, somado ao contato dos seios dela comprimidos contra seu peito nu, fizeram o desejo de Clayton voltar a crescer, mas refletiu que não devia assustá-la com tanto ardor na primeira noite. Com delicadeza, a fez escorregar para o lado, beijando-a na testa.

– Sou muito pesada, meu senhor? – ela perguntou, sorrindo.

– Não, mas acho que precisa dormir um pouco, meu amor – ele respondeu sem muita convicção.

– Quem disse que estou com sono? – ela parecia uma deusa inocente, os cabelos macios tocando suavemente seus ombros.

– Tem certeza? O que deseja fazer, então?

Ela corou e escondeu o rosto em seu ombro. Clayton riu e puxou-a sobre seu corpo excitado.

– Vamos fazer o que você quer, sem nenhum problema – concedeu, com voz enrouquecida de paixão.

34

Uma semana depois, Clayton e Whitney partiram para a França em viagem de núpcias, e lá ficaram durante um mês. Quando voltaram para a Inglaterra, não fixaram residência na mansão da rua Upper Brook, como todos esperavam. Preferiram a reclusão e a serenidade de Claymore, mas participavam regularmente de atividades sociais em Londres, muitas vezes voltando para casa ao alvorecer.

Numa sociedade em que não era costume marido e mulher ficarem juntos numa festa ou baile, o duque e a duquesa de Claymore lançaram uma nova moda.

Estavam quase sempre um ao lado do outro, fazendo esse companheirismo parecer muito agradável, principalmente aos olhos de pessoas fúteis e cínicas. Formavam um par maravilhoso, claro, mas não era só isso. Havia à volta deles uma aura de felicidade, deixando claro que não estavam unidos apenas por afeição e laços matrimoniais. Aquele era um casal diferente, conforme comentavam os frequentadores dos altos círculos, cujo casamento não seguia os padrões modernos. Chegavam a dizer, em tom de espanto, e não muito discretamente, que era evidente que o duque e a duquesa estavam apaixonados.

Clayton não nutria a menor dúvida sobre o que sentia por Whitney. Ele a amava com paixão e ternura, e esse sentimento vinha da alma. Na cama, desejava-a cada vez mais, e o prazer que sentia sempre que explodia dentro dela parecia aumentar, em vez de diminuir. Whitney era perfeita, esposa carinhosa, amante ardente, aprendera rapidamente que entre eles não havia lugar para vergonha.

Ela ocupava os dias com as atividades de senhora da casa, planejando cardápios, orientando os criados quando eles a procuravam com algum problema, ou lendo no escritório de Clayton enquanto ele trabalhava analisando os relatórios que recebia dos administradores ou planejando novos investimentos. De acordo com o que Stephen contara a ela, em cinco anos Clayton quase dobrara a fortuna da família. Além disso, cuidava dos negócios particulares do irmão e agora, surpresa das surpresas, também dirigia as finanças do pai dela.

Whitney nunca imaginara que gostaria tanto de viver naquele lugar, que apreciaria tanto a companhia de Clayton, em todos os momentos. Quando ia à cidade fazer compras ou visitar Emily, sentia falta dele, de sua voz, de seus olhares, de seu sorriso.

As noites eram uma celebração do amor dos dois. Às vezes ele se demorava sobre ela com tanta gentileza como na noite de núpcias. Em outros momentos ele a provocava, deliberadamente tentando-a, fazendo com que ela revelasse exatamente o que desejava. Em outros momentos ele a envolvia rapidamente, até mesmo bruscamente. Whitney não conseguia se decidir sobre *como* ela mais gostava.

A princípio ela sentira um pouco de temor com a paixão tempestuosa e agitada que provocava nele com apenas um beijo, ou um carinho, ou ainda uma carícia mais íntima. Mas não transcorreu muito tempo até que estivesse glorificando sem pudores sua masculinidade viril e destemida. Ela pertencia a ele – corpo, emoção e alma. Ela estava inteiramente em paz com seu mundo.

E estava grávida cinco meses depois.

Não contara a Clayton imediatamente por duas razões: medo de estar enganada e receio de que a notícia não o agradasse tanto quanto ela imaginava, pois ele nunca demonstrara o desejo de ter filhos.

Quando seu fluxo não veio pela segunda vez, ela teve certeza da gravidez, mas mesmo assim decidiu esperar mais um pouco para dizer a Clayton.

Um dia, logo depois de saber que de fato ia ter um bebê, ela descia a escada, vestida para cavalgar, como fazia todos os dias, quando Clayton alcançou-a e segurou-a pelo braço.

– Khan está mancando um pouco – ele informou com a gentileza de costume. – Por que não damos um passeio a pé, em vez de sairmos a cavalo?

Ela não notara nada de diferente em Khan, e havia dezenas de outros animais que poderia montar, mas não argumentou. Até gostou, porque Clayton e ela sempre cavalgavam de modo um tanto imprudente, a toda velocidade. Nem gostava de pensar no que aconteceria, se caísse, mas não podia pedir a Clayton que se portassem de modo mais moderado, sem lhe dizer o motivo.

Naquela noite ele a amou de uma maneira que estabelecia um novo padrão. Continuava ardoroso, mas era evidente que evitava investidas muito fortes, movimentos violentos. Isso deixou-a mais tranquila, pois fazer amor daquele modo dificilmente prejudicaria o bebê.

Na semana seguinte, ela teve uma conversa consigo mesma, dizendo que estava sendo ridícula. Em primeiro lugar, precisava compartilhar com alguém a alegria enorme que passara a sentir desde o momento em que se certificara da gravidez, e esse alguém, naturalmente, tinha de ser seu marido. Em segundo, seu corpo logo começaria a modificar-se de modo inconfundível, anunciando a Clayton que ele seria pai.

Em uma de suas idas a Londres, comprara algumas roupinhas de bebê, que pretendia bordar. Após decidir contar a Clayton que teriam um filho, começou a praticar alguns pontos de bordado num retalho de linho, usando os apetrechos que encontrou na sala de costura. Quando achou que bordara alguma coisa decente, chamou Clarissa e Mary, mostrou-lhes o pano e pediu sua opinião. As duas examinaram o bordado, então entreolharam-se, incapazes de conter o riso.

Whitney não se zangou, bem consciente de suas limitações.

– Não é espantoso que eu tenha aprendido grego e não consiga fazer uma coisa tão simples? – comentou, rindo com elas.

No entanto, na hora do jantar, depois de passar a tarde toda fechada no quarto, conseguira bordar, com linha azul e de modo bastante satisfatório, um "W" na gola de uma camisola de recém-nascido, incrivelmente pequena.

Examinava a peça com um sorriso quando Clarissa entrou.

– Oh! – a criada exclamou, enlevada, ao ver a camisolinha que Whitney não teve tempo de esconder. – Meu bebê vai ter um bebê! – balbuciou, com lágrimas nos olhos. – Quando vai contar ao senhor duque?

– Não vou contar. Vou deixar que isto conte, hoje à noite – respondeu Whitney, erguendo a camisola de fina cambraia.

Levantou-se do sofá e guardou a roupinha na gaveta da escrivaninha, deixando que Clarissa começasse a prepará-la para o jantar.

Bem mais tarde, após a refeição, sentada numa poltrona do salão branco e dourado, Whitney fingia ler um livro enquanto observava Clayton tomar seu vinho do porto.

Então, quando ele pousou o cálice vazio numa mesinha próxima, ela fechou o livro e suspirou.

– Não sei por quê, mas ando me sentindo muito cansada, ultimamente.

– Não sabe, meu bem? – ele perguntou com ar divertido. Achava que Whitney estava grávida, mas não tinha certeza. Provavelmente nem ela mesma sabia, pois não lhe dissera nada. Ou podia ser que soubesse e estivesse esperando um momento especial para dar a notícia.

– Não, não sei – ela respondeu, continuando com a encenação. – Queria responder à carta que tia Anne me escreveu, mas acabei de descobrir que deixei meu bloco e a carta dela lá em cima, e estou sem disposição para subir as escadas. Você iria buscar para mim? O bloco e a carta estão na gaveta de minha escrivaninha.

Clayton concordou e, dando-lhe um beijo na testa, subiu para os aposentos dela. Entrando no quarto, foi recebido pelo perfume de Whitney, que pairava no ar, tentadoramente. Com um sorriso, foi até a escrivaninha, abriu a gaveta e pegou o bloco de papel timbrado, mas não viu a carta de Anne.

Procurou numa caixa de madeira laqueada, vendo que continha apenas envelopes. Ia fechá-la, quando notou um papel dobrado, cuja ponta aparecia sob a pilha de envelopes. Supondo que fosse a carta da tia de Whitney. Clayton desdobrou o bilhete que ela escrevera tantos meses antes na casa de Emily, em uma tola tentativa de fazer com que ele voltasse para ela.

> Para minha mortificação, descobri que estou grávida. Por favor, entre em contato o mais rapidamente possível para decidirmos o que será feito. Whitney.

– *Para sua grande mortificação?* – Clayton repetiu para si mesmo aturdido. Que jeito peculiar de expressar a culminação da nossa felicidade. E que jeito igualmente peculiar de me comunicar a notícia, "Por favor, venha imediatamente."

No curto espaço de três segundos, ele foi acometido por três revelações: o bilhete estava datado de dois meses antes do casamento. De fato, fora escrito no dia anterior em que tinha trazido Vanessa para casa e encontrado Whitney esperando por ele... não havia qualquer nome indicando a quem se dirigia o bilhete... e fora escrito com a caligrafia elegante e refinada de Whitney, tendo sido assinado por ela. Que Deus o *ajudasse*... Ela certamente tinha escrito para algum homem que acreditava ser o pai da criança.

A emoção de Clayton preferia não acreditar, e começou a emitir frases que negavam o ocorrido... até mesmo quando algo dentro dele vagarosamente se partia e ruía. Ele sentiu-se quebrando em pedaços e cada segmento de seu corpo desmontando em um lugar diferente. Certamente, Whitney tinha dissimulado as suas intenções na noite em que viera até sua casa. Ele guardava cuidadosamente a lembrança de como ela havia aberto mão de seu orgulho e percorrido a sala de leitura até ele. Agora ele percebia que tudo não passava de uma mentira, uma mentira desprezível e asquerosa! Aquele momento tão afetuoso no qual ela suspirou "eu te amo" não passava de uma encenação! Em um estado de angústia e espanto ele se sentou enquanto sua tumultuada emoção buscava por respostas, e por fim, chegava a conclusões devastadoras. Whitney tinha vindo a Claymore naquela noite após escrever o bilhete, acreditando estar grávida. Aquele a quem este bilhete tinha sido escrito tinha negado sua responsabilidade ou não poderia aceitá-la. É possível que o desgraçado fosse um homem casado.

Whitney veio a Claymore naquela noite para conseguir um pai para seu filho – meu Deus! Ela e o amante provavelmente haviam concatenado o plano juntos. Mas, no fim, ela não precisava de um pai para seu filho. Era possível que tivesse perdido a criança, Clayton avaliava friamente. Não era de admirar que estivesse com uma aparência tão cansada e pálida nas semanas anteriores ao casamento.

E como foi uma bela atriz na noite de núpcias! Naquele momento ela já deveria saber que não estava mais grávida, mas deve ter se sentido tão horrorizada com a proximidade de uma calamidade que estava disposta a casar-se mesmo assim. É possível que fosse ainda mais conveniente para Whitney e seu amante se ela estivesse casada. Ninguém falaria nada a respeito caso ela anunciasse uma gravidez. E então, Clayton se lembrou que nos últimos meses ela viajara para Londres em ocasiões distintas para "compras" e para "visitar amigos". Ele sentiu a ira subir pela sua garganta. A criança que estava carregando pertencia à outra pessoa e não a ele.

Aquela dissimulada! Mentirosa, traiçoeira... Não, ele não poderia chamá-la dessa maneira novamente, mesmo sentindo-se profundamente aturdido. Ele a tinha amado excessivamente, até um minuto antes, para que pudesse amaldiçoá-la. Mas dera seu amor a uma impostora, uma perfeita atriz, uma mulher superficial. Um corpo e nada mais, e não era nem mesmo seu.

Ela deveria possuir um forte instinto de sobrevivência, e por isso merecia seu reconhecimento! Ela o tinha enfrentado naquela sala com Vanessa estando na mesma casa, suportado a sua ira e pressionado seu corpo de encontro ao dele, beijando-o como se realmente fosse um ato genuíno da sua emoção. Mas era porque estava grávida! Clayton queria acreditar que o bebê fosse dele. Por alguns instantes ele até mesmo tentou se convencer de que era possível. Mas sabia da verdade, na noite em que a havia trazido para casa de Londres houvera apenas uma rápida penetração, e o ato de fato não fora terminado.

A possibilidade de que tivesse concebido uma criança naquela noite era ínfima demais para que pudesse ser considerada.

A verdade era que a vida deles era uma farsa. Cada palavra proferida por Whitney, todos os seus olhares, o jeito como se comportava quando estavam juntos no quarto, tudo não passava de uma grande encenação, dia após dia. Tudo não passava de uma atuação obscena e repugnante!

Apertou o bilhete escrito em papel azul com mais força, aos poucos transformando-o em uma bola firme. A dor que sentia começou a lhe parecer tediosa enquanto era invadido por uma forte ira. Sem perceber, deixou o bilhete cair sobre a escrivaninha e a fechou com força, mas não conseguiu fechar a gaveta. Um pequeno tecido bordado com um "W" em azul estava preso entre a gaveta e a mesa.

Clayton olhou fixamente para o tecido de maneira vingativa. *Era isso* que ela intencionava que encontrasse, percebeu com furor. Como ela fora sensível em contar-lhe dessa maneira! Como ela apreciava um drama! Com rancor, ele deixou o tecido cair no chão e o pisoteou enquanto deixava o quarto.

– Vejo que encontrou – disse Whitney, entrando no quarto, olhando com ar confuso do rosto contorcido do marido para a camisolinha no chão, sob o pé dele.

– Quando? – ele indagou com voz irreconhecível.

– Para daqui a... a sete meses, acho – ela gaguejou, assustada.

– *Não o quero*! – Clayton declarou, proferindo cada palavra como se a cuspisse.

Clarissa e Mary, que estavam na galeria com a esperança de ver a reação de felicidade do patrão quando ele soubesse do bebê, viram, atônitas, quando ele saiu do quarto com expressão de ódio e marchou rapidamente até o topo da escada, que desceu correndo. Instantes depois, lá de baixo, veio o estrondo da porta principal batida com violência.

Clarissa mandou Mary embora e entrou no quarto, estacando, horrorizada, ao ver Whitney ajoelhada junto da escrivaninha, com a camisolinha na mão, a cabeça atirada para trás, soluçando, desesperada.

– Não fique assim, meu bem – a criada pediu, correndo para ela e ajudando-a a levantar-se. – Vai fazer mal ao bebê.

Whitney pensou que nunca seria capaz de parar de chorar. Chorou até que seus soluços tornaram-se secos e sufocados, até não ter mais lágrimas, até sentir-se vazia. Clayton não queria a criança!

AO AMANHECER do dia seguinte, Whitney ainda não dormira. Virou-se de lado, olhando para fora, para o céu cinzento. Estava sozinha na cama, pela primeira vez desde o casamento. Clayton não queria o bebê. Ia fazê-la renunciar ao próprio filho! Ela já ouvira histórias assim, sabia como as coisas funcionavam. Quando a criança nascesse, Clayton mandaria buscar uma ama de leite e lhe entregaria o bebê, mandando-a criá-lo em uma de suas muitas propriedades, longe deles. O amor que ele sentia por ela seria tão possessivo, tão egoísta, que o impedia até de aceitar um filho? Se fosse assim, não era amor.

Até poucas horas antes ela podia não saber o que sentia exatamente pela vida em seu ventre, mas agora sabia. Nunca deixaria que lhe tirassem a criança. Nunca!

Aos poucos, o sono venceu-a, e ela dormiu até tarde. Acordou sentindo-se mal, tonta, com dor de cabeça, enjoada, mas forçou-se a descer para tomar o café da manhã.

– O senhor duque mandou dizer que está sem apetite, minha senhora – o criado que servia a refeição informou.

Whitney comeu um pouco, pelo bem do bebê, então saiu para uma caminhada. Não sabia onde Clayton estava. Sentia-se perdida, sem rumo.

Andou pelo jardim, mal notando a beleza das rosas de todas as cores que haviam desabrochado naquele início de primavera, então atravessou o extenso gramado até o lago, em cuja superfície serena cisnes deslizavam graciosamente. Quase sem perceber, viu-se diante do pavilhão grego. Entrou e sentou-se numa das almofadas coloridas espalhadas no chão, entre os bancos de mármore.

Ficou sentada lá durante duas horas, tentando assimilar a ideia de que era a mesma mulher do dia anterior, pois tinha a impressão de ser outra pessoa, vivendo em outro tempo, levando uma vida completamente diferente da que conhecera até algumas horas antes.

Voltou para casa e subiu lentamente as escadas. Quando entrou nos aposentos de Clayton, viu que Armstrong e mais três criados estavam retirando as roupas e todas as outras coisas dos armários.

– O que eles estão fazendo, Mary? – perguntou à criada, que passava um pano na moldura de um quadro na parede da galeria.

– O senhor duque mudou-se para a ala leste, e eles vão levar tudo o que é dele para lá – Mary explicou em tom forçadamente displicente. – Passaremos suas coisas para a suíte dele e a sua ficará para o bebê. Não é uma boa ideia?

– Acho que sim – murmurou Whitney. – Poderia me dizer onde ficam os novos aposentos de meu marido? Preciso falar com ele a respeito desta noite, porque vamos sair.

Mary levou-a até uma suíte na extremidade mais distante da ala leste e retirou-se. Whitney entrou, olhando em volta do elegante quarto. Clayton não estava lá, mas estivera, porque havia uma camisa sobre uma cadeira e um par de luvas sobre a cama. Passou para o quarto de vestir e acariciou as roupas penduradas nos armários, contendo as lágrimas. Deslizou a mão por uma casaca. Ele tinha ombros tão largos... Ela sempre adorara aqueles ombros. E os olhos cinzentos, expressivos...

Voltava para o outro aposento, tencionando ir embora, quando ele entrou e passou por ela como se não a visse, entrando no quarto de vestir, já despindo o casaco.

Ela foi atrás dele.

– Por que está fazendo isso, Clayton? – perguntou, aflita. Ele tirou a camisa, não se dignando a responder.

– É por causa de nosso bebê? – Whitney persistiu.

– Por causa de *um* bebê.

– Não gosta de crianças?

– Não de crianças de outros homens – ele respondeu gelidamente. Atirou a camisa numa cadeira, pegou Whitney pelo braço e levou-a para a porta de saída.

– Mas gostaria das suas – ela ponderou enquanto ele a empurrava para o corredor, sob o olhar espantado de um criado que passava.

– Disse bem. Das *minhas* – Clayton declarou por entre os dentes.

Whitney não entendeu o que ele queria dizer, mas viu-o segurar a porta, preparando-se para fechá-la em seu rosto e apressou-se a perguntar:

– Vamos à festa dos Wilson hoje à noite?

– Eu vou sair. Quanto a você, faça o que bem entender.

– Mas...

– Preste atenção no que vou dizer – ele interrompeu-a, quase gritando. – Se puser novamente os pés em meu quarto, ou nesta ala, eu mesmo a tirarei, e não muito delicadamente.

Recuou e bateu a porta com força.

Parado no mesmo lugar, apertava as mãos, tentando controlar a raiva que o dominava. Seu desejo era estrangular Whitney, mas a vingança que planejara seria, talvez, pior. Ele arrumaria uma amante e não se importaria em ser discreto, para que Whitney soubesse que havia outra mulher em sua vida. A sociedade não o censuraria por ser casado e ter uma amante. A maioria dos homens tinha seus casos extraconjugais, era algo considerado normal. Mas Whitney sofreria as penas do inferno. Não poderia sair sozinha muitas vezes, pois provocaria comentários maldosos. E, se ousasse aparecer em público com outro homem, seria desprezada, banida de todos os círculos.

Mas sua vingança não terminava aí. Ela ia ter um filho, a quem ele seria obrigado a dar seu nome, mas de modo algum seria obrigado a olhar para a criança, imaginando quem era o pai. Mandaria o fedelho para bem longe, mas não imediatamente após o nascimento. Deixaria que Whitney ficasse com ele um ano, dois, até apegar-se profundamente, então o arrancaria dela. A criança seria seu principal instrumento de retaliação.

Voltando para a outra ala, Whitney viu que Clarissa e Mary levavam seus pertences de sua suíte para a que pertencera a Clayton, e tudo estava na maior desordem.

– Se vocês não se importam, eu gostaria de ficar sozinha por algum tempo – disse, ofegante de tensão, sentindo que o ar lhe faltava.

As mulheres saíram e ela deixou-se cair numa poltrona tentando assimilar o que estava acontecendo. Parecia absurdo, mas Clayton realmente a repudiara porque ela ficara grávida. Pela primeira vez, desde a noite anterior, sentiu genuína raiva. Desde quando uma gravidez era culpa exclusiva da mulher? Ele nunca pensara que, fazendo amor com ela, poderia gerar um filho?

Quanto mais pensava, mais furiosa ficava. Por fim, decidida, levantou-se e puxou o cordão da sineta, chamando Clarissa.

– Por favor, passe meu vestido de seda azul, aquele de babados – pediu, quando a criada entrou. – E mande o cocheiro levar a carruagem para a porta da frente após o jantar. Eu vou sair.

Quatro horas mais tarde, dirigia-se para a sala de jantar. Nos cabelos presos no alto da cabeça, brilhava um fio de safiras e brilhantes, e o vestido azul, rodado, com babados descendo até a barra, chamava a atenção pela beleza e o luxo. Continuaria a fazer as refeições com Clayton, normalmente. Se era para viverem como estranhos, pelo menos que fossem estranhos amigáveis. Mas se ele pensava que ela o aceitaria em sua cama novamente, depois do nascimento da criança, para reiniciarem o que fora interrompido na noite anterior, era porque não a conhecia tão bem quanto julgava.

No entanto, quando Clayton levantou-se automaticamente ao vê-la entrar na sala, Whitney lançou-lhe um olhar e sentiu um aperto doloroso no peito. Estava tão bonito, tão imponente, com seu traje de noite, que, se apenas sorrisse, ela o abraçaria, implorando... Implorando o quê? Perdão por amá-lo como o amava? Perdão por levar seu filho no ventre?

Várias vezes, durante a refeição, ela o pegou encarando-a. Então, quando notou como ele olhava para seu decote, perguntou em tom inocente:

– Gostou de meu vestido novo?

– Se sua intenção é exibir seus encantos ao mundo, escolheu bem – ele respondeu friamente.

– Já se acostumou com seus novos aposentos?

Clayton pousou o garfo e empurrou o prato, como se aquela conversa houvesse acabado com seu apetite. Então, levantou-se.

– São muito melhores do que aqueles que ocupei até ontem.

Saiu da sala e, alguns minutos depois, Whitney ouviu a porta principal abrir-se, fechar-se, e seu coche afastar-se.

Mesmo sentindo-se infeliz, ela foi à festa dos Wilson, de onde saiu quando já passava de meia-noite. Adormeceu na carruagem e acordou quando pararam diante da casa, no momento em que Clayton descia do coche.

Entraram em casa e subiram as escadas juntos.

– Continue a ficar fora até tão tarde, e sozinha, e estará na boca do povo dentro de uma semana – ele avisou quando chegaram diante da porta dos aposentos dela.

– Eu estava me divertindo muito e não notei as horas passarem – Whitney explicou, pondo a mão na maçaneta. – Além disso, preciso aproveitar, porque quando meu estado ficar evidente, não poderei mais sair.

Não podia jurar, mas achou tê-lo ouvido murmurar uma praga.

Na manhã seguinte, Whitney foi ao estábulo, pretendendo sair com Khan, mas o cavalariço-chefe informou que, por ordem do senhor duque, não podia deixá-la usar cavalo algum.

Furiosa e embaraçada demais para pensar no que estava fazendo, afastou-se com altivez, uma duquesa da cabeça aos pés, e foi direto ao escritório de Clayton pedir explicações.

Ele estava em reunião com vários homens sentados num semicírculo ao redor da escrivaninha. Todos levantaram-se prontamente, com exceção de Clayton, que ergueu-se com evidente relutância.

– Perdão – pediu com um sorriso angelical, olhando para os estranhos. – Eu não sabia que meu marido estava com visitas. – Então, encarou Clayton. – Está havendo um mal-entendido no estábulo. Parece que lá não sabem que Khan é meu.

– Nem tente chegar perto de um cavalo – ele replicou em tom áspero. – Nem de Khan, nem de algum outro.

Envergonhada pelo modo inadmissível como Clayton dirigira-se a ela diante de estranhos, Whitney virou-se e quase correu para fora da sala.

Voltou ao estábulo e lançou um olhar tão altivo ao primeiro cavalariço que se pôs a sua frente, que ele saltou para o lado. Foi à baia de Khan e arreou-o habilmente. Então, saiu a galope.

Cavalgou durante três horas, cansando-se muito, mas odiava a ideia de voltar para casa. Certamente Clayton fora informado imediatamente de que ela saíra montando Khan; devia estar furioso, e ela não estava com disposição para enfrentá-lo numa briga.

O que não imaginou foi que ele estaria a sua espera no estábulo. Viu-o encostado na cerca, junto da porteira, conversando com o cavalariço-chefe, e seu rosto não demonstrava nada da raiva que devia estar sentindo. Tentou entrar no cercado a trote, mas Clayton, com um movimento rápido, segurou a rédea do cavalo, fazendo-o parar bruscamente.

– Desça! – ele ordenou, com ameaça na voz e nos olhos.

Ela corou, mas decidiu provocá-lo. Estendeu-lhe os braços, como uma criança.

– Me ajude a descer – pediu.

Clayton tirou-a rudemente da sela.

– Como ousa me desobedecer? – sibilou, cravando os dedos no braço dela, sem piedade, levando-a embora, sob o olhar curioso dos cavalariços.

Aproximavam-se dos fundos da casa quando ela puxou o braço, livrando-se dele.

– Desobedecer a você? – disse por entre os dentes, batendo o pé no chão, furiosa. – Quer me lembrar dos votos que fiz no altar? Gostaria que eu o lembrasse dos que o *senhor* fez, excelência?

– Vou lhe dar um aviso. Um só – ele replicou. – Chame de conselho se quiser.

– Se eu precisasse de conselhos, o senhor seria a última pessoa a quem os pediria! – Whitney declarou.

– Ouse me desafiar apenas mais uma vez e farei com que fique trancada em seus aposentos até seu rebento nascer!

– Tenho certeza de que não há nada de que o senhor gostaria mais! É um homem mesquinho, cruel... um mentiroso, senhor duque! Como se atreveu a dizer que me amava se agora me trata assim? E vou lhe dizer mais, excelência, algo que, estou certa, lhe causará uma tremenda surpresa: quando duas pessoas fazem amor, quase sempre fazem um bebê!

Clayton ficou tão atônito com a ridícula "revelação" de Whitney que não a viu erguer a mão. Ela acertou-o em cheio no rosto, com as costas da mão, então recuou, parecendo uma deusa abrasada pelo ódio.

– Devolva o tapa! – desafiou. – Bata em mim! Não quer me machucar? O que aconteceu? Perdeu a vontade de me torturar? – desfiou, ignorando a fúria que brilhava nos olhos dele. – Pois vou esbofeteá-lo outra vez, seu...

Ergueu o braço, pronta para agredi-lo novamente, mas gritou de dor quando Clayton segurou-a pelo pulso com sua mão, que parecia de ferro.

Torcendo o braço dela para trás, ele puxou-a contra o peito.

– Você é uma desavergonhada, uma mulherzinha mentirosa, traidora e cheia de ardis. Vou lhe fazer uma pergunta e, pelo menos uma vez em nossa desgraçada vida de casados, diga a verdade. Juro que não me importarei com a resposta, seja ela "não sei" ou "sim".

– Não sei o que vai perguntar, mas o juramento de um mentiroso nada vale! – ela retrucou.

– Essa criança é minha? – Clayton perguntou, apertando a mão no pulso dela dolorosamente.

Os olhos verdes alargaram-se, chocados. Não era possível que Clayton houvesse feito uma pergunta tão ultrajante! Ela não pôde impedir que as lágrimas lhe subissem aos olhos, ferida no fundo da alma.

– Se é sua?! Quer saber se a criança é sua? – gritou. Então, inesperadamente, caiu sobre ele, os ombros sacudindo-se convulsivamente.

Clayton soltou-lhe o pulso. Queria empurrá-la para longe. Queria também tomá-la nos braços e afundar o rosto em seus cabelos. Mas, mais que tudo, queria levá-la para a cama e acalmar a dor que sentia no coração com o bálsamo do corpo dela.

Whitney agarrara-se às lapelas da casaca dele, enterrando o rosto em seu peito, tremendo dos pés à cabeça.

Por fim, Clayton pegou-a pelos braços e afastou-a, não com rudeza, mas tampouco gentilmente. Ela não ergueu a cabeça, os ombros continuavam a tremer de maneira estranha. Estava soluçando sem lágrimas, ele pensou, sentindo uma pontada de remorso.

Então, ela levantou a cabeça, e Clayton viu, atônito, que não estava chorando, mas rindo histericamente. Ainda ria quando esbofeteou-o com força espantosa e correu para dentro, por uma das portas dos fundos.

Clayton seguiu-a, andando devagar, pensativo. Foi para o escritório, trancou a porta e serviu-se generosamente de uísque. Agora, ele tinha certeza de duas coisas: Whitney tinha um poderoso golpe de direita e o bebê era seu.

Ela podia ter mentido sobre muitas coisas, por exemplo, por que fora procurá-lo, por que se casara com ele, mas a expressão de horror, incredulidade, dor e ultraje que vira nos olhos dela no momento em que lhe perguntara se a criança era sua fora genuína. Ninguém, nem a melhor atriz do mundo, seria capaz de fingir de modo tão convincente. Naquele rápido instante, Clayton vira o que se passava na alma dela. Ela não o traíra, não tinha amante algum em Londres. O bebê era dele. Seu ódio aplacou-se.

Passado o ataque de riso histérico, Whitney chegou à conclusão de que se casara com um louco. E ficaria louca também se permanecesse naquela casa, porque, por mais absurdo que fosse, apesar de tudo, ela ainda o amava e não conseguiria suportar seu desprezo, suas dúvidas de homem insano.

Ignorando a angústia que lhe apertou o peito quando decidiu que teria de deixá-lo, começou a pensar para onde poderia ir. O pai não tinha força de caráter suficiente para defendê-la de Clayton se ele resolvesse exigir que ela voltasse para Claymore, mas os tios a ajudariam. Ela lhes escreveria perguntando se podia passar algum tempo com eles na França. Quando os encontrasse, explicaria tudo.

Sentando-se à escrivaninha, abriu a gaveta para pegar o bloco, e foi quando viu a bolinha de papel azul num canto. Sem muita curiosidade, pegou-a, então notou que havia algo escrito. Abriu-a, alisando-a com a mão. Leu o bilhete, lembrando-se de que o escrevera, no intuito de mandá-lo para Clayton, mas que desistira e escondera o papel para que nenhum criado o encontrasse. Mas alguém havia encontrado. Quem? Apenas Clarissa e Mary a serviam diretamente, e nenhuma das duas jamais revistaria sua escrivaninha em busca de alguma coisa.

Clayton! Clayton encontrara o bilhete quando subira para pegar o bloco, a seu pedido. Imaginou o que ele deduzira, lendo aquilo. A data. Um dia antes daquele em que ela fora a Claymore, para tentar a reconciliação. Clayton só podia pensar que ela o procurara porque pensara estar grávida, e não porque o amava e não suportava mais viver sem ele.

O bilhete não tinha o nome do destinatário. A julgar por sua reação, Clayton devia ter deduzido que a mensagem era destinada a outro homem. Era compreensível, mas ele lhe tirara a virgindade e devia saber que aquilo poderia resultar numa gravidez. Por que pensara em outro homem? Não lhe ocorrera que ela podia estar pedindo ajuda a outra pessoa, o pai, a tia, uma amiga? Não, não lhe ocorrera, porque ele fora completamente dominado pela dor e pelo ciúme.

– Que tolinho! – Whitney murmurou, sorrindo.

Uma súbita onda de felicidade inundou-a, apesar de ela sentir vontade de matar Clayton pelo que sofrera naqueles dois dias. Era maravilhoso saber que ele não rejeitara o bebê!

Rindo, aliviada, Whitney refletiu que aquela era a segunda vez que o marido a maltratava, castigando-a por algo que existia apenas em sua imaginação, sem lhe dar chance de defender-se, de esclarecer o engano. E decidiu que seria a última.

Clayton a amava, disso ela estava certa, mas, se ele pensava que podia insultá-la, virar-lhe as costas friamente, desprezá-la e continuar impune, teria uma surpresa. Ela não permitiria mais que ele a acusasse, se vingasse de ofensas imaginárias e se fechasse, recusando-se a explicar a razão de seu descontentamento.

Não. Clayton ia ter de explicar de onde tirara ideias tão horríveis a respeito dela. Suplicar não adiantaria nada, pois ela já tentara isso. O jeito, como Stephen tão sabiamente percebera, era fazê-lo ficar tão furioso ou tão enciumado que perdesse o controle e revelasse o que achava que ela havia feito de errado.

Com um sorrisinho perverso, Whitney disse a si mesma que só então ela explicaria o significado daquele maldito bilhete. Clayton teria de rastejar a seus pés, pedindo-lhe perdão. Bobagem! Ela não queria vê-lo fazendo isso. Queria que, depois de tudo explicado, ele a abraçasse, apertando-a contra o peito, dizendo que a amava.

Mas, por enquanto, o que ela não podia fazer era mostrar-se humilde ou triste. Tinha de ser alegre e atrevida, para que Clayton sentisse falta do que haviam experimentado juntos e não suportasse mais a separação. Se isso não desse certo, aí sim, ela começaria a alfinetá-lo e o infernizaria até fazê-lo explodir.

Jogando o bilhete amassado na gaveta, fechou-a e foi para o quarto de vestir, escolher a roupa que usaria à noite, para a festa na casa dos Cliffton. Não sabia se Clayton pretendia ir, mas ela, com certeza, iria.

WHITNEY ESCOLHERA um vestido verde-esmeralda que comprara em Paris durante a viagem de núpcias. Era o mais decotado que ela já usara, deixando expostos os braços, metade das costas e boa parte dos seios. Depois de colocar os brincos, a pulseira e o colar de esmeraldas que ganhara de Clayton, girou graciosamente diante de Clarissa.

– O que acha? – perguntou.

– Você está seminua – respondeu a criada, olhando-a com censura.

– É um pouco mais ousado do que os que costumo usar – afirmou Whitney. – Mas duvido que meu marido me deixe ir sozinha a uma festa vestida desta maneira. Concorda comigo, Clarissa?

– Não sei mais o que pensar, menina.

Pouco depois, Whitney entrava no salão branco e dourado. Clayton servia-se de um drinque, magnífico em seu traje azul-noite, complementado por camisa e gravata de laço, de seda branca.

Um brilho de raiva passou por seus olhos quando ele examinou o vestido, demorando o olhar no decote muito revelador, acima do qual elevava-se parte dos seios tentadores.

– Aonde você pensa que vai, Whitney?

– Aonde *penso* que vou? Prometemos que iríamos à festa dos Cliffton. – Sorriu com ar inocente. – Agora, vou tomar um pouco de vinho se não se importa.

Clayton foi ao aparador e encheu uma taça com vinho.

– É uma pena que queira ir à festa, porque não iremos – declarou.

– Não? *Você* não vai, porque eu...

Ele se virou lentamente para olhá-la.

– Eu não vou e você também não. Fui claro, Whitney? Aproximando-se, ela pegou o copo da mão dele.

– Suas *palavras* foram claras – respondeu enigmaticamente.

Dizendo isso, saiu majestosamente do aposento, indo para a sala de jantar. Não demonstrara, mas estava arrasada. Clayton não iria à festa com ela e não a deixaria ir.

O jantar transcorreu em silêncio. Já estavam acabando de comer quando Whitney olhou para a mão dele e não viu o anel de rubi que ela lhe dera. Ele nunca o tirara antes, desde a noite de núpcias. Sentiu o coração contrair-se, magoado.

Ergueu o olhar e viu que Clayton a encarava com um sorriso de cínico divertimento, o que a irritou. Iria à festa, decidiu, erguendo o queixo desafiadoramente. Mas teria de ser esperta, caso contrário o déspota daria ordem aos cocheiros para não levá-la a parte alguma.

– Vou dormir – mentiu, levantando-se. – Boa noite.

PASSAVA DE UMA HORA da madrugada, mas, no elegante clube masculino ao qual Clayton pertencia, a hora não tinha muita importância. Sentado à mesa de jogo, não prestava muita atenção às conversas a sua volta, nem tampouco às cartas que tinha na mão.

Por mais que bebesse para relaxar, por mais que tentasse se concentrar no jogo, não conseguia nem uma coisa nem outra. Casara-se com uma feiticeira que era como um espinho na carne. Ficar com ela doía, arrancá-la de sua vida doía ainda mais.

Naquela noite, enchera-se de desejo ao vê-la com o insinuante vestido verde e precisara de toda sua força de vontade para não tocá-la, apertá-la nos braços, beijar a boca sensual. Puro desejo, não amor. Era só o que sentia por Whitney.

Que audaciosa ela fora, pretendendo ir à festa dos Cliffton sozinha! Depois de tê-lo desafiado e saído para cavalgar, contrariando suas ordens. E ele decidira proibi-la de andar a cavalo dois dias antes, quando suspeitara de sua gravidez, para protegê-la, e ao bebê. Bem, o duque de Claymore não precisava dar explicações a respeito de suas ações a ninguém. Whitney tinha de obedecê-lo, ele pensou, jogando algumas fichas no centro da mesa. Obedecer, sem fazer perguntas, sem argumentar.

William Baskerville ocupou uma cadeira vaga diante de Clayton, sorrindo-lhe cordialmente.

– É um prazer ver você, Claymore. E também uma surpresa.

– Surpresa? – Clayton estranhou. – Por quê?

– Acabei de falar com sua esposa na festa dos Cliffton e pensei que você estivesse lá também – Baskerville contou. – A duquesa é adorável, verdadeiramente adorável.

Ouvindo aquilo, Clayton olhou-o com um ar tão incrédulo que ele sorriu, sem jeito.

– Todo mundo acha sua esposa adorável, Claymore – o homem apressou-se em dizer.

Notou que o duque empertigava-se na cadeira, uma expressão glacial no rosto, obviamente aborrecido, e perguntou-se o que dissera para ofendê-lo. Chegou à conclusão de que seu elogio fora fraco demais, pois diziam que Claymore tinha muito orgulho de sua jovem esposa.

– Não há quem não ache a duquesa maravilhosa – continuou nervosamente. – Esta noite, então, ela estava deslumbrante, usando um vestido verde, da mesma cor de seus olhos. Precisei esperar para cumprimentá-la e dizer-lhe como a achava linda, pois havia um grupo de cavalheiros a sua volta, jovens e também velhos fósseis como eu.

Em silêncio, com gestos firmes, Clayton colocou as cartas na mesa, viradas para cima, e levantou-se. Com um gesto de cabeça na direção dos amigos, afastou-se sem uma palavra.

Os cinco companheiros de jogo observaram-no caminhar para a porta que levava à rua. Os casados, quatro deles, sorriam maliciosamente. Baskerville, solteirão convicto de 45 anos, era o único que parecia alarmado.

– Diabos! – ele exclamou. – Viram como Claymore me olhou quando eu disse que havia falado com a esposa dele na festa dos Cliffton? Eles se casaram há pouco tempo, acho que ainda é cedo demais para estarem brigando, não?

Marcus Rutherford deu uma gargalhada.

– Se era cedo, deixou de ser alguns minutos atrás – comentou. – Eu nunca teria dito que vi a duquesa na casa dos Cliffton se soubesse que isso causaria uma briga. Mas não sei por que Claymore ficou daquele jeito. Com certeza ela não iria à festa, se ele não permitisse.

– Não? – perguntou Rutherford sarcástico, olhando para os amigos casados.

– Claro que não! É esposa dele, deve-lhe obediência.

Sua declaração provocou risos escandalosos e exclamações jocosas.

– Uma vez, minha esposa estava querendo uma capa de peles, e eu fiz valer minha autoridade, dizendo-lhe que não a comprasse, porque já tinha uma dúzia – Rutherford contou.

– Não me diga que ela a comprou assim mesmo! – exclamou Baskerville.

– Claro que não. Comprou doze vestidos para combinar com as peles que já tinha. – Rutherford riu. – Gastou três vezes mais do que se houvesse comprado a capa.

– Meu Deus! Você não brigou com ela?

– Não. Sou contra qualquer tipo de violência. Sabe o que fiz? Comprei-lhe a capa que ela queria.

– Comprou?! Mas por quê?

– Porque eu estaria devendo para a Bond Street inteira quando ela acabasse de fazer compras para vingar-se de mim. Vestidos são caros como o diabo, mas joias... Felizmente, ela ainda não tinha pensado em entrar numa joalheria! Economizei uma fortuna, dando-lhe a capa.

A AURORA PUNHA os primeiros raios de luz no céu quando Whitney subiu a escadaria de mármore, dirigindo-se para seus aposentos. Sentira terrivelmente a falta de Clayton na festa daquela noite. Na verdade, nada tivera graça, e fora como se ela estivesse sozinha, mesmo em meio a tanta gente. Como ele pudera tornar-se tão importante, em tão pouco tempo?

Aquela brecha entre eles não podia continuar aberta, por isso ela não se arrependia de tê-lo desobedecido, indo à festa sozinha. Talvez Clayton ficasse furioso o bastante para provocar o confronto que ela desejava.

Entrou no quarto e acendeu o lampião que ficava sobre a cômoda. Pelo canto dos olhos, viu alguém sentado na poltrona perto da lareira. Um homem. Clayton. Conseguiu disfarçar o sobressalto, tomada por súbita inspiração. Decidiu fingir que não o vira. Começou a desabotoar as costas do vestido, caminhando para o quarto de vestir. Quando voltasse, estaria usando uma de suas camisolas mais sedutoras e, se Clayton ainda estivesse lá, não resistiria. O desejo seria mais forte que a raiva e...

– Não tire o vestido! – ele ordenou, assustando-a com a fúria que havia em sua voz.

Whitney virou-se e Clayton levantou-se, avançando para ela com a graça de um felino cercando a presa. Por instinto, ela começou a recuar, então percebeu o que estava fazendo e estacou, encarando-o.

– Lembra-se do que eu disse que aconteceria se você me desobedecesse de novo, Whitney? – ele perguntou em tom perigosamente manso, parando diante dela.

– Sim, eu me lembro. Você ameaçou me deixar trancada no quarto até o bebê nascer. Mas me lembro de outras coisas também. Lembro as palavras que me dizia quando estávamos fazendo amor, lembro...

– Cale a boca! – ele gritou – Ou eu vou...

– Lembro como é sentir suas mãos em meu corpo, sua boca...

Clayton agarrou-a pelos ombros, sacudindo-a.

– Mandei que se calasse!

– Não posso calar porque amo você – ela prosseguiu. – Amo seus olhos, seu sorriso...

Com um puxão violento, ele atraiu-a para seus braços, cobrindo-lhe a boca com um beijo selvagem, de punição e vingança. Estava machucando os lábios dela e impedindo-a de respirar, tal a força com que a apertava contra o peito. Mas Whitney não se importava. Quando o beijo tornou-se ainda mais voraz, exigente e profundo, ela passou os braços ao redor do pescoço de Clayton, comprimindo-se ainda mais contra o corpo musculoso.

Mas, tão abruptamente quanto a abraçara, ele a soltou, ofegante, olhando-a com raiva. Sem se intimidar, Whitney ergueu o queixo numa atitude de desafio.

– Ficarei trancada em meus aposentos pelo tempo que você quiser – anunciou. – Desde que me faça companhia. Do contrário, nada, nem ninguém, me fará ficar aqui dentro. Porei fogo na casa para poder fugir se for necessário.

Clayton olhou-a longamente. Ela estava tão linda, era tão jovem, parecia tão vulnerável apesar da rebeldia que ele sorriria se não a odiasse, se não odiasse a si mesmo. Não. Tinha de lembrar-se de que Whitney era uma manipuladora calculista.

– Se sair da propriedade mais uma vez sem minha permissão, você sentirá saudade da "delicadeza" com que a tratei da primeira vez em que a trouxe aqui – ameaçou.

– Já sinto saudade daquela noite, meu senhor – ela replicou, corajosa. – Mas prometo que pelo menos pedirei sua permissão, antes de sair da propriedade.

Ele saiu do quarto sem dizer uma palavra, batendo a porta com força.

Whitney ficou parada no mesmo lugar, pensativa. Ele desistira de deixá-la trancada ali, não por medo de que ela pusesse fogo na casa, como ameaçara, pois isso poderia ser evitado com a presença constante de uma criada que ficasse de guarda. O fato era que não tinha coragem de maltratá-la tanto, pois a amava, apesar de pensar ser ódio o que sentia.

Deitado na cama, no quarto na ala leste, Clayton analisava friamente sua situação com Whitney. Sabia que o filho que ela gerava era seu, mas e o outro? Ela estivera grávida, ou pensara estar, quando escrevera aquele bilhete, obviamente para o pai da criança. Quando o homem não quisera, ou não pudera, assumir a responsabilidade, ela decidira ir a Claymore para tentar reatar o noivado com Clayton. E ele, como um idiota, caíra na armadilha. Casara-se com ela. E estava tudo acabado. Não havia a mínima possibilidade de os dois viverem novamente como marido e mulher, ele sabia, mas seu desejo por ela era um castigo que o atormentava noite e dia.

Talvez ele conseguisse algum alívio para sua agonia se não vivesse sob o mesmo teto que Whitney. Podia mudar-se para a casa da rua Upper Brook e levar a vida que levara antes do casamento, ou passar alguns meses na França ou na Espanha. Essa última alternativa era a melhor, mas o filho que Whitney esperava era seu, afinal, e ele não podia estar tão longe, no caso de haver alguma complicação durante a gravidez.

Tomou uma decisão, por fim. Iria morar em Londres. Durante os dois próximos meses, levaria Whitney a algumas festas e outros acontecimentos sociais, então a gravidez se tornaria evidente, e ela não poderia mais sair de casa. A partir de então, ninguém estranharia por não vê-los juntos. Quando amigos e conhecidos o vissem com outra mulher, simplesmente concluiriam que a esposa não fora capaz de segurá-lo por muito tempo. Mas era isso o que acontecia na maioria dos casamentos, de modo que o fato não causaria escândalo.

Voltando a pensar em Whitney e na criança, refletiu que seria ótimo se ela tivesse um menino, pois aquela era sua única oportunidade de ter um herdeiro.

NA MANHÃ SEGUINTE, Whitney escreveu um bilhete a Clayton, explicando que prometera ir à festa que Emily ofereceria naquela noite para comemorar o aniversário do casamento dos pais de Michael, e que gostaria muito se ele pudesse acompanhá-la. Mandou Clarissa entregar a mensagem, então ficou andando de um lado para outro, à espera da resposta.

Quando a criada voltou e entregou-lhe um papel, ela o desdobrou com dedos trêmulos. Clayton escrevera apenas: "Informe ao meu criado se o traje será a rigor ou informal." Ao ler a mensagem, Whitney quase gargalhou de felicidade.

À noite, arrumou-se ainda com mais apuro do que nunca. Clarissa trançou seus cachos com uma delicada corrente de ouro que havia pertencido à avó de Whitney. Em seguida, ela escolheu um conjunto de colar e brincos de topázios e brilhantes, mas decidiu não usar o magnífico anel de noivado, e só não tirou a aliança porque isso era inadmissível.

Clayton estava no fundo do salão branco e dourado, olhando para fora de uma das janelas, com um copo de uísque na mão, magnífico em seu traje a rigor. Com um olhar malicioso, Whitney entrou graciosamente no salão, em seu vestido dourado e brilhante, complementado por uma estola do mesmo tecido. De propósito, ela não removeu a estola, que a envolvia delicadamente, cobrindo os seios e as costas. Não pretendia tirá-la até que chegassem à casa dos pais de Michael.

Os dois não conversaram durante a viagem de uma hora e meia até Londres, e Whitney contentou-se em ficar imaginando qual seria a reação de Clayton quando ela tirasse a estola e ele visse os seios quase totalmente expostos pelo decote vertiginoso, a última moda em Paris. Se ele não gostara do vestido verde-esmeralda, gostaria ainda menos daquele.

– Nós combinamos – disse Whitney quando chegaram a seu destino e Clayton a ajudava a descer da carruagem.

– O que quer dizer? – perguntou ele friamente.

– Quero dizer que as cores de nossas roupas combinam – explicou em tom inocente. Com fingida naturalidade, ela tirou a estola dourada, deixando-a escorregar por seus dedos enquanto o seguia até a entrada.

– Não vejo que importância... – Clayton emudeceu subitamente. Seus olhos tornaram-se frios como gelo ao observar o decote provocante de Whitney.

– Está tentando descobrir até que ponto posso ser provocado sem me descontrolar? – perguntou em tom furioso.

– Não, meu senhor – respondeu timidamente Whitney, consciente dos olhares curiosos dos convidados que chegavam. – Como posso provocá-lo mais do que já fiz, oferecendo-lhe um filho?

– Se você aceita um conselho... – começou ele, esforçando-se visivelmente para controlar a fúria. – Lembre de sua condição e comporte-se de modo apropriado esta noite.

Whitney lhe deu um sorriso cheio de vida, ao perceber que os olhos dele se detinham em seus seios inchados pela gravidez.

– Mas é claro – disse ela em tom leve. – Era exatamente o que eu pretendia fazer, mas meu tricô não coube na bolsa. – Em um gesto brincalhão, ela ergueu a pequena bolsa, mas então teve de conter um grito de surpresa quando Clayton agarrou seu braço e afundou os dedos dolorosamente na carne macia.

– Divirta-se bastante esta noite, porque será a última. Decidi morar aqui na cidade e você ficará em Claymore até a criança nascer.

Todo o otimismo de Whitney desapareceu, deixando-a desolada. Ela puxou o braço, tentando livrar-se, mas Clayton a apertou ainda mais.

– Pelo menos, meu senhor, não nos envergonhe, deixando as marcas de seu ódio em meu braço.

Ele a soltou imediatamente, como se só então percebesse o que estivera fazendo.

– Dor – ele disse acusadoramente enquanto passavam pelo mordomo –, assim como amor, é algo a ser compartilhado.

Entraram no salão e Whitney percebeu que havia algo estranho na atmosfera. Então, soube o que era. As pessoas ali reunidas comportavam-se de maneira demasiadamente... natural. Naturais demais. Era como se estivessem se esforçando para *aparentar* naturalidade.

Uma hora mais tarde, Whitney viu lorde Easterbrook e sorriu para ele, respondendo a seu gesto de cabeça, mas virou-se depressa, fazendo questão de continuar a conversa com o grupo que a cercava, evitando que ele se aproximasse. Não acreditava que Easterbrook dissera coisas "nada gentis" a seu respeito, como Vanessa comentara, mas o homem tinha um senso de humor perverso, e ela preferia mantê-lo a distância.

Whitney descobriu o motivo da estranha atmosfera quando Emily chegou pouco depois.

– Santo Deus! – a amiga sussurrava e observava furtivamente o entorno enquanto ela e Whitney iam para um canto mais reservado do salão. – Meu sogro às vezes parece ter um parafuso solto. Nem acreditei quando ele me contou o trabalho que teve para trazê-la à festa, na intenção de surpreender minha sogra.

– Quem? – perguntou Whitney, prevendo um desastre.

– Marie St. Allermain! Ela está aqui! O pai de Michael conseguiu que ela viesse cantar para nós. Ela está hospedada no palácio real, onde cantará amanhã e...

Whitney não ouviu o resto. Estava tremendo desde o instante em que Emily dissera que Marie St. Allermain, a mais linda e famosa de todas as ex-amantes de Clayton, estava em Londres, naquela casa! E ele, pouco antes, anunciara sua intenção de mudar-se para a cidade. Whitney não conseguia se lembrar do que respondera à Emily ou como conseguiu retornar ao grupo de pessoas com quem estivera conversando. Ela aguardava imersa em terror o momento em que Marie St. Allermain apareceria.

O enorme salão estava lotado, mas ela viu quando Clayton, que havia desaparecido, entrou, no exato momento em que o pianista que acompanharia a cantora sentava-se ao piano de cauda. A tensão no salão era palpável, mas Whitney não sabia se a causa era a ansiedade pela chegada de uma mulher cuja voz e beleza eram lendárias e que era requisitada em todas as capitais da Europa ou se o salão inteiro ansiava na verdade pelo momento de vê-la face a face com Clayton.

Clayton, que parara para conversar com um conhecido, finalmente aproximou-se de Whitney, postando-se a seu lado. Foi como se a multidão decidisse liberar o caminho, permitindo que os dois chegassem aos seus lugares na primeira fila da plateia reunida em volta do piano.

Embora soubesse que iria desagradá-lo, ela passou o braço pelo de Clayton, pois sentia-se mal, precisando de apoio.

– Não há voz no mundo como a de Marie St. Allermain, na minha opinião – disse um homem mais velho próximo de Clayton. Sob seus dedos, Whitney sentiu os músculos do antebraço de Clayton enrijecerem e depois, lentamente, relaxarem. "Ele não sabia", ela percebeu. Oh, Deus! Por que ele precisava estar tão excepcionalmente bonito, tão extremamente desejável, justamente nesta noite? E por que, ela se perguntou, as lágrimas ardendo em seus olhos enquanto a cantora loura entrava no salão, Marie St. Allermain tinha que ser tão exuberante, sensual e terrivelmente linda? Whitney não podia desviar seus olhos cheios de lágrimas da mulher. Ela possuía o corpo escultural de uma Vênus e o magnetismo de uma mulher consciente de sua extraordinária beleza, porém sem ser obcecada por ela.

E quando Marie começou a cantar, Whitney sentiu-se desorientada. Ela possuía o tom de voz que pode soar delicada ou tornar-se mais encorpada e sensual. Havia um sinal de sorriso em seus olhos enquanto cantava, como se a adoração silenciosa que recaía sobre ela fosse de centenas de pessoas que a escutavam e observavam, secretamente abobalhadas.

Em comparação a ela, Whitney sentia-se uma garota imatura, sem graça e simplória, além de mortalmente doente. Pois agora ela sabia *exatamente* o que significava ser amante de Clayton. Aquela mulher com os sorridentes olhos azuis conhecia os beijos inebriantes de Clayton, estivera nua em seus braços e compartilhara do êxtase intenso do corpo dele ligando-se ao dela. Whitney sabia que estava tão pálida quanto a morte, seus ouvidos estavam zumbindo e as mãos, frias como gelo. Se ela permanecesse ali, certamente desmaiaria. Se fosse embora, entretanto ela poderia gerar uma situação que alimentaria as línguas maliciosas por anos a fio. Ela tentou se convencer disso, mesmo porque Clayton tinha terminado o relacionamento com Marie para ficar com *ela*. Mas tudo isso fora antes; agora ele a detestava e desprezava. Em breve, mesmo que voltasse para Claymore, seu corpo estaria deselegante, com a gravidez.

Whitney desejava sinceramente estar morta. Sentia uma angústia tão grande que não poderia dizer precisamente quando as mãos de

Clayton haviam percorrido as suas mãos frias e úmidas ou quando havia apertado gentilmente os seus dedos. Mas ela timidamente aceitou qualquer apoio que ele pudesse lhe oferecer e apertou os dedos fortemente contra os dele. Agora ao menos ela sentia que podia respirar, mas apenas momentaneamente. Pois enquanto Marie St. Allermain estava sendo ovacionada e meneava ligeiramente a cabeça, seus olhos azuis encontraram os de Clayton, o que fez Whitney experimentar forte angústia.

Logo depois, começou o baile, e por meia hora Clayton não saiu do lado de Whitney, porém não conversou com ela, nem mesmo olhou-a. Mas estava ali, e isso podia significar o início da tão desejada reconciliação. Entretanto a frágil esperança a que ela se agarrara despedaçou-se quando ele a guiou para o centro do salão e tomou-a nos braços.

– Por que não está usando seu anel? – Clayton indagou raivosamente após alguns instantes, girando com ela ao ritmo de uma valsa.

– O de noivado, símbolo de seu amor? – replicou Whitney com ironia, o queizo erguido de modo orgulhoso, o rosto pálido e bonito aparentando fragilidade.

– Sabe muito bem de que anel estou falando.

– Como é símbolo de um amor que você não sente mais seria hipocrisia usá-lo – ela replicou, esperando ardentemente que ele dissesse que seu amor por ela não morrera.

– Faça o quiser – Clayton disse com cínica indiferença. – Não foi o que sempre fez?

A valsa acabou, e os dois ficaram juntos, unindo-se a um grupo animado. De repente, as pessoas à volta deles calaram-se, olhando curiosas para um ponto atrás de Whitney. Ela se virou e viu Marie St. Allermain aproximando-se pelo braço de lorde Easterbrook.

– Claymore! – Easterbrook exclamou com forçada jovialidade, parando perto de Clayton. – Não creio que você e Marie precisem ser apresentados, não é?

Whitney notou a tensão que caiu sobre o grupo e também que os únicos que não pareciam afetados eram seu marido e a cantora. Na verdade, os dois pareciam estar achando a situação bastante divertida. Com um amplo sorriso, Clayton tomou a mão de Marie e levou-a aos lábios.

– Vejo, senhora, que ainda coloca todos os homens a seus pés quando entra em um salão – observou, galante.

Marie inclinou a cabeça num gracioso gesto de agradecimento.

– Nem todos – corrigiu sugestivamente. – Mas também não consigo imaginá-lo numa posição tão ridícula, senhor duque.

Whitney ouviu o diálogo com raiva e sofrimento, imaginando se Clayton teria o desplante de apresentar-lhe a ex-amante. Naquele momento odiou-o e sentiu imenso desprezo por Easterbrook. Os olhares curiosos fixos neles a enojaram. Ela estava cercada de inimigos, de estranhos que nunca a haviam aceitado, que desprezavam a reles plebeia que conseguira se casar com um duque e infiltrar-se em seu seleto círculo, e agora eles tinham grande satisfação em vê-la em uma situação tão humilhante. Whitney arrependia-se amargamente de não ter se casado com Paul e ter passado o resto de sua vida em um lugar tranquilo, ao qual podesse de fato pertencer.

Perdida em pensamentos, demorou um pouco para perceber que Easterbrook apresentava-lhe Marie St. Allermain com um ar repulsivo de inocência.

Fortalecida pela raiva, foi capaz de olhar nos olhos da mulher com serena compostura.

– Obrigada por nos dar o prazer de ouvir sua maravilhosa voz – disse em perfeito francês. – Proporcionou a todos momentos de grande emoção.

– Comentários sobre a beleza e a graça de uma mulher muitas vezes são exagerados, mas vejo que no seu caso não são – a cantora observou, retribuindo a gentileza. Olhou para Clayton, sorrindo sensualmente, e acrescentou: – Devo dizer que isso me deixou muito desapontada.

Tendo dito isso, tomou o braço de Easterbrook e afastou-se com ele, majestosamente.

Por um instante, Clayton olhou para Whitney com aprovação, e ela soube que o deixara orgulhoso, lidando tão bem com a situação desagradável. Uma hora depois, ela também soube, quando viu Clayton e Marie deixarem o salão por portas diferentes, que eles iam se encontrar no terraço. Whitney havia reparado no olhar significativo de Marie na direção de Clayton, do outro lado do salão, e também no quase imperceptível menear de cabeça que ele dera em resposta.

SORRINDO, À LUZ DO LUAR, Marie olhou para Clayton, estendendo-lhe as duas mãos, que ele tomou nas suas.

– É maravilhoso vê-lo novamente – murmurou. – Easterbrook deve detestá-lo, já que praticamente arranjou este nosso reencontro.

– Ele é um grande filho da puta, como você mesma já disse uma vez – respondeu Clayton, sorrindo para ela.

Era delicioso olhar para uma mulher tão linda. Os cabelos loiros tornavam-se prateados ao luar, e os olhos azul-violeta exibiam o mesmo brilho de inteligência e malícia que ele conhecera tão bem.

– O casamento não lhe fez bem, meu senhor? – ela perguntou.

Clayton não respondeu. Refletiu que se reatasse seu relacionamento com Marie a notícia correria com a velocidade do vento, não apenas em Londres, como em várias partes da Europa. Eram ambos famosos, seu caso fora muito comentado, e uma reconciliação causaria furor. De modo algum Whitney deixaria de saber, e a humilhação que ela sofreria seria dobrada. Além disso, a cantora era uma parceira de cama ardorosa, apropriada para ele. No entanto, enquanto pensava tudo isso, parecia sentir a mão trêmula de Whitney em seu braço quando ela se apoiara nele enquanto Marie cantava, como se procurando força.

Whitney que fosse para o inferno! Como ousara ir a uma festa sem o anel de noivado? Rebelde, mentirosa, manipuladora! Mas era sua esposa, estava levando um filho seu no ventre. Para seu desgosto, Clayton descobriu que não podia fazer a proposta que Marie certamente desejava ouvir. Escolheria outra amante, alguém que não provocasse tanto alvoroço.

– Parece que o casamento também não fez bem a sua esposa – Marie persistiu. – Ela é muito linda, mas também muito infeliz.

– O casamento fez bem para nós dois – afirmou Clayton, irritado.

Um sorriso lento, provocante, tremulou nos lábios da cantora.

– Se é você quem diz, só posso acreditar – murmurou.

– Sou eu quem digo – ele confirmou asperamente.

Se Marie notara a infelicidade de Whitney, outras pessoas deviam ter notado também, e Clayton não queria que sua esposa sofresse aquela vergonha. Uma coisa era ele odiá-la e humilhá-la na privacidade de sua casa, outra, muito diferente, era toda a sociedade perceber o que estava acontecendo. E era ainda mais irritante perceber que se importava com isso.

– Nesse caso, meu caro, acho melhor você voltar para o salão – Marie aconselhou com aquela perspicácia que ele sempre apreciara. – Tenho a impressão de que Easterbrook pretendia juntar nós dois para depois poder consolar sua esposa.

Clayton enrijeceu-se, furioso, e a mulher notou, porque olhou-o com um sorriso surpreso.

– Nunca vi você assim. Fica aterrador e devastadoramente atraente quando se enfurece... ou quando sente ciúmes.

Ele se limitou a curvar-se diante dela numa despedida silenciosa. Entrando no salão, olhou em volta, ansioso. Easterbrook estava lá, mas Whitney, não. Com uma sensação de alívio, percebeu que ninguém notara que ele estivera fora com Marie. Isso era ótimo, porque ali estavam amigos seus e de Whitney, e ele não queria que ela se sentisse constrangida quando tornasse a vê-los. Depois de procurar por ela durante algum tempo, foi perguntar ao mordomo se a vira, e o homem informou-lhe que a duquesa fora embora.

Clayton sentiu-se a ponto de explodir de raiva. Como ela se atrevera a abandoná-lo, deixando-o naquela situação difícil? Não podia continuar na festa sozinho, porque todos adivinhariam que Whitney fora embora por estar magoada ou furiosa, e isso causaria intermináveis mexericos. Ele pouco se importava com o que pudessem falar dele, mas não queria que sua mulher fosse alvo de falatórios maldosos. E também não podia partir, porque Whitney usara a carruagem para voltar para casa.

Emily e Michael resolveram o problema num segundo, cedendo-lhe um coche que o levou até a casa da rua Upper Brook, onde ele passou uma noite infernal. Quase não dormiu, perseguido pela imagem de Whitney naquele vestido dourado que expunha quase totalmente os seios. Ela quisera provocá-lo e conseguira! Provocara seu desejo e também seu ciúme, pois ele vira como os homens a fitavam sem poder disfarçar a cobiça.

Se Whitney não tivesse usado aquele maldito vestido dourado e deixado de colocar o anel de noivado, se o seu cabelo não estivesse tão grosso e brilhante trançado com aquela corrente de ouro, se ela não estivesse tão dolorosamente linda e desejável, ele jamais teria aceitado o convite silencioso de Marie para o encontro no terraço.

35

Clayton não voltou para Claymore no dia seguinte, nem no outro. Tampouco passou aquele tempo nos braços de Marie St. Allermain, como Whitney, atormentada, certamente imaginara. Durante o dia não saía de casa, num estado de espírito oscilante, que ia da raiva ao desespero, mas sempre mergulhado em pensamentos que giravam sem parar, num círculo vicioso. À noite ia ao clube, encontrar-se com os amigos, em busca de um pouco de distração.

Na terceira noite, já muito tarde, sentado perto da janela de seu quarto, que se abria para o pátio coberto de névoa, chegou finalmente a algumas conclusões. Em primeiro lugar, não via razão para suportar a inconveniência de escolher uma amante e estabelecê-la em uma casa discreta, que era o que teria de fazer, agora que se casara. Certo, casara-se com uma vagabunda, mas ela possuía um corpo que o enlouquecia, e era perfeita na cama. Por que ele procuraria uma amante quando tinha Whitney? Também não levaria vida de monge, nem continuaria isolado na ala leste do castelo, vivendo como um intruso em sua própria casa..

Voltaria para Claymore e para seus próprios aposentos, e quando seu corpo precisasse de alívio, ele usaria Whitney. Ela seria uma criada, nada mais. Uma criada bem-vestida, que faria o papel de anfitriã quando fosse necessário, uma prostituta que o serviria sem receber pagamento quando ele precisasse. Afinal, ela era quase uma prostituta, Clayton pensou, o sangue fervendo de ira. Apenas custara muito caro, uma fortuna em dinheiro, seu nome, um título! Mas agora ele era seu dono. Para sempre.

Foi com esses delicados pensamentos e outros de natureza semelhante que, na manhã seguinte, Clayton embarcou na carruagem que usava na cidade, rumo a Claymore. Durante a viagem, estabeleceu um roteiro para o que faria ao chegar. Em primeiro lugar, explicaria a Whitney os deveres que teria de aceitar, nos termos mais vulgares que conhecia. Depois, lhe diria o que pensava de suas traições e mentiras, de seu temperamento insuportável, de sua rebeldia. Por fim, esfregaria em seu nariz o bilhete ultrajante que a delatara.

A carruagem parou diante da escada externa e Clayton saltou, subindo os degraus rapidamente. Entrou em casa e, sem falar com ninguém, nem mesmo com o mordomo, que o olhava de maneira estranha, correu escada acima, dirigindo-se aos aposentos de Whitney. Abriu a porta com violência, assustando Mary, que virou-se, alarmada. Sem falar com a moça, vasculhou a suíte, então passou para a do lado, que ocupara até pouco tempo atrás. Não encontrando Whitney, foi perguntar a Mary onde ela estava.

– A duquesa foi embora – respondeu a criada, começando a chorar.

– Embora? Para onde? – ele indagou, impaciente.

– E-ela não disse, senhor duque. Mas deixou um bilhete para o senhor, na escrivaninha.

Ignorando as lágrimas da moça, ele foi até a escrivaninha. Estava vazia, a não ser por uma bolinha de papel azul na gaveta superior. Clayton sentia-se enojado só de pensar em tocar naquele papel novamente, mas pegou-o e abriu-o, achando que Whitney poderia ter escrito alguma coisa ali. Não escrevera. Fora a maneira que ela encontrara de dizer que descobrira por que ele ficara tão enfurecido. Colocando o bilhete no bolso, virou-se para a porta.

– Vou voltar para meus aposentos – ele disse a Mary. – Tire as coisas dela de lá.

– Para onde devo levá-las? – a criada perguntou em tom que denotava revolta.

– De volta para cá, inferno!

Notou que algo em suas palavras fizera a irlandesa sorrir disfarçadamente, mas estava furioso demais por ter perdido o rastro de sua presa para dar-se o trabalho de repreendê-la por sua impertinência. Tinha vontade de matar alguém, não de ralhar com uma criada!

Caminhava pelo corredor em direção à ala leste quando ocorreu-lhe que havia alguma coisa diferente naquele bilhete em seu bolso.

Tirou-o para examiná-lo. Estava manchado, como se gotas de água houvessem feito escorrer a tinta. Lágrimas!, ele pensou com desgosto e um incontrolável sentimento de culpa. Muitas lágrimas.

Nos quatro dias seguintes, Clayton comportou-se como um tigre enjaulado enquanto esperava que sua esposa voltasse para casa. Tinha certeza de que ela voltaria quando se desse conta de que ele não iria sair em sua perseguição, louco de preocupação com seu estado delicado. Claro, ela voltaria. Quem lhe daria abrigo, escondendo-a do próprio marido, violando as leis inglesas? Martin Stone era bastante sensato para obrigá-la a voltar para casa, onde era seu lugar, Clayton refletiu, mudando de opinião a respeito do sogro, a quem sempre desprezara.

Quando no quinto dia Whitney ainda não voltara, ele foi tomado por uma fúria violenta, que nunca experimentara em toda sua vida. Ela o abandonara, e aquilo era inadmissível. Ele *pensara* em deixá-la sozinha em Claymore, ou mandá-la embora, pois, afinal, era a parte ofendida, mas Whitney realmente o deixara! Teria ido para a casa do pai? Aquele idiota a teria abrigado?

Ordenou a McRae que aprontasse o coche de viagem, avisando que queria fazer o percurso entre Claymore e a casa de Martin Stone em seis horas, nem um minuto mais! Já interrogara o cocheiro a respeito do paradeiro de Whitney, e o homem dissera que a levara até o primeiro posto de troca, no caminho para Londres, onde, de acordo com o dono do posto, ela alugara um coche. Que diabo ela estaria fazendo, viajando pelas estradas, na companhia apenas de Clarissa, e grávida? Era mesmo uma louca.

Martin foi pessoalmente ao encontro de Clayton, com um sorriso largo.

– Seja bem-vindo! – exclamou, olhando para a porta do coche. – Minha filha não veio? Como ela está?

Clayton sentiu-se derrotado.

– Whitney está bem, Martin – afirmou, então improvisou: – Ela quis que eu viesse aqui para lhe dizer que vamos ter um filho.

Não podia dizer a um pai que sua filha fugira da casa do marido por não suportar mais tantos maus-tratos.

Meia hora mais tarde, voltava para o coche, ordenando a McRae que o levasse à propriedade que comprara dos Hodge. Whitney também não estava lá, de modo que Clayton decidiu voltar para Claymore.

Na manhã seguinte, de acordo com a investigação a que dera início, descobriu que Whitney não estava na casa dos Archibald. Ela de fato desaparecera.

Clayton não estava mais irado, mas, agora quase doente de preocupação. E quando recebeu a informação de que Whitney não cruzara o Canal da Mancha em navio algum para a França, ficou francamente alarmado.

Sozinho em seu elegante quarto, após ter retornado de Claymore, e tendo descoberto que ela não estava em casa, Clayton considerou a possibilidade de que Whitney tivesse ido ao encontro do homem que fora seu amante antes do casamento. Talvez o desgraçado estivesse impossibilitado de oferecer a ela seu nome naquela ocasião, mas se mostrasse agora disposto a mantê-la próxima e inteiramente disponível.

Esse era um pensamento que lhe causava grande tormento, deixando-o enfurecido. Mas não durava mais de um minuto, porque, sob a luz do crepúsculo, Clayton não conseguia acreditar verdadeiramente que Whitney fosse ao encontro de outro homem. Essa mudança possivelmente resultara do efeito apaziguador da meia garrafa de brandy que havia consumido nas últimas duas horas, mas parecia-lhe... parecia-lhe que de alguma maneira Whitney tinha começado a amá-lo. Ao menos um pouco. Ele pensou em como ela preferira sentar-se confortavelmente em uma poltrona em seu escritório enquanto ele trabalhava e ela lia, ou escrevia cartas, ou contabilizava gastos domésticos. Ela gostava de permanecer próxima a ele, e certamente gostava de dormir com ele. Nenhuma outra mulher teria se entregado em seus braços e tentado retribuir com tamanha intensidade todo o prazer que ele lhe proporcionava se não estivesse ao menos apaixonada.

Ele a tinha amado desesperadamente no dia em que se casaram, mas ela não compartilhava de seu sentimento. Não naquele momento. Mas, certamente, nos meses que se seguiram ao casamento, nas horas compartilhadas de silêncio, risos e paixão desmedida, ela sem dúvida alguma o teria amado.

Agitado, Clayton levantou-se e percorreu seu quarto vazio e solitário indo em direção ao dela. Não era belo ou vivaz quando ela não estava presente. Ela havia partido e, sem ela, não tinha mais razão para viver. Ele fora responsável pelo afastamento dela, finalmente havia alquebrado as suas forças e a subjugado. E ela, que era tão vivaz! Por Deus, quanta vivacidade! Ela não teve medo de enfrentá-lo quando demonstrou-se irado por ter saído com o cavalo, e então o desafiou abertamente ao comparecer à festa nos Cliffton no glorioso vestido verde que valorizava seus olhos, deixando-os tal qual esmeraldas. Enquanto ele esperava por ela, nesse mesmo lugar, ela também o tinha confrontado. Nenhuma outra mulher, com exceção de Whitney, teria se atrevido a olhá-lo diretamente e recusar-se solenemente em permanecer confinada em seus aposentos, a menos que ele estivesse lá! E por que ela teria desejado que ele ficasse a seu lado caso não sentisse nada por ele?

Ao caminhar de volta para seu quarto, Clayton recostou os ombros no janelão de vidro que abria-se ao longo do corredor. Olhou fixamente para a noite escura e pensou sobre o que ela havia dito quando ele a tinha agarrado, tentando fazer com que ficasse calada. "Não posso calar", ela suspirara esquivando-se dele. "Porque amo você. Amo seus olhos, seu sorriso..." Como ela *poderia* ter dito isso quando ele a estava deliberadamente maltratando? "Lembro como é sentir suas mãos em meu corpo", ela dissera, "sua boca..."

Clayton caminhou lentamente para seu quarto de vestir e abriu a caixa de couro onde estavam guardados os botões de suas camisas. Retirou o anel de rubi que Whitney lhe dera e o virou para que pudesse distinguir o que estava escrito. Com um suspiro dissonante ele leu as duas palavras queridas ao seu coração: "*Meu* senhor". Ele hesitou, indeciso entre colocá-lo imediatamente no dedo ou esperar para que ela o fizesse, como tinha feito na noite do casamento. Ela colocara o anel em seu dedo, beijara sua mão e a segurara com ternura, deixando-a próxima ao rosto. Ele decidiu colocar o anel, não poderia esperar nem mais um instante.

Ele sentia-se melhor agora, com o anel no lugar a que pertencia. Sentou-se e esticou as longas pernas, bebendo o brandy devagar enquanto observava em silêncio a cama que haviam compartilhado. Ele sabia que deveria aceitar a traição dela, antes que a encontrasse. Do contrário, a olharia e sua índole iria emergir, destruindo-os novamente.

Ainda acreditava que ela se entregara a outro antes do casamento mas, se parasse de tentar descobrir quem era o homem, seria mais fácil aceitar o fato. Suportar, pelo menos. Fora ele quem a privara de sua virgindade, ele, provavelmente, quem a levara a atirar-se nos braços de outro, num momento de solidão e desespero. Um único momento. Isso ele podia aceitar.

A verdade era que ele não conseguia imaginar a vida sem Whitney, e perdoaria tudo o que ela pudesse ter feito de errado antes de se tornar sua mulher, pois não conseguiria mais viver sem ela.

Em um estado frenético de agitação, Clayton cavalgou por vários quilômetros no dia seguinte. Preferiu sair com Khan, o cavalo de Whitney, pois ela própria gostava de dizer que o cavalo trazia algo de sua personalidade. Acabara de chegar ao cume da mesma colina onde a levara no dia seguinte da chegada de Whitney a Claymore. Abaixando-se, ele se sentou encostado à mesma árvore onde estivera com Whitney. Ele se demorou no vale onde os raios brilhantes do sol iluminavam o córrego que passava por ali.

Com um dos joelhos dobrados, ele indolentemente tocava um dos lados de sua bota com o chicote, lembrando-se de como Whitney tinha desejado cavalgar pelo vale, pois temia que tentasse fazer amor com ela. Por Deus, já tinham se passado quase oito meses. Oito meses! Oito entre os meses mais gloriosos, maravilhosos, atormentados e miseráveis de toda a sua vida.

Ele sorriu com certo ar de tristeza. Oito meses. Se Whitney tivesse conseguido impor a sua vontade na noite em que esteve em Claymore, eles estariam se casando dali a uma ou duas semanas. Ela insistira que precisava de oito meses para cuidar dos preparativos do casamento e... oito meses! Blasfemando intensamente em voz baixa, Clayton levantou-se com os pensamentos em desalinho. Whitney tinha desejado *oito meses* para se preparar para o casamento. Nem mesmo *ela* era tão ingênua! Se realmente acreditasse estar grávida e se tivesse vindo até ele por essa razão, ou por achar que estava grávida, ela jamais teria desejado esperar malditos oito meses.

Odiando-se com uma violência tal, que quase o sufocou, Clayton fez Khan cavalgar nos limites de sua resistência. Whitney não era ingênua o suficiente para esperar oito meses para o casamento se considerasse realmente que estava grávida, mas poderia ter sido ingênua o suficiente para pensar que *ele* a teria engravidado naquela noite em que a raptou. E ela era suficientemente orgulhosa para usar isso como um estratagema para *trazê-lo* para perto de si... e tinha honra o suficiente para desistir da ideia e vir ela mesma para Claymore.

– Acalme-o – ele deu o comando ao o cavalariço enquanto controlava as rédeas de Khan. Para a surpresa do empregado, ele corria e caminhava ao mesmo tempo em direção a casa. – Diga a McRea para arrumar a carruagem e ficar pronto em cinco minutos – ele falou enquanto andava.

DUAS HORAS DEPOIS, um criado com a libré dos Westmoreland falava com Emily Archibald, dizendo que o duque pedia-lhe que fosse até a casa da rua Upper Brook no coche que estava à espera. Ela obedeceu ao "pedido" com um misto de ansiedade e preocupação.

Cerca de quinze minutos mais tarde, guiada pelo mordomo, entrava numa biblioteca espaçosa, onde Clayton a esperava, olhando para fora através da vidraça de uma grande janela. Para surpresa de Emily, ele não se virou nem disse qualquer palavra de saudação.

– Devemos perder tempo com formalidades ou entrar direto no assunto? – perguntou em tom frio, finalmente virando-se para olhá-la.

Ela sentiu um arrepio, pois aquele não era o Clayton que conhecia. Havia algo diferente nos olhos dele, uma mistura de desespero, determinação e melancolia. Emily continuou olhá-lo em silêncio.

Com um breve gesto de cabeça, o duque indicou-lhe uma poltrona, e ela sentou-se, ainda tentando acostumar-se a esse novo Clayton.

– Acho que sabe por que lhe pedi que viesse, lady Archibald. Já que parece não ter preferência, serei direto.

– Whitney, não é? – ela murmurou.

– Isso mesmo. Onde está Whitney? – perguntou de modo ríspido. Então, seu tom adquiriu um pouco da antiga gentileza. – Hesitei em perguntar-lhe para não colocá-la na difícil posição de ter de trair a confiança de sua amiga e porque achava que a encontraria usando meus próprios recursos. Como isso não aconteceu, terei de insistir para que me diga onde ela está.

– Não sei onde Whitney está, senhor duque. Não perguntei para onde ela ia nem nunca imaginei que se ausentaria por tanto tempo.

Clayton observou-a detidamente. Então, moveu a cabeça num gesto afirmativo, dando a entender que acreditava em sua resposta.

– Eu lhe diria se soubesse – Emily afirmou. – Agora, depois de vê-lo, eu diria.

Ele suspirou.

– Obrigado – agradeceu, e seu tom de voz perdera o gelo. – Meu cocheiro a levará de volta para casa.

Emily olhou-o, hesitante. Estava grata por ele ter acreditando nela, mas ainda o achava um pouco intimidante.

– Whitney me contou que o senhor encontrou aquele bilhete horrível – disse. Com um sorriso entre triste e divertido, prosseguiu: – Estava tão desnorteada quando o escreveu que nem... – Calou-se ao ver a expressão de sofrimento no rosto de Clayton. – Desculpe, eu não devia ter mencionado o bilhete.

– Como parece não haver segredos entre nós, lady Archibald, poderia me dizer por que Whitney escreveu aquela mensagem?

– Bem, ela estava tentando salvar o próprio orgulho. Achava que seria melhor se, em vez de ir procurá-lo, induzisse o senhor a visitá-la em minha casa. Quanto ao motivo que ela usou, bem, acho que foi uma estupidez, mas...

– A única estupidez que Whitney cometeu na vida foi casar-se comigo – Clayton declarou, interrompendo-a.

Lágrimas subiram aos olhos de Emily, e ela levantou-se apressadamente, encarando-o.

– Não é verdade. Whitney amava... ama o senhor.

– Obrigado novamente – ele murmurou.

Por muito tempo, depois que Emily foi embora, Clayton ficou parado no mesmo lugar, sentindo os minutos se escoarem, sabendo que a mágoa e a raiva de Whitney aumentavam com o passar do tempo e que um dia se transformariam em ódio.

ALICIA WESTMORELAND jantou tranquilamente com a nora naquela noite, mas em pensamento dirigia impropérios ao filho mais velho, por ele estar demorando tanto para ir buscar a esposa. Whitney ficava mais triste a cada dia que passava. Quando chegara, oito dias antes, e pedira para ficar lá até que Clayton fosse buscá-la, pois ele iria quando conseguisse entender a verdade, Alicia pensara em aconselhá-la a voltar imediatamente para o lado do marido, onde era seu lugar, mas havia algo no olhar determinado e magoado de Whitney que a fizera lembrar de uma época, muito anos antes, quando ela própria voltara para a casa dos pais, magoada com o marido. Ele fora buscá-la furioso quatro dias depois, e dissera-lhe: "Entre na carruagem imediatamente". Em seguida, acrescentara: "Por favor, Alicia." Tendo então provado seu ponto, Alicia Westmoreland fizera obedientemente o que lhe fora pedido.

Mas Whitney estava com ela havia mais de uma semana, e Clayton ainda não aparecera, nem sequer mandara uma mensagem. Lady Westmoreland queria netos, e não sabia como seria possível tê-los se aqueles dois jovens teimosos e temperamentais continuassem a viver a quilômetros um do outro. Era uma situação absurda! Não havia duas pessoas que se amassem tanto quanto eles.

Foi durante a sobremesa que Alicia teve uma ideia que fez seu coração bater mais depressa. Naquela mesma noite escreveu e despachou um bilhete para Stephen, pedindo-lhe que fosse vê-la o mais cedo possível, na manhã seguinte.

– STEPHEN, PODE SER que Clayton não tenha pensado em vir procurar Whitney aqui, considerando-se que ele queira encontrá-la – a duquesa disse ao filho.

Os dois haviam se fechado no escritório assim que ele chegara e Stephen tomara conhecimento do problema entre Clayton e Whitney, algo que nem imaginara que estivesse acontecendo.

– Querida, essa história está me parecendo uma daquelas envolvendo a senhora e papai – ele comentou com um sorriso travesso.

– Quero que você procure Clayton – a mãe continuou, ignorando-o. – Ele deve estar na casa de Londres, mas, de qualquer modo, tente encontrá-lo ainda esta noite. Então, comente qualquer coisa sobre Whitney estar aqui comigo, mas *naturalmente*, como se ele soubesse onde ela está. Não deixe que ele pense que está sendo pressionado a vir buscá-la. Se Whitney achar que isso acontece, sei que não vai querer uma reconciliação.

– Por que não levo Whitney para Londres, agora, dando um jeito de espalhar que estou loucamente apaixonado por ela? – propôs Stephen, sorrindo. – Isso poria Clay em chamas.

– Quando vai parar de brincar com coisas sérias, menino? Agora, escute o que quero que você diga ao cabeça-dura do seu irmão.

ÀS SETE HORAS, naquela noite, jogando cartas no clube, Clayton ficou apenas levemente surpreso ao ver o irmão entrar na sala, sentar-se a seu lado e arrumar as fichas, preparando-se para jogar. Olhou para Stephen amigavelmente, mas desejando que ele não perguntasse sobre Whitney, pois seria difícil explicar que a esposa o deixara, mesmo porque o irmão nunca soubera de seus problemas conjugais.

– Está ganhando ou perdendo, senhor duque? – Stephen perguntou, sorrindo.

– Ele está nos limpando – respondeu Rutherford, fingindo aborrecimento. – Não perdeu uma partida durante a última hora.

– Pois não parece que está com tanta sorte, irmão. Está com uma aparência horrível – Stephen comentou, rindo.

– Obrigado – respondeu Clayton, jogando algumas fichas no centro da mesa.

– É bom vê-lo, Claymore – disse William Baskerville, analisando cuidadosamente o duque que partira de modo tão repentino da última vez que jogaram cartas ali. – Posso me juntar a vocês? – Baskerville estivera prestes a perguntar pela duquesa, mas quando a mencionara na festa dos Cliffton havia causado tamanha confusão que achou melhor não dizer nada.

– Pode sim – respondeu Stephen, já que o irmão parecia não ter ouvido. – Vai ser um prazer para ele ganhar o seu dinheiro além do nosso.

Clayton observou o irmão com expressão sardônica. Seria intolerável ficar em casa, acabaria enlouquecendo de preocupação. Entretanto, a conversa alegre e descontraída estava fazendo mal a seu estado nervoso, e só estava jogando há uma hora. Olhando para ele, Clayton imaginou se não seria boa ideia convidá-lo para ir a sua casa e acompanhá-lo numa bebedeira. Aquilo seria muito melhor do que ficar jogando, tendo de trocar amabilidades com os amigos, falando sobre coisas sem importância, quando tudo o que realmente desejava era ficar calado, pensando em Whitney, tentando imaginar onde ela poderia estar.

– Não pensei que fosse encontrá-lo aqui, Clay – o irmão disse. – Achei que houvesse ido para a casa de mamãe, participar da festa que ela está oferecendo a alguns parentes esta noite.

Fazendo uma perfeita imitação de alguém que dissera algo que não devia, Stephen balançou a cabeça, apertando os lábios.

– Desculpe, Clay – pediu, inclinando-se para falar ao ouvido do irmão. – Esqueci que, como Whitney está lá com ela, você não...

Baskerville, que tinha ouvido as partes mais importantes, esqueceu de sua resolução anterior e disse com sua cordialidade usual e sincera:

– Adorável jovem, a sua duquesa. Mande-lhe lembranças e... – com surpresa, Baskerville percebeu quando Clayton Westmoreland ficou gradativamente ereto e rijo em sua cadeira. – Eu não a *vi* em lugar algum – Baskerville assegurou-o rapidamente.

O duque levantou-se. E permaneceu assim, olhando fixamente para o irmão com um misto de incredulidade, estupefação e algo além, que o pobre Baskerville estava confuso demais para identificar. E então, sem nem mesmo recolher as inúmeras fichas que representavam o quanto havia ganhado, ou até mesmo oferecer um cordial adeus aos presentes, o duque virou-se e caminhou em direção a porta, com passos resolutos.

– Ah, eu compreendo! – Baskerville sussurrou para Stephen conforme ambos observavam a maneira como Clayton havia partido. – Você realmente conseguiu se intrometer neste assunto! Eu poderia ter lhe dito... o seu irmão não gosta que a duquesa participe de festas sem a sua presença.

– Não – Stephen concordou com um largo sorriso. – Acredito que não.

A VIAGEM ATÉ GRAND OAK, que normalmente levava quatro horas, foi feita em três horas e meia. Whitney estava na casa da sua mãe! Santo Deus, sua própria mãe! Justamente a pessoa que deveria ter tido bom-senso suficiente para mandar sua mulher de volta para casa. Sua própria mãe havia contribuído para o tormento que ele vivera nos últimos dias!

O coche parou diante da casa totalmente iluminada para a festa de que Stephen falara. Clayton desceu, imaginando por onde entraria. Não queria ver os parentes, só queria ver Whitney. Além disso, não usava um traje formal. Não havia nem cogitado passar em casa para se trocar, e, mesmo que a ideia houvesse lhe ocorrido, não teria ido. Sentia-se tentado a confrontar-se com a mãe primeiro, e repreendê-la por sua traição, mas deixaria isso para depois.

– Boa noite, senhor duque – o mordomo cumprimentou-o, indo a seu encontro assim que o viu.

– Diabos! – Clayton exclamou, irritado, pois pensara em entrar por uma porta lateral.

Seguindo o afrontado criado, passou pela porta principal e atravessou o vestíbulo, entrando num longo corredor. Chegando ao salão, olhou para dentro, vendo que havia muitos convidados, talvez todos os parentes que tinha, mas Whitney não estava lá. A mãe viu-o e foi a seu encontro, sorrindo, mas ele a olhou com tanto desagrado que ela parou, chocada.

Voltando ao vestíbulo, subiu a escada para o andar superior.

– Onde está minha esposa? – perguntou a uma criada que saía de um dos quartos de hóspedes.

CLAYTON HESITOU EM frente à porta, o coração descompassado, cheio de alívio e medo. Não fazia ideia de como Whitney reagiria ao vê-lo, nem do que ele lhe diria, mas o que importava era que ele encontrara.

Abrindo a porta, entrou silenciosamente, tornando a fechá-la. Ouvindo um ruído em outro aposento, caminhou para lá. Whitney estava numa banheira, de costas para a porta, e Clarissa, atrás dela, ensaboava-lhe o pescoço. Clayton parou, dominado por uma avalanche de emoções.

Queria tirar Whitney da banheira, nua e molhada, levá-la para a cama e perder-se em seu corpo. Ao mesmo tempo, não se sentia digno nem de falar com ela, muito menos de tocá-la. Por duas vezes ele a tratara com uma crueldade de que nunca se julgara capaz. Fora injusto, brutal. Ela nutria seu filho no ventre, e nem uma vez ele lhe perguntara como estava se sentindo. Como uma jovem tão delicada podia suportar o peso ou de tamanha crueldade sem odiá-lo como merecia? Clayton respirou fundo lentamente.

Clarissa passou para a lateral da banheira, e foi quando o viu entrando, aproximando-se de sua senhora. Olhou-o com uma carranca ameaçadora e abriu a boca, certamente para dizer-lhe poucas e boas, mas Clayton silenciou-a com um gesto e, movendo a cabeça na direção da porta, indicou-lhe que saísse. Ela entregou-lhe o sabonete e o esfregão e saiu.

Com imensa gentileza, ele começou a lavar as costas de Whitney.

– Que delícia, Clarissa! – ela murmurou.

Whitney normalmente se banhava sozinha, mas Clarissa andara tão preocupada e solícita nos últimos dias que ela não estranhou esse novo cuidado.

Whitney levantou-se e saiu da banheira, e seu corpo, ainda salpicado de gotas perfumadas, parecia reluzir. Ia virar-se para pegar a toalha, mas "Clarissa", prestativa, foi mais rápida e começou a secá-la delicadamente.

Com extremo cuidado, Clayton secou o pescoço dela, os ombros macios e as costas lisas perfeitas.

– Obrigada, Clarissa, pode deixar que eu termino. Quero jantar aqui em cima antes de me arrumar para a...

Calou-se abruptamente ao virar-se para pegar a toalha, e toda a cor desapareceu de seu rosto enquanto ela olhava para Clayton, que, sem nada dizer, ajudou-a a sair da banheira e envolveu-a na toalha. Então, ele começou a enxugá-la. As mãos grandes friccionaram os braços, as pernas, os seios... mas ele não a tocava como faria um marido. Era como se fosse um criado...

Não estava mais zangado com ela, mas não sorria, não dizia nada, concentrado na tarefa de enxugá-la. Sentou-a na cadeira ao lado da banheira e enxugou-lhe as pernas.

– Clayton... não... – ela murmurou.

– Se um dia eu imaginar que você está *pensando* em me abandonar, juro que a trancarei no quarto e porei barras nas portas e janelas – ele disse por fim, erguendo um dos pés dela e envolvendo-o na toalha.

– Você ficará lá dentro comigo? – Whitney perguntou com lágrimas na voz. Clayton beijou-lhe o pé.

– Ficarei – afirmou.

Endireitando-se, foi até o armário e voltou com um roupão azul, que abriu para ela vestir. Amarrou o cinto, então ergueu-a nos braços, levando-a para o quarto. Ia colocá-la numa cadeira junto à mesa, onde Clarissa pusera a bandeja com o jantar, mas Whitney abraçou-o pelo pescoço, enterrando o rosto em seu peito.

– Não – ela pediu num murmúrio. – Não quero comer. Quero que converse comigo, Clayton. Converse comigo!

– Não posso – ele respondeu. – Não sei o que dizer.

Whitney estremeceu ao perceber a angústia na voz profunda. Erguendo a cabeça, fitou-o nos olhos.

– Mas eu sei – disse baixinho. – Eu te amo, eu te amo.

– Também te amo – ele murmurou, beijando-a de leve nos lábios. – Nem imagina quanto, meu amor.

O RELÓGIO NA CORNIJA da lareira marcava uma e meia da madrugada. Clayton olhou para Whitney, aninhada contra seu corpo, adormecida em seus braços, a cabeça pousada em seu peito.

– Eu te amo – disse baixinho.

Nunca se cansaria de repetir aquelas palavras, que diria em voz alta para Whitney ouvir ou silenciosamente, em seu coração. Ela se mexeu e balbuciou alguma coisa. Clayton acalmou-a, afagando-lhe os cabelos. Haviam se amado longamente, retardando o momento do prazer máximo, matando o desejo e a saudade, alimentando o amor. Ela devia estar cansada, precisava dormir. Mas Whitney acordou pouco depois e ergueu a cabeça para olhá-lo.

– Por que demorou tanto para vir me buscar? – perguntou baixinho.

Inclinando a cabeça para poder olhá-la melhor, Clayton sorriu:

– Não acredito que você quer dizer o que eu acho que você quer dizer.

Whitney pareceu confusa, mas logo corou e desviou o olhar. Surpreso e preocupado com a sua reação, Clayton inclinou o queixo dela para cima.

– *O que* você quis dizer? – perguntou ele gentilmente.

– Não, não tem importância. Sinceramente, não tem importância.

Olhando para os seus olhos verdes entristecidos, ele disse gentilmente:

– Acredito que, independentemente do que seja, é muito importante para você.

Whitney desejava não ter dito nada, mas a angústia estava se espalhando por ela como um machucado que não para de doer. Sabendo que Clayton iria agora insistir em obter uma resposta, ela sussurrou:

– Marie.

– O que tem ela? – ele perguntou.

– Foi por causa de Marie que você demorou?

Clayton abraçou-a com força.

– Querida, pensei que você houvesse desaparecido da face da Terra. Não imagina como a procurei, como quase enlouqueci sem saber onde você estava. Nunca imaginei que estivesse aqui com minha mãe, que ela entrasse nessa conspiração para mantê-la longe de mim.

– Mas pensei que aqui seria o primeiro lugar onde você me procuraria depois que compreendesse a verdade! – Whitney argumentou.

– Não imaginei que estivesse aqui – ele repetiu. – E, se é o que está pensando, não "compreendi a verdade" na cama com Marie St. Allermain.

– Não?

– Não.

– Obrigada.

– De nada – ele respondeu, sorrindo. – Agora durma, meu amor. Do contrário, só a deixarei dormir ao amanhecer.

Whitney fechou os olhos, mas deslizou a mão pelo rosto de Clayton, ternamente, deixando-a descer para o pescoço, para o peito, numa carícia lenta e excitante. Já desejando-a novamente, mas achando que devia deixá-la dormir, Clayton segurou-lhe a mão com firmeza. Ela deu uma risadinha, encostando a boca em seu ouvido.

– Enganei você! Não quero dormir.

Com um movimento rápido, ele a rolou de costas e deitou-se sobre ela.

– Depois não diga que não avisei – murmurou com a voz rouca.

– Não direi.

36

Quando Whitney acordou, ele havia partido, e por um terrível instante ela pensou que a noite anterior tivesse sido apenas um sonho. Virou-se para o outro lado, sem ânimo – e então o viu. Ele estava sentado próximo à janela, a apenas alguns passos da cama, e vestia um roupão vinho que algum criado provavelmente lhe trouxera junto com a bandeja de chá prateada pousada na mesa diante dele.

As pesadas cortinas estavam parcialmente abertas, revelando um céu azul e sem nuvens, mas, em contraste com a agradável manhã de julho, o lindo rosto de Clayton parecia sombrio, como se sua mente estivesse muito distante. Nervosa, ela se perguntou qual seria o motivo de tal estado de espírito, uma vez que ele parecera tão terno e apaixonado apenas poucas horas antes.

Vestindo o roupão azul de seda que usara na noite anterior, Whitney atravessou o tapete oriental do quarto e parou ao lado da poltrona. Ele estava tão absorto em seus pensamentos que ficou visivelmente sobressaltado quando ela tocou seu ombro.

– Quando acordei e não o vi na cama, cheguei a pensar que tinha apenas imaginado que você esteve aqui ontem à noite.

A expressão no rosto de Clayton se tornou mais suave e ele segurou o braço de Whitney de modo gentil, mas firme, fazendo com que ela sentasse em seu colo.

– Como está se sentindo? – perguntou ele, envolvendo a cintura dela com um dos braços.

– Surpreendentemente bem para uma mulher em minha condição – brincou ela, tentando desanuviar o humor dele. – No entanto, se for deixada sozinha por mais de alguns minutos, tenho uma forte tendência a pegar no sono.

Deslizando os dedos pela barriga dela, ele perguntou em tom gentil:

– Como está o bebê?

– Estamos os dois muito bem, agora que você está conosco – garantiu Whitney.

Ele assentiu, satisfeito, mas logo voltou a ficar sério.

– Estava aqui sentado, pensando...

– Odeio quando você faz isso – provocou Whitney, acariciando a testa franzida do marido.

– Isso o quê?

– Pensar em coisas que fazem você franzir a testa.

– Sinto muito... – começou ele.

– Está bem, vou perdoá-lo desta vez, mas nada de ficar pensando de novo.

Clayton sorriu ao ouvir o comentário, mas continuou a ignorar seus esforços de agir como se tudo estivesse perfeitamente normal entre eles por causa da noite anterior.

– Quando acordei, percebi que ainda não pedi desculpas pelo meu comportamento imperdoável, nem fiz qualquer tentativa de explicá-lo.

Séria, Whitney assentiu e o deixou prosseguir.

– Como já sabe, quando você me pediu para buscar a carta de sua tia na escrivaninha, acabei encontrando outra carta, não terminada. A data era a do dia anterior ao de sua ida à Claymore, e, nessa carta, você escreveu que temia estar grávida.

– Como soube que percebi que você encontrou a carta?

– Anteontem finalmente abri mão de toda a minha dignidade e procurei sua amiga, Emily Archibald, para persuadi-la ou, se necessário, forçá-la a revelar seu paradeiro.

– Pobre Emily. Ela não poderia lhe contar, já que eu não tinha dito a ela aonde pretendia ir.

– Foi o que ela disse e acreditei nela. Mas ela me contou o pouco que sabia, inclusive que você estava ciente de que eu havia encontrado a carta em sua escrivaninha.

Whitney assentiu.

– Eu me dei conta alguns dias depois de você tê-la encontrado e percebi que era esse o motivo de você me tratar daquele jeito.

– Então, por quê, em nome de Deus, não conversou comigo sobre a carta e pôs fim ao nosso sofrimento?

– Acho que poderia fazer a mesma pergunta – rebateu com altivez e um olhar de reprovação. – Por que *você* não conversou comigo assim que a encontrou?

Clayton aceitou a alfinetada com um meio sorriso.

– Entendo o que quer dizer.

– Fico feliz – acrescentou ela com gentileza –, porque este é exatamente o ponto que quis mostrar ao sair de casa. Clayton, você já suspeitou de eu ter feito algo extremamente errado duas vezes e em ambas as ocasiões recusou-se a me dizer o que pensava que eu havia feito de tão terrível, sem me dar oportunidade de desfazer o mal-entendido. Fez isso quando me tirou da festa de Emily e me arrastou até Claymore. E fez de novo quando encontrou aquela carta. Eu o perdoei da primeira vez e o perdoarei agora novamente, mas vou pedir um favor em troca.

– Qualquer coisa – concordou ele, estremecendo ao lembrar-se das injustiças que havia cometido.

– Qualquer coisa? – provocou ela, tentando melhorar o humor dele. – Contanto que seja razoável?

Ele apoiou o queixo na cabeça dela.

– *Qualquer coisa* – disse em uma voz terna e segura.

– Nesse caso, quero que prometa que nunca mais deixará de me dar a oportunidade de me defender de qualquer acusação de má conduta da qual você acredite que eu seja culpada.

Clayton olhou para ela sentada em seu colo.

Seu espírito e coragem eram evidentes na postura dos ombros elegantes e no queixo erguido, enquanto sua gentileza estava refletida nos olhos verdes e no sorriso suave. Má conduta? Whitney era a personificação da alegria e do amor, a combinação perfeita entre sabedoria feminina, extrema inocência e uma audácia impertinente. Ela havia lhe proporcionado um mundo de alegrias e agora estava prestes a lhe dar também um filho. Ele gostaria que ela tivesse pedido algo grandioso ou mais difícil de realizar, para que ele pudesse *merecer* seu perdão. Tudo o que a mulher queria, porém, era uma simples promessa. Porque ele era tudo o que ela queria. Ao ter consciência disso, Clayton foi tomado por tamanha emoção que sua voz ficou enrouquecida.

– Dou-lhe minha palavra de que jamais farei isso de novo – disse ele, humilde e solene.

– Obrigada.

Clayton virou o rosto dela em sua direção e selou a promessa com um beijo. Completamente satisfeita com o desfecho da discussão e com a intensidade do beijo, Whitney apoiou a cabeça no ombro dele e sentiu-se perfeitamente feliz. Estava ansiosa para esquecer toda a confusão causada pela malfadada carta. Entretanto, Clayton ainda não estava pronto para encerrar a discussão:

– A carta que encontrei na escrivaninha... – começou ele, mas Whitney o interrompeu com um gesto.

– Nunca mais precisamos falar sobre essa carta. Já perdoei você, querido, e este assunto está superado e esquecido.

Clayton riu diante de sua atitude grandiosa.

– Eu aprecio sua generosidade, mas não compreendo inteiramente o que desejava se tivesse enviado a carta para mim.

Relutante em alongar-se nesse assunto, Whitney olhou para o relógio que estava sobre a cornija da lareira e percebeu que já era tarde. Libertou-se do abraço e se levantou.

– Devemos nos juntar aos demais no andar de baixo enquanto estão tomando o café da manhã. Do contrário, sua mãe ficará desapontada por você não ter se despedido daqueles que terão partido.

Clayton não tinha qualquer desejo de desfrutar a companhia de ninguém, a não ser a dela. Mas diante de seu comportamento anterior, ele não tinha a intenção de negar-lhe qualquer pedido.

– O que tinha em mente quando escreveu aquela carta? – ele insistiu.

– Eu não estava pensando com clareza, mas após a forma como me comportei com você no jantar do casamento de Elizabeth, e a maneira como você me tratou quando o encontrei em público logo depois desse incidente, eu temia que você fosse ignorar qualquer proposta que eu viesse a fazer. Ao pensar em lhe dizer que receava estar grávida – ela concluiu, indo chamar Clarissa –, eu estava tentando me certificar de que você não se casaria com Vanessa antes que eu pudesse explicar tudo o que tinha ocorrido e lhe dizer que o amava. Eu também tinha intenção de salvaguardar o meu orgulho ao forçá-lo a vir até mim, em vez do contrário.

– Meu amor, se você tivesse me enviado esse bilhete, não teria conseguido realizar nenhum dos dois objetivos.

Whitney puxou o roupão e se virou para ele com ar de surpresa.

– Você quer dizer que teria simplesmente ignorado o bilhete e esquecido o assunto?

– Eu não teria conseguido ignorar ou esquecer o assunto, mas estou certo de que não teria feito com que eu fosse até você.

– Estou admirada em ouvi-lo dizer isso – Whitney afirmou sentindo certo desapontamento em relação a ele. – Você não teria se sentido nem um pouco responsável?

– Por quê?

– Por ter me engravidado na noite em que me raptou da festa de Emily e me levou à força até Claymore.

Clayton se esforçou por manter o ar solene, mesmo que um ligeiro sorriso estivesse se formando no canto dos seus lábios.

– Mesmo que eu compreenda seus motivos e aprecie a ingenuidade do bilhete, seu estratagema tinha um erro fatal. E é a mesma razão pela qual eu reagi como um louco quando descobri o bilhete na gaveta.

– E que falha é essa?

– Eu não poderia ser o pai de sua criança mítica na noite em que a trouxe para Claymore. O contato que tivemos naquela noite foi muito breve e nunca consumamos a nossa relação.

Nos meses seguintes ao casamento, Clayton a ensinara bastante sobre a arte de amar, mas ela não tinha compreendido que existiam pré-requisitos que governavam a concepção. Os olhos dela se arregalaram conforme percebia as terríveis implicações daquela descoberta.

– Então... – ela suspirou e interrompeu-se, horrorizada.

– E então – Clayton concluiu por ela –, eu naturalmente acreditei, ao ler seu bilhete, que outro homem era o pai do seu filho. O bilhete estava datado de apenas um dia antes da sua inesperada chegada em Claymore para declarar seu profundo amor por mim. Dessa maneira, um pouco de lógica me levou à conclusão de que não tinha vindo até mim por amor, mas por uma desesperada necessidade de um pai que pudesse legitimar seu bebê.

– Ah, meu Deus! – ela sussurrou, conforme seu rosto empalidecia. – Eu nunca pude acreditar ou imaginar que você pudesse achar que *outro homem* pudesse ser o pai do meu filho... ou que você pudesse duvidar das minhas sinceras motivações ao vir a Claymore. Uma vez que tivesse suspeitado de algo, você começaria a se questionar tudo o que havia dito ou feito desde então e...

Alarmado pela sua repentina palidez, Clayton a abraçou.

– Não pense mais sobre isso. Contando-lhe isso, só quis assegurá-la de que não sou o monstro que pareço.

Ela pousou as mãos sobre os lábios dele e o verde de seus olhos estava difuso, com as lágrimas.

– Desculpe-me, estou *terrivelmente* arrependida.

– Whitney, meu amor – ele disse com um sorriso sério –, eu a proíbo de derramar uma lágrima ou desperdiçar mais um momento sequer arrependida sobre esse assunto.

Ela tentou sinceramente sorrir.

– Pense no seu filho, querida. A ciência já comprovou que o estado de espírito da mãe durante a gravidez afeta a personalidade do bebê. Você iria desejar que o próximo duque de Claymore fosse um menino choroso e agitado?

A mera sugestão de que Clayton pudesse ser o pai de uma criança tão diferente dele mesmo fez com que o sorriso de Whitney se iluminasse com tamanho divertimento.

– Não – ela disse, balançando a cabeça.

Quando ele sorriu para ela, demonstrando impassividade diante do possível efeito que o estado de espírito dela poderia ter sobre a personalidade do bebê, Whitney afirmou desconfiada:

– O que disse sobre o meu ânimo afetar a criança não é verdade, não é mesmo?

– Nenhuma palavra – ele admitiu com um sorriso impenitente.

A familiaridade dolorosa daquele sorriso vagaroso, combinado com o prazer de ser envolvida pelos braços dele, fez com que o espírito de Whitney se elevasse. Sentindo seu coração leve o suficiente para flutuar, ela sorriu alegre, e disse:

– A personalidade da sua *filha* seria chorosa e agitada se esse seu fato científico for de fato científico.

Ele olhou surpreso.

– Filha? Seu instinto feminino acredita que se trate de uma menina?

Suprimindo uma risada, Whitney meneou a cabeça e percorreu a gola do roupão vinho dele até o pescoço.

– Eu falei isso com a intenção de ser perversa.

– Ah, mas você se equivocou com a minha reação, pois eu adoraria ter uma menina.

– Mas você precisa de um herdeiro.

– Eu não tinha pensado sobre isso – ele mentiu e mordeu a orelha dela. – No entanto, se esse bebê for uma menina, precisarei perseverar com ainda mais entusiasmo para conseguir um herdeiro, e por quanto tempo for necessário, ou até que você me expulse de sua cama e me implore para conter meus impulsos.

– Se você espera que isso aconteça, eu temo que terá de sustentar uma família muito, muito extensa.

– Isso faria de minha mãe a mulher mais feliz do mundo – Clayton afirmou com um sorriso de esguelha.

– Então você a deixará feliz esta manhã – Whitney disse enquanto. Clarissa batia na porta – quando contarmos para ela sobre a criança.

Clayton ainda estava incomodado com o fato de a mãe lhe privar da companhia da esposa.

– Neste caso – ele disse secamente –, farei com que ela tenha de esperar até tarde.

37

As alegres vozes e as saudações que vinham dos aposentos no primeiro andar fizeram Clayton imaginar que seus familiares estavam se divertindo e com excelente estado de espírito.

A mãe estava na sala de jantar, presidindo a mesa do café da manhã, e o rosto dela se iluminou com um sorriso quando ela percebeu a expressão feliz de Whitney. Seu sorriso vacilou apenas por um breve instante, quando Clayton, ao beijar-lhe o rosto, disse em um tom baixo de voz:

– Eu gostaria de falar com você em particular por um minuto antes que Whitney e eu nos sentemos para o café.

– Muito bem – disse Alicia Westmoreland conforme se levantava da cadeira e pedia licença a seus convidados. Embora seus ombros estivessem eretos e a cabeça erguida, ela sentia-se como uma criança levada, prestes a receber uma reprimenda da governanta enquanto conduzia Clayton para uma sala pequena e ensolarada cuja vista dava para os jardins. Ela estava tão preocupada que nem percebeu que Whitney estava atrás de Clayton, e somente se deu conta disso quando fechou a porta da pequena saleta para que o filho pudesse ter a privacidade que desejava.

Nesse momento, Alicia não só tinha superado seus receios infantis, mas havia adotado um estado de indignação justificada. Afinal, ela não tinha cometido nenhuma ofensa imperdoável. Na verdade, tinha apenas oferecido um lar à nora!

Ela alinhavou esse argumento conforme se virava para olhar o filho.

– Tendo em vista seu comportamento frio ontem à noite – disse vigorosamente –, imagino que esteja insatisfeito comigo por ter mantido Whitney aqui. Não consigo conceber o que você poderia ter feito para que ela sentisse que não devesse ficar sob seu teto. Whitney é uma esposa boa demais para discutir esses assuntos, até mesmo comigo. Mesmo assim, sinto que, independentemente do que tenha feito para afastá-la de seu lar, deve ter sido realmente terrível! Sendo assim, negar a Whitney a proteção da minha casa seria impensável, injusto... e *desumano*.

Clayton tinha requisitado aquela conversa em particular para informá-la de que seu maior desejo estava prestes a se realizar: ela se tornaria avó em breve. Já que, magnanimamente, ele havia decidido não perguntar à mãe sobre o seu papel em manter Whitney afastada, estava ao mesmo tempo surpreso e entretido ao ver-se recebendo uma reprimenda. E mais, não conseguia se lembrar de qualquer outra ocasião em toda a sua vida adulta em que ela houvesse se mostrado defensiva e agitada. Escondendo um sorriso, ele disse seriamente:

– Entendo o que quer dizer.

Ela hesitou.

– Você compreende?

– Certamente.

Ela ficou tão surpresa que imediatamente abriu mão de qualquer sentimento de indignação.

– Ah, isto é... – ela vacilou, e então inclinou a cabeça de forma magnânima. – Seu comportamento é muito digno. Pensei que iríamos discutir.

– Percebi – respondeu Clayton secamente.

Ela caminhou em sua direção e lhe deu um abraço rápido e maternal.

– Estou muito satisfeita por termos tido essa conversa – ela disse –, mas preciso retornar para a sala de jantar.

Já que tudo estava resolvido, ela recuperou o sorriso sereno pelo qual era universalmente admirada e sua atenção novamente se voltou para o bem-estar dos convidados.

– Langford ficará muito feliz por você estar aqui. Ele tinha justamente perguntado sobre seu paradeiro. Ah, é provável que ainda não tenha visto Stephen, mas ele chegou há meia hora com outros quatro amigos. Vieram aproveitar o bom tempo e querem aproveitar para passar pelo jardim enquanto as rosas estão no auge da sua beleza.

– Stephen não aprecia o aroma das rosas - Clayton observou.

Alicia sabia muito bem que Stephen não tinha vindo a Grand Oak para admirar as rosas. Ele tinha vindo para presenciar o quão bem-sucedido fora o estratagema que haviam criado juntos e trouxera os amigos simplesmente para mascarar sua intenção. Ele queria fazer o que estivesse a seu alcance para estimular uma reconciliação caso ainda não tivesse ocorrido. De repente, receosa de que Clayton pudesse perceber que ela e Stephen haviam tramado tudo juntos, ela voltou-se para a porta e iniciou um rápido monólogo.

– Fiquei completamente surpresa com a chegada de Stephen com os amigos, mas por fim isso me deixou bastante aliviada porque Lansberry e a filha, lady Emily, não teriam ninguém com menos de 50 anos para conversar. Ela é extremamente adorável.

Ela caminhou em direção à maçaneta e olhou para trás, percebendo tardiamente que o filho e a nora estavam sorrindo, mas nenhum dos dois tinha dado sequer um passo.

– Devemos ir? – perguntou alegremente.

– Acredito que deve esperar até que eu possa comunicar a você o motivo desse encontro – Clayton sugeriu calmamente.

Ela virou-se novamente para prestar atenção.

– Naturalmente, presumi que você me repreenderia por não assumir um papel mais ativo na tentativa de promover uma reconciliação entre Whitney e você – ela disse, pondo fim inadvertidamente à postura anterior de indiscutível inocência.

– Eu provavelmente deveria ter feito isso – Clayton respondeu sorrindo. – Mas imaginei que fosse mais importante comunicá-la de que será avó.

Um sorriso radiante iluminou o rosto de Alicia Westmoreland enquanto abria os braços, buscando, com o direito, as mãos de Whitney, e com o esquerdo as de Clayton.

– Ah, meus queridos – ela começou e, em seguida, como se não pudesse encontrar palavras para expressar sua felicidade, levantou as mãos de ambos e as pressionou contra o rosto. – *Ah, meus queridos!*

38

O conde de Langford, primo do pai de Clayton, era um homem alto e frágil, no início dos seus 80 anos. Ele caminhava próximo à sala de jantar, amparando-se com a mão esquerda na porta de entrada, enquanto a mão direita empunhava uma bengala de marfim.

– Claymore – disse ele quando Clayton emergiu na sala de jantar levando Whitney pelo braço. – Eu gostaria de saber se poderia falar com você um minuto. – Ele olhou para Whitney desculpando-se. – Percebi que seu marido chegou tarde ontem à noite, mas, se puder me cedê-lo somente por um instante, é uma questão urgente.

– Certamente – disse Whitney com um sorriso caloroso para o senhor. – Vou encontrar Stephen e seus amigos – ela acrescentou, indo em direção ao jardim.

Langford retirou a mão esquerda com que se apoiava na porta e a colocou no braço de Clayton, escorando-se.

– Sua jovem esposa não é somente bonita, mas muito gentil. Ela passou muitas horas a meu lado ontem, me ouvindo falar sem parar de meus estudos sobre os antigos filósofos. – E com um rápido piscar de olhos ele acrescentou: – Não bastasse isso, ela também desempenhou um excelente trabalho ao fingir que estava fascinada com esse tópico e comigo. Eu me senti vinte anos mais jovem.

– Às vezes, minha esposa tem o mesmo efeito sobre mim – Clayton brincou, conduzindo o velho conde vagarosamente para o único cômodo do primeiro andar em que estava certo não haver ninguém.

– Se você fosse vinte anos mais jovem, continuaria um jovem inexperiente.

– É exatamente o que quis dizer – Clayton disse com bom humor.

Depois que o conde sentou-se confortavelmente na pequena antessala onde Clayton estivera com sua mãe alguns instantes antes, Clayton sentou-se de frente para ele. Quando o conde pareceu sem saber por onde começar, Clayton o incitou:

– Você disse que o assunto é urgente?

Langford olhou para ele pesarosamente.

– Na minha idade, Claymore, tudo é urgente. A eternidade pode começar amanhã – ele acrescentou, e então poupou Clayton da necessidade de transmitir-lhe a confiança de que ainda teria muitos anos pela frente ao ir direto ao assunto que pretendia discutir. – Eu gostaria de falar com você a respeito de seu irmão.

Clayton mostrou-se surpreso e o estimulou a continuar o assunto.

– Sempre considerei você o esteio da família e é de conhecimento geral que você tem a habilidade de realizar belos investimentos financeiros, investimentos que multiplicaram consideravelmente a sua fortuna.

Ele deteve-se, mas Clayton unicamente levantou as sobrancelhas, sem confirmar ou negar o que havia dito.

– Sei que essa informação está correta – disse o conde, parecendo profundamente embaraçado por ter de tratar de um assunto tão vulgar. Com toda a delicadeza possível, ele continuou: – Até recentemente, eu acreditava que a herança de Stephen também estava em suas mãos habilidosas, então naturalmente acreditei que, assim como eu, Stephen não tinha preocupações a respeito de dinheiro. É verdade?

Se o conde não fosse um parente, nem tão velho e frágil, Clayton teria colocado um fim à discussão ofensiva:

– Não, não está correto – ele respondeu severamente.

O conde compreendeu a reprimenda no tom de voz dele, mas insistiu:

– É verdade que, no ano passado, Stephen realizou uma série de investimentos que aparentemente pareciam ser arriscados e descuidados, mas que no fim se mostraram extremamente vantajosos? Ouvi rumores no clube que frequento que me fariam acreditar que é verdade, mas preciso ouvir isso de você. Você poderia me confirmar se é um fato ou um rumor?

– Não sem antes ter uma bela razão para fazê-lo.

– Eu gostaria de acreditar que é verdade, mas preciso ter certeza.

– Então, converse com Stephen.

O conde balançou a cabeça:

– Não posso fazer isso, pois não posso revelar a razão pela qual desejo saber a verdade.

– Nesse caso, parece que a conversa chegou a um impasse – disse Clayton.

– Muito bem, explicarei os motivos para os meus questionamentos, mas essa conversa deve permanecer em total sigilo.

– Eu não consigo imaginar nada que o senhor pudesse me revelar que poderia me induzir a conversar abertamente sobre a vida financeira de Stephen com qualquer pessoa, mesmo você, meu senhor – Clayton disse severamente ao se levantar.

– Se Stephen é de fato tão rico quanto os rumores sugerem, e se ele é responsável pelo aumento de sua riqueza, eu gostaria que ele se tornasse meu herdeiro.

A expressão de Clayton se desfez para um sorriso oblíquo enquanto ele se sentava novamente:

– Acredito que você acaba de me oferecer uma razão adequada.

– Se eu nomear Stephen meu herdeiro, ele herdará uma pequena quantidade de terra e virtualmente nenhuma renda. Há muito tempo, nosso lado da família era tão rico quanto o seu, mas meus predecessores não foram muito prudentes, tiveram menos visão de mundo e absolutamente nenhuma habilidade para conseguir manter a fortuna. Como resultado, minhas propriedades estão em ruínas e praticamente sem valor, mas os títulos que possuo são antigos e prestigiosos. Se eu morrer sem adotar medidas formais para mudar as consequências, então meus títulos e terras passarão automaticamente para você. Até que esses rumores recentes me fizessem acreditar que Stephen tem habilidade para gerenciar seus próprios recursos, eu estava feliz em saber que você herdaria meus bens. Ao deixá-lo como meu herdeiro, eu sabia que poderia, com seu senso de responsabilidade assim como sua riqueza, manter minhas posses e colocá-las em melhor uso do que eu mesmo consegui fazer.

Como se estivesse incerto de como continuar, ele interrompeu o discurso por um instante ao analisar a padronagem de vinhedos do carpete sob seus pés. Então, retirou a bengala que estava pousada em seu lado direito, levando-a para o esquerdo. Finalmente, levantou a cabeça e, com grande dignidade, disse:

– Você possui muitos títulos, alguns deles muito mais grandiosos do que os que herdaria de mim, e as minhas propriedades não são nada quando comparadas às suas. Corro o risco de parecer mais orgulhoso do pouco que possuo do que deveria, mas eu ficaria feliz em deixar o que tenho para um homem que não é possuidor de mais títulos do que possa lembrar e de mais propriedades do que de fato pode usufruir. Temos uma família extensa, e são muitos entre os quais poderia escolher um herdeiro, mas gostaria que fosse um homem a quem eu conheça bastante e, particularmente, um homem de quem eu goste. Seu irmão preenche todas essas qualificações.

– Fico muito feliz em ouvir isso – disse Clayton com um sorriso encorajador.

– Assim como você, ele é um homem muito responsável que compreende e cumpre com as obrigações perante a família e em relação àqueles que dependem dele.

– É verdade – disse Clayton.

– Então, minha única preocupação em nomear Stephen como meu herdeiro é a seguinte: ele herdou a fortuna que possui, mas, em sua opinião, ele será capaz de mantê-la? Ele é prudente e sábio ao lidar com dinheiro e cuidaria bem das minhas posses?

– Stephen é tudo o que almeja – respondeu Clayton –, e ainda muito mais.

O conde sorriu, mais logo voltou a parecer preocupado e pasou a fitar o tapete.

– Acredito que você não se opõe a minha proposta e não se sente preterido. – Subitamente, ele olhou em sua direção. – Estou certo?

O sorriso de Clayton era inequivocamente genuíno e caloroso. – Inteiramente correto.

– Excelente, então está decidido. Tomarei as devidas providências para que Stephen se torne o próximo conde de Langford e barão de Ellingwood, assim como o quinto visconde de Hargrove. – Ele pegou a bengala, passou-a para a mão direita e esforçou-se para levantar. Clayton o aguardava a seu lado, permitindo que tivesse a dignidade de se levantar sozinho, mas estava pronto para oferecer-lhe o suporte necessário, caso o desejasse.

Enquanto o conde caminhava vacilante, Clayton expressou sua única preocupação em relação ao plano de Langsford.

– Você está certo de que poderá transferir legalmente seus títulos para Stephen?

Ele aguardou até que Clayton houvesse aberto a porta para ele para que pudesse responder.

– Meus títulos foram concedidos para nossa família há mais de trezentos anos pelo rei Henrique VII. Graças à sabedoria e à visão de nosso ancestral, o primeiro duque de Claymore, esses títulos apresentam uma cláusula de exceção na linha de sucessão dos descendentes. De acordo com essa cláusula, se o detentor do título não tiver filhos, poderá escolher seu herdeiro, desde que seja um descendente direto dos duques de Claymore. E esse é o caso de Stephen.

Clayton sabia que não havia essa cláusula em relação a seu título, mas como, até aquele momento, nenhum duque de Claymore deixara de produzir herdeiros, Clayton, seu pai ou seus avós, jamais haviam se preocupado quanto ao assunto. Por curiosidade, ele decidiu pesquisar sobre os outros títulos, mas a preocupação do conde fez com que abandonasse seus próprios pensamentos.

– Claymore, embora eu não tenha me mantido em silêncio até que me prometesse manter nossa conversa confidencial, de qualquer maneira imagino que esteja acertado entre nós que o segredo será mantido.

– Sim, certamente – disse Clayton, embora preferisse poder discutir o assunto com Stephen.

– Tenho enormes razões para manter o assunto sob sigilo – confidenciou o conde quando se aproximavam de uma das salas na parte da frente da casa. – Não terei mais um único momento de paz caso outros herdeiros em potencial de minha família fiquem sabendo que planejo nomear meu próprio herdeiro em vez de deixar que os títulos passem automaticamente para você.

– Você não terá? – perguntou Clayton, tendo sua atenção desviada para Stephen, que estava de pé próximo a lareira, conversando com uma mulher com um lindo cabelo loiro.

O conde, não obtendo qualquer resposta em relação aos demais herdeiros, percebeu que o duque estava distraído. Seguiu seu olhar, e então perguntou:

– Você reconhece a jovem mulher que está com seu irmão?

– Não, nunca a vi – Clayton respondeu.

– Ah sim, certamente você a conhece – argumentou o conde, saboreando seu mistério. – Você também conhece o pai dela. – E como prova, apontou em direção ao outro lado da sala, onde o duque de Lansberry estava conversando com Whitney. – A loura é filha de Lansberry. Ele a apresentou esta manhã.

O duque de Lansberry era moreno, com uma estrutura atarracada e quadrada, e suas feições grosseiras beiravam a feiura. Seus dois filhos do meio eram exatamente da mesma maneira. Para Clayton, pareceu quase impossível acreditar que esse mesmo homem tivesse gerado uma criatura tão esbelta e delicada.

O conde concluiu quais eram seus pensamentos e ofereceu uma explicação:

– Ela é filha do segundo casamento de Lansberry. A segunda esposa era filha de um aristocrata francês e tinha a metade da idade de Lansberry. Ela morreu durante o parto na França, somente um ano após o casamento deles. Pensando bem, é possível que você nunca tenha conhecido lady Emily. Ela me disse que esteve em Londres apenas em raras ocasiões.

– Onde ele a escondeu todo esse tempo? – Clayton perguntou, sem prestar atenção ao que dizia enquanto ajudava o senhorio a sentar-se em uma cadeira confortável.

– Eu me fiz a mesma pergunta – o conde admitiu com um sorriso –, mas ninguém poderia julgá-lo por tentar mantê-la afastada dos jovens másculos e dos velhos libertinos da Inglaterra até que tivesse idade suficiente para afastá-los pessoalmente. Quando for apresentado a ela, não deixe de apreciar seus olhos. Eu juro, são da cor de violetas.

Clayton teve muitas oportunidades para analisar Emily Kendall durante o curso do dia, mas ele estava bem mais interessado na reação de Stephen, ou, mais especificamente, em sua completa *falta* de reação, à presença de lady Emily. A maioria dos homens naquela sala estava cativada por ela e os amigos de Stephen permaneciam a sua disposição. Stephen, por outro lado, se comportava como se mal percebesse a presença da moça. De fato, ele dedicou todo o seu tempo às duas jovens de seu grupo, cujos acompanhantes estavam ocupados com Emily. Uma vez que Stephen conhecia aquelas mulheres desde a infância e as tratava com a tranquila naturalidade de um irmão mais velho, Clayton achava seu comportamento atencioso em relação a elas de grande interesse.

Whitney também percebeu esse comportamento e comentou com Clayton a respeito tão logo ele e os demais cavalheiros se reuniram às mulheres na sala de estar, após o jantar. Dando as mãos a Clayton, ela o conduziu gentilmente a um canto da extensa sala para que pudessem ficar sozinhos. Então ela disse em um tom baixo e divertido:

– Você percebeu que Stephen está praticamente ignorando Emily?

– Percebi – Clayton respondeu, analisando a expressão de Whitney. – O que você acha dela?

Whitney hesitou, tentando ser honesta e justa.

– Bem, ela é uma das mulheres mais bonitas que já vi e sua conduta é primorosa, mas existe uma áurea em torno dela que...

– Presunção? – Clayton especulou descuidadamente.

– É possível. Mas também é possível que ela seja apenas um pouco tímida.

– Pelo que pude perceber, ela não demonstrou qualquer dificuldade em conversar com as pessoas.

– Ela fica perfeitamente à vontade com outras mulheres e homens mais velhos – Whitney concordou – e tem uma perspicácia encantadora, mas percebi que adota uma postura bastante formal em relação aos amigos de Stephen. Pelo que revelou, compreendi que ela foi educada por parentes mais velhos em Bruxelas, então é possível que não saiba como reagir diante do sofisticado tipo de gracejo e flerte comum do grupo de Stephen. Em vez de trazê-la para a Inglaterra é evidente que o pai decidiu por ir visitá-la sempre em Bruxelas. Ela mal conhece os meio-irmãos e as respectivas esposas.

Clayton observou Stephen, que estava sentado entre duas moças no lado oposto da sala em que se encontrava Emily.

– Ela certamente impressionou Stephen – ele disse com um sorriso. – De fato, eu diria que ele provavelmente poderia dizer, sem precisar olhar em torno, onde ela está nesse exato momento e quem está conversando com ela.

– Você realmente acha isso? – Whitney perguntou com descrença.

– Certamente. Você está presenciando os sutis mecanismos de funcionamento da mente de um homem sofisticado e que está prestes a embarcar em um jogo do qual já participou tantas vezes que é quase um jogador experiente: o jogo do flerte.

Whitney girou os olhos, rindo e sem acreditar no que acabava de ouvir.

– Já presenciei muitos flertes casuais de Stephen com um sem-número de mulheres e ele nunca se comportou dessa maneira. Normalmente ele estaria bem ali, ao lado dos outros admiradores de Emily, "jogando", comportando-se de maneira mais inteligente e charmosa do que os demais.

– Você está totalmente certa – Clayton aquiesceu. – Mas desta vez é importante para Stephen que a dama em questão *não* o confunda com mais uma conquista entre o rebanho de conquistas fáceis do dia.

– Mas porque isso é tão importante para ele? – Whitney insistiu.

– Porque, meu amor – dando um beijo rápido em sua fronte – Stephen não intenciona que ela seja mais uma entre seus "flertes casuais". Acho que esse é um jogo que ele deseja manter.

– Isso me parece uma atitude extremamente impulsiva, considerando que mal a conhece.

Em resposta a seu comentário, Clayton ficou em silêncio, e quando Whitney percebeu o que ele estava pensando, ela sufocou uma risada.

– Devo compreender que, quando se trata de alguém com quem querem casar, os homens Westmoreland são extremamente impulsivos?

– Eu não diria isso. Diria que somos juízes magníficos das mulheres e sabemos quando conhecemos uma que não é somente extraordinária, mas a mulher certa para nós. Antes desse momento, nenhuma força pode nos conduzir até o altar, mas, assim que a conhecemos, estamos não só dispostos a levá-las até lá, como bastante determinados a nos certificarmos de que ela nos acompanhará em toda a nossa jornada.

– Independentemente do quanto ela possa se opor, a princípio – Whitney concluiu por ele.

– Exatamente.

Ela continuava a rir quando Stephen se separou do grupo com quem estava sentado e, aparentando de indiferença, pegou duas taças de champagne que estavam em uma bandeja. Ele parou brevemente para conversar com a mãe, e depois novamente para falar com um primo distante, e conseguiu chegar até a lareira onde Emily estava justamente quando o grupo que a acompanhava se desfez, deixando-a somente na companhia de um primo mais velho.

Fascinada, Whitney o observou oferecer uma das taças a ela, mas o que a surpreendeu foi o fato de que, ao entregar-lhe a taça, Stephen não ter dito absolutamente nada. Ele simplesmente a olhou, então levou a taça aos lábios e observou-a por um momento. Emily o acompanhou, e mesmo a muitos metros de distância, Whitney percebeu que as mãos dela tremiam enquanto levantava sua própria taça para bebericar o champagne.

Inconscientemente, Whitney prendeu a respiração quando Emily baixou a taça e pareceu incapaz de se distanciar do olhar de Stephen. Ele disse algo para ela, algo extremamente rápido. Ela hesitou, então sorriu, assentiu com a cabeça e repousou a mão no braço de Stephen.

Do local privilegiado onde estavam, Whitney e Clayton observaram Stephen conduzindo-a para fora da sala.

Já que Clayton parecia estar tão seguro sobre o que Stephen estava pensando e fazendo, Whitney disse suavemente:

– Para onde acha que ele a está conduzindo?

– Para a galeria – Clayton respondeu sem hesitar. – É no segundo andar, e os deixará afastados de todos os presentes, mas, ao mesmo tempo, garantirá que estejam visíveis para as pessoas do salão principal, e assim a reputação dela será preservada e o pai permanecerá despreocupado.

Para vislumbrar a galeria, era necessário caminhar até a porta da sala de estar, e por isso não podia ser vista do local onde Whitney estava.

– Você não pode estar absolutamente certo de que ele a conduzirá para lá – disse Whitney.

– Você quer fazer uma pequena aposta?

– Quanto você tem em mente? – Whitney contra-atacou.

Voltando-se para perto dela, Clayton sussurrou o que tinha em mente caso ela perdesse, e um leve rubor surgiu em sua face, mas seu sorriso estava repleto de amor e carinho.

Sem esperar por sua decisão, Clayton lhe ofereceu o braço. Whitney o aceitou e seguiu o marido até a porta da sala de estar.

Ela perdeu a aposta.

AO FINAL DE SETEMBRO, o grupo inteiro aguardava o anúncio do casamento de Stephen Westmoreland e a filha do duque de Lansberry. No livro de apostas dos White a probabilidade era de vinte e cinco para um de que o casamento aconteceria antes do final daquele ano. Em outubro, a probabilidade caiu para vinte por um quando lady Emily e o pai deixaram a Inglaterra para uma viagem de dois meses pela Espanha.

39

Em dezembro, o céu de Londres estava sempre escuro e a atmosfera repleta da fumaça vinda das lareiras de carvão. Por isso, o grupo preferia passar o inverno em meio ao ar fresco e o conforto das casas de campo. Lá, eles ofereciam aos amigos que permaneciam uma semana ou quinze dias entretenimentos como caçadas ou jogos de carta. As mulheres com filhas em idade de se casar planejavam os guarda-roupas para os eventos sociais da estação e discutiam com as amigas os méritos de cada solteiro.

Nos anos anteriores, o nome de Stephen Westmoreland estivera sempre presente nas listas dos "mais elegíveis", mas agora ele era considerado "indisponível". Conforme se aproximava a data de retorno de lady Emily da Espanha, os rumores e conjecturas sobre o casamento de Stephen tornaram-se uma febre em todas as propriedades no interior da Inglaterra.

Alguns estavam confiantes de que o casamento havia sido arranjado antes da partida do duque e de sua filha para a Espanha. Outros acreditavam que os detalhes seriam finalizados tão logo lady Emily retornasse, e que o evento ocorreria antes do ano-novo.

O único impasse digno de nota, e que preenchia os rumores daquele início de inverno, era se o casamento seria pequeno, realizado em dezembro e voltado somente para membros das duas famílias, ou se constituiria um grande evento social, como havia sido o casamento do duque de Claymore, e ocorreria na primavera. Ninguém tinha dúvidas de que o casamento ocorreria, pois era óbvio que Stephen Westmoreland havia finalmente conhecido a mulher com quem almejava se casar.

Os rumores afirmavam que Stephen não só havia abandonado seus modos de solteiro, mas também sua amante, Helene Devernay, em nome de se tornar a companhia constante de lady Emily. Ele desempenhava esse papel com uma civilidade relaxada e charmosa dedicação que o faziam parecer um candidato a marido ainda mais desejável para as mães e filhas que acalentavam a esperança de se unirem a ele.

Lady Emily parecia florescer diante das atenções de Stephen. Em todas as ocasiões em que ele a acompanhava a bailes ou ao teatro, ela demonstrava uma felicidade espontânea que a deixava acessível e radiante.

O duque de Lansberry era visto como o pai mais bem-afortunado da Inglaterra, pois não estava simplesmente adquirindo um genro rico, de origem nobre e aristocrata e com uma boa reputação; adquiria também uma cobiçada aliança com a família Westmoreland.

Acreditavam que Lansberry estava radiante com sua sorte, mas, nesse aspecto, podiam somente fazer conjecturas, já que o duque raramente confraternizava com outros membros da nobreza. Ele não se importava com a sociedade ou com os divertimentos sociais e somente mantinha as aparências nos eventos cujo protocolo requeria a sua presença. Deixava os demais deveres sociais e políticos para ambos os filhos. Seu interesse concentrava-se nas propriedades que possuía. Assim como seus antepassados, ele era um homem da terra e queria deixar isso bem claro.

Embora possuísse uma casa em Londres e tivesse adquirido outras belas propriedades, ele preferia residir em meio a solidão meditativa de Landsdowne, uma ampla casa de campo construída na Idade Média por um de seus ancestrais. Cada novo morador havia feito melhorias na casa, de acordo com os ditames da época.

Para Stephen, que tinha estudado arquitetura, Landsdowne era desproporcional e mal construída, uma verdadeira monstruosidade sombria. Na verdade, o único aspecto que ele apreciava nela era o fato de estar a menos de uma hora de distância da casa de sua mãe, em Grand Oak.

Stephen decidira passar o mês de dezembro por lá, em parte porque Whitney e Clayton, e lorde e lady Gilbert, estivessem passando as férias em Grand Oak, mas sobretudo pela possibilidade de estar mais próximo de Emily, que retornara da Espanha no dia anterior. Ela lhe enviara um recado avisando-o de sua chegada, e ele conseguira ficar a seu lado por alguns minutos na noite anterior. Mas Emily aparentara cansaço e, por isso, ele aconselhou que ela fosse descansar.

No entanto, agora estava ansioso em passar a tarde inteira a seu lado, e queria resolver com o pai dela as questões referentes ao casamento. Ele levou a mão ao bolso de seu colete e retirou um magnífico anel de noivado composto por esmeraldas e diamante, o qual pretendia colocar no dedo de Emily tão logo houvesse conversado com Lansberry naquela noite. O anel reluzia no bolso do colete, era uma joia digna de uma rainha e havia custado uma fortuna. Isso não importava para ele, e não estava preocupado com o encontro com Lansberry. Não tinha qualquer motivo para acreditar que o duque pudesse fazer objeção ao pedido de casamento.

A neve caía de um céu sem lua, e um empregado se dirigiu rapidamente para fora de casa para assistir ao cocheiro de Stephen com os cavalos. O mordomo de Lansberry abriu a porta principal e foi ajudar Stephen a retirar o pesado casaco.

– Boa noite, meu senhor – proferiu o mordomo. Lady Emily o aguarda no salão leste.

Ele entregou o casaco para um criado e virou-se de forma a conduzir o caminho pelo frio piso da entrada principal.

– Gostaria de falar primeiro com seu senhor – disse Stephen.

O mordomo parou e se virou.

– Me desculpe, mas meu senhor não estará disponível até a tarde.

– Você sabe para onde ele foi?

– Ele mencionou que pretendia jogar com o marquês de Glengarmon.

– Se ele retornar antes que eu vá embora, por favor, comunique a ele que pretendo falar-lhe antes que se recolha. Sei o caminho até lady Emily – Stephen afirmou ao se encaminhar pelo saguão mal-iluminado, percorrendo um corredor frio na ala leste.

Ao longo do corredor, tentou imaginar um jogo corriqueiro entre Lansberry e Glengarmon, mas estava além de suas capacidades. Os dois homens tinham aproximadamente a mesma idade, mas, enquanto Lansberry era enérgico e brusco ao ponto da descortesia, William Lathrop, o marquês de Glengarmon, era um solteiro convicto e cujo formalismo rigoroso garantia participação resoluta em todos os rituais sociais e políticos, fazendo-o alvo de infinitas piadas. O pai dele, com 90 anos, ainda permanecia preso à vida e ao amado título ducal, que já deveria ter sido passado para Lathrop muito tempo antes.

Todos esses pensamentos esvaneceram-se completamente quando Stephen se aproximou da sala de estar e da bela jovem a quem amava. Mesmo que Emily tivesse quase 20 anos e possuísse uma graça e elegância que a fazia parecer reservada com estranhos, Stephen sabia que sob essa fachada havia uma menina encantadora, que sentia-se intimidada pelo pai e confusa com toda a atenção que sua beleza estonteante suscitava quando aparecia em meio à sociedade inglesa. Ela era amorosa, inteligente e culta. Desafiava, divertia e excitava Stephen, e, ao mesmo tempo, estimulava nele um desejo intenso de protegê-la.

Ele abriu a porta da sala de estar e prendeu a respiração ao vê-la. Emily estava próxima à lareira, mexendo na lenha. O fulgor das chamas deixava seus cabelos tal qual ouro ondulando pelas costas.

Sorrindo, ela se levantou e abandonou o atiçador.

– Eu estava tentando transformar as cinzas em chamas – ela explicou com um sorriso enquanto ele se aproximava dela.

– Você poderia fazer isso com um sorriso – Stephen disse.

Ele esperou até que ela compreendesse o que queria dizer, e no momento que ela o fez, viu-a fingir que não tinha compreendido.

– Você está muito bonito – ela disse para ele.

Stephen estava cansado de jogos de cão e gato. Estava apaixonado por ela e sabia muito bem que era correspondido. Ele percebeu que a separação de dois meses a tinha deixado sem graça, mas ele não iria deixá-la se proteger na mesma barreira de formalidade que havia levado semanas para desmantelar. Em resposta ao comentário sobre sua aparência, Stephen disse decididamente:

– Minha aparência não mudou desde a tarde passada.

– Sim, mas você esteve aqui somente por alguns minutos e... acredito que não tive a oportunidade de... realmente observá-lo.

Em vez de caminhar na direção dela e abraçá-la, como ele sabia que ela estava esperando, recostou o ombro na lareira e cruzou os braços.

– Então, leve o tempo que for necessário para fazer um escrutínio.

Emily pareceu completamente surpresa.

– Por outro lado – Stephen disse com um sorriso gentil –, você poderia usar melhor seu tempo e me olhar mais de perto.

Ele descruzou os braços e os abriu para ela. Emily hesitou, então sorriu e correu em direção a seu abraço.

Minutos depois, Stephen se desprendeu relutantemente dos seus lábios e se forçou a retirar as mãos que cobriam os seios dela. Percorrendo as mãos por seu corpo, ele a segurou enquanto ela apertava o rosto ruborizado no peito dele. Ele sorriu, o corpo rígido de desejo e o coração preenchido de prazer com a resposta apaixonada que sempre despertava nela. Levantando a cabeça, ele a tocou no queixo e sorriu olhando para seus olhos violetas.

Sei que seu pai não está, mas pedi ao mordomo para avisá-lo, tão logo retorne para casa, de que gostaria de falar com ele ainda esta noite

O sorriso e o corpo dela se enrijeceram.

– Falar com ele sobre qual assunto?

– Sobre você – Stephen respondeu surpreso. – Chegou o momento de provar para seu pai e para todos que minhas intenções são honradas.

– Mas você não se importa com rumores, foi o que me disse.

Sentindo-se mais intrigado do que alarmado com sua reação, Stephen acariciou suavemente o rosto dela.

– Eu me importo com rumores que afetam *você* – ele disse gentilmente – e haverá muitos, sobretudo desagradáveis, se não anunciarmos nosso noivado agora que retornou à Inglaterra. Antes de você ir embora, estávamos constantemente juntos e a parcialidade que demonstrou pode causar um escândalo se não agirmos rápido.

– Eu não me importo. Não faz diferença. O único que realmente se importa é meu pai, e ele *nunca* ouve nenhum rumor. Nós podemos continuar da mesma maneira!

– De forma alguma. – Aturdido com seu comportamento irracional e sua aparente ingenuidade, ele a segurou pelos ombros. – Emily – disse abruptamente –, mesmo correndo o risco de parecer indesculpavelmente cruel, preciso lhe perguntar se compreende a definição de fazer amor.

Ela corou e assentiu com a cabeça enquanto tentava se desvencilhar de seu domínio, mas ele a manteve presa.

– Então também deve compreender que continuarmos da mesma maneira não é uma opção. A paixão que compartilhamos nesta sala leva ao quarto. Ao *meu* quarto. Eu a quero lá, como minha esposa. Me responda, Emily – disse ele, observando-a atentamente. – Você está apaixonada por mim?

– Sim, mas não posso me casar com você!

– Mas que diabos, por que não?

– Porque meu pai prometeu minha mão para Glengarmon!

Stephen deu alguns passos atrás, como se tivesse sido atingido pelas palavras.

– Quando? – ele vociferou.

– Na noite da véspera de nossa viagem para a Espanha.

Ela estava tão extenuada que começou a tremer e a retorcer as mãos. Stephen tentou controlar sua própria raiva, para preservá-la.

– Essa ideia é impensável, obscena. Ele não pode forçá-la a se casar com aquele velho. Eu não permitirei.

– Nem eu nem você temos opção. As terras de Glengarmon são vizinhas às nossas, e meu pai deseja possuí-las. Ele as deseja desde todo o sempre, assim como o pai dele, e o pai do pai dele. E a única forma de ele concretizar esse desejo é me casar com Glengarmon. Glengarmon quer tanto se casar comigo que concordou em transferir a terra e a casa para mim como parte do acordo de casamento. Será parte de meu dote.

– Essa conversa é insana, assim como deve ser seu pai. Mas você não é louca, Emily. Seu pai não pode forçá-la a se casar com aquele velho.

– É o dever de uma filha casar-se de acordo com os desejos de sua família. Todos sabem disso e você também! – ela exclamou.

– Vou lhe dizer o que sei. Sei que nenhum pai tem o direito de martirizar a própria filha ao casá-la com um homem velho, nauseante e destituído de sentimentos, em nome de terras. E direi isso a ele essa noite!

– Stephen – ela disse debilmente –, mesmo que você conseguisse persuadi-lo do contrário, o que não conseguirá, nunca poderia convencê-lo a me deixar casar com você.

– Não subestime meu poder de persuasão.

As lágrimas desciam copiosamente por sua face.

– Não nos dê esperanças vãs, porque você não será bem-sucedido. Você não será. Não percebe, você não compreende.

– Compreende o quê?

– Meu pai é um *duque*. Glengarmon será um *duque* quando o pai falecer. O meu pai deseja que eu me case com ele por essa razão, mas se Glengarmon morrer amanhã, mesmo assim ele não deixará que eu me case com você. Ele iria procurar outro pretendente com o melhor título possível. – Soluçando, ela passou os braços em torno do pescoço dele. – Ah, meu Deus. Como pôde fazer isso comigo? Como eu poderei viver com Glengarmon quando sei que você me queria a seu lado como esposa? Eu sabia dos rumores, mas sabia também que muitas jovens achavam o mesmo, e você *nunca* as pediu em casamento.

As lágrimas molharam a camisa dele e Stephen repousou as mãos no rosto dela, pressionando-o contra seu coração.

– Não chore assim, minha querida, você ficará doente. Encontrarei uma maneira de resolver essa questão, você verá.

Ela continuou como se não pudesse ouvi-lo.

– Você era como um príncipe para mim, bonito, cortês e tão distante e longe das minhas possibilidades como um sonho. Eu nunca me permiti acreditar que você *realmente* me amasse.

A resposta de Stephen foi interrompida por uma batida na porta.

– Sim, o que é? – ele perguntou com impaciência.

– Um criado de Grand Oak deixou um bilhete para você, meu senhor – respondeu o mordomo. – Ele disse que é de grande urgência.

Para o estado de espírito de Stephen, ele não poderia imaginar um assunto mais urgente ou mais terrível do que o que ocorria naquela sala. Ao abrir a porta, porém, ele percebeu que tinha subestimado a habilidade do destino em trazer tormentas aos inocentes e incautos.

– Traga minha carruagem e a deixe à espera na entrada principal, imediatamente – ele ordenou ao mordomo.

Ele se virou para Emily, cuja expressão era agitada, e a abraçou.

– Preciso ir embora agora. Minha cunhada sofreu uma queda e minha mãe acredita que o bebê nascerá prematuro... muito antes do esperado – ele completou, como se dissesse para si mesmo, e se separaram.

Emily o acompanhou até a porta de entrada, correndo um pouco de forma a acompanhar os seus passos largos.

– Você vai para Grand Oak?

– Não, vou para a casa do médico de nossa família. Ele mora um pouco mais longe, uma hora em direção ao norte, mas meus cavalos estão descansados e já estou na metade do caminho. Eu poderia chegar lá mais rapidamente do que o criado. – Ignorando a presença do mordomo e do criado no saguão de entrada, Stephen a puxou pelos braços para dar-lhe um beijo rápido e reconfortante. – Acredite em mim e em nós – sussurrou, então desceu as escadas correndo, dando ordens aos cocheiros para seguir o mais rápido possível.

40

Emily retornou para a sala de estar e, envolvida em um xale, sentou-se próximo a lareira. Mas não conseguia parar de tremer, pois os arrepios brotavam de dentro. Seu pai chegou alguns momentos depois e ela se levantou, sentindo tamanho horror que os joelhos se chocavam.

– Acabei de cruzar com a carruagem de Westmoreland, logo antes de passar pela entrada da propriedade – o duque anunciou enraivecido – e o miserável cocheiro quase me jogou para fora da estrada!

– Stephen precisou partir imediatamente, é uma emergência – ela explicou, muito transtornada para perceber que chamou Stephen pelo nome de batismo. – A cunhada levou um tombo em Grand Oak e ele foi buscar o médico. É possível que, com isso, o bebê nasça antes do tempo.

– Uma pena – ele disse por mera formalidade, e em seguida seus pensamentos voltaram para as próprias preocupações. – Quando Westmoreland chegou aqui esta noite, disse a Jenkins que gostaria de falar comigo. Você sabe o que ele queria me dizer?

Emily assentiu. Ela parou por um instante, endireitou os ombros e se fortaleceu para poder expressar sua raiva.

– Ele tinha a intenção pedir a minha mão em casamento.

O rosto de seu pai ficou branco de tanta raiva.

– Sua tola! Idiota! Como você pôde deixar as coisas chegarem a esse ponto?

– Eu não sei. Simplesmente... aconteceu.

– Aconteceu? – ele exclamou, em seguida baixou o tom de voz para um sussurro raivoso. – Maldita seja você! Você tem alguma ideia do que fez? O que respondeu?

– A verdade. Disse a ele que estou noiva de Glengarmon.

– Isso foi tudo o que disse a ele?

– Não. Eu disse a ele que preciso me casar com Glengarmon porque você deseja unir nossas propriedades e porque é meu dever me casar de acordo com seus desejos.

– E como ele reagiu?

– Ficou terrivelmente transtornado. Papai, por favor, acredite em mim. Nunca imaginei que Stephen se importasse tanto. Eu havia ouvido os rumores de que ele pretendia me pedir em casamento, mas nunca acreditei nisso. Não havia qualquer motivo para acreditar.

– Por Deus, isso é uma calamidade! Você me colocou na indefensável situação de ter que recusar Stephen Westmoreland e afastá-lo de mim, assim como restante de sua família. – Passando a mão pela cabeça, ele caminhou em torno da sala, e então se aproximou dela. – Só existe uma solução: você terá que se casar com Glengarmon imediatamente. Glengarmon pode conseguir uma licença especial pela manhã e em seguida poderão se casar.

Emily olhou para ele, então se virou e olhou para a lareira, mas não se opôs.

– Como quiser, papai.

41

Whitney tropeçara na beirada de um tapete e caíra próxima aos degraus da escada, na noite anterior, e Clayton caminhava de um lado a outro na sala de estar em Grand Oak, temeroso, com a atenção voltada para a porta no final da escadaria. Do outro lado, sua esposa estava dando à luz uma criança com dois meses de antecedência, e tanto a mãe quanto a criança estavam nas mãos de Hugh Whitticomb.

Nas últimas vinte quatro horas, a estima de Clayton por Hugh Whitticomb diminuía a cada instante. Quando Whitticomb chegara na noite anterior, havia examinado Whitney e assegurado à família que mãe e bebê pareciam estar muito bem. Nessa manhã, ele acrescentara novas garantias a seu diagnóstico original.

– Não há qualquer sinal de que a criança nascerá antes do tempo em decorrência da queda – dissera a Clayton e aos demais –, mas esperarei até essa noite caso esteja equivocado.

A essa altura, Clayton estava tão preocupado que passara a dar ordens seguidas de ameaças.

– Se você acredita que existe uma possibilidade, mesmo que ínfima, de que o bebê nasça antes do tempo, ficará aqui pelos próximos dois meses! – ele decretou.

Erguendo a cabeça de lado, Hugh Whitticomb o olhava com a simpatia divertida que sempre destinava aos homens que estavam prestes a se tornarem pais pela primeira vez.

– Só por curiosidade, o que fará para me manter aqui?

– Não terei qualquer dificuldade em encontrar uma maneira, pode acreditar em mim – Clayton retorquiu.

– Não tenho dúvidas – Hugh dissera com um sorriso. – Eu só estava curioso. Quando sua mãe ficou resfriada um mês antes de você nascer, seu pai me ameaçou de manter-me preso no calabouço de Claymore. Ou terá sido o conde de Sutton? Não... o conde simplesmente mandou meu cocheiro embora e então recusou-se a me oferecer qualquer um de seus cavalos.

Seu divertimento desapareceu logo em seguida, tão logo a criada de Whitney desceu correndo as escadas e se inclinou sobre a balaustrada:

– Ela está tendo contrações, Dr. Whitticomb.

Tudo isso ocorrera havia algumas horas, e desde então Clayton só pudera estar ao lado de Whitney em duas ocasiões e por alguns minutos apenas. Ela estava pálida e frágil na cama com dossel, e as dores iam e viam. Então, ela abriu seu belo sorriso e o convidou para sentar-se a seu lado na cama.

– Eu amo você e lhe darei um bebê maravilhoso e saudável em pouco tempo – ela disse a Clayton, escondendo seu temor por detrás de palavras de encorajamento.

Clayton sentia-se profundamente aliviado, até que ela foi tomada por uma forte dor, recurvando-se para fora da cama.

– Você precisa sair agora – disse ela, mordendo os lábios com tanta força que começaram a sangrar.

Clayton havia direcionado sua ira para Whitticomb.

– Maldito seja, não pode fazer nada por ela?

– Estou fazendo – Hugh respondeu. – Irei mandá-lo para o andar de baixo para que ela não precise se preocupar com *você* quando vierem as contrações.

Uma hora depois, Clayton insistiu em vê-la novamente para se certificar de que estava bem, mas quando o médico tentou impedi-lo junto a porta, Whitney o chamou, pedindo que entrasse. Ela estava ainda mais pálida, e sua fronte, banhada em suor. Clayton se sentou próximo ao quadril de Whitney, acariciando seu vasto cabelo e, afastando-o da testa umedecida, prometeu solenemente:

– Nunca mais deixarei que isso aconteça a você.

Ela foi acometida por uma nova contração antes que pudesse responder, e Clayton a colocou em seus braços, ninando-a como um bebê. Ele sussurrou:

– Desculpe-me. Seus olhos estavam marejados de lágrimas de temor.

Logo em seguida, pediram que deixasse o aposento e a porta do quarto foi trancada para evitar que retornasse.

Whitticomb aparecia constantemente para compartilhar com a família notícias encorajadoras, oferecendo falsas previsões a respeito de quando o bebê nasceria. Clayton não se sentia seguro com nada do que ele dizia. Voltando o olhar para o relógio em cima da escadaria, viu que já passava das nove horas, então espreitou pela porta da sala de estar onde sua mãe e Stephen aguardavam com lorde e lady Gilbert.

– Whitticomb é um idiota completo! – Clayton exclamou furioso. – Vou buscar uma parteira; não, duas parteiras.

Lady Gilbert sorriu debilmente.

– Estou certa de que o bebê nascerá em breve e tudo ficará bem. – Mas não foi bem-sucedida em sua tentativa de apaziguar Clayton porque ela também estava apavorada, e Clayton percebia isso.

Lorde Gilbert concordou com a previsão da esposa com um assentimento enfático e uma voz calorosa:

– Vai acontecer a qualquer momento. Não há com o que se preocupar. Bebês nascem todos os dias.

Na opinião de Clayton, lorde Gilbert estava ainda mais apavorado do que lady Gilbert.

Stephen levantou a cabeça, apoiada em suas mãos, e olhou para Clayton com silencioso desamparo. Clayton percebeu que Stephen tinha muito respeito pelo irmão mais velho para tentar apaziguá-lo com mentiras.

A duquesa viúva levantou-se e caminhou em sua direção, dizendo:

– Sinto verdadeiramente que não há nada com o que se preocupar – a frase saiu num tom vacilante. – Em meu coração, sinto que Whitney e o bebê ficarão bem.

Clayton empalideceu e foi até a mesa onde estava a garrafa de conhaque. Na última vez em que a mãe fizera uma previsão dessas, sua égua favorita tinha ficado doente. A égua morrera na manhã seguinte.

Ele sabia que todos estavam rezando porque não havia mais o que fazer. Sabia disso com tanta certeza quanto acreditava que Hugh Whitticomb era um idiota insensível e incompetente.

– Senhor?

Todos na sala olharam para Hugh Whitticomb, que estava de pé junto à porta, aparentando um abatimento repentino.

Clayton enrijeceu.

– Então?

– Gostaria de subir para conhecer seu filho?

Clayton sentia-se grudado ao tapete. Ele precisou engolir o caroço que parecia estar em sua garganta e perguntou:

– E minha esposa?

– Ela está muito bem.

Clayton saiu às pressas da sala e resistiu a um impulso sem precedentes de abraçar o excelente médico.

Ao sair, Hugh Whitticomb caminhou em direção à mesa onde estava o conhaque e retirou um lenço para enxugar a fronte. A duquesa apareceu a seu lado e lhe tocou o braço.

Como foi? – perguntou ela suavemente.

– Ela me assustou, Alicia. Perdeu uma quantidade significativa de sangue, mas ficará bem. Mesmo antes do sangramento eu não tinha qualquer intenção de deixá-los até amanhã, no mínimo. Você sabe disso.

– Claro que sim – ela disse com um sorriso cheio de lágrimas e então cedeu ao impulso que Clayton tinha ignorado e o abraçou com força. – Obrigada, Hugh – ela sussurrou. – Eu estava apavorada. – Ela olhou para os demais. – Mal posso manter meus olhos abertos. Acho que vou me deitar.

– Acredito que farei o mesmo – disse lady Gilbert.

Lorde Gilbert levantou-se polidamente e, quando foi beijar o rosto da esposa, percebeu lágrimas de alívio brilhando em seus olhos.

– Pronto, pronto, minha querida – ele disse com um pequeno sorriso. – Eu lhe disse que não havia qualquer razão para alarme. Não é verdade?

– Sim, Edward – respondeu lady Anne, oferecendo-lhe um sorriso envergonhado. – Você esteve certo tempo todo.

Lorde Gilbert olhou ao redor dela e perscrutou Stephen, que parecia quinze anos mais jovem do que aparentava alguns minutos antes.

– Olhe aqui para Stephen. Ele não estava preocupado. As senhoras se preocupam demais. O nascimento de uma criança é algo extremamente natural, não é mesmo, Stephen?

– Sim, certamente – Stephen afirmou sorrindo para lorde e lady Gilbert. Ele se levantou e caminhou em direção às garrafas de conhaque. – Acho que vou beber algo antes de me deitar, em nome da ocasião.

– Essa é uma excelente ideia – Edward Gilbert concordou e prontamente se acercou de Stephen, próximo à mesa. Quando sua mulher deixou o aposento, ele procurou pelo médico e percebeu que ele também havia se retirado para o quarto, e que somente ele e Stephen permaneciam na sala de estar.

– O que deseja? – disse Stephen, indicando as garrafas e as taças de cristal.

– Penso que o conhaque – Stephen respondeu, estendendo uma taça própria com a garrafa da bebida. Para si mesmo, Stephen escolheu um copo e uma garrafa de whisky.

Em silêncio, os dois cavalheiros permaneceram sentados no sofá, e então preencheram suas respectivas taças com as bebidas selecionadas. Com o copo de whisky nas mãos, Stephen recostou-se, esticou as pernas e as cruzou na altura do calcanhar. Lorde Gilbert, por sua vez, recostou-se nas almofadas com sua taça de conhaque e adotou a mesma pose, então olhou em silêncio para Stephen.

Juntos levantaram os copos e beberam, e então esperaram até que a bebida pudesse apaziguar as lembranças do pavor que tinham sentido.

Stephen bebeu consideravelmente mais do que lorde Gilbert, mas no caso dele havia ainda mais a esquecer do que o receio em relação a Whitney e o bebê. Emily havia lhe enviado um bilhete algumas horas antes.

Ela escrevera para informar-lhe que havia se casado com Glengarmon.

42

Três dias após a chegada de Noel Westmoreland ao mundo, Whitney estava sentada em sua cama, amparada por uma pilha de almofadas e procurando compreender por que o marido e a sogra ainda não tinham passado para vê-la naquela manhã.

Clayton chegou no momento em que o relógio soava três horas.

– Onde esteve o dia todo? – ela perguntou, após ter retribuído o beijo.

– Precisei ir até Claymore – Clayton respondeu, sentando-se próximo ao quadril dela, no lado esquerdo da cama. – Como está se sentindo?

– Feliz e bem.

– Excelente. E como está meu filho e herdeiro?

– Com fome e sem reservas a esse respeito – Whitney sorriu. – Clarissa insistiu em levá-lo para o berço para que eu pudesse descansar, mas não estou com sono.

– Que bom, porque eu trouxe um presente de Claymore.

– Você fez todo o trajeto até Claymore só para me trazer um presente? – ela perguntou. – Eu preferiria que tivesse ficado aqui, me fazendo companhia.

– Fico extremamente lisonjeado em ouvir isso – ele disse com um largo sorriso. – Mas, na verdade, não tive escolha, e, no fim, minha mãe e eu levamos muitas horas até encontrarmos o que estávamos procurando.

Whitney estava prestes a pedir mais explicações quando a mãe dele apareceu na porta, acompanhada do mordomo que carregava um objeto pesado e escondido por um tecido de veludo vermelho com um pendão.

– Sou culpada pela ausência dele – a duquesa respondeu com um sorriso impenitente. – Eu não conseguia me lembrar onde tinha guardado esse cofre e então Clayton precisou procurá-lo. – Ela olhou para o mordomo e gesticulou de forma que ele colocasse o objeto na cama, do lado direito de Whitney.

– O que é? – Whitney perguntou, olhando ora para um, ora para outro.

– É a tradição mais adorável da família e a próxima duquesa de Claymore sempre recebe este presente durante o resguardo, após o nascimento do herdeiro. – Conforme falava, ela inclinou-se e levantou cuidadosamente o veludo vermelho, revelando um esplêndido baú de madeira com ganchos de ouro e incrustações em pérola. Parecia ser muito antigo.

Whitney abriu a tampa com os olhos inebriados de curiosidade.

– É uma espécie de baú do tesouro?

– Sim, mas com uma diferença. Após explorar o tesouro que contém, você deve acrescentar um semelhante e que lhe pertença, e então deve colocar também um retrato seu dentro do baú. Você pode mantê-lo aqui, enquanto está acamada, e em seguida será novamente guardado até a próxima duquesa de Claymore dar à luz um novo herdeiro.

Whitney percebeu que a sogra estava sendo excepcionalmente indireta e misteriosa, mas ela estava mais preocupada com o fato de não poder manter a consagrada tradição viva.

– Tesouro? Um retrato meu? – ela perguntou aflita. – Quando viemos para passar as férias eu não esperava que nada disso fosse ocorrer. Eu não sabia nada sobre essa tradição.

– É claro que não – a duquesa assegurou a ela, tocando gentilmente em seu rosto. – Mas me certifiquei há alguns meses de que Clayton soubesse, e ele trouxe um retrato seu para que possa colocar no baú.

– Mas como poderei acrescentar um tesouro semelhante aos demais?

– Abra o baú e veja os tesouros – a duquesa instruiu. – Clayton e eu a deixaremos para que explore o conteúdo.

Totalmente perplexa e deveras intrigada, Whitney levantou o ferrolho de ouro e, com as mãos, levantou a pesada tampa. Um arrepio de prazer percorreu seu corpo e ela levantou os olhos brilhantes para a sua sorridente sogra.

– Cartas! – ela exclamou. – Cartas e fotos em miniatura! Ah, veja, tem um leque de marfim, e um laço. Eles devem ter sido muito especiais.

Ela estava tão excitada que mal notou que o marido e a sogra haviam deixado o quarto e fechado a porta.

Com enorme cuidado, Whitney removeu cada item do baú e os arrumou em cima da cama. Havia oito cartas e a maior parte estava amarelada e corria o risco de se desfazer, o que explicava o porquê de o baú só poder ser aberto por poucos dias e então guardado por mais duas décadas.

Uma das cartas fora escrita em pergaminho e enrolada. Imaginando que poderia ser a mais antiga, Whitney a desenrolou e confirmou sua hipótese.

Tinha sido redigida no dia 6 de janeiro de 1499 na elaborada caligrafia da primeira duquesa de Claymore.

> Meu nome é Jennifer Merrick Westmoreland, duquesa de Claymore, esposa de Royce Westmoreland e mãe de William, nascido no dia 3 de janeiro. Eu lhe ofereço toda a minha estima...

Impressionada, Whitney leu sobre a história do primeiro duque e duquesa de Claymore, explicada com riqueza de detalhes por Jennifer Merrick Westmoreland. Ela escreveu sobre combates, torneios e batalhas travadas por seu marido vitorioso, apelidado de "Lobo Negro". Em vez de se alongar nos detalhes que poderiam interessar a um homem, ela falou sobre sua vida para as mulheres que um dia a sucederiam como duquesas de Claymore.

Falava de seu desespero quando Lobo Negro a raptara do castelo onde residia com a família na Escócia e a levara para a Inglaterra. Quando descreveu suas artimanhas para se libertar dele, fez com que Whitney gargalhasse. Ela descrevia também sua ira quando foi forçada a se casar com ele por um decreto real, e Whitney sentiu a indignação e o medo que Jennifer Westmoreland devia ter sentido. Descrevia também o torneio que vencera contra ele, e Whitney suspirou com semelhante sentimento de culpa.

Mas foi o amor de Jennifer Westmoreland pelo marido que sobressaiu ao final da carta, e os olhos de Whitney se encheram de lágrimas.

Ela terminou a carta explicando que colocara uma foto sua no baú para que as futuras noras pudessem conhecer seu rosto. "Quando revelei a meu lorde sobre a necessidade de um pequeno retrato e os meus planos em relação a este baú ser passado de geração em geração, ele contratou um artista e me presenteou com essa miniatura. É muito lisonjeira", ela confidenciou modestamente. "Meus olhos não são tão largos, nem minhas feições tão delicadas, mas meu marido jura que é perfeita. A ideia de gravar meu nome atrás da fotografia também foi dele, para que, se fosse dada continuidade à tradição do baú, meu rosto pudesse ser identificado entre as muitas outras duquesas de Claymore. Rezo para que todos os seus maridos façam como o meu. Eu desejaria poder conhecer o rosto de vocês."

As lágrimas escorriam pelo rosto de Whitney. Ela olhou as imagens difusas colocadas a seu lado, sobre a colcha. Pegou uma pequena miniatura, feita em ouro e que lhe parecia a mais antiga, e a virou para ler o que estava escrito; e então, sorriu por entre as lágrimas. O duque feroz que havia sido apelidado de Lobo Negro não tinha apenas gravado as iniciais da esposa na moldura, mas colocara suas próprias iniciais unidas às dela, circundadas por um coração.

Whitney pressionou o retrato contra o peito e relutantemente o colocou de lado.

Na noite seguinte, ela havia lido e relido todas as cartas e sabia qual era o sentimento por detrás de cada memento naquele baú.

Naquela noite, após Noel ter sido levado para o berço para dormir, Whitney solicitou papéis de carta e uma pena. Ela datou a carta e começou a escrever...

> Eu sou Whitney Allison Westmoreland, a nona duquesa de Claymore, esposa de Clayton Robert Westmoreland, mãe de Noel, nascido no dia 12 de dezembro...

Mantendo a tradição das cartas, ela escreveu com detalhes sobre a corte de Clayton e o casamento. Ao terminar, na tarde seguinte, olhou para ele, que lia um livro em frente à lareira no quarto.

– Terminei minha carta – ela disse. – De acordo com a tradição, devo colocar agora um retrato com meu nome gravado na moldura. Você disse que trouxe um de Claymore. Quando tiver um minuto, pode trazê-lo até mim?

Ele recostou o livro imediatamente e caminhou até a cama.

– Para você, tenho todo o tempo do mundo – disse ele, então a beijou nos lábios e a surpreendeu sentando-se a seu lado.

– Onde está? – perguntou ela, curiosa para saber qual fotografia teria sido considerada adequada e o que haveria escrito atrás dela.

Em resposta, Clayton abriu a gaveta da mesinha de cabeceira e, com um sorriso tenro, ele lhe entregou um pequeno retrato feito no dia do casamento, emoldurado em ouro. Atrás da moldura estava inscrito: "Whitney, minha esposa e meu amor."

fim

Caro leitor, *Whitney, meu amor* foi meu primeiro romance e quando comecei a escrevê-lo em 1978 minha única esperança era de que um dia ele fosse publicado. Quando a Pocket Books adquiriu os direitos de *Whitney* e publicou o livro em 1985, não imaginava que ele se tornaria um best-seller, ganharia prêmios, e mais tarde seria considerado um clássico. Mas foi o que aconteceu, e eu achei que fosse um final maravilhoso.

Na verdade, foi apenas o começo.

Os Westmoreland haviam se tornado tão reais e queridos pelos leitores que recebi muitos pedidos para que houvesse outro livro sobre eles. Atendendo a esses pedidos, escrevi *Um reino de sonhos*, romance medieval que contava a história de Royce Westmoreland, o primeiro duque de Claymore, e Jennifer Merrick Westmoreland, sua esposa sequestrada. Nunca pretendi escrever tal livro, mas Jennifer e Royce pareceram lançar-se nas páginas, como se houvessem realmente existido e estivessem ansiosos por contar sua história. Ri e chorei com esses personagens, e, no fim, apaixonei-me por eles. *Um reino de sonhos* tornou-se um de meus livros favoritos e também o de muitos leitores.

Com o passar dos anos, a demanda por mais um livro sobre a dinastia Westmoreland continuou a crescer, até que finalmente cedi e dei a Stephen Westmoreland um livro só seu. Deliberadamente criei para Stephen uma heroína imprevisível, que pudesse ao mesmo tempo diverti-lo e enervá-lo, então os coloquei em uma situação bastante difícil e deixei que dessem um jeito de sair dela. Para ajudar Stephen (e atrapalhá-lo) resgatei Nicholas DuVille e Hugh Whitticomb, de *Whitney, meu amor*, e também, é claro, os próprios Whitney e Clayton.

Devo admitir que foi maravilhoso voltar a esses personagens de *Whitney, meu amor* quando escrevi a história de Stephen, mas achei então que esse deveria ser o último livro da dinastia Westmoreland. Entretanto, os leitores não concordaram. O lançamento de *Até você chegar* trouxe uma enxurrada de cartas de leitores pedindo uma versão de *Whitney* que pudesse ser adicionada a suas coleções.

Desde que *Whitney, meu amor* foi publicado pela primeira vez, em 1985, fui resistente a escrever uma continuação, mas sempre me arrependi de haver terminado o livro de modo tão abrupto. Havia cenas excelentes que eu poderia ter acrescentado, além de outras que eu poderia ter desenvolvido melhor, e não achava que teria oportunidade de fazer isso até que decidimos relançar *Whitney, meu amor* em uma edição especial. Aqui está uma versão atualizada e aprimorada de *Whitney*, e espero que goste de lê-la tanto quanto gostei de escrevê-la para você.

Com carinho,

ATENDIMENTO AO LEITOR E VENDAS DIRETAS

Você pode adquirir os títulos da BestBolso através do Marketing Direto do Grupo Editorial Record.

- Telefone: (21) 2585-2002
  (de segunda a sexta-feira, das 8h30 às 18h)
- E-mail: mdireto@record.com.br
- Fax: (21) 2585-2010

Entre em contato conosco caso tenha alguma dúvida, precise de informações ou queira se cadastrar para receber nossos informativos de lançamentos e promoções.

Nossos sites:
www.edicoesbestbolso.com.br
www.record.com.br

EDIÇÕES BESTBOLSO

Alguns títulos publicados

1. *Orgulho e preconceito*, Jane Austen
2. *A abadia de Northanger*, Jane Austen
3. *Razão e sensibilidade*, Jane Austen
4. *O morro dos ventos uivantes*, Emily Brontë
5. *O grande Gatsby*, F. Scott Fitzgerald
6. *Suave é a noite*, F. Scott Fitzgerald
7. *Este lado do paraíso*, F. Scott Fitzgerald
8. *A valsa inacabada*, Catherine Clément
9. *O amante de Lady Chaterlley*, D. H. Lawrence
10. *A taça de ouro*, Henry James
11. *O primo Basílio*, Eça de Queirós
12. *O crime do padre Amaro*, Eça de Queirós
13. *Amor de perdição*, Camilo Castelo Branco
14. *Riacho doce*, José Lins do Rego
15. *Fim de caso*, Graham Greene
16. *As seis mulheres de Henrique VIII*, Antonia Fraser
17. *O Gattopardo*, Tomasi di Lampedusa
18. *Doutor Jivago*, Boris Pasternak
19. *Paula*, Isabel Allende
20. *A casa das sete mulheres*, Leticia Wierzchowski
21. *Um farol no pampa*, Leticia Wierzchowski
22. *Perdas & ganhos*, Lya Luft
23. *Em algum lugar do passado*, Richard Matheson
24. *Bom dia, tristeza*, Françoise Sagan
25. *O príncipe das marés*, Pat Conroy
26. *Perdas e danos*, Josephine Hart
27. *O diário roubado*, Régine Deforges
28. *A cidadela*, A. J. Cronin
29. *Medo de voar*, Erica Jong
30. *35 noites de paixão*, Dalton Trevisan

EDIÇÕES
BestBolso

Este livro foi composto na tipologia Minion Pro Regular, em corpo 10/12,5, e impresso em papel off-set 56g/m² no Sistema Cameron da Divisão Gráfica da Distribuidora Record.